霾乱年代

王涛◎著

中国社会出版社
国家一级出版社·全国百佳图书出版单位

图书在版编目（CIP）数据

霍乱年代／王涛著．—北京：中国社会出版社，2016.1

ISBN 978－7－5087－5237－2

Ⅰ.①霍…　Ⅱ.①王…　Ⅲ.①长篇小说—中国—当代　Ⅳ.①I247.5

中国版本图书馆 CIP 数据核字（2015）第 322027 号

书　　名：霍乱年代

著　　者：王　涛

出 版 人：浦善新

终 审 人：王　前

责任编辑：杜　康　　　　**责任校对：**王银霞

出版发行：中国社会出版社　邮政编码：100032

通联方法：北京市西城区二龙路甲 33 号

电　　话：编辑部：（010）58124864

邮购部：（010）58124848

销售部：（010）58124845

传　真：（010）58124856

网　　址：www.shcbs.com.cn

shcbs.mca.gov.cn

经　　销：各地新华书店

中国社会出版社天猫旗舰店

印刷装订：中国电影出版社印刷厂

开　　本：170mm×240mm　1/16

印　　张：21

字　　数：400 千字

版　　次：2016 年 3 月第 1 版

印　　次：2016 年 3 月第 1 次印刷

定　　价：49.00 元

中国社会出版社微信公众号

目录 mulu

第一章

01. 意外任务

王小羊来到邱浩天的家里，与他妻子的外甥女林美娜谈情说爱的时候，他并不知道，他的老师邱浩天正在一个破败的院落里等待一个日本人的到来。那个名叫前田二男的陆军医生手里有一份特别重要的情报。

其实，对于林美娜的到来，王小羊并没有想到，这一天，不过是他和邱浩天例行见面的日子。邱浩天不只是他的老师，同时还是他的秘密上级，按照组织的规定，每周四他们要见一次面，而这天邱浩天没有课，王小羊便只好到他家里来见面。学生到老师家里来也是正常的现象，不会引起别人的怀疑。上完一节美术课，王小羊就急匆匆地来到邱浩天家。这时邱浩天正要出门，见他来了，赶紧按住他的肩膀说，我出去一趟，你守在这里，我不回来，你不要走开，听明白了没有？

看着邱浩天脸上格外严肃的表情，王小羊意识到今天的情况非同小可，不禁有些紧张起来。他真想问一句，您到哪里去？但他随即想到这是组织原则不允许的，便把要说的话咽了回去，只是点点头说，您放心吧，我会等您回来的。

邱浩天又郑重地看他一眼，便匆匆走出去了。

王小羊傍在门边，默默地看着他的身影远去，心里隐隐觉到一丝不安。千万别出什么事。他不自觉地在心里说。说过了，他又觉得这样想有些不妥，为什么想到出事？难道说此刻他便有了什么不祥的预感？

王小羊是济南省立师范学校的学生，而邱浩天则是这所学校的日语教师。刚到学校里来的时候，王小羊与邱浩天并没有多少接触，对这个看起来有些孤独也有些怪异的日语老师，和一些不甘心奴化的学生一样，王小羊谈不上一点儿尊敬，更说不上有什么喜欢了。有许多次，他都设法逃他的课，躲到宿舍里专心临摹高更的画。当然，如若被那个日本学监木村义邦逮住，一顿严厉的呵斥是避免不了的，弄不好还会得到一顿暴打。但随着时间的推移，王小羊竟改变了对邱浩天的印象，并渐渐成为了他的心腹。到这时他才发现，这个在日本留过学的家伙原来是一个有强烈爱国心的人，而且他断续流露出的理想和追求也让他觉得那么新奇远大，无形中便受到了他的强烈吸引，最终成为他义无反顾的追随者。可以更明确一点说，王小羊成为了中共地下党员邱浩天在省立师范学校发展的唯一预备党员。按照邱浩天的设想，他所在的这个联络站还要充实更多的力量，但他没有来得及做完这些工作，便在和前田二男接头的这个日子里不幸遇难。

对于日本人前田二男，王小羊没有丝毫关于他的信息。尽管他已经成为中共在济南某个联络站的成员，但几乎所有情报的来源和去向都由邱浩天一个人掌握，他便无从知道除他们二人之外其他人的情况。自从成为这个组织的成员后，邱浩天除了让他做过一些印制传单、站岗放哨的小事以外，甚至没有单独交给他过一次像模像样的任务。并不是邱浩天不信任他，而是党的保密制度还不容许他这样做，对此，王小羊完全能够理解，并愈发增加了为组织工作的积极性。早晚有一天，他信心百倍地对自己说，你会独当一面的。但就在他准备迎接更加严格考验的时候，他的直接上级、唯一联系人邱浩天却在接下来的这一天离他而去，他的所有想法都不得不戛然而止。

邱浩天出门后没多久，他的妻子张淑娴就回家来了，而且是和她的外甥女林美娜一起回来的。你怎么在这里？张淑娴还没有开口，林美娜就跑到他面前，抢着问他。

我……王小羊有些不知该怎么回答，我在这里等邱老师回来……

老邱干什么去了？张淑娴问他。

他说出去办点事，王小羊撒谎说，一会儿就回来，让我在这里等他一下……他知道，张淑娴并不在他们的组织里，所以对她也不能如实相告。

那好吧，张淑娴回头看林美娜一眼，又把目光落在王小羊身上，你们就在一起玩吧，我去做饭，中午都在这里吃饭。说着就一个人进屋去了。对于他们之间的暧昧关系，她或许早就看出来了，所以便给他们留出了幽会的时间。

随着林美娜的到来，王小羊因邱浩天外出感到的不安也很快淡去了。林美娜在省立女子师范学校读书，和王小羊算不得同学，但由于两人学的专业相同，又是同一个年级，加之他们和邱浩天的关系，便互相觉得亲近了许多。而且王小羊看出来，林美娜尽管不太关心时事，但思想并不老旧，对日本人的奴化教育也有些反感。也正由于此，两人的话题便多起来，很快就发展成了恋人关系。邱浩天没有阻拦他们交往，却嘱咐王小羊不要把他们从事的秘密活动告诉林美娜，虽然她并不会成为他们的敌人，但在日本人防守严密的沦陷区，还是不能放松警惕。

王小羊上下打量林美娜，不禁感到眼前一亮，精神一下子被她靓丽的打扮吸引住了。其实天还没有真正热起来，林美娜便已经脱去了冬装，上身穿一件单薄的毛衣，下身是一袭拖脚的长裙，显得亭亭玉立，风姿绰约。王小羊很久没见她这样打扮了，目光便久久地盯在她身上不动。

林美娜被他看得有些不好意思，举手在他眼前晃一下说，行了，我又不是什么怪物，值得你这样看吗？

王小羊这才掉开了视线。冷吗？他也抬起手，在她身上轻轻按了一下。

林美娜拨开他的手，随即用嘲讽的口气对他说，都到什么时候了，你身上还裹着那件长袍。

王小羊禁不住有些脸红，是的，自己能够穿出来的衣服也就这么多，哪里及时换得下来呢？而林美娜就不同了，本来家境就殷实富足，父母又一直对她娇惯纵容，自然想穿什么就穿什么了。想到这里，他心里便有了些不快。

林美娜看出了他情绪的变化，急忙拉住他的手。我一穿上这身衣服，她有意用娇滴滴的口气说，就跑来找你了，知道这是为什么吗？

望着她脸上充满期待的神色，王小羊的心情也很快平复下来。不管怎么说，他告诉自己，有这样一个美好的人青睐于你，你还有什么不满足的呢？

接下来的事情就是顺理成章的了。两人避开邱浩天的妻子，躲在屋内相互拥抱、亲吻……缠绵了很大一会儿，两个人才慢慢分开来。

林美娜有些无所事事，忽然头一歪，朝他提议说，对了，我们去千佛山踏青吧？

去千佛山……踏青？王小羊莫名地看她一眼。

是呀，林美娜悠荡了一下裙子的下摆，春天来了，千佛山上的花儿兴许都开了吧？我们也该好好享受一下大自然美丽的景色了。

王小羊朝门外看了一眼，丝毫没有感到春天的气息，便也用嘲讽的口气说，这个时候，哪里还有什么美丽的景色让你享受！

林美娜知道他话里的意思，又拉了一下他的手说，越是这样，我们越要到大自然中去……对了，你不是喜欢美术吗？你可以到野外去写生呀。

王小羊想到邱浩天临走时说过的话，便坐住身子不动。我没有情绪，他摇摇头说，不想去画什么……

你是不想和我一块出去吧？林美娜不高兴地说，是不是我一来你就没情绪了？

王小羊张张嘴，不知道该怎么回答她的话。

在他们为出不出去踏青而争论的时候，邱浩天也早就来到了接头地点，在居于一条巷子里面的院墙后蹲下身，耐心地等待接头人前田二男的出现。这是一个废弃了的院落，远离大街上的闹声，一般人轻易不会进到这里来。邱浩天看看怀表，已经过了约定的时间，但前田二男还没有到来，以前他可是从来没有不准时过。是不是前田二男遇到了什么麻烦？他有些焦急起来。

邱浩天等待的这个前田二男在陆军医院工作。两年前，邱浩天通过在日本留学期间结识的进步人士，与前田二男接上了关系，逐渐把他争取到反战阵营中来，成为中共安插在日军内部的耳目。自从投诚以来，前田二男已为邱浩天传递了好几份有价值的情报，为中共领导的抗日武装在敌后开展游击战、粉碎日军进攻提供了大力帮助。上级很重视前田二男这条线，一再告诫邱浩天要和他保持畅通联系。前些日子，前田二男也向他发出信息，说有一个极其重要的情报需要传递出来，由于事关重大，他要认真核实一下，不得不延缓几天，所以那次见面前田二男没有向他透露情报的任何细节。想到这里，邱浩天不禁感到后悔，为什么没有让他把情报的内容说出来？一旦发生了什么不测，自己这边也好制定一个应付的预案，可现在……他心里愈加有些紧张。

时间又过去了几分钟。邱浩天不敢再等下去了，一定是哪里出了问题，要赶快离开这里。他站起来，并掏出手枪，一边机警地四处张望，一边往外走。就在这时，从巷子里传来咚咚的脚步声，从凌乱的节奏判断，那个人是一溜小跑着过来的。邱浩天急忙缩回身去，并听出这个疾步跑来的人正是前田二男。但按常规来说，他是不该这样仓促跑来接头的，除非他真的遇到了麻烦。坏了，邱浩天闭了一下眼，终于明白他迟迟不来的原因了。

前田二男没有进到院子里来，甚至没有停一下脚，只是在经过倒塌的院墙时，急快地朝里看了一眼，目光一落在他身上，就迅速把左手举起来，朝他轻轻地一抛。我被宪兵跟踪了，他低下声音说，我来引开他们，你快把情报送出去。说罢，他就挥起右手中的匣枪，朝后面开了一枪，然后加速朝巷子深处跑去。

邱浩天蹲下身，把他抛出的那个纸团攥在手里，随即缩起身子，在墙角的草木丛中藏好。前田二男的脚步声还没有消失，更多杂乱的脚步声便从后面跟上来。邱浩天知道，日本宪兵也来到了院墙外。

我在这里呢，前田二男用日本话喊道，有本事你们就追上来呀。随着他的喊声，又有两声枪响传来。

日本宪兵没有犹豫，便直接从院墙外跑过，直朝前田二男跑去的方向追去。八格牙路——日本宪兵也恼怒地叫喊，并放出一排密集的枪声。

邱浩天闭了闭眼，前田二男为了掩护自己，主动把敌人引开了，从那些不断响起的枪声判断，他是凶多吉少了。前田君，他在心里抖抖地喊道。等巷子里平静下来，邱浩天展开那个纸团，只扫视了一眼，便一下子骇住。他没想到会是这样一条万分重要的消息。为避免发生意外，他把纸条重新团起来，径直塞进了嘴里，然后钻出草木丛，从院墙的豁口里跳出去，轻抬脚步，悄悄朝巷子的另一端跑去。

来到巷子口，邱浩天还是有些大意了，以为日本宪兵都去追赶前田二男了，脚没停步就走出了巷子。这时他才看见，外面还站着两个日本宪兵，正持枪把守着巷口。邱浩天急忙把身子缩回来。但还是被那两个宪兵发现了。什么的干活？一个宪兵用半生不熟的中国话喊道。

邱浩天没敢有丝毫停留，回身便又朝巷子里跑去，同时把手枪的保险打开。

站住！日本宪兵叫喊着从后面追上来。很快，枪声便也响起来，子弹打在他身边的墙壁上，撞击出一道道火花。

邱浩天不敢大意，果断地将含在嘴里的纸团吞进了肚子里。前面又到了那个接头的院落。他不敢再往巷子的另一端跑，大部分宪兵刚刚过去，听到枪声会返回来的，如果两头一夹击，他可就插翅难逃了。怎么办？邱浩天稍稍犹豫了一下，便重新跳进到院落里。反正这个院子已经毁坏，那边的院墙也不高，干脆从墙头上跳到那边去，兴许还能找到一条活路。

别让他跑了。日本宪兵加快了追赶的步伐，很快便也来到了院墙外。枪声更急地响起来。

邱浩天刚攀上那边的墙头，就被一颗流弹击中了。他觉得后背上一麻，像是一块石头落在了上面。他差点从墙头上掉下来，赶紧在两手上用力，紧紧抓牢墙顶端的砖头，身子用力往上一挺，便让两腿越过了墙头。随即，他的整个身子都落到了墙那边的地下。

这是一个较为整洁的院落，一个孩子正在挥着鞭子抽陀螺。看到从墙上落下来的邱浩天，孩子霍地停住了手，瞪大两眼，惊骇万分地看着他。

邱浩天没有理会他，从地下爬起来，便拖着突然变疼痛了的身子，一瘸一拐地朝院门口走去。他知道，自己的身子不仅中了弹，还摔坏了一条腿。好在院门外是另一条巷子，日本宪兵已被他成功甩在了后面。邱浩天靠在墙壁上，大大喘息了几口气，才试着朝巷子里走去。他的身子变得更为沉重，两条腿似乎支撑不住它的重量，意识也开始有些恍惚，眼前时而清晰时而模糊。不好，他在心里对自己说，我怕是回不去了。

邱浩天脚步踉跄地走出巷子，正好一辆人力三轮车从街上跑过去。车——他艰难地喊出一声，便一下子扑倒在地下……

对于邱浩天的这番遭遇，没有置身现场的王小羊一点儿都不知道，此时他还在邱浩天家里和林美娜闹别扭呢。王小羊牢记邱浩天不让他离开这里的嘱咐，无论如何也不跟林美娜出去游玩。林美娜失望之余，不禁怨恨起他来。我就知道你不愿跟我在一起，她哭啼啼地说，要知道这样，我何必来找你。

王小羊见不得她委屈的样子，本想安慰她一下，也替自己辩解一下，但又不知道该怎么说。他总不能违背组织纪律，将自己和邱浩天的秘密约定说出来吧。

正在他急得不知如何是好的时候，他最要好的同学李灿辉慢悠悠地走了进来。邱老师不在家？他探头探脑地问道。

李灿辉和王小羊是同班，且两个人同住一间宿舍，平日里不仅一起上课，还一起吃饭，所以也就特别要好。但对已经从事地下工作的王小羊来说，他与李灿辉的交往还仅仅局限在生活层面，对于思想和精神等更为重要的东西，他们却找不到多少共同点。李灿辉是那种不大过问世事的人，只是一门心思地埋头读书，想为自己争取一个较好的前程。前些日子，日本人统治下的伪教育厅给学校框定了几个留学日本的名额，多数同学并没把这件事放在心上，而李灿辉却认为机会到了，将学习的兴趣都转移到一向不为他看重的日语课上，无形中也与日语老师邱浩天接近起来。但他的种种努力却遭到了邱浩天的冷落，每次前来拜访，都被邱浩天以“没有空闲”为由打发回去。大智若愚的李灿辉并不以为意，依旧不屈不挠地前来纠缠，弄得邱浩天真要拿他没办法了。

灿辉，王小羊告诉他说，看来你又要扑空了，邱老师真的不在家。

李灿辉相信了他的话，却并没有立刻离去的打算。没事，他笑笑说，我等邱老师回来。说着，就在座位上坐了下来。

林美娜也认得李灿辉，兴许是为了有意气一下王小羊吧，竟主动和他打起了招呼。两个人简单地说过几句话后，她竟突然对他发出邀请说，李同学，如果你有时间，跟我一起出去踏青好吗？

踏青？李灿辉也有些吃惊，你是说到城外去玩儿？

林美娜点点头，是呀，愿意跟我去吗？

李灿辉没有立刻表示什么，而是掉头看了王小羊一眼，你去吗？

王小羊笑眯眯地说，我有事，就不随你们去了。

你不去，李灿辉有所顾忌地说，我怎么好一个人跟林小姐去……

王小羊故作大度地摆摆手，没关系，你尽管跟她去好了。

听他这样说，林美娜掉过头来，恶狠狠地瞪了他一眼。李同学，她又拉了李灿辉一把说，我们走。

李灿辉犹犹豫豫地站起来。我本来也要等邱老师回来的，他朝她解释说。

林美娜更为恼怒了。爱去就去，不去拉倒。她甩开手，迈着大步朝门外走去。

李灿辉又掉头看看王小羊，你看，你看……

去吧，王小羊朝他摆摆手说，你只管去就是了。

那我……就去了。李灿辉终于做出决定，也赶紧朝门外走去，林小姐，等等我——

望着他们的身影消失在院门外，王小羊重重地叹了一口气，将一直端着的架子放下来，用两手抱住头。这一刻，他觉到前所未有的失落。就在这时，摆放在条几上的自鸣钟发出了响声。王小羊把手从头上放下来，看了钟表一眼，更为焦躁地在心里自语，他怎么还没有回来？

林美娜和李灿辉离去一刻钟后，他的老师兼上级邱浩天才回到家来。邱浩天是被一辆人力三轮车送回来的。那个黑黝黝的车夫把他扶进家门时，邱浩天已经陷入轻度昏迷中去了。他受伤了，车夫告诉王小羊说，恐怕快要不行了。

王小羊接住邱浩天的身子，才猛然发现，他后背的衣服上破了一个洞，黑红的血水从那里不断地流出来，染红了下面的身子和一条腿，而那条腿竟然也拖在地下，脚上的鞋子不知到什么地方去了。怎么回事？王小羊带着哭腔说，他为什么弄成了这个样子？

我，我也搞不清楚，车夫抖动着嘴唇说，他在街上喊住我，我才把他……说到这里，他往后退了一步，我得赶快离开这里，你们也不要给我钱了，要是让日本宪兵逮住，我也得把命搭进去……他边说边退出门去，拖起人力车子，头也不回地跑走了。

王小羊从他身上回过头，又紧紧地盯住邱浩天，老师，您这是怎么了？他是第一次碰到这种情况，一时不知该怎么办好，心里扑通扑通直跳。

这时，邱浩天的妻子张淑娴听到动静，从厨房里急急地跑出来，一见他满是血迹的样子，也不禁大吃了一惊。老邱，她扑到他身上，用力摇晃着他，你怎么啦？快醒醒，你到底是怎么啦？

邱浩天躺在椅子里，慢慢从昏迷中苏醒过来。他有些僵硬的目光从妻子身上滑过，最后停在王小羊脸上，暗淡的目光霍地一亮，小羊……

老师，王小羊朝他凑近了一下，您快说，发生了什么事？

邱浩天刚要说话，突然间意识到了什么，又把目光转向妻子，淑娴，你回避一下，我和小羊说句话。

你都这个样子了，张淑娴带着哭腔说，还有什么不能让我知道的？

邱浩天闭住嘴巴，又坚决地摇晃一下头。

见他这样，张淑娴只好松开他的手，一步三回头地退回到厨房里去。

她的身影一消失，邱浩天就紧紧地盯住王小羊，小羊，我可能不行了，你要……

老师，王小羊的泪水夺眶而出，您……

邱浩天打断他的话说，你听我说，我得到一份万分重要的情报，不能亲自送出去了，你要替我……

王小羊使劲点点头，好，我来替你完成任务。

邱浩天一字一句地说，日本人要在鲁西一带进行一次生化武器作战……屠杀我抗日军民。

什么？王小羊也大为震惊，生化武器作战？

是，邱浩天点点头，这是一次极其秘密的行动，日本人正在全面部署，入秋后就会实施……

是这样！王小羊倒吸一口冷气，他们真是太狠毒了。

我不行了……邱浩天咳嗽了一下，随即吐出一口鲜红的血水，喘息变得更为困难了，你要，你要……

王小羊接过他的话说，您放心吧，我会把消息送出去。

邱浩天欣慰地咧咧嘴，忽然眼睛一闭，便又昏迷过去。

老师，王小羊使劲摇摆着他，你还没有告诉我，我把情报送到哪里去？

邱浩天终于又睁开了眼睛，目光死死地盯在他脸上。送到，他使出最后的力气，含糊不清地说道，送到……送到……他的话没有说完，沉重的眼皮便再次合上了，脖子也像被折断了似的向下弯去，头颅一下子垂到了胸脯上。

到底是哪里？王小羊大声朝他喊道，告诉我，到底是哪里？

邱浩天直挺挺地躺在椅子里，再也不能回答他的问话了。

听到王小羊的喊声，张淑娴又从厨房内冲出来，扑上去，紧紧地把邱浩天抱在怀里。老邱，她泣不成声地哭道，浩天……

王小羊从已经死去的邱浩天身上收回目光，掉转回头，直直地望向屋外，望向远处看不见尽头的天空，在心里一遍遍地问道，哪里，到底是哪里？

……

02. 奴役生活

黎明时分，在一阵急促铃声的催逼下，学生们都稀稀拉拉地跑出宿舍，到操场上去上早操。王小羊却依旧躺在床上，身子一动不动。其实这一整夜，他都没怎么睡着，脑子里满是邱浩天死去的情景和他交给自己的任务，天亮后才感到了困倦。像逃那些该死的日语课一样，他也不想去上这个早操了。

李灿辉走到门口，发现他还躺在床上，又返身跑回来，使劲推了他一把，哎，上操的铃声已经响过了，快起来吧。

王小羊睁开眼，草草地看了他一下，又立即闭上了。我不去上操了。他懒懒地说。

这怎么行？李灿辉担忧地说，让那个木村义邦逮住了，你会受到惩罚的。

管他呢，王小羊摇摇头，依旧闭着眼皮不动，你快去吧，我想再睡一会儿。说罢，他就把身子冲向了墙壁。

李灿辉叹了口气，只好一个人跑出门去，并把门板紧紧地合上。

宿舍内安静下来。王小羊的困意却又很快消失了，脑子里重新涌动着那个困扰他的问题——如何完成邱浩天交给自己的任务，也就是说，他该把邱浩天提供给自己的情报送到哪里去？他当然明白，在济南这个地方，属于共产党地下组织的绝不止他们两个人，而且他多次看见邱浩天携带着情报出去，却空着两手回来，也就是说，他成功地把情报送给了他的下线，但至于谁是他的那个下线，王小羊却一无所知。也许自己的资历还不够，每次执行重要任务时，邱浩天都亲自出马，顶多让他探望一下风声。自从参加地下工作以来，王小羊还没有接触过组织内的其他任何一个同志。好好磨炼自己，邱浩天不止一次安慰他说，你一定会被派上大用场的。经过多半年的考验，邱浩天终于觉得他进步成熟了，不仅将他发展成了一名中共预备党员，还流露出要让他单独执行任务的意思。就在前几天，也就是邱浩天外出接关系的时候，还拍着他的肩头说，等下一次，也许就该轮到你去执行了……王小羊想不明白，邱浩天所说的“下一次”就是现在自己面临的这个任务吗？这也未免太过艰巨了，因为他不知道要把情报送到什么地方去，又怎么能圆满地完成呢？一想到这里，王小羊就再也闭不上眼睛了。

就在他冥思苦想的时候，宿舍的门板被一只白手推开了，随即，一个细瘦的身影慢慢走了进来。

王小羊一惊，意识到这是那个叫木村义邦的日籍学监查房来了，急忙爬起来，抓起衣服，手忙脚乱地往身上穿。

木村义邦迈着大步走过来。八格，他先用日语骂了一句，随即又用中国话说，你的，为什么不去早操？

王小羊急快地想了一下说，我，我感冒了。

感冒我的不管，木村义邦不讲道理地说，但学校的纪律不可违反，早操的耽误了，必须接受惩罚。说着，就抓住他的胳膊，使劲把他拖下床来。

王小羊没有站稳，一下子歪倒在地下。用不着你拉，他反抗地抬了一下胳膊，我自己能走。

看他有些桀骜的样子，木村义邦不禁火冒三丈，抬起戴着白手套的手，就在他脸上打了两个耳光，八格，敢抗拒我的人，统统没有好下场。把他从地下拖起来，又扭动着他的胳膊，磕磕绊绊地押出屋去。

来到操场上，同学们已经跑完了早操，正排成长队，对着东方初升的日头，一边遥拜一边唱《大东亚进行曲》。这是学生每天要做的第一件事。看到王小羊被押到操场上来，一些学生扭过头来看他，被身边监视的日籍教师厉声喝住，赶紧又把脸转向东去。

王小羊的嘴被打破了，舌头上全是腥咸味。听着怪里怪气的《大东亚进行曲》，他越发觉得不舒服，张开嘴，奋力朝地下吐了口血水。

你的，木村义邦指着他的额头说，给我绕着操场跑步，跑不完五圈，不许停下，明白？

王小羊又闭住嘴，没有回答他的话。

快跑。木村义邦又在他身上踹了一脚，才愤愤地走到一边去。

没有办法，王小羊只好懒洋洋地抬起脚，绕着阔大的操场跑起来。他娘的小鬼子，他在心里骂道，等哪一天落到老子手里，不收拾了你才怪呢。

木村义邦站在操场边，摘下白色的手套，在手心里抽打了几下，然后分开两腿，挺直精瘦的身子，瞪圆两只三角眼，远远地盯着他跑步。

学生们唱完了《大东亚进行曲》，又排队聚拢到旗杆下，面对着貌似国民政府的“国旗”，再次合唱伪政府的“国歌”。“卿云烂兮，糺缦缦兮，日月光华，旦复旦兮……”又是一串杂乱的怪声传来。

王小羊一边跑动，一边抬起头，望着那面在晨风中瑟瑟抖动的所谓“国旗”，在心里发着冷笑。真是怪事，南京伪政府居然也把“青天白日”旗作为“国旗”，只是在上面加了一块三角黄布飘带，上书“和平、反共、建国”字样，像一条赖唧唧的小辫子。还有那首出自《尚书》的《卿云歌》，竟然也拿给伪政府当《国歌》了，简直是糟蹋祖宗呢。他娘的，王小羊再次往地下啐口唾沫，早晚有一天会把这些东西除掉，还中国一个清明的新世界。

同学们唱完了“国歌”，王小羊也跑完了五圈惩罚操，经木村义邦许可，站回到同学们的队伍间。怎么样？李灿辉低下声说，没有累坏吧？

王小羊大口地喘着气，一时说不出话来，只是沮丧地摇了摇头。

我早就对你说过，李灿辉埋怨他说，讨懒会受到惩罚的，可你偏偏不听我的……

王小羊有些恼怒，便抬腿踢了他一脚。

这时，木村义邦走到了队伍前面，用熟练的中国话对学生进行“训示”，自然还是那些言不及义的老调子，什么中日亲善啦，什么共存共荣啦，什么建设东亚新秩序啦……日本籍教师几乎每天都在课堂上讲一遍，学生们的耳朵差不多听出了茧子，已经没有几个人再相信这些骗人的东西了。木村义邦每说一句，队伍中就有人悄声反驳，既然中日亲善，你们为什么杀了那么多中国人？

既然共存共荣，你们为什么把中国搞得山河破碎、家破人亡？既然要建设东亚新秩序，你们为什么发动侵略战争，让东亚陷入无节制的战火和灾难？

行了，胆小的李灿辉警告那些人说，别再惹麻烦了！刚刚王小羊受到了惩罚，你们还要……

一个大个子学生在他身上推了一把说，如果你喜欢这些东西，干脆到那家伙跟前去听算了。

李灿辉没有理会他，但也闭住嘴不说什么了。

另一个小胡子却为他打抱不平，白了大个子一眼说，既然你不愿听，怎么不把自己的耳朵堵上？

他的话立刻遭到更多同学的反击。很快，王小羊和李灿辉身边的学生便分成了两派，在悄声争辩了一会儿后，竟然发展到互相推搡的地步。队伍有些骚乱起来。王小羊没有站到某一派中去，尽管他同意大个子他们的说法，但碍于和李灿辉的关系，便没有明确表示自己的态度。

你们不要……李灿辉有些着急，知道这样闹下去要受到木村义邦的惩罚了，而事情是由他引起来的，便觉得自己负有很大的责任。

看着他谨小慎微的样子，王小羊忽然觉到了他的可怜。其实这样的情景时常发生，他倒是见怪不怪了，李灿辉完全没有必要为此担忧，这么多人一起闹事，木村义邦又能怎么样呢？

果然，木村义邦并没有怎么惩罚他们，只是让参与骚乱的学生在操场上多站了半个钟点，剩下的同学则被他赶到一面照壁前，对着画在上面的孔子像做祭拜仪式。这也是日本人规定的早间课目，企图用“同文同种”的骗人伎俩，达到从文化上奴役中国学生的卑劣目的。

吃过早饭后，很快便开始正式上课了。王小羊没有心思到教室里去，打算继续逃课。李灿辉怕他再吃亏，主动到辅导员那里去为他请假。王小羊一个人待在宿舍内，对着竖在墙壁上的一幅《塔希提女人》发呆。那是他临摹的高更的画，已经画了很久了，却至今没有完成，不知道以后是否还有画完的机会。困倦渐渐笼罩了他。由于早晨跑得太过疲累，他真的要好好睡一会儿了。

在不算太深的睡眠里，王小羊做了一个梦，梦见自己来到了遥远的塔希提岛。传说中的塔希提岛实在是太美了，山清水秀，风光旖旎，到处都是他没有见过的棕榈树，一排排茅草房点缀在绿草间。这美丽无比的景致一如仙境，怪不得人们将这里称为“人间天堂”，怪不得高更会不远万里来到这里，度过他一生中最宝贵的时光。王小羊忽然看见，在一棵巨大的棕榈树下，他心目中的偶像高更正偕同一个身穿草裙、皮肤黝黑的毛利女人，静静地等待着他的到来。大师，王小羊在心里念叨一句，我来了……便迎着他们飞跑过去。就在他快要到达那棵棕榈树下时，高更却与那个毛利女人一起消失不见了。大师，王小羊停下脚步，朝着四周的远处呼喊，你在哪里？

王小羊是叫喊着醒来的。醒来了，他还不明白，自己为什么做了这样一个怪异的梦。他抹抹眼睛，又走到那幅没有临摹完的画前，去注目那个他似乎刚刚返回来的地方。当然，画上并没有诱惑他的高更，只有那个诱惑了高更的毛利女人。但他相信，高更就藏在这幅画后面，通过这个颇具原始意味的女人来向他述说着那个地方的美好。

塔希提。

是的，那个叫塔希提的地方不但吸引了高更，更通过他，也一度吸引了刚开始走上人生之路的王小羊。那段时间里，王小羊一心要当一个画家，一个在当时的中国来说还很稀奇的“印象派”画家，一个像高更那样用自己漫长的一生去践行理想的艺术家。为此，他也曾经寻找过属于自己的塔希提，并做好了背起行囊孤身一人走遍天涯的准备。这个世界太丑恶了，他不止一次地对好朋友李灿辉说，我就是走到天边，也要寻找到那个美好的世外桃源。但他还没有来得及做出这种实践，就阴差阳错地走进了邱浩天所代表的那个阵营中来。也许这也是一种命数，回顾自己人生道路上的这一重大转折，王小羊无可奈何地对自己说，因为你身处其中的现实，还不容许你来成为高更。

王小羊离开那幅画，走到窗前朝外面打量，不禁又想起了邱浩天的死亡，继而想起了邱浩天引领自己走上革命道路时的情景。那一天，因为一连多日的旷课，平时看起来较为马虎的邱浩天终于注意到了这个叫王小羊的学生。课余时间，邱浩天主动走进他的宿舍，和他第一次单独见了面。也就在那一天，邱浩天看到了那幅他刚开始临摹的画作。你喜欢高更？邱浩天不动声色地问他。

对这个能把日本话说得那么熟练的中国老师，王小羊一点儿也不喜欢。但对于他对自己的造访，他却不能不拿出一点点儿恭顺的态度，毕竟自己旷了他那么多课，狠狠地挨他一顿训斥看起来是免不了的。是，他不置可否地回答说，喜欢高更。他没有什么好隐瞒的。

邱浩天没有再表示什么，又对那幅画看了一会儿，便做出了离开的架势。但在门口，他又扭过身来。你跟我来。说完，他就走了出去。

王小羊不知道他要自己跟他到哪里去，一时有些犹豫。

李灿辉跑过来推他一下，老师叫你呢，还不快去！

王小羊只好随在邱浩天身后，出了宿舍，甚至出了校区，直朝街道上走去。你要把我带到哪里去？他犹豫了一下，还是站了下来。

邱浩天这才停下脚。不用怕，他朝他微笑着说，我带你到我家去。

到你家……王小羊有些吃惊，到你家去干什么？

不干什么，邱浩天用轻松的语气说，我们来聊一聊。说完，他就回过身去，继续朝前走。

聊一聊？王小羊有些摸不着头脑，悄声嘟囔着说，我和你有什么好聊的？看到他远去了，他才不得不跟上去。去就去，他在心里说，你还能吃了我不成？

正如他的料想，来到了邱浩天家，邱浩天果然没对他怎么样，甚至没提一下他旷课的事。开始时，邱浩天只是和他讨论了一些艺术方面的问题。令王小羊想不到的是，邱浩天居然也对高更的生平和追求熟知，一些关于艺术尤其是绘画的见识和观点也能让他信服。慢慢地，邱浩天便把谈话的重点转到了时事上来。小羊同学，他问他说，你觉得在目前的情况下，你能找到你理想中的塔希提吗？

这个，王小羊想了一下，才鼓起勇气说，只要找下去，我想最终能够……

可你到哪里去找呢？邱浩天打断了他的话说，多半个中国都被日本人占领了，你应该能够想象得出，在他们的严酷统治下，世界上还有那样美好的塔希提吗？

塔希提肯定不在中国，王小羊纠正他的话说，我的理想是到……

邱浩天再一次不客气地打断他的话，中国都成了这种样子，莫非你就扔下它不管了吗？无论如何你也还是一个中国人，这点从你一生下来就无法改变了。你难道眼看着自己的同胞受苦受难而无动于衷，却到遥远的天边去寻找什么虚无缥缈的世外桃源？

面对这样的指责，王小羊不禁用嘲讽的口气反驳他说，老师一心一意地为日本统治者做事，我还以为你自己先忘了是一个中国人呢。

听了他如此不礼貌的话，邱浩天并没有像他担心的那样发火。很高兴听到你说这样的话，他反而朝他靠近了一步，这说明你还没有放弃斗争的勇气。

斗争？望着他脸上奇怪的表情，王小羊心里更加迷惑。

是呀，邱浩天点点头说，要想把我们这里变成塔希提那样的地方，我们除了斗争之外还能有什么更好的选择吗？

和谁斗争？王小羊不明所以地说，和日本人斗？

话说到这里，邱浩天没有再和他进一步谈下去。以后再到我这里来，送他出来时，邱浩天又嘱咐他说，我们还可以把这些问题探讨下去。

从邱浩天家出来后，王小羊觉得身上的什么东西被改变了，先前颓废、沉沦和逃避的心态都正在一点点儿消散开去。他为什么要和我说这些话？此后的许多日子，他都在心里问自己，他到底是怎样的一个人呢？王小羊被这些问题困惑着，有了空闲的时间，他就悄悄到邱浩天家来，和他坐在一起，继续探讨那些让他激动得心跳的问题。在一次次的谈话中，艺术话题很快淡弱下去，时政问题逐渐占据了他们更多的精力。

直到半年后的一天，王小羊才知晓邱浩天的真实身份，也就在那一刻，他下定了追随他加入到抗战阵营中来的决心。又经过半年的锻炼和考验，他正式被邱浩天接纳为地下组织的一员，并被他发展成为中共预备党员。但也就在这时，邱浩天却不幸牺牲，他也失去了与组织的联系。更为关键的是，他手中这份极其重要的情报，该送到什么地方去呢？

王小羊在烦躁不安中度过了一天。第二天是星期日，时间归自己支配，按说他该采取一下行动了，平时他没有什么具体的事干，还要利用星期天，不是去邱浩天那里讨论问题，就是去找林美娜结伴游玩。现在有了如此重要的任务，他却不知道该怎么去做了，好像这个星期天成了他平生最为迷惑的日子。

同学们大概都有各自的去处，一大早就都不见了踪影。李灿辉要回家去取换季的衣服，也早就做好了出门的准备。但临走时，看到王小羊迷离恍惚的样子，他又停住了脚。要不，李灿辉提议说，你跟我到城外去走一趟？

王小羊心里一动，是呀，与其这样在屋里待着，还不如跟他到外面去走走。不管怎么说，济南都在日本人的控制下，自己没有和组织联系的任何线索，也就是说，组织的人是不会主动来找自己的；而城外就不同了，由于很多地方都不在日本人手里，党组织或抗日武装会活动得多些，即使他们不认得自己，但起码见到他们的机会多许多……想到这里，王小羊就答应了他的提议，跟在他的身后朝校外走去。

刚走出校门，他们遇到了林美娜。星期天没有事干，林美娜来找王小羊玩。听说他们要到城外去，林美娜也兴奋起来，非要跟在他们身后出去玩。看她急切的样子，王小羊用讥讽的口气说，怎么？那天踏青还没有踏够？

林美娜还没有回答，李灿辉就赶紧声明说，那天我们根本没有出去踏青，我不是跟你说过了吗？

是吗？王小羊还有些不相信。

不信你问林美娜，李灿辉解释说，我们还没有走出这条街，林美娜就说不去了。她回她们学校去了，我也只好又走回来。

王小羊有些不解，为什么没去呢？

李灿辉叹口气说，这不是明摆着嘛，林美娜不愿和我一起出去呗。

听了他的话，王小羊也又有些感动，瞟了一眼林美娜，想和她说句温情的话，但当着李灿辉的面，他又没有说出来。

林美娜却不吃他这一套。李同学，他又转向李灿辉说，那天我没有让你陪我，今儿我补上，走。说着，她拉了一下他的胳膊，大步往前走去。

王小羊被甩在了后面。看着林美娜故作傲慢的样子，他咽口唾沫，在心里对她说，瞧你那副德行。

李灿辉回头看他一眼，脸上满是无可奈何的表情。

为了不扫大家的兴，王小羊调整好自己的情绪，快步朝他们赶过去。

李灿辉的家在城外不远的一个山脚下，日头还在东南方向，他们就赶到了那个叫李庄的村子。王小羊的家是在平原地带，林美娜更是生长在城市里，两个人对山区都感到十分新鲜。李灿辉懂得他们的心思，嘱咐母亲给他收拾衣物，并尽量做一顿好些的饭菜，便带领他们到山上去玩。

来到山上他们才知道，其实山区的春天早就来到了，尤其是朝南的阳坡上，树木都冒出了鲜绿的嫩芽，一些果树诸如桃梨杏之类都开出了颜色不同的花朵，把山野装扮得格外艳丽好看。

林美娜高兴得像一只活泼的小鹿，蹦蹦跳跳地走在前面，碰见桃树便采几枝桃花，碰见杏树便采几枝杏花，不一会儿，她的一双小手便抓不住了，只好频频地往他们手里塞。真是踏青的好时候，她白一眼王小羊说，有的同学还说不愿出来呢。

李灿辉打着哈哈说，还说呢，我想跟别人去踏青，人家还不喜得带我去呢。

林美娜不好意思地说，李同学海涵，今儿就当我带你来的吧。

李灿辉认真地说，这是什么道理？明明是我……

在他们无聊斗嘴的时候，王小羊又想到了自己的任务，不禁转移话题说，灿辉，这儿，他朝山野里划拉了一圈，这儿有没有什么……武装？

武装？李灿辉吓了一跳，你是指什么？

当然是，王小羊犹豫了一下，还是明确地告诉他，当然是指打鬼子的武装。

林美娜也不解地看他，你，你怎么想到了这个？

李灿辉惊慌地朝四周看一眼，摇摇头说，这个我可不知道。

王小羊失望地叹口气，在心里嘟囔着说，看来依靠他们，是不可能找到抗日组织的。

在山上转悠了多半个时辰，他们沿着来路下山去。就在快要走进村里时，他们突然发现了日本人，一队身穿白色防疫服的日本兵不知什么时候来到了村子里，正在把各家各户的人驱赶出来，聚集到村东一个打谷场里。

怎么回事？李灿辉惊讶地说，他们为什么把人往场院里赶？

林美娜指出说，他们还戴着防护面具呢，到底发生了什么事？

李灿辉看到自己的母亲也在被驱赶的人群里，禁不住轻叫一声，做出了要朝山下冲去的架势。

别去！王小羊一把拉住了他，先看看他们到底要干什么。

三个人猫着腰在一堆石头后藏好，只是把头探出来，直直地看着场院里发生的事情。林美娜不觉把身子朝王小羊靠过来，王小羊则伸手搂住了她的肩膀。傍在他们身边的李灿辉怕冷似的颤抖不止。

不一会儿，令他们感到震惊不已的一幕出现了。在日本兵的逼迫下，被赶到场院里的人们一个个跪倒在地下，两手触地，高高地撅起屁股，有几个年轻人不愿这样做，立即被日本兵的枪托打倒了。八格牙路！日本兵一边大声叫骂，一边强令他们摆出这个不雅的姿势。一个小伙子突然爬起来，撞倒了一个日本兵，撒腿朝场院外跑去。开枪！一个日本军官挥起战刀叫喊。另一个日本兵扣动扳机，一枪将那个小伙子打倒在地。

天哪！林美娜叫出一声，把两手使劲捂在胸口上。

小伙子被打死后，其他的人都不敢再动了，只能规规矩矩地趴在地下。随后，几个手持采便器的日本兵走过去，逐个扯下人们的裤子，不由分说便对他们采便。

林美娜涨红了脸，急忙掉转过身来，大口喘着气说，他们这是要干什么？

侮辱，李灿辉用拳头捣着地说，日本人竟然这样侮辱我们……

王小羊很快看明白了，日本人这是在对人们进行采便化验。他们为什么要这样做？他在心里发问，难道说这个村里的人出了什么问题？

就在他们感到愤怒和困惑的时候，几个在旁边巡逻的日本兵发现了他们，等三个人反应过来时，那几个日本兵已经围住了他们。什么的干活？其中一个留着仁丹胡子的头目喝道，为什么不去场院里集合？你们良民的不是？

王小羊赶紧说，我们，我们不是这个村里的人。

仁丹胡子狐疑地看着他们，你们的从哪里来？

王小羊朝济南城的方向指了指，我们是城里的学生。

学生？仁丹胡子围着他们转了一圈，突然把指挥刀往刀鞘外拔了拔，你们学生的不是，一定是游击队的干活。

不是游击队，李灿辉举起两手申明说，我们真的是学生，不信我给你们说几句日本话。

噢，仁丹胡子很感兴趣地看着他，你的会说我们日本话？说来听听。

李灿辉鼓起勇气，结结巴巴地和他们说了几句常用的日本话。

约西，仁丹胡子连连点头，把刀推回到刀鞘里去，抬手拍拍他的肩膀说，你的朋友的干活。那几个持枪的日本兵也把枪放下了。

你们，李灿辉朝场院里指了指，茫然不解地问他们，为什么要这样对待那些人？

这个村子，一个日本兵也朝村子里指一下说，发现了霍乱患者。

什么？王小羊三个人都大吃了一惊，他们明白，霍乱可是一种急性传染病，如果……

怎么会？李灿辉本能地摇头，怎么会呢？

应该是霍乱疑似患者，仁丹胡子纠正那个日本兵的话说，我们防疫部门来给他们采便化验，帮助你们支那人扑灭霍乱。

三个人互相看看，一时不知该表示什么好。

日本兵放过了他们，继续绕着村庄外围巡逻去了。

我不相信，李灿辉抱住头，使劲摇摆着说，我们刚刚从那里出来，怎么会……

就是，林美娜也拒绝承认这件事，总不会我们也被传染上了吧？

王小羊想了一下，又掉头问李灿辉说，这里原先出现过霍乱病人吗？

没有，李灿辉毫不迟疑地摇头，先前我就不知道霍乱是怎么回事，上了学后才听说。

这就怪了，王小羊再次朝村子里看，既然这样，那他们到底在搞什么鬼呢？

03. 告别恋人

从李庄回来后，王小羊和李灿辉都有些心神不定，疑心自己会不会感染上日本人所说的霍乱病。但几天过去了，他们的身体都没有任何不适的感觉，后来见到林美娜，她也一切如常。联想到仁丹胡子说到的“疑似”二字，王小羊便断定，这不过是日本人耍的花招。但为什么他们要这样干？他却是百思不得其解。

王小羊和他的同学当然不可能知道，日本人在李庄对疑似霍乱患者的检验，恰是他们将要发动的“鲁西细菌战”计划的一部分，目的是让参与行动的部队来一次实战演习，积累经验，以便在霍乱病真正暴发时能够从容应对。尽管王小羊无法知晓事情的真相，但他毕竟掌握了那个“在鲁西一带进行生化武器作战”的情报，根据不多的一点医学知识判断，霍乱病菌不也是属于生化武器的一种吗？而且在此之前，他也不止一次听说过日军在中国战区和根据地实施过细菌作战的事，联系日军在李庄一带的反常行为，他不能不担心起来。

随着气温的一天天暖和，季节已经走到了春天的深处。王小羊不敢再做逗留，那份藏在他心里的情报就像一颗定时炸弹，一天不把它扔出去他就一天不安，鲁西一带的广大军民也就多一天危险。许多次梦里，他都看见邱浩天带着一身血污来到他面前，用严肃的口气质问他，我交给你的任务完成了没有？

没有？王小羊只能这样回答。

为什么还没有完成？邱浩天恼怒地批评他说，难道你要让情报烂在你肚子里吗？难道你要眼睁睁看着我抗日军民受到敌人的屠杀残害吗？

我……王小羊想说我不知道该把情报送到哪里去，但他又没有勇气说出来，他知道这无论如何不是他不采取行动的正当理由。

邱浩天好像知道他的心思，不禁失望地叹口气说，难道活人会被尿憋死吗？如果知道你连这点办法都想不出来，我又何必发展你为组织成员？我又何必把如此重要的情报交给你？

面对这样的指责，王小羊羞愧地涨红了脸面。他再也没有什么理由好讲，为了让这个在坟墓里也不得安生的人闭上眼睛，他不再犹豫，用义无反顾的口气对他说，老师尽管放心吧，我马上就会行动起来，不管克服多少艰难险阻，我都会把情报送出去。

我能相信你吗？邱浩天依旧充满疑虑地看着他。

为什么不能？王小羊在心里问他，我就那么让您失望了吗？这一刻，他甚至感到了一点点儿委屈。

邱浩天看出了他的心思，继续不动声色地说，那你来告诉我，你将怎么开始你的行动？

我……王小羊真的不知道该怎么回答了。每次到这个时候，他便从梦中醒来了，醒来了便再也闭不上眼睛。是呀，你将怎么开始你的行动？他像邱浩天那样一遍遍地问自己。也许就从那个时刻起，他知道接下来自己再也没有任何理由不采取切实的行动了。

王小羊终于做出了离开济南前往鲁西的决定：既然日军要在鲁西一带实施生化武器作战，那就索性把情报送到鲁西抗日根据地去，而且鲁西是他的家乡，到那里去找党的组织，他还是有信心完成使命的。打定了这个主意，王小羊便决定去找林美娜。要离开济南了，不知道什么时候才能返回来，而且路途遥远，是不是有什么意外出现都是不敢确定的一件事，在这个时刻他要和林美娜见一面，告个别。不管怎么说，他们也算是情人关系了，况且已经好上了那么多日子，他怎么能背着她离开济南呢？

说起来，王小羊与林美娜的交往和他加入邱浩天的地下组织，差不多是处在同一个时间内。他第二次来到邱浩天家里时，就见到了这个叫林美娜的姑娘。应该说，那次见面是一个并不愉快但却印象深刻的场面。那天，王小羊心事重重地来到邱浩天家，想和他继续上一次未完成的谈话。但他走进邱家的院子，刚要敲门，门板却霍地打开了，一盆水兜头朝他浇下来。他没有来得及做出反应，便被那盆水浇了个正着，头脸连同上半身的衣服都淋湿了。王小羊退后了一步，抹一把脸上的水渍，抬起头来，看见一个少女端着一个空盆，正对着他呆呆地发愣。

对不起，少女涨红着脸说，我没有想到外面有人。

王小羊有些狼狈，抖一抖水湿的衣服，不满地看了她一眼，转身要往回走。

我不是故意的……少女急忙跟出来一步，要对他再解释一句。

王小羊只好回过头，尴尬地朝她笑了一下。没事。他故作大度地说。

你，你来有事吗？少女问他。

我找邱老师，王小羊只好告诉她说。

他不在家，少女变得热情起来，不过一会儿就回来了，要不要进来等一下？

王小羊又打量了她一眼，但没有回答她的话。你是谁？我怎么没见过你？

我是你邱老师家的人呀。少女俏皮地说。

王小羊想了想，上次来时的确没有见到这个人。你是邱老师的什么人？他女儿吗？

是呀。少女点点头说，怎么？不像吗？

王小羊还没有说什么，邱浩天的妻子张淑娴就出来了。哎呀，看把你浇得……她颇感歉意地朝他微笑着，回头埋怨地看了少女一眼，又对他解释说，她是我娘家的侄女，还不会干活，毛手毛脚的……

王小羊这才明白，原来他不是邱浩天的女儿。可她为什么骗自己说是呢？他不禁又瞪了她一眼。

张淑娴热情地把他让到屋里，又吩咐少女说，美娜，别愣着了，给小羊拿件干净衣服来。

很快，叫美娜的少女就从里屋拿出来一件男式上衣，径直递到他手里说，这是你老师的衣服，你就将就着换上吧。

在王小羊换衣服的过程里，张淑娴到另一间屋里忙自己的事情去了，美娜却还站在他身边，目光专注地打量着他。王小羊被她看得有些不好意思，两手变得僵硬起来，老是不能把她拿来的衣服穿到身上。

看他笨手笨脚的样子，美娜止不住捂住嘴，吃吃地笑起来。

王小羊有些恼怒，她不仅把自己浇湿了，还骗自己，这会儿又笑自己，实在是不太像话。今儿遇上你算是倒霉了。他气呼呼地说。

真小心眼儿，美娜止住笑说，我又不是故意的，现在向你道歉还不行吗？

见她说得爽快，王小羊心里的气也便很快消下去。打本心里说，他倒是并不讨厌这个豁达秀美的女孩子。

在等待邱浩天的过程里，他们随便闲聊了几句，互相得知学习的专业相似，又是同一级，一下子便觉得亲切了许多。自然，王小羊也记住了她那个漂亮的名字：林美娜。

从那以后，王小羊每次到邱浩天家来，差不多都会遇到林美娜，他吃不准这是巧遇，还是林美娜有意来和他相见。两个人见了面，除了正常打招呼外，还会见缝插针聊会儿天，每次都有些余兴未尽的感觉。久而久之，王小羊便有了一种错觉，好像到邱浩天家去，就是为了和林美娜约会似的，也便多了一份期待，如果一次没有见到林美娜，心里就有一种失落的感觉。

难道这就是爱情吗？王小羊不止一次地悄悄问自己。最终他只能明确地告诉自己，没错，这就是传说中牛郎和织女经历的那种叫“爱情”的东西。没想到，只能在书籍上看到过或在冥想中体味过的东西居然降临到了自己的身上。

正当王小羊和林美娜在爱情的道路上大步奔走的时候，他却要离开林美娜，执行一件重要而隐秘的任务去了。他真不忍心离开她，在这种动荡的日子里，每一次离别都可能发展成永诀，这次去执行任务会不会……他又想到了先前那个一度诱惑着他的梦幻，像高更那样去寻找属于自己的塔希提，在那个远离世俗的地方从事令他迷醉的艺术创作，那时，他一定会带上心爱的女人林美娜，在那个地方把她连同自己都变成原始淳朴的毛利人……可是现在，他却无意中闯进了邱浩天为代表的“革命者”生活，就像邱浩天一再告诫他的那样，作为一个革命者，不但要胸怀天下，全心为民，为崇高的理想而奋斗，还要遵守纪律，敢于牺牲，随时接受可能到来的危险和灾难。想到这一切，王小羊越发渴望见到林美娜，就好像自己不能再次归来了似的，脚步离开地面，越来越快地奔跑起来。

但王小羊才跑了一条街道，拐过一个弯后，便被前面聚集的一群人挡住了去路。尽管那群人中传出了争吵声，他却不想去凑那个热闹，原本打算绕开他们，从另一条胡同里去往林美娜的学校。可就在他从那群人身边走过去的时候，却发现原来是一个日军士兵在暴打一个中国老人，便不由得放慢了脚步。那个中国老人已经倒在地下不能动弹，可那个日本兵却依旧挥动着枪托，毫不客气地往他身上击打。你这个支那老鬼，日本兵边打边骂，今天让你领教一下大日本帝国的厉害。可怜的老人身子翻滚起来，渐渐停在了王小羊脚前。王小羊低下头，望着老人衣襟上浸出的斑斑血迹，一时惊诧得目瞪口呆。日本人真是太欺负中国人了。他在心里说，虽然这样的情景他见过不止一次两次了，但此刻面对着已经被打坏了的老人，他还是禁不住捏紧了拳头。

如果不是一个黑壮汉子出手的话，说不定王小羊就会站出来，和那个不讲道理的日本兵较量一下，虽然他知道自己不是那个日本鬼子的对手，何况他手里还有枪支。再说这里又是日本人统治的天下，搞不好就会给自己惹一身麻烦。但看着自己的同胞被打，许多人只知道看热闹，身上正涌荡着热血的王小羊便很容易激动起来，不计后果地挺身而出，从而给自己接下来的行动带来致命的伤害。就在王小羊打定主意救援老人的时候，一个黑壮的汉子却先他走出人群，冲到那个日本兵面前，挥手便是几记老拳。也怪那个日本兵没有防备，一下子便被打倒在地下了。周围的人反应过来，立刻爆出一阵热烈的欢呼声。打得好！他们争相叫喊。日本兵被打蒙了，吃力地从地下爬起来，一边摇晃着身子一边把枪端起来。谁的打我？他茫然失措地朝四处打量。而此时此刻，那位黑壮汉子已经隐到人群里，不知跑到什么地方去了。

被打坏的老人得救了。日本兵找不到那个打他的黑壮汉子，在叽里呱啦地叫喊了一通后，也只能作罢。王小羊松开了捏紧的拳头，朝日本兵摔倒的地方吐了口唾沫，转身离开那条街道，继续向林美娜学校的方向走去。不要忘了，这里还是中国人的天下，狗日的小日本，等着吧，早晚有一天我们会让你们滚回到那个小岛上去。

半个钟点过后，王小羊来到了林美娜所在的省立女子师范学校门口。他知道自己作为一个男生，是不可以随便到这个校园里去的，便径直走进门卫室，向一个值勤的老头说明自己的情况。好说歹说，老头才让他在一个本子上登记，打算放他进去了。但就在这时，一个戴着金丝边眼镜的日本人走了进来。一见他进来，老头立刻毕恭毕敬地站起来。

日本人没有理会他，盯着王小羊上下打量说，你的不能进去。

王小羊一愣，为什么？

这是女子学校，日本人指着挂在门口的牌子说，男生的不能随意进出。

我……王小羊张张嘴，没有说出什么。

本校尊崇东方道义的要谛，中国传统的美德，日本人摇晃着脑袋说，要让这个学校里的女子循规蹈矩，成为具有良善思想、遵守纪律的学生，所以严禁她们与男生的交往。

王小羊在心里说，真是虚伪透顶，你们在南京实施大屠杀，在占领区奸淫妇女的时候，怎么不循规蹈矩？怎么没有良善思想？怎么不遵守纪律？他明白过来，这个阴阳怪气的家伙一定是这个学校的学监。他不禁替林美娜感到担忧，在这样一些人的监督下，性格外露的林美娜是怎么度过她每一天生活的呢？

日本学监离开后，王小羊还不甘心地在门卫室前溜达，难道就真的不能见到林美娜了吗？老头看他可怜，主动给他出主意说，我给你找个学生问问，看有没有你说的那个人。老头走出门卫室，朝远处一个女生喊了两声。那个女生走过来，老头把她领到王小羊面前说，让她给你传个信儿得了。

但这个女生不认识林美娜，甚至没听说过这个名字。你就帮我问一下吧，王小羊哀求她说，我有急事找她……

女生皱了一下眉头，才不情愿地答应说，好吧，我去给你问一问，如果找不到可不要怨我呀。

谢谢你，王小羊一迭声地说，太谢谢你了。

女生离去了好一阵子，校园里还没有林美娜的任何动静。王小羊快要绝望了的时候，忽然眼前一亮，看见林美娜顺着一条甬路朝大门口走来了。他松了一口气，赶紧冲着她迎上去。

王小羊，林美娜惊奇地看着他，你怎么来了？

王小羊这才意识到，自己这是第一次主动来找她，难怪她会觉得奇怪。我，我来看看你……他有些口吃地说。

嘀，林美娜撇撇嘴说，莫非日头从西边出来了？

王小羊没有心思和她开玩笑，掉转话题说，你们学校可真严呀，差点让我见不到你……

谁让你是男的呢！林美娜瞟他一眼，随即又叹口气说，那个日本学监也不知道要干什么，千方百计不让我们和男人说话，谁要触犯了纪律，就会被他罚到操场上去跑步。

王小羊不禁想到自己学校里的那个木村义邦。我们就不要站在这里了吧？他提出说，是不是到外面去转一转？

好呀，林美娜爽快地答应说，我正想到外面去散散心呢。刚刚走到一个僻静处，她便停下来，一把拉住了他的手，低下声说，告诉我，是不是想我了？

听她如此赤裸地说话，王小羊一时有些难以适应，脸颊一下子热起来。他想抽回自己的手，无奈林美娜攥得太紧。看她还在急切地等待回答，他只好点了点头。

林美娜顺势抱住他的脖子，在他脸上轻轻地吻了一下。

王小羊使劲挣开她的搂抱，别，别让他们看见了。

看着他面红耳赤的窘迫样子，林美娜止不住大笑起来，看你羞答答的样子，兴许到我们学校来上学正合适呢。

王小羊白她一眼，最让他受不了的就是她对自己如此的嘲笑，好像他这个乡下人真的适应不了城市生活似的。

看他不高兴了，林美娜便又上前来，攀住他的胳膊说，我们别在街上转了，还是到我家去吧！她朝前指了一下，就在前面不远的地方。

王小羊急忙停住了脚。不，他本能地摇摇头说，还是不去了吧……是呀，他怎么能随便到她家去呢？听李灿辉说，林美娜生活在一个很富裕的家庭，父亲是个资本家商人，光在济南的店铺就有好几家，想必是一个骄横世故的家伙。王小羊天生不喜欢这样的人，相信自己也肯定不会被人家看好，在这种情况下，他怎么能轻易到他们面前去呢？

你就去吧，林美娜摇晃着他的手说，天不早了，中午让厨娘给你做顿好吃的，怎么样？

不，王小羊坚定地拒绝说，要吃饭，我们还是就在街上吧。

见他实在没有妥协的余地，林美娜便也只好作罢。那好，她想了一下说，我带你去一个地方，去尝一下济南的名吃。

一刻钟后，林美娜把他领进了一家不太大的饭馆，一进门，厅堂的正面墙上“宾至如归”几个大字便映入了眼帘。看来她是这里的常客了，一照面，老板就亲自迎了过来，把他们领到一张桌子后，吩咐伙计给他们上了两杯热茶。林美娜也不客气，大大方方地坐下，没有征求王小羊的意见，就翻着菜谱自己做主，点了一大盘宫保鸡丁，一盆当归鸡蛋汤，三个三鲜锅贴和两碗五香甜沫。

知道这菜为什么叫宫保鸡丁吗？林美娜用筷子敲敲盛鸡肉的盘子说。

王小羊摇摇头，很有些惭愧地说，不知道。

那我来给你说一说。林美娜用故意显摆的口气说，其实这个保，不是煲，也不是爆。她边说边蘸着茶水在桌子上写字，这里面有个典故，清代的时候，有个山东巡抚叫丁宝桢，曾被赐封为太子太保……知道太子太保是什么官职吗？

大概就是，王小羊试量着说，皇帝的老师吧？

林美娜点点头，没错，就是皇帝的老师，简称宫保。这丁宝桢经常琢磨吃喝，最喜欢家厨烹制的炒鸡丁，每次宴请客人，必上这道菜，久而久之，炒鸡丁就被人们叫成了宫保鸡丁，一时间享誉天下。

原来宫保鸡丁是这么来的？王小羊恍然大悟。

今儿你也和巡抚大人共用一道菜了，林美娜把盘子往他面前推了推，怎么样？滋味不错吧？

是好吃，王小羊连吃了几口，不禁赞叹地点点头，随即又抬起眼来看她，想不到你对这个还很有研究？

那是，林美娜颇为得意地说，我研究的美食还多着呢，以后你多来便是，管保你三个月也吃不了重样的菜。

三个月……王小羊不禁想到了自己即将去执行的任务，差点脱口而出，但他随即想到，这是组织交给自己的秘密使命，怎么能随便对他人说呢？他赶紧闭住嘴，想了一下才对她说，美娜，我要回老家一次……

回老家？林美娜一愣，随即又似乎明知故问，这时候回老家干什么？

我回家去取换季的衣服，王小羊对她撒谎说，并故意向门外看了一眼，天开始热了，我应该……

你家离这里不是很远吗？林美娜不以为然地说，来回要耽搁许多时间的，现在又不是假期，你怎么……

我会向学校请假的，王小羊加重了语气说，我已经两年多没有回去过了，现在我必须……

现在西边那么乱，林美娜担忧地提醒他说，又是占领区，又是根据地的，几乎每天都在打仗，你到那里去不是很危险吗？

危险也要……王小羊越发不容置疑起来。

林美娜直直地盯住他，告诉我，你是不是有什么事？

没……王小羊赶紧摇头，没什么特殊的事……

我看你有事瞒着我，林美娜嘟起嘴来说，不然你不会这么坚决。

好了，王小羊摆摆手说，我争取尽快赶回来。

你是来和我告别的吧？林美娜打断他的话说。

是……王小羊点点头。

我说日头怎么从西边出来了呢?！林美娜不高兴地说，要不你也不会主动来学校找我。

王小羊只好顺着她的话说，回来后，我一定马上来找你……

知道我为什么点这盆汤吗？林美娜又用筷子敲敲另一个汤盆说。

为什么？王小羊没明白她的意思。

看来你已经忘了，林美娜埋怨他说，这盆汤的名字叫“当归鸡蛋汤”……

没有等她的话说完，王小羊便疑惑地问她，莫非你知道我要离开这里？

也许是被我蒙着了吧，林美娜把汤盆里的汤舀到他面前的小碗里说，喝一口吧，品品这碗汤是什么滋味。

王小羊还没有喝那碗汤，眼里就浮出了两行热泪。美娜，他抖抖地伸出手，把她的手紧紧地攥住，谢谢你……

小羊，林美娜也有些控制不住了，把他的手拉到自己的嘴边，你可一定要回来呀。

我当然会回来的。王小羊郑重地回答她说。

我等着你。林美娜把自己的脸腮伏在他的手上。

放心吧，王小羊尽量用坚定的语气说，我们一定会相见的……

尽管这样说着，王小羊心里却并不相信自己的话，正像林美娜说的那样，去往老家鲁西的路颇多艰难，而且自己使命在身，到底能不能完成任务，有没有意想不到的遭遇，都还是未知数，就连能不能返回来也是一件说不定的事。这样一想，王小羊便有了一种不仅仅是告别的感觉，好像这一去，就真的是与这个他最心爱的人诀别了似的。

与林美娜分手后，王小羊走出了很远，才慢慢地停住脚，转回身，望着林美娜渐渐远去的身影，心里涌动着一阵阵激烈的潮水。美娜，他在心里深情地叨念着，一定要等着我……他再也抑制不住，泪水突然夺眶而出。

第二章

04. 敌后家乡

告别林美娜后的第二天，王小羊便踏上了去往老家的路途。

他的老家鲁西一带，抗日战争时期属国民党山东第四（临清）和第六（聊城）行政督察专区，共产党领导下的抗日根据地则属于冀鲁豫边区和冀南，战略地位极为重要，是连接山东、冀南、冀中和太行山抗日根据地的交通要道，同时也是冀鲁豫边区抗日根据地的中心区。抗日战争爆发后，聊城行政督察专员范筑先和中共鲁西地方组织团结合作，创建了国内知名度很高的鲁西平原抗日根据地，部队发展到6万多人，政令通达30余县，把黑暗落后的鲁西变成了光明先进的鲁西。与此同时，八路军一二九师挺进鲁西卫河以东和冀南地区，开辟了大片根据地。不久，范筑先被国民党山东顽固派勾结日寇陷杀于聊城，共产党八路军便独立支撑起这一地区的抗战重任。日军回师华北后，在鲁西一带疯狂推行“强化治安运动”，国民党地方顽固派也配合日军向八路军进攻，加上连年自然灾害，根据地遇到了前所未有的严重困难。共产党领导抗日军民殊死奋战，不屈不挠，以每年几百次战斗、牺牲数万人的沉重代价，度过了这一段极端困难的时期，鲁西根据地不仅得到了巩固，而且还不断扩大，成为插入敌人华北占领区心脏的一把尖刀。就是在这样的形势下，日军部署了被他们称之为“十八秋”的鲁西生化武器作战计划，企图扑灭根据地迅速壮大的抗日力量。

济南距聊城约有三百华里，对这段不算太短的路程，王小羊并不觉得多么困难，反正在乡下时也没有乘过什么车，这两年又不断被木村义邦在操场上罚跑，也算是把腿脚上的功夫练出来了。但为了早一点赶到目的地，他还是希望能有什么交通工具让自己搭乘一下。可走出了足有三十里地，他也没有看到什么车辆，倒是碰见了一头驮着柴草的毛驴，后面尾巴上拖着一个老妇人。他看出来，毛驴瘦弱不堪，驮着两捆柴草都十分吃力，老妇人也很疲惫，尽管拽着毛驴的尾巴还是走得拖拖拉拉。王小羊摇摇头，赶紧把眼睛掉到一边去。

道路越来越难走，较为宽敞的公路遭到了不同程度的破坏，有的路段布满弹坑，想必是在此地发生过激烈的战斗。有的路段挖着壕沟，不知是抗日武装还是日本鬼子所为。几乎每隔几里路，就会遇到一个炮楼子，周围是一条条封锁沟和一道道铁丝网，纵横交错着通往远处，直到和另一个炮楼子连接到一起，远远看上去，地面就像张布了一个个庞大的格子网。王小羊明白，这就是日本人的“囚笼政策”导致的结果，他们为了消灭无处不在的抗日武装，就用这种方式切块分割，层层递进，步步蚕食，把中国大地糟蹋成了这种遍地疮痍的难看样子。狗日的小日本，王小羊在心里愤怒地咒骂，难道这就是你们建立的“王道乐土”吗？炮楼子上游动着站岗的伪军，王小羊从旁边走过时，他们就朝他厉声吆喝，干什么的？不许靠近，不然老子开枪了。说着，还真的把枪举起来，哗啦哗啦地拉动枪栓。这帮胆小鬼，王小羊在心里嘲笑他们，看来是让游击队打怕了。为了减少不必要的麻烦，王小羊只好离开大道，去走那些隐藏在荒草间的羊肠小路。

离开济南没多远，王小羊就看出来，乡村的土地是遭到了严重的干旱。他回想了一下，去年秋冬以来，就没有下过一场像样的雨雪，在城市里还感觉不到什么，乡下就不同了，失去了雨水的浸润，毫无遮拦的土地便张开了饥渴的大嘴，被炮火熏黑的树木耷头蔫脑，勉强种下的庄稼也半死不活，除了间或跑过去的一两只野兔，大地上竟然一片死寂，没有一点点儿活泼的动静。看到地面上那一条条裂口，王小羊不禁也口渴起来。是呀，在路上走了半天了，日晒加上疲乏，他脸上满是汗渍，真的需要补充一点儿水分了。可到哪里去找水呢？除非万不得已，他不想到村子里去。在这个纷乱的世道里，各村都加强了各自的守护，一般情况下陌生人很难进去，他自然不想去碰那个壁。王小羊打算找一个有天然水源的地方，比如水塘、水井什么的。但他很快便失望了，走过的几个水塘都已经干涸见底，有一个倒是剩下一点点儿水，却也黑乎乎脏得不行，还有几只鸭子在里面扑腾，弄出一股臭烘烘的味道，别说喝了，就是闻一下都要恶心。井里倒是有水，可水却很深，把一粒石子抛下去，很久才传来一点儿响动，旁边又没有水桶之类的用具，纵使他拼命把头往井里探，身子快要栽下去了，也无法舔到一丝水汽。

越往西走，干旱似乎便越厉害，地里的树木枯死无余，且都被扒光了外皮，像一个个人骨戳在原野上。地面大多裸露着，竟然看不到几棵庄稼幼苗，仅有的一些杂草也没有绿色。这都已是春夏之交了，哪里有一点生机勃勃的迹象?!大自然在这个世界上呈现的一切好像都早就死掉了。在时而飘动的沙尘中，王小羊看见几个逃荒的人，不管男女还是老少，都一律光赤着脚板，几缕麻片似的破衣勉强遮在身上，尖细的脖颈挑着一颗显得格外硕大的脑袋，一手用木棍支撑住摇摆的身子，一手托举着一只烂了半边的碗盏。从他们走过的地方，王小羊继而发现了一具死尸，是个白头发的老者，身上的衣片已被剥去，袒露出的身形瘦骨嶙峋，空洞的嘴巴张得老大，似乎能吞下整个天空去。王小羊实在不忍看他这副样子，赶紧停下脚，拢了一堆干草，将他并没有多少羞处的身子盖住。应该说，春荒时节人们度日的艰难，他这个乡下生长的孩子是知道的。但事情的严重程度还是出乎了他的意料，由于日本人的一次次扫荡和围剿，再加上这场旱灾的肆虐，大平原上的人们居然沦落到了如此悲惨的地步。王小羊一边慢慢往前走，心里一边瑟瑟地颤抖。

日头快要沉落了，王小羊终于走不动了，中午没有吃上像样的饭，只凑合着吞咽了一个馒头，而且没有找到水喝，再走下去，他真担心也会像那个老者一样倒毙路边。尽管不情愿，他还是决定找个地方住下来，休歇一夜，等明天再走余下的路。前面出现了一个较具规模的镇子，想必里面会有待客的店舍，就去打探一下吧。

像大多数村镇一样，这个镇子也在四周垒起了寨墙，只留下一前一后两个寨门，门口都有持枪的乡勇把守。王小羊硬着头皮走过去，朝他们说明自己的来意。乡勇端着大枪，绕他打量了一圈说，店倒是有，只是不知道你是好人还是坏人。王小羊赶紧拿出自己的“良民证”，让他们验看。乡勇又盘问了他一番，看他也不像什么坏人，才放他进到镇子里去。不要乱走乱动，不然别怪我们的枪子走火。他们又朝着他的背影警告说。

王小羊找到一家客店，办好了住宿手续，还没有朝客房里走，就先来到水缸前，舀了一瓢水，咕咚咕咚喝下去。正好一个伙计挑着两半筲水进来，见他如此大方地喝水，便不满地对他说，你倒是喝得痛快，知道我打水多么不容易吗？王小羊尴尬地朝他笑笑，放下水瓢，才朝客房里走去。

这个客店十分简陋，屋子里只有一盘土炕，上面铺着半张草席，其他什么东西都没有了。王小羊累得不行，一心只想休息，有炕就等于什么东西都有了。他在炕上倒下身子，很快便睡着了。但他才睡了一会儿，就被什么人推醒了。干什么？他懵懂着爬起来，抹抹眼睛，看见店铺的老板站在他面前，后面还立着一个腰挎驳壳枪的麻脸汉子。

客官，老板不自然地朝他笑着，炮楼里的老总查店来了，你帮忙配合一下。

王小羊这才明白，那个麻脸汉子原来是个为日本人做事的汉奸。

你是干什么的？麻脸汉子上前一步说。

住店的呀。王小羊懒洋洋地回答。

知道你是住店的，麻脸汉子把眼一瞪说，我是问，你从哪里来？到哪里去？

我是在济南读书的学生，王小羊再次把“良民证”掏给他看，然后又递给他自己的学生证，我回老家去……

老家在什么地方？麻脸汉子看过他的证件，继续盘问他。

在……聊城。王小羊迟疑了一下，还是如实说。

聊城？麻脸汉子盯住了他，聊城可是八路军活动的地方，你到那里去，是不是想投靠八路？

看你说的，王小羊摊开两手说，我还上着学呢，怎么会……这样说着，他忽然想到了同学李灿辉，便又信口说，我还想学好日语，到日本去留学呢。

留学？麻脸汉子依旧狐疑地看他。

不信我说几句日语给你听听。王小羊说着，就随口说了几句简单的日语。

他说得还真像。老板急忙伸出大拇指说。

麻脸汉子绷紧的脸肌松弛下来。好，他点点头说，看来你是日本皇军的朋友。他又拍拍他的肩膀，好好学，到了日本，你的前途可就远大了。

麻脸汉子走出门去，王小羊看见院落里还站着两个持枪的伪军。这帮无耻的家伙。他偷偷在心里骂了一句。

老板送走了那些人，回头看他一眼，便朝前台屋里走去。

掌柜的，王小羊喊住了他，有没有什么吃的东西？这时天快要黑下来，他真的感到饿了。

没有什么吃的东西。老板冷冷地说。

你这店里没有饭吗？王小羊又问，他有些不明白，先前老板对他蛮热情的，怎么忽然就带搭不理的了？

老板仰头看看天空，长叹一口气说，摊上这样的灾年，到哪里去弄什么好吃的东西？

王小羊觉得他误会了自己的意思，兴许正是由于那几句日本话的缘故，人家才把自己看成了麻脸汉子的同类。有什么吃什么吧，他讪讪地朝他解释说，只要填一下饥饿的肚子就行。

老板没有再说什么，只是随便点了一下头，便朝厨屋里走去。

过了一袋烟的工夫，一个伙计给他端来了饭，一盘炖豆腐，一碗绿豆粥，外加两个窝头。饭虽然不算很好，可都是乡村里的家常饭，王小羊过去吃的差不多就是这个，所以便觉得十分亲切，吃起来也就格外香甜。

夜里躺下后，王小羊尽管感到身上疲乏，却一时没有睡着。或许是在城里待得过久了，他对曾经熟悉的乡村生活竟觉到了些许陌生。你为什么要去济南上学？他忽然问自己，你是否已经忘记了乡亲们的苦难？他悄悄攥紧拳头，在心里一遍遍地说，等着吧，早晚有一天，会让那些像麻脸汉子一样霸道的日本走狗从这里彻底消失。

半夜时分，王小羊刚进入睡眠不久，突然被一阵激烈的枪声惊醒了。他爬起来，赤着脚跑到门口往外看。外面漆黑一片，什么都看不清楚。枪声依旧不住地响着，看样子是在镇子外面的远处。是八路军？王小羊心里一动，随即便兴奋起来，他们在攻打敌人的炮楼吗？他想到了那个前来查店的麻脸汉子，或许到不了天亮，他们那些人就被送到西天去了。他明白自己为什么迟迟睡不着了，原来是在等待这些枪声的响起。

枪声又持续响了一阵，才慢慢停歇下来。这时天已经不早了，王小羊走回到炕前，倒下身子，怀着喜悦的心情又睡着了。

第二天一起来，王小羊就去向老板打探，昨天夜里的枪声是怎么回事？他期待着老板告诉他一个振奋人心的消息。

但老板还是不放心他。我一直在睡觉，他不冷不热地应付他说，搞不清发生了什么事。

王小羊有些失望，结完账，走出镇子时，才听外面的人悄声传说，武工队昨天夜里把炮楼子给端了……王小羊心里一喜，果然正如自己所料，看来共产党领导下的抗日武装在敌后搞得很有声色呢。他真想到被攻陷的炮楼地点去看看，验证一下那个麻脸汉子的下场，又担心遇到不必要的麻烦，迟疑了好一会儿，才打消了探问炮楼地点的想法，重新踏上通向老家的路途。

又经过多半天的行走，日头偏西时，王小羊总算回到了家乡——坐落在聊城城区附近的王家庄。

尽管王小羊做了思想准备，但老家出现在眼前的景象还是超出了他的意料。田野间到处是半人多高的枯黄蒿草，却没有一棵庄稼苗。看来这一季是收不到什么粮食了，不知道人们的日子该怎么度过。原先整齐的寨墙大多坍塌毁坏，更没有任何人守护，他轻而易举便进到了村子里。街道上也没有一个人，两边的房屋有不少被摘去了门窗，没有生活用具的空屋袒露无余，有的房屋已经倒塌，废墟中奔跑着老鼠和蜥蜴。怎么回事？王小羊一边小心地往前走，一边在心里嘀咕，人都到哪里去了？他突然停下来，举起头，重新打量四周的街景，不禁有些疑惑，这是自己的老家王家庄吗？这个他一度在此生长和生活的地方，让他感到了从未有过的陌生。

快到自己的家了，王小羊心里越发紧张，真担心自己的家也人去屋空，那他可就没有什么地方好去了。进到了大门里，看到屋院还完好着，他才悄悄松了口气。但与他过去的印象不同，屋院也呈现出一些破败的景象，院地上凌乱不堪，屋门板也敞出几个破洞，看来好多日没有收拾过了。爷爷，娘，他还没有进屋，就大声朝里喊叫，你们在家吗？

随着他的喊声，没过多久，屋门便慢慢打开了。谁呀？一个有些苍老的声音传出来。

是爷爷。王小羊心里一喜，快步跨上门台阶，一头扑进了屋里去，爷爷——乍一进屋，他有些看不清里面的景物，只是盲目地朝前说，爷爷，是我，小羊回来了。

爷爷终于从昏暗中浮出来，眯起昏花的老眼，朝他打量一下，才认出了他来，真是小羊吗？

是我。王小羊跑上去，搀住老人有些晃摆的身子。在他的记忆里，爷爷虽然已经年迈，但却有一张分外硬朗的身板，头发也没完全变白。但现在出现在他面前的形象，却是那么的不同，身子不仅瘦得皮包骨头，而且朝前佝偻着，霜白的头发也快要掉光了，看上去像一株干枯了的老茅草。爷爷……王小羊的眼泪一下子流出来。

小羊，爷爷举起一只青筋裸露的手，在他头上用力拍了一下，你怎么回来了？

王小羊没有回答他的话，又掉开眼，朝四处看了一圈，急切地朝他问道，爷爷，我娘呢？还有哥哥妹妹他们，都到哪里去了？

爷爷摇摇头，坐回到一把老旧的椅子里，重重地叹了口气说，别提了，从去年咱这里就遭旱灾，小鬼子又不断来扫荡，乡亲们活不下去，就到外头逃荒要饭去了……

逃荒要饭？王小羊心里不禁一沉，我娘他们也出去了吗？

爷爷点点头说，自打过了年，咱家都断了顿，没有什么办法，再不出去要饭，怕是一家人就都要饿死了，你娘这才带上你二哥，也随着别人到外面逃荒去了。

那我大哥呢？

你娘对我放不下心，就把你大哥留在家里照顾我。说到这里，爷爷又哀伤地摇起了头，都是我连累了他们。

王小羊赶紧安慰他说，爷爷，您别这样说，我大哥本来就有毛病，也出不去的……对了，我妹妹呢？

你妹妹……爷爷看了他一眼，便赶紧把头扭开去，你妹妹没有熬住饥荒，年前就……

就怎么了？王小羊张大了嘴巴。

爷爷没有再说下去，只是不住地摇晃脑袋，很快，两行浑浊的老泪就从他枯瘦的脸上流下来。

妹妹……王小羊很快明白了，妹妹怕是已经被饥饿夺去了性命。他多么不愿意相信，但这一切却在他不知道的情况下发生了。他想起两年前自己离去时，才只有八岁的妹妹牵着他的衣角，一直跟他走出了村子老远，才极不情愿地松开手。三哥，妹妹哭着叨念说，你快回来，我还等着你带我去捉黄鹂鸟呢。这是他对她的一个许诺，也是哄她玩时的一句谎话，可妹妹却当了真，并一直等待着他回来兑现。想到这里，王小羊心里疼痛难忍，过去怎么就没有真的给她去捉一只黄鹂鸟呢，以至于在以后的日子里，他就是捉到一大群这样的鸟，也没有机会送给她了。妹妹，王小羊伤心地说，哥哥对不住你。

别难过了，爷爷无奈地安慰他说，赶上这样的年景，再加上小日本的祸害，不饿死人才真是怪事。只是想不到，没有饿死我这个无用的老头子，倒把还没长成人的孩子给……

王小羊又想到了街上那些破废的屋院。遥想许多年前，王家庄曾经是一个拥挤热闹的大村，现在却变成了这种破败萧条的样子，真有些恍如隔世的感觉。他不禁在心里发问，难道这就是日本人“共存共荣”的真实图景？他忽然又想到了大哥王大牛，爷爷，大哥不在家吗？

他到外面寻找吃的东西去了，爷爷摇摇头说，要不我们明天也要断顿了。

王小羊想到田野间荒芜光秃的景象，便在心里哀叹，大哥那样一个被疾患所折磨的人，又到哪里去弄什么吃的东西呢？

没过多久，王大牛便回家来了。听到门响，王小羊迎到屋门口，看到哥哥飘飘忽忽地进到院子里来。正如他的预料，王大牛不知在外面转悠了多久，才勉强找到一点点树皮。王小羊记得，自己一路看见的树木，差不多都是剥光了皮的白色枝干，这些树皮他又是从哪里弄到的呢？

只有树梢顶还有一些没剥干净，王大牛喘着粗气说，我只好尽力往上爬，把树梢压折了，差点儿摔下来。

听他这样说，王小羊想象着他在树梢顶上的惊险场面，眼睛一热，泪水也又要流出来。

三弟回来了，王大牛叨念着说，给你弄点什么好吃的东西呢？他似乎陷入到了忧愁中。

我还要什么好吃的东西？王小羊急忙说，吃这些树皮就行了。

爷爷吧嗒一下嘴说，要不，你们去逮只兔子吧，回来炖点兔肉吃，算是给老三接接风。

还能逮到兔子？王小羊惊讶地说。

当然能逮到，王大牛也兴奋起来，人都被饿跑了，兔子却多起来，只要张下网去，一会儿就能逮到几只。

听他这样说，王小羊心里也有些激动，没有粮食，兔肉不是更好的食物吗？他可是很久没有吃到这样的美食了。

王大牛很快找出一架网来。王小羊知道，这是爷爷早年间逮鸟用的，也便想起了昔日跟随爷爷出去狩猎的情景，积郁在心里的忧愁一扫而光。他跟在哥哥身后，大步往门外走去。

王大牛领他走出村子，来到附近的田野间。田野里到处是茂密的杂草，一丛丛，一片片，铺满了让他看不到尽头的地面。王小羊在心里感叹，如果这些在风中摇摆的植物是庄稼该有多好。他看出来，尽管杂草们茎叶苍黄，却并没有完全死亡。他想不明白，为什么杂草没有旱死，庄稼却没有保住一棵？

王大牛随便找了一片草棵子，在一端将网草草地布起来，然后绕到另一端，挥舞着两手吆喝着轰赶。王小羊还有些不相信，兔子是狡猾的动物，这样就能把它们驱到网里来吗？再说，他也没有看到草棵子间有什么兔子。王大牛看出了他的心思，朝他挤挤眼说，你就等着看吧，管保你到时候目瞪口呆。说着，就加大了轰赶的力度。

不一会儿，让王小羊感到不可思议的情景出现了。随着哥哥的吆喝，草棵子乱纷纷地晃动起来。王小羊眼睛霍地一亮，看见草棵子间竟然出现了兔子的影子，而且不止一只两只，而是纷乱的一群。天哪，草丛里居然藏着这么多的兔子？

几乎没用什么劲儿，王大牛就网到了三只兔子，他挑选了一只肥硕些的留下，其余两只又被他放掉了。王小羊不免觉得可惜，刚逮到了又放掉，岂不也是浪费。但王大牛大咧咧地说，兔子多的是，以后可以再来逮嘛。王小羊想想，的确也是这样，反正兔子不难逮，再多来逮几次才好呢。

往回走时，王小羊朝四处看看，有些想不明白，既然兔子这么多，人们为什么放着兔肉不吃，而到别处去讨饭呢？他想问一下哥哥，又想这该是一个多么简单的问题，似乎简单到不需要答案，所以他张了张嘴，又没有问出来。就在这时，他忽然看到草丛间躺着一具尸体，与他在路上碰到的那具差不多，身上也没有衣服，因为皮肉稀少，也便没有看出是男是女。与那具尸体不同的是，这个人的皮肉大多已经被什么东西啃吃了，显露出一副完整的骨架。王小羊停下脚，呆呆地看着它，心里迷惑得不行，即使这是一个陌生的路人，既然已经死去了，村里人也应该把它埋一下吧。

其实这些草丛里不止他（她）一个，王大牛似乎明白他的心思，朝旷野间划拉了一圈，脸上没有多少表情地说，大家都见怪不怪了，所以也就没人再管了，再说，人们也没力气给他们收尸了。

王小羊叹口气，也只好告别那具尸骨，跟在哥哥身后回家去。他的目光又落在那只在哥哥手里挣扎的兔子身上，联想到刚才看到的尸体，他忽然有了一种若有所思的感觉。大哥，他又停下脚来，妹妹埋在什么地方？

王大牛犹豫了一下，没有说什么，便又拐回来，领着他来到一个乱葬岗子前。那个压着一块石头的土堆，他朝前指着说，那就是妹妹的坟墓。说完，他就留下王小羊，一个人先回村子里去了。

王小羊按照他的指点，深一脚浅一脚地朝里走去。他知道，这不是王家的祖坟，作为女人的妹妹没有长大成人，依照这一带的风俗习惯，是不能葬到王家坟地里去的，所以只能被埋到这里来。幸运的是，妹妹还有一个小小的墓穴，那些失去家人的流浪者倒毙路边后，只能让野物们啃吃自己的皮肉了。

快到妹妹的坟前时，王小羊忽然瞪大了眼睛，看见那块压在坟顶的石头上，居然栖落着一只黄鹂鸟。在他的家乡一带，黄鹂鸟是十分稀罕的鸟儿，不要说捉到，即使见到也是很不容易的。所以，妹妹就有了一个心愿，希望自己能拥有一只漂亮的黄鹂鸟，便纠缠哥哥王小羊帮她去捉。但直到在饥饿中死去，她都没能实现这个并不太大的愿望，因为那个答应过她的人其实是哄骗了她。愧疚之余，王小羊有些不大相信自己的眼睛，黄鹂鸟竟然不请自到地落在了妹妹的坟墓上，是否也有感于妹妹的心愿，来守护她可怜的灵魂了呢？

王小羊在妹妹坟前坐了好一会儿，直到那只可爱的黄鹂鸟在夕阳的余晖里飞走，他才起身来，慢慢朝村子里走去。

回到家时，王大牛给他做的炖兔肉已经快要出锅了。闻着锅盖下溢出的肉香味，王小羊嘴里一下子浸满了涎水。兔肉炖熟后，王大牛给他盛上满满的一碗，送到他面前说，吃吧。

王小羊接过碗，刚要吃，看见爷爷和哥哥都无动于衷，便咽回唾沫，又把碗送到爷爷面前，爷爷，您先吃。

爷爷却把碗推回来说，你快吃吧，我不吃这个。

为什么不吃？王小羊纳闷地说，锅里还有很多呢，我一个人也吃不了。他又转向哥哥，你给爷爷盛一碗呀，你也吃。

没等他说完，王大牛就摇摇头说，你吃吧，我也不吃。

你们怎么都不吃？王小羊干脆把碗放下了。

实话对你说吧，王大牛一脸淡漠地说，饥荒闹起来的时候，我们几乎天天吃兔肉，早就把胃给吃坏了，一闻到兔肉味，我就想吐。说着，他突然蹲到地下，脖子一伸，“咔咔”地干呕起来。

见他这样，爷爷也扭过头去，随即又把一只拳头堵到嘴边。他极力忍受着，不想破坏了王小羊的食欲。

但王小羊已经没有了任何进食的念头，口腔里曾经有过的涎水早就不知跑到哪里去了。他终于明白了，人们放着那么多兔子不吃，却跑到遥远的地方去讨饭，原来是……他没有丝毫犹豫，便把那碗飘逸着香味的兔肉推开了。

这顿晚饭，三个人都没有再动一块兔肉，而是把王大牛剥来的树皮在锅里煮了煮，凑合着吃下肚子。

入夜后，王小羊与爷爷聊天间，又一次想到了田野里荒芜的景象，不禁纳闷地问他说，爷爷，虽说天旱得厉害，可那些杂草却没有死去，庄稼怎么一棵也没有保住呢？

爷爷还没有表示什么，王大牛就愤怒地叫起来，嗨，别提了，人们都上了狗汉奸的当。

上了……当？王小羊不明白是怎么回事。

爷爷长叹一口气，慢慢地告诉他说，由于八路军在这一带活动频繁，日本人便加紧了对这些村庄的破坏，隔一些时日就来清乡围剿，搞得人们流离失所民不聊生。去年入冬以后，日本人又收买了一些汉奸商人，向这些村庄推销便宜的麦种。谁能想到，他们卖给大家的麦种都是煮熟了的。人们没有识破他们的花招，把买来的种子播进了地里，结果一棵麦苗也没有长出来。人们这才知道上了当，但已经耽搁了种地的节气，只能眼睁睁看着土地被荒掉了。小日本歹毒呀，爷爷咬着残缺的牙齿说，他们想用这种方法对付八路军，扑灭老百姓抗日的火焰。

真是太卑鄙了！王小羊也愤恨地捏紧了拳头，日本人越是这样无所不用其极，越休想达到占领中国的目的。说到这里，他心里忽然一动，爷爷，你说到八路军经常在这一带活动，现在怎么看不见他们的影子？

爷爷低下声音说，为了避开敌人的扫荡，前些日子，他们都撤到南边去了。他朝门外的黑暗处看了一眼，目光里的神采渐渐多起来，快了，我觉得他们快回来了。

真的？王小羊朝他跟前凑近一些。

只要老百姓一受苦，他们就该打回来了，爷爷充满信心地说，等着吧，过不了多少日子，他们就会出现在你面前。

这天夜里，王小羊久久地不能睡着，想到自己回来的使命，他多盼望自己的队伍快些到来。朦胧中，他又想到了林美娜，在心里叨念着对她说，你知道吗，我就要见到他们了……

05. 久别重逢

睡梦中，王小羊似乎又回到了童年时期，跟随着爷爷到学堂里去读书。天还早，他困倦得两眼睁不开，爷爷便用一根藤条抽打他的屁股，直到他爬起来，懵懵懂懂地跟在爷爷身后朝学堂里走。铃声响过后，爷爷站到讲台上，用藤条拍一下桌面，然后带领他们十几个小学生一起诵读：人之初，性本善。性相近，习相远。苟不教，性乃迁。教之道，贵以专。……

王小羊想起来，这是《三字经》里的头几句。想到《三字经》，还有《百家姓》《千字文》和《弟子规》等文章典籍，他的眼前便浮出几本颜色发黄且纸张破损的书本，在爷爷手里一页一页地轮番掀过去，似乎从他进入乡村学堂的第一天，一直掀到他前去县城求学的那一天。是的，也就是从那时候起，他便离开了家乡，同时离开了爷爷举在手里的那些典籍。王小羊感到有些奇怪，好像在老家读书的那几年里，作为教师的爷爷除了带领他们一遍遍地诵读这些文章外，并没有教给他另外的什么课程，修身、文字、算术、历史、地理、格致、体操、图画、手工，等等，他似乎都不曾学到，以至于一想到爷爷，眼睛里便浮现出那几本发黄的旧书卷，耳朵里也充满了有关它们的声音节奏。

王小羊从睡梦里醒来，爬起身子，望着窗外透进来的熹微光亮，脑子里还在思考这件事，怎么会呢？在那不算太短的五年时间里，爷爷他们怎么会只教授学生们几本薄薄的典籍呢？如果是这样的话，那他所学到的那若干门知识是从哪里来的？尽管他明白这个道理，但脑子里还是只有关于那几本书的内容，其他的什么都近乎一片空白。

爷爷已经起来了，正坐在门槛上，手指抖抖地卷一根包裹着树叶的纸烟。王大牛躺在他脚前，两眼紧盯着他的手指，嘴里发出轻微的呻吟声，身子一个劲儿颤抖。

看到他们这样，王小羊明白，是哥哥的烟瘾病又犯了。

说起来，这真是一件万分奇怪的事，王家的每一代人中，都会出现一个天生对大烟感兴趣的人，哥哥便不幸成为了这些人中的一个。按照人们的说法，是王家的祖辈在一百多年前过分吸食了罪恶的鸦片，以至于让后辈人也不能逃脱那种致命的影响。王小羊无法不相信这种说法，因为父亲就是受不了烟瘾的困扰，在苦痛交加中上吊自杀的。而现在，又轮到哥哥经受折磨了，那么明天，又该轮到谁的头上呢？一想到这一点，王小羊就感到前路茫茫，好像等待着他的不是什么光明的前程，而是一个在黑暗中看不见尽头的深洞。这是一个怎样的魔咒？他一遍遍地问爷爷，为什么不能放过我们一家去？爷爷摇摇头，似乎回答不了这样的问题，或许他也不止一次地问过他的祖辈了。

在王小羊的记忆里，几乎每隔几天，王大牛就犯一次烟瘾，难受得在地下翻来滚去。王家不算富裕，没有力量买来大烟供他消费，所以自打出生以来，王大牛就没有痛快地吸食过一回，每次都是爷爷帮他卷上一些烟叶，让他凑合着吸上几口，有时没有烟叶，干脆用树叶、柴草之类作替代。看来，只要王大牛不像父亲那样离开这个世界，就会毫无希望地经受痛苦和磨难。不要说眼下连供人活命的东西都难得到，就是家有万贯日进斗金，又能让他放开手脚地糟蹋在大烟土上吗？由此说来，王大牛来到世间本身也许就是一个错误。

王小羊在他们身后站一会儿，又想起了梦中的情景。爷爷，您现在还去学堂教书吗？

不了，爷爷摇摇头说，上一次日本鬼子来扫荡，把学堂都给炸塌了，从那以后……

他们连学堂也不放过？

王大牛挣扎着爬起来，颇为吃力地说，学堂里教的都是进步学生，他们怎么能容许，爷爷，快卷好了吗？

听了他的话，王小羊很快明白过来，想必是抗日武装在这一带活动时，将学堂办成了学习和宣传抗战知识的场所，所以才遭到了日本鬼子的袭击。

王大牛快要忍不住了，没等爷爷把烟卷好，便从他手里抢过去，划燃火柴点着，大口地吸起来。随着弥漫起来的烟雾，他脸上痛苦的表情有了些缓解。

爷爷叹口气，从他身上掉开头，两眼呆呆地望向院外，布满皱纹的脸上也现出落寞的神态。

王小羊知道爷爷的心思。在王家庄的历史上，爷爷是第一个也是最后一个秀才，是真正意义上的读书人，先在私塾里当先生，后又在学堂里做老师，曾经抱有孔夫子那样的野心，以“学而不厌诲人不倦”的实际行动，决心在王家庄周边一带培育“弟子三百”，为国家输送一些有用的人才。但在目前这种严酷的环境下，他的梦想不能得以实现，甚至无法继续从事这件事情，只能半途而废，蜗居家中，和一个离开了烟叶就不能活下去的人为伴。那几本看起来单薄实则浑厚的古代典籍，真的就要从他的生活中消失了吗？王小羊实在担心，哥哥嘴边那张包裹树叶的黄纸，该不会是从《三字经》等书本上扯下来的吧？

天地玄黄，宇宙洪荒。日月盈昃，辰宿列张。寒来暑往，秋收冬藏。……也许是为了安慰爷爷吧，王小羊不觉吟诵出口来，他读的是《千字文》里的前几句话，语气里含着分外的敬意。

你还记得？爷爷眼睛里果然闪出了亮光。

爷爷教给我的，王小羊郑重其事地说，我怎么能忘得了？

是呀，爷爷向他点点头，随即又仰起眼睛，望着天空中正在变红的霞彩，用意味深长的口气说，懂得了那几本书里的内容，你就懂得了咱们这个国家，你就该知道如何做一个中国人了。

望着爷爷脸上凝重的表情，王小羊突然明白了，爷爷之所以一遍遍地教给他的学生关于那几本古代典籍的知识，原来是为了送给他们一个在以后的日子里怎样让自己安身立命的道理和方法。他知道自己刚才的担心有些多余了，爷爷怎么会用那些书本的纸张去包裹烟叶呢？

一切灾难和不幸都会过去的，爷爷的眼睛里闪动着熠熠的亮光，不要相信日本鬼子的强大，用不了多久，中国人就会打败日本人，让他们从我们的土地上滚回他们的老家去。

听着爷爷稍显乐观的话语，再看他脸上波澜不惊的神色，王小羊无论如何也说不出反对的话，而且还朝他使劲点了点头。也许爷爷说得不错，他在心里对自己说，一个熟谙《三字经》等历史典籍内涵和秘密的智者，一个看透世事洞悉人间的老人，谁又能说他这个并不轻易做出的预言一点儿根据没有呢？

又吃了一遍熬煮的树皮，算是把早饭对付过去了。日头升到房顶上时，王小羊想跟王大牛到外面去，为下一顿的生活寻找办法。就在这时，他看见一个背着枪支的汉子走进院来，不觉一愣。

汉子一进门，就扯起略显沙哑的嗓门叫喊，小羊，是你回来了吗？

王小羊认出来，这个颇为强壮的青年是他小时候的伙伴李青石。青石，他赶紧迎过去，伸出一只手，想和他的手握一握，是你呀。李青石看看他的手，一时没有反应过来。王小羊急忙把手收回来，这才意识到，自己是不是有些矫情了。青石，你都背上枪了？

李青石还没说出什么，王大牛抢着替他说，青石兄弟可不得了，眼下是红枪会的人了。

红枪会？王小羊想了一下，才明白过来，红枪会是某些村里成立的民团组织，目的是保卫当地百姓当然主要是大户人家的利益。日本人打进来后，曾经企图收买这股不算太小的势力；八路军为了壮大抗日力量，也一度做过他们的工作。后来的事情王小羊就不知道了，但在他的记忆里，好像王家庄不曾有过这个组织。

李青石看出了他的心思，主动朝他解释说，我先参加了外村里的红枪会，回头也要在咱村里成立一个分部。眼下兵荒马乱的，光靠八路军也不行，要想不被人欺负，还得自己拿起武器来。说着，他摘下肩上的枪支，很夸张地朝高处举了举。

王小羊判断不出他的话是对还是错，不管怎么说，李青石都是他要好的朋友，自己刚回家来，人家就跑来看望，还是让他觉得高兴。

李青石又把另一只手里的布袋拎起来说，听说你回来了，我给你带了点儿吃的东西。

你，你还能弄到这个？王大牛吃惊地说。

那是，李青石点点头，脸上透出了得意的神色说，就是再闹饥荒，也饿不着我们红枪会的人。

我明白了，王大牛恍然大悟地说，你们帮大财东们看家护院，他们反过来资助你们，对不对？

李青石不置可否地笑笑，似乎不愿再说这个话题，把布袋递到王大牛手里，掉头去打量王小羊。你这家伙，拍拍他的肩说，两年不见，你还瘦得像只小鸡，我们都还以为你早就发达了呢。

王小羊不解地问，你们怎么会有这种想法？

在日本人的学校里念书，李青石直言不讳地说，还能不……说到这里，他看见爷爷从屋里走出来，便似乎有了什么顾忌，停住嘴不再往下说。

王小羊惊讶地看着他，真是没有想到，李青石竟然会有这样不切实际的想法。如果这只是他一个人的心思倒还没什么，他真担心村里的人都会这样看待自己。

李青石不再和他讨论这个问题，便头上一句脚下一句地说起了闲话。因为是当着爷爷的面，他们说的最多的还是小时候跟爷爷学习时的趣事。随后，李青石又说起一些让他感到陌生和吃惊的话，都是这两年里发生的事情，他们的同学穆雨露已经死去了，而另一个同学杜宇飞却当上了汉奸……这样的消息实在让王小羊大为吃惊。在他们那些同学里，穆雨露年龄最小，性格温顺，像个可爱的女孩儿，最讨他们喜欢了；而杜宇飞则学习最好，还和王小羊在县学里续做了两年同学，曾经身怀抱负，要在事业上有所成就……这样的两个人怎么发生了如此大的变化？

穆雨露胆小怕事，李青石摇摇头说，日本人一来就吓得要尿裤子。在眼下这样的世道里，活着也是受罪，上次鬼子来扫荡时，他躲在一个地窖里，实在受不了鬼子在上面弄出来的动静，便用碗碴子割破了自己的手腕，等他老娘发现时，身上的血都快要流光了。

王小羊使劲叹了口气，随即又急急地追问，那杜宇飞呢，怎么就做了汉奸？

这个，李青石挠挠头皮说，这个我还真说不清哩……对了，你们不是亲戚吗？你就没有听说？

没有，王小羊把目光转向爷爷，爷爷，真是这样吗？

爷爷点点头说，我也听说了这件事，好像他真给日本人去当差了。

怎么会是这样？王小羊依旧有些不解。李青石说得没错，杜宇飞是自己的亲戚，两人为姑表兄弟，他到王家庄来上学时，就和王小羊睡在一个炕上，应该说是彼此了解了。但王小羊无论如何想不通，才华横溢的杜宇飞怎么会去当汉奸？他为什么要走这一步呢？王小羊苦苦地思索着。

爷爷仰起头，朝远处看了一眼，用极其平淡的口气说，这年头发生这种事，也没什么可稀罕的。中国出现的汉奸还少吗？

可……不应该是他呀。王小羊依旧不甘地说。

这时，李青石忽然想起了什么，对了，你见到潘秀兰了？

没有。王小羊随口说。

这就怪了，李青石有些不信，她说她见到你了。

不会吧？

怎么不会？李青石站起来说，是她亲口对我说的，要不我哪里知道你回来了。

是吗？王小羊越发感到奇怪了。

你对她躲远点儿也好。李青石又说。

为什么？

李青石把嘴附在他耳边，压低下声音说，八路军过来的时候，潘秀兰参加了他们组织的农会，成为了共产党的红人。

王小羊心里一动，原来她也……

不过，李青石朝他挤挤眼说，人家可是一直没有忘记你呢。

听他这样说，王小羊的脸颊一下子涨红了，看你说的……

不用隐瞒，李青石继续逗他说，你们过去那些事，我可是什么都知道。

别瞎说，王小羊急忙辩白说，我们什么事都没有。

随你们有没有吧，李青石对他摆摆手说，我有事先走了，回头再来和你聊。说着，就朝院门走去。

等等，爷爷把他带来的那个布袋提起来，远远地朝他递过去，你怎么拿来的怎么给我拿走。

我这可是给小羊送来的，李青石尴尬地说，老爷子您怎么……

你放心，爷爷冷淡地说，我们还不会饿死。

我这可是一番好意。李青石摊开手说。

那我就谢谢你了。爷爷说着，还对他弯了一下身子。

李青石一下子涨红了脸面，真是不识好歹。他从爷爷手里夺过布袋，背起枪支悻悻地朝大门外走去。

王小羊也觉得有些不自在，便跟在后面送他出门，直到他走远去了，才停住脚步。他意识到，在爷爷与李青石之间，一定发生过什么不愉快的事，或许就因为他加入了红枪会？这样一想，他真的有些吃不透了，这个红枪会到底发展成了什么性质的组织？与此同时，王小羊又想到了潘秀兰，难道她真的看见自己回来了？

王小羊在街上站了一会儿，正要回家去，忽然看见一个人站在一棵树下，正在朝自己这边打量。那是潘秀兰吗？王小羊记得，潘秀兰应该是扎着一个长粗的大辫子的，柔弱中透着俏丽；但这个人却留着齐耳的短发，显出一般女人所没有的干练和大方。当自己的目光与那个人的眼睛碰在一起的时候，不知为什么，王小羊心里猛地颤抖了一下。没错，那是自己的同学潘秀兰……他稍稍犹豫了一下，便抬脚朝她走过去。

你……回来了？等他走到面前时，潘秀兰朝他笑笑说。

是，王小羊点点头，想了想又说，昨天我就回来了。

知道，潘秀兰截住他的话说，我看见你了。

你在哪里？王小羊迷惑地说，我怎么没有看见你？

你哪里……能看见我？潘秀兰用埋怨的口气说了半截，又替他解围说，当时你急着走路，没朝我这边看。

是吗？王小羊脸上有些发热，在心里想象着昨天回来时，潘秀兰到底是在什么地方看到了自己。但他无论如何想不起来。

你还好吧？潘秀兰换了个话题说。

好，王小羊随口说，你呢？

我……还能好到哪里去？潘秀兰望着远处的什么地方说，你也看到了，眼下形势这么艰难，大家都快要坚持不下去了。

形势……王小羊注意地看了她一眼，为这个新鲜的词从她嘴里说出来感到有些诧异。

抗战到了最艰难的时刻，潘秀兰甩了甩刚剪出不久的短发说，难道你不这样觉得吗？

望着她脸上严肃的表情，王小羊突然想到了李青石的话，一下子明白过来，没错，潘秀兰一定就是这样帮助八路军发动群众的。这个昔日天真烂漫的姑娘，自从参加革命以来，已经变得成熟起来，快要透出他想象中革命者的样子了。王小羊心里越发有些激动。

也许你根本没想到我们这边的形势会是这样，潘秀兰耸耸肩说，毕竟济南不是鲁西，你也体会不到我们坚持得多么不容易。

不，王小羊急忙纠正她的话说，不是你们，鲁西也是我的家乡，这里所遭受的苦难也有我一份。

真的吗？潘秀兰用不相信的口气说。

即使我身在济南，也终究逃脱不了我在这里的责任……王小羊拍打着胸脯，力图让她相信自己的话。

潘秀兰直直地看着他，沉静了好大一会儿，才突然笑了一下，像是从某种状态里逃脱出来了。和你说这些干什么？她摇摇头说，不知哪天你又要离开这里了。

看来我的话是白说了，王小羊的嘴唇抖动起来，难道还要让我再对你表白一遍？我是鲁西……

别说了，潘秀兰打断他的话说，我怎么不明白你的意思？她把手按在自己胸口上，是我太过急切了，你刚回来，就说这些。

好吧，王小羊也点点头，我们都会用自己的行动来说话的。

一时间，两个人都沉默下来。街道上十分安静，没有人影，也没有鸟鸣，只有一点点儿凉风刮过，轻拂着他们火热的脸颊。王小羊的目光在街道两边巡视，脑子里不由得想起过去和她在一起时那些所谓“青梅竹马两小无猜”的情景。潘秀兰或许更是想到了这些，所以她刚才那些颇含怨恨和埋怨的话才不会无的放矢。王小羊的心情有些激动，正要再对她说些什么，但忽然看见不远的一堵墙壁后有一张脸伸出来，两只眼睛正在朝他们这边张望，一和王小羊的目光相遇，那颗头便一下子缩回去。王小羊眨了眨眼，不知道那堵墙后是真的藏着一个人，还是自己的眼睛产生了幻觉。他忽然闭住了嘴巴，没有把要说的话再向潘秀兰说出来，而且意识到这样和她一起站在街上也并不是多么妥当的事。

潘秀兰好像也看见了那个人。她装作无意地对王小羊说，不要管他。

他是谁？王小羊却不想放过这个问题。

我也不知道。潘秀兰摊摊手说。

王小羊似乎看出来，潘秀兰一定知道藏在墙后的那个人是谁，只是不便于告诉自己罢了。一时间，他感到事情变得有些复杂起来，是呀，自己已经离开村子两年多，在这些不算太短的日子里，一定有许多事情发生过了，再用过去的标准来衡量自己和潘秀兰的关系，无论如何也不太适宜了。他突然想到了林美娜，想到了和她告别时的动人情景。你可一定要归来呀。林美娜深情地叮嘱他说。既然你已经选择了林美娜，王小羊在心里警告自己说，还和潘秀兰纠缠下去干什么？他把目光从那堵墙上收回来，尽量用明确的口气对潘秀兰说，其实你刚才说得也没错，过些日子我是要回去的。毕竟我还没有完成学业，所以只能……

潘秀兰听出了他的意思，颇有些伤感地摇了摇头。知道会是这样，她喃声叨念着说，每个人都有自己的选择，谁也没有权力说你做得不对。

原谅我……王小羊鼓起勇气，用只能让她听到的声音说，我只能……

潘秀兰冷笑了一下。没有什么好原谅的。说罢，她又猛一甩头发，便朝另一个方向走去。走出了几步，她又停下来，回头淡淡地说，过两天，肖力贵要回来了。

肖力贵？王小羊一愣。

潘秀兰没有再说什么，便迈着大步直朝村外走去。

肖力贵……望着她远去的背影，王小羊好一会儿才反应过来。潘秀兰说的肖力贵也是他们小时候的同学，但他想不明白，她为什么要对自己说到肖力贵？他到哪里去了？他的回来意味着什么呢？……王小羊在街上发了一会儿呆，便急快地回到家里，朝爷爷打探有关肖力贵的消息。

肖力贵参加八路军了，王大牛抢着说，听说还当上了排长呢。

王小羊明白了，潘秀兰告诉自己肖力贵要回来，也就是说，八路军要回到这里来了。太好了，王小羊在心里说，只要八路军来到了，自己的情报也就能……想到这里，他激动得心脏扑通扑通跳起来。

爷爷不该不要李青石带来的粮食，王大牛还在絮絮叨叨地说那件事，不然我们中午就能好好吃一顿了。

我们就是饿死了，也不吃他们红枪会的东西，爷爷愤愤地说。

王小羊心里一动，想问他一些关于红枪会的事，但张张嘴，又把话咽了回去。比起八路军到来的消息，红枪会的事又算得了什么？他把目光转向院门口，尽管知道八路军的到来还要过几天，但急切的心情还是驱使他做出即刻迎接的架势。他忽然想起来，在小时候所有的伙伴当中，肖力贵是唯一没有背下《三字经》的一个。

爷爷，王小羊有些急不可待地说，您把那几本老课本放到哪里去了？他真担心，这些给他留下如此深刻印象的书会再也找不到……

06. 公审大会

潘秀兰说得不错，两天过后，八路军的队伍就来到了王家庄。这次前来开展工作的部队，是冀鲁豫军区第二军分区的一个支队，肖力贵就在这支队伍中。

听到八路军到来的消息，王小羊兴冲冲地跑到外面去看，这才发现，街上早就聚集了许多迎接的人。他有些奇怪，先前怎么没看到这么多人，还以为他们都到外面讨饭去了，没想到还有不少人留在村里，坚持等候自己队伍的到来。

潘秀兰几个积极分子在街上张挂了标语，并把一面破鼓支起来，敲敲打打地弄出一些热闹的响声。人们拿不出什么像样的东西，便力所能及地捧上一碗热水，招待风尘仆仆的八路军战士。

王小羊瞪大眼睛，跟在队伍边跑了两个来回，也没有看到肖力贵的影子。后来别人告诉他，队伍还没过来时，肖力贵作为先头兵已经进到了村子里，在潘秀兰等人的陪同下，为部队收拾房屋去了。经人指点，王小羊终于找到了肖力贵所在的地方。这时，肖力贵刚走进一个院子里，正挥着扫帚呼呼啦啦地清扫。王小羊站在他身后，稍稍有些犹豫，毕竟他没有见过肖力贵穿军装的样子。但他很快便看出来，虽然这个汉子穿着军装，可还是给人一些邋遢的印象，这不正是肖力贵惯常的生活作风吗？小时候，肖力贵由于家贫，母亲又去世得早，穿不上像样的衣服，便落下一个“大邋遢”的外号，现在穿上虽是粗布却还算整齐的军装了，还是显出那个特点来。力贵——王小羊亲切地叫了他一声。

肖力贵停下手里的扫帚，掉转回头，用没带多少表情的目光看了他一眼。

王小羊不禁吃了一惊，就在这时，他看见这个当了八路军排长的人实在不是他印象中肖力贵的模样，左半边脸上多了一道很长的刀疤，下巴上也有一片灼烧过的痕迹，让他的形象遭到了不小的破坏。王小羊呆呆地望着他，一时又有些疑惑，这真的是原本长相端正的肖力贵吗？

听说你回来了。肖力贵朝他笑了笑。

听着他熟悉的口音，王小羊才又一次认定，这个人的确是他所熟悉的肖力贵。是……我三天前就回来了。

肖力贵想对他说什么，却又摇摇头，随即把扫帚挥起来，重新去清扫脚下的地面。我这会儿很忙。他有些不好意思地说。

王小羊站在他身边，两手挖挲着，不知道是不是该帮他一下。

回来了就好，肖力贵很快扫完了地面，放下扫帚，在他肩膀上拍了一下说，我去把支队长接过来，没时间和你聊了。说罢，便从他身边走过去，迈着大步朝外面走。但他刚走到院门口，就被一个匆匆赶来的老汉拦住了。王小羊认出来，这是肖力贵的父亲。

我快找了半个村子了，老汉用埋怨的口气说，原来你在这里。

我现在忙得很，肖力贵打断他的话说，等闲下来了，我再回家去看您。

你什么时候能闲下来？老汉也没等他说完，愈加不满地抢过话去说，再说你只是回家看我一个人吗？我一个快要死半截的老头子有什么看头？你在外面待了快要大半年了，你媳妇三天两头地跑来打听你的消息，现在你回来了，总得先和人家见个面吧。

听了老汉这些话，王小羊心里不禁一怔，原来肖力贵已经娶上媳妇了？他随着走到门外，正好看见离他们不远的地方站着一个姑娘，莫非就是肖力贵的媳妇，便注意看了她几眼。但姑娘低垂着头，两手牵在衣角上，一副极其害羞的样子。王小羊看不出她长什么样，只觉得是一个黄毛唧唧的样子。

肖力贵也在姑娘身上看了一眼，便急快地收回目光，对老汉说话的口气也有些不好听了，没听我说明白吗？我现在有任务，哪来闲工夫和你们说这个？你们先回家去吧，我要去接支队长了。说罢，就要从他们身边走过去。

小兔崽子，老汉有些恼怒，儿子显然是在冷淡他们，尤其是不理会那个姑娘让他受不住，便追上去拽住了他的衣角，你不能就这样离开这里。老汉一边说着，一边把他往姑娘跟前拖。

我真要急了……肖力贵也有些恼火，但又不便于发作，一时显得十分狼狈。

一些人听到他们的动静，都急急地跑过来看热闹。瞧他们这一家子。他们嘻嘻哈哈地大笑起来。

肖力贵的脸涨得通红，那道很长的刀疤看上去像一条充血的虫子，如果他的父亲继续和他纠缠，说不定他会真的和他翻脸呢。就在这时，那个姑娘的脸皮挂不住了，恨恨地跺了一下脚，便掉转身子往一条胡同里跑去。

看到姑娘跑走了，老汉知道再拖住儿子也没什么用了，才不甘心地从他身上松开手。你这个忘恩负义的狗东西。他朝儿子脚下啐口唾沫，又愤愤地瞪他一眼，才背着两手离去。

唉，肖力贵沮丧地叹口粗气，真是一个老封建。他看了王小羊一眼，表情很复杂地摇了摇头，也迈着急快的步子朝大街上走去。

王小羊看着他远去的背影，突然发现他走路的姿势也和先前不一样了，似乎一条腿走得不那么利落，兴许是身上也受过伤了。他突然意识到，在肖力贵面前，自己其实和他父亲还有那个姑娘差不多，都是一些与他的关注点没有什么相干的多余人。赶快离开这里，他在心里对自己说，肖力贵已经忙得脚不沾地了，就不要再给他添乱了。

回到家来，王小羊还在想刚才那颇为滑稽的一幕，他当然已经看出来，肖力贵对那个黄毛唧唧的姑娘并不满意，所以才会冷淡她，才会让老父亲伤心。但让他想不明白的是，肖力贵既然看不上那个姑娘，何必又让她成为自己的媳妇呢？现在倒好，两个人竟然连面都不愿见了，害得老父亲在他们中间撮合，可这又能起到多少作用？

爷爷也听说了这件事，便说起了王小羊不知道的一些情况，渐渐解开了他心中的谜团。原来肖力贵从来没有娶那个姑娘为妻的打算，因为两个人不在一个村子里，先前他们也根本不认识。姑娘的名字叫小翠，自小也没有母亲，跟着一个脾气很坏的老父亲过日子。在去年五一后的一次大扫荡中，小翠的父亲被日本鬼子打死了，她自己也被几个鬼子围住，眼看就要被糟蹋了。就在这个关键时候，肖力贵领着几个八路军战士赶来，打死了那几个鬼子，把小翠从生死线上救了下来。也就是在那次战斗中，肖力贵被鬼子用刀砍破了脸，原本虽说不上英俊但还过得去的相貌改变了形状。人们都说，这回怕是要耽搁他娶媳妇了，谁家的姑娘愿意嫁给一个破了相的人呢？

其实人们也就是随便说说而已，小翠却听到了耳朵里，随即便挎着一个包裹来到肖家，直言不讳地对肖力贵的老父亲说，俺愿意嫁给您的儿子，以后就由俺来给您养老吧。肖家很久没有出现过女人了，肖力贵的父亲正为儿子的前途担忧呢，一见这个姑娘主动上门来，不但要嫁给儿子，还要为自己养老，高兴得简直要跳起来，当即就替儿子把这门亲事答应下来。可等到他把这件事说给儿子，没想到肖力贵却无论如何不答应，名义上说革命队伍不兴以身相许这件事，实际上是没有看中这个长相一般的姑娘。老头子看出了儿子的心思，却实在不愿小翠从自己家里走掉，便没有把儿子的真实态度说给小翠。可怜小翠还以为肖力贵相中了自己，便一天到晚地朝肖家跑，俨然已经是肖力贵的媳妇了。老头子知道这样不是长法，却又抱着侥幸的心理，以为只要把舆论造出去了，一向还算孝顺的儿子早晚会就范的，所以只要一听到儿子在这一带活动的消息，就马不停蹄地带着小翠去找。

唉，爷爷重重地叹了口气说，强扭的瓜不甜，英雄也有尴尬事呀。

王小羊呆呆地看着他，尤其对他后一句话感到震撼。看来在爷爷他们眼里，肖力贵真的是一个具有英雄色彩的人物，这样的人竟然为一些无聊小事所纠缠，也实在是一种让人倍感无奈的事儿。

想到肖力贵在这件事上的苦恼，王小羊也有些闷闷不乐起来，先前为迎接八路军到来而兴奋不已的心情，竟然很快就消失不见了，代之以一种莫名的忧戚情绪在心头弥漫。与外面热闹的气氛相比，家里实在是太过沉闷了。哥哥王大牛又犯了烟瘾，躺在地下抽搐着手脚。爷爷坐在他身边，正抖着手指裹一根树叶做成的烟卷。

爷爷，王小羊突然站起来说，我们是不是也拾掇出几间屋子，让八路军住到这里来？

爷爷无动于衷地笑了一下，不用你操这个心，如果用得着，潘秀兰他们早就找上门来了。他朝外努了努嘴，村里的空屋有的是，再来一支队伍也住得开呢。

王小羊想了想，爷爷说的也是这么回事，便把要说的话咽了回去。但他还是觉得哪里不对劲儿，是不是自己一家这样做，会被人们认为是落后分子呢？他又想到了肖力贵，感到他对自己似有若无的冷淡，与对他的老父亲和小翠姑娘比起来，虽然不是那么明显，却起码没有自己想象的那种热情，看来人家已经对自己这样的人提不起兴趣了。这样一想，王小羊越发有些落寞。

入夜后，王小羊刚要睡觉，忽然院门传来了拍击声。他踏上鞋子，出去将门板打开。让他没想到的是，朦胧的月光下竟然站着肖力贵高大的身影。他还没有反应过来，肖力贵就越过他的身子，朝屋门里走去。王小羊这才发现，他肩上背着一个不大不小的布袋。

这是部队给大家提供的粮食，肖力贵放下布袋，对跟进门来的王小羊解释说，我忙得头晕，这会儿才给你家送来，耽误你们吃晚饭了。

王小羊一时感动得不知如何是好，尽管是面对着肖力贵，还是颤抖着嘴唇想说句感谢的话。

肖力贵抬手止住了他，你不用过意不去，每家每人都有，部队首长说了，决不能让老百姓饿着肚子抗日。

听到他们的动静，已经睡下的爷爷也又起来了。力贵呀，他颤抖着声音说，你们把粮食给我们了，你们怎么办？这个年头，这个季节，一粒粮食都不易弄到手呀。你们要行军打仗，离开了粮食可怎么……

肖力贵打断了他的话说，爷爷，这您就放心吧，部队上的人都经历过生死考验，还有什么困难不能克服掉？他拉住他的手说，我们回来得晚了，让大家吃苦了。

爷爷抹抹眼睛，然后划燃火柴，将油灯点着，屋里稍稍亮堂起来。王小羊看着肖力贵在灯光下显得更加变形的脸孔，心里又一阵颤抖。力贵，他选择着合适的字句说，你在部队上……也吃苦了……

肖力贵耸了耸肩说，打仗嘛，当然要……他看他一眼，我们当然比不了你在城市里上学了。

听他这样说，王小羊心里感到了极度的羞愧，好像自己真的做错了什么事似的。

听说你还要回去？肖力贵又说。

王小羊知道他是听了潘秀兰的话。我，他迟疑了一下说，我还没有想好，这次回来……他想把自己的任务对他说一下，反正肖力贵是八路军，尽管还不知道他是不是共产党员，但只要是自己队伍上的人，就一定能够帮助自己。

但肖力贵没等他说下去，便冷笑了一下说，抗日是全中国人民的头等大事，面对亡国灭种的严重局面，我们还有时间再好好地想吗？

王小羊听出来，肖力贵这是在指责自己。他想为自己辩解一下，却又不知该怎么表达。他忽然有了些委屈的感觉。

两个人都沉默下来。肖力贵也有些不自在，把头转向一边，目光无意中落在那几本陈旧的课本上，抓起上面的一本随便翻着。

王小羊看出来，他抓在手里的那本就是《三字经》，小时候他最不喜欢阅读的便是这本书。我刚让爷爷把它们找出来，王小羊讪讪地说，这么多年过去了，我都快要把它们……

这时候你还相信这个？肖力贵把那本书丢回到原来的地方，可真有你的……他使劲摇了摇头。

怎么？王小羊有些不明白他的意思。

人之初，性本善？肖力贵嘲讽地耸着肩膀说，如果真是这样的话，那日本人就不会举起屠刀，杀我们那么多人了。他转向王小羊，目光里含满了阴冷和愤怒，他们在南京大开杀戒的时候，有一丝一毫的性本善吗？他们在根据地烧杀抢掠的时候，性本善又到哪里去了？

这……面对他庄严的诘问，王小羊真的不知道该说什么。都是这场战争，他想了一下又说，把他们变成了……

不是战争改变了人，而是人发动了战争，肖力贵不客气地指出说，所以孔老夫子他们那一套，全是骗人的东西。

王小羊似乎从来没听到过这么不容置疑的结论。惊诧之余，他使劲想了想，觉得肖力贵说的也不无道理，但自己却又不完全同意他的话。他同时也明确地知道，要想反驳肖力贵，自己似乎早就没有了这种能力。他这才明白，战争已经改变了肖力贵，使他在仅仅两年多的时间里拉开了和自己这样一些人的距离。这样想着，他的目光又落到了他不算太合体的军装上。是的，作为久经战场的军人，肖力贵的独特感受怕是还不能为自己这些没有脱离百姓群体的人理解。

肖力贵好像没有了与他要说的话，便又和爷爷随便闲聊了几句。爷爷当然还在关注他的家事，让他腾出时间回家去一趟。肖力贵显然不愿谈论这个话题，便稍稍没有礼貌地打断了他的话，又把说话的重点转到了粮食上。这次我们太大意了，他表情沉重地说，让狗日的汉奸商人钻了空子，给根据地造成了困难。

说起这件事，爷爷也又愤怒起来，谁能想到，日本人的阴谋那么歹毒阴险。

我们抓到了那几个卖给大家熟种子的汉奸，肖力贵拍拍屁股后头的驳壳枪说，明天就开公审大会，把他们交给人民审判。

爷爷高兴地笑起来。但他脸上才舒展了一霎，忧愁的神色又聚拢起来，可这往后的日子该怎么过呢？

这个您不用担心，肖力贵朝他凑近了些，我们这次回来，主要的任务就是为人们解决这个问题的。

有什么好办法吗？爷爷看着他说。

向财主们借粮，肖力贵朝外指了一下，收回手，把拳头紧紧地攥起来，不能让我们空着肚子饿死，而地主老财却把粮食烂在囤里生虫子。

好，爷爷点点头说，这个办法好。

肖力贵站起来要走了，在门口又回转身，抬手拍拍王小羊的肩膀说，明天召开审判大会，希望你来参加。

我当然要来。王小羊毫不犹豫地说。

肖力贵又看了他一下，没有再说什么，便迈开大步，身子一拧一拧地朝门外走去。

王小羊把他送出院门，看着他的身影在月光里远去，心里忽然有些失落。这次和作为八路军干部的肖力贵见面，没有出现像自己想象和希望的那样一些气氛和场景，甚至自己这次回来的目的都没有机会向他透露一下。慢慢来吧。他合上门板，在心里安慰自己说。

第二天上午，审判汉奸商人的大会就在王家庄召开了。由于这次会议牵扯到附近许多村庄的利益，支队特意把会场安排在一个大场院里。潘秀兰等一帮本村工作人员忙着布置会场，在墙壁上刷写标语，在树木上张贴传单，在房顶上架设喇叭。日头刚升起一竿子高，人们便从四外八乡赶来，里三层外三层地聚满了会场，场院里站不下，一些来得晚的人便爬到树上去。

王小羊不能站在一边袖手旁观，又不知道该干什么，看到潘秀兰往墙壁上刷写标语，便跑上去，从她手里抢过大刷子，把她没写完的几句话写下去。他毕竟是喜欢过美术的，字写得比潘秀兰强多了。好，潘秀兰由衷地夸赞道，想不到，你干这个倒是很适合呢。王小羊不好意思地笑笑，除此之外，他真的帮不上他们什么忙了。

会议开始以后，潘秀兰也上了主席台去，和其他几位工作人员坐在一侧。在主席台上正面就座的有支队首长和附近村庄的抗日救国联合会成员。会议由王家庄的农救会会长王好古主持，支队长袁庆斌做了颇具鼓动性的讲话。随后，几个在根据地搞破坏的汉奸商人便被押了上来。王小羊站在离台子不远的地方，他们一被肖力贵等人提溜出来，他便吃了一惊，因为在那几个汉奸商人中，至少有两个人是他所认识的，一个是本村的街坊张二愣，一个是他姥姥村里的表舅何振发。张二愣作为汉奸商人尚在情理之中，因为他平时就不务正业，经常干些投机倒把的勾当，见利忘义对他来说是家常便饭的事；而何振发做这种事却就让他想不通了，在王小羊印象里，何振发是那种谨小慎微的老好人，不论对谁都一副谦恭和蔼的样子，这样的人怎么会做出为虎作伥的事来呢？

汉奸商人们一被押上主席台，聚集在台下的人们就骚动开了。大约人们也没想到坑害他们的会是这样几个人，一时都有些愣怔。但议论了片刻之后，憎恨和愤怒还是战胜了疑惑和不解，很快便雷鸣般地呼喊起口号来，打倒日本帝国主义，严惩汉奸卖国贼。有人控制不住自己的情绪，叫喊着朝台子上冲，打死他们！打死这些黑了心肝的王八蛋！为了维持秩序，肖力贵不得不带一队战士站在台口，用身子阻挡住他们。见到群众这种样子，汉奸商人们都吓得瑟瑟发抖，何振发终于站不住，膝盖一软，便扑通一声跪倒在地下。只有张二愣还强打精神，尽力把脖子支棱起来，摆出一副不怕死的滚刀肉架势。

乡亲们，袁庆斌又站起来，义正词严地对人们说，我们一定要严惩这些破坏抗日的汉奸商贩。但审判是有法定程序的，即使是罪大恶极的卖国贼，也要让他们在人民的审判台上死个明白。今天，由根据地的抗日救国联合会的成员组成了临时法庭，现在，就把这些汉奸商贩交给他们，由法庭实施对他们的正义审判和最后裁决。

说罢，支队的几个领导撤到了旁边的位子上，正面主席台上留下了各村的抗联成员。肖力贵分别把几个汉奸商人押过去，由王好古对他们进行问询。王好古是个颇为古板的人，想对他们问得详细一些，无奈台下的群众已经等不及了，纷纷叫喊着，他们罪大恶极，还审什么，快把他们打死算了。又有一些人往台上冲。在这种情况下，王好古也有些沉不住气了，和其他几位抗联干部商量了一下，便把问询简化成了宣判，凡是承认了罪行的，一律被临时法庭宣布为死刑。台下的群众这才拍起了巴掌。

张二愣是第一个被判处死刑的。由于他是本村人，王好古碍于情面，想把他往后放一放，所以先问了其他人。可张二愣实在太扎眼了，其他罪犯都低着头，只有他一直支棱着脖子，便引起了外村抗联干部的反感，争抢着问询起他来。张二愣也是死到临头了，忘了给自己留点儿后路，强撑着一口气，竟然大骂起抗日政府来：老子就是投降日本鬼子了，你们几个龟孙能怎么着？他跳着脚叫喊，有本事你们把我毙了，二十年后又是一条汉子。张二愣嚣张的气焰震骇了台下的群众，也激怒了那几个抗联干部。王好古见事情到了这种地步，也只好顺水推舟，大笔一挥，便在张二愣的死刑告示上打上了钩。张二愣被押下台去，立即被愤怒的群众围住，纵使战士们怎样劝阻也无济于事，很快便葬身在群众的拳头和鞋底下。

何振发一见这种情形，再也支撑不住，身子软软地趴倒在地下。两个战士使劲把他提起来，想让他站住，但他的身子丝毫不撑架，无奈何，那两个战士只好架着他受审。王小羊看见，他裤子的裆部已经湿透，还有水流顺着裤脚往下滴落。他不忍看他这样，赶紧掉开了头去。他想起去姥姥家时，每次碰到何振发，都和他说上几句话。那时候，他无论如何没有想到，这样一个老好人有一天会当上汉奸。我有罪，何振发的脖子像被折断了，一颗显得过分沉重的头颅在胸前滚来滚去，我见钱眼开，做了对不住乡亲们的事，我该死……法庭核准他的死刑时，他已经没有了任何精气神，嘴巴翕动着，发出呜呜噜噜含糊不清的声音。对这样一个人，群众也无法真正愤恨起来，所以他被拖下台子时，没有几个人对他施以拳脚。随着肖力贵一声枪响，瘫成一团烂泥的何振发再也不动了。

枪决完了这几个汉奸商人，台子上竟然还剩下一个捆绑着的家伙。人们不知道他属于什么罪犯，一时都有些纳闷。袁庆斌回到主席台上，指着那个人说，大家看见了没有，这是我们前几天刚刚抓到的日本特务。他叫着他的名字说，赵小山，告诉大家，你被日本鬼子派到根据地来，到底执行什么任务？

叫赵小山的特务抬起头，悄悄看了台下的人们一眼，又急忙低下去。日本人让我散布谣言，他向人们坦白说，在根据地制造混乱，为他们下一步的行动扫清障碍。

袁庆斌打断了他的话，你先说，你散布的是什么谣言？

他们让我说，美国的飞机空袭了南京，日本人要从华北撤到南边去了。

还有呢？

还有就是，你们的根据地发生了霍乱，将要暴发瘟疫流行……

听到这里，王小羊心里一动，一下子意识到了什么。他急忙地想了一下，才猛然明白过来，赵小山的谣言怎么和自己掌握的情报那么相似？难道说……他不由得陷入了冥想中。

大家听明白了没有？袁庆斌转向人们说，日本鬼子为了实施他们对根据地的封锁和扫荡，什么卑鄙的伎俩都使得出来。大家要保持高度警惕，不要轻信任何谣言，不要相信没有根据的任何说法。只有这样，才能彻底粉碎敌人的阴谋，不再让类似种子那样的事件发生，战胜敌人即将进行的一切扫荡和进攻。

王小羊脑子里一片嗡嗡的响声，袁庆斌的这番话似乎是专门针对他说的，尽管他还没有来得及把邱浩天交给他的情报送出去，但它所包含的信息好像已经不是什么秘密了。让他无论如何不能理解的是，和他的情报相类似的消息居然出自那个日本人派来搞破坏的特务之口，即使他在以后的日子里把自己的情报说出来，根据地的党组织和群众也是不是不再相信了呢？这到底是怎么回事？是自己掌握的情报有假，还是敌人继续在实施一个更大的阴谋？如果是这样的话，自己会不会无形中陷进这个黑暗的阴谋中去了呢？

想到这里，王小羊身子一阵觳觫，冰冷的汗水一下子从头上流下来。

07. 借粮行动

按照支队和农救会的安排，审判大会开过的第二天，向地主豪绅借粮的运动便轰轰烈烈地开展起来。为了取得党组织的信任和好感，王小羊也积极投入到了行动中。

这次运动还是先从王家庄搞起来。经过潘秀兰和肖力贵等人的排查，全村共有五户地主，九户富农，一户士绅。据估计，仅这几户储存的粮食就有五万斤，如果把它们分给饥饿的百姓，足够全村人吃一两个月了，这样说来，最为困难的春荒时期就能顺利度过了。所以支队和农救会的人信心十足，决心尽快打开局面，给附近的其他村庄做个样板。

王小羊听了他们的计划，一时还有些不相信，难道说那些人家真的藏匿了那么多的粮食？不少人被生生饿死在要饭的路上，这些脑满肠肥的家伙居然无动于衷，他们的良心被狗吃了不成？

你以为人们都是“性本善”？肖力贵嘲笑他说。

等着吧，潘秀兰满怀信心地说，等把他们的粮食挖出来，你就什么都相信了。

运动一开始，没用他们做工作，士绅张同文就第一个表明了态度，主动献出粮食两千斤。张同文是个开明人士，还一度开办过私塾，做过教书育人的好事，思想一贯积极上进，这次又带了个好头，所以他一表态，袁庆斌就握住他的手，连说几声“谢谢”。王好古也松了口气，以为粮食问题往下就能迎刃而解了。

但尽管张同文做出了表率，却没有得到人们期望中的那种响应，几户地主和富农照样含糊其词，不说献粮，也不说不献。态度最好的一户富农也仅仅表示，最多捐出一千斤粮食，这与潘秀兰对他的期望相差甚远。其他较为顽固的户主则依旧支支吾吾，互相观望。不要说干部们，就是王小羊都看出来，他们是在等待着什么。

他们等待什么呢？

肖力贵数了数这几个人的户头，心里一下子有了数，凑到王好古身边说，你的当家子王好铭还没有出来，他们一定是在等他表态吧？

肖力贵一点出王好铭的名字，大家便都明白了。王好铭虽说算不上村里最大的地主，可为人彪悍，善于斗狠，身上有一股子匪气，被人称为“一把刀”，曾经担任过民团团长，手下有不少听他发号施令的亡命徒。后来八路军来到了这里，动员他献人献枪，参加抗日，可他口是心非，口头上答应为抗日政府服务，背地里却干与八路军为敌的勾当，并阴谋发动叛乱，企图把八路军从这里赶出去，最终被抗日军民识破，一举挫败了他的诡计，所率民团被解散改造，他也失去了称霸的权力，从此不再参加任何公开的活动。表面上看，王好铭似乎一蹶不振了，每天都缩在家里谋划如何当好一个纯粹的地主，但了解他的人都明白，其实他从来就没有真正退出江湖，说不定哪一天，他就会走出他的深宅大院，重新成为王家庄真正的霸主。

王好铭和王好古是本家，从辈分上说，王小羊也应该称呼他一声“爷”。王姓在王家庄是大姓，共用一个祠堂，一个祖坟，每家每户都有血缘关系，或许这便是王好铭为霸一方的原因。还有王好古，之所以被抗日政府选为领导者，怕是也与上面的因素有关。当然，以后的事实证明，王好古首先还是一个坚定的共产党员，他在复杂的王家庄艰难地开展工作，没有辜负党组织对他的信任。在对待王好铭的问题上，王好古也许真的忽视了他的重要性，或者也是有些碍于本家的情面，反正在运动前期，他没有把王好铭作为重点考虑的对象，以至于给这次借粮的活动制造了困难。

肖力贵一把这个问题指出来，人们就都明白了问题的症结所在，王好古自然也没什么好说的了。好吧，他当即表明态度说，我这就把王好铭叫到这里来。说罢，他就带着潘秀兰几个人，直朝王好铭家走去。

不一会儿，王好铭就跟在王好古身后，迈着小碎步走进了支队的临时住所。袁队长，他主动打招呼说，听说你们几天前就来到了本村，也怪我这些天感染了风寒，没有出得门来，怠慢了队伍上的同志们，等我治好了感冒，一定为大家好好接风。

没等他说完，袁庆斌就打断了他的话，昨天我们审判了通敌叛国的汉奸商人，你没有听见处决他们的枪声吗？

这个……王好铭一时没有接上话来。他转了转眼珠，收起脸上生硬挤出的笑容，改用较为认真的口气说，袁队长把我叫来，是不是有什么事呢？

你应该早就看到了，袁庆斌朝外面指了一下说，这两年，我们这一带遭到了各种灾害，再加上日本鬼子的祸害，老百姓被饿得死的死，逃的逃，留在家里的也快要活不下去了，眼下又赶上了春荒，如果没有一定的粮食接济，我们这里真要变成无人区了。

是呀，王好铭点着头说，赶上了这种年景，真是倒了血霉了……

兴许你也听说了，袁庆斌冷眼看着他说，为了让老百姓活命，抗日政府正在开展借粮运动，外面墙壁上的标语写得明白，“借余粮，度灾荒”，号召所有有存粮的人家，把吃不完的粮食借给老百姓，不能让饿死人的事在我们这里再度发生。

好，王好铭频频点头，这真是太好了，有了政府的倡议，老百姓就不用担心饿肚子了。说到这里，他有意停下来，摸摸索索地点起一根烟，不紧不慢地吸起来，好像刚才说到的这件事与他无关似的。

看到他这种样子，潘秀兰再也忍不住了，站起来要对他说些什么，但被肖力贵拉了一下，她才又重新坐下去。

这是考验一个人是不是抗日、是不是爱民的最好时机，袁庆斌依旧耐着性子说，希望王先生在这场运动中经受住考验，积极为抗日政府出力，将来人民是不会忘记你的。

那是，王好铭也依旧装模作样地说，那是……

那么你想拿出多少粮食呢？袁庆斌故意顺着他的话说。

这个……王好铭无法再回避了，夹烟的手指不禁抖开了。但他很快镇定下来，故作为难地皱皱眉头说，我是心有余而力不足呀……

怎么？袁庆斌也微笑着说，王先生没有多余的粮食吗？

没有，王好铭不假思索地说，我一个小户人家，这年头顾自己都觉得拮据，哪里还拿得出……

潘秀兰终于憋不住了，王好铭，你以为抗日政府的人都是好骗的吗？

我没有骗政府呀，王好铭转向她，做出委屈的样子说，我可以骗父母骗祖宗，可从来不敢骗政府呀。

王好古也看不下去了。好铭，他跺了一下脚说，你不要不珍惜政府给你的机会。

好古二哥，王好铭又转向了他，用极力争辩的口气说，别人不了解我家的情况，你还不知道吗？我家是个什么样……

行了，王好古摆摆手说，你就这样顽固吧，我可把话说在前头了，到时候吃了亏可是你自找的。说完，他就一甩袖子，朝屋外走去。

我也是没有办法，王好铭又转向大家，摊开两只胖手说，谁让我家是小门小户来着，又赶上日本鬼子扫荡抢劫，这日子也不比其他人家好过哩。

见他如此冥顽不化，人们都愤怒起来，争相走上前去，要和他好好理论一番。

袁庆斌朝大家摆摆手，依旧不动声色地说，好，既然王先生说没有余粮，那我们也就不为难你了。这样吧，你先回去，如果有人不想放过你的话，就让他自己找你借吧，好不好？

好，王好铭连连点头，请政府放心，我会给他们说明情况的。说着，他就赶紧退出屋去。

王好铭尽管滑头得有些过分，但在这件事上还是太过大意了，没有估计到抗日政府为老百姓借粮的决心。其实袁庆斌和王好古都把话说给他了，连站在一边的王小羊都知道往下该怎么做了，可鬼迷心窍的王好铭却依旧顽抗到底，与政府和人民作对，那倒霉的就只能是他了。

你们调查得怎么样？为做到万无一失，袁庆斌再次询问行动组说。

我通过王家的佣人打听清楚了，潘秀兰用不容置疑的口气说，他家存在谷仓里的粮食，少说也会有六千斤。

肖力贵接上说，他家的情况我也熟悉，谷仓在什么地方，由多少家丁看守，我都估摸个差不多。为了便于行动，我把他家的地形图都画好了。

噢，袁庆斌欣喜地说，你们准备得很充分嘛。

我就知道他会顶风，肖力贵说，看来只能对他来硬的了。

袁庆斌看过了王好铭家的地形图，很快便和支队的几个领导制订出了行动方案，只等黑夜来临了。但到下午时分，却发生了一件与此有关的小事，平时和王好铭打得火热的李青石偷偷摸摸走出家门，要到村外去，被站岗的战士拦住了，问他干什么去。没想到，李青石做贼心虚，贸然打倒了那个战士，便朝附近的树林里跑去。肖力贵带着一班战士包围了树林，经过一番搜索，终于捉到了李青石，把他带回到支队住处来。

你跑什么？袁庆斌盯住他说。

我，我没有跑……李青石梗着脖子不承认。

还说没跑？被他打倒的那个战士气不打一处来，上去便踹了他一脚，没跑怎么在树林里逮到了你？

我是到里面拉屎……李青石狡辩说。

行了，袁庆斌的大手一拍桌子说，你出村要到哪里去？到底受了谁的指使？

一听到这话，李青石便紧张起来，高抬的脸面赶紧低下去。但他还不想就此坦白，两手抱住头，又摆起了肉头阵。

你不说我们也知道，袁庆斌笑了笑说，你是在替王好铭到外边去搬救兵，对不对？

李青石见自己的行踪被识破，知道再抗拒下去没什么意思了，身子像泄了气的皮球瘪下去。你，他又纳闷地说，你们怎么知道的？

袁庆斌走到他面前，目光灼灼地上下打量着他说，如果我没记错的话，你已经加入了红枪会，这红枪会是干什么的，你当然比我们更清楚。红枪会从它成立的那天起，就在为地方豪绅服务，没错吧？所以你急急忙忙朝村外跑，不是受了王好铭的指派，还能去干什么呢？

李青石心悦诚服地点点头说，没错，就是这么回事，王好铭觉得你们可能对他来硬的，就派人找到我，让我去……往下你们都知道了。

为了防止走漏消息，支队暂时把李青石关了起来，并加强了村口各条道路的岗哨，以免王好铭等人跑掉。对于夜里的行动，支队领导重新进行了部署。从李青石的行动看，狡猾的王好铭已经有所准备，尽管请求外援的计划破产，但他肯定不会坐以待毙。根据潘秀兰等人提供的情况，王家共有家丁十余人，长枪七八条，短枪两支，如果他们进行抵抗，对行动组还是会造成一定的威胁。支队研究的结果是，不能强攻，只能智取，最好派一个人装作李青石的同谋，去给王好铭送信，以此麻痹他放松警惕，给支队夜里的行动提供方便。

但派谁去呢？

就在这时，潘秀兰不知出于什么考虑，忽然提到了王小羊的名字。

他行吗？肖力贵首先提出异议，他在占领区学校里读书，还不知道是什么来历呢。

他还能是什么来历？潘秀兰反驳他说，忘了他是你最要好的同学了？

那是过去，是小时候，肖力贵摆摆手说，现在形势这么复杂，我们怎么也不能相信一个离开这里两年多的人。

潘秀兰打断他的话说，不管怎么说，他也是和我们一起长大的，没有谁比我们这几个人更了解他了。不管形势发生怎样的变化，我相信他都不会做对不起国家和人民的事。

你凭什么这样替他打包票？肖力贵尖锐地指出，就凭你对他不分青红皂白的好感？别忘了，这是革命，是对敌斗争，是你死我活，不是儿女私情，不是剃头挑子一头热。

听他说得这样难听，潘秀兰的脸孔一下子涨得通红。肖力贵同志，她跺着脚板说，我这是在说革命工作，请你不要在个人问题上纠缠。

好了好了。袁庆斌不想再听他们争论下去了，摆摆手，把目光转向了王好古，对那个王小羊，你们比我们这些外地人更了解情况，这件事就由你们农救会做决定吧。

这样，潘秀兰的意见自然就占了上风，最后做出的决定是，由王小羊扮作李青石的同谋，去王家传这个口信儿。

此时，王小羊正坐在家里，望着就要降临的夜幕，在脑子里想象夜里可能进行的行动。其实，他并不知道夜里真有这么一场行动，他只是根据白日里王好铭的拙劣表演，觉得支队应该在夜间进行一场突击行动，给王好铭来个措手不及，把他藏匿的粮食彻底挖出来，看他还有什么好说。当潘秀兰背衬着一天晚霞朝他走来的时候，不知为什么，他竟然莫名地激动起来。当然，这个时候他还不知道自己即将面临的任务，他只是对潘秀兰这些人几天来的抗日举动感到敬佩，并受到深深的感染。

是不是夜里要？王小羊想向她证实一下自己的预想，但张张嘴，又把没说完的话咽了回去。他知道，自己还没有被他们看作同志，对于这样机密的事情，他们是不会告诉自己的。

潘秀兰在他身边坐下来，两眼很有神采地看着他。小羊，她这样开口说，你帮我个忙好吗？

帮……忙？王小羊没想到她会提这样的要求，稍稍迟疑了一下，便豪爽地说，好呀，你让我去干什么？

潘秀兰见他答应了自己的要求，没有接着把交给他的任务说出来，而是依旧提醒他说，这几天你也看到了，眼下的斗争异常激烈，要想把我们这一带的抗日工作做好，必须要……

没等她说下去，王小羊就似乎意识到了什么，心里一下子激动起来，是不是让我参加你们的行动？

见他这样说，潘秀兰也就不再说动员他的话，干脆朝他凑近一些，把交代给他的事情说出来，然后静待着他的反应。

去向王好铭……传信儿？王小羊一愣，为什么？

潘秀兰想了一下，还是没有把这个行动的真实意图说出来。不要问为什么了，她有些歉意地望着他说，你只要把信送到，你的任务就算完成了。小羊，这是抗日民主政府对你的考验，你可千万……

望着她脸上严肃的表情，王小羊不再问下去了，用不着多想，他就明白了执行这次任务的目的。为了尽快取得他们的信任，他在心里对自己说，我必须要……再说，为了抗日，这也是我义不容辞的责任和义务。秀兰，他也用庄重的语气说，完成了任务以后，你们就把我看作同志，好吗？

当然，潘秀兰使劲点点头说，尽管……我一定会把你看作我们的同志的。说到这里，她朝他伸出了自己的手。

望着她那只朝自己越伸越近的手，王小羊真想也把自己的手伸过去，和她的手握在一起。等我完成任务以后吧。他又把手收回来说。

好，潘秀兰同意说，那我们就说定了。

王小羊接受了任务以后，没有再做丝毫停留，就走出家门，绕过两条巷子，径直朝王好铭家走去。红色的晚霞已经变成了灰色条云，暮色开始笼罩了街道和房屋，村庄的景致正在迅速地模糊起来。王小羊踩踏着熟悉而陌生的地面，一步步接近了王好铭家那幢幽深的高宅大院。他忽然想到了自己在济南的上级邱浩天，也许邱浩天在外面执行秘密任务时也是这样的经历和感受吧？老师，他在心里对自己的领路人说，我正在为党工作，为抗日工作……

王家的门前很安静，也没有任何人把守，王小羊很轻易地便走了进去。进到了院落里，他才有些吃惊，迎门墙后面站着一高一矮两个持枪的家丁，一下子朝他围上来。从王家外松内紧的情况看，他这次的任务也许并不像他想象的那么容易完成。

你是干什么的？高个家丁凶狠地看着他说。

为什么私闯老爷的宅门？矮个家丁也跟上来说。

王小羊尽力让自己镇定下来。虽说这两个家伙是王家的家丁，他却不认得他们，看来是王好铭从外村雇来的打手。我是这个街上的人，他朝他们解释说，找老爷有事。

这个街上的人？矮个家丁上下打量着他，我怎么没见过你？

有什么事给我们说吧，高个家丁瞪他一眼说，老爷没工夫见你。

这怎么行？王小羊提高了声音说，我是受人之托专门来找老爷的，有要事当面对老爷说，耽误了大事你们担得起吗？

他这一咋呼，果然把里面的人吸引过来了。谁呀？一个中年人从一个偏门里出来，穿过院落，大步走到了他面前，在门口吵吵什么？

王小羊认出来，这个人是王家的管家，虽说也不是本村人，但在王家做事已经好多年了。刘管家，他也朝他走过去一步，我要见我爷爷。

刘管家也认出他来，是小羊呀，你什么时候回来的？找老爷有什么事？

王小羊朝那两个家丁看看，故意做出一副神秘兮兮的样子，低下声音说，是李青石派我来的，让我给爷爷来传话……

刘管家摆摆手，不让他再说下去，说跟我来吧，便领着他朝堂屋里走去。

堂屋里已经点起了蜡烛，桌子上、条几上摆了好几支，烛光交错着，把屋内照得一片亮堂。王好铭正站在桌子前，用一根火钎子撩拨烛火。

刘管家让王小羊站在门边，自己走过去，把嘴附在王好铭耳边说，老爷，李青石让小羊传信来了……

他的话还没有说完，王好铭就霍地抬起头，瞪大两眼，直朝王小羊看来。

王小羊急忙走过去，爷爷，是我……

王好铭直直地看着他，不禁有些意外，怎么回事？

是这样，王小羊走到他面前说，傍黑的时候，我在村口遇到了李青石，他让我给爷爷传个口信……

他为什么不亲自来？王好铭紧盯住他说。

村口有八路军的岗哨，出入不方便，所以他就……

他让你传什么口信？

李青石让我告诉您，武会首说了，今天夜里，他带一竿子弟兄过来，说是慰问八路军，让您……

什么？王好铭有些吃惊，他们来慰问八路军？李青石是这么说的？

王小羊点点头说，是，他是让我这么说的。

他娘的，王好铭跺了一下脚，狗日的李青石是不是要出卖我？

不会吧？刘管家眨巴着三角眼说，他们的意思是不是要稳住八路？不让他们……

对对，王小羊急忙接上说，李青石是这么说的，让我告诉爷爷，说尽管放心，八路军不会闹腾起来的。

噢，王好铭点点头，原来是这样。

看来不会有什么大事了，刘管家松了口气，脸上的表情有些眉飞色舞，只要武会首来到了，我们就可以高枕无忧了。

王好铭冷冷一笑说，我看不会有那么简单吧。他随即把眼掉向王小羊，小羊，你对我说实话，是谁让你来传这个口信的？

是李青石呀。王小羊故作坦然地说。

这样的口信李青石会让你来传？王好铭撇了撇嘴说，你们把我王好铭当成什么了？即使我没有他们那么高明，可也不是傻瓜一个吧？他紧紧地盯住王小羊，阴鸷的眼睛里放出两道冰冷的凶光，告诉我，是谁派你来的？

王小羊有些紧张，似乎支队的计策真的被他看穿了。但他随即又想到，这或许是王好铭有意使诈，目的还是要进一步考验他。想到这里，他强迫自己放松下来，鼓着勇气再次重复那句话说，爷爷，我已经对您说过了，是李青石让我来的，信不信由您。

你倒是给我说明白，王好铭依旧板着脸说，他为什么会信任你？

这个我也不知道，王小羊沿着自己的思路说，兴许是因为我们一起光屁股长大的缘故？我一从济南回来，他就到我家看我来了，对了，他还给我带了一布袋粮食呢。

那布袋粮食就是他从我这里……王好铭禁不住顺着他的话说，忽然又拍拍脑袋，不对，你和肖力贵、潘秀兰他们不也是一起光屁股长大的吗？这个我看没有什么说服力。

那我可就真不知道为什么了，王小羊摊开两手说，反正我给爷爷说的话都是真的。

你为什么不会骗我呢？王好铭乜斜着他说。

我骗谁也不会骗爷爷呀，王小羊故作委屈地说，我就是再不懂事，也还知道远近，怎么着也不会骗自己本家的长辈呀。

王小羊随嘴说出的最后这句话，竟然真的打动了王好铭，是呀，一笔写不出两个王字。再说，王小羊一向安守本分，与他无冤无仇，没有理由替八路军来坑害他……王好铭咽口唾沫，绷紧的身子渐渐放松下来。

见他这样，王小羊也悄悄松了口气。爷爷，我把信给您送到了，该回家去了。说着，他就开始朝门口退去。只要走出了这个院子，他对自己说，你的任务就算完成了。想到这里，他心里充满了就要到来的激动和喜悦。

别走，王好铭的眼珠转了转，忽然朝他招招手说，小羊，你这次回来，我还没有和你说说话呢。这样吧，你既然到我家来了，今天就不要走了，在我家吃顿饭，就算是给你接接风吧。说到这里，没容王小羊反应过来，他就转身对刘管家说，老刘，你去厨房里告诉他们一声，晚饭多加两个菜，我要和小羊喝二两。

好嘞。刘管家心领神会，立刻转身走出去了。

爷爷不要……王小羊急慌地说，我爷爷还在家等我回去。

没事，王好铭微微笑了笑，我不是你爷爷吗？在我这里就像在你自己家里一样。对了，你长这么大还没有吃过我一顿饭呢，今儿算是头一回。说着，就把他使劲按在椅子里，自己在另一把椅子里坐下。

王小羊知道再说什么也没用了，相反，如果执意要走反而引起他的怀疑，那这次任务可就无法完成了，不能取得肖力贵他们的信任事小，耽误了支队的行动甚至导致借粮运动的失败事大呀。一想到这里，王小羊就无法再做其他表示了，只能乖乖地坐在那把椅子里。他明白，自己已经被诡计多端的王好铭作为人质扣留下来了，这可是此次行动没有计划到的一个意外。

晚饭果真搞得很丰盛，光菜肴就弄了半桌子，王好铭还拿出来一瓶陈年老酒，和王小羊推杯换盏地喝起来。真是富人家的一顿饭，抵得过穷人家的一月粮呀，王小羊在心里深深地感叹，在如此艰难的环境下，王好铭这些地主老财居然还过着花天酒地的日子，而且不肯拿出一点点儿多余的粮食给穷人。想到白天他在政府面前的表演，王小羊心里越发充满了愤怒。为了彻底打击这些失去人性的家伙，他在心里告诫自己，你今夜就是死在王家虎穴里也算值得了，就当是为神圣的抗战大业尽下了一份微薄之力。王小羊变得真正坦然起来，大有一种置之死地而后生的豪迈和畅快。

吃过饭后，王小羊没有再说离开的话，王好铭当然也没有放他出去，而是让刘管家收拾出一间屋，把他安排在里面睡觉。刘管家走后，王小羊拉了拉门板，外面没有上锁，看来王好铭虽然不放心他，但还没有算计他的用心。

夜渐渐深了。王小羊在炕上躺了一会儿，又爬起来，借小解的理由，出门朝院子里走去。院子里也很静，家丁们都聚到一间乌烟瘴气的屋里打牌，只留下一个人值班。听到他的动静，值班的家丁走过来，随便问了他一句，并指给他厕所的地方，便背着大枪走开了。王小羊回来时，家丁甚至都没有再看他一眼。看来他们真的被你麻痹了，王小羊对自己说，你的任务虽还不能说已经完成，但毕竟没有辜负抗日组织尤其是潘秀兰对你的信任。

王小羊翻来覆去睡不着，一心要等待肖力贵的行动组打进来。按照他的设想，最先响起的应该是一声清脆的枪声，然后便是王好铭和家丁们绝望的哀号。一想到这情景，他的心脏就激动得怦怦跳。半夜时分，王小羊终于熬不住了，慢慢闭上了眼睛。但他似乎才睡着一会儿，就听见一阵纷乱的声音，像是外面刮起了猛烈的大风。他霍地坐起来，没错，声音是从外面响起来的，却不是风啸，而是此起彼伏的人声。他第一个念头就是，肖力贵他们打进来了。但他好像又不太相信，怎么没有听到枪声？

王小羊没有穿上鞋子，就赤着脚跑出门来。院落里晃动着无数人影，还有一支支燃烧的火把。望着那些在火光下闪烁的面孔，王小羊欣喜地告诉自己，没错，当他还处在睡梦中的时候，人们便已经成功占领了王家大院。他稍稍有些遗憾，没能亲眼看到他们打进来的动人场景。

事后潘秀兰告诉他，肖力贵带领他的行动小组，翻过王家高高的围墙，像猛虎下山一般冲进院子里。王家的家丁没有怎么防范，一个值班的在墙角处睡大觉，其他的被包围在一间屋子里，没来得及放一枪，他们就被乖乖地缴了械。王好铭被肖力贵从被窝里提溜出来时，压在枕头下的短枪还装在套子里。你的任务完成得很好，潘秀兰紧紧握住王小羊的手说，没有你的配合，我们不会打得这么漂亮。

人们举着火把穿过月亮门，争先恐后地朝后院跑去，王家的粮仓就在后院内，砌在地下的秘密暗道里。王小羊反应过来，也急急地随在人们后面。在肖力贵等人的镢头和棍棒下，王好铭的粮仓终于被打开了，六千斤黄灿灿的粮食出现在明亮的火把下，出现在人们为饥饿所放大了千百倍的眼睛里。

小羊，王小羊听见一个女声在喊自己的名字，你在哪里？他知道，这是潘秀兰在找自己。他被王好铭扣留在这里，实在让潘秀兰担心坏了。潘秀兰，王小羊挤出人群，朝那个声音传来的地方跑去，我在这里——

08. 悲惨情爱

借粮运动取得了圆满的胜利。搬掉王好铭这个障碍后，王家庄的其他存粮户看到了抗日政府的决心，不敢再观望等待，一个个赶紧行动起来，争相报出了献出粮食的数量。几天工夫，王家庄的抗日政府就借到了包括小麦、玉米、小米、高粱在内的粮食六万多斤，除把大部分分给了群众外，余下的由村农救会做主交给了部队，作为他们抗击日军侵略的军用物资。此举给周围的其他村庄带了个好头，借粮运动在鲁西一带轰轰烈烈地开展起来。

肖力贵没有来得及歇一口气，甚至没有回家去一趟，便又带上一部分人马到其他村庄开展活动去了。他的老爹很失望，竟然跑到部队驻防的院子里，当着袁庆斌的面跳起脚来骂了几句。袁庆斌好言好语地安慰他，说等几天肖力贵回来，一定让他回家去。老肖头不相信他的话，还要再闹，被王好古手下的几个民兵轰赶了出来。王小羊目睹了这场争执，虽然觉得老肖头来找袁庆斌闹有些过分，却也感到肖力贵的做法未免有不近人情的嫌疑。但让他没有想到的是，他回到家来，居然在门楼下看见了那个叫小翠的黄毛女人。显然，她是在他家门口等他回来呢。

一看到他从远处走来，小翠就从门楼下探出身子，想朝着他走过来，但朝两边看看，又生怕被街上的人看见，又赶紧停住了脚步，神情急切地等待着王小羊的到来。

王小羊认出了她，也明白她在这里是等自己，不禁有些吃惊。在此之前，他从来不认识这个女人，只是前几天才从他人口里知道了她与肖力贵的关系，当然更没有和她打过交道了。那么，这个女人来找自己干什么呢？他不禁停下脚，犹豫着是否该朝她走过去。

小羊……兄弟，小翠鼓着勇气朝他叫了一声，我和你说句话……她的话还没有说完，脸孔就涨红了。

王小羊只好硬着头皮走过去，对于她对自己的称呼，如果是从肖力贵那里算起，也还算得上合适，因为自己的确比肖力贵小一岁，小翠怕是也清楚这件事，所以才把他称为"兄弟"。其实她比王小羊或许还小一些呢，王小羊也正是想到了这一点，才不知道该怎么回应她。再说他们好像还没有真正结婚，如果称呼她"嫂子"，怕也是不太方便呢。他张了好几下嘴，还是不知道该叫她什么好，脸颊便也像她一样红起来。你……你找我有什么事？他有些没有礼貌地问她。

我……小翠本想直接把自己的要求说出来，但话到嘴边又咽了回去，改成了现在的说法，听说你和力贵是同学。

是。王小羊点点头，依旧没有明白她的意思。

对了，小翠像是想起了什么，僵硬的神情开始活泛起来，这次借粮，你可得到了八路军的信任……

王小羊越发莫名其妙了，小翠忽然把说话的重点转移到自己身上，让他一时摸不着头脑。你到底要说什么？他只好截住她的话说。

小翠也意识到自己的话说多了，脸上本来已经消退的红晕又浮出来。是这样，她颇为费力地翕动着嘴巴，我，我想让你替我去和力贵说说……

和力贵说说？王小羊还是不解，说什么？

让他回家来一趟……没有说完这句话，小翠就低下了头，一副极度害羞和惭愧的样子。

王小羊这才明白过来，原来她是把自己当成调和她和肖力贵关系的人了。他呆呆地看着她，由于她好一会儿没有抬头，再加之距离如此之近，他便分外清楚地看到了这个女人的模样和神色。与她最初留给自己的印象不同，虽然她的确长着一头黄色的头发，但五官并不难看，不但不能说难看，甚至还可以说有几分姿色呢，再配上她羞涩的表情，越发使她有几分风韵了。王小羊实在想不通，就凭肖力贵现在的样子，又有什么资格看不上这个姑娘呢？何况人家又那么深情地喜欢他，还主动来照顾他的老爹，他就算是个石头人，也应该被小翠的情意融化了！王小羊真的想当成就他们好事的中间人，但又怕自己不能完成任务，便对她提议说，如果让潘秀兰出一下面，或许会……

小翠马上抬起头来说，我找过她了，可她……

怎么？她不愿去？

她瞧不起我，小翠又低下头去，她说我是落后分子，会耽误力贵的工作。

王小羊不禁感到好笑，在心里嘟囔着说，这个潘秀兰，简直让抗日的事情搞昏头了。不管形势多么严峻，人总是要过日子的，你也不该把别人的好事不当回事呀。望着小翠充满热切期待的眼神，王小羊意识到自己被逼到了一个角落里，虽然他在这种事上不算是最合适的人选，但没有办法，这副担子也只好由自己来挑了。可在向她答应之前，他还是又用再确认一下的口气问她说，你真的喜欢肖力贵吗？

我当然喜欢他了，小翠毫不犹豫地说，要是不喜欢，我一个姑娘家家的哪里会上赶着来他家?!

那你喜欢他什么呢？王小羊继续追问她说。

他是英雄，小翠脱口说道，他为老百姓打鬼子，这样的人谁不喜欢呢？

王小羊不能不承认，小翠这个回答真是太好了，好到有些超出了他的料想。他原本以为小翠会说因为他救过我的命，但她根本没有提到这件事，而是说他为老百姓打鬼子。看来在她的心目中，不，是在这一带老百姓的心目中，肖力贵是一个让他们敬佩和感激的英雄人物。一想到这一点，王小羊心里也激动起来，为自己的伙伴和同学是这样一位闪耀着光彩的人物而骄傲，而自豪。也就在这一刻，他打定了前去找肖力贵、成就他和小翠好事的主意。

小翠不知道他的想法，还在按着自己的心思说，所有的人都知道了我们的事，我的名声都已经……说到这里，她忽然有些委屈起来，要是他不要我，我，我可就活不成了。

听她说得如此严重，王小羊更加感到了事情的急迫。我答应你，他赶紧对她表态说，我一定把你的心意说给肖力贵。同时他在心里对自己说，就算肖力贵真的看不上小翠，你也要抓紧去问个清楚，好向这个对他如此痴情的姑娘有个明确的交代。他当然不希望这样的事情发生。凭着自己突然涌现的热情，他相信能够说服肖力贵，让这个从来不懂得女人的粗蛮汉子掉回头，投入小翠的怀抱里，得到他最为缺乏的感情慰藉。好吧，他用坚决的口气对她说，我马上就去找肖力贵。

听他这样说，小翠脸上马上浮出了红艳艳的喜色。谢谢小羊兄弟。她向他走近了一步，弯下身子，深深地鞠了一躬。

王小羊没有再说什么，便掉转过身子，迈着大步重新向街上走去。

哎，小翠又喊住了他，你知道力贵在哪个村子里吗？

王小羊这才想到，自己的确不知道肖力贵去了哪个村子。我去问问袁队长……

不用问了，小翠朝村东指了一下说，他在刘家屯，你去那里找他吧。说完，她就离开他家的门楼，迈着小碎步朝另一个方向跑去。

望着她远去的背影，王小羊不禁在心里发着感慨，看来她的心思都在肖力贵身上了。他转回身，望着刘家屯的方向，继续感慨地对肖力贵说，你这个不解风情的家伙，好运已经来到你身边了，你却不知道捡起来，天下哪有你这样的傻瓜？

来到刘家屯后，王小羊很轻易地便找到了肖力贵。对于他的到来，肖力贵显然没有料到，是不是袁队长派你来的？他首先问他，没等王小羊回答，他又否定了这个念头，不对，如果有新的任务，袁队长也会让部队的人通知我的。再往下，他便不知道该怎么对待王小羊了，看来就算是再借给他一个脑袋，也不会想到王小羊来找他的真正意图。这个傻瓜，王小羊又在心里笑话他，看来他的心思都被抗日的事情填满了。

王小羊不想当着其他人的面和他说这件事，便让他找个没有人的地方。望着他神秘兮兮的样子，肖力贵越发摸不着头脑，你搞什么鬼呢？有什么见不得人的话要对我说？他把王小羊领到一间小厢房里，没有关门，也没有落座，便等待着他把事情说给他。王小羊却还不慌不忙，自己关上门板，又把他拉到炕沿上坐下，才慢悠悠地开口说话。但他依旧没有径直说这件事，而是先在他身上打量了一个来回，摸摸他被汗渍和尘土弄脏的衣服说，看来真该有一个女人来照顾你一下了。

我操，肖力贵止不住骂了句粗话，我忙得脚不沾地，你却来和我说这种无聊的话？说罢，他就要站起来往外走。

谁说这话无聊了？王小羊赶紧把他按在炕上，我是来和你说正经事的。

什么正经事？肖力贵有些不相信，快说，不然我可要真走了。

王小羊不敢再和他绕弯子，便凑近了对他说，你是不是该抽空回家去一趟了？

回家？肖力贵显然没想到他会说这个，一时不知道该怎么回答他。我忙得很，哪里……他沿着自己的惯性思路说。

就算再忙，也不能不要家呀？王小羊不客气地问他说，难道你真要学大禹的样子，三过家门而不入吗？

你到底要说什么呀？肖力贵更加莫名其妙了，你今天来了净说怪话，是不是你感冒了？说着，就把手朝他头上伸。

王小羊往后躲了一下，继续埋怨他说，不能因为自己成了英雄，就瞧不起普通老百姓了。

什么?！肖力贵一下子站起来，谁是英雄？谁瞧不起老百姓了？

王小羊只是看着他，没有回答他的话。

莫非你是说我？肖力贵一愣，有些想发火，却随即又笑起来，看来你是真的发烧了，说得头上一句脚下一句的。好了，我没工夫和你胡闹了，我还要……说着，就真的要朝门外走。

别走，王小羊只好再次拉住他，我的话还没说完呢。

你到底要干什么？肖力贵瞪着眼睛看他。

力贵，王小羊这才明确对他说，抽空回家去一趟，肖大爷不知多盼你回去呢。

是不是小翠让你来的？肖力贵终于反应过来。

王小羊不得不佩服他的机智，自己并没有提到小翠，他却就敏锐地感觉出来了，便只好承认说，是的，是她让我来的。他立即又跟上一句，也是我自己愿意来的，因为……

肖力贵打断了他的话，谁让你管我这号事了？唵？他真的有些恼怒，脸上的伤疤像虫子一样跳动起来。

难道我不该管吗？王小羊说，谁让我们从小一起长大的呢？看你现在独往独来的样子，我不该来过问一下吗？再说人家小翠……

我的事不用你管，肖力贵伸出萝卜粗的手指，在他额头上抖动着说，就算我打一辈子光棍，也轮不到你王小羊来操这份闲心。说罢，他就再次往门口走去。

他的话说得如此难听，王小羊真有些受不住了。别走，他扑上去拖住他的身子，你把话说清楚了，我这份闲心就真的让你感到讨厌了吗？

我不需要，肖力贵继续大声说，我就是被日本鬼子打死了，那是我自己的命，也用不到别人来同情我。

别人？王小羊念叨着这个陌生的字眼，终于知道自己在肖力贵心目中的位置了，一时伤心得差点儿掉下泪来。好吧，他咬了咬牙说，看来我真的是闲得没事干了，竟然来这里给自己闹无趣。说罢，就松开他的身子，也朝门外走去。

王小羊以为自己就这样从这里走出去了，也就是说，自己从此以后便和肖力贵彻底决裂了，但让他没有想到的是，就在他拉开门板即将跑出屋去的时候，身后却又传来了肖力贵的喊声，别走。王小羊似乎也正期待着这个声音的响起，一只脚留在门槛后，一只脚停在门槛外。他以为身后那个声音会继续响起来，但骑在门槛上等了一会儿，身后传来的却不是那个声音的继续，而是一阵隐约的哭泣声。他以为是自己听错了，或者耳朵里产生了幻听，禁不住疑惑地回过头来。

王小羊一下子呆住了，肖力贵竟然蹲在地下，把脸埋在两手间，肩膀耸起来，塌下去，再耸起来，再塌下去。那几声轻微的哭声的确是从他嘴里发出来的，因为有两只手捂着，便显得格外低沉而粗哑。肖力贵，他急忙跑回到他身边，你怎么回事？

肖力贵忽然把手从脸上揭下来，转而抱住了他的两条腿，同时把被泪水淌湿的脸也埋到他的腿上。小羊……他哭得越发悲伤了。

这样的情景是王小羊无论如何想不到的，也是他无论如何想不通的。在他固有的印象中，肖力贵应该是那种冷硬坚强的汉子，似乎从来与柔情伤感没有任何关系，但让他决然想不到的是，现在他却突然间暴露出了不堪一击的颓败样子，好像根本用不到枪炮弹药的打击，只是用手轻轻一推，他便会一下子瘫倒在地。王小羊的两只手停在他的头上，不敢再往下落，真的担心由于自己的不慎而使他倒下地去，再也爬不起来。肖力贵，他颤抖着声音问他说，你，你是怎么回事？

肖力贵靠在他腿上哀哭了一会儿，慢慢控制住了一度濒于崩溃的情绪，开始意识到这样的姿势实在不妥。一旦停止了哭泣，便急忙把头离开他的身子，尽力站起来，又坐回到炕沿上。他娘的，他往地下甩了把鼻涕，有些愤愤不甘地说，真是丢人丢大发了。

王小羊又坐回到自己的位置上，把上半身探过去说，肖力贵，你到底怎么啦？

肖力贵羞惭地摇摇头，一时无法把心里的话说出来。

王小羊索性走过去，蹲到他面前，仰起头来说，肖力贵，你是不是有什么伤心事？

肖力贵掉开了脸。谁没有伤心事？他淡淡地说。

不，王小羊拉了一下他的衣袖，你的伤心事一定和别人的不一样，能对我说一下吗？

没什么好说的。肖力贵又把脸掉到另一边。

我们不是好伙伴吗？王小羊继续开导他说，不管你怎样，我是一直拿你当亲兄弟的。

听他这样说，肖力贵又开始感动起来。小羊，他终于把脸转回来，我知道你是为我好，可是……我真的没什么好说的。

他越是这样说，王小羊越觉得他有难言的心事。你是不是哪里出了问题？

他这样启发他说，现在就我们两个人，你对我说一说又有什么关系？就算我不能给你带来帮助，起码我是会理解你的。

都是他娘的日本鬼子造成的。肖力贵突然没头没脑地说了一句，又把话转到了另一个方向上。不要以为我不顾家，更不要以为我不喜欢小翠……说到这里，他脸上浮出难以形容的痛苦表情，可是我……

既然你喜欢她，王小羊不解地说，为什么还要冷落她？

我不能……肖力贵站起来，大步走到一边去，把脸冲向墙壁，我不能害了她……

这话从何说起？王小羊跟在他后面，你喜欢她，她深爱着你，你们是多好的一对，怎么会……

你这个大笨蛋，肖力贵使劲跺了一下脚，我都把话说出半拉了，你怎么还不明白？

王小羊困惑地眨眨眼，你说什么啦？我还是没听明白。

难道你非要让我……肖力贵愤怒地转回身，恶狠狠地瞪了他一眼，又霍地转回去，实话对你说了吧，我的那个被子弹打坏了……话没说完，他就再次弯下身去，把脸深深地埋在两手间，呻吟而又呜咽着说，我已经不能再……

王小羊呆愣了一下，终于明白他说的是怎么回事了。老天，他在心里惊叫一声，原来……他真的难以相信，事情竟然是这个样子。

我怎么能不喜欢女人？肖力贵把头伏在地下，一下下地叩击着地面说，何况是小翠那样的好女人，可我……

望着他痛苦难耐的样子，王小羊心里也疼如刀割。肖力贵，他在心里叫喊，是我误会你了，是大家误会你了。他再也控制不住自己的情绪，扑上去，也倒下身子，把肖力贵的头抱到自己胸前，力贵，你受委屈了。

肖力贵似乎已经哭够了，很快便把头从他胸前抽回去，就势坐在地下，大大地喘出一口粗气。我把仇恨记在小日本头上，他用牙齿咯嘣咯嘣地咬着腮帮子说，我只有多杀几个日本鬼子，才算是对得住小翠对我的一片情意。

王小羊呆呆地看着他，不知道应该再怎么对待他，所有一切同情的话在这个时刻都显得那么无力，放在他身上也没有什么效用。

没什么，肖力贵在脸上抹了一下，忽然从嘴边挤出一丝笑来，这都是两年前的事了，开始的时候我都有要死的份儿，但后来就慢慢习惯了。如果不是你多管这号闲事，我怕是早把苦恼忘到爪哇国里去了。说到这里，他从地下爬起来，做出了往外走的架势，你回村里去吧，我要忙我的事去了。

肖力贵走到门边了，王小羊才又嗫嚅着嘴唇说道，可是小翠那里怎么办？他没有让声音更大地发出来，虽然嘴里这么说着，却又觉得他如果听不到也许更好。

肖力贵却听清楚了他的话，脚步又停在门边。好吧，他简单地想了一下，便做出了自己的决定，我跟你回去一趟，是到了对她说清楚这件事的时候了。

他们一起离开刘家屯，沿着弯曲的乡间小道往王家庄走去。一路上，他们都很少说话，只是到了村头，王小羊才不放心地问他，见了小翠，你该怎么对她说？肖力贵摇了摇头，我也不知道。他自己也觉得这样说不像回事，便又补充了一句，反正不管怎么样，我都不会耽误了她的前程。说完，他便迈着大步朝他家的方向走去。

望着他歪歪斜斜远去的背影，王小羊想着即将出现在他和小翠面前的痛苦局面，心里又激烈地颤抖了一下，眼角也有湿漉漉的液体流出来。他没有回家去，而是在离肖力贵家不远的地方坐下来，听着从他们家里传来的响动，心脏一动一动地悬垂着。他真的不敢想象，接下来在他们身上发生的事情会是一副怎样不堪的样子。

过了不大会儿，王小羊看见老肖头从家里走出来。让他没有想到的是，此时老肖头的脸上竟然浮荡着一层喜滋滋的神色，好像一件从来没有过的喜事在他身边发生了，过去愁眉不展的颓唐表情一扫而光，嘴里也发出哼哼唧唧的笑唱声。王小羊简直怀疑，这个迈着快乐的小碎步朝他走来的人到底是不是真正的老肖头。就算他把自己的儿子盼回家来了，但肖力贵根本就不能如他的愿，一旦把最后的决定在他和小翠面前说出来，他不气得暴跳如雷就算烧高香了，怎么还会如此高兴呢？王小羊带着一头雾水迎住了他的去路，肖大爷，力贵是不是还在家里？

在家里呢。老肖头随口回答说，看清问话的人是王小羊，急忙拉住他的手，用颇为感激的口气说，小羊呀，多亏你把力贵叫回来，这下我老头子可就算放宽心了。说到这里，他捋着花白的胡须呵呵地笑了。

放宽心了？王小羊越发有些愣怔，莫非事情发生了让他意想不到的转机？但他实在想不明白，除了那个显而易见的悲惨结局外，还会有什么让人意想不到的转机呢？

他一回家，我就把他和小翠关到屋里了。老肖头朝他挤挤眼说，我还在门外上了把锁，不管他怎么叫，我都不会给他开。

王小羊一惊，随即也便明白是怎么回事了。肖大爷呀，他在心里叫喊着说，您怎么能这样干？这不是要害了您的儿子吗？

老肖头没有理会他脸色的变化，依旧沉浸在得意扬扬的情绪里。这会小两口正在屋里亲热呢，我老头子就算再高兴，也不能打扰了他们的好事。他背起两手，继续迈着四方步往前走去，嘴里不住地叨念，这回呀，他们可就算是结成正式的夫妻了，呵呵呵……

王小羊愣怔了一会儿，突然掉转身子，飞快地朝肖家所在的地方跑去。他似乎听到了肖力贵绝望的喊声。王小羊，肖力贵愤怒地叫着他的名字，我中了你们的圈套……

王小羊在心里呼应着他，肖力贵，我没有和他们一起害你，我……他要急于把陷入窘境的肖力贵解救出来，然后向他说明自己的清白。但当他来到肖家门前的时候，却并没有听到任何动静，更没有听到肖力贵痛苦的骂声。难道是肖力贵欺骗了自己？他在心里问自己，此时他正在尽享他和小翠之间的美事？这一刻，王小羊突然感觉了尴尬，当然更感觉了不解，事情怎么会变成现在的样子？

正在这时，一阵震耳欲聋的响声猛然间响起来。王小羊被吓了一跳，响声似乎就在他身边，赶紧掉转回头，循着响声去看。他的目光落在一扇窗户上，一下子看见窗棂间闪动着一件东西，正在飞舞着朝窗户击打，响声便是这样发出来的。王小羊定睛一看，原来那件飞舞的东西是一把锤头。锤头落在窗户棂子上，尽管力量很大，却并没有敲断木棂，只是震落了一些尘屑。如果那是一把斧头就好了。王小羊忽然这样想了一下。也就在这时，他明白锤头的木柄是握在谁的手里了。

王小羊！在屋里用锤头敲打窗户的肖力贵也看见了他，把眼贴在窗棂间，朝他大声叫喊，快去给我把门锁砸开，不然我就要……

王小羊没有听完他下面的话，便离开窗户，跑进大门，穿过不大的院落，来到肖力贵所在的厢房门前。门楣上果然挂着一把大锁。他在四周巡视了一圈，看见一块石头，便拎起来，使劲击打在那把铁锁上。由于他击打得十分有力，只两三下，有些生锈的铁锁就被砸开了。他刚把钌铞儿从门鼻上摘下来，肖力贵就像一头走投无路的豹子跳出来，越过他的身子，裹挟着一阵疾风朝院门口窜去。

力贵，小翠随在后面，踉跄着脚步追出来，你不要走！她扑到院门口，没有拉住肖力贵的身子，眼看着他跑上大街，朝远处的村外逃去。力贵，小翠的脚被门槛绊了一下，身子一软倒在地下，力贵……她抱住自己的脸，呜呜地哭起来。

看着她悲痛欲绝的样子，王小羊犹豫了一下，还是打消了过去劝说她的念头，而是也像肖力贵那样急急地离开了肖家。也许他已经感觉到，对于这个悲伤场景的出现，由于自己的干预从而也便负有了一定的责任。当然，这个时候他还不知道自己要负的责任该有多大。

第三章

09. 深夜行军

傍晚时分，王小羊便从王大牛嘴里听到了小翠上吊自杀的消息。王大牛气喘吁吁地跑回家，对他和爷爷说，小翠把自己的脖子吊在肖力贵家房梁上了，幸亏老肖头发现得及时，她才没有把脖子勒断，但也已经不能吃东西了。王小羊的反应除了震惊之外，便是深深的自责，好像小翠的上吊自杀与肖力贵无关，而是自己造成的一样。其实他的感觉也不算错，听到这个消息不大会儿，老肖头就急如星火地找他来了。

老肖头是来找王小羊算账的，一进王家的院门，就叫着他的名字骂起来。王小羊，你给我出来，他一边吹胡子瞪眼一边跺脚拍手，你为什么破坏我儿子和媳妇的婚事？我家小翠都要被你害死了，你出来给我一个说法，不然我老头子不和你拉倒。老肖头说着就要朝屋门里闯。王小羊自然不敢出来面对他，便缩在屋里不动。王大牛不知道是怎么回事，愣在院子里也不敢动弹。爷爷虽然也搞不清事情的来龙去脉，但却适时地拦住了老肖头，并第一次编造了王小羊不在家的谎言。

好不容易把愤怒至极的老肖头打发回家去了，爷爷进到屋里，冷着脸问王小羊是怎么回事。

王小羊还没开口说话，王大牛就汹汹地抢白他说，想不到你和那个小翠还有一腿？你的胆子可真大，人家小翠可是八路军的家属。

王小羊知道他误会了自己，便把事情的真正经过向他和爷爷说了一遍。

爷爷听完他的话，不但原谅了他的多事，还说他做得没错。没想到力贵遭到了那样的不幸，爷爷摇着头叹息，也真是苦了没爹没娘的小翠姑娘。

王大牛却还有些转不过弯来，依旧嘟嘟囔囔地说，反正别人的女人不能惹，不要说肖力贵的女人了，就是讨饭花子的老婆你也不能……爷爷朝他喝叫了一声，他才不甘地闭住了嘴，跑到院子里收集树叶去了。

事情总算平息下来。老肖头又来找王小羊闹了一回，看到小翠没有什么大碍，也便偃旗息鼓了。在此后的日子里，他的儿子肖力贵却再也没有回到家来。王小羊听说，为了给小翠一个说得过去的名分，老肖头只好把她收为干女儿，才算打消了小翠一次又一次赴死的念头。一切看起来都得到了妥善解决，只有王小羊心里明白，不论是肖力贵还是小翠甚至老肖头，内心里的痛苦其实一点儿都没有削减。尤其是肖力贵，大约是因为自己和他是伙伴的关系，王小羊便对他给予了更多的同情，几次来到刘家屯，想对他好好安抚一下。尽管他也知道，如钢铁一般坚强的肖力贵其实用不着别人同情，但不知为什么，王小羊还是希望能和他说一些只有他们能懂得的话。因为在这个世界上，也许能够理解他心灵创伤的人只有自己了。

但王小羊并没有找到肖力贵，接待他的人总是打着官腔说，肖力贵现在忙得脚不沾地，没有工夫和闲人聊天，便把他晾在了一边。王小羊知道肖力贵是有意不见自己，可他给出的理由却让自己有些难堪，什么闲人？什么聊天？好像他肖力贵除了抗日的事情以外，再也没有任何属于个人的生活了。很快，王小羊也便感到了自己的无聊，看来要想和肖力贵他们打成一片，或者干脆说为了完成自己的任务，当务之急便是像他们一样忘我地投入到工作中去。可他除了那天夜里帮助了他们一回之外，再也不知道该干什么好了。

王小羊还没有找到为抗日政府继续出力的途径，王家庄一带的抗日形势就发生了急剧的变化。在上次开展的借粮运动中，坚持反动立场的财主豪绅王好铭受到了严重冲击，不仅私藏的粮食被人们全部分光，家中的其他浮财也失去了很大一部分，这激起了他与人民为敌与抗日政府不共戴天的决心。在不久后的一天夜里，他带着他的家人逃出王家庄，钻进了附近的六里路炮楼，公开投靠了日本鬼子，成了为人们所不齿的汉奸。没过多少日子，驻扎在聊城城内的日本鬼子便纠集周围各炮楼据点里的日伪军共计两千余人，在王好铭的引领下，气势汹汹地朝王家庄方向扑来，企图消灭活动在这一带的八路军武装。

敌人来势凶猛，且人多势众，贸然迎击势必会造成不必要的损失。经过研究，袁庆斌决定采取“敌进我退”的方针，避开敌人的有生力量，跳到外线与之周旋，在运动中寻找战机打击敌人。所以没等鬼子的大队人马来到，他们就趁着夜色悄悄撤离了王家庄，消失在空旷辽阔的原野里。

王小羊了解到队伍集结的情景，并看到肖力贵也把人马从刘家屯撤回来，加入到即将开拔的队伍中。他有些紧张，自己的任务还没有完成，如果和袁庆斌他们失去了联系，关于敌人实施生化武器作战的情报又该送到哪里去呢？王小羊没有丝毫犹豫，便决定跟随部队一起走，当然他也知道这几乎是不可能的，但还是抱着试一试的想法去找潘秀兰，让她在袁庆斌面前为自己说话。他不敢去找肖力贵，尽管他知道这件事如果由他来说话会更好，但这些天肖力贵一直不肯见自己，他也便打消了去求他的念头。

什么？潘秀兰听了他提出的要求，不禁惊讶地张大了嘴巴，你要跟部队走？你又不是队伍上的人，他们怎么可能带你走呢？

王小羊没有把自己的打算说出来，只是一个劲儿地说，你就帮我去说说嘛，我不会成为他们的累赘的。

我看你还是跟我留下来吧，潘秀兰转移话题的方向说，也许这里更需要你。

王小羊这才想到，部队撤走以后，潘秀兰和王好古等农救会的人要留在村子里坚持斗争，因为他们的身份是公开的，想必在敌占区里开展工作会更加艰难，自然也就更需要得到帮助了。但他想了一下，还是拒绝了潘秀兰的提议。我的决心已定，他用没有回旋余地的口气说，你就让我跟他们走吧。

见他的态度如此坚决，潘秀兰也不好再说什么，便领着他来到队伍集结的地方，把肖力贵从队伍里叫出来。见她找的人竟然也是肖力贵，王小羊便有些不好意思，似乎没有潘秀兰的联系，他和肖力贵就说不上话了。肖力贵也有些不自在，眼神在他脸上匆匆扫了一下，便急快地移开了。王小羊当然知道这一刻他脑子里在想什么，心里不禁剧疼了一下。事情紧急，短暂的尴尬过后，他们的注意力便都集中在王小羊的事情上。

什么？听了潘秀兰代表王小羊提出的要求，肖力贵也大吃了一惊，你要跟部队走？他没有多想，便本能地摇起头来，这怎么行？你是干什么的我们都不知道，怎么能跟我们一起行军呢？

一听他这样说，王小羊便觉到了一阵委屈，原以为自己冒着风险进到王好铭家，使他们的借粮行动取得了成功，应该取得部队的信任了，却原来……

潘秀兰也觉得肖力贵的话不好听，便不自觉地站到了王小羊一边。人家为了你的事差点儿惹出麻烦，她这样激将他说，现在你却不信任人家了，如果你当初说这种话，小羊怕是也不会管你的事的。

王小羊没有想到，潘秀兰在关键时刻肯为自己两肋插刀，实在让他心存感激。秀兰，他在心里对她说，谢谢你。

肖力贵知道她说的是什么，也又不自在起来。好了，他有些恼怒地瞪了她一眼，随即把目光转向王小羊，用颇为严肃的口气说，你如实告诉我，为什么要跟我们走？你到底打的是什么主意？

我……王小羊张张嘴，又把要说的话咽了回去。他真的不知道该怎么表示好。

你不说清楚，肖力贵不耐烦地白了他一眼说，部队是不会带你走的。说罢，他就做出回到队伍里去的架势。

王小羊再次紧张起来，忽然脑子里一动，脱口说道，我想参加八路军。

什么？肖力贵还没有做出反应，潘秀兰却掉过脸来问他，似乎本能地不相信他这句话。

是的，我就是要参加八路军，王小羊干脆沿着自己的话题，也用严肃的口气强调说，我要跟部队一起去打鬼子。

见他说得如此坚定，潘秀兰再一次相信了他的说法，转回脸去看肖力贵，满含期待地等他做出决定。

肖力贵从她脸上感到了一定的压力，眉头紧锁起来，匆促地想了一下，便果断地点点头说，好吧，我去向队长汇报一下。他跑到袁庆斌身边，只简单地说了几句话，便很快跑了回来。王小羊和潘秀兰都直直地看着他，生怕事情会在袁庆斌那里出现意外。但肖力贵跑回来，朝王小羊挥一下手说，队长同意你跟我们走，马上入列。

王小羊还有些反应不过来，身子停在原地没动，潘秀兰推了他一把，他才明白是怎么回事，赶紧朝队伍跑去。终于成功了！他激动地在心里说。他在队伍后面绕了一个小圈子，才挨着最后一个战士停下来。

肖力贵走到他身边，依旧沉着脸叮嘱他说，部队行军时，我走到哪里你跟到哪里，不许你擅自行动。

好。王小羊连连点头。这时他看见潘秀兰在朝自己招手，也急忙把手举起来，一边朝她挥动一边在心里说，谢谢你潘秀兰。

部队很快出发了。王小羊这才想起来，还没有和爷爷哥哥告别呢，自己这一去不知道什么时候回来。他回过头，想朝刚刚走出的村子看一眼。但肖力贵高大的身影挡住了他，立刻便想到他对自己说的话，只好又掉回头，集中精力和前面的人一起赶路。

余下的半夜时间里，部队一直在不停顿地行走。肖力贵领着几个人负责殿后，让一个战士抓着一把用树枝做成的扫帚，不怎么在意地拖在身后，把队伍走过留下的脚印扫干净了。这个方法可真是好，王小羊在心里说，如此一来，敌人就找不到队伍的行踪了。但让他想不明白的是，肖力贵把扫帚拖过去后，却还有一个战士在后面踩一遍，无形中又留下了一行脚印，虽然只是一个人的，但毕竟把脚印留在了地下，是不是又给敌人提供了追踪的蛛丝马迹？王小羊想把这个疑问提出来，张了好几次嘴，还是又把话咽了回去，肖力贵他们都是打游击的老手了，怎么会愚蠢到给敌人留下线索的地步？自己还是少操这份闲心吧，免得被他们笑话。天快亮时，王小羊无意中回过头，借着朦胧的曙色，他惊讶地看见，后面地下的脚印竟然是脚尖朝后。怎么回事？他急忙去看那个战士的脚下，这才发现，那个战士居然反穿着一双布鞋。王小羊恍然大悟，原来他们……他不得不佩服肖力贵他们，这样一来，敌人就是长着诸葛亮的脑袋，也不会想到在这条道上是八路军的队伍朝着另外的方向走过去。

虽然是在家乡一带，但由于是夜里行军，王小羊还是渐渐迷失了方向，不知道队伍在朝着什么地方走。肖力贵还时不时地和他说上几句话，也在一定程度上转移了他的注意力。他隐约感觉出来，肖力贵之所以这么做，不是为了和他聊天，而是有意分散他的精力，看来人家还有些不放心自己。

你真的想参加八路军？肖力贵用充满怀疑的口气问他。

是……王小羊想了一下，还是点点头说。

为什么？肖力贵说着，还紧紧地盯住他。

打……鬼子呗，王小羊说，还能有别的理由吗？

肖力贵掉开眼去，没再说什么。过了一会儿，他又装作漫不经心的样子问道，这两年，你一直在外头……干什么？

没干什么，王小羊觉得这话说得不妥，又赶紧补充说，在学校里读书呀。

读书多好呀，肖力贵吧嗒着嘴说，每天都坐在教室里，没有风吹日晒，没有行军打仗，更没有流血牺牲……一天到晚只是念念"之乎者也"，把老师交给的作业做完就行了。那可真是神仙过的日子。

王小羊吃不透他的态度到底是羡慕还是嘲讽，一时也不好说什么。

敌占区的学校应当更好吧？肖力贵看他一眼说，是不是还能交上几个日本同学？

王小羊明白了，肖力贵这是有意在说给他话听，他想替自己辩解一下，但想想还是算了，自己这两年的经历和感受又怎么能用一两句话说清楚呢？他突然有些后悔，自己为什么要去济南读什么书呢？如果留在家乡，没准现在也是这支队伍中的一员呢，至少也会像潘秀兰那样，为伟大的抗日斗争作出了努力和贡献呢。可由于自己走错了路，才和肖力贵这样小时候要好的伙伴变得生分起来。想到自己肩负的使命，他愧疚的心理才又变得有些坦然。其实我们都是一个战壕里的战友，他在心里对他说，只是分属于不同的地界。

潘秀兰还一直对你……那么信任。肖力贵突然又说。

王小羊听出了他话里的意思。是，他也只能这样回答。

她对你可真是……肖力贵选择着合适的字句说，一往情深呀。

王小羊心里一动，脸上不禁有些发热，这原本是属于两个当事人之间的事，却由另一个更为明晓的人说出来，不能不让他觉得难为情。看你说的，他本能地掩饰说，哪有这回事儿！

有什么不承认的？肖力贵越发来劲儿地说，你们那点事儿，谁还看不出来？

王小羊越发不好意思了。那都是过去的事儿，他在心里说，现在我已经……他的眼前急快地闪过林美娜的影子，同时慌不择言地辩白说，都是小时候……以后不会再……他忽然又想到了肖力贵在小翠那里遇到的尴尬，不禁感到些许好笑，一个已经不能行男女之事的人却在和自己谈论什么男女，这不是太有些滑稽了吗？

肖力贵看不清他神色的变化，却似乎知道他在想什么。你以为我已经不是男人了吗？他干脆挑明了这个带有隐晦色彩的话题。

难道不是这样吗？王小羊在心里说。他没敢把这句话说出来，生怕会由此触怒了他。

其实我只是那个地方被打坏了，肖力贵用略带哀伤的口气说，这并不表明我不再是一个真正的男人了。

是吗？王小羊不禁松了口气，那就好……但他随即又把心提紧了，也许越是这样，他感觉到的痛苦才会越多。虽然隔着夜色，他却不敢再看他一眼。

肖力贵轻轻地叹息了一声，也不再说什么了，只是埋下头去大步走路。

王小羊却忍受不了这种沉默的气氛，好像如果不说上一句话，自己就有发疯的可能似的。对了，他没话找话地说，潘秀兰他们留在村里坚持斗争，不会遇到什么危险吧？

你是应该记挂她一下了，肖力贵感慨地说，不过你尽管放心好了，潘秀兰可是个有经验的妇女干部了，敌后的工作有一套，敌人不会找到她和村干部们的，相反还会遭到他们的打击。

王小羊放下心来。别说，他在心里暗自赞叹，潘秀兰真是一个好干部。

天蒙蒙亮时，部队来到一片茂密的树林里，停下来休整。树林间灌木丛生，杂草遍地，实在是个隐藏队伍的好地方。队伍一走进去，便惊跑了一些野兔和狐狸一类的动物。指战员们都觉到了疲惫，没有一个人对这些动物表现出兴趣。王小羊没在夜里走过这么多路，早累得快要撑不住了，也没对那些动物多加在意，一倒下身子，便很快进入到睡眠状态里。但在接下来的梦里，他还是又受到了野兔的纠缠，好像自己的嘴里被塞满了兔子肉，一股浓烈的腥臭味让他喘不上气来，实在遏制不住，便伸长脖子，想把吃到肚子里的兔肉吐出来。他睁开眼时，发现自己已经坐起来，正对着地下干呕。他当然什么东西也没有吐出来，从昨天夜里到现在，他一点儿食物没吃过呢，早就觉到饿了，哪里还会有东西供他吐。其实对于兔肉，他实际上也并没有真的吃到，怎么就对这种说起来也算是美味的东西产生了厌恶呢？

日头升到了树梢头上，天空中飘动着白白的云彩。战士们还横七竖八地躺在地下，一个个都睡得正酣，树枝在日光里的影子在他们身上轻轻地滑动。王小羊睡不着了，爬起来，在树木间来回走了几步。这是一片处在荒野间的榆树林，由于干旱的影响，大多树木都一副半死不活的样子，只有枝梢头上才挂着几片树叶，有一些枝干还被剥光了外皮，透着动物骨头一般的白色。他走回自己睡觉的地方，看见肖力贵也已经醒来，虽然还保持着躺卧的姿势，却瞪着一双大眼，正直直地盯着他看，那道横过半边脸去的刀疤被日光照得发出红色，像一条剥了皮的小蛇在微微蠕动。王小羊恍然大悟，或许当自己在林木间走动的时候，肖力贵的眼睛便已经睁开，将他的行踪悄无声息地捕捉到了视野里。

你去干什么？肖力贵坐起来，似乎不经意地问了他一句。

我，王小羊张了张嘴，随便走走。

怎么不睡觉？

睡不着了。

你有什么事吗？肖力贵上下打量着他，眼里透着不加掩饰的警觉。

没有，王小羊停了一下，忽然接上他的话说，是……

肖力贵好像没想到他会这么说，不禁一愣，怎么？你真的有事？

是呀，有事，我想……

你有什么事？肖力贵的警惕性越发高涨了。

王小羊感到应该把自己掌握的情报说出来了，一来也好让根据地的军民有所准备，虽说他不知道敌人实施“鲁西生化武器作战”的具体日期，但肯定留给他们对付的时间越来越少了；二来也可以消除肖力贵等人对自己的怀疑，虽然他没有什么好心虚的，但受到自己人尤其是好伙伴肖力贵的监视，还是让他觉得难以接受。力贵，王小羊朝他跟前凑近了些，刚要把有关情报的内容说给他，心里却又一动，说出口来的话又变成了，你……是党员吗？

什么？肖力贵没想到他会说这个，一时疑心听错了他的话，你说什么？

你是中国共产党的党员吗？王小羊只好又重复了一遍，也越发说得清晰明白了。

你，肖力贵瞪大了眼睛，你为什么问这个？

如果你是党员，王小羊在心里说，我才会把这个重要的情报说给你。但他没有这样对他说，而是改口说，我随便问问。

一听他这样说，肖力贵眼里的疑问更强烈了。你为什么打听这个？他干脆站起来，用一种居高临下的姿势看着他，你想干什么？

我，王小羊迟疑着说，我有一件重要的事要说……

重要的事？肖力贵的眼光里越发充满了不信任，你会有什么重要的事？

真的是一件很重要的事……

那你快说呀。

但我必须说给是党员的人，王小羊比画着说，你明白我的意思吗？我必须说给党……

看他说得如此结实，肖力贵一时有些转不过弯儿来。王小羊，你到底是干什么的？我怎么像不认识你似的。

也许，王小羊想了想说，也许你还不了解我……

是吗？肖力贵斜起眼睛看他，莫非你真的有什么来路？

你先别问我有什么来路，王小羊竟然有些坦然起来，你先告诉我，你是党员吗？

我当然……肖力贵刚要回答他，又赶紧收住了嘴，改口反问他说，你先给我说一说，你是什么身份的人？总不会与党员沾什么边吧？

我不是正式党员，王小羊低下头，随即又抬起来，但我是中国共产党的预备党员。

你是……预备党员？肖力贵张大了嘴巴。

不像吗？王小羊挺了挺胸脯。

肖力贵又盯着他看一眼，才吧嗒一下嘴说，我真的没有看出来。他想了想，又提出疑问说，在占领区的学校里，也有党的组织？

当然有，王小羊点点头，又进一步说，党在秘密状态下活动，自然比不了你们这里，活动开展得这样轰轰烈烈。

肖力贵看他的眼光渐渐变得恭敬起来。真是没有想到，他不好意思地挠挠头皮说，你竟然是我们党的同志。我还以为……他在头顶上拍一下，随即又用欣喜的口气说，真是太好了。他拉住他的手，使劲晃摆了一下。

王小羊悬在心里的石头落了地，一种被自己人信任的美好感觉充满了身子，眼睛也有些湿润，泪水差点儿流出来。

说吧，肖力贵更加亲切地催促他说，你有什么重要的事情？

可你还没有告诉我……

这还用说吗？肖力贵拍拍自己的胸脯说，我早就是正式党员了，而且还在支队里担任了党小组长呢。

太好了！王小羊也朝他靠过去，用两个人才听得见的声音说，是这样，我在济南的上级获得了一份重要情报，是关于敌人在鲁西实施生化武器作战的消息……

他的话还没有说完，肖力贵就眨了眨眼睛，迷惑不解地说，你的上级获得了情报，怎么不把它送给他的上级或联系人，而派你送到这里来？这可是违背组织纪律呀。

他牺牲了，没有来得及……王小羊不禁又想到了邱浩天，心里也又感觉到了沉重。

那你去送给你的联系人呀。肖力贵焦急地说。

我还没有单独执行过任务，王小羊羞愧地摇摇头，不知道他的联系人是谁，所以只能……

是这样？肖力贵半信半疑地说。

是呀，王小羊解释说，因为情报的内容牵涉到我们鲁西，我才赶回老家来，设法找党组织。

肖力贵站起身来，一只手托着下巴，慢慢地沉思起来。他又斜过头，用充满疑虑的眼光看他一眼，神情也又复做了先前对他不信任的样子。

王小羊看出了他神色的变化，心里也又一沉。真的是这样，他赶紧再次向他解释，这是一个极其重要的情报，我必须要把它……

你刚才说什么？肖力贵看着他说，敌人要在鲁西怎么样？

情报说，敌人要在鲁西实施一场大规模的生化武器作战……

生化武器？肖力贵追问说，什么生化武器？

情报没说到具体的……王小羊忽然想到了他和林美娜、李灿辉在李庄看到过的情景，不禁脱口说道，或许是……

是什么？

或许是霍乱细菌战。

霍乱细菌……肖力贵重复着这几个字，也突然想到了什么，再一次瞪大眼睛，直直地朝他看来。

王小羊知道他想到了什么，是呀，那个被敌人派到根据地来的特务就说到了关于霍乱细菌的谣言，而自己的所谓情报竟然和他的谣言如出一辙，不要说始终对自己保持警惕的肖力贵，就是自己也觉得和那个特务似乎有什么瓜葛……想到这里，王小羊一下子紧张起来，他们不是要把他也当作特务加以怀疑吧？

正如他的料想，肖力贵看他的眼光很快变得冷淡幽暗起来。原来是这样，他点点头，自言自语地说，真是没有想到……

不，王小羊急忙声明说，并且使劲跺了一下脚，不是你想的那样，我和那个特务绝不是一回事。你要相信我，我真是受了党组织的派遣，来给你们……

不要再说了，肖力贵不客气地摆摆手说，我什么都明白了。

你不明白，王小羊拉住他的手，用力晃摆着说，我真的没有欺骗你，我说的都是真的。

肖力贵抽回自己的手。你什么都不要说了，他把手背到自己的身后，也不要随便乱动，有什么要说的，等一下直接给袁队长去说吧。

好……吧，王小羊想了一下，看来也只能这样了。不管怎么说，自己的情报都要说给这里的最高长官也就是袁庆斌支队长，况且自己现在遭遇到的困境也只能由他来解决。那就按肖力贵说的办，等袁庆斌醒来了，再去朝他解释这一切的来龙去脉了。

战士们醒来后，差不多已是中午时分了。由于是在野外，部队不敢生火做饭，只是吃了点随身携带的干粮。王小羊早就觉到饿了，但因为出来得匆忙，没有带任何吃的东西，看着战士们吃干粮，嘴里的唾沫直往上涌。

肖力贵犹豫了一下，还是把自己的干粮掰下来一块，递到他手边。不管你是什么人，他淡漠地对他说，也不能让你饿肚子。

王小羊本不想吃他的干粮，但忍不住肚子的饥饿，还是把那块干粮接到手里，无滋无味地啃起来。

凑合着吃完了这顿饭，肖力贵整理了一下枪套，朝他摆了摆头说，走吧。

王小羊站起来，跟在他身后，朝坐在一棵大树下的袁庆斌走去。但愿我不会引起他的怀疑，他在心里侥幸地想，但愿我的情报能引起党组织的警惕，彻底粉碎敌人的生化武器战阴谋。

10. 经历考验

你的名字？

王小羊。

哪里人？

王家庄人，肖力贵和潘秀兰都是我小时候的同学。

你从哪里来？

从济南来，两年前，我就在那里读书。

为什么要去敌占区读书？

我爷爷是我们村里的秀才，当过私塾里的老师，后来又在学堂里教书，一直想……

不要说别人，先回答我的问题。

其实这个问题和我爷爷的关系非常大，作为我们那里还算有学问的人，他一直想把我培养成一个比他还要有学问的读书人，所以就把我……

你说你在学校里参加了革命？

是。

你的上级是谁？

邱浩天，他是我们的日语老师，也是我参加革命的……

什么什么，他是日语老师？他的日语说得非常好吗？

当然，他比那些日本人说得也差不到哪里去。

为什么？他不是中国人吗？

他是中国人，但他在日本留过学。

说到这里，王小羊忽然后悔起来，意识到这样回答问题，恐怕会使情况变得越来越复杂，那对自己本来就不太妙的处境更加不利。这个与我的情报有什么直接关系吗？他想马上改口，我这次回来，只是要把……

不要打断我的问话，袁庆斌警告他说，现在你必须把我提出来的问题回答清楚，然后我们的谈话才能进行下来，明白吗？

王小羊想了一下，还是点点头说，好吧，你继续问吧。

袁庆斌从椅子里站起来，背起两手，在屋内慢慢地踱步，似乎也陷入到了沉思中。你的老师，也就是你所说的上级，是你的日语老师，在日本留过学，回国后在占领区学校里当老师，能说一口流利的日本话，是这样吗？

是……可是……

他是怎么参加革命的你知道吗？还有，他受哪个地方的党组织领导？他的直接上级是谁？他在敌占区的任务是什么？

这些……我都不太知道……说到他的任务，我想可能是收集日本人在济南的相关情报吧。

他的情况你一点儿都不了解吗？

可以说是这样。我是他的下级，这些情况他不会告诉我，我也不能随便问。毕竟我们是在敌占区，是处在秘密状态中，一般不会把彼此的情况都……再说，我也刚被他引导到革命队伍中来。

说一说，你为什么要参加革命？袁庆斌忽然说。

这个我上次已经对你说过了，还要我再……王小羊有些控制不住自己的情绪，如果你们不信任我，可以去问一下肖力贵和潘秀兰。我们毕竟是一起长大的，我的情况他们最了解。还有，前几天我不也接受了你们的派遣，到王好铭家做卧底，我的表现你们应该有目共睹。

王小羊……现在我还不能称你为同志，只能……

没什么，只要便于你们了解我，怎么样都行。

是这样，现在的形势很复杂，我们不仅要和敌人在明处作战，还要在看不见的隐秘战线较量。在王家庄的情况你也看到了，我们丝毫不敢丧失警惕、麻痹大意。

我明白，可是……

如果你真像你说的那样，是我们同一个战壕里的战友，是真心实意参加革命，参加抗战，就不怕自己人的审查，越是审查得清楚明白，越是有利于你回到组织中来，完成你所说的任务。

好，我愿意继续接受审查。

我再来问你，你的上级是怎么获得情报的？

具体情况我也不大……我只是知道，那天邱老师去和一个日本关系接头，被敌人发现了，他受了重伤，临终前让我把情报……

日本关系？也就是说，给他提供情报的是一个日本人了？

是，我想应该是一个反战的日本人。至于那个人是他争取过来的，还是上级派遣的，我就不知道了。

他们是怎么被发现的？

我不知道，当时我没有在现场……在此之前，我还没有独立执行过任务。

为什么？他不放心你？还是有什么别的考虑？

可能是因为我没有经验吧，他不敢让我……

你好像说过，你是中共预备党员？

是……

履行过组织手续吗？

我写过入党申请书。

谁是你的入党介绍人？那个日语老师？

是。除他之外，我没有和其他党员发生过任何联系。

也就是说，你没有参加过任何组织活动？

是这样，由于我们在敌占区，从事的是秘密……

听到这里，袁庆斌不得不遗憾地摇摇头，用惋惜的目光看着他。王小羊，根据目前的情况看，我们暂时还不能完全相信你所说的话，除非你能找出组织上的证人来。

这是不可能的，我已经说过，除我的上级之外……

既然这样，我们也不能恢复你的组织生活，甚至不能让你参加我们支队的行动。

没关系，我只是让你们根据我提供的情报，做好应对敌人实施鲁西生化武器作战的准备。

这也是不可能的，在我们没有调查清楚你的身份之前，我们不能相信你的任何一句话。

这怎么……王小羊有些急，一下子从凳子上站起来。立在他身后的一个战士赶上来，使劲把他按下去。敌人正在……王小羊两手抱住头，你们怎么能……如果延误了时机，那鲁西根据地的损失可就……

袁庆斌转过身，呆呆地看着他，眼神里既有疑问，又有困惑，还有焦虑。你放心，他郑重地对他说，我们会把你调查清楚的。

那你们快些调查呀。王小羊跺着脚说。

可我们该到哪里去调查呢？袁庆斌仰起头，朝屋外的远处看着，眼下敌人正在实施围剿扫荡，形势越来越紧迫，我们又哪里抽得出人手到济南去……再说，这好像也不是我这个支队长能解决得了的事情呀。

那你快去找你的上级汇报呀。王小羊给他出主意说。

会的，我会把你的情况和你提供的情报汇报给上级的。袁庆斌点点头，随即又说，但我最好在弄清楚你的来历之后再来这么做。

那可就太晚了。王小羊快要哭出来了。

袁庆斌低下头，紧锁眉毛，又一次陷入深深的思索中。你给我们出了一个太大的难题。他吧嗒着嘴说。

王小羊在一边看着他，突然也感到了他的困顿和无力。自从认识袁庆斌以来，王小羊就一直认为这是一个意志坚强的人，虽然他的个子不高，长相也不好看，再加之条件有限，穿在身上的军衣和战士们一样破烂，断了一条腿的眼镜用一根麻线挂在耳朵上，看上去和普通人没有什么两样，但经过几天的接触和观察，加之潘秀兰对他有意无意的介绍，他已经了解到，袁庆斌是个勇猛果敢且富有智慧的人，不说他从一个高小老师成长为一个军事指挥员的曲折经历，也不说他在鲁西的抗战岁月中创造的那些传奇故事，单凭这些日子有关锄奸和借粮的见闻，王小羊就知道他的厉害了。如果有可能，他甚至做好了跟随他和他所率领的队伍参加抗战的准备。但是，自己作为地下情报员的出现，却实在让袁庆斌感觉到了棘手，一时不知道该拿他怎么办。为了尽快弄清他的真实身份，部队来到陈家寨这个堡垒村后，袁庆斌已是第二次来询问他了。但和上一次一样，他依旧没有得到一个明确的结论，而且随着询问的深入，还有更多的信息干扰了他的思路，越发不能让他尽快处理这件事了。王小羊理解他的难处，如果不是他出于慎重，自己也许早就和那个叫赵小山的特务一样受到关押了。

从队部里出来后，王小羊被两个战士送回到肖力贵的住处。他不想给大家惹麻烦，从街道上走过时，尽可能让自己走得规矩些，既不东张西望，也不犹豫磨蹭，远远看去，就像三个人一起散步似的。

一照他的面，肖力贵就急急地问，这回搞清楚了没有？

王小羊朝他苦涩地笑笑，没有回答他的话。

肖力贵又转向两个战士，希望他们向自己说明一下。

报告排长，一个战士上前一步说，支队长让我们把他交回到你这里来。

还有什么？肖力贵急不可待地问。

没有什么了，一切照旧。说完，两个战士就转身朝回走去。

在肖力贵愣怔的当儿，王小羊则从他身边走过去，径直进了屋内，悄无声息地在炕上躺下了。

肖力贵跟到屋里来。看来你的事还真不简单呢，他气呼呼地说，竟然到现在还让我们弄不明白？

王小羊掉开头去，依旧没有说话。

你说，这是怎么弄的？肖力贵拍打着炕沿说，你的问题弄不清楚，倒把我给捆住了，一天到晚看守着你，哪里都去不成了。想我肖力贵从来是个闲不住的人，居然到大炕上来陪伴你，这叫什么事呢?!

王小羊被他说得差点儿笑起来，谁让你和我是同乡兼同学呢。

你不提这个倒还好，肖力贵越发来气了，瞪起眼睛说，有你这个同乡兼同学，算是让我倒了大霉了。

他这样一说，王小羊又有些难受起来。对不起，他拉了拉他的衣袖，没想到事情会是这样，给你带来麻烦了。

肖力贵抱住头，在屋内走了两个来回，又停在炕前。王小羊，他紧紧地盯住他，不要和我开玩笑，你要认真给我说，你到底是干什么的？

王小羊起了起身，想和他再解释一番，但没有张开口，又倒回到了炕上。力贵，他叹口气说，你还让我给你说什么呢？

算了，肖力贵摆摆手，又走到屋门口去，反正你也说了不是一次两次了，还指望你再说什么呢？

那你为什么不相信我？王小羊望着他的背影说，如果你相信了我，袁队长就会……

好了，肖力贵抬手止住他，什么也不要说了，还是让组织来考察你吧。说罢，他就蹲在门口，把头垂到了裆间。

王小羊收回目光，慢慢闭上了眼睛。肖力贵，他在心里对他说，对不起……过了一会儿，他又在心里问自己，王小羊，你到底是干什么的……接连问了好几次，他才醒悟过来，天哪，你竟然也对自己的身份产生怀疑了吗？一时间，他也遏制不住地迷茫起来。

不管是不是乐意，随后的几天里，肖力贵都不得不陪伴在王小羊身边。他们好像又回到了童年时期，一起去上学，一起去玩耍，甚至一起去拉屎，一起去撒尿。这对于王小羊还不算什么，顶多是重温一下童年的友谊，而对于肖力贵来说却就形同受难了，在部队领导和战友们眼里，他似乎除了做好这件事外，已经没有什么其他任务再适合他去完成了。更为危险的是，在接下来的一场战斗行动中，如果不是他奋力争取，就无法亲自到战场上去杀敌了，这对于一个久经沙场的军人来说，简直就是难以容忍的耻辱。

部队撤出王家庄一带后，前来围剿扫荡的敌人扑了个空，又找不到支队的行踪，不肯善罢甘休，越发加紧了对根据地的蚕食，不仅大肆抢掠老百姓刚分到手里的粮食，还在几个堡垒村修筑炮楼据点，企图分化瓦解这些地方的人民和军队的联系，达到扩大占领区消灭或赶走八路军的目的。面对敌人的嚣张气焰和罪恶阴谋，支队再也不能忍让下去了，请示了分区领导后，决定以牙还牙，以眼还眼，给敌人来一场针锋相对的斗争。他们不是在根据地修炮楼吗？那好，支队就在敌占区端掉他几个炮楼，看到底是他们的炮楼修得快，还是八路军给他们拔除得快。

经过研究，袁庆斌他们决定先打掉马家堡炮楼。马家堡是个较大的集镇，处在通往边区三个县区的交叉路口上，战略地位非常重要。敌人正是看到了这一点，才最早在马家堡修筑了炮楼，经过几年的发展，逐渐成为这一带的中心据点，成功控制了三县交界的大片地区，可说是插入鲁西抗日根据地的一把尖刀。炮楼里居住了日本人的一个小队，伪军一个中队，有五六十人，除每人的枪支外，另有歪把子机枪两挺，是块非常难啃的骨头。但这个炮楼也有它的弱点，自从建立后，还没有受到过像样的袭击，敌人普遍麻痹大意，大白天三两个人就走出炮楼，到集市上去抢劫。一年多以前，袁庆斌的人就抓获了两个在集市上为非作歹的伪军，经过攻心教育，两个伪军决定反正，成为支队安插在炮楼里的线人。根据他们送出的情报，支队早就摸清了炮楼的地形特点、人员构成和火力配置，并制订了几套攻打方案，只等实施落实的这一天到来了。军分区批准了他们的作战方案，并派出另外几个支队，围打周围的其他炮楼，切断一切可能给马家堡给予的增援。

这肯定是一场艰苦激烈的战斗。肖力贵早就等待这一天到来了，但支队在做战前动员时，却迟迟没有给他分派任务。他终于按捺不住了，把王小羊锁在屋里，就焦急万分地跑到队部去，头一句话就是，即使受到处分，我也不会留在家里看守王小羊。不管在哪里，只要枪声一响，我都会出现在炮楼下，不信你们到时候看。

肖力贵自然参加了攻打炮楼的战斗，作为支队的主力骨干，这场战斗怎么能少得了他呢？留在村里看守王小羊还有特务赵小山的任务，便落在几个普通战士身上。注意看好他们，临走时，肖力贵叮嘱那几个战士说，绝不能让他们跑回到敌人那里去。说着，他又看了王小羊一眼，便大步走进整装出发的队伍中。

一个时辰过后，远处便传来隐约的枪声，看来是战斗打响了。战士们有些骚动，为了便于看守王小羊和赵小山，干脆把他们集中到一间屋子里，两个战士负责守门，其他几个人上到房顶上，朝马家堡的方向瞭望，都一副跃跃欲试恨不能也去参战的样子。

当看到赵小山被押进来时，王小羊瞪大了眼睛，一时有些反应不过来。怎么回事？他在心里问自己，他们竟然把我和特务关押在一起？他冲到门口，大声朝战士们叫喊，你们不能这样，我不是特务，我不能和他待在一起！

战士们不听他的分辩，其中一个还以为他要逃跑，举起枪托，便打在他的腿上。

王小羊脚下一软，一下子跪倒在地。你们不能，他依旧挥着两手喊叫，不能把他和我关在一起！

两个战士把他拖回来，推坐到墙角里，关上屋门，从外面落上大锁。

王小羊爬起来，跛着腿扑到门口，使劲推拉门板，你们不能……

赵小山却像回到自己家里一样坦然，大模大样地坐到炕沿上，掉过头，冷冷地朝他身上打量。

王小羊腿上疼得厉害，便顺着门板出溜到地下，两手抱住头，嘴里发出呜噜呜噜的声音。

看他如此伤感的样子，赵小山有些莫名其妙。兄弟，怎么回事？他吧嗒着嘴说，怎么我一进来，你就像死了娘老子似的伤心，我可没有怎么样你呀。

王小羊没有理会他，依旧抱着头叹息。他们怎么能这样？他在心里一遍遍地说，我是他们的同志，却受到和特务一样的对待。

赵小山从兜里掏出一根烟，点燃后，有滋有味地吸起来。兄弟，想开点儿，他试图开导他说，干我们这一行的，就得有豁得出去的准备，不管到什么地步都不能乱了方寸。

王小羊把手从头上放下来，有些诧异地看着他。看来这个狗特务也把我看成他的同类了，他在心里说，这可真是一个天大的笑话。

赵小山朝他吐口烟圈，有些嘲弄地撇撇嘴说，你看你这种不堪一击的样子，一看就是根软骨头。我真是纳了闷了，他们怎么就派你到根据地来？这不是明摆着把鸡蛋往石头上碰吗？

呸，王小羊原不想搭理他，但听他这样说，再也忍不住了，愤愤地朝地下啐口唾沫，做你的春秋大梦吧。老子才不是你想象的那种人。

嗬，你倒来劲儿了，赵小山笑笑说，你也就是敢和我顶句嘴，有本事到他们面前充硬去。

王小羊掉开头，干脆不理他了。

赵小山吸完了那根烟，有些无聊，又把注意力转移到他身上。哎，兄弟，反正我们闲着也是闲着，聊聊天如何？

王小羊两眼望着门板，似乎没听到他的话。

赵小山走过来，碰碰他的胳膊说，哎，都到这种时候了，你还装什么样子？不管怎么说，我们都是从一个地方过来的吧？

王小羊猛地掉过头，恶狠狠地瞪了他一眼，谁和你从一个地方来的？

赵小山往回缩一下，随即又心有不甘地凑上来，那你是从哪里来的？不是为日本人……莫非是属于国军？

王小羊挺了挺胸脯说，实话告诉你吧，老子是响当当的共产党。

哈哈哈，赵小山遏制不住地大笑起来，兄弟，看来你是被他们弄糊涂了吧？如果你是共产党，那老哥我就是斯大林了，哈哈哈……

不许你诬蔑……王小羊愤怒地朝他挥挥拳头。

赵小山好不容易止住笑。兄弟，不要开玩笑，他摆出一副真诚的样子说，给老哥说句实话，你是怎么被他们捉住的？

谁被他们捉住了，王小羊反驳他说，我是自己找他们来的……

赵小山打断他的话说，算了兄弟，别再糊弄老哥了，看来你还不了解我，在皇军那里，老哥我也干了不是一天两天了，你以为你几句言不由衷的谎话就能骗得了我？

老子一句话都没骗你，王小羊郑重地说，我就是他们自己的人，是他们真正的同志。

既然你是他们的同志，赵小山不解地说，那他们怎么把你和我这个日本人的特务关到一起来了？

这个，王小羊想了一下才说，这个当然是有原因了……

行了，赵小山摆摆手说，在我面前，你没有必要编瞎话说，有那本事还不如编给他们去听呢。

信不信由你，王小羊把脸扭到一边去，反正老子不会说一句谎话。他自言自语地嘟囔说，我王小羊长这么大，还没有学会说谎话呢。

赵小山也不屑于理他了，坐回到炕上，一边摇头一边说，今天我真是开了眼了，竟然碰到这么个神经……他把手伸进衣兜内，想再掏一根烟，但他的手指抓挠了一会儿，也没掏出什么来。这种鬼地方，他自言自语地说，真是不能再忍受了。说着，他又把目光落到王小羊身上。

王小羊走到窗前，隔着窗棂朝外面的远处看。

赵小山悄悄地溜到他身后，低下声说，兄弟，和你商量件事，如何？

王小羊没有理会他。这时，外面的枪声响得更激烈了。

赵小山跷跷脚跟，把嘴附在他耳边说，兄弟，趁着外面乱腾，他们的人又少，咱们不如……

什么？王小羊扭过头来看他。

赵小山把一只手挡在嘴边，一副鬼鬼祟祟的神态，咱们不如想办法出……

什么?！王小羊一惊，脱口叫道，你想逃跑？

轻点儿。赵小山急忙朝他摆手，又溜到门口，听一下外面的动静，回头埋怨他说，你叫什么，让他们听到了，你就是想走也走不成了。

老子原本就没有想走。王小羊在心里说，随即严厉地警告他，赵小山，你老实点儿，不要给自己找麻烦。

咦，赵小山奇怪地看他，你不想离开这里？莫非你真被他们赤化了脑子？说着举起一只手，要在他头上摸一下。

王小羊猛地拨开他的手，再一次告诫他说，有我在这里，你就是插上翅膀，也休想从这里跑出去。

我才不信你愿在这里受罪，赵小山朝后窗打量了一下，便朝桌子上爬去，等到了外面，你就知道该怎么感谢我了。

下来，王小羊冲过去，使劲把他拖下来，你再不老实，我就要喊他们进来了。

你为什么……赵小山带着哭腔说，不管怎么说，我们也是患难弟兄了，江湖上的规矩你懂不懂？他想了一下，似乎明白了什么，我知道你为什么这么干了，你想戴罪立功，是不？

王小羊耸耸肩，没有回答他的话。

我告诉你，赵小山嘲笑他说，像我们这些为日本人卖命的人，只要落在了八路军和老百姓手里，别想……

那就对了，王小羊不客气地说，对你们这号汉奸卖国贼，就得实行最严厉的惩罚。

我真的不知道你是干什么的了。赵小山丧气地摇摇头，退回到炕沿上。外面的枪声渐渐稀落下来，兴许战斗快要结束了。赵小山又有些坐不住了，不行，得赶快想办法，不然就来不及了……他转转眼珠，再次凑到王小羊跟前，兄弟，你看这样行不行，我还有一对金手镯，放在我的相好那里，等我出去了，一定把它……

王小羊不想再和他捉迷藏了，走到门口，隔着门板朝外面喊道，你们快点儿进来，赵小山要逃跑。

好你……赵小山恼羞成怒，眼里顿时充满了杀机，从后面扑上去，就用两手掐住了他的脖子，我叫你告发我！

王小羊使出全身力气挣扎。两个人厮打在一起，摔倒在地下，你骑到我身上去，我又翻过来压住你。王小羊还真不是这个身高马大的家伙的对手，没过几个回合，就又被他卡住了脖子。

我让你再叫，赵小山拼命在手上用力，我要让你死……

来人！王小羊凭着残余的力气，声若游丝地继续叫喊，快来人——

门板被霍地撞开，两个战士快步冲进来，其中一个举起枪托，朝赵小山脊背上狠狠击打了一下。赵小山“哎哟”一声，便从王小羊身上倒下来。

王小羊静静地躺在地下，过了好一会儿，呼吸才变得顺畅起来。我没有让他跑掉……他轻声嘟囔着说，不知是说给那两个战士，还是说给自己。

11. 美人奸计

攻打马家堡炮楼的战斗取得了完全胜利，鬼子的一个小队除两人被活捉以外，其余的全部被打死，伪军的一个中队大部分缴械投降，剩下的极少数顽固分子也被击毙。支队缴获了敌人的全部武器和物资，但也付出了三亡七伤的代价，负伤者中就包括率先冲进炮楼去的肖力贵。好在他负的是轻伤，右上臂的肌肉被子弹撕开了一道口子，倒是没有伤到骨头，但由于没有得到及时处理，流失了过多的血，等战斗结束时，他已经站不住了。

在战斗进行的同时，留在后方的王小羊也在和特务赵小山的搏斗中表现出色，经受住了支队对他的考验。袁庆斌包括肖力贵等人已经不再对他持怀疑的态度，鉴于他提供的情报极其重要，支队决定把他送到军分区去，由他当面向上级领导汇报。与他一起被送走的还有赵小山和两个被俘的日军士兵，而负责护送他们的则是肖力贵和他率领的一个班。本来肖力贵还在养伤，身体恢复得不是很好，但考虑到这次护送任务较为艰巨，在犬牙交错的根据地和敌占区之间穿行，毕竟要冒十分巨大的风险。眼下正是敌人扫荡频繁的时节，马家堡等据点刚刚失陷，日本人一心要找八路军报复，而一个班的兵力单独行动，对支队来说还是第一次，所以袁庆斌不敢掉以轻心，考虑来考虑去，还是把这个任务交给了富有战斗经验作战勇猛果敢的肖力贵。肖力贵很高兴，本来他就是个闲不住的人，让他躺在炕上休息，简直比要他的命还让他难受，再说伤也不是太重，不耽搁行军，就一口答应下来。一见是跟他去军分区，王小羊也十分兴奋，两个好伙伴又可以在一起多待些时间了。

去往军分区所在的地方足有一百里路，要穿过十几个村庄，数十条公路，还有几片规模不算太小的树林，这些都是危险可能出现的地方。为了便于他们行军，袁庆斌还从仅有的几匹马中拨出两匹，交给肖力贵使用。这两匹马还真是起到了作用，一路上，那两个日军士兵不认真行走，老是磨磨蹭蹭四处张望，肖力贵为了避免意外发生，干脆把他们捆到马上，让马匹驮着他们走。赵小山竟然有些眼馋起来，也瘸着腿脚不肯好好往前走，有时还坐到地下，让战士们替他揉脚。肖力贵知道他是故意装样子，但为了顺利赶路，只好也把他捆到了马上。被他们护送的四个人中，只有王小羊没有上马，尽管他的腿脚真的有些酸疼，但还是坚持和战士们一样行走。

肖力贵似乎有些过意不去，半是认真半是玩笑地说，你要不要也像他们一样，到马背上去坐坐？

王小羊白他一眼，没有说什么，脚下一用力，反走到了前面去。

肖力贵赶到他身边，伸手在他肩上拍了一下，随即便搂住他的脖子，和他并排朝前走。

王小羊意识到了他对自己的信任，自从回到鲁西以后，他还是头一次对自己做这样亲昵的动作。一刹那，王小羊好像又回到了小时候，他和肖力贵等同学一起上学玩耍的情景在眼前真切地浮现出来。

肖力贵也想到过去的一些事，不由得感叹了一声。说说你在济南参加革命的事吧。他没话找话地说。

嗨，也没有什么可说的，王小羊笑笑说，不是已经给你汇报过许多次了吗？没什么新鲜的了。

肖力贵想起来，自己审讯他时的确让他详细说过了不止一遍，不禁有些尴尬，挠了挠头皮说，当时搞不清楚……你可不要太往心里去呀。

王小羊摇摇头，朝他做出一副无所谓的样子。

记不记得跟你爷爷上学的时候，肖力贵看着远处，再次和他套近乎说，我们没背下来他布置的那篇《三字经》，你就被他用戒尺打了手心，疼得你直掉眼泪。

王小羊不禁看看自己的手掌，也真的想到了这件事，叹口气说，其实我不该挨打。

是呀，肖力贵接过话去，大家都没有背下来，就因为你是他的孙子，才只打了你。

不对，王小羊解释说，其实我早就背下来了。

什么？肖力贵吃了一惊，既然你……为什么不向他声明呢？倒白挨了一顿打。

你们都没有背下来，我怎么好意思逞那个能呢？

原来是这样？肖力贵有些过意不去，这么说，你是替我们挨的打？他抓住他的手，想看一下上面是否还留有被打的痕迹。

王小羊抽回自己的手。他忽然想起来，要说挨打，在他所有的同学中，怕是数肖力贵挨得最多。说起来，这是个有些不幸的人，从小就失去了母亲，跟着年迈的奶奶和一个根本负不了责任的老父亲生活，再加之家境贫寒，便不断受到街上人的欺负，在学校里也没几个人看得起他。每次遭到打骂，肖力贵都不还手，而且还夸张地叫喊，哎哟，疼死我了，疼死我了……这越发激起了别人打他的兴致。所以在整个童年岁月里，肖力贵都是一个典型的弱者。但没有想到，几年过后，他却在部队里锻炼成了一个分外勇敢且屡建战功的人。知道吗？王小羊忍不住说，我现在老是想着你喊疼的情景。

你是说小时候？肖力贵脸上现出难堪的神色，他们打我，我怎么能不喊疼？

谁挨打的时候不疼？为什么他们不叫？

你是说你吗？肖力贵想了想说，兴许我感觉得比你要疼吧。他不好意思地低下头去，实话告诉你吧，我是一个特别怕疼的人。

是吗？王小羊上下打量着他，目光在他脸部的刀疤处停了一下，可现在你受了伤，为什么不喊了？

现在是大人了，肖力贵无可奈何地说，知道再喊要被人笑话了，只好拼命忍着。

王小羊感慨地点一下头，也许他说得没错，环境或许真的能彻底改变一个人，在这样随时都有可能面临死亡的条件下生活，你还能不让自己变得勇敢起来吗？除非……他忽然想到了穆雨露，那个不堪日本人统治下的苦难生活，最终选择了离开这个世界而去的同学。你知道穆雨露的情况吗？他试探着问他。

别提他，肖力贵一摆手，脸上满是不屑的神情，我才懒得说那个没出息的人。

王小羊没说什么，心里却并不完全同意他的态度，穆雨露的确有些没出息，但要不是日本鬼子造成的这种局面，或许那个如女孩儿一般温驯的人也会找到属于他自己的温暖和幸福。但他随即又不甘地想，既然环境改变了肖力贵，为什么却没有造就穆雨露呢？形成这种明显差异的原因又应该是什么呢？

既然是一个死，肖力贵自言自语地说，为何不和他们去拼命，却把工夫用在自己身上？说罢，他飞起一脚，把地上的一块石子踢到远处。

望着他愤愤不平的样子，王小羊突然脱口说道，你杀死过不少敌人吧？

肖力贵看他一眼，没有回答他的话，却反问道，你杀过人吗？

没有，王小羊摇摇头说，我甚至没有打过枪。

那你可真就差远了，肖力贵朝他撇撇嘴，身上渐渐弥漫起一股逼人的豪气。我没统计过到底杀死过多少人，但每次打仗，都会有人死在我的枪下。

你，你不害怕吗？王小羊问出口来，又有些后悔，或许在肖力贵看来，自己这个问题实在过于天真了。

肖力贵倒没有笑话他，而是认真想了一下说，第一次杀人的时候，心里是有些……但你被逼到了那个份儿上，不起杀心是不可能的。

王小羊看着他，等待他继续说下去。

我还记得我奶奶的事，肖力贵忽然用伤感的口气说，从小我爹就没大管过我，都是我奶奶屎一把尿一把地拉扯着我。在这个世界上，只有她老人家才是我最亲近的人。可那次日本鬼子到村子里来扫荡，就因为我奶奶不给他们水喝，就被那些法西斯绑到一棵树上，用刺刀活活挑死了。

王小羊心里一惊，原来那个善良的老太太是这么死的。

看着我奶奶死时的悲惨情景，肖力贵抹抹湿润的眼睛说，我就知道我只能走上杀人的道，此外再也没有其他路好走了。

王小羊无法再说什么，是呀，如果自己处在他的位置上，是不是也会像他一样选择杀人呢？他觉得自己被问住了。

肖力贵也知道他想到了这个，似乎替他回答说，虽然现在你还没有学会杀人，可也许过不了两天，你就会把子弹打到小鬼子的脑袋里去。

王小羊低下头，在脑子里想象着他说到的那种情景，身子不禁一阵颤抖。会吗？他问自己说，你真的也会这样做吗？他忽然又想到了那本《三字经》里的说法，“人之初，性本善……”既然人性本来是善的，那为什么还要作恶杀人呢？难道说整整一部归纳和影响了中国历史无数年的《三字经》，都是骗人的谎话吗？也就是说，人的本性说到底都是恶的吗？这样一想，他真的感到恐慌起来。

由于谈论起了死亡和杀人，肖力贵的脸色愈加阴沉，那道斜过脸颊的刀疤血红发亮，像极了一条苏醒过来的蛇。我也知道，他又有些颓唐地说，像我走上这条道的这种人，最后不会有什么好下场。

你是说……王小羊不敢朝下问了。

没错，最后就是个死！肖力贵嘴角闪过一丝冷硬的笑意，又朝他进一步解释说，我是说死无葬身之地。

王小羊呆呆地看着他，没想到，这个在自己心中英雄一般的人其实还有那么颓废的想法。不要这样想，王小羊试图劝他一下，你是为了我们的国家和人民，才去杀那些禽兽不如的日本鬼子。

肖力贵看他一眼，没再说什么，便越过他的身子，大步朝前走去。

望着他因受腿伤影响而无规则晃动的身影，王小羊心里一阵隐约的疼痛。战争让这个人改变得太多太多，以至于让他失去了原初应有的模样，如果不进行这场谈话，也许自己终生都不会知晓他现在的真实心态。

事后回想起来，王小羊真切地感到了一种幸运，自己总算赶在和肖力贵分手之前做了这次谈话，不然，他就没有机会再来了解这个自己曾经以为熟悉其实早就陌生了的人。

由于要躲避随时可能出现的危险，他们一路走走停停，天傍黑时，才走了不超过一半的路。大家一天没吃东西，都有些走不动了。肖力贵让大家在一条壕沟里歇息，他探出头，对着附近的一个村庄出了神。这是杨庄，他突然说，我们到村子里去过夜吧？

王小羊吃了一惊，队伍贸然去村子里过夜，会不会有什么风险呢？但他不了解这里的情况，也便没有说什么。

班长李殿云也担忧地说，这个杨庄我们来得不多，是不是……

肖力贵依旧按着自己的思路说，眼下敌人扫荡得厉害，我们在外面过夜，危险可能更大。再说，大家一天没喝点儿热水了，我们倒没什么，那几个坏蛋怕是快受不住了。

李殿云想起什么来，对了，杨庄的保长杨成洲是个摸不透的家伙，或许有通鬼子的嫌疑。

肖力贵笑笑说，我在这一带侦察的时候，和那个杨成洲打过几次交道，知道该怎么对付他。这样，你带一个人到村子里看看，不要打扰任何人，摸清情况后就回来。

好！李殿云带上一个战士，迂回出壕沟，顺着一条小路朝村子里走去。半个小时过后，他们顺利回来了。村里很安静，李殿云汇报说，没有任何异常的情况，敌人肯定不在这里驻防。

肖力贵点点头说，那好吧，我们就到村子里找那个杨成洲去。说罢，他就招招手，带领大家朝村子里走去。此时，夜幕已经开始降临，原野间弥漫起了淡淡的雾气。队伍走在通往杨庄的小路上，远处即使有人或许也看不清他们。今天夜里我们睡个好觉。肖力贵打个哈欠说。

听着他轻松的口气，王小羊也放下心来，和胆大心细的肖力贵在一起，应该不会有什么意外出现的。但不知为什么，随着村庄黑黢黢的影子的临近，他心里又有一些隐隐的不安。

依照肖力贵的安排，队伍进村后，直接朝保长杨成洲家赶去。院门被拍开后，肖力贵带人扑进去，立即扭住了开门的家丁，留下两个战士守门，押着家丁走进堂屋内。

杨成洲正坐在桌子前和家人一起吃饭。一见肖力贵等人冲进来，家人们都有些慌神，他的老婆手指一抖，把饭碗打翻在地下。杨成洲霍地站起来，要朝里屋跑，但还没有移动身子，就被李殿云按回到椅子里。桌子上的灯火一个劲儿地忽闪。

杨保长，肖力贵从灯影里走出来，不紧不慢地说，别来无恙呀。

杨成洲紧急地眨眨眼，看清来人的模样，愈加有些慌张，但又赶紧镇定下来，拱起两手说，肖排长，原来是弟兄们……噢，是同志们到了，快请，快请！他招招手，让他的老婆带着家人躲到一边去。

肖力贵走过去，也不客气地在他身边坐下，拉着长腔说，杨保长，没想到这时候我们来打扰吧？

没……杨成洲不知道该怎么回答，一时有些结巴，肖排长，同志们这是从哪里来呀？

怎么？肖力贵反问他说，你想打探我们的消息？

不不，杨成洲急忙辩解，随即又转转眼珠说，同志们是不是还没有吃饭？

要不要……

这你还真是说对了，肖力贵懒洋洋地说，如果不太为难的话，就给我们准备一顿便饭吧。他拍拍他的肩膀，放心，我们不会白吃你的饭，会付给你钱的。

杨成洲有些尴尬，看肖排长说的，实在是见外了，同志们抗日辛苦，我还不该犒劳一下？

那你就安排他们去做吧，我还真有些饿了。

好，我这就安排。杨成洲对在里屋门口往外探头的老婆说，你快去给同志们做饭，多炒几个菜，我要给肖排长接风。

接风就免了，让我们填饱肚子就行了。肖力贵指着一个年轻的战士说，去，你到厨房里帮杨太太做饭。

他的老婆慌忙走出来，扭着肥厚的身板朝院子里走去，那个年轻的战士在后面跟着她。

杨成洲把目光从他们的身上收回来，忽然看见了那两个日军士兵，不禁吃了一惊，怎么，还有两位皇……鬼子？

是呀，肖力贵说，他们是我们抓的俘虏。对了，你没有看到吧，还有一个汉奸呢，帮着日本人做事，也被我们抓到了。

好，杨成洲言不由衷地说，抓到了好，抓到了好。

杨成洲的老婆不知是不善于做饭，还是不情愿为他们做，犹犹豫豫地老也做不好。看押她的战士小胡看出来，她是不知道该按杨成洲交代的那样去做，还是该听从肖力贵的安排。杨太太，小胡便明确对她说，你不要为难，给我们凑合一顿饭就行了。胖女人的手脚这才有些麻利起来。

大约一个钟点过后，大家才把这顿饭吃完。肖力贵有意问杨成洲说，我们是给你留钱呢，还是打条？

杨成洲咧着嘴说，打，打条就行，同志们还是把钱用在抗日上吧。

肖力贵拍拍他的肩膀说，有你这句话就行了，我们八路军不欠你的账。说着从衣兜里掏出几张在这一带流行的“冀南币”，从其中挑出两张写有“鲁西”字样的来，递到他手里，这两张够了吗？

够了够了。杨成洲不好意思地把钱接过去。他以为事情到这里就要结束了，便摆出了送他们离开的架势。

哪里想到，肖力贵拍拍隆起的肚皮，竟然又对他说，杨保长，夜里我们就不走了，你打发人给我们收拾一下睡觉的地方吧。

这个，杨成洲又做出为难的样子，我家里的地方也不宽绰。

哪里，肖力贵朝外面指了一下说，你家的房屋也并不少呀。

那些屋都占用着……杨成洲吭吭哧哧地说，就算是有一两间空屋，里面也没有置炕。

我们不睡你的炕，肖力贵打断他的话说，你只给我们腾出一间屋子来就行了。

见话说到这个份儿上，杨成洲也便没有了退路，便故作爽快地说，那好，我亲自去给你们收拾。

肖力贵带领战士们随在他身后，来到配房的一间屋内，让战士们帮助杨成洲把东西归并了一下，在地下铺上一些干草，一个简单的地铺便搭成了。

条件有限，委屈同志们了，杨成洲讪笑着说，肖排长辛苦一天了，如果没有其他的事，那就歇着吧。说着，就要朝门外走。

肖力贵拦住了他，这回受委屈的恐怕是杨保长了。

什么？杨成洲有些不解。

我想邀请杨保长和我一起同睡。肖力贵微笑着说。

这个……杨成洲眨眨眼，明白过来，肖排长是不放心我吧？

也不完全是那个意思，肖力贵依旧和颜悦色地说，我只是愿意和杨保长睡在一起。没等杨成洲再说什么，他便朝战士们招一下手，自己率先躺下去。

几个战士走上去，把杨成洲按倒在他身边。

好吧，杨成洲尽管心里叫苦不迭，但还是再次故作爽快地说，既然肖排长这么看得起我，那我就在这里和弟兄们一起歇着了。

李殿云在他另一侧躺下，把他紧紧地挤在中间。

看到杨成洲无可奈何的样子，王小羊在一边差点儿笑出声来。

看住了杨成洲，肖力贵还有些不放心，又让几个战士把他家人的房门锁上，还有那两个日本俘虏和赵小山，也被捆绑住了身子，拴在离他们不远的桌子腿上。

看起来布置得十分周密，应该不会出什么问题了，但肖力贵没有想到，夜里还是发生了意外。之所以说是意外，是因为问题既没有出在日本俘虏和赵小山身上，也没有出在杨成洲身上，而是来自放哨的战士小胡那里，具体说是来自小胡和杨成洲的胖女人身上。

其实小胡值班的时候已经是下半夜了，胖女人担心丈夫在肖力贵那里发生不测，一直没有睡着，看到换防的战士是陪自己做饭的年轻人，虽然只是在厨房里有过短暂的接触，却感觉像是碰到了熟人，急忙从屋里走出来，探头探脑地向小胡打听杨成洲的情况。小同志，她颇为热情地朝他招呼，你困不困？她先这样起头说。

小胡白了她一眼，没有回答她的话，便掉头走开了。废话，他只是在心里对她说，夜里谁不困？

胖女人从门台石上下来，身子一拧一拧地随在他后面。都过半夜了，你也许饿了吧？她继续讨好地说。

小胡本来没觉得饿，如果她不说这句话，大概他到天明也不会想到饥饿的事，可经她一提醒，他竟然真的感到肚子里有些发空，看来晚饭的确没有吃饱呢。

虽然他没有表示什么，胖女人却看出了他的心思，以为抓到了可乘的机会，便用更加讨好的口气说，我给你去找点儿好吃的来。她说着便回屋里去了。

小胡没拿她这句话当回事儿，本来不希望她待在院子里，见她回屋里去了，也便放下心来，把端在手里的枪支背在肩上，在院子的各个地方来回走动，警惕地四处巡视着。

让他没有想到的是，没过多大会儿，胖女人竟然真的端着一碟点心回到他身边。你来吃点儿点心吧，她把碟子递到他面前，这是我从娘家带回来的，一家人都没舍得吃呢。

小胡惊讶地看着碟子里的东西，不由得瞪大了眼睛。原来这就是大家所说的点心？他长这么大以来，不要说吃过点心，甚至都没有见过呢。他当然没有忘记八路军的纪律，虽然口水都要流出嘴来了，却还是把碟子推开去。我不饿，他硬着头皮说。

看你，还客气什么？胖女人依旧对他纠缠说，八路军不是和老百姓一家人吗？你给我们放哨怪辛苦的，吃大姐我一点儿点心又有什么？

如果她不说“大姐”两个字，小胡也许就产生不了妥协的念头，听她说得如此亲热，又加之“给我们放哨”之类的话，从来没有在女人身上得到过温情的他便有些扛不住了，本来坚定的信念不知不觉在动摇。看来这个女人也没有什么恶意，他在心里对自己说。但到这时候，他也仍然没有做出任何主动的表示。

胖女人已经看出他在想什么，知道在这个没有多少经验的小战士身上可以打开一道缺口，便乘胜进军，一边把一块点心送到他嘴边，一边用另一只手抱住了他的身子。

小胡的头脑在经过刹那间的迷乱后，立刻便清醒过来。不好，他紧张地对自己说，这个女人要打我的主意……他绷紧身子，想尽快从她的搂抱中挣脱出来。

但已经晚了，胖女人一下把他抱到怀里，就丢下点心碟子，撕扯着粗野的嗓子喊叫起来，不好了，八路军要占我的便宜了……

战士们听到动静，纷纷从梦中醒来，急如星火地跑到院子里，看到了让他们意想不到的场景，一个个惊讶得目瞪口呆。王小羊来到屋外的时候，胖女人还在抱着小胡大声喊叫。可怜的小胡想挣脱出她的怀抱，无奈敌不过她的力气，尽管使出了浑身解数，还是把一条胳膊留在了她怀里。

我被他欺负了……一见杨成洲的面，尤其是一看到肖力贵，胖女人就坐到地下，把一张肥脸埋在两手间，装模作样地哭号起来，我没有脸面见人了！

我没有，小胡使劲在地下跺脚，急赤白脸地为自己辩解，是她在诬陷我，我根本就没有……他差点也哭起来。

杨成洲在呆怔了一霎后，很快便明白是怎么回事了。好呀肖排长，他恼羞成怒地对肖力贵说，我好吃好喝地招待你们，可你们倒好，竟然趁着黑夜糟蹋我的女人，你们还是八路军不是？我要到抗日政府那里告你们去。说着，他就朝院门口走去。

肖力贵也知道他想趁乱逃走，便指示两个战士把他拦住。杨保长，在事情没有闹清楚之前，我是不会让你走掉的。

杨成洲更加愤怒，跳起脚来说，你们不能欺人太甚！八路军号称爱护老百姓，可你们却干这种猪狗不如的事，天下还有没有王法了？

你放心，王法是不会没有的。肖力贵转向小胡，瞪着眼睛问他说，你真的对杨太太非礼了？

我没有，小胡梗着脖子说，我什么也没有干，是她在存心诬陷我。

他的话还没有说完，肖力贵就一巴掌甩过去，一下子打在他的脸上。你这个蠢货，他跟上去又踹了他一脚，净给我惹事。然后转向李殿云，给我把他捆起来。

小胡被打倒在地下。我冤枉，他挣扎着站起来，也像胖女人一样大声号叫，我向老天发誓，我什么也没有干！

李殿云领着两个战士把他扭住，推推搡搡地押到屋里去了。

肖力贵这才转向杨成洲，态度不阴不阳地说，杨保长，我已经惩罚了我的人，下面是不是该你了？

该我什么？杨成洲不明白他的意思。

俗话说，拿贼拿赃，捉奸捉双，肖力贵微笑着说，如果他们真的有什么事，也不能光惩罚我的人呀。

你……杨成洲涨红了脸面，分明是你的人欺负了我的女人，怎么还要我惩罚我自己的女人呢？

我还是再说句俗话吧，叫作公说公有理，婆说婆有理。你的女人说她被欺负了，我按照她说的惩罚了我的人。我的人说他没有欺负你的人，那么你不按照他说的办一办，你在我这里怎么过得去呢？

你……杨成洲简直不知道说什么好了。

我这可是为你好呀，肖力贵敲敲他鼓荡的胸脯，随后把手一伸说，杨保长请吧。

杨成洲知道他和女人合演的这出戏唱不下去了，只好丧气地摇摇头，走到胖女人身边，在她的肥脸上狠狠打了一个耳光。都是你个骚狐狸，他恶狠狠地骂道，净他娘的给我丢人现眼。

胖女人也有些冤枉。好呀，你敢打我？她跳起来要和他撕扯，要不是为了你好，老娘我才不干这号缺德事呢，你不感谢我还来打我，老娘和你拼了！

杨成洲显然不是她的对手，只三两个来回，他的腮帮子就被她挠出了血来。

战士们站在一边看热闹。肖力贵使劲拍了一下手说，好了，演出结束了，我们要睡觉了。说着，就让两个战士把杨成洲从女人手下解救出来，拉回到屋里，按到草铺上继续睡觉。

经过这一番折腾，王小羊的精神有些兴奋，眼睛虽然闭上了，却没有了任何睡意。直到鸡叫头一遍时，他才又一次睡着了。

12. 遭遇血战

窗户纸发白时，大家都从睡梦中醒来。怎么样杨保长，肖力贵伸展着手臂说，夜里睡得怎么样？

很好，杨成洲抹抹红肿的眼皮说，睡得很……

听了他的话，王小羊差点儿笑出声来，其实杨成洲一个整夜都在翻来覆去地折腾，尤其是他的女人闹腾了那一番之后，他兴许就没有再闭上眼睛。

这一夜，也许还数王小羊睡得最为踏实，在胖女人闹事前后的两个时间段里，他不但分别睡了两觉，而且还做了两个梦。自从来到鲁西后，他似乎还没有睡得如此舒服过。在第一个梦里，他和留在济南的恋人林美娜待在一起，还做了一些让他脸红的事，醒来后便发现遗精了。他觉得很奇怪，在如此不安定的环境里，居然还做这种不靠谱的梦，真是让他感到羞愧。也就是在这个时候，他听到了外面胖女人传来的喊声，或许是那个女人的行为引发了他的美梦，才有他不由自主的梦遗？第二个梦更为荒唐，他竟然遇到了一只凶猛的老虎，老虎在后面咆哮着追赶他，他则不顾一切地朝前面跑，眼看老虎就要追上来了，就在这时，他发现随同自己一起跑的还有肖力贵和他的战士们……醒来了，王小羊更是感到不解，自己从来没有见过老虎，怎么就做了这样一个不靠谱的梦？他掉头去看还在酣睡中的肖力贵和战士们，心里忽然浮起一种不祥的预感。

在杨成洲家吃了一顿早饭，肖力贵才带领他们离开杨家，出了村子，重新走上去往军分区的路。来到村外，肖力贵让李殿云给小胡松绑。怎么样？他拍拍小胡的肩膀说，我没有把你打坏吧？

没有，小胡摇摇头，依旧一副垂头丧气的样子，我可是什么都没有做。他再次为自己申辩。

我知道你没有做，肖力贵摆摆手说，可你怎么就中了一个女人的圈套？说明你身上肯定有弱点被人家抓住了。

小胡不说什么了，也许他想到了自己曾经想吃胖女人点心的情景，脸上也不自觉地浮起了一丝羞愧。

正在这时，走在前面的李殿云忽然发现了情况，有鬼子！

王小羊事后回想起来，这次与敌人的战斗应该说与昨夜里的行动没有任何关系，纯粹是一场防不胜防的遭遇战。但肖力贵还是不住地埋怨自己，都怨我太大意了，没有及早……小胡也开始检讨自己，是不是与我夜里的错误有关？那可就……

日本人说来就来了。昨天夜里，杨家没有一个人能够出去通风报信，整个村子甚至听不见一声狗叫。敌人突然出现在离村子不远的地方，看来是歪打正着地碰上了肖力贵他们。肖力贵让大家隐藏在附近一块坟地里，并派出几个战士朝其他的方向瞭望侦察。让他想不到的是，其他几个方向也同样发现了敌人。情况立刻变得严峻起来。肖力贵立刻把李殿云包括王小羊在内的几个党员和骨干召集到身边，匆忙进行了一下研究。那两个鬼子则很快兴奋开了，尽管上身被捆绑着，还是不断翘高头颅，做出随时向远处呼应的架势。李殿云从衣襟上撕下两块布条，团成团，分别塞到他们的嘴里。经过简单分析，肖力贵作出决定，趁着敌人还没有收缩包围圈，派一个同志回支队通报情况，大队人马迅速撤回到杨庄村里，依托寨墙等设施做掩体，和敌人展开较量，等待支队的救援人员到来。如果不是带着这几个狗日的，肖力贵用驳壳枪指指那两个日本俘虏和赵小山说，老子早就和大家冲出去了。

小胡被派出去回支队搬救兵。为了吸引敌人的注意力，小胡骑着马匹一上路，肖力贵就用驳壳枪点射了一个日本兵。敌人果然被他吸引住了，一时却摸不清虚实，没敢贸然朝这边进击，只打了一些冷枪。趁敌人犹豫的时机，肖力贵带领大家跑出坟地，直朝村子里冲去。那两个日本兵不肯好好走路，李殿云只好让几个战士架着他们，像拖死狗一样弄进村里来。

由于敌人的不断清剿，杨庄的寨墙早就坍塌成了好几截，寨门也不知到哪里去了，但肖力贵他们没有别的选择，只好把这几截寨墙当成掩体，两个人负责一个豁口，严防死守，力争不让敌人攻到村子里来。

肖力贵一进村，就遇到了刚分别不久的杨成洲。杨成洲听到枪声，跑到村口来探虚实，一下子又撞到肖力贵面前。他愣了一下，扭头就要往回跑。

站住！肖力贵大喝一声。

杨成洲不敢再跑，只好慢慢地回过身子。肖，肖排长，他可怜巴巴地说，不是我给他们报的信。

你不用害怕，肖力贵安慰他说，你老实告诉我，村子里有多少条枪？

一听是说这个，杨成洲镇定下来，扳着手指算了一下，朝他报出一个数来，大约有七八条吧。

你去把会使枪的给我找来，肖力贵想了一下又说，如果他们的人不来，枪你必须给我带来，听明白了吗？

好好，杨成洲连连点头，我一定照办，说着，就做出往回走的架势。

肖力贵让李殿云随他回去取枪。不一会儿，李殿云带着村里的两个小伙子回来了，身上也多了几条大枪。这个狗日的杨成洲，他气呼呼地骂道，枪还没有搞完，他就抽冷子逃跑了。

算了，肖力贵笑笑说，他做得已经很不错了。他随即握住那两个小伙子的手说，你们愿意跟我们一起打鬼子吗？

愿意，两个小伙子一起说。

不害怕吗？

不怕，其中一个说，我家里的人被他们打死了，我害怕还有什么用？

我已经悄悄打过他们了，另一个说，这回跟你们打，我心里更有底了。

好，肖力贵伸出两手，分别拍着他们的肩膀说，都是好样的，是爷们，是汉子。

听他这样说，两个小伙子都憨厚地笑了。

站在一边的王小羊本来心里还扑通扑通跳，见他们不慌不忙说笑的样子，也尽力使自己镇定下来。不要怕，他在心里告诫自己说，等你参加过这次战斗就什么也不会怕了。

肖力贵也注意到了他，从李殿云手里接过一条枪，直朝他递过来，小羊你会使枪吗？

王小羊摇摇头，却还是把枪接到了手里，战斗即将打起来，没有枪可是无论如何不行的。

肖力贵想了一下，又把枪从他手里要过去，随即拔出自己腰间的驳壳枪，递到他空出来的手里，恐怕你使这个更方便些，即使现学也比长枪容易。

王小羊有些不好意思，我怎么能……你是指挥员嘛，再说你的胳膊还没好利索。

没事，肖力贵摆摆手说，我什么都使得惯，你就不用替我考虑了。说着，他就走到一边，到各个豁口前去给战士们布置任务。

直到他走远了，王小羊才蹲回到石墙后，只是探出头，悄悄地朝外面的远处看。

经过一段时间的收缩，敌人的包围圈渐渐形成了，随着枪声的响起，敌人开始了对村子的第一波攻击。

王小羊看见，村外的开阔地里渐渐出现了穿着黑衣服的伪军身影，他们手端大枪，弯曲着腰，一步一探地往前走，寨墙后每打出一枪，他们都会吓得趴到地下。从他们后面不远的地方，不时地走上来几个穿着黄色军装的日本兵，不由分说把枪托砸在他们屁股上。伪军们只好爬起来，再次战战兢兢地往前走。看着这些没多少战斗力的伪军们，王小羊没觉得多么害怕，但也没有想到开枪。他们也不容易……他甚至在心里这么想了一下。一颗子弹从他耳边擦过去，他才猛地把头缩回来。

怎么样？肖力贵跑过来，在他身上推了一把，你没事吧？

王小羊朝他摇摇头，没事……

肖力贵趴在他身边，从豁口里伸出长枪，接连射出两颗子弹，干掉了靠前的两个伪军，然后回过头来。他们已经过来了，你怎么还不开枪？肖力贵把驳壳枪从他手里夺过去，打开保险，朝他比画了一下，这没有什么难的，你只要把枪筒和准星对准他们，手指一扣就行了。说着，又把枪塞回到他手里。

好，王小羊连忙点一下头，我记住了。

肖力贵拍拍他的肩膀，又跑到那两个小伙子身边去了。

枪声开始稀落下来。王小羊慢慢伸出头，看见寨墙外的地下躺着十几具伪军的尸体，他们的大队人马已经退回去了。他刚松了一口气，就听见身后传来一阵呜噜呜噜的声音，回头一看，原来是那两个日本俘虏。队伍一撤回到村里，肖力贵就把他们捆在墙内的石头上，嘴里塞上布团，以防他们发出声音。但战斗一打响，两个俘虏就沉不住气了，不断地晃摆脑袋，移动身子，企图挣脱绳索的羁绊，给进攻的日伪军发出信号。但捆绑他们的绳索太结实了，任凭他们怎么挣扎，都无法挣脱开来。可两个俘虏还是不屈不挠，依旧使出吃奶的力气努力着。倒是赵小山出奇地规矩，老老实实地倚在石头上，身子不动，也不试图喊叫，只是眼睛里闪动着犹疑不定的光，似乎对他来说日本人的到来不是什么好事，而是灾难的降临。王小羊搞不清他脑子里到底在想什么。

敌人休整了一下，又开始了第二轮进攻。这一次，日本人不再只是督战，而是亲自打头参加进攻，伪军则在两边助攻。在密集火力的配合下，日本兵不顾一切地往前冲，尽管肖力贵组织的火力也很猛烈，但却阻挡不了他们的攻击。望着那些日本鬼子凶猛的模样，王小羊不禁害怕起来，心脏怦怦跳着，遏制不住地朝嗓子眼里蹿。就在这时，随着一声响亮的枪声，他看见离自己不远的一个小伙子朝后一仰，大枪便从手里抛出去，他躺倒在地下，脑袋已经裂开了半边，红色的血水和着白色的脑浆淌出来，像一条小蛇爬到了他脚下。王小羊想收回脚来，却无论如何支配不了腿脚，与此同时，他感到裤裆里一阵发热，似乎也有什么液体顺着大腿流下来。王小羊愣怔了一下，猛然意识到，是自己的尿水淌到外面来了。他诧异得不行，怎么也不会想到自己会被吓成这样……他生怕旁边的人看到自己狼狈的样子，匆促看了他们一眼。此时，战士们都在专心地往外打枪，没有一个人朝他身上看，就连那个死去的小伙子的伙伴也在咬着牙扣动扳机。王小羊不敢再犹豫下去，挣扎着直起身子，举起握着驳壳枪的手，眼睛一闭，朝外打出了一枪。他缩回身子，喘出了一口气，心里忽然明白过来，不用再看，自己闭着眼睛打出的这一枪，即使子弹真的长了眼睛，也不会钻到鬼子身体里去。

敌人越攻越猛，眼看就要逼到寨墙下面来了。肖力贵朝战士们大声喊叫，扔手榴弹。战士们一起把手榴弹抛到墙外去。随着此起彼伏的爆炸声，朝前奔跑的鬼子纷纷倒在了地下。过了一会儿，硝烟才渐渐散去，鬼子已经退回去了，地下又躺卧了十几具被炸烂的尸体。

王小羊觉得脸上黏糊糊的，抬手抹了一把，等把手放到眼下，他差点儿叫出声来，原来沾在手上的竟是一团红白相间的人肉……他扭过头去，脖子一伸，就朝地下呕吐开了。他觉得身上的力气正在像水一样朝外流失，再也支撑不住，腿脚一软，便躺倒在地下。他闭上眼睛，却还不住地甩动那只手，尽管上面的东西已经没有了，还是不敢收回来，恨不得把这只手从自己身上扔下来才好。

你没事吧？一只脚在他身上踢了一下。

王小羊抬起头，一时没认出这个黑黑的影子是谁，也许是那人背对着日光的缘故，或者是被硝烟熏得太过厉害了，猛一看上去，那人就像一个凶猛的鬼怪。直到他挨着自己的身子坐下来，王小羊才认出，这是肖力贵。他有些吃惊，这才一会儿工夫，肖力贵就变成了这种样子。

肖力贵把枪身拄在胸前，以防不断摇晃的身子往下倒。我看见你开枪了。他斜过头，微笑着看他一眼，一口白牙被脸上的黑色衬托得分外鲜明。

是……吗？王小羊有些紧张，不知道他是否也看见了自己尿湿裤子的情景。

肖力贵似乎知道他想什么，伸手在他身上拍一下，就把脸扭开了。记着，他叮嘱他说，开枪时睁开眼睛，我们的子弹可是不太多了。

王小羊脸上一阵发烧，没有好意思说什么，只是点了点头。

这时，李殿云一瘸一拐地走过来。排长，他嘶哑着嗓子说，我们又牺牲了两个人，还有几个战士负伤了……

我知道了，肖力贵吃力地站起来，用平淡的口气吩咐他说，去给他们包扎一下伤口，把死去的人的武器收集起来，等着打下一场恶仗。

是。李殿云又跛着腿脚走回去。

恶仗……王小羊重复着他的话，小胡走了那么久了，援军什么时候到呢？

不要指望什么援军了，肖力贵摇摇头说，我估摸着，他也不会顺利突出去的。

你是说……王小羊吃了一惊，那你为什么还要派他去？

我也是抱着一线希望，肖力贵冷漠地说，可我更知道要做好更坏的准备。他朝他苦笑了一下，没办法，看来还是要依靠我们自己了。

可是，王小羊朝墙外看了一下，敌人来得那么多，我们能坚持得住吗？

肖力贵抬起头，望一眼灰蒙蒙的天空说，现在已快到中午了，只要坚持到天黑，敌人就奈何不了我们了，到时候，我们兴许就会找机会冲出去。

天黑……王小羊叨念着这两个字，不知道是看到了希望，还是更加感到了绝望。

安静了一顿饭的工夫，敌人又开始实施第三次攻击了。这一次，他们没有贸然派人发动进攻，而是先往阵地上发射炮弹。随着一阵阵尖厉的呼哨声，密集的炮弹落在寨墙两边，一枚接一枚地爆炸开来。王小羊眼前到处都是猛烈的火光和飞起的石块，间或还掺杂着枪支和人肉，耳朵里更是布满了持续不断的轰鸣，耳膜简直要被震裂出血了。他用两手抱住头，尽管身子匍匐在地下，还是有一种要从什么地方滑落的感觉，好像地面已经像巨浪中的船只一样被抛立起来，又猛烈地沉跌下去。

不知过去了多久，爆炸声逐渐停止了。王小羊似乎从昏迷中苏醒过来，把手从脸前拿开，抬起头，小心地朝外面看。阵地已经彻底改变了模样，寨墙大多不知去向，身边添加了许多个深坑。他突然停住了目光，真是奇怪，他看见了赵小山的下半截身子，而他的脑袋和胸脯却不知哪里去了。王小羊发了一下怔，突然明白过来，赵小山的脑袋和胸脯已经被炮弹炸飞了。随即，他又看到了那两个日本俘虏，虽然他们没有被炮弹炸中，但也被震得快要麻木了，黑乎乎的脑袋垂在胸前不动。

炮弹停息后，敌人又开始发动人肉攻击了，阵地前已经出现了鬼子黄乎乎的人影。八路快要不行了，王小羊听见一个日汉语交杂的声音说，快把他们消灭干净。随着他的叫声，枪声也再次响起来。

那两个日本俘虏抬起头，颇为艰难地朝阵地外望着。我们在这里，一个俘虏有气无力地喊道，快来救我们……

听到他的喊声，王小羊才发现，塞在他们嘴里的布团早就掉下来了。

肖力贵也注意到了他们，便走过去，蹲到他们面前。该送他们上路了，他自言自语地说。

两个日本俘虏好像也明白了他的意思，想说句反抗的话，却又没有说出来，也许他们没有力气说了。

肖力贵把脸转向王小羊，把枪给我。

王小羊惊讶地说，怎么？打死他们？肖力贵没有说话，又把手朝他伸过来。王小羊只好把驳壳枪交到他手里。可……他还试图劝说他，他们……

肖力贵没有理会他，只是把驳壳枪口抵住一个鬼子的脑袋。要说错误，他低沉而清晰地说，就错在你们不该到中国来。

那个鬼子没有反抗，只是绝望地闭上了眼睛。

枪声响过，王小羊看见，鬼子的脑袋被打裂了。

肖力贵旋即把枪抵到另一个鬼子的脑门上，你也同样犯了这个错误。

这个鬼子强撑着直起脖子，奋力叫喊了一声，大日本皇军……

他的叫声还没有完结，肖力贵的枪声就也响了。王小羊再次看见，这个鬼子的脑袋不仅裂开了，还有半边飞出去，溅落在一块石头上。

同志们，肖力贵站起来，朝两边仅存的几个战士喊道，我们的任务虽然不能完成了，但我们不会让敌人的任务完成。阵地保不住了，我们还可以和敌人进行巷战，只要还剩下一个人，就不能让鬼子占到一丝便宜。说罢，他把驳壳枪丢到王小羊手里，摸起那支掉了半边枪托的大枪，朝没有了任何遮拦的村口跑去。

王小羊从他身上收回目光，长长地吸一口气，朝着硝烟弥漫的天空奋力吐出去。既然到了这种地步，他在心里对自己说，你还有什么退路好走？似乎想明白了这件事，一种豁出去了的豪情和悲壮油然而生，一刹那便充满了一度痿瘪的胸腔，感觉一股膨胀的热气在身上游走。他好像这才明确地知道，原来自己也是一条汉子，一个爷们！

敌人很快冲进了阵地，肖力贵和李殿云他们打光了子弹，已经与鬼子们拼上了刺刀。一片混乱中，王小羊看见一个日军士兵端着上了刺刀的大枪朝自己扑来，他没有再作犹豫，举起手里的驳壳枪，朝着他的胸膛果断扣动了扳机。那个日军兵应声倒在地下，手里的大枪扔出了老远。我杀了人？望着倒在自己面前的这个人，王小羊惊讶得张大了嘴巴。没错，他旋即又对自己说，你已经杀了人！这时，更多的敌人呈包围之势朝他冲来。王小羊把驳壳枪插在腰间，从地下拾起那个日军士兵扔掉的大枪，也像肖力贵他们一样做好了与他们拼刺刀的准备。

就在这时，远处传来肖力贵嘶哑的喊声，王小羊，快朝村子里撤退，快——

王小羊反应过来，看见肖力贵他们边打边撤，已经快要进到一条巷子里去了。他想起他刚才说过的关于“巷战”的话，明白了他的意思，便也回转身，提着大枪朝离他最近的一条巷子里跑去。敌人从后面追上来，子弹打在他脚边的泥土里，发出噗噗的响声。不要打死他，他听见一个用日语说话的声音，抓活的。一进入到巷子里，由于房屋的遮挡，王小羊暂时把敌人甩到了后面。他往前跑了没几步，便随身撞开一扇门板，径直跑进了一个院子里。

院子里没有人，只有一只猫从他身边跑过去，像飞一样跳到了墙头上。王小羊躲在一盘石磨后，蹲下身，大口大口喘息。让他感到奇怪和安慰的是，过了很大会儿，追赶他的敌人竟没有进门来。外面的远处不断传来枪响，其间还有铁器撞击在一起的声音，想必肖力贵他们正在和鬼子们展开巷战。王小羊不敢出门去，远距离打枪还可以，如果面对面肉搏，他知道自己绝不是日本人的对手。毕竟他还没有做过这方面的任何训练，是呀，倒退一个月，他也没有想到自己会到这样激烈的战场上来……这时，他似乎感觉到前面的高处有人影晃动，抬头一看，原来是李殿云出现在了房顶上。

李殿云一边在房顶上奔跑，一边朝下面的巷道里和院子里放枪。他跑得很快，从一幢房顶跳上另一幢房顶，简直就像那只灵巧的猫，下面射上去的子弹根本打不到他。小鬼子们，他边跑边喊，你们有本事就上来吧，爷爷和你们玩个捉迷藏。

望着他矫健的身影，王小羊突然想起来，李殿云的腿上是负了伤的，怎么现在竟然跑得这样轻捷了？李殿云朝他这边跑过来，就要跳到属于这个院子的房顶上来了。但王小羊看出来，那两幢房顶相距太远了，他会跨越过来吗？王小羊想提醒他一下，但刚张开嘴，还没有发出声音，李殿云的大脚就脱离了那幢房顶，直朝这边的房顶跳来。王小羊仰着头，望着他的身影从空中划过，只差一点点儿没有触到这边的房顶，就在两房相间的空隙处掉了下去。李班长……王小羊暗暗地叫一声，便紧紧闭住了眼睛。

过了一会儿，王小羊听到了几声呻吟，才睁开眼，并随即冲到院墙下，踮起脚跟朝那边的院子里看。这时，几个日本兵已经把李殿云围在了中间。李殿云躺在地下，一条腿的下半段从膝盖处改变了方向，白森森的骨茬从裤子的破损处露了出来。他挣扎着抬起身子，慢慢地朝一边爬，另一条看起来没出什么问题的腿则软软地拖在地下，也不能支撑住他的身子了。但他才爬出去不到两步远，那几个围着他看的日本兵便失去了耐心，一起举起大枪上的刺刀，轮番朝他身上捅去……王小羊不忍再看，又一次闭上了眼睛。李班长，他在心里哀哀地号叫，李班长——他顺着院墙出溜到地下，将身子缩成一团。

外面的枪声渐渐平息了，村子里出奇地安静下来。王小羊心里明白，肖力贵他们兴许已经都像李殿云那样壮烈牺牲了。

肖力贵，他抱住头，抑制不住地哭起来，李殿云……

街道上又出现了一阵杂沓的脚步声，敌人还没有撤走。王小羊不敢待在院子里，猫起腰钻进一个敞开的屋门里。屋子里也没有人，那只猫不知什么时候跑到这里来了，正瞪着一对亮闪闪的眼睛看他。他不敢惊扰它，小心地绕过它去，伏到一个昏黑的墙角里。外面的天光正在暗下来，不知不觉中一个白天就要过完了。王小羊这才想到，自己多半天没有吃过一点儿东西了，再加上情绪紧张和几次战斗，身上的体力已快要耗尽，一阵眩晕袭来，不觉便进入到短暂的昏迷状态里。

不知过去了多久，王小羊清醒过来，睁开眼睛，出现在他视野里的竟然是一片红彤彤的景象。血……他在心里叫了一声，晃晃脑袋，才明白是天空中的霞光映进了屋来，天快要黑了吗？就在这时，他听到了一阵呻吟声，开始还以为是那只猫的叫声，但仔细一听，确认是一个人发出来的，而且就在离他不远的地方。他想爬起来，使了使劲，身子竟然不听自己的使唤。但他知道，自己并没有受伤，也就没有怎么慌张，长吸了一口气，把手扶在墙壁上，才让显得分外沉重的身子一点点儿站起来。他把头贴在后窗上，那个呻吟声听得更真切了。没错，声音就是从后院里发出来的。疼死我了……他听见那个声音低沉地说。天哪，多么像是肖力贵的声音。王小羊心里一阵狂喜，莫非肖力贵还活着？

王小羊不知哪里来的力气，把手攀到有些朽烂的窗棂上，使劲一拉，窗棂便咔嚓一声折断了。这样，他便从窗户里爬进了另一个院子，来到蜷缩在柴窝里的肖力贵身边。肖力贵也处在半昏迷中，眼睛闭拢着，两手软软地捂在肚子上。王小羊看见从他的手指缝里流出黏稠的血水，染湿了下面的衣服。疼死我了，肖力贵神经质地叨念，疼死我了……王小羊扳起他的身子，使劲摇晃了一下，力贵，你快醒醒。

肖力贵醒过来，目光呆呆地盯着他，好像不明白是怎么回事。

力贵，我是小羊，王小羊告诉他说，你负伤了。

肖力贵反应过来，立时斜起了嘴巴。疼死我了……他丝丝地吸着气，脏污的脸上冒出豆大的汗珠，那条刀疤也在一下一下地抖动。

快让我看看。王小羊不由分说挪开他的手，去解他扎在外面的皮带。

你还活着？肖力贵吧嗒一下嘴唇。

王小羊撩开他的衣服，往他腹部一看，立刻瞪大了眼睛，天哪，肖力贵的肚子敞开了一个口子，一团肠子冒出来，像一盘华丽的蛇一般蠕动着。他吓得收回手，并且扭过头，不敢再朝他肚子上看。

你害怕了？肖力贵笑了一下。

我……王小羊不知道该说什么，但他想了想，还是鼓着勇气问他，我是不是给你处理一下？

算了，肖力贵摆摆手说，还是我来吧。说着，他就用那只手捏住那团肠子，使劲塞回到敞口里去。但他的手刚一拿开，那团肠子就又冒出来了。疼死我了，他摇摇头，无可奈何地说，不管它了，反正我也活不多长时间了。

你不会死的，王小羊的泪水一下子流出来，我扶你离开这里……你说过，等天黑后，我们就能冲出去了，现在天都要黑了，我们赶快走吧。

我走不动了，肖力贵惋惜地说，我的腿骨断了，站不起来了。

王小羊这才注意到，他的一条腿也已经改变了形状。看到他这种样子，他也不知道该怎么办好了。

肖力贵疼得坚持不住了，很快便进入了短暂的昏迷中。王小羊尽管担心他会就此死去，却也不敢摇晃他一下，害怕他醒来继续承受痛疼带来的痛苦。过了不大会儿，肖力贵自己醒过来了。我看见了一个人……他蒙头蒙脑地说。

谁？王小羊问他。

我看见了小翠，肖力贵说。

小翠？王小羊有些惊讶，似乎想不到他会这样说，但随即又觉得合情合理。如果这时候他不想到小翠，还要等到什么时候呢？

我看见小翠吊在房梁上……肖力贵说着，眼里涌出大颗大颗的泪珠。

王小羊呆呆地看着他，这是他第二次看到他哭泣了。她已经被救下来了，他急忙安慰他说，她早就没事了。

肖力贵把身子仰向后去，头颅在地下像虫子一般拱来拱去。

王小羊也再次流下了泪水。没事的，他神经质地说着这句话，尽管觉得它没有任何意义，还是在嘴里一遍遍地重复，没事的，没……他甚至不知道自己说的是什么。

又过了一会儿，肖力贵渐渐安静下来，吃力地直起身子，朝外面看了一眼，然后转向他说，小羊，你一个人走吧。

我一个人走？王小羊没有犹豫便摇起了头说，要走我们一起。

你去找军分区，肖力贵自顾自地说，如果实在找不到，就回去找袁队长他们。

不，我不走，王小羊依旧坚决地摇头，我怎么能扔下你一个人不管呢？

我交代给你一件事，肖力贵也加重了语气说，你必须要完成。

好，王小羊这才点点头说，你说吧，什么事？

打死我。肖力贵用平静的语气说。

什么?！王小羊吓了一跳，我怎么能……

临走前，你一定要把我打死，肖力贵告诫他说，我可不能落在鬼子的手里。

可我……王小羊拼命摇头，我无论如何也不能……

如果你真心替我着想，肖力贵劝解他说，你就按我说的办……话没有说完，他又疼得皱起了眉头。

王小羊抬起手，本能地在腰间按了一下。他这才发现，别在腰间的驳壳枪已经不知去向。幸亏……他松了口气，好像找到了违背他意愿的理由。

肖力贵看到了他的动作。没关系，他在身边摸了一下，手里便多了一颗黑乎乎的手榴弹，你可以用它来解决。

你还有这个？王小羊又感到为难起来。

我无意中捡到的。肖力贵喘出一口长气，忽然吧嗒一下嘴说，小羊，你去给我找点水吧，我渴得厉害。

好吧。王小羊点点头，站起来，往四周看了一眼，才发现这是一个荒芜的空院，房屋都仅剩下了墙壁，要想找到水，必须到外面其他地方去。

带上这个。肖力贵把手榴弹朝他递过来。

王小羊接过手榴弹，掖到腰带里，为了防止它像驳壳枪一样掉出去，他把腰带又紧了紧。刚朝院门口走了几步，他又回过头说，你可千万要挺住。

放心吧，肖力贵说，我还等着你回来解决我呢。

有了他这句话，王小羊才暂时把他丢在柴垛间，猫着腰走出院门，蹑手蹑脚地朝巷子里走去。天空中的霞彩消失了，黄昏到来了，光线正在变得朦胧虚幻。王小羊贴着墙根往前走，有一种走在梦境中的感觉。是呀，他是多么渴望这一切都是发生在自己的睡梦中，等到醒来后，所有的一切还都是过去如常的模样，天空照样晴朗，生活照样温馨，他和伙伴们照样完好……街道上没有任何生息，不知道日本人到底撤走了没有。但他不敢丝毫大意，想尽办法不让自己发出哪怕一点儿动静。

王小羊接连进出了好几个院落，才从一只较为完好的水缸里舀到了半碗水，赶紧端回来，要去喂给已是奄奄一息的肖力贵。但他刚走回到巷子里，还没有接近那个院门，就听见里面传出一阵纷乱的声音。他赶紧顿住脚，直起耳朵仔细听。天哪，里面传出的竟是日本人的声音。队长，一个声音说，这个八路还活着。另一个声音说，很好，赶快把他带出去。随即传来的便是肖力贵吃力的骂声，你们这些日本猪……王小羊明白，肖力贵被敌人发现了，而且面临要被他们带走的危险。他丢下水碗，就要朝院门里冲去。就在这时，他又听见了肖力贵的喊声，外面的人不要进来，日本鬼子在这里……王小羊知道，肖力贵这是在向自己发出警告。他收住脚，隐藏到一个墙角里。肖力贵，他在心里朝他说，我该怎么办？

这时，肖力贵已经被几个日本兵拖出来，朝着巷子的另一端走去。肖力贵奋力挣扎着，同时发出凄厉的叫喊，炸死我！外面的人听见了没有，快扔手榴弹炸死我——那几个日本兵听不懂他的话，互相询问，他说的是什么？肖力贵越发加大了叫喊的力度，快，炸死我，听见了没有？快扔手榴弹，炸死我——

王小羊知道他是在对自己叫喊，便把身子从石头后探出来，右手也从腰里拔出了手榴弹。肖力贵，他在心里叫喊，我怎么能对你下手？他的手指颤抖了一下，把刚刚绷紧的拉线又松开了。肖力贵，我不能这么做……

炸死我，肖力贵还在向他发出最后的求告，求求你，快扔手榴弹，炸死我——

王小羊再也承受不住了，手指一松，丢掉了手榴弹，随即蹲下身，把空出来的两手抱在头上。肖力贵，他在心里撕肝裂胆地叫喊，我不能——

肖力贵被日本人带走了，几个黄乎乎的身影从巷子那边消失了，但他的叫喊声却还在夜空中回响，像一支支利箭射破了傍晚的天空。王小羊似乎看见，整个天幕都在一瞬间分裂坍塌了，灰黑色的碎片像沉重的石头砸落在他身上……他也许永远想不到，自己此刻犯下的这个错误，要给他最挚爱的伙伴肖力贵带来怎样身体的苦痛和名誉的伤害。

第四章

13. 误撞友军

半夜时分，敌人才从杨庄全部撤走。王小羊藏在一个老头家里，勉强待到黎明时分，在其他几个人的帮助下，也赶紧离开了村子。他不知道肖力贵这时怎么样了，但还记得他抓走前对自己说过的话，应该马上去找军分区。虽然没有了任何一个人的介绍，军分区的人也许不会相信他，但事情紧急，他顾不了那么多了，所以第一个选择便是继续往前走。

经过多半天的跋涉，天黑前，王小羊终于赶到了肖力贵说到的那个镇子。可不知是他说错了，还是王小羊没听明白，镇子里却没有军分区的影子。打听一下别人，也没有得到明确的答案。你是干什么的？镇里的人都用警惕的目光看他。看来是不能得到军分区的消息了。没有别的办法，他只好又连夜踏上回返的路。又经过一天多的疾走，王小羊回到了支队所在的陈家寨。但让他想不到的是，支队竟然也在一天前转移到别处去了。他们到哪里去了？他急急拉住老乡问。部队上的事，我们哪里会知道？老乡摇摇头说。王小羊呆住了。

一切的努力看来都白费了。王小羊简直要走投无路了，可还是抱着最后一线希望，继续留在陈家寨，幻想着袁庆斌他们能够突然回来。但几天过去了，还是没有支队的任何消息，他无法再赖在老乡家了，这才依依不舍地离开了陈家寨。该到哪里去呢？王小羊突然失去了前进的方向，站在村口愣怔了好一会儿，才选择了通向王家庄的道路。是呀，除了回自己家去外，他还有什么地方好去呢？对，潘秀兰还留在村里，看来只有依靠她去找八路军了。但在返回的路上，王小羊还是顺便多走了一些地方，盼望能看到八路军的部队。别说，转悠到第五天的时候，他还真的碰上了一支队伍。

其实，王小羊首先听到的是枪声，是从离他不远的一个村子里发出来的。他一下子顿住脚，望着那个村子出了神。有枪响的地方一定有部队，只是不知道是什么队伍罢了。但奇怪的是，枪声只响了一下，村子里外便归于寂静，似乎刚才听到的枪声只是他的幻觉。王小羊没敢贸然往那里走，自然也不肯离去，就站在路边的几棵树后，一边朝那个村子的方向打量，一边等待着事情的进一步明朗。他相信，枪声是不可能无缘无故响起来的，一定发生了什么事情。

果然，没过多大会儿，就从那个村子里驶出来一辆马车，车上坐的正是几个穿军装的人。从他们的军装式样上看，与八路军的差不多，但不同的是，八路军穿的是破烂的灰军装，这些士兵身上的军装却十分整齐，而且是鲜亮的黄色。王小羊突然明白过来，他们不是八路军，而是国民党的军队。

在马车的后面，从村子里跟出来几个老百姓模样的人。等等，他们边朝马车追赶边大声叫喊，你们不能抢我们的粮食！

啪——车上的一个士兵举起大枪，朝他们头顶上放了一枪。

那几个老百姓吓得趴在地下，不敢再往前追了。你们抢走了我们的粮食，他们拍打着地面说，我们可怎么过……

看到眼前的一幕，王小羊不禁想到了八路军为老百姓借粮的情景。这些浑蛋，他在心里骂道，怎么能抢老百姓的粮食？

马车朝王小羊所在的这条路驰来，不一会儿，就来到了他面前。王小羊原没打算理会他们，但从树后出来时，竟然把拉车的马匹吓了一跳。那匹大青马猛一掉头，直朝路边的田野里跑去，由于拐得过于匆忙，马车翻倒在地，不但几个坐在车上的士兵掉下来，车厢里的十几口袋粮食也落在地下。

他妈的，那个打过枪的士兵爬起来，把枪一横对住了王小羊，想找死呀你？

对不起，王小羊赶紧朝他赔礼，我，我不是故意的。

那个士兵虽然没有朝他开枪，还是气愤不过，举起枪托，朝他屁股上砸了一下子，你个没长眼睛的狗东西。

行了吴四柄，一个穿黑制服的人止住了他，别和他纠缠了，还是快把粮食弄回到车上去吧。

叫吴四柄的士兵这才抽回枪，朝王小羊翻着白眼说，要不是看在任部长的面子上，我真想一枪崩了你。

在那个任部长的招呼下，士兵们都爬起来，把散落到地下的布袋抬回到车上去。

哎，吴四柄朝王小羊喊道，你他妈别站着看热闹，过来帮我们抬布袋。

王小羊急忙走过去，也加入到他们中间，吃力地搬起一条布袋朝车厢里放。

任部长不好意思地朝他笑笑，让你受累了。

王小羊没有说什么，心里却有些纳闷，这个人怎么没有穿军装？和这些丘八不是一伙的？对了，他们还叫他部长，那他是什么地方的部长？

大家把布袋搬回到车上，刚要继续赶路，那匹大青马却又挣脱了绳套，撒开蹄子朝远处跑去。士兵们追赶了几步，眼看着马匹跑远了，也只好作罢。王小羊明白过来，或许大青马连同这辆马车也是他们从什么地方抢来的。

大青马跑走了，士兵们都有些泄气。吴四柄转转眼珠，又把目光落在王小羊身上，对了，都是这个家伙惹的乱子，我看就让他替我们拉车吧。

对对，士兵们一起嚷起来，就让他把粮食给我们拉回去吧。

王小羊有些发呆，一时不知该怎么办。

拉不拉？吴四柄又端起了他的大枪，快给我们拉。

任部长走过来，把手搭在王小羊肩膀上，轻轻拍了一下说，弟兄们也实在是累了，如果你不太为难的话，就帮我们拉拉车吧，怎么样？

王小羊知道自己没有别的选择了，也不再说什么，便走到两根车辕间，代替那匹大青马驾起了大车。但他这些天一路奔走，没有像样地吃过东西，身上早没有多少力气了，尽管使出了吃奶的劲儿，也没有拖动大车。

大家一起推车，任部长朝士兵们招呼说，别太为难这个兄弟了。他又朝后看了一眼，我们得赶快离开这个地方。

士兵们不情愿地走上来，有一搭无一搭地推一下车子，马车这才慢慢朝前走去。

任部长走在王小羊身边，把一根绳套搭在肩上，也使着劲帮他拉车。你是干什么的？他随便问他说，随即又加上一句，我是说，你不像是这几个村里的老百姓。

王小羊想了一下才说，我家里没有吃的了，出来找点儿……

任部长上下打量着他，点点头说，看得出来。他朝前看一眼，悄声安慰他说，放心吧，等到了地方，让你吃上一顿饱饭。

你们，王小羊犹豫了一下，还是问他说，是从老百姓那里抢来的粮食？

任部长还没说话，吴四柄就从背后呵斥他说，什么抢来的，你胡说什么?!是老百姓自己送给我们的。

王小羊又想到了那几个追赶他们的村里人，忍不住说，老百姓自己都过不下去了，怎么会有闲粮送给你们？说什么你们也不该……

你是干什么的？吴四柄用枪托砸了一下车辕说，敢来管我们的事？

好了好了，任部长制止他们说，不要争论这些无用的了。这位兄弟帮我们拉车，大家就不要管他怎么说了。

吴四柄哼哼唧唧地退到后边去了。王小羊也不再说什么，只是埋下头去拉车。但过了一会儿，他觉出大车越来越沉了，自己累出了一头汗，还不能把车拖出两步去。他不免感到蹊跷，回头一看，天哪，吴四柄竟然坐到了车上，而且还伸出手，要把其他几个人也拉上车去。王小羊恼羞成怒，猛地停住脚，把驾着车辕的手松开。

没有了他的控制，大车前轻后沉，一下子朝后张过去，那几个要上车的士兵被闪到了一边，吴四柄也从车上滚下来，摔了个嘴啃泥。他妈的，吴四柄火冒三丈，从地下爬起来，举起大枪，又一次对住了王小羊，你是成心和老子过不去，是不是活腻味了？

王小羊没有理会他，走到一边，愤愤地蹲到地下。

吴四柄还不罢休，冲过去，朝他狠狠地踹了一脚，又挥起枪托，要朝他身上砸。

任部长急忙拦住他。好了，他瞪了一下眼说，原本就是你们不对，就不要再……

吴四柄忽然转向了他，请问任部长，我们怎么不对了？

任部长耐心地说，你们就不该上车去嘛，大车本来就很沉了，他拖着也实在费劲，你们再上去，他还怎么走得动？

老子才不管他走得动走不动呢，吴四柄蛮不讲理地说，本来老子就是坐马车出来的，自从遇见了这个家伙，这马车就坐不成了。他转向那些士兵们，弟兄们说，我们是不是吃亏吃大发了？

士兵们一起响应说，就是，老子早就想和他算账了。

见他们这样，任部长只好咽口唾沫，把头扭到一边去。跟你们这些人出来，他悄声嘟囔着说，算是把我任某的脸面丢尽了。

尽管他的声音很轻，吴四柄还是听到了，立刻冷下脸说，姓任的，别给脸不要脸，老子这次跟你出来，才算是倒了八辈子血霉呢。

那你们为什么非要让我给你们领路？任部长也不依不饶。

要不是因为你是当地人，老子才不会……吴四柄不客气地说，再说了，你们县党部像跟屁虫一样尾在我们身后，吃我们的，喝我们的，还不该替老子出来弄点儿粮食？

话不要说得那么难听，任部长辩解说，县党部跟你们一起活动，这也是上面的指示，又不是……他想了一下又说，再者说，县党部也不是我做主，如果你们有意见，去找书记和县长大人他们去说吧。

老子才没那个闲心呢，吴四柄撇撇嘴说，有那个工夫，还不如到旁边吸袋大烟解解乏呢。

是呀，任部长也吧嗒一下嘴说，我和你们也说不着呢。

听着他们的争论，王小羊似乎有些明白他们之间的关系了，原来这个任部长是县党部的人，怪不得穿着一身黑色的制服。对了，左边胸前还别着一枚国民党党徽，看上去像是一个知识分子，与那些蛮横的丘八相比，实在不像是一路人。日本人占领鲁西后，国民党的所有地方组织土崩瓦解，绝大多数都销声匿迹了，但也居然有少数几个留下来，跟着国民党部队的残兵败将流亡，或许还做着有一天光复的美梦吧。

在吴四柄的率领下，士兵们都躺到地下，装模作样地闭上眼睛，看来是不肯再往前走了。任部长坐在一边，两手抱着膀子，也不愿再管眼前的事。王小羊不知道该怎么办，想要离开这个地方，却又不敢真的采取行动。

僵持了一会儿，还是任部长作出了妥协。兄弟，他转向王小羊说，求你帮我个忙，把车帮我拖回到驻地去，好吗？

王小羊没有说什么，只是掉头看了那些士兵一眼。

任部长摆摆手，无可奈何地叹口气说，还是指望我们自己吧。他朝另一个村子看了一眼说，无论如何，我都得完成这次任务呀。

看他可怜兮兮的样子，王小羊没有再说什么，便站起来，重新去拖那辆马车，反正自己也走不了啦，还是帮他们……眼下正是国共合作时期，不管怎么说，国民党还是抗击日本人的力量，如果……他脑子里忽然一动，是呀，如果把日本人即将对鲁西实施生化武器作战的消息说给他们，或许同样会……想到这里，王小羊一下子兴奋起来。没有再加犹豫，他便拖起马车，直朝任部长打量过的那个村子走去。

这是个规模很大的村落，寨墙保存得十分完好，高处还有几个角楼，寨墙门口和角楼上面都有士兵们把守。村子里的街道上，也不时有荷枪的士兵走过，更有一些士兵不断在临街的院门里进出着。王小羊估摸出来，这个村子里至少驻扎着一支数百人的队伍。他不能不感慨，与八路军比起来，这支国民党部队的装备可是好多了。

把粮食卸下来后，任部长把他领到一个不算很大的院子里。过了一会儿，一个伙夫模样的人真的给他送来了饭菜，一碗小米稀饭，一碗红烧茄子，两个黄白面交杂的馒头。吃吧，任部长豪爽地说，今儿你给我们出了力，我也应该招待你一回。

王小羊没想到他会说话算数。这怎么好意思……他有些犹豫。

不要客气，任部长把他按坐在凳子上，说起来，这些东西都是从老百姓手里得来的，兴许也有你一份呢。

王小羊知道，他还在把自己当作附近的老百姓。他说得对，他在心里对自己说，这些本来就是我们的，不吃岂不是更加便宜了他们！他也实在饿得不行了，便坐到桌子前，大口大口地吃起来。

任部长也在另一边坐下，点起一根烟，一边慢慢地吸着，一边悄悄地打量他。

王小羊觉察到了他的目光，掉头看他一眼，忽然感到有些不好意思。

你吃。任部长也掉开头，不再打量他。

要不，王小羊试探着说，你也一起吃吧？

不不，任部长摆摆手说，一会儿我到伙房里去吃。随即又补充说，这可是我让伙房专门给你做的，怎么样？滋味如何？

好吃。王小羊说，并做出大口吃的样子。这可是比八路军的饭强多了，他又在心里说。

我怎么觉得你有些面熟？任部长突然说，我是不是在哪里见过你？

是吗？听他这样说，王小羊也留意起他来。真别说，这样仔细一打量，似乎也觉得他有些熟悉，我们真的见过面？

任部长扔掉烟头，托着下巴思索起来。对了，你是不是在聊城中学上过学？他盯住他说。

当然上过……王小羊也好像想起什么来，你也在那里上过学，是吗？

两个人终于说到了一起去。经过进一步详说，原来两人是上下级同学，虽然不相熟识，但在学校里读书的时候，肯定是见过面的，所以才觉到有些脸熟。一时间，两个人都感到亲近起来。任部长，噢，这时候王小羊已经知道他的名字了——任晓轩，把凳子拉到他面前，和他紧挨着坐在一起。两个人叙说了一下当年学校里的一些事情，渐渐把话题转到眼下来。

学兄，王小羊纳闷地问他，你怎么成了国民党县党部的人？

任晓轩叹口气说，是这样，我中学一毕业，家里就通过关系，为我在国民政府里谋了个差事，不久我又加入了国民党，也就又成了县党部的人。

王小羊还有些不解，你毕业的时候，国民党在这边的组织不是都撤走了吗？

你有所不知呀，任晓轩摇摇头说，表面上是撤到南方去了，但那不过是做给日本人看的，其实从省府行辕到各县党部，大多都还留在鲁西，虽说已经不太健全了，但毕竟还有工作运转。

可我怎么没有听说你们的存在？王小羊打断他的话说，我只是看到了共产党八路军在这一带和日本人对抗。

我们怎么比得了他们？任晓轩也打断他的话说，共产党八路军都是一些不怕死的亡命之徒，丝毫不知道保存自己的实力，说出击就出击。等着吧，很快他们就会被日本人消灭干净的。

对他说的这番话，王小羊本能地有些反感，心里说，哪像你们这样，只是一味地保存自己?！王小羊反驳他说，什么时候把日本人赶走？

早晚有一天……说到这里，任晓轩眼里闪出了亮光，知道吗，美英盟军在太平洋战场上中取得了很大的胜利，日本鬼子在我们这边已经是自顾不暇了，等着吧，光复是早晚要到来的。

也许你们就等着这一天了。王小羊若有所思地说，怪不得你们还悄悄地待在这边，就等这一天来到时，你们好把失去的地盘重新夺回到自己手里。

对呀，任晓轩拍拍他的肩膀说，我们的战略构想就是这个样子的。说到这里，他脸上忽然现出忧戚的神色，事情如果真是这样发展下去就好了，怕就怕……他摇摇头，没有再说下去。

怎么？王小羊看他一眼说，你们的美梦不好实现吗？

我们担忧的倒不是日本人，任晓轩思量着说，现在，真正给我们带来威胁的还是共产党八路军。也难怪，他们发展得那么神速，就像孙悟空身上的毫毛，只要撒出去，一下子就把无数个孙悟空变出来了，稍不留意，我们占领的地面就被他们给赤化了。

你们就这么怕他们？王小羊不解地说，我真是纳闷，自从抗战以来，不是就统一战线国共合作了吗？你们怎么还和共产党搞摩擦？

不是我们和他们搞摩擦，任晓轩郑重地反驳说，是他们和我们搞摩擦，他们到处抢占我们的地盘，到处争夺我们的物资，到处……不把他们从这里挤出去，我们永远都没有好日子过。

听着他这套说辞，王小羊又想到了他们在外面抢夺老百姓粮食的情景，忍不住抢白他说，那你们也不该去抢老百姓的粮食呀！他们本来就够苦的了，你们再这样……

够苦的不光是老百姓，任晓轩拍拍自己的胸脯说，还有我们这些人。他朝四周指了一圈说，这么多人待在敌后，他们要吃饭，要穿衣，而政府远在重庆，所有的物资都运不过来，怎么解决？不找老百姓要找谁要去？

你们可以去找日本人要呀。

兄弟你真是站着说话不腰疼，任晓轩呵呵地笑起来，找日本人要？我们敢吗？你以为我们是八路军？

你说你们这样……王小羊沉痛地摇一下头，又哀哀地盯住他，学兄，难道你就不觉得憋屈吗？

憋屈？任晓轩有些不明白他的意思。

我们在一中读书的时候，王小羊回想着说，都曾经发誓将来要报效国家，为民分忧，做一个为正义事业而献身的人。学兄你肯定也发过这样的誓言，可是现在……你们却躲在敌后，苟且偷生，与民为敌，你说你们……

老弟言重了吧？任晓轩板起脸面说，我自己觉得，任某还没到你说的那种地步……说到这里，他又摇摇头，深深地叹了口气，当然，你说的也不完全错，这些年，我们的确……他站起来，在屋内慢慢地踱了两步，是呀，要说憋屈，也实在……他说不下去了。

王小羊直直地看着他，期待他进一步反省自己，哪怕能改变一点点儿想法也好。

任晓轩停住脚，忽然回过头来。憋屈点儿也算不了什么，这一切都是暂时的，他又用充满信心的口气说，只要等到光复的那一天到来，我们这些在敌后坚持抗战的人就会扬眉吐气。

看着他重新涨红的脸面，王小羊失望地闭了一下眼。看来你的话都是白说了。他在心里对自己说。

任晓轩又沉浸在兴奋中，伸出一只手，叉开五指，往回抓了抓，猛地握起来，朝他使劲挥一下说，兄弟，明白我的意思吗？

你是说，王小羊揭穿他说，到时候你们就能升官发财了？

老弟你说得太直白了，任晓轩捅他一下说，应该叫建功立业才对。

这叫什么建功立业?！王小羊在心里说，充其量不过是投机取巧罢了。

见他发愣，任晓轩又坐回到他面前。对了，你吃饭呀，是不是都凉了？要不我让伙夫去给你热一热？

算了，王小羊干脆把筷子放下了，我已经吃饱了。

任晓轩突然盯住他说，对了，光说我的事了，老弟你在哪里发财？是不是也给我说说？

我可发不了什么财。王小羊想把自己在济南读书的事说给他，不知怎么，话到嘴边又咽了回去。还是把自己的任务对他说一说吧，他告诫自己说，不管怎么样，目前还是国共合作时期，况且自己的情报是关系到鲁西抗战形势的，无论是共产党还是国民党，都应该予以重视并积极行动起来，既然暂时找不到共产党，就先让他们做好准备吧。反正在他王小羊眼里，共产党、国民党都是中国人，都是抗击日本侵略者的有生力量。想到这里，他便脱口说道，学兄，我要见到你们的长官。

什么？任晓轩吃了一惊，以为听错了他的话，你说什么？

我要见到你们在这里的最高长官。王小羊又重复说，并且特加了“最高”二字。

你疯了吧？任晓轩站起来，重新上下打量了他一遍，你怎么可以见到我们的……你以为你是谁呀？

话说到这里了，王小羊不想再给自己留什么退路了，便决定把自己的身份和任务先告诉他。但他还没有张开口，他们往下的谈话便被一个闯进来的女人打断了。

14. 荒唐逼婚

其实最先闯进来的并不是一个女人，而是一个女人急切的声音。晓轩，那个女人在院落里大声喊叫，你在这里吗？

任晓轩把目光从王小羊身上收回来，朝门外看了一眼。我在这里，他一边答应着一边朝门口迎去。但一个女人已先他来到屋里，他便又停住了脚说，表姐，你怎么知道我在这里？

王小羊还没有看清女人的模样，便被她脚下咯噔咯噔的走动声惊住了。凭着在省城的生活经验，他尽管没朝女人的脚下看，就知道她是穿着皮鞋进来的，这未免使他吃了一惊，在乡下什么女人会穿着皮鞋呢？王小羊定住神，只朝女人身上和脸上打量了一下，便觉出这是个不一般的女人，模样当然十分出众，但真正出众的还是她的打扮和穿着，仅仅是头上打卷的波浪发和身上凹凸有致的旗袍装便足以说明，这绝对不是一个当地的农家女人。虽然王小羊不知道她来自什么地方，却为这个村子里还有如此光鲜的女人而感到震惊。

我打听了好几个地方，才在这里……女人说到这里，忽然把目光落在了王小羊身上，哟，你这里还有客人？

他是我中学的同学，任晓轩顺口解释说，随即又问她说，你急着找我干什么？

还能干什么？女人埋怨他说，这都什么时候了，你还在这里会见客人，对你自己的事一点儿都不上心。

不是我……任晓轩无奈地摊开手说，小凤到现在也不同意，我们的事还是先不办了吧，或许再拖些日子也好。

她同意不同意又有什么？女人打断了他的话，她家里同意不就行了吗?！你看，她朝门外指了一下，她哥哥为这事也找我好几趟了。说到这里，她对外面的人摆摆手，你进来吧。

很快，一个小个子男人便迈着小碎步走进来。妹夫，一见任晓轩的面，男人黑黑的脸面便浮起了亲热的笑意，我可是把嫁妆什么的都准备好了，亲戚家也下了通知，就等你明儿过去迎娶呢，你可不要……

你对我说这些有什么用？任晓轩依旧摇着头说，关键是小凤她不……她的思想做不通，我怎么好……

她敢不同意？男人朝手心里啐口唾沫说，明天时间一到，我就是捆也要把她捆来！

不可，任晓轩也板起脸来说，你要是来硬的，我可就不答应了。

还是妹夫知道心疼人，男人有些巴结地对他笑了一下，其实我也是说着玩的，我哪里能对自己的亲妹妹……再说了，经过我老婆一连几天的动员，小凤也开始松口了。

真的？任晓轩脸上浮起了喜色。

这还有假？男人用粗短的手指拍拍胸口说，妹夫你尽管准备办事就是了，小凤那里就包在我身上了。

看看，女人再次用埋怨的口气对任晓轩说，人家娘家人都做到了这一步，你却还在这里像个没事人似的，抓紧行动起来，让你的人再把房子收拾一下，然后你把自己打扮好了，等明天时辰一到，我就派轿子去接人。

什么?！任晓轩诧异地说，轿子你都安排好了？

不要说轿子，女人蛮有把握地耸耸肩说，客人我都给你请好了，师长带领他的部下亲自到场祝贺，光客人就十好几桌呢。

任晓轩还没有说什么，男人就抢上来说，还是太太想得周到，您这一出手，可是给我们老黄家挣足了面子。谢谢太太，谢谢太太。他举起两手，一连对着女人作揖。

那是，女人颇为得意地笑着，这是我表弟的事儿，我还能不尽心吗？说到这里，他又看了任晓轩一眼，我可是把这件事当成自己的事来办呢。

听她这样说，任晓轩也只好对她鞠了一个躬说，还是表姐对我好呀。

事情说得差不多了，男人却又凑到任晓轩跟前，两条稀疏的眉毛耷拉下来，做出一副为难的样子说，妹夫，你这里什么都准备好了，我那里却还差着一截呢。明天的动静搞这么大，要是被别人看了笑话，妹夫可不要怨我呀。

任晓轩不解地看着他，你刚才不是说什么都准备妥当了吗？

我是想……男人摊开两手说，可我心有余力不足呀。这都旱了快两年了，我连吃的都没有，哪还有什么东西给小凤当陪嫁！好歹我妹妹也出嫁一回，如果……

不仅是任晓轩，就连站在一边的王小羊都明白了，男人这是借这个机会敲诈他钱财呢。任晓轩不禁有些恼火，我不是早就给过你们家好多东西了吗？怎么还要……

谁让我们家穷了呢，男人耍无赖说，再说了，我妹妹也算是村子里数得着的人儿，无论如何也得让她风风光光地出门呀。

任晓轩两手插在衣兜里，摸索了好一会儿，才不情愿地拿出一叠边区票，使劲甩到他手里，我就这些票子了，都给你吧。

男人似乎不相信他的话，手里虽然接住了那沓纸票，眼睛却依旧盯在他的衣兜上。

女人看不下去了，索性把自己的两个耳钉摘下来，也朝男人递过去，这两个耳钉你拿去，算是我这个当表姐的送给小凤的礼物。

男人有些喜出望外，捧着耳钉的手不禁哆嗦起来。谢谢太太，他一连声地说，还是太太大方。

我可是把话说清楚了，女人冷起脸来警告他说，明天就让小凤戴着这两枚耳钉上轿，如果你不能把你妹妹送到我表弟那里去，我可要拿你全家是问。

是是，男人点头如捣蒜地说，太太和妹夫就请放心吧，要是哪里出了一点点儿差错，你们就让师长来取我的脑袋。

听着他们的这番对话，王小羊早就明白是怎么回事了。原来任晓轩是要结婚了，而被他看中的那个叫小凤的姑娘并不想嫁给他，但在他表姐的撮合和小凤哥哥的逼迫下，明天的婚礼怕是要如期举行了。也就是说，不管小凤愿意不愿意，她都要嫁给任晓轩了。

女人和男人离开后，王小羊对任晓轩说的第一句话便是，学兄怎么能强娶民女呢？

也许他的话太一针见血了，正沉浸在兴奋之中的任晓轩不禁一愣，随即便恼怒起来，老弟说得太难听了吧？老话说了，父母之命，媒妁之言。小凤的哥哥和嫂子虽然不是她的父母，但从小把她拉扯成人，不应该不听他们的话吧？再说了，我任晓轩也是堂堂县党部的官员，她小凤一个苦命孩子跟了我，还能有她的亏吃吗？

听着他这些看似冠冕堂皇的话，王小羊心里忽然难受起来，任晓轩也算是受过新式教育的人，怎么还说出这些满含封建意识的话来呢？我也知道一句老话，他含蓄地劝诫说，强扭的瓜不甜，学兄大概也听说过吧？这样说着，他忽然想到了肖力贵和小翠……

不要忘了我也有自己的生活，任晓轩依旧振振有词地说，我们已经在敌后待了这么多年，有家不能回，有情不能爱，难道我们还要继续孤苦伶仃地受下去，永远也得不到人间的温暖？说到这里，他脸上开始流出委屈的神色。

原来是这样？王小羊明白他为什么要执意这样做了，在任晓轩眼里，为抗日而做一些牺牲竟让他有了怨恨的感觉，为了取得心理的平衡，自然便寻找有利于自己的事情去做了。王小羊知道这些人为什么长期隐在村子里不露头了，还是任晓轩的话说得更为形象，一切都是为了抗战胜利，为了抗战胜利后的升官发财……他忽然想到了一件事，便脱口问他说，你在老家结过婚吗？

这个……任晓轩没有正面回答他的话，反正我一时半会儿也回不了老家，就不要再提过去的事了。

王小羊的猜测没有错，任晓轩果然在家还有一个妻子，既然这样，为什么他还要娶那个叫小凤的姑娘呢？他真想劝阻他放弃这件事，从而放过那个并不爱他的姑娘，同时也放弃自己的罪恶。是的，强娶一个一点儿都不爱自己的人，那不是罪恶又是什么？

但任晓轩此时只是沉浸在明天结婚的喜悦之中，实在没有心思再听他说什么，便带着他离开那个院子，回到他自己的住处。这时他的两个手下正在给他收拾房屋，墙壁上已经贴上了两个连在一起的红“喜”字，屋院里开始飘逸出一点点儿喜庆的色彩。任晓轩似乎忘记了王小羊的存在，更没有想起他让自己带他去见最高长官的话题，便也怀着激奋的心情加入到布置新房的行动里。他的人手显然不够，但王小羊看出来，外面那些穿着军装的士兵并不归他调动，能够听他指挥的也就是这两个身穿黑色制服的人。王小羊知道，现在再提让他带自己去见长官的事，显然行不通，于是便也不再表示什么。反正婚礼就在明天，等这件事过去后，他再向任晓轩提出来或许才行得通。

夜晚到来后，任晓轩和那两个人还在忙活，王小羊歪倒在一把椅子里睡着了。他做了一个有关婚礼的梦，看见从一台轿子里走出来的是小翠，而在她面前迎接的新郎竟然是肖力贵。看到肖力贵结婚，他觉得很奇怪，还对他开了一个不乏恶意色彩的玩笑。莫非你不怕女人了？他这样问肖力贵说。醒来后，王小羊还觉得自己的话说得很是不妥，尽管肖力贵并没有听到，他也觉得有些对不住他。他睁开眼睛，望着像影子一般在屋内晃来晃去的任晓轩，好像还没有从梦中醒来似的。肖力贵，王小羊在心里问道，你现在在哪里呢？

第二天，任晓轩和小凤的婚礼如期举行了。一大早，那个被任晓轩称为表姐的女人就来到了，而且还带来了几个穿军装的士兵帮忙。王小羊看出来，那几个士兵虽然在她的指派下也动起手来，但却不那么情愿，脸上透着不少的懈怠情绪。女人依旧那么热情，穿着皮鞋的两只脚从这里走到那里，又从那里走到这里，看见不顺眼的地方便大声吆喝，让那些帮忙的人重新摆放东西，别人的手脚慢了她便自己上去动手。虽然也干不成什么活计，精神却是可嘉，不能不让人承认她对这场婚礼的重视，当然更是她对表弟任晓轩的重视。王小羊在一边打量着她，不住地在心里问自己，这个女人到底是谁呢？看起来在这个地方是个不一般的角色，还有她与任晓轩的关系，难道仅仅是表姐和表弟吗？是不是还有另外一种隐蔽却更为重要的暧昧关系呢？王小羊不知道自己为什么这样想，但这个奇怪的念头一旦产生了便再也挥之不去。

迎亲的锣鼓敲起来了，鞭炮也响起来了，气氛开始热闹起来。王小羊跑到门外去看，见果真有一台大轿从村西抬过来。望着那台在轿夫肩膀上颠来颠去的轿子，他不禁想到了小凤哥哥的话，真担心新娘从轿子里走出来时是被捆绑着的。于是，他便瞪大了眼睛，不放过婚礼上的每一个细节。

轿子放下来了，任晓轩的表姐和另外一个妇女迎上去，把小凤从轿子里接出来。小凤头上蒙着红盖布，身上罩着一件红衣裳，盖布很大，从她的头上披下来，几乎盖住了她的上半身；衣裳也很肥，松松地罩在她身上，简直让人看不出她的手脚。由于盖布和衣裳的缘故，王小羊尽管在小凤身上看了几个来回，也没有搞清她是否真的被捆绑着身子。但当表姐和那个妇女把她从轿子里接出来时，王小羊还是感到她并不是那么情愿，身子不住地扭摆，表姐和那个妇女只好从两边架住她，半是搀扶半是拖拽地把她弄进了新房内。任晓轩虽然没有做什么，可头上竟然出满了汗珠，直到小凤进到了新房里去，他才悄悄地吐出一口气。

锣鼓和鞭炮越发热烈地鸣响，婚礼的气氛很快达到了高潮。但就在这时，一件让王小羊没有想到的事情出现了。

随着几声严厉的吆喝，吴四柄率领着一队全副武装的士兵从外面跑进来，围住了正沉浸在喜庆氛围中的人们。大家都有些发愣，不明白这些士兵为什么闯到这里来，难道他们端着枪械来参加婚礼吗？王小羊也不明白是怎么回事，便用眼睛去看任晓轩和他的表姐，但从他们诧异的表情看，也不知道发生了什么事。

停下停下，吴四柄冲着那些敲击锣鼓和燃放鞭炮的人喊叫，都赶快停下来。

在他的吆喝声里，敲击锣鼓的人先停下手来。燃放鞭炮的人也想停手，但无奈鞭炮已经点着，要想也让它们停下来，还真是不容易。

吴四柄转身对一个士兵说，你去把鞭炮弄灭。

那个士兵在院子里转了一圈，终于找到一桶水，便提到手里，径直朝正在燃放的鞭炮泼过去。一长串还没有来得及放完的鞭炮全泡在了水里。

院子里前所未有地沉寂下来。

吴四柄，任晓轩大步走到他面前，毫不客气地厉声喝问，你要干什么？

吴四柄没有理会他，而是把眼睛转向院门口，似乎在等待着什么。

人们都随着他的目光看去。果然有一个戴着眼镜的军官出现在院门口，朝那串泡在水里的鞭炮看了一眼，满意地朝吴四柄点一下头。人们这才明白，原来问题出现在这个人那里。

任晓轩便又走到他面前，阴沉着脸质问他说，郝处长，你这是什么意思？是不是来搅局的？

哪里，郝处长掉转头，朝他微笑了一下，我不过是来……

任晓轩没有听他说下去，便用更不友好的口气说，郝处长是不是看我任某办喜事，心里有些不是滋味呀？

不不，郝处长连连摇头说，任部长办喜事，我郝某表示祝贺还来不及呢，怎么会……

表姐更是咄咄逼人地打断了他的话，既然郝处长说得如此动听，那为什么还来这里闹事呢？

太太误会了，郝处长又把脸转向她，更加微笑着说，属下绝对不是来闹事的，而是……

那你为什么要让他们进来？任晓轩愤怒地指着那些士兵说，还把锣鼓和鞭炮停下来，姓郝的你到底安的什么心？

听我仔细给你们说，郝处长也有些着急，你们在这里毫不顾忌地敲打锣鼓，燃放鞭炮，把动静闹腾得这么大，要是让日本人听到了，怎么办？不要说日本人，就是让八路军知道了，对我们又有什么好处？

经他这样一说，人们都一下子醒悟过来，任晓轩和表姐一时也无话可说了。只有王小羊在心里嘟囔了一句，这些胆小鬼，为了把自己藏起来，竟然连一点点儿动静也不敢出了！

任部长，郝处长开始理直气壮起来，你倒是跟我说说，如果日本人真的包围了我们，这么多弟兄们的性命都受到了你的牵连，你说你任部长担待得起吗？

我……任晓轩有些理屈词穷，他想了一下，还是不甘心地辩解说，可我举办婚礼，也算是我一生里的大事，总不能偷偷摸摸地办，好歹得闹点儿动静吧。

那个我管不着，郝处长傲慢地摇摇头说，你就是闹腾得动静再大，只是不让别人听到就行了。

你……任晓轩无法再听下去了，本能地想反驳他几句，但嘴唇颤抖了好几下，也不知道该说什么。

表姐知道自己不能不出来帮他说几句了，便朝前走了一步说，郝处长，任部长是党国的要员，也是我的表弟。再说了，这场婚礼是师长安排我一手操办的，等一会儿，他还要带领弟兄们前来赴宴呢，如果一点儿动静没有，怕是师长那里也不好交代吧？

不瞒夫人说，郝处长扶扶鼻子上的眼镜，又不阴不阳地微笑了一下，属下正是奉了师长的命令，才前来制止你们。

什么？表姐吃了一惊，是师长让你来的？

没错，郝处长朝她凑近了一些，师长还让我捎信给你，中午他和同僚们不来赴宴了。

表姐呆呆地看着他，好一会儿才反应过来。他真的是这么对你说的？她还要向他确认一下。

没错，郝处长耸耸肩膀说，属下就是在执行师长的……

这个王八蛋，表姐突然一下子跳起来，他原本说得好好的，到了关键时刻却来拆老娘的台，看老娘的笑话！

她的态度和话语都有些过分了，郝处长悄声提醒她说，太太息怒，师长也并不是针对你……

怎么不是针对我？表姐不依不饶地说，我表弟的事就是我的事，他这样不给晓轩面子，就是有意和我过不去。

那我可就没有办法了。郝处长掉头走到一边去。

姓杜的，表姐伤心欲绝地说，我知道你为什么嫉妒晓轩，不就是看我和他走得近了，他心里有气发泄不出来，便借这个机会让晓轩……说到这里，她又想起什么来，对了，他别是想把老娘甩了，也娶一个年轻的小老婆吧？好你个姓杜的，你那一肚子花花肠子老娘还不清楚?!

见她说得越来越不像话，任晓轩脸上挂不住了，赶紧走上去，在她胳膊上拉了一下，表姐不要再说了，免得伤了……

我和他姓杜的拉倒不了，表姐依旧不管不顾地说，他有初一，我就有十五，他想让我难堪，我也让他好看不了。她一边说着，一边掉头往外面走，姓杜的你等着，老娘这就和你个王八蛋说道说道。她脚下一绊，一只皮鞋脱出了脚。那个参与迎接新娘的妇女赶紧走上去，把鞋捡起来，想去给她穿到脚上。表姐似乎等不及了，干脆把鞋夺过来，拎在手里，一脚穿鞋一脚赤裸往外走去。

任晓轩想去阻拦她，但费了很大劲儿，也没能把她拦住。他只能在门外停下脚步，直到她的身影远去了，才转回身来，在那些幸灾乐祸看热闹的人们身上看了一眼，深深地叹一口气。婚礼就举行到这里了，他垂头丧气地对他们说，大家都散了吧。

由于这个意外的出现，任晓轩的婚礼没有达到如期的效果，这不免使他感到非常沮丧，却又无处发泄，中午便埋头喝起酒来。本来准备了十几桌席宴，但经过那一番闹腾，客人们都没有赶来赴宴，桌子边就剩下了他身边那两个人。王小羊没有其他地方好去，便留下来陪他。任晓轩打发走了那两个人，只留下王小羊一个人，和他面对面地坐下，手里端着一大杯酒，非要和他对饮不可，看他的架势，好像不喝个一醉方休不会罢休。其实他也没有怎么让王小羊喝酒，只是一个劲儿地往自己嘴里灌，没过半个钟点，他便醉得说不成什么话了。王小羊怕他出事，只好又把那两个人喊回来，让他们把他从桌子上架走。那两个人倒是把他架离了桌子，却不知把他弄到哪里去。按说应该把他送进新房里去，但王小羊想了一下，还是没有让他们这样做，而是把自己在厢房里的炕腾出来，让他睡到那里去。

任晓轩睡了一下午，天傍黑时才醒过来。在这期间，王小羊一直放心不下新房里的小凤，几次想进去看望她一下，但有那两个人在身边，他又没敢真的这样做。任晓轩醒来后，似乎也才想到小凤，赶紧朝新房里走去，却又在门口停住脚，回头让那两个人把饭菜也送进去。大约一个钟点过后，任晓轩又端着那些饭菜出来了，王小羊探过头去看，饭菜竟然一点儿也没有少，也就是说，新娘小凤根本没有吃一口。任晓轩把饭菜丢在一边，然后又爬到王小羊的炕上去。

王小羊不免感到奇怪，你不到新房里去住了？

不去了，任晓轩垂头丧气地说，听她在耳朵边胡骂，我还睡不睡觉了？

胡骂？王小羊一愣，小凤还在骂你？

她说她都骂了一天了，任晓轩摇摇头说，真是个烈性女子，都到这时候了，还是不肯从我。

我们怎么没有听到？王小羊不解地说，新房里什么动静也没有呀。

她哥哥知道她会骂，一出门就在她嘴里塞上了破布。

王小羊脱口问道，她别是真的被捆绑着来的吧？

不捆绑着她会来吗？任晓轩反问他说，别看她是个普通女子，真要发起火来，也许几个人都制不住她。说到这里，他吧嗒了一下嘴，不过这样的女子一旦从了，那可就是滋味非凡呀。

王小羊回味着他的话，一时没有说什么。

我有这个耐心，任晓轩自顾自地说，这么多年的抗战我都熬下来了，我就不信还熬不过一个小女子。

既然她不肯跟你，王小羊纳闷地问他说，你为什么不肯放过她呢？天下的好女子有的是，也不缺她小凤一个。

我给他哥哥的东西足够多了，任晓轩解释说，就凭他哥哥那个无赖样，我就是不娶小凤，那些东西也要不回来了。

你就那么看重那些东西？

那可是我辛辛苦苦积攒下来的财产，原本是准备回老家置房子置地的，现在要是打了水漂，将来我两手空空地回家去，还不被别人笑话死，就是我家里人也会……

王小羊呆呆地看着他，真是想不到，眼下的抗战形势这么严峻，这个人却在琢磨着发财的事，怪不得他们一味地藏起来不露头，原来他们的心思都用到这些地方去了。他真的担心，当自己把那个重要的情报说出去时，他们或许依旧会无动于衷……这一刻，王小羊忽然后悔到这个地方来了。

其实也不完全是那么回事，任晓轩看他不说话，也觉察到他在想什么了，便说，真正的原因还是我喜欢小凤，如果我不喜欢她，我就是再搭上一些东西也早就把她放了。

问题是她并不喜欢你。王小羊指出。

那我就管不着了，任晓轩不讲道理地说，反正这个婚礼过后，她在别人眼里已经是我老婆了，就算她不让我上她的炕，别的男人也不会要她了。说到这里，他似乎真的放下了心来，闭上眼睛，打算睡他的觉了。

王小羊还想劝他什么，见他不再理会自己，也便只好作罢。但他实在不习惯与他睡在一起，便只好把自己安置在椅子里，打算再将就着度过接下来的这个夜晚。

不一会儿，一个穿着军装的小兵忽然敲门进来，对躺在炕上的任晓轩说，杜太太请他去师部打牌。任晓轩虽然从炕上爬起来了，却没有下地的打算。他们不打架了？他懒懒地问道。王小羊似乎听出来，他所说的“他们”是指师长和表姐，也便在心里确定，想必表姐和师长是两口子。

不打了，小兵回答说，现在师长和太太正坐在牌桌边，还有郝处长，就差你一个了，所以太太才派我来……

我这可是新婚之夜，任晓轩不满地说，哪里是打牌的时候?!

小兵朝他躺的炕上扫一眼，嘴角浮着笑说，太太说，新娘子不会让你到新房里去，反正你闲着也是闲着，不如过去陪他们散散心。

听他这样说，任晓轩有些尴尬，不好意思地看了王小羊一眼，身子依旧没动。

小兵又鼓动他说，太太还说，你是打牌的高手，牌桌上少了你，他们就玩得没什么意思了。

好吧，任晓轩终于被他说动了，或者说牌瘾被他的话勾起来了，把脚探下地去寻找鞋子，我这就马上过去。

任晓轩跟着小兵走了，厢房里剩下了王小羊一个人。这时他也感到困了，便爬到炕上去，但他还没有躺下，又想到了新房里的小凤，想到她还捆绑着身子，嘴里塞着破布，睡意便急快地退走了。她不会出什么事吧？他在心里问自己。这样一想，他便下了地来，想到新房里去看一看。但他又在屋门口停住了脚，继续在心里问自己，这件事与你又有什么关系？小凤已经成了任晓轩的人，你如果前去掺和，不但在道理上站不住脚，任晓轩更是不会放过你。想到这里，王小羊又回到了炕上。但仅仅过了半个钟点，他终于还是控制不住自己，又一次爬起来，穿过院子，直朝新房里走去。

新房没有关门，里面也还亮着灯光，王小羊不仅轻易地走了进去，而且一眼就看到了躺在炕上的小凤。这似乎有些出乎他的意料，在他想来，小凤应该是坐在灯下的，但他随即看到了她身上的绳索，便知道她已经在炕沿上坐不住了，只能把身子歪斜着躺在炕上。虽然她是那么讨厌这铺炕，却不得不躺倒在它上面。

听到他的动静，小凤开始挣扎，想从炕上爬起来，但她的手脚都被捆绑着，身子根本动弹不得，嘴里塞着一团破布，也发不出有意义的声音，只让一阵呜噜呜噜的响声传出来。随着王小羊的走近，她渐渐看见了他的面目，不禁有些呆怔，身子停住不动了，嘴里也不再发声了，只是大瞪着眼，直直地朝他身上看。

王小羊从她的眼睛里看出来，她在急切地朝他发问，你是谁？为了打消她对自己身份的怀疑，王小羊不敢迟疑，马上对着她说，你不要紧张，我是任晓轩的同学……这样说着，他又觉得这句话未必就能把自己到来的目的说清楚，想继续对她说我是来解救你的，却又本能地知道不能这样说。因为这个时候，他还没有打定是否救她出去的主意。

呜呜呜……小凤听完他的话，又用更加激烈的动作挣扎开了，嘴里也发出越来越大的声音，好像他的同学身份引起了她更大的反感。

王小羊不想过多对她解释什么，因为时间有限，任晓轩随时都会回到这里来，便对她提出条件说，如果你不喊叫，我会把你嘴里的东西取下来。没等她回答，他又继续说，如果你不立刻往外跑，我也会把你身上的绳子解下来，你能做到吗？

小凤停止了挣扎，再次用不解的目光询问他，这是为什么？

我是，王小羊稍稍犹豫了一下，还是下定决心说，我是来救你……他故意没有把“救”后面的“出去”二字说出来，因为他依旧没有想清楚，自己是否能够真的那样去做。

小凤思索了一下，似乎开始相信他的话了，便轻轻点了点头。

王小羊走上去，先把她身上的绳子解下来，在他准备去拔她嘴里的破布时，她已经腾出手，自己把嘴里的破布拽出来。王小羊担心她会叫喊，但她只顾低下头喘息，根本没有叫喊的打算，这使他稍稍松了口气。

你为什么要来救我？小凤喘息了一会儿，终于让自己平静下来，用怀疑的目光看了他一眼。

我……王小羊真的不知道该怎么回答。是的，他只是打定主意这样做，却并没有想清楚这样做的理由。我不想看你被捆绑着结婚……他只能这样回答了她一句。

那我可以走了吗？小凤恢复了一些体力，便做出向门外走的架势。

我和你说好了的，王小羊提醒她说，你不要立刻从这里出去……

不从这里出去，小凤打断他的话说，那我怎么算是被救了呢？

这个……王小羊再次不知该对她怎么说了。

尽管得不到期待的回答，小凤还是遵守自己的诺言，没有做出不顾一切往外逃的举动。如果她一心非要这样做，凭她刚烈的性子和坚定的决心，就算王小羊使出浑身的解数，也不可能阻挡得住她。

也许他们在屋内滞留的时间太长了，就在他们不知道往下该怎么办的时候，任晓轩从师部打牌回来了。一听到他脚步走动的声音，王小羊就觉得眼前一黑，知道一个让自己无法面对的尴尬时刻到来了。

好你个王小羊，任晓轩一进到新房里来，就看见了一个让他想不到的场景，大喊，你竟然背着我到我的女人屋里来，还给她松开了绳索，你，你到底要干什么？他一边愤怒地叫喊一边飞快地朝他扑来。

15. 刑场生死

王小羊被任晓轩手下的人关了起来。

你到底是干什么的？任晓轩一遍遍地朝他喝问，不说出你到我这里来的真实目的，你就休想让我把你放出去。

王小羊担心夜长梦多，也不想被任晓轩过分误会，便再次提出了让他带自己去见他们的最高长官也就是师长的请求。不管他们到底是不是可以依靠的力量，他都要试上一试。再说事到如今也没有什么退路了，如果他不把自己的身份说出来，想必任晓轩是不会轻易放过他的。我是共产党的一名情报人员……他只好承认说。

什么?！任晓轩大吃一惊，再次瞪大了眼睛，在他身上来回地打量，你，你不会是有意蒙我吧？他有些不相信地说。

我刚刚从袁庆斌的支队过来，王小羊进一步解释说，我有一个重要情报要提供给你们的长官。

任晓轩叩动着嘴唇，一时说不出什么话来。这样的局面太出乎他的意料了，开始他还以为遇到的这个人只是他的同学，后来又发现他要和自己的婚姻过不去，现在他才知道这有可能是一个不一般的政敌。好，过了好一会儿，他才渐渐反应过来，使劲点着头说，你就是不想见……我也会去禀报的。说着，他就朝门外走去。

要不要把他放出去？那两个人有些不知所措地问他。

浑蛋，任晓轩呵斥他们说，把你们腰里的家伙什掏出来，给我把他看好了，要是出了什么差错，我拿你们是问。

经他这样一说，那两个人急忙把手枪握在手里，紧张不安地盯视着王小羊。

哈哈哈，王小羊笑话他们说，我被你们关着都不怕，你们端着枪还怕什么呢？

那两个人被他说得有些不好意思。任晓轩又狠狠地瞪了他一眼，便急急地走出去了。

王小羊有些想象不出来，这个村子里竟然会是一个师部的所在地，也就是说，这个不算太大的村子里隐藏着国民党部队一个师的人马。这无论如何也不能让他相信。后来他才知道，即使加上潜伏在周围几个村庄里的人员，也只能凑足一个团的兵力。师长杜建成原先只是一个小小的营长，所属部队驻守在天津一带，日本人一来，还没有怎么交战，就加入了向南溃退的行列。来到聊城外围时，杜建成和上峰失去了联系，不知道再往哪里走了，干脆停下来，窝藏在几个村庄里，开始过上了占山为王的日子。几年来，他们不断骚扰八路军，收买当地匪徒，悄无声息地壮大起来。杜建成羽翼渐丰，便开口向重庆政府漫天要价，竟然讨得了一个独立师的委任，成为国民党安插在鲁西的一支隐秘力量。

王小羊原以为自己可以见到杜建成，但让他想不到的是，任晓轩从师部回来时，他的身后却跟随着那个戴着眼镜的郝处长。情报处长郝静波一来到王小羊面前，就不阴不阳地笑着说，我早就注意到你了，但我还是没有想到，你竟然是共产党的一条大鱼。王小羊听不惯他说这种话，刚要对他解释几句，郝静波却把手一挥说，有什么话到审讯室里去说吧。王小羊简直不相信自己的耳朵，你们要审讯我？我可是主动来给你们提供情报的，你们怎么能……

他们不由分说把王小羊带到了审讯室内。这样的安排连任晓轩也有些难以接受。郝处长，他不无担忧地说，师长只是让你弄清楚他的真实来历，可没有让你把他当成犯人来对待。郝静波不动声色地说，如果他能如实交代他的真实身份，或许对他的刑罚还是可以免除的。听着他们的对话，王小羊心里紧张成一团，不住地朝他们叫喊，我已经把自己的身份告诉给你们了，你们怎么还来审讯我呢？

郝静波不理会他的解释，也不顾忌任晓轩的质问，一把王小羊带进审讯室，便摆出了严厉审讯的架势，而且让任晓轩在一边陪审。

学弟，任晓轩用有些愧疚的目光看着王小羊，如果你不老实交代你的问题，恐怕到时候会……那我可就无能为力了。

好了，郝静波毫不客气地打断他的话，我们可以开始了。说着，就在王小羊对面坐下来，把一条腿架在另一条腿上，摆出一副你不老实交代我决不罢休的架势。

王小羊望着这个嘴角浮着微笑的家伙，几乎从看到他的第一眼起，就知道这是一个阴险狡诈而又冷酷无情的人，自己落到这样的人手里，只能是凶多吉少……这一刻，王小羊前所未有地后悔起来，也许自己对他们的选择真的是个莫大的错误。

我不知道任部长给你说清楚没有，郝静波这样开口说，我就是负责情报工作的，你不是有情报要提供给我们吗，那你就赶快对我说吧。我先提前告诉你一声，我的耐心可是有限度的。

听着他过于直接的询问，王小羊有一种发自内心的反感，不禁脱口说道，眼下可是国共合作时期，你们应该对我……

在我们这里没有什么国共合作，郝静波冷硬地说，我劝你不要说这种毫无意义的话。

什么？王小羊没想到他会这么说，一下子站了起来。

坐下！郝静波厉声喝道。

老弟，任晓轩朝他丢个眼色说，别把话题扯远了，还是按照郝处长的意思办吧。

王小羊只好又坐回到椅子上。看来真的没什么道理对他们好讲了，但他又实在不甘心就这样向他们屈服。到底该不该按照他们说的那样去做？他在心里问自己。

我已经对你说过，我的时间十分有限，郝静波看看手腕上的表盘，我没有过多的工夫陪你磨蹭，如果你不抓紧给我说，等一下你后悔可就来不及了。

我也已经说过，王小羊冷静地提出自己的条件，我要见到你们这里的长官。

我就是这里的长官，郝静波说。

我是说这里的最高长官……王小羊重复说，随即又看了任晓轩一眼。

好了老弟，任晓轩也有些不耐烦地说，不要摆什么花架子了，你知道这是不可能的。

王小羊掉开了头，不再搭理他们。他已经豁出去了，既然他们如此轻看自己，那就再让他们发一发火吧。

郝静波真的想发火，但他的身子起了起，眼珠忽然一转，又重新坐回到座位上。你手里根本没有什么情报，他乜斜着他说，你不过是共产党派来的间谍，企图来破坏我们的……

信不信由你们，王小羊也白他一眼说，反正我已经说过了，我的情报很重要。

我就不信，郝静波撇撇嘴说，就袁庆斌他们，会有什么重要情报让你提供？

王小羊想了想，还是对他说，实际上，我是从济南过来的……

济南？郝静波有些发愣，随即看了任晓轩一眼。

任晓轩急忙探过头来，老弟，你不是对我说你从袁庆斌那里来吗？莫非你在欺骗我？

我是从袁庆斌那里来，王小羊解释说，但我的情报是从济南搞来的。

任晓轩看看郝静波，又把头探过来，王小羊，这到底是怎么回事？你怎么会在济南搞到情报？

王小羊叹口气，只好如实对他说，这几年，我一直在济南省立师范学校读书。我的老师是中共地下党的情报人员，但他得到了这份情报后就牺牲了。我这次回鲁西来，就是要把情报……

等等，任晓轩摆摆手说，你为什么不替他把情报送出去，却回到鲁西来找我们？

因为我不知道他的联系人是谁！王小羊摊开手说，我之所以回来，并且还主动来找你们，是因为这个情报牵涉到鲁西地区，进一步说也牵涉到你们。

牵涉到我们？任晓轩眨了眨眼，那是一份什么情报？

我已经对你说过很多次了，王小羊冷冷地说，我要见到你们这里的最高长官。

任晓轩收回去，转脸去看郝静波。

郝静波忽然仰起头，呵呵地笑起来，你的这番话，还真是让我这个搞了很多年情报的人长见识了。他从桌后走过来，朝他俯下头去，你以为我是什么？是个傻瓜？你编造出来的谎话骗得了任部长，还能骗得了我？

听他这样说，任晓轩脸上现出尴尬的神色。

你以为我……王小羊再次掉开头去，信不信由你吧。他又在心里说，你不是傻瓜又是什么？

郝静波颇为自负地说，从你这番漏洞百出的谎话里，我已经听出来，你手里根本没有什么重要情报，你不过就是袁庆斌他们派来的特务，企图散播谣言，制造混乱，动摇我们的军心，对不对？

王小羊闭上眼睛，不再搭理他。

我看不给你点儿厉害尝尝，是不能让你开眼界了。郝静波说到这里，便转向门口，大声喝道，来人！

等等，任晓轩没等外面的人回答，便急忙站起来说，郝处长，还是不要给他来硬的，如果他说的是事实呢？

他说的有什么事实？郝静波反问他。

尽管我也怀疑他的话……任晓轩思索着说，但从他不熟悉这边的情况看，或许他真是从济南回来的。

在济南获得的情报会让他带到我们这里来？郝静波耸耸肩膀，这不是天方夜谭吗?

如果他没有情报，任晓轩分析说，纯粹是到我们这边来搞破坏，那不是自投罗网吗?共产党恐怕还没有这么蠢吧?

你的意思是他手里真有情报?

也不排除这种可能性吧?任晓轩征求他的意见说，还是应该再审一审。

好吧，郝静波坐回到椅子里，阴沉着脸说，那你就让他开口吧。

任晓轩又把头转向王小羊，老弟，我看你还是赶快把情报说出来，免得……

学兄，王小羊依旧固执地说，你到底让我把话再说几遍?

你为什么非要见我们师座呢?任晓轩为难地摇摇头，又给他出主意说，你把情报说给郝处长，由他转告师座，不是一样吗?

王小羊看了自命不凡的郝静波一眼，直通通地说，我信不过他。

郝静波再也忍不住了，把手在桌子上一拍，好你……看来不让你见识一下真格的，你是不知道锅是铁打的了。郝静波大声朝门外喊道，来人!

随着他的喊声，两个粗壮的汉子走进来。

郝静波指着王小羊喝道，给我把他押到刑讯室去。说罢，便大步走了出去。

郝处……任晓轩想劝阻他，却已经来不及了，只好又转向王小羊，拍拍手说，你看你看，这是何苦呢?!

王小羊虽然强打着精神，表现出一副满不在乎的样子，但当他被真的押进刑讯室内，尤其是看到那些血迹斑斑的刑具时，还是倒吸了几口冷气，身子晃摆着，有一种站不牢稳的感觉。好在那两个打手并没有让他站，一进到刑讯室来，就把他按在一个凳子上。这是一个特殊的凳子，后面是一根竖立的木杠，木杠上面又是一根横过来的木头。两个打手让他倚在木杠上，扯起两条手臂，分别绑在那根木头两端。做完了这一切，两个打手就站到了两边，抱起肩膀，等待着对他使用刑罚的命令。

刑讯室里十分幽暗，几扇窗户上都贴着纸张，尽管这样，对那些散布在自己身边的诸多刑具，王小羊还是看得很清楚，房梁上吊着锁链，炉子里烧着铁钎，桌子上摆着各种刀剑，一股腥臭而甜腻的味道在空气中弥漫。很快，王小羊还听到了一阵呻吟声，便循着声音看去，原来在那边一个角落里，一个犯人被钉在墙壁上，正在抖动着身子挣扎。看来在他被押进来之前，这里就已经在刑讯犯人了。他是什么人?王小羊在心里问自己，别是我们的同志吧?

这时，一个士兵走进来，附在一个打手耳边，悄声嘀咕了几句什么。王小羊感到，兴许是对自己刑讯的命令下达了，不禁更加紧张，不知道他们要用什么刑具折磨自己。但奇怪的是，那个打手却丢下他，朝角落里那个犯人走去。

在打量了犯人一下后，打手回转身，从炉子里抽出一根烧得通红的铁钎，放到嘴边吹了吹。铁钎冒出一股蓝色的烟雾。打手掉开头，举着冒烟的铁钎走回到犯人面前。王小羊这才明白，打手要对那个半死的“犯人”实施刑讯了。

犯人觉察到了打手对他的靠近，把头从胸前抬起来，睁开肿胀的眼皮，用冷漠的目光看着他，脸上竟是没有丝毫的畏惧。

打手抬起另一只手，扯开他胸前的衣服，然后把手中的铁钎伸出去，直直地捅到他胸膛的肌肉上。

王小羊听到一阵吱吱啦啦的声音，随即看到“犯人”胸前冒出更多的烟雾。他不忍再看，急忙闭上了眼睛，但他的鼻子却闻到一股更加浓烈的焦煳味。

啊——啊——“犯人”发出一阵紧似一阵的惨叫声，在空荡的屋内回响着，像是鬼魂发出来的声音。

王小羊睁开眼时，犯人已经昏过去了，脑袋重新耷拉到胸前，像一只葫芦晃动着。

打手丢下铁钎，从脚边的桶里舀出一瓢水，兜头朝他头上浇去。

“犯人”又被浇醒了。啊——叫喊声又重新响起来。八格牙路，随即又发出一声怒喝。

听了他这句话，王小羊一惊，愣怔了一下，才猛地反应过来，原来这个被打手们折磨的犯人竟是日本人！

小鬼子，打手朝他脸上啐了一口，看你还受得不够，又拿起一把尖刀，一手托着他的下巴，一手用刀在他脸上划拉。

血水从日本犯人脸上滴滴答答地落下来，他再次发出撕心裂肺的叫声。

王小羊看得目瞪口呆。尽管受刑的是日本人，但他还是觉得，这样无情地折磨一个人，未免太过分了吧?！不管日本鬼子多么该死，但也不该受到这样惨无人道的对待。他忽然又想到了爷爷教给自己的那篇《三字经》，“人之初，性本善……”可是从什么时候起，人们变得不再那么善了呢?

怎么样?另一个站在王小羊身边的打手忽然俯下身，对他不阴不阳地说，你是不是也想尝尝这种滋味呢?

王小羊抬起头，呆呆地看着他。他终于明白过来，原来对那个日本人的刑罚都是做给自己看的，目的是打掉自己的对抗心，把那个情报尽快说出来。看来他们还是给他留了情面的。

就在这时，门板打开，郝静波迈着方步走进来，径直走到王小羊面前。王先生，他嘴角浮着笑说，你觉得这里的情况怎么样?

你们，王小羊喘着粗气说，你们不该这样对……他朝那个日本人看了一下。

他是日本特务，郝静波不以为然地说，你总不会同情日本人吧?

王小羊没有再说什么，只是摇了摇头。

对于共产党，郝静波低下头说，我们同样也会这样。

你以为这样就能使他屈服吗？王小羊反问他说。

但总得要让他们开口吧？郝静波摊开两手说，不然，我这个情报处长还当个什么劲儿！

你就这样搞情报吗？王小羊又说。

郝静波看出了他脸上的嘲讽意味，收回了头去。如果王先生也想亲自体验一下，他有些恼怒地说，我不妨也再安排一下。

随你的便吧。王小羊摆出豁出去的架势。既然他们是这样一些蛮不讲理的东西，他在心里说，你还有什么情报要对他们说？这一刻，他真的后悔起来，千不该万不该，也不该对这些阴暗凶残的家伙抱什么希望。

郝静波看出了他的心思，眼珠急快地转动着，考虑如何采取下一步措施。他的目光落在那些刑具上，嘴唇一咬，刚要朝打手们下达命令，忽然眼皮一眨，又迅速改变了主意。好吧，他掏出手帕，擦擦头上的汗说，我也领教过你们共产党的硬骨头，这回就不为难王先生了。说完，他就急匆匆地朝外走去。

王小羊吃不透他的意思，一时还有些愣怔。那两个打手走上来，解开他胳膊上的绳索，顺势把他架起来，拖拖拉拉地朝屋外走去。

刚走出门来，任晓轩就急急地迎过来。怎么样？任晓轩上下打量着他说，没真对你用刑吧？看他身上完好，才松出一口气。

你们到底要什么诡计？王小羊白他一眼。

看来郝处长被你折服了，任晓轩朝他晃晃大拇指说，等着吧，如果师座兴致好，会很快见你的。

见我？王小羊得了便宜卖乖地说，我还不想见他了呢。他真的不想再和这些人打交道了。

任晓轩说得没错，郝静波拿王小羊没有办法，只好按照他的要求，把情况向师长杜建成作了汇报。当天下午，王小羊就接到了去师部见杜建成的通知。

杜建成的师部是在一个幽深的大院子里，先前是一个老地主的豪宅，杜建成来到这个村里后，就霸占了这处院落，名义上把它改成师部，实际上是当作了自己的住宅。他还从天津带来了一个会说鼓书的相好，也就是任晓轩那个所谓的表姐，作为自己的第五房太太。有美人在身边相伴，杜建成便把这里当成了温柔之乡。为了长期驻防下去，除非有重大的意外出现，一般他是不轻易让部下对外出击的。按照他的设想，本来要让太太给自己生个儿子，但无奈太太像公鸡一样光打鸣不下蛋，还时不时地和他打一架，搞得他很没有脾气，有时实在憋屈得难受，就在下属身上发泄一通，算是给优哉游哉的生活弄点儿小插曲。

在郝静波的引导下，王小羊进到守卫森严的杜宅内，第一次见到了素有“混世魔王”之称的杜建成。与他想象的不同，杜建成竟然穿着一身便衣，而且都是粗布衣裤，脚下也是一双布鞋，看上去很随便的样子，一点儿也不像是一个军人，倒让他觉得是一个普通的百姓。而且在他的屋内，也没有看见一件与武器有关的东西。在他召见王小羊的时候，他的太太也就是任晓轩的表姐，竟然从里屋走出来，站在一边悠闲地嗑瓜子。

你是共产党的情报人员？杜建成坐在太师椅里，不阴不阳地问他。

王小羊一时没有开口说话。郝静波赶紧倾过身子说，回禀师座，他是这样说的。

杜建成瞪了他一眼，让他自己说嘛，他不是说有情报提供给我们吗？

郝静波又转向王小羊，低下声说，快把你的情报给师座说一说吧。

王小羊长长地吐了口气，这时候，他真的不愿对这些人说什么话了。他已经朦胧地感觉到，对于自己提供的这个情报，他们未必感兴趣，甚至根本不当回事儿，也就是说，自己掌握的这个情报对这些人来说，或许一点儿价值都没有。你真是来错地方了，他在心里对自己说，指望他们保卫鲁西地区，简直和做梦差不多。

快说呀！郝静波用指头敲敲椅子扶手说。

王小羊知道不开口不行了，既然来到了这里，他们怎么能让他闭着嘴离去？是这样，他吧嗒一下嘴，有些淡而无味地说，日本人将要对鲁西一带实施一次大规模的生化武器作战。

郝静波直直地看着他，这就是你的情报？

是。王小羊点点头。

具体是什么武器？郝静波还不甘心地问他。

可能是……霍乱菌吧。

郝静波没有再说什么，转头去看杜建成，等待着他的反应。

日本人对鲁西……什么霍乱菌？杜建成重复了半句他的话，突然抬起头，这算什么狗屁情报?!

是呀，郝静波把脸掉回来，也撇一下嘴说，你居然把这个说成什么重要情报？别是来蒙我们的吧？

怎么？王小羊诧异地望着他们，难道这份情报没有什么价值吗？

这个还用你来说？郝静波嘲笑他说，日本人的特务天天都这样说，我们的耳朵都快起茧子了。

王小羊一下子想到了赵小山……一霎间，他意识到问题严重起来。

果然，杜建成的圆脸很快便拉长了。愚蠢，他瞪了郝静波一眼，竟然把特务带到我这里来了？

郝静波急忙站起来，毕恭毕敬地检讨说，属下该死，让共党给蒙蔽了。

我不是特务，王小羊也赶紧辩解说，我是专门来给你们送情报的。

把他弄出去。杜建成嘟囔了一句，便掉开头不理会他们了。

郝静波伸手扯住王小羊，使劲把他往门口拉。一个卫兵也从门外跑进来，和他一起拖拽王小羊。

我不是……王小羊还在奋力挣扎。

等等，就在这个时候，站在一边看他们的表姐忽然丢下手里的瓜子，迈着方步走到王小羊面前，我怎么觉得他这么面熟呢，原来他是晓轩的那个同学。

郝静波和那个卫兵停住了手，看了她一眼之后，马上又把目光转向了杜建成。

杜建成也把脸掉过去，没有做出什么表示，只是冷冷地看着太太，看她到底要干什么。

表姐，王小羊似乎又看见了一线希望，也像任晓轩一样叫了她一声“表姐”，看在晓轩学兄的面子上，你，你可要让师长相信我呀。

王小羊无论如何想不到，正是自己这一声“表姐”，让杜建成产生了不必要的联想。怎么又来了一个表弟？他嘟囔着说，脸色越发难看了。

建成，并无多少心机的表姐不知是没有看出他脸色的变化，还是帮人心切忘记了琢磨他的心思，在王小羊的求助下，竟然不管不顾地去向他为王小羊说情，晓轩的学弟怎么会是特务？或许他真的……

杜建成不想再听她说下去了，掉转过身子，不耐烦地对郝静波挥了挥手。郝静波明白他的意思，又对卫兵丢了个眼色，两个人便再次去拖拽王小羊。见一时拖不动他，郝静波干脆拔出手枪，在王小羊头上狠狠砸了一下，趁他眩晕的当儿，总算让卫兵把他拖出门去了。

你们……表姐见杜建成不给自己面子，不禁有些恼火，返身朝他大声嚷叫起来，你这个长着猪脑子的混世魔头，竟然听不进一点点儿正经话去，我看你……

王小羊清醒过来时，已经被拖到了街道上。他晃晃脑袋，听见表姐和杜建成闹成一团的声音还在后面响着。我不是特务，他也禁不住喊叫，我真的……

喊什么喊？郝静波在他身上踢了一脚，恶恶地叫骂，他妈的，差点坏了老子的事儿。

王小羊被锁进一间小屋内，郝静波除了派人看守门口外，还在窗外增加了流动哨。看来是凶多吉少，回顾与杜建成见面的情景，王小羊心里产生了恐慌的念头。他有些想不明白，事情怎么弄成了这种样子？莫非自己的情报真的一点儿价值没有？也就是说，日本人根本不可能在鲁西一带实施生化武器作战，一切不过是他们制造的谎言而已？如果真是这样的话，那自己来遥远的鲁西奔走，还有邱浩天的牺牲，都没有丝毫价值可言了。但他实在又不相信，真实的情况不可能是这样，或许一切都是敌人的阴谋，是他们为了掩饰那个可怕而罪恶的行动释放出来的烟雾……可是，愚蠢至极的杜建成想不到这一层，只能静待敌人对他们的暗算了。还有袁庆斌他们，是不是也准确识破了敌人的诡计？当他消失不见了的时候，还有没有做着应对敌人生化武器袭击的准备？如果不能这样，那鲁西一带的百姓还有抗日武装可要遭受重大损失了；再往大处说，晋冀鲁豫边区的抗战形势都有可能发生重大变化。

王小羊越想越恐惧。但可惜一切都晚了，当他意识到这件事的复杂性和严重性时，他已经失去了行动的自由，更进一步说，他就要付出生命的代价了，善看眼色的郝静波为了向杜建成交差，或许要拿他来开刀了……王小羊站在窗前，望着远处灰蒙蒙的天空，在心里一遍遍地问自己，我该怎么办？我到底该怎么办？

日头西落时，任晓轩带着一个伙夫进来，又把饭给他送来了。这一次的饭菜也与上次不同，除了一碗小米稀饭、一碗红烧茄子、两个黄白面交杂的馒头外，居然还增加了一壶陈酒。望着那个生有铜锈的酒壶，王小羊发了一下呆，随即便明白过来，没错，正如自己的预想，看来敌人真要对自己下毒手了。

任晓轩坐在他身边，没有开口说话，只是呆呆地看他。

学兄，王小羊可怜巴巴地说，难道我真的要被……

老弟，任晓轩这才问他说，你在师座那里，到底说了些什么？

我还能说什么？王小羊摊开手说，除了说出我的情报外，我还有什么多余的话对他说？

就是日本人释放霍乱菌的事？任晓轩接过话说。

是呀。王小羊使劲点点头。

这样的事也算情报？任晓轩嘲笑他说，日本人三番五次地散布谣言，说我们这里有霍乱病流行，可我们也没有看到一个这样的患者。

他们正是这样来麻痹你们，王小羊机警地指出说，等你们都拿这事不当回事了，他们或许就真的采取行动了。

原先我也这样认为，任晓轩摇摇头说，可一次又一次的事实证明，那不过是日本人要的花招。

他们为什么要耍这样的花招？王小羊抢过话头说，就是为了在适当的时候发动袭击，给你们一个措手不及。

好了好了，任晓轩摆摆手说，别说那么远了，现在还是想想你自己的事吧。

我自己的……王小羊拉住他的手说，学兄，你可要救救我，我的任务还没有完成。

莫非你还要……任晓轩掉开了头说，看来你也是个冥顽不化分子。

学兄，王小羊盯住他说，他们是不是要杀我了？

这个，任晓轩欲言又止，我也不知道……

你知道，王小羊揭穿他说，你的表情已经告诉我了，还有这壶酒，难道不是给我上刑场壮行的吗？

听他这样说，任晓轩也不好再掩饰下去了，站起来，急急地踱了两步，又走回到他面前，长叹一口气说，什么也不要说了，还是抓紧吃饭吧。

我能吃得下去吗？王小羊丢下筷子，用两手抱住了头，原本我好心好意地来给你们送情报，可送来送去，把我自己给送完了。

都怨你想得太过简单了。任晓轩惋惜地说。

不，王小羊跺着脚说，是你们这些人不可救药！

他的声音太大了，任晓轩有些不安，上来捂住他的嘴，好了老弟，你就不要再说这些过头的话了，弄不好连我也搭进去。

王小羊想到他和杜建成当然还有表姐的复杂关系，更加泄气地坐回到椅子里，随即又站起来，学兄，你一定要救我出去，我们同学一场，你不能眼看着我去死呀。

任晓轩紧紧地咬住嘴唇，不让自己表示什么。

我没有死在日本鬼子手里，王小羊伤心地说，却要被你们……难道你们就是这样和共产党合作的？你们就是这样在敌后抗战的？

好了，任晓轩抬手止住他，转身走到门边，朝外看了一下，回头低下声说，我不会袖手旁观的。你快吃饭吧，装作什么事也没有发生。

王小羊还呆呆地看他，你想怎么帮我？

让你吃你就吃，任晓轩用命令的口气说，什么你都不用管，听天由命就是了。

听天由命？王小羊不明白他的话，你这是什么意思？

任晓轩不想再说什么了，朝他意味深长地看了一眼，便朝门外走去。

见他要走，王小羊急了。学兄，王小羊急急地追上去，你还没有……

回去！任晓轩朝他吼了一声，加快脚步走出门去。

王小羊瘫坐在地下。想想任晓轩临走时的表情，似乎觉得他是有心帮助自己，可他又没有表示怎么帮，便不能不使王小羊疑虑重重，甚至丈二和尚摸不着头脑了。但不管怎么说，事情既然走到了这一步，还是按他说的办，一切听天由命吧，除此之外，他还能怎么样呢？

王小羊没有吃什么饭，只是把那壶酒喝去了半拉，便等待着对他最后的处置了。天傍黑时，行刑队的人进来了，不由分说给他捆上两手，便推到了门外去。王小羊四处撒目，却看不到任晓轩的人影。他到底会不会救我？他在心里发问，又会怎么救我呢？

街上停着一辆破旧的卡车。行刑队的人把他弄到车厢里，一个个也都爬上去。王小羊定了定神，看见车厢里已经有好几个犯人了，其中一个便是在刑讯室里见过的那个日本人。日本人也认出了他，尖利的目光从血痂中透出来，像一把刀子落在他脸上。该死的支那人，他用日语嘟囔着说。王小羊听明白了他的话，噘起嘴，把一口唾沫射到他脸上。最该死的是你们日本猪，他也用日语对他说。日本人没想到他说日语，一时愣住了。王小羊掉开头，不再搭理他。

卡车穿过街道，出了寨门，直朝旷野里驶去。这时，天空中正涌动着红彤彤的霞彩，看上去像涂抹了一片一片的血迹。王小羊看遍了卡车上的所有人，任晓轩根本没有在这里。难道他不救我了？他的心情越来越紧张，看来任晓轩不过是说了几句空话而已。他突然想明白了，是呀，他为什么要救你呢？他不过是一个做着升官发财梦的庸俗小人罢了，为什么要救你这个与他信仰不同的共产党人呢？

卡车停在一个被蒿草围绕的乱葬岗子里。行刑队的人先跳下去，然后把犯人们一个个拉下来。王小羊站稳脚跟，借着还算明亮的光线，看见乱葬岗子里散布着许多白森森的骨头，那些骨头还很新鲜，有的还沾着一点点儿肉屑，说明这些人死去的时间并不长。他似乎想象得出，也许等不到明天，自己也会像它们那样，成为一根根零散在地下的骨头……想到这里，他不由得打了个寒战。

行刑队的人把犯人们排成一行。王小羊恰好和那个日本人挨在一起。日本人忍不住好奇，碰碰他的胳膊说，你的什么人？王小羊侧过头，郑重其事地告诉他说，我是你祖宗。日本人用诧异的目光看着他，一时反应不过来。

行刑队的人也排好了队，一个个举起了枪支。预备——一个军官发出了口令。

面对着黑洞洞的枪口，王小羊不禁又想到了任晓轩，尽管知道人家没有救自己的充分理由，但对他还是有些无来由的怨恨。但他还没有想完这件事，随着军官一声“放”的命令，他听见众多枪声一下子爆响了。与此同时，他看见身子两侧的犯人像风中的树木一样摇晃了几下，便一个个倒下地去。我也被打中了吧？随着这个念头的浮起，他也晃摆了一下，慢慢倒了下去……

第五章

16. 施救日军

王小羊醒来时，天已经黑透了，空气中好像发出着呼啸声，不知道是风在刮过，还是鸟在飞翔。前面也有一点点儿的火光闪耀，既像是磷火，又像是动物的眼睛。我这是在哪里？他在心里问自己。似乎没用怎么回忆，他便想起来，不久前的一段时间内，他和一些犯人被杜建成的行刑队执行了死刑，但奇怪的是，他竟然还活着。我一定是受了伤？他试着活动一下身子，更让他感到奇怪的是，竟然没有觉到一个地方疼痛。他坐起身子，望着天上的星星发了一会儿呆，突然便明白过来，看来是任晓轩在暗中帮助了自己。

远处传来动物凄厉的叫声，那些一闪一闪的亮光越来越近了，或许是食肉的野狼或野狗要过来了。王小羊不敢在此久留，匆忙爬起来，便朝乱葬岗子外走去。但他绊了一跤，差点儿又趴回到地下。他低下头看，原来是那个日本人在他脚下作怪。日本猪！他抬起脚，在他的尸体上狠狠踹了一下，才踉跄着脚步走出去，在夜色的掩护下，朝黑暗中的旷野深处走去。

两天以后，王小羊才回到了老家王家庄。但在快要接近村子时，一件让他意想不到的事情发生了。

当时，王小羊是经过王好铭家的打谷场，场院里堆放着几个秫秸垛，他从垛边走过去时，忽然听见里面传出窸窸窣窣的声音。开始他并没怎么留意，还以为是兔子之类的动物藏在里面，快要从垛边走过去了，却无意中看见地下有几片血迹，而且血迹的走向是朝向那个秫秸垛，也就是说，这几片血迹是藏在垛里边的那个什么动物留下的。王小羊不禁有些好奇，也有些警觉，又走回来，试着伸出手，把那丛发出窸窣声的秫秸拨开。他大吃了一惊，连连倒退了几步。

原来藏在秫秸垛里的是一个人，一个受了重伤身上血迹斑斑的男人。

你……王小羊蹲下身，轻声朝他喊道，你怎么回事？

那个人似乎刚从昏迷中醒过来，睁开浮肿的眼皮，毫无表情地朝他看了一下。啊?！他突然反应过来，本能地有些惊慌，身子急快地往里缩了一下。

王小羊安慰他说，不用怕，我不是坏人。

那个人的身子不再动，却大瞪着两眼，慌张而警惕地看他。

你受伤了？王小羊关切地问他，怎么样？不要紧吧？

那个人没有回答他的话，两眼依旧一眨不眨地朝他看。

王小羊又把秫秸拨开一些，要不要我来帮你？说着，他就朝他伸出手去。

看见他这个动作，那个人更加不安，也伸出自己的手，把他的手使劲推回来。

王小羊看出来，他还没有消除对自己的怀疑，便再次朝他解释说，你不要误会，我不是鬼子，也不是土匪。我是这个村子里的人。

那个人听着他的话，却没有丝毫反应，似乎不懂他话里的意思。

也许他还没有从伤痛中明白过来呢，王小羊对自己说。看来你伤得不轻，他再次耐心地对他说，你不能老待在这里，要不到我家去治治伤吧？说着，他朝村子的方向指了一下。

啊啊啊——那个人脸上显出恐惧的神情，嘴里含义不明地嘟囔几句，身子又往里缩去。

你说什么？王小羊侧了侧耳朵，我没听清你的话。

走开！那个人突然用日语说。

王小羊大吃一惊，原来你是……他无论如何没有想到，这个人竟是一个日本鬼子。他还有些不相信，又用日语问了他一句，你，你是日本人？

是……日本人也有些意外，目光灼灼地盯在他脸上，莫非你也是……

没错，他说的果然是日语。王小羊霍地站起来，脑子里一片空白，一时不知道该怎么办。

日本人却高兴开了。他把头从秫秸丛里探出来，仰起脸来看他，真是没想到，我还会碰到自己人。

王小羊清醒过来，第一个念头就是干掉这个日本鬼子。在这个念头的驱使下，他朝四处看了一眼，目光很快落到一块石头上。他把石头拿到手里，再次走回到他面前。

你要干什么？日本人呆住了，急忙摇起手说，我是你的同胞，你怎么……

谁是你的同胞？王小羊冷静地对他说，我是一个中国人。

啊？日本人张大了嘴巴，随即又问他说，你是中国人，为什么会说日语？

这你就别管了。王小羊说着，就把手里的石头举起来。

不要，日本人拼命摇摆两手，不要……

就在这时，王小羊看出来，这个说话有些天真的日本人年龄并不大，怕是比自己还要小几岁，看上去和一个孩子差不多。不知不觉间，他举着石头的手慢慢落下来。你怎么能杀一个徒手待毙的孩子？他质问自己说，算了，还是让他在这里自己死去吧。他把石头丢回到了地下。

看到他这样，日本人才放下心来，虽然不再说什么，但目光里还是充满了不少疑问。

王小羊朝地下啐口唾沫，转身便朝路上走去。

你到哪里去？日本人却朝他喊起来，你还没有告诉我，你到底是怎么回事？

愚蠢的日本猪，王小羊在心里说，带着你的问题到地狱里去见你们的天皇吧。

我需要帮助，日本人还在可怜巴巴地叫喊，如果你是我们的中国朋友，就该帮帮我……

王小羊知道，他所说的“中国朋友”就是指那些汉奸卖国贼。谁是你的中国朋友？他又朝后啐了一口，让你的中国朋友去帮你吧。

来到村子外围，王小羊不禁又站住了。他看见一大片碎砖烂瓦，还有烧焦的木头，周围分布着许多个弹坑，不少地方都留有鲜红的血迹。不用说，这里不久前刚刚发生过一场激烈的战斗，那个日本人应该就是在这里受伤的吧。但王小羊看不出来这里到底是什么地方。对自己的村子他当然再熟悉不过了，却想不起这里有过什么设施，看那些砖瓦和木头，应该是有一个不算太小的建筑物，可它到底是什么呢？我是不是走错了地方？他赶紧问自己。于是，王小羊又抬起头，重新朝村子打量。没错，除了这个受到摧毁的建筑外，其他不论是房屋、街道还是道路和树木，他都像老熟人一样认识。真是怪了，在他离开村子的那些日子，这里居然多出了一个什么东西，却又在极短的时间内遭到了毁坏。

回到家来，王小羊才从爷爷口中知道了事情的真相。原来袁庆斌的队伍撤走后，日本人为了长期占领根据地，便在王家庄外围建造了一个据点。但他们刚把工事修筑起来，还没有来得及正式使用，就被这一带的民兵联合游击队，在一天前的夜里突然发动攻击，很快便把这个炮楼端掉了，消灭了大部分驻守的鬼子和伪军，将沦陷的根据地又重新夺回来，王家庄也再次成为了红色堡垒村。

王好铭也被打死了，王大牛补充说，修炮楼的主意就是他向日本人出的。

好，王小羊抑制不住心里的兴奋，连口赞叹说，真是太好了！这些日子，他的心情一直处在沉闷压抑的状态中，听了他们的讲述，才突然觉得轻松明朗起来。他又想到了那个藏在秫秸垛中的日本人，在心里对他说，你没被我们的人打死，就算你命大了。

这些日子你到哪里去了？爷爷拉住他的手，上下仔细打量他，我还以为你出了什么事呢。

怎么会呢？王小羊用充满歉意的口气说，本来我该和您说一声的，可事情紧急，就没有……

爷爷没有再问他到底干什么去了，看他全身完好着，才欣慰地吐口气说，不出事就好。这兵荒马乱的，能看到你回来了，比什么都强。

这时，王大牛又犯了烟瘾病，躺倒在爷爷脚边，好像发冷似的，身子不住地颤抖，牙巴骨也叩得咔咔响。爷爷手里举着块黄纸，把一撮捻碎的树叶放上去，抖抖地卷起来。他刚把“烟卷”放到王大牛唇间，还没有点上火，王大牛就吧嗒着嘴吸起来，脸上紧张的表情也慢慢舒展开了。

望着哥哥那副人不人鬼不鬼的样子，王小羊重重地叹口气，心里刚刚泛起的兴奋之情也很快淡去了。但他强自振作起来，尽力去想与这次战斗有关的事情。爷爷，潘秀兰他们参加那天夜里的战斗没有？

他们又不来喊我打仗，我哪里会知道这些事？爷爷想了一下又说，她是村里的抗联干部，按说应该少不了她。

王小羊点点头说，爷爷说得对，潘秀兰肯定参加了这次战斗，她也一定知道有关八路军的消息。要想找到袁庆斌他们，看来非找她去不可了。

或许那根“烟卷”真的起到了作用，王大牛觉得好受些了，从地下爬起来，斜着头问他说，你打听人家潘秀兰干什么？是不是真和她有什么不清不白的关系？

看你说的话那么难听，王小羊白了他一眼，我和她有什么不清不白的关系？

得了吧老三，王大牛摆摆手说，你们那点事瞒得了别人，可躲不过我的眼睛。

你看到了什么？王小羊质问他说。

王大牛没回答他的话，却把头扭向了爷爷，爷爷，我是老大，要成家也应该先轮到我呀，往下还有老二，怎么着也不能让小羊先把媳妇领回家来。

去你的吧，王小羊有些恼怒，再胡说看我不撕你的嘴！

爷爷没有理会他们，钻进厨房里做饭去了。

王小羊这才意识到，天就要黑了。望着朝树枝上栖落的鸟儿，他再次想到了那个受伤的日本人。按照爷爷的说法，从那次战斗到现在，他应该已经两天多没有吃到东西了，看他受到重伤的样子，恐怕随时都有死去的危险。死了才是活该，谁让他是侵略我们的日本鬼子呢，他在心里说，却随即又反驳道，可他还不过是个孩子，兴许还没有杀过我们的人吧？这样一想，他竟有些不安起来。

夜幕快要降临时，王小羊终于行动起来，趁爷爷不注意，从锅里摸出个饼子，揣在衣兜里，装作散步的样子，慢慢朝街上走去。夜雾正像水似的从街外淌来，偶然走过去的一两个人影显得朦胧虚幻。王小羊出了村子，直朝旷野里走去。旷野间没有房屋的遮挡，光线倒比街道上明亮些。王小羊越走越快，不一会儿便来到王好铭家的场院里，直奔那个藏匿日本鬼子的秫秸垛。

哎，你还在吗？王小羊没有看到那个豁口，便只好冲着秫秸垛用日语说。

寂静了一会儿，秫秸垛内才传出窸窣声，随即日本人的半边头慢慢探出来。我要死了吗？他呻吟着说。

王小羊蹲下身，借着天边最后一抹亮光，看见他涂满血迹的脸上肌肉肿胀扭曲，乍看上去，就像一只剖出了红瓤的西瓜，细软的脖子弯曲着，似乎承受不住脑袋的重量。看来他是真的支撑不住了。你伤得很重吗？他说了这句话，又觉得是明知故问。

是，日本人点点头说，我的胸部受了伤，一条腿也怕是被打断了。

王小羊有些吃惊，原来他最大的伤处不在脑袋上，而是胸膛，还有腿脚……他也恍然大悟，怪不得他只能藏在秫秸垛里，而没有想办法逃跑。我给你带来了干粮。他把那个饼子掏出来。

真的？日本人吃力地抬起头，随即伸出手，把他的饼子接过去，送到嘴边，胡乱地啃了几口，却又停住，连连咳嗽起来。

王小羊知道他被噎住了，这时候他应该喝一点儿水才对。可在这样一个地方，到哪里去弄水呢？他旋即便打消了这个念头，还是不要替他想得这样周到，给他带来了吃的东西就已经不错了。

我活不长了，日本人使出很大劲儿，才勉强把嘴里的饼子咽下去，大喘了一口气说，我已经坚持不住了。

我没有办法给你治伤，王小羊解释说，我手里没有药，再说这里……

不用了，日本人摇摇头说，你只要和我说几句话就行。一听到日本话，我才觉得不再害怕。

听他这样说，王小羊反而闭紧了嘴巴。

你还没有告诉我，日本人说，你是干什么的？你是我们的朋友吗？

不是。王小羊没有丝毫犹豫，就径直告诉他说。

那你是干什么的？日本人更加纳闷了，你的日语为什么说得这样好？

王小羊没有再说话，站起身，看着那抹光线在西方地平线上跳跃了一下，便急快地消失了，黑夜真正到来了。他想离开这里，反正自己对这个日本人够仁至义尽了，至于他是不是孤独害怕，甚至是不是死在这个秫秸垛内，都是他自己的事，与他王小羊没有任何关系。但他刚把身子转过去，还没有迈开腿脚，又回头看了他一眼。你杀过中国人吗？他无来由地问了他一句。

没有，日本人没有犹豫，也径直告诉他说，我还没有学会杀中国人。

王小羊知道自己走不成了。他又蹲下身，用把握不定的口吻说，我把你弄走……去养伤吧。

养伤？日本人有些诧异，到哪里去养伤？

去我的村子里，王小羊怕他听不明白，又补充说，去王家庄……

王家庄？日本人叫起来，不不，我不去王家庄。他的口气里透出极度的恐惧。

为什么不去？

王家庄是我倒霉的地方，日本人含糊不清地说，王家庄的土八路太厉害了。

王小羊听出来了，想必那天夜里的战斗太过激烈了，他们也被打得太过惨痛了。不去王家庄，那你就只能等死。

死？日本人简短地思索了一下，突然垂下头，呜呜地哭起来。他的精神彻底崩溃了。过了一会儿，他的哭声突然稀落下去，很快便听不到了。

尽管看不清他的样子，但王小羊明白，他又一次昏过去了。他抬起头，又朝西边天幕上看了一下，是呀，星星已经浮出来了，不能再等待下去了。他伸出两手，抓住他的肩膀，把他一点点儿从秫秸垛中拽出来，搭到自己肩膀上，慢慢站起来，迎着扑面滚沸的夜雾，一步步朝村子里走去。日本人的身体很轻很轻，没错，他果然是个还没太长大的孩子。还有，他身体内本来就不太多的血液怕是也就要流光了……

这时候，王小羊真的不知道，自己把一个并不清楚来路的日本鬼子带回家，而且还要给他治伤疗养，到底是一个正确的选择，还是一个错误的行为。

一见他把一个血肉模糊的人背回家来，爷爷和王大牛都呆住了，当他们在灯影里看清这个人穿着日本军服时，他们惊讶地把嘴张大，好长时间都无法合拢。怎么回事？爷爷急急地眨巴着眼皮，这到底是怎么回事？

我，王小羊抖动着嘴唇说，我在路上捡来的。

什么？王大牛的嘴张得更大了，人家都是捡金捡银，至少也要捡个西瓜什么的，你怎么捡来个半死的人，而且还是个该死的日本鬼子？

这……面对他的质问，王小羊简直不知道该怎么说了。

他就要死了。他只好这样对他们说。

死就死呗，王大牛毫不客气地说，他们本来就该死。

小羊，爷爷把他拉到一边，抖动着嘴唇说，你快给我说，你这是唱的哪一出？

他快死了，王小羊再次重复那句话，又加上一句，我们给他治一治……

什么?！王大牛又叫喊起来，你给日本人治伤？

王小羊去捂他的嘴，小点儿声……

我看你是疯了，爷爷也用和王大牛差不多的口气说，你怎么能给日本人治伤？

再不治他就要死了……

死了也不能治，他是日本人。

我已经问过他了，王小羊解释说，他还没有杀过我们的人。

鬼子的话你也相信？王大牛拨开他的手。

就算他没杀过我们的人，爷爷接过话去，你也不能救他。

为什么？王小羊觉得自己是揣着明白装糊涂，就眼睁睁地看着让他死？

他早就该死了，王大牛毫不客气地说，那天夜里他就该死了。

是呀，爷爷前所未有地赞同说，他多活了这两天已经便宜他了，你怎么还能让他继续活着？

他，他还没有长大，王小羊语无伦次地说，他比我的年龄还小。

是吗？爷爷这才没再立刻反驳他的话，举过灯去，朝日本人脸上照了照。可不，还真是个孩子！

让我看看。王大牛也凑过去看。

日本人真没有人性呀，爷爷叹口气说，竟然让一个孩子来我们这里打仗。

他的年龄这么小，王小羊征求他的意见说，不该就这么看着让他死去吧？

你去救他吧，王大牛朝门外走去，反正我不救，这里面也没有我什么事。

爷爷从他的背影上收回目光，又落在王小羊脸上，你能救活他吗？

我试试吧。王小羊擦擦头上的汗。

爷爷放下油灯，坐回到灯影里，吧嗒着嘴说，唉，你干这样一件事，如果让乡亲们知道了，可是不得了呀。

王小羊没有认真听他的话。他将日本人在炕上摆放端正，轻轻拍拍他的脸说，醒醒，我们到地方了。

爷爷依旧嘟囔着说，让日本人到我们家来，就和引狼入室差不多，真不知道是福还是祸呢。

日本人伤得太厉害了。王小羊解开他的衣服看，只见他胸脯上有个弹洞，周围的肌肉已有些腐烂，怕是子弹还留在里面；腿上倒看不出明显的外伤，但下半截小腿却朝一边弯曲，肯定是骨头受到了伤害。对这两个伤处，王小羊都没有能力处理，只是给他喷了些酒消炎了事。当天夜里，日本人就开始发烧，神志也有些不清醒，到天亮时，已经彻底陷入到了昏迷中，躺在炕上像死过去一样。

爷爷告诉王小羊，如果不把他胸膛里的子弹取出来，他肯定是活不成了。总不能让他死在我们的炕上吧？爷爷沉着脸说。

让他死到别的地方去，王大牛不耐烦地说，咱娘回来还要在那个炕上睡觉呢。

王小羊知道，不能再这样消极地等下去了，必须果断采取措施。村里倒是有一个医生，兴许能治这个日本人的伤，可问题是，人家会给日本人治吗？为了防止意外，王小羊先把日本人的军衣扒下来，给他换上自己的衣裳，又对爷爷和哥哥做了些安排，才试着上门去请医生。

医生叫李寿山，是本村人，从祖辈开始就在村里开药铺，在这一带也有些名气。王小羊对他撒谎说，自己的一个同学受了伤，让他去给治一治。李寿山没有多想，提起药箱就跟他来了。一见那个日本人，他才吃了一惊，怎么，是枪伤？这是怎么回事？

寿山爷，王小羊按照街坊的辈分称呼他，这年头受枪伤还不是常有的事。随即又补充说，让鬼子给打的呗。

李寿山点点头，不再说什么，便从药箱里取出工具，准备给他做手术。我这里可没有麻药，他解释说，你也知道，我是个中医，要不是赶上这个兵荒马乱的年头，我哪里会动什么手术呀，都是让小鬼子给逼的。

没问题，王小羊立即说，您尽管手术就是了，只要能救活他，您什么法子都可以使。说着，他用一根绳索把日本人捆在炕上，又在他嘴里塞上块布，以防他在醒来后喊出日本话。

手术开始后，日本人很快便疼醒了，身子不住地翻滚，嘴里发出呜噜呜噜的叫声。

李寿山注意到了他嘴里发出的声音。怎么回事？他纳闷地说，他叫的是什么？

他胡乱叫呗，王小羊搪塞他说，他已经迷糊很久了，哪里还有个好叫？！

过了一会儿，子弹被取出来了。李寿山给他包扎了伤口，又在他腿上打了块木板。好了，他坐下来，抹抹头上的汗说，他没有什么危险了，好好让他吃些东西，过两天我再来给他换药。

王小羊也松了口气。谢谢寿山爷，他一迭声地说。

李寿山辞别他们，背起药箱出门去了。来到院子里，他又回过身，悄声问他说，小羊，你这是哪里的同学？我怎么看着……

您看出什么来了？王小羊赶紧问他，他是我在济南的同学，有什么问题吗？

济南的？李寿山扯着下巴上的胡须，简单想了一下，便摆摆手说，没什么，没什么。

望着他远去的身影，王小羊心里有些不安。但愿什么意外都不会发生，他在心里祈祷说。回过头来，他突然发现爷爷在直着眼看他。

你为什么非要这样做？爷爷又一次问他。

王小羊没有直接回答他的话，而是反问他说，爷爷，您知道我在跟您上私塾时，什么给我留下的印象最深吗？

什么？

三字经，王小羊说着，就又一次吟诵起《三字经》里的内容：人之初，性本善。性相近，习相远。苟不教，性乃迁。教之道，贵以专。

爷爷明白了他的意思。你觉得你这样救了他，他再次问他说，他就不再是我们的敌人了，是吗？

我没有这样认为，王小羊犹疑地说，至少在他这个年龄上，我觉得他还不应该死去。

爷爷没有再说什么，眯起眼，朝着远处的天空眺望。如果没有这场战争，我也相信人本来应该是善良的。

您现在不相信了吗？王小羊看着他，进一步问道，还有您教给我们的那些东西，您都不再相信了吗？

人如果应该是善良的，爷爷吧嗒着嘴说，为什么会有这场战争？为什么会有那么多杀戮和死亡？为什么人会对同类那么残酷无情？或许他们，他朝屋里指了一下，不包括在我们所说的那些人里？

望着爷爷脸上困惑的表情，王小羊呆怔了一下。在他印象里，爷爷天生就是个看透世事的智者，从来没有被什么问题难住过，可现在，他怎么会说出这样有些天真幼稚的话？难道这场伴随着灾难而来的战争真的把他曾经自以为是的东西夺走了改变了，以至于让他不再相信别人不再相信自己甚至不再相信世间的真理？如果真是这样的话，那还有什么东西能让这个世界具有存在下去的理由和根据呢？不，王小羊在心里叫喊着说，不是这样，不会是这样，也不能是这样！想到这里，他脱口说道，不管怎么说，我都要试一下，起码不让他再杀我们中国人。

爷爷也用同样呆滞的眼神看他，嘴唇翕动着，想说什么又没说，只是点点头，便往厨房里走去。

等着吧，王小羊在心里说，我会尽我自己绵薄的力量，让这个残酷黑暗的世界好起来……至少好那么一点点儿……

17. 情敌之间

王小羊给那个日本伤兵喂过了饭，便上街去，径直来到潘秀兰家，向她了解有关八路军的情况。

一见他的面，潘秀兰便吃惊地瞪大了眼，王小羊，如果我没记错的话，你是第一次到我家来。

王小羊有些不好意思，是吗？我，我怎么不记得……

潘秀兰显得非常高兴，把他请进屋去，让到椅子上坐下，忙不迭地问他，你什么时候回来的？怎么样？你的任务完成了吗？

嗨，别提了。王小羊把这些日子随支队行动的情况说给她，尤其是讲述了在杨庄与敌人战斗的情景，但他没有说自己与任晓轩的遭遇。肖力贵负了重伤，而且被鬼子给抓走了……

天哪，潘秀兰把手捂在胸脯上，怎么会是这样？那肖力贵可要受苦了……

敌人抓住他的时候，王小羊迟疑了一下，还是告诉她说，他高喊着让我用手榴弹炸死他，可我怎么能……

是吗？潘秀兰也想了一下，随即做出判断说，也许你应该按他说的办。

什么？王小羊一下子站起来，你也这样认为？可我……

潘秀兰朝他凑近了一些说，肖力贵是个天生怕疼的人，小时候你也看到过了，别人一打他他就叫喊。他已经受过很多伤了，吃的苦比我们这些人都多，如果敌人再对他……那他可真就生不如死了。说到这里，她眼睛里流出了泪水。

王小羊又想起他肚子上那个豁口，还有他断掉的右腿。是呀，也许潘秀兰说的没错，自己真的应该……想到这里，他又问她说，如果当时是你，你会把手榴弹扔出去吗？

潘秀兰站起来，朝窗外看了一眼，旋即点点头说，或许我会。

王小羊呆呆地望着她。对于她的回答，他既觉得在预料之中，又感到有些意外。在他的记忆里，潘秀兰曾经是个文静柔弱的女孩子，当然大方和豪爽也是她性格的另一面，但至少没有丝毫冷硬和残酷，可现在……是战争，王小羊在心里说，是这场战争改变了每一个人。可他又本能地不希望她有这种改变，如果说，她原有的那些东西曾一度让他喜欢，现在呈现在面前的这个女人形象，虽说不让他觉得讨厌，却真的没有了那种发自内心的爱慕。

肖力贵太可怜了，潘秀兰喃喃自语着说，我真担心他会……她没有把下面的话说出来。

王小羊也没有留意她下面要说什么，却把话题转移到另一个方向上，我们要不要把肖力贵的事告诉他的家人？

潘秀兰摇了摇头，神情越发凝重，小翠刚刚……我担心肖大伯会经受不住这样的打击。

小翠她怎么了？王小羊注意到了她的话。

前几天我们配合部队打炮楼的时候，她到阵地上去送水，被一颗流弹打死了。

王小羊倒吸了一口凉气，随即又不解地问她，小翠又不是民兵，也不是你们妇救会的人，怎么会到阵地上去呢？

小翠大概还记着肖力贵说她落后的话，潘秀兰分析说，也许她仍然对肖力贵不死心，才主动要求参加妇救会。可她哪里知道，肖力贵或许再也回不……

王小羊闭上眼睛，在心里感慨地说，多么痴情的姑娘，那不过是肖力贵的一句托词，却让她走上了战场，也使她丢掉了……他摇摇头，实在不愿再想下去。

小羊，潘秀兰的思绪又回到他身上，这么说，你的任务还没有完成？

是，王小羊反应过来，随即问她说，你快告诉我，袁支队他们到哪里去了？我该怎么和军分区联系？

他们现在的行踪我也不知道，潘秀兰摇摇头说，军分区的情况我就更不清楚了。

王小羊有些失望，又不甘心地问她，你们不是刚刚拔掉敌人的据点，你怎么会……

那是我们配合留在这里的游击队一起打的。潘秀兰告诉他说。

游击队也行呀，王小羊接住她的话说，他们总会和上级党组织有联系吧？

战斗一结束，他们就也马上撤走了，潘秀兰再次摇摇头说，到底去了什么地方，暂时我也不了解。

那……王小羊简直要绝望了，那你呢，怎么和上级联系？

我们不主动和上级联系，有任务的时候，上级会派人来找我们。

王小羊知道，自己已经走投无路了。你该怎么办？他在心里问自己，难道真要山穷水尽了吗？

潘秀兰看出了他的焦虑，急忙安慰他说，你不要着急，我会想法和组织取得联系的。她把目光转向远处，像是告诉他又像是对自己说，如果有一线希望，我们也要把肖力贵从敌人手里救出来。

王小羊点点头说，你可要抓紧呀。他站起来，想回家去，那个日本人还需要他照顾呢。

潘秀兰看出他要走，忽然转转眼珠说，小羊，你头一次到我家来，就不仔细看看我家吗？

王小羊知道她是在寻着法子挽留他，不好拒绝她的好意，刚要答应下来，不知为什么，却又想到了自己的恋人林美娜，只好又改口说，我……回家还有事。

潘秀兰有些失落，冷冷地笑了一下说，是呀，我家其实也没什么好看的，又破又烂。

王小羊有些尴尬，看你说的，不是都一样吗？他不好再说走的话了，只好又坐下来。

沉默了一会儿，潘秀兰叹口气说，几年不见，你真的变了。

变了？王小羊不明白她的意思，本能地否认说，没有，我没有变。

还说没变？

我看你才变了呢。

我变了什么？潘秀兰下意识地摸摸头发，又急忙表态说，其实我内心里……过去怎么样，我现在还是怎么样，一点儿都没有变。

望着她依旧痴情的样子，王小羊知道她误解了自己的话，也赶紧表明说，我是说，你比过去……刚烈多了。他想了一下，还是选择了“刚烈”这个词，来形容她现在的性格。

刚烈？潘秀兰对这个词有些意外，也有些摸不着头脑，你这是什么意思？

我是说，王小羊解释说，你是一个成熟的革命者了。

潘秀兰明白了他的意思，仰起头，再次把目光望向门外的远处……是呀，我不再是过去那个喜欢抹眼泪的小女孩了，是战争改变了我，让我这么快就变成了一个老妇女。

老妇女？王小羊也没想到她会这么说，你怎么会是老妇女？

我觉得自己早就老了，潘秀兰眼里浮出了浓重的哀愁，我好像已经过完了自己多半生的日子，就要……

王小羊诧异地看着她，无论如何没有想到，这个看起来果敢刚强的女子居然又暴露出她遮盖着的另一面——哀怨、颓唐、忧郁，这些看起来与她绝不相干的东西原来就潜伏在她的内心深处，她只是不轻易让它们浮出表面获得支配地位罢了。这一刻，王小羊强烈地感觉到，在他离开家乡两年多的日子里，这个叫潘秀兰的女人一定经历了许多可怕的事情，不然，她又怎么能由昔日的单纯变成现在的复杂呢？

呵呵，潘秀兰忽然笑起来，甩一下耳边的短发，眼里的哀愁立刻消失了踪影。没什么，我们就活在这场战争中，如果还能始终保持不变，那才叫不可思议呢。

王小羊呆呆地看着她，一时有些跟不上她情绪的变化。

潘秀兰又对他说，我看你倒是没有什么改变。她已经忘了刚才说他“变了”的话。

王小羊不得不承认，与肖力贵、潘秀兰他们比起来，自己的确没有多少变化。也就是说，在这场战争中，自己还没有尝到它真正的残酷和可怕。再换一种说法，自己还没有被这场战争变得老去……这样一想，他就有了一种羞愧的感觉，好像自己占了什么便宜似的。

他们没有注意到，在两个人有一搭无一搭聊天的时候，一个矮壮的汉子正在走进院门，蹑手蹑脚地来到了院子里。汉子并没有朝屋门里走，而是停在了一棵树后，探出头，鬼鬼祟祟地向堂屋里看。王小羊先注意到了他，不禁又想起上次在街上和潘秀兰说话时看到的那个影子，想必现在这个探头探脑的家伙也是他。他正要站起身，去外面看看他到底是谁，没想到那个家伙却从树后闪出来，直朝堂屋里走来。王小羊愣怔了一下，忽然认出他来，原来这个神出鬼没的家伙是耿大壮。他继而想起来，潘秀兰是和耿大壮订过婚的，想必真的是这么回事。

耿大壮愣头愣脑地往屋门里走，虽然他是来找潘秀兰的，眼睛却一直看着王小羊，神色里似乎含有明显的敌意。

尽管还隔着很远，王小羊便感觉到了一些不对劲的地方，为了不给自己惹麻烦，他主动迎上去，热情地和他打招呼说，大壮，你来了……

耿大壮进了屋来，却没有正经搭理他，便又走到潘秀兰面前，瓮声瓮气地说，昨天我给你说的话，你别是忘了吧？

什么话？潘秀兰冷淡地说。

咦？耿大壮有些不高兴，莫非你还真的忘了，不是让你到我家……说到这里，他掉头瞥了王小羊一眼，收住嘴不说了。他的意思很明显，便是盼望王小羊离开这里。

王小羊自然明白他的心思，知道他在说自己不便于听到或者故意不让自己听到的话，便赶紧朝他们笑笑说，你们说话，我家里还有事，先走了啊。说着，王小羊就朝门外走去。

小羊，潘秀兰却又喊住了他，我说的话你可要记着啊。

王小羊不禁在心里叫苦，潘秀兰竟然也故意这样说，无非也是在给耿大壮制造一种错觉，那就是她和王小羊之间同样有不便于为他人知道的秘密，这样不是让事情更趋复杂了吗？本来他和耿大壮之间的误会并不多么严重，让她如此一弄，耿大壮怕是真的要不放过他了。王小羊想对耿大壮解释几句，但生怕事情越描越黑，再说也实在没有解释的必要，便含糊其词地随口答应一声，愈加急快地往外走去。

王小羊好像听爷爷说过，在潘秀兰和耿大壮很小的时候，他们的大人便给两个人结下了“娃娃亲”。小时候他们并不觉得有什么不妥，但等到长大起来，尤其是潘秀兰参加革命工作以后，她便再也看不上耿大壮这个“粗人”了。尤其是他的愚昧和落后，让她无法接受，简直达到了深恶痛绝的地步。一想到自己要和这样一个冥顽不化的人生活一辈子，潘秀兰就感到眼前发黑。说起来，王小羊也非常憎恨这种乡村陋习，所以在过去的日子里，他明知道潘秀兰和别人已经结亲，还故意和她频繁地来往，从来没有认真看待过这件事。当然那时候他们还小，还不知道这样做的风险，但现在不同了，他们都已经长大成人，就算耿大壮对这件事不那么在乎，他也不敢公开和潘秀兰来往了，何况还有对乡规民约的认从，更重要的是出于对林美娜的尊重，他也不能再和潘秀兰保持暧昧关系了。对不起，他在心里对耿大壮歉意地说了一句，请你原谅。这一刻，他为过去对他的冒犯感到深深不安。

王小羊正悄自嘟囔着，却发现一个人从后面跟上来，回头一看，竟然是耿大壮，又从潘秀兰家跟他到街上来了。王小羊不知道他要干什么，便停下脚等他。

王小羊，耿大壮来到他面前，毫不客气地对他说，你离潘秀兰远点儿，她是我媳妇，难道你不知道吗？

听他这样说，王小羊心里刚才对他的愧疚一下子消失了，但也不好再做出什么刺激他的表示，只好闭住嘴不说话。

你听明白了没有？耿大壮虎起脸，做出威胁他的样子说，再缠着潘秀兰不放，别怪我不客气。说着，还伸手推了他一下。

王小羊当然不想和他打架，但也不想受他的侮辱，刚要表示点儿什么，却看见潘秀兰站在家门口，正远远地朝他们看。为了不引起她更多的误会，他打消了和耿大壮较量的念头，强迫自己笑了一下。我明白了，他甚至还这样说道。

面对他的乖顺态度，耿大壮也不禁有些意外。你真的听明白了？他又追问了一句。

王小羊没有再说什么，只是朝他点了点头。

耿大壮这才满意地笑了，抬起短粗的手掌，亲切地在他肩上拍了一下。

看到他这个动作，潘秀兰忽然掉转身子，两手捂在脸上，急急地跑回了家去。

王小羊在心里说，原谅我。他这次当然是对潘秀兰说的。然后转过身，慢慢地往回走去。

小羊兄弟，耿大壮热情地朝他喊道，等我和秀兰办喜事那天，你可一定来喝喜酒呀。

喝你的头！王小羊朝地下啐口唾沫。

按说这件事到这里就该结束了，尽管这不是王小羊愿意看到的结果，但对于以下发生的事，他更加不愿意面对，因为它已经远远超出他的接受程度了。说来也巧，就在耿大壮推撞王小羊的时候，正好他的哥哥王大牛从旁边经过，看到耿大壮这么肆无忌惮地对待自己的弟弟，他看不下去了。小羊，他赶上来拉住他说，我看见你被耿大壮欺负了。

没有，王小羊摇摇头说，他是和我闹着玩儿的。

他说他娶潘秀兰，王大牛纳闷地问他，潘秀兰不是你的相好吗？他怎么能……

王小羊急忙捂住他的嘴，不许你胡说！他认真地警告哥哥，并回头朝后面看，直到确认潘秀兰真的回家去了，他才松出口气。

你这个窝囊废，王大牛却还不想拉倒，愤怒地把他的手从嘴边拉下来，自己的媳妇都被别人抢去了，你还在这里装没事人？

王小羊简直有些哭笑不得。你误会了，他急忙对他解释说，潘秀兰已经和耿大壮结亲了，与我根本没有关系。

王大牛打断了他的话，你别骗我了，街上的人都说，潘秀兰是你的媳妇，就算你不想要她了，也不能把她让给那个姓耿的。我不是还没有找到……

听他越说越不像话，王小羊便不想再和他纠缠这个问题了，知道一时半会儿说不清楚这件事，便转身往家里走去。哪怕和这个呆头呆脑的家伙多待上一会儿，自己的脸面也会掉下一层皮来。

我去找耿大壮算账，王大牛在他身后跺着脚说，不能让他就这么把我们家的媳妇抢走了。

王小羊对他的话没怎么在意，在他的印象里，哥哥王大牛也不是一个多么胆壮的人，而耿大壮却是一个不易对付的厉害角色。如果是在平时，王大牛是不会主动招惹这个人的，所以便没有回去阻拦他，依旧头也不回地往家走。但他哪里想到，他才回到家不久，就从街上传来一阵激烈的吵闹声。王小羊呆怔了一下，才意识到这是王大牛和耿大壮的声音，赶紧又跑回到街上去看。

其实王小羊的判断并没有错，倘若是别的什么事情，就算借给王大牛几个胆，他也不会主动去找耿大壮闹事，可现在是一个关乎女人的问题，当光棍当得太久了的王大牛便突然产生了从未有过的豪气，一个人直朝着耿大壮追去。这时耿大壮已经走出好远了，他的情绪一直沉浸在与王小羊争斗胜利的喜悦中，根本没有想到另外一个人会从身后跟上来，悄无声息地朝他下手。也许王大牛也知道自己不是他的对手，便在朝他接近的过程里没有声张，直到来到他身后时，才突然伸出手去，一下子掐住了他的脖子。不许你抢我兄弟的媳妇！他一边大声号叫一边使劲用力。

耿大壮绝对没有想到会遭受袭击，加之王大牛的手劲也不算小，一时喘不上气来了，身子歪斜着就要朝地下倒。当然，富有打架经验的耿大壮是不会就此罢休的，他仅仅摇晃了几下身子，便镇定下来，上身顺势往下一沉，同时把屁股往上一撅，趴在他后背上的王大牛便从他头上翻过去，像条从水里拎出来的鱼一样摔倒在地下。耿大壮的脖子腾出来了，在大喘了几口气后，看清朝自己下手的人竟然是王大牛，不禁感到好笑。你这个病秧子，他用一只脚踩住他的身子，俯下头来嘲讽地看他，竟然对我搞突然袭击？你是不是吃错药了？

我操你娘，王大牛被他踩得身子疼，却又爬不起来，便开口大声叫骂，你抢我兄弟的女人，你还要打我……

耿大壮被他的话彻底激怒了。狗日的不许你胡说，他边在脚上用力边警告他说，潘秀兰是我的媳妇，你兄弟王小羊才不打好主意，看我不把你们……

这时王大牛摸到了一块石头，举起来，就要朝他脚面上砸，嘴里的骂声也更加激烈，砸死你个王八蛋，看你还怎么和我兄弟争女人……

有人看到他们在打架，便从远处跑过来观看。潘秀兰本来并没有回屋里去，听到他们的动静，很快也又跑出来了，听到他们的骂声里还有自己的名字，便知道是怎么回事了，一时脸涨得通红，本想跑回家去不管，却又怕王大牛被打坏，只好厚着脸皮冲上去，义正词严地让耿大壮把脚从他身上收回去。

看到潘秀兰来拉架，耿大壮便不再那么理直气壮，想按着她的话收回脚去，但又怕丢失了脸面。而王大牛的一只手也抓住了他的裤脚，另一只手里的石头举起来，随时都可能落到他脚上去。

你们快分开呀！潘秀兰担心他们这样下去会出事，急得都跺起脚来了。

让我把脚拿开可以，耿大壮向她提出条件说，你得让他知道你是我的媳妇。

听他这样说，王大牛也对她耍无赖说，我也可以不砸他的脚，但你得承认你是我兄的相好。

哎呀你们……潘秀兰又羞又恼，光是跺脚似乎还不够，干脆把自己的脸也捂在了手里，没见过你们这个样子的……

周围的人差不多都笑起来。王小羊这时也来到了人们身后，看到他们这种尴尬的样子，也无法再朝前走了。大哥，他在心里说，你这是干什么呀？

见他们依旧互不相让，潘秀兰也失去了再待下去的勇气。我不管你们的事了，她转身往人群外走去，你们爱怎么着就怎么着吧。来到人群外时，她看见了站在一边的王小羊，便恶狠狠地瞪他一眼，似乎她遭遇的难堪都是他造成的，然后迈着小碎步，一溜烟地跑回家去。

看到她离去了，耿大壮和王大牛也没有了再争执下去的欲望，一个收回了脚来，一个放下了石头。

见没有什么好戏可看了，人们便又把好奇的目光转到王小羊身上，好像这场戏的主角真的是他。

我不是……王小羊真想对他们说，这场争执与我没有一点儿关系。但他实在没有勇气申辩，似乎一旦开口说话，人们就会把自己团团围住，期待着他把这场原本已经结束的闹剧继续唱下去。他真怕这样的情景出现，赶紧掉转身子往家里走去。

回到家，王小羊还沉浸在与潘秀兰关系的思绪里，一时把那个日本人的事都忘到了脑后，直到听到了一阵隐约的呻吟声，他才想起是怎么回事，立即来到日本人所在的屋里。他看见日本人依旧闭着眼睛，但呼吸却十分均匀，摸摸他的额头，也不再烫得那么厉害，他悬着的心才终于落下来。

日本人意识到了他的存在，缓缓地睁开眼睛，用有些迷茫的目光看他。

你醒了，王小羊坐到了炕沿上，觉得怎么样？

日本人的目光越过他的身子，警觉地朝四下里巡视，我，我这是在哪里？

这是我的家。王小羊朝周围指指说。

你的家？日本人眨眨眼睛，又一次纳罕地问他，你到底是干什么的？

王小羊想了一下，还是没有说自己在济南上学的事，只是告诉他说，我就是这个家里的人。

日本人摇摇头，不再问他什么了。

你叫什么？王小羊忽然问他。

田中一郎。

你多大了？

十七岁。

这么小你怎么就参军了？

在我们的军队里，我不是最小的士兵。

你们把自己国家的男人都派到战场上来了？

田中一郎看着他，眼里柔和的目光渐渐坚定，我们一定要打赢这场战争。

你们能打赢吗？王小羊随口问道。

我们当然能赢，田中一郎充满信心地说，大日本帝国的部队天下第一，战无不胜。

看来他的脑子还停留在他们自己制造的幻觉里，王小羊想和他说一下当前的世界形势，但看他极度虚弱的样子，又把话咽了回去，改问他说，你是哪里的人？

我家在北海道。

来中国前你在干什么？

在家里帮爸爸打鱼。

怎么，你没有上学？

我们家条件不好，妈妈常年有病，没有多余的钱。我只上了几年学，就跟爸爸出海了。

原来他也是个穷苦人。王小羊在心里说。这样一想，他竟对他有了些亲切的感觉。

到战场上来打仗，害怕吗？

开始害怕，很快就不怕了。

你打死过人吗？

田中一郎看了他一眼，闭住嘴不说话了。

王小羊一愣，你杀过人？可你不是说过……

我还没有得到杀人的机会，田中一郎摇摇头，脸上透出遗憾的神色，我还没有那个运气。

怎么？王小羊吃惊地说，你渴望杀人？

上战场就是要杀人的，田中一郎不假思索地说，没有杀人，是要被我们的长官看不起的，也是一件让我们自己感到耻辱的事。

为什么？王小羊霍地站起来，你们为什么要把杀人当作自己的任务？

你怎么了？田中一郎抬起头，茫然不解地看着他，为什么忽然发怒？

你们一心一意要杀我们中国人，我还怎么能不发怒？

田中一郎想了想，似乎这才明白过来，低下头去，不再说什么。

你们为什么要替日本军国主义卖命？王小羊质问他说，以至于让自己成为了冷冰冰的杀人机器，为什么？

田中一郎又看了他一眼，没有打算回答他什么，又慢慢闭上了眼睛。

王小羊真想拨开他厚重的眼皮，让他看着自己的眼睛再回答。算了，他又对自己说，他还处在半死不活的状态中，就不要过分要求他什么了。他走回到门口，坐在门台石上，对着空落的院子发起呆来。

王大牛的烟瘾病再次犯了，躺在爷爷脚下颤抖呻吟。爷爷又为他包卷树叶烟，脸上一副哀戚悲悯的模样。

王小羊突然后悔起来，也许自己不该救这个叫田中一郎的日本人。你在犯一个天大的错误，他听见一个声音对自己说。是这样吗？他在心里问自己。不，他反驳那个声音说，我就不信，既然能救他的命，我却不能救他的脑子，他的思想……王小羊站起来，又迈着大步朝屋里走去。

18. 与敌共眠

这天，王小羊在街上遇见了穆雨露的母亲，赶紧上前招呼说，穆大姑，您干什么去呀？按照街坊的亲戚关系，他要把这个半老的女人喊作“姑”。

穆大姑正从村外回来，眼皮红肿着，似乎刚刚哭过的样子。这不是小羊吗？她回头看他一眼说，我到坟上给我家雨露……

王小羊明白了，她是给穆雨露上坟去了。他一下子想到了穆雨露的死，心里也又难受起来。

去年的今天，穆大姑解释说，我家雨露……说着，她又抹了抹被泪水泡湿的眼睛。

王小羊这才知道，原来今天是穆雨露的忌日……大姑，他拉住她冰冷的手说，雨露的事我知道了，唉，真是不幸。

是呀，穆大姑点点头说，一个活蹦乱跳的人，说没有就没有了。

望着她哀戚的表情，王小羊心里一阵阵发酸。是呀，穆大姑早年失去了丈夫，就拉扯着穆雨露这么一个儿子过活，母子两人相依为命，可说是吃尽了苦头。但看着儿子温驯乖巧，天生一副招人喜欢的样子，穆大姑就是再吃更多的苦，心里也总算有所安慰，有所期盼。可现在穆雨露却撒手去了，就剩下她一个老婆子孤独度日，不知道她是怎么熬过这段令她悲痛欲绝的日子的。王小羊真想对她说，大姑，雨露去了，您就把我当成您的儿子吧。但他只是张了张嘴，却没把这句话说出来。那不过是书本上写到的情景，他还没有勇气把它落实到生活中来。

看你现在生龙活虎的样子，穆大姑用羡慕的眼神看他，如果我家雨露没死，也该像你一样，那该有多么好呀。她从他手里抽回手，迈着蹒跚的脚步朝自己家走去。

望着她就要远去的背影，王小羊突然一溜小跑追上去，大姑，我去你家里看看。

穆大姑听明白了他的话，在意外的同时更显出了高兴。好，好……她忙不迭地说。

穆家住在村子的另一头。在整个王家庄，穆家是唯一的独门。据说，许多年前，穆雨露的爹要饭来到王家庄，投奔到一户老亲戚门下，后来又娶了一个本村的女人为妻，从此后，王家庄就多了户姓穆的人家。不幸的是，穆雨露生下来不久，他爹就得暴病死了，于是，穆家在王家庄繁衍的重任便落在年幼的穆雨露身上。但更不幸的是，穆雨露还没有成家立业，就也在鬼子的扫荡中死去。这样看来，穆姓在王家庄的存在已经提前结束了，穆大姑不过是徒有虚名而已。所以在这种严酷的现实面前，穆大姑自然伤感万分，不时想到她的儿子，也是顺理成章的事。

穆大姑家十分凌乱，也有些肮脏，简直让王小羊落不下脚去。看得出，自从穆雨露死去后，她就没有多大心思过日子了。你看，她不好意思地说，让你笑话了。

没关系，王小羊赶紧说，我家也是这样。

对于他的到来，穆大姑显得格外激动，用衣袖擦净他面前的座位，还给他倒了一碗开水，喝吧。她把碗递到他手里，眯起泛着泪痕的眼睛，痴痴地看着他。

王小羊避开她的目光，低下头，无意中朝碗里看了一眼。碗似乎没洗干净，豁口处还留有一些泥痕。但他没有在乎这些，还是把碗捧起来，一口一口去喝里面的水。

你真的和我家雨露差不多，穆大姑神经质地说，长得都那么秀气。说着，她又撩起衣襟，去擦流出眼眶的泪水。

听了她的话，王小羊有些不自在。我长得秀气吗？他在心里问自己。对“秀气”这个不算陌生的词，他似乎头一次有一种模糊不清的感觉。不管怎么说，如果把它放在穆雨露身上，倒是十分合适。是的，穆雨露就是那种长相秀气的人，看上去和女孩子差不多，有一度，同学们都把他称为“假妮子”。也难怪，女孩子擅长的一些技能，穆雨露居然都非常拿手，比如踢毽子、丢布袋之类。有人甚至传说，对于绣花那样技艺高超专属女孩子所为的活计，他也能做得来，只是大家没有亲眼看见罢了。

王小羊抬起头，在屋内看了一圈，目光突然落在正面的墙上，那里挂着几幅毛笔字，一幅中堂，两幅条屏。不用看落款，他就认出来了，那正是穆雨露的手迹。这应该是穆雨露最拿手的一件事了，他好像天生具有这方面的才能。同学们一起和他练习描红，多数都还写得不成样子，他就显得很有功力了。爷爷曾经不止一次夸赞说，兴许不久的将来，我们王家庄就会出一个了不起的书法家呢。几乎每次上课，爷爷都会拿穆雨露的字说事，借此发一番感慨。也正是在爷爷的鼓励下，穆雨露产生了远大的抱负，决心在未来的日子里做成一个书法家，为王家庄当然更为穆家增光添彩。那时，王小羊因为喜欢画画，便自然和穆雨露来往得密切，不但是在学堂里，即使逢到节假日，两个人也会找到一起切磋并交流。

看到他盯着墙上的毛笔字看，穆大姑也又激动起来。他的东西我都给他留着呢，有时做梦，我都看见他又回到家来，拿着毛笔在纸上写呀写呀，我还站在一边给他研墨……可他活着时，我哪里给他研过一回墨呀？说到这里，她把手捂在眼上，脖子一伸一伸地抽泣起来。

大姑，王小羊不得不劝解她说，雨露既然已经……您就要想开些，这也是没有办法的事。

都是日本鬼子闹的，穆大姑甩掉手上的泪水，咬一下已经缺损的牙说，把什么都给我们毁了。

王小羊本不想再勾起她的伤心事，但犹豫了一会儿，还是忍不住说，大姑，雨露他到底是怎么死的？他实在不愿相信李青石说过的那些话。

唉。穆大姑长叹一声，便絮絮叨叨地给他讲起来。那次日本鬼子来扫荡时，雨露正在一心一意练写字。那还是你爷爷送给他的一本帖子，他已经练过了多半本，就要快写完了，可就在这个时候，日本鬼子突然来了。听了秀兰他们传过来的信儿，我们就赶紧藏到了地窖里。你可能还不知道，我们家有一个地窖，是雨露他爹活着时挖出来的。说到这里，穆大姑朝院子的一个角落里指了指。进地窖时，雨露说要带上那本帖子，我说了句不该说的话，我说在地窖里又写不成字，你带帖子进去干什么？他一向听我的话，也就没有带那本帖子。也怨我呀，真不该说那句话，他如果带上了那本帖子，或许就……她举起手，在自己头上重重拍了一下。

王小羊把目光投向院子里，朝她指的那个角落定定地看了一眼。

日本人来了就不走了，还有几个鬼子住到了我家里，在上面又是吃又是喝，把我养的那几只鸡都杀了。穆大姑继续说，我们没想到日本人会待那么长时间，带到地窖里去的东西也不多，几个窝窝头都慢慢吃光了。其实雨露并不在乎什么吃的，最让他难受的是没有事干，开始那两天还能忍得住，后来就不行了，又是摔胳膊又是拍打腿，有时还咬牙、干号。我怕他闹出动静来让鬼子们听见，就想方设法劝他，可他一概不听，原先他那么听话，现在却和我顶撞起来。我知道，他是在地窖里憋得难受，加上闲得无聊，一天到晚躺在黑乎乎潮乎乎的地窖里，还要时时提防着上面的敌人，不要说他一个火力正旺的年轻人，就是我这个耳聋眼花的老太婆也受不了呀。后来他实在承受不住了，要不顾一切上到地面上去。我拉住他说，你不想活啦？你一上去鬼子就会把你抓住。他抢白我说，就是让他们抓住了，也比躺在这里受罪强。我说，说不定鬼子会要了你的命。他攥了攥拳头说，那我就和他们拼了，谁要谁的命还不一定呢。他像变了个人似的，满脸都是横肉，牙巴骨咬得咯咯响，哪里还有一点儿过去腼腆温和的样子！我怕他出去了惹事，就用一根绳子捆住他的腿，把另一头拴在我的腰里。我还吓唬他说，你要是上去了，我就一头撞死在这里。他不敢乱来了，只好又躺下来，但却把身子蜷缩在一起，呜呜地哭个不停。

王小羊不错眼珠地看着地窖所在的地方，想象着穆雨露在下面进行的那些痛苦挣扎，心情也变得前所未有的黑暗。

被他这么一闹腾，我也累得快要半死了，熬到第四天夜里，我再也受不住，慢慢就睡着了。说到这里，穆大姑又懊悔地在脸上打了一下。千不该万不该，我不该在那天夜里睡觉。你说我怎么那么大意，雨露都那个样子了，我怎么还睡得着呢？说出来你也许不相信，我还做了一个梦，梦见雨露爬到墙上去写字。穆大姑朝墙上指了一下，我看见墙上挂着好多张白纸，我的雨露就像是一条大壁虎，攀在那些纸上写呀写呀，就在他快要写完的时候，我忽然看见他从墙上掉了下来……我一下子惊醒了，觉得这是个不祥的梦，赶紧睁开眼。这时天都明了，借着从缝隙里射进来的亮光，我看见我的雨露躺在我脚下，身子一动也不动。我觉得奇怪，他怎么一动也不动？我坐起身来，探过头去，朝他身上仔细一看。我的老天，我看见从他手腕子上爬出了一条蛇，弯弯曲曲地朝远处爬去。我眨巴了一下眼，才看清那根本不是一条蛇，而是，而是他身子里流出来的血……

听到这里，王小羊眼前的黑暗处也变成了红色，那片鲜艳的红色急快地变大，直朝他脚下扑来……他禁不住朝后退了一步。

我这才知道，我的雨露已经在我做梦的时候，用另一只手里的石片划开了手腕子，把身子里的血放出来了。穆大姑两手捧住脸，悲伤地哭起来。我怎么也没有想到，我的雨露会熬受不住，会把身上的血放出来。他掉下来了，他从墙上掉下来了……他还没有长大成人，还没有娶上媳妇儿，就这么提前走了，走到我前头去了。

原来是这样？王小羊吃力地抬起头，望着重新恢复了原色的院景，长长地呼出一口气。雨露，他在心里哀伤地说，你受苦了！

我的雨露不该死呀。穆大姑拍打着两手说。其实那天夜里，日本鬼子已经撤走了，可我们并不知道，还以为他们……都怨我做了那个不吉利的梦，雨露都要死要活的了，我怎么还能睡得着觉呢？穆大姑拉住了王小羊的手，你说这是不是都是我的错？她眼巴巴地盯住他，似乎等待着他的评判和指责。

大姑，王小羊攥紧了她的手，明确无误地告诉她说，这不是您的错。您是一个好母亲，雨露之所以走上了那条路，都是日本鬼子造的孽，这笔账一定要算在那些无恶不作的侵略者头上。

穆大姑呆滞地眨巴着眼睛，似乎听明白了他的话，点点头，想要起身的时候，忽然有些支撑不住，差点儿出溜到地下去。她说了过多的话，身子有些虚脱了。

王小羊急忙搀住她的胳膊，看她在椅子里坐不住了，便把她扶到里屋的炕上去。

和穆大姑道别后，王小羊来到了院子里。在经过那个地窖时，他停下来，对着地窖仔细地打量。说起来，他和穆雨露比任何一个人都更加相像，一个喜欢绘画，一个痴迷书法。如果没有这场战争，他们会并驾齐驱，一起成为艺术领域里有所成就的人。但是，日本人携带着炮弹到来了，他们美好的梦想只能化作虚幻的泡影，甚至连自身的存在都成了问题，一个在恐怖中死去，另一个也在经受着死亡的威胁。

雨露，王小羊对着地窖口说，虽然你没有学会杀人，算不得什么英雄，但是与我比起来，你一点儿都不差。你对日本鬼子的仇恨和抗争，已经在我身上化成了力量。等着吧，当时机到来时，我会替你杀死几个鬼子的，也算是为你报仇。

回到家里后，王小羊径直来到田中一郎的炕前。田中一郎闭着眼睛，正沉浸在睡眠中，嘴里还发出悠扬的鼾声。经过他几天的照料，这个差点儿进入地狱的日本人已经好起来，满脸都闪耀出红艳艳的亮光。王小羊直直地看着他，真想把自己的手举起来，按到他不断鼓胀的脖子里。他使了很大劲，才抑制住这种强烈的冲动。你为什么要救他？他在心里问自己，难道你真的能把他变成一个善人，一个不再杀中国人的人？

为了防备不测的事情发生在自己手上，王小羊想赶快离开田中一郎，走到屋外的远处去。但他猛一回头，看见爷爷正站在门口，也用充满疑虑的目光看他。自从他把田中一郎背到家来后，爷爷已经用这种目光看过他许多回了。他又掉过脸，伸出一只手，从田中一郎的脖子上滑过，抓住他胸前的衣襟，一下子把他拎起来。

干什么？田中一郎从睡梦中惊醒，大睁开两眼，懵懂而茫然地看他，怎么回事？

你给我说，王小羊质问他说，你为什么要到中国来？唵，你为什么要到中国来？

田中一郎有些摸不着头脑，眨巴了一下眼，才渐渐回过神来，如实告诉他说，我是接受大日本帝国陆军本部的命令，随我所在的部队开赴……你为什么要问这个？

杀人呢？王小羊晃荡着他说，杀中国人你又是接受了谁的命令？

这个……田中一郎越发有些迷惑，你，你怎么啦？

王小羊把他的身子甩回到炕上，直起腰板，把压制在胸中的闷气狠狠吐出来。问他这些又有什么用？他在心里嘲笑自己，即使不接受谁的命令，他们就不杀人了吗？想到这里，他脱口问道，告诉我，如果没有人命令你杀人，你还会对中国人开枪吗？

我……田中一郎不知道该怎么回答，我没有想过这个问题。

那你就好好想想。王小羊也用命令的口气说。

问题是，田中一郎辩解说，我不会接到这样的命令……

那你就先做好死的准备！王小羊说。

其实，田中一郎低下头说，我早就做好这种准备了。

什么?!王小羊诧异地看着他。这回轮到他感到迷茫了。

田中一郎苦笑了一下，用淡而无味的语气说，一到中国战场上来，我就做好了这种准备。

为什么？王小羊又伏下身去，为什么宁肯死亡也要到中国来？也要残害我们中国人？你们到底要干什么？

我们是来帮助你们，田中一郎抬起头，用渐渐热烈的目光看着他，我们要建立大东亚共荣圈，要让你们这些落后的支那人过上和我们一样美好的日子。

去你娘的吧！王小羊用汉话骂了他一句。

你说什么？田中一郎有些莫名其妙。

我们不要你们的帮助，王小羊盯住他说，告诉你，趁早滚回你们那个小岛上去，不然，这里就是埋葬你们的地方。不信你就走着瞧，早晚有一天你会真的死在这里。

我说过，田中一郎微微一笑说，我早就做好了这种准备。

你为什么要拿你年轻的生命开玩笑？王小羊杵杵他的胸脯。

你知道我们日本的樱花吗？田中一郎反问他。

知道。王小羊想起来，在济南学校的院子里，就有几棵日本人移栽过来的樱花树。

樱花只在春季里盛开几天，田中一郎把眼睛转向窗外，目光里闪动着哀戚和向往，尽管时间短暂，但却艳丽无比，把它整整一年里的活力和欲望都释放到这几天中来了，随后便是无情地凋零……他把脸掉回来，我们日本人就像那些樱花，不追求一生的长远和平淡，而是让生命变得暴烈和狂放，哪怕为此而毁灭……他垂下头，眼角里闪出了盈盈的泪光。

王小羊呆呆地看着他，一时不知道该做出什么反应。

生若樱花之灿烂，死似秋水之静美。田中一郎念叨着，把身子缓缓地倒回到炕上。

王小羊无法再说什么，转过身来，慢慢往门外走去。他这才感觉到，尽管自己学会了日语，也在一定程度上接触了一些日本文化，但直到现在，直到遇上了这个叫田中一郎的人，他才算对日本人有了一些真正的了解。对着这样的人，他掉回头，朝里屋看了一眼，困惑不已地对自己说，你又怎么能说服得了他呢?

来到院子里，王小羊不禁呆住了，看见潘秀兰站在院门口，正直直地朝他看。他没有想到她会到这里来，当然她是来找自己的，那么她找自己有什么事呢？该不会是与那天耿大壮和王大牛的争执有关吧？这样一想，他便觉得不自在起来，好像他与潘秀兰真的有什么说不清的关系似的。他呆呆地看着她，一时不知道该用什么方式迎接她。

潘秀兰明白他在想什么，腮边也明显地掠过了一丝红晕，但神态很快恢复了正常。是好古大叔让我来……她向他解释说。

是吗？王小羊反应过来，有什么事吗？这样说着，他又觉到自己实在不够热情，便虚伪地让了一下说，要不到屋里去说吧。

到屋里去？潘秀兰意味深长地看了他一眼，是不是不方便？

这个……王小羊心里一惊，本能地想到躺在炕上的田中一郎，她会不会知道了这件事呢？随即又在心里安慰自己说，也许她是指他们两个人之间的事，便依旧硬着头皮说，没什么不方便的，屋里坐吧。

那好，潘秀兰这才朝前走来，口气中含着明显一语双关的意味，如果让我看到了不该看到的什么，你可不要后悔呀。

王小羊心里真正紧张起来，却还是故作坦然地摊开手说，看你说的，好像我有什么秘密似的。

没有就好。潘秀兰已经变得坦然起来，进到屋里，四下里看了一圈，就把目光落在里屋的门帘上。

这里坐，王小羊急忙拍拍凳子。

我想到里屋去看看。潘秀兰说着，就要朝里闯。

哎，王小羊赶紧拦住她，去里屋干什么，黑洞洞的。

如果你没有什么秘密的话，潘秀兰目光灼灼地看着他，我到里屋看看，又有什么关系？

王小羊知道什么也瞒不住她了，但还坚持着挡在她面前。

小羊，潘秀兰冷笑着说，你不觉得继续再装样子，就没有什么意思了吗？

王小羊终于支撑不住了，抬手抹抹脸上的汗说，好吧，我就不再瞒你什么了……可你是怎么知道的？

要想人不知，除非己莫为，潘秀兰耸耸肩膀说，我可以看看吗？

你看吧，王小羊撩开门帘说，他是个伤兵，就快要死了，我正好……我怎么能见死不救呢？

就你心眼好？潘秀兰走到炕前，看着躺在上面的田中一郎，若有所思地说，那天我们拔炮楼时，就漏网了他一个人。

他还是个孩子，王小羊解释说，也还没有杀过我们的人。

他今天没杀，潘秀兰打断他的话说，并不意味着他明天后天不杀。

我们救了他的命，王小羊思索着说，他总不会恩将仇报吧？就是一匹狼，也不会轻易咬他的救命恩人呀。

不见得吧，潘秀兰依旧冷漠地说，日本人和狼也差不到哪里去。

这话……王小羊摇摇头，不同意她的说法。

在他们说话的时候，田中一郎一直闭拢着眼皮，但耳朵却支棱着，由于他们说的是中国话，他还不可能听懂他们话里的意思，但却明白他们是在争论。

你打算怎么办？回到外屋后，潘秀兰径直问他。

他的伤还没有好利索，王小羊犹豫着说，现在就是让他走，怕是也……

你一定要放了他？

不放了他还能……王小羊反问她说，我们总不能杀了他吧？

也是，潘秀兰也有些为难，可让一个日本鬼子待在村里，无论如何也不合适，如果让好古大叔他们知道了，恐怕……

王小羊急忙说，你千万不要告诉他们。

让我替你保密？潘秀兰乜斜着他，我怎么能和你一起做这种事？

那怎么办？王小羊想了一下说，你再给我几天时间，我把他的伤治好了，就让他……

他走了，那不是更危险了？潘秀兰说。

我尽量做他的工作，王小羊故作有信心地说，他即使真是一匹狼，我也要把它变成一个没有杀心的人。

这有可能吗？潘秀兰还是不相信。

我尽力而为吧。王小羊强打精神说。

好吧。潘秀兰点点头，暂且就按你说的办。她要走了，却似乎还有什么话没有说完，站在院门口，又回过头来看他。那天的事，她有些不好意思地说，希望你不要放在心上……

没关系，王小羊脱口说道，我都已经把这件事忘了。

潘秀兰似乎等待的并不是这句话，一直温和的脸容忽然变得冷暗起来。好吧，那你就好自为之吧。说罢，她便掉转过身子，迈着大步往外走去。

王小羊呆呆地看着她的背影，想出去送她几步，却又迈不出脚去。

正在这时，王大牛不知从什么地方冒出来，在身后推了他一把。你的相好来找你了？他满怀兴致地问他。

去你的，王小羊也推了他一下，你个没有眼力的呆子。

为什么说我是呆子？王大牛还是莫名其妙。

19. 全民公敌

王小羊已经感觉到，村子里知道自己窝藏日本伤兵的人正在多起来，不论他走在街上或者来到村外，都会有人远远地朝他打量，好像他身上有什么不同寻常的地方。但当他要和那些人打招呼时，他们却急快地从他身边走开了。一天傍晚，王小羊从院门里出来，突然看见一个黑影蹲在墙角里，开始他还以为是条狗，不禁往后退了一步。那个黑影却突然间站起来，撒开腿，一阵风地往街上跑去。他这才明白那是一个人，但却不知道他为什么蹲在自己家门口，而且害怕被自己看到。难道他是来监视自己的？他在心里问自己，随即便恍然大悟，自己已经被村里人盯上了。也就是说，田中一郎在自己家已经没有什么安全可言了。

从那天起，王小羊不得不开始考虑如何保护田中一郎了。既然村民已经知道他在自己家里，那他就可能随时都处在一种危险当中，当他们真的跳出来捉拿他的时候，仅凭自己的力量是不可能保护住他的。不能让他就这么落在村民的手里，他反复告诫自己说，不管他中日本军国主义的毒有多深，不管他多么不思悔改，起码他手上还没有沾上中国人的鲜血，起码他现在还是一个伤病员。即使要在他身上清算日本军国主义的账，那也要等他回到战场上，只有当他拿起武器对我们开枪时，我们才能对他痛下杀手。在此之前，我们就不能放弃把他变成一个真正良善之人的希望，就不能不做挽救他的最后努力。

但王小羊清楚地知道，时间似乎有些来不及了，那些痛恨日本侵略者的村民已经悄悄行动起来，如果自己再不赶快想出办法，或许手无寸铁的田中一郎就真的要受到生命威胁了。事不宜迟，王小羊决定立即对田中一郎实施转移。主意打定了，但具体转移到哪里去，他却又陷入了苦恼之中。对村里的所有人几乎都排查了一遍，也没有找到在这件事上值得信赖的人选。他真的难以相信，除了自己之外，还会有什么人肯冒险收留一个日本人。王小羊快要绞尽了脑汁，也没有为田中一郎找到更好的去处，唯一可行的方案便是把他再送回那个他曾经隐身的秫秸垛里去，在那个不被人们注意的地方养好伤病，一旦有什么风吹草动，他逃离起来也比在家里方便。

看来你不能待在这个地方了，王小羊对田中一郎说。

你的什么意思？田中一郎有些紧张地看着他。

对你来说，这个地方也是危险的，你同意我这个说法吗？王小羊没有对他说危险的原因，只是用征求他意见的口气说。

你说得没错，田中一郎往四周看了一圈，如果你们的人要对我下手，我就很难从这里逃出去。

王小羊没有点头，也没有摇头，继续对他说，那么好吧，我把你送到你认为较为自由的地方去。

田中一郎不明白，看着他，那是个什么地方呢？他匆促地思索了一下，眼神里便闪出了一缕亮光，你要把我送出去吗？没等他回答，他便拉住了王小羊的衣袖，请你无论如何把我送走，拜托你了。他使劲朝他点头鞠躬。

就算我能把你送出去，王小羊把袖子抽回来说，可你自己走得了路吗？

这个你就不用管了，田中一郎把手在胸脯上拍了几下，只要你把我从这里送出去，剩下的就是我自己的事了。

好吧，王小羊在心里说，你是死是活那就听天由命了。离开田中一郎后，他还在心里嘟囔，你就是把他放走了，就凭他现在这个样子，怕是也给村人们带不来什么像样的威胁。有了这样的想法，王小羊对放走田中一郎所感到的一丝不安，也像风中的烟雾一般散去了。

王小羊把转移田中一郎的行动定在当天夜里。为了确保万无一失，他甚至没有对爷爷说这件事，自然也没有贸然转移田中一郎，而是把正处在昏睡状态的王大牛叫起来，让他装扮成田中一郎的样子，跟随自己一起出门去。尽管时间是在下半夜，王小羊还是觉到外面的黑夜里并不平静，或许哪个地方正有人睁着眼睛朝自己的家门口看呢。

王大牛睡得有些迷糊。干什么你？他勉强睁开眼，草草看了他一下，立刻又把眼皮合上了。

睡你的就是了，王小羊一边把他搀扶起来，一边在他耳边小声说，我们到院子里凉快一下。他知道王大牛有站着睡觉的习惯，所以便不让他真正醒来。

王大牛果然把一条胳膊搭在他肩上，跟着他一边往外走一边睡觉，脚下自然也便走得不稳，身子时不时地弯一下，要不是王小羊架着他，说不定他早就摔到地上了。其实这正是王小羊要达到的效果，如果从远处朝他们看，还以为他真的是搀扶着一个伤病员呢。

正如他的预料，他们刚刚来到街上，就看见几个人影站在离他们不远的地方。王小羊不禁在心里说，他们果真等在这里呢。他暗自庆幸，多亏没有把田中一郎带出来，不然可就真的回不去了。想到这里，他头上冒出了一层细汗。

是王小羊吧？还离着老远，一个声音就蛮有把握地朝他们说，你们这是到哪里去呀？

我们到村外……王小羊有意说了个半截话，等他们来到近前了，才把下半句补上，去凉快凉快。

几个人把他们围在中间，不相信地嘟囔着说，不会是那么简单吧？为了把他们看得更清楚，其中一个人还点燃了一只灯笼，举起来，越过王小羊，直朝王大牛脸上照去。趁着这个机会，王小羊也看出来，这个举灯笼的人是耿大壮。

咦？耿大壮有些吃惊地说，怎么会是他？

这时王大牛也被照醒了，睁开眼，看到耿大壮站在自己面前，以为他又来找自己打架，便先下手为强，头一低，就朝他胸脯撞去。幸亏他的一条胳膊还搭在王小羊肩膀上，身子伸不出去，不然耿大壮或许要被他撞翻在地上了。

这是怎么回事？耿大壮往后倒退了几步，看看他身边的同伙，又把目光落在王小羊身上。小羊兄弟，他说话的口气突然客气起来，你们深更半夜要到哪里去呀？

我不是对你们说了吗？到外面来凉快凉快。王小羊又反问他们说，你们深更半夜的在这里干什么？

我们……耿大壮不知该怎么回答，我们也在这里凉快着呢。

你们在这里凉快吧，王小羊拉住还要向耿大壮撒疯的王大牛，掉过头去往回走，我们回家睡觉去了。

回到家来，王小羊长长地吐出一口气，随后又悲哀地对自己说，看来转移的路也被人们堵死了，往下可怎么办呢？他正要往自己屋里走，却看见堂屋的门台石上坐着一个黑影，那不是王大牛，王大牛已经回屋睡觉去了，那么除了是爷爷，还能是谁呢？王小羊吃了一惊，难道爷爷已经洞察自己的意图了？尽管意识到了这一点，他依旧没有主动去和爷爷说这件事，只是装着没有看见他，一个人悄自回屋去了。半夜时分，王小羊出来方便，竟然看见那个影子仍然坐在门台石上，他抹了抹眼，简直疑心自己的眼睛产生了幻觉。

王小羊不知道该怎么办，躺在炕上翻来覆去睡不着，直到天亮时分，他焦躁不安的情绪才渐渐平静下来。到了白天，王小羊的思绪不那么专注了，便又觉得也许事情并没有那么严重，人们虽然知道了他窝藏日本伤兵的事，只要他不让田中一郎出现在他们面前，就算他们心里再有想法，也不至于找上门来朝他要人，那样不仅自己不会答应，爷爷也会把他们赶出去的。想到这里，他便又稍稍放下了心来。不要慌，他告诫自己说，慢慢想办法吧。

但随后出现的事实证明，王小羊想得未免太过简单了。第二天才过了一个上午，一件让他没有想到的事情突然出现了。王小羊刚和爷爷哥哥吃完午饭，就听到院门外传来一阵隐约的骚乱声。开始他还没有把那些声音和自己联系起来，直到噼噼啪啪的敲门声传来的时候，他才意识到，这些嘈杂的声音都是冲着自己一家来的。但他依旧想不到他们的到来和躺在屋内炕上的那个日本人有什么直接的关系，还跑过去，主动打开了关闭着的院门。看到那么多人挥舞着棍棒围上来，王小羊一下子惊呆了。你们，他不由得倒退了两步，你们要干什么？

那些人没有回答他的话，只是急快地逼上来，争相进到了他的院子里。

王小羊这才反应过来，要去关闭门板，但已经来不及了。这是我的家，他张开两臂拦挡，同时大声对他们告诫说，你们不能随便往里乱闯！

那些人站住了，互相看看，似乎等待着他们的头领出来说话。

王小羊也朝人群里看。和他的预想差不多，人群里并没有王好古、潘秀兰等人的影子，也就是说，人们的这次行动还不是抗日组织的谋划，或许人们都是自发赶来的。但他还是在里面看到了几个过分熟悉的面孔，除了鼓动着满脸横肉朝他瞪眼的耿大壮，还有躲躲闪闪缩在人群中的李寿山，一脸纳罕地朝他打量的穆大姑，甚至连一向不抛头露面的张同文也跟在了后面。王小羊似乎想象出了他们朝自己家赶来时的情景。

人们想让李寿山打头，但狡猾的李寿山却越发朝大家身后躲去。耿大壮只好走上前来，自告奋勇地充当起了他们的领头人。听说你家藏了一个日本鬼子？他开门见山地对王小羊说，你快把他交出来吧。

谁说我家藏日本鬼子了？王小羊硬着头皮抗拒说，我藏日本鬼子干什么？

耿大壮有些语塞，回头看了李寿山一眼，改用蛮不讲理的口气说，你说没藏就没藏了？我们要进去搜搜看。说着，耿大壮就要带领人们朝屋里闯。

王小羊急忙拦住他，凭什么搜我的家？我又不是汉奸，你们有什么理由到我家里来搜？

小羊，李寿山从人群里探出头来说，既然你家里没什么鬼，就让大家去搜一搜嘛，也好还你一个清白。

这个老滑头。王小羊在心里说。寿山爷，他朝他喊着说，既然我家里没什么鬼，你们为什么要进去搜呢？如果我带人到您家里去搜，您同意吗？

李寿山张了张嘴，不好再说什么了，干脆连头也藏到人们身后去了。

耿大壮不甘心地说，他不让搜我们就不搜了？那我们来这里干什么？

如果你真要搜也行，王小羊说，我先带人把你家搜了，你再带人来搜我家。

他们一时有些僵持不下。这时，穆大姑走到前面来，拉住王小羊的手说，小羊呀，大姑无论如何也不相信你会窝藏日本鬼子，可他们都这样说，你给我说句实话，你到底藏没藏鬼子？

大姑……面对她质询的眼神，王小羊掉开了头，实在没有勇气继续对她撒谎。可为了保护田中一郎，他又不能当众向她承认，他知道，只要自己点一下头，耿大壮就会即刻带领人们冲进屋去，把田中一郎从炕上拖下来，挥舞手中的棍棒，不由分说将他打死。

你倒是说呀，穆大姑摇晃着他的胳膊，你家里有没有日本鬼子？

王小羊强迫自己不做任何表示。但他又明白，这样一味的抗拒总不是个办法，也许用不了一刻钟，人们就会失去耐心，不管他承认不承认，他们都会冲进屋去看个究竟。怎么办？他在心里问自己，我该怎么办？他一抬头，突然看到了爷爷，眼睛便霍地一亮。

在他们互相争执的时候，爷爷一直坐在门台石上，低垂着脑袋，手指间捏弄着一块纸片，一心一意地往里包裹树叶。而王大牛则躺在他脚下，闭拢着双眼，身子一动不动。眼前发生的一幕，好像与他们一点儿关系没有。

王小羊觉得，在这个关键时刻，如果爷爷站出来说上句话，或许会对他们即将失控的行动产生一些约束作用。爷爷是村里的老人，又有“秀才”之类的“功名”，更为关键的是，他为许多家庭培育过他们的后代，便天然具备了一定的权威，有了让他们无条件信服的理由。大家可以不相信他王小羊，但没有理由不信任爷爷。当然，这里必须具备一个前提，那就是爷爷要站在自己一边，为他的不实之词作一个证明。尽管这对爷爷来说是一件万分困难的事，因为在王小羊的记忆里，他还从来没有说过谎话，可不管怎么说，他王小羊也是他的亲孙子，在他与外人的争执中，爷爷应该别无选择地站在自己一边。正是怀着这种侥幸心理，王小羊转而向他求助说，爷爷，您来说一句，咱家里藏没藏日本人？

听他这样说，那些人也都把目光转向了爷爷，期待着他开口说话。

但爷爷却没有任何表示，依旧专注地包卷那根烟，似乎没有听见王小羊的话，也没有看见那些人的眼神，或者干脆说，这件事真的与他一点儿关系没有。

王小羊只好走过去，轻轻摇晃了他一下，爷爷，您倒是说话呀。

爷爷卷好那根烟，塞到王大牛嘴里，又为他点上火，才慢慢抬起头来。小羊，他不慌不忙地看着他说，你让我说什么话？

爷爷，王小羊不动声色地朝他眨一下眼，然后话里有话地说，咱们家没有藏日本鬼子是吗？

爷爷没有说什么，只是默默地打量着他。过了一霎，他才吧嗒一下嘴，慢悠悠地说，小羊，别白费力气了，实话对你说吧，是我让他们来咱家的。说着，他朝那些人指了一下。

什么？王小羊大吃一惊，您说什么？他实在没有想到爷爷会这么说。

他们都是我叫来的，爷爷说着，又朝人群里招了一下手，寿山兄弟，是不是这样？

听他这样说，李寿山只好从人群后走了出来。老哥，小羊怕是也是好心，他有些语无伦次地说，你这样让大家来，是不是也……

这件事不能再拖下去了，爷爷说着站起来，已经好多天了，小羊治好了他身上的伤，可是不是像他说的那样还能治好他脑子里的伤？我看事情没有那么简单……

没等他说完，王小羊就打断了他的话。为什么？他瞪大了眼睛，直直地盯住他说，您为什么要这么干？他想到了夜里看到的那个黑影，这才明白爷爷竟然也参与了对自己的监视。

小羊，爷爷好像知道他在想什么，看向他的目光里浮动着复杂的含义，原谅爷爷……他叹了一口气说，我看你未必实现得了把他变成好人的愿望。

您怎么知道我不能实现？王小羊朝屋门里指着说，我不是还没有来得及吗？

你想得过于简单了，爷爷捋捋腮下的胡子，又使劲摇摇头说，孩子，世上的事没有那么容易。

可你为什么不给我时间呢？

时间已经够多了，爷爷仰起头，朝远处看了一眼，意味深长地说，这件事再拖下去，怕是对你对我对大家，他又朝人们指了一下，都不再是什么好事了。

那你就让人们打死他？王小羊抱住了头，可他并没有杀过我们的人，而且他还是一个孩子。

究竟怎么处置他，应该让大家看着办，爷爷用不容置疑的口气说，我们和日本人之间，绝不是哪个人和哪个人之间的事，我相信大家能找出一个合适的办法。

王小羊知道再对他说什么也没有用了，便把注意力转向人们。无论如何，他喘息着粗气说，你们也不能要他的命。

我们会把他交给农救会，李寿山冷静地说，让政府来处置他好了。

只要他向我们投降，我们就不为难他，耿大壮晃了晃手里的棍棒说，可他要是反抗，就别怪我们对他不客气了。说着，他就做出朝屋里冲的架势。

可是……王小羊还是放不下心来。

小羊，穆大姑哀求他说，你就别拦着大家了，让他待在你家里，早晚也是个祸害。

走。耿大壮挥挥手，就高举着棍棒，带领人们朝屋里奔去。

王小羊呆呆地看着他们，想象不出当他们出现在里屋内时，那个叫田中一郎的日本人会做出怎样的反应。等等，他忽然追上他们说，先让我对他做一下工作。

但耿大壮没听他的话，已经带着几个人冲进里屋去了。但很快，他们就返身走了出来。怎么回事？他拍打着脑袋说，里面怎么没有人？你们把日本鬼子藏到哪里去了？

听了他的话，王小羊也一下子惊住，里面怎么会没有人？田中一郎明明就躺在里屋的炕上，尽管他这几天已经能下地走上几步，可也没见他出这间屋呀，再说里面也没有藏身的地方，他还会插上翅膀飞走了不成？

到底怎么回事？耿大壮直愣愣地看着他说，你们到底要的什么鬼把戏？

王小羊还没有回答上来，王大牛忽然从里面跑出来。小羊，他颤抖着嘴唇说，田中一郎砸烂了后墙上的窗子，从那里跑出去了。

王小羊这才明白，在他和人们争执吵叫的时候，田中一郎预感到大事不好，情急之下，竟然从后窗子里逃走了。他松了一口气，不知为什么，还在心里悄声说了声“好”。

似乎与他的心声相对应，爷爷突然叫喊起来，不好！随即便对人们说，快把他追回来。

耿大壮反应过来，又朝人们招招手，便挥舞着棍棒跑出院门去。人们都急急地随在他身后。

很快，院子里便寂静下来，好像刚才的纷乱不过是一场不真实的梦。爷爷，王小羊走到他面前，摇着头抱怨他说，田中一郎跑就跑了呗，你为什么还让大家去追？

你以为他就这么跑了？爷爷瞪大眼睛说，这样一来，说不定他会……他没有再说下去，只是使劲摇了摇头。

望着他脸上沉重起来的表情，王小羊有些不解，莫非您认为我们是在放虎归山？

为什么不是？爷爷反问他说，你不觉得他跑了，我们的危险一下子增大了吗？

您把事情看得太过严重了。王小羊不以为然地说，同时在心里嘲笑他，当初自己把田中一郎弄进家来时，爷爷说自己是引狼入室，现在田中一郎跑走了，他又说什么放虎归山，难道这个乳臭未干的日本小孩就那么可怕？王小羊安慰他说，爷爷，我们救了他的命，他还能对我们恩将仇报吗？

这可说不定，爷爷望着天边涌动的乱云，脸上的表情越发阴沉，人心难测呀，何况他还是个不为我们所熟悉的日本人。

耿大壮带领人们搜遍村子里的每个角落，也没有找到田中一郎的影子，甚至连他留下的一点点儿线索也没有得到。王小羊还觉得奇怪，就凭田中一郎那只伤脚，他还能跑到哪里去呢？天黑后，趁人不注意，他偷偷来到王好铭家的打谷场，找遍了每个秫秸垛，尤其是上次田中一郎藏身的地方，也没发现他的任何蛛丝马迹，田中一郎根本没到这里来。也就是说，这个拖着一只伤脚的日本人终于消失不见了，或者更明确一点儿说，他是成功逃脱了。

在接下来的两天里，爷爷一直处在心神不定的情绪中，不时地走到村口，默默地朝着远处望，似乎在等待什么事情的发生。王小羊看出来，爷爷是担心田中一郎逃走后，为了报复王家庄人，把敌人引到这里来。怎么会呢？王小羊在心里说，不管怎么说，也是这个村里的人救了他的命，他即使还有一丝良心，也不会干出这种伤天害理的事呀。田中一郎走了，他倒把悬着的心放下来，不用再为他担惊受怕了，唯一感到不太满足的是，没能达到自己最初的目的，把田中一郎变成一个永远不知道杀人是怎么回事的人。

爷爷，王大牛也沉不住气地说，田中一郎会把鬼子招来吗？

我怎么知道？爷爷没好气地回答，我又不是他肚子里的蛔虫，哪里知道他会打什么主意？

王小羊在一边听到了他的话，不禁觉得好笑，也有些迷惑，一向看透世事的爷爷，怎么突然间说出了这种没什么水平的话！爷爷，他朝他指出说，你把田中一郎想得太过复杂了吧？

人心本来就是复杂的，爷爷反驳他说，如果你把人心想得过于简单了，那你注定是要吃亏的。

您总不会说，王小羊问他说，田中一郎会包藏什么祸心吧？

他包藏不包藏什么祸心是他的事，爷爷指出说，但你不能对他无条件地相信。随即又补充说，无论怎么说，他还是我们的敌人。

您真觉得人是不可教化的吗？这样问着，王小羊又想起了小时候跟他学习《三字经》的情景。爷爷，他困惑地说，就算人生下来就不那么好，可如果反过来说他本来就坏，我实在是想不通，这与您当初对我们的教育可不是一回事儿。

我没有说人生下来就不好，爷爷向他解释说，但我也不敢说人本来就那么好。

那您的意思是说，人不好也不坏了？或者说，人是好和坏的共生体？

差不多是这样吧，爷爷想了一下，才点点头说，人身上既有神性，也有魔性，也就是说，他既能当天使，又能当魔鬼。

王小羊心里一动，不能不承认，爷爷这话说得还真是有道理。关键是，他又问道，人什么时候是天使，什么时候是魔鬼呢？

爷爷朝远处看了一眼，叹口气说，如果没有这场战争，人大多都会当天使。

王小羊明白了他的意思，而且知道了他没有说出的下半句话：有了这场战争，那么人大多都要当魔鬼了。不论是什么人吗？他又追问他说。

是的，爷爷低下头，声音也小下去，不论什么人，包括你和我。他看了他一眼，你难道没有起过杀心吗？

听了他的话，王小羊一下子想到了发生在杨庄的那场战斗，自己曾经举起驳壳枪，对着一个鬼子的胸膛扣动了扳机。至于是不是真的打死了那个日本人，他还无法确定，但在那个时刻，他确凿产生了杀死那个鬼子的念头，并通过那把驳壳枪采取了行动，这一点是没有任何疑问的。也就是说，在那个特定的时刻，自己的确是起了杀心，按照爷爷的说法，自己身上的魔性占据了上风，更明确一点儿说，自己在那个时刻做成了一个魔鬼。是这样吗？这样想着，王小羊不禁感到了一丝恐惧。

爷爷看出了他的心思，把手放在他肩上，轻轻地拍了一下说，没错，事情就是那样。

为什么会是这样？王小羊紧紧牵住他的手，哀痛地摇着头说，人为什么要把自己身上的魔鬼放出来？他把脸颊伏在他粗糙的手上，爷爷，我感到害怕……他的身子真的颤抖起来。

爷爷抱住他的身子。孩子，他无奈地哀叹说，不光你害怕，爷爷其实也害怕呀！

他们为什么要发动战争？王小羊哭泣着说，为什么要把人变成魔鬼？

我回答不了你，爷爷也抹一把眼角的泪水说，对这个问题，爷爷也想过无数次了，可什么答案也说服不了我。他把目光转向远处，要弄清这件事，只能去问那些发动战争的人了。

爷爷，王小羊担忧地说，这样下去，这个世界是不是就真的要完了？人类的末日是不是就要到了？

不会，爷爷这次不假思索地说，不管魔鬼怎样肆虐横行，这个世界也不会完，人类也不会走向毁灭。

那您给我一个理由，王小羊哀哀地看着他，我怎么来相信您的话呢？

你当然记得《三字经》里的话……

王小羊打断他的话说，可您刚才的说法，已经把那里面的说法推翻了。

我没有推翻，爷爷解释说，人之初，性本善。也就是说，人身上天使的成分永远都多于魔鬼的成分，别看魔鬼暂时被他们放出来了，可用不了多久，天使便会打败魔鬼，重新把魔鬼关到牢狱里去。

您是说，这个世界还有救？

当然有救，爷爷满怀信心地说，说不定哪一天，日本鬼子就会被我们赶回到他们那几个小岛上去了。

听他这样说，王小羊使劲把积压在胸口的一口气吐出去，这才觉得心里好受些了。是呀，日本鬼子的统治长不了，抗战一定会胜利，中国永远是属于中国人民的，这难道还有什么疑问吗？他忽然又想到了田中一郎。爷爷，您说田中一郎真的会给我们带来危险吗？

这个我也不敢肯定，爷爷又看一眼远处说，但我们不能不做一下防范，以免到时候措手不及。

王小羊也顺着他的目光朝远处看，依旧有些不相信地在心里说，不管怎么说，田中一郎也还没有完全丧失人性，应该不会做出连狼也做不出来的事吧？尽管这样，他还是朝爷爷提议说，是不是和潘秀兰他们说一下，让他们提高些警惕?

我已经给王好古提过建议了，爷爷安慰他说，他们会做好准备的。

王小羊放下心来。但愿爷爷的担忧是多余的，他在心里祈求说，但愿什么事也不要发生。

20. 残酷浩劫

这天夜里，王小羊做了一个梦，梦见自己远渡重洋，来到了梦幻般的塔希提岛。在这里，他见到了毕生倾慕和追索的偶像高更。这时，高更正在棕榈树下专注地绘画。让王小羊感到不解的是，高更画在巨大画板上的画，竟然是一幅《人类受难图》，随着他的画笔出现的那些人，一个个都在地狱里遭受苦难，有的被剜掉了眼睛，有的被砍下了胳膊，有的被剖开了腹腔，有的被剥下了皮肉，有的被悬吊在树上，有的被抛进了油锅，有的被钉死在墙上，有的被截断在刀下……总之，那是一幅极其血腥残忍、悲惨恐怖的景象，让王小羊看得心惊肉跳，冷汗淋漓。他真是想不明白，在如此一个天堂般美丽迷人的地方，高更怎么会画出这样阴暗可怕的图画？他实在忍受不住好奇，走上前去，虔诚地询问他说，大师，您为什么要画这样一幅图画？高更停下画笔，缓缓地转过头来。让王小羊更为吃惊的是，高更的脸上竟然没有皮肉，出现在他视野里的只是一个白骨森森的骷髅。王小羊大叫一声，急快地从梦境里逃出来。

王小羊坐起身，一边大口地喘息粗气，一边揩抹头上的汗水。我为什么做了这样一个梦？他在心里问自己。他稍稍镇定下来，似乎想起逃出梦境时听见那个骷髅回答自己说，因为人类就要灭亡了。王小羊回味着这句话的含义，心里越发迷茫和恐慌，高更为什么要说这样一句话？难道人类真的走到了临近灭亡的地步吗?

王小羊还没有想清楚这件事，就被越来越响的枪声惊呆了。其实他是被枪声惊醒的，只是由于那个梦太过恐怖了，刚刚清醒的头脑还被它控制着，没有意识到枪声正在外面的远处响着，等响动引起了他的注意，才像被兜头浇了一瓢凉水，身子一下子紧张起来。怎么回事？他莫名地喊了一声。

似乎在回应他的喊叫，王大牛磕磕绊绊地跑进来。小羊，他结结巴巴地说，鬼，鬼子来了！

什么？王小羊大吃一惊。就在这一刹那，他想到了那个逃走的田中一郎。是不是那个小日本领鬼子来的?

不知道。王大牛摇摇头。

王小羊草草穿上衣服，跳下炕，趿拉着鞋子就朝屋外跑。爷爷呢？他急急地问。

爷爷在门外探听情况。王大牛随在他后面，下台阶时，脚下一趔趄，差点儿摔倒在地。

王小羊回头看了他一眼，想去扶他一把，又没有停住脚，依旧迈着大步朝院门走去。

爷爷突然从门外返回来，一把拦住了他。小羊，爷爷抖动着胡子说，鬼子已经进村了，你赶快躲一躲吧。

鬼子是来扫荡的吧？王小羊翕动了一下嘴，还是问他说。

他们在这个时间来，爷爷回头看一眼说，看来不是一般的扫荡，怕是有目的而来。

王小羊呆呆地看着他，积存在心里的一丝侥幸终于灰飞烟灭了。是田中一郎带他们来的？他脱口说道。

爷爷没有点头，也没有摇头。他们一大早就摸进村来了，爷爷客观地告诉他说，乡亲们都没有来得及躲出去，怕是要……

王小羊倒吸了一口冷气，如果真像爷爷说的那样，那乡亲们可要吃尽苦头了。我去看看秀兰他们，说着，他就朝院门外跑去。

小羊，爷爷不放心地朝他喊，你可不要乱跑。

听到爷爷的喊声，王小羊又返回来。爷爷，你不用担心我，他郑重地嘱咐他说，您和大哥就待在家里，哪里也不要去，过一会儿我就回来。

好吧。爷爷伸出枯瘦的手，在他头上摸了一把。

在爷爷担忧的目光里，王小羊迈开步子，急快地朝胡同里跑去。田中一郎，他在心里朝那个又感觉得陌生了的日本人叫喊，你到底要干什么？难道你真的要恩将仇报？

来到街道上，王小羊听见枪声更急促地响起来，一些人正在惊慌地跑动。鬼子来了，有人还朝他叫喊，赶快跑吧。但很快，那些跑过去的人又返回来，再次朝着另一个方向跑。王小羊知道，村口已经被敌人封住了。看来他们是要对王家庄的人下毒手了。这样一想，王小羊便觉得脑袋一下子大了，耳朵里也嗡嗡响起来。

都是你，一个人跑到他面前，在他脸上狠狠地捣了一拳，都是你这个王八蛋惹的祸。

王小羊没有提防，身子一晃，便跌倒在地下。他仰起头，这才看清打他的人是耿大壮。

耿大壮俯下身，用恶狠狠的目光看着他。大家要是吃了亏，他再次晃晃拳头说，我可饶不了你个狗东西！说罢，他又踢了他一脚，扭头朝远处跑去。

哎——王小羊爬起来，大声朝他喊，潘秀兰呢？

耿大壮回过头，不怀好意地看他一眼。

你看见潘秀兰他们没有？王小羊解释说，快把情况通知他们。

我不知道。耿大壮愤愤地朝地下吐口唾沫，掉转身子，很快跑到远处去了。

王小羊还在发愣。枪声突然密集起来，街道两边房屋上的泥土被打得噗噗掉落。几个跑在街上的人像被子弹击中了似的，纷纷趴倒在地下。王小羊看着他们，一时没有反应过来。

快趴下！一个伏在他附近的人伸出手，在他裤脚上拽了一下。

王小羊没有站稳，也踉跄着扑倒在地下。他这才看清，拉自己的人是李寿山。不知为什么，王小羊一下子想到了让他给田中一郎治伤的事。他嗫嚅着嘴唇，想对他说句什么。

但他还没有张开口，李寿山几个人又相继爬起来，跌跌撞撞地朝附近的巷子里跑去。快跑呀！李寿山还回头朝他叫了一声。

王小羊这才意识到，枪声又一下子稀落下来。他明白过来，这些长时间生活在敌后的人躲避枪炮的经验，可是比自己要丰富得多呢。他也爬起来，要随在他们后面跑，却看见离自己不远的地方，一个倒下的汉子停住不动了。你怎么回事？他想过去拉他，猛然看见他的身下流出了红艳艳的血……他真的被打中了？他在心里问自己。

王小羊跑进一条巷子里时，眼前还浮动着一大片鲜丽的红色，他不知道那是那个汉子流出的鲜血，还是天上涌动的霞彩。他晃晃脑袋，让自己混乱的思绪清醒下来，看出自己是在朝着潘秀兰家的方向跑。快，他告诫自己说，快找到潘秀兰、王好古他们，想办法组织乡亲们转移。

王小羊穿过巷子，快要跑到另一头了，却猛地停住脚步。他看见几个黄乎乎的身影从巷口那边跑过去。没错，那是日本人。天哪，日本人已经把前面的街道占领了。他急忙把身子藏到一个门洞里。就在这时，他听到了一个熟悉的声音。在那边，那个声音用日语说，你们去那边……不用多想，王小羊就判断出来，那是田中一郎。果然是他！他一下子咬紧了牙关。

没用多加犹豫，王小羊就从巷子里走出来，直朝着那些正在烧杀抢掠的日本人走去，朝着那个引领日本人占领并要血洗王家庄的田中一郎走去。与他的想象稍稍有些不同，出现在他面前的田中一郎依旧穿着他换给他的衣服，只是头上多了一顶日本人特有的战斗帽，胳膊一侧还架着一根木拐。有了这样不伦不类的装扮，本来就是半大孩子的田中一郎简直就像一个供人玩耍的小丑。告诉我，王小羊一边朝他面前走，一边在心里质问他说，你为什么要这样做？他似乎已经忘掉了恐惧，也同时忘掉了这样走出去会给自己带来的可怕后果。

对于他的出现，那些忙着砸门板、烧房屋、射杀人的日军士兵都愣住了，那个在拐杖的支撑下蹦跳着引领日本人的田中一郎也不禁一怔。他们都停下了手脚，呆呆地看着他朝他们走去，似乎一时反应不过来。

为什么要把他们带来？王小羊终于把这个声音喊出了口，而且声音格外洪大嘹亮，还有些尖厉嘶哑。

在他这个声音的呵斥下，日军士兵们渐渐反应过来，争相举起上着刺刀的大枪，直朝他胸口逼来。

不要，田中一郎跳跃着挡住他们，又回身对一个军官模样的人说，黑木队长，他就是那个给我治伤的中国人。

听他这样说，那个叫黑木的日本军官朝士兵们摆摆手。士兵们都收回了枪。黑木队长走到王小羊面前，举起戴着白手套的手，朝他伸出大拇指，你给我们大日本皇军做了一件好事，大大地好。

王小羊没有理会他，依旧对着田中一郎叫喊，你为什么要把他们带到这里来？

我……田中一郎张张嘴，似乎不知道该怎么说。

王小羊抓住他的衣领，使劲摇晃了一下，再次声嘶力竭地叫喊，告诉我，你为什么要把他们带到这里来？

田中一郎没有站稳，木拐从他手里脱出去，他身子一歪，便坐倒在地下。

王小羊低下头，凶恶地看着他，你倒是给我说明白！

黑木队长拍拍他的肩膀，要不要我来告诉你？他又把那只手举起来，在街道上划拉着说，我们在这个王家庄打了败仗，当然要来报复他们。

田中一郎吃力地爬起来，也为自己申辩说，我没有做错什么。

王小羊奋力打断他的话，没有做错什么？你如果不是在王家庄治好了伤，恐怕早就见你们的天照大神去了。可你竟然恩将仇报，领着他们来……

不要忘了，我是一个帝国的军人，田中一郎也打断他的话说，你救了我的命，我会记着你的恩情，在这次战斗中保护你的。

去你的保护吧！王小羊朝他脸上啐口唾沫，转身就往回走去，你是一个忘恩负义的小人。

你到哪里去？田中一郎抹抹脸颊，拄起木拐，磕磕绊绊地跟上来，你不要离开我，没有我的保护，你会有危险的。

我即使被他们打死了，王小羊愤恨地说，也不要你的保护。

求求你，田中一郎拽住了他的衣袖，跟我留在一起吧，拜托你了。他使劲朝他鞠躬。

松开我，王小羊厉声喝道，你的手弄脏了我。

但田中一郎说什么也不松手，由于过度焦急，他的脸上渗出了汗水。

看他们争执不下，黑木队长也有些不耐烦了，朝两个士兵招招手。那两个士兵走上来，从两边架住王小羊的胳膊。田中一郎这才松了口气。

你们要绑架我吗？王小羊奋力挣扎，你们干脆打死我算了。

任他怎么叫喊，那两个士兵也不松开他。

不要喊了，田中一郎安慰他说，等这场战斗过去，他们就会放开你的。说罢，他也离开他，回到黑木队长身边去。

这时，更多的日军士兵从村口跑进来。随着枪声的时起时落，一些在街上奔跑的村里人纷纷倒毙地下。日军士兵一边枪杀老百姓，一边举起点着的火把，扔到附近房屋的门窗上去。那些由于干旱而变得焦脆的木料，在火焰的烘烤下很快便燃烧起来。

你们这些强盗，王小羊跺着脚咒骂，你们日本人猪狗不如！

但没有人理会他。田中一郎顾不得管他的事，只是频频地向黑木队长朝街道上指点。几乎他指到哪里，黑木队长都点一下头，随即便朝日军士兵们招手。随着他的手势，一些日军士兵分别朝田中一郎指点的地方跑去。

王小羊明白了，田中一郎这个狗崽子是在向日军提供报复的目标。他有些不解，这个王八蛋只在他家里养了几天伤，怎么就把村里的情况搞清楚了？他不相信自己不在家里的时候，田中一郎会跑到街上去收集情报，他身上的伤还不可能允许他这样做，那么他又是怎么做到的呢？会不会是自己和他说话时流露出去的呢？那时候，他可是真的没有对他加以丝毫防范呀，还一心做着把他改造成善良人的打算。想到这里，王小羊感到了极度的懊悔。都是你，他在心里指责自己，引狼入室，养虎为患。他简直怀疑，田中一郎的伤势或许并不是真的，而是为了欺骗他而耍的一个阴谋。也就是说，从一开始，他就上了这个看起来单纯天真其实老谋深算的狗东西的当。想到这里，王小羊禁不住打了个寒战。

他们是……这个村子里的抗日分子……田中一郎继续朝前指点着说。

王小羊听见了他的话，继而便看见日军士兵朝前面两个胡同里扑去。他不禁一怔，那两个胡同正是潘秀兰和王好古家所在的地方，莫非他们是要……秀兰，王小羊在心里哀号，你可要快些离开这里呀！

但很快，那些士兵就从胡同里跑回来。报告队长，他们摇摇头说，他们已经逃走了。

听到他们的话，王小羊才稍稍放下心来。你们永远也找不到抗日组织的，他在心里说。

日本人的队伍几乎搜遍了整个村子，除了打死十几个人外，剩下的几百号人都被他们逐出家门，穿过街巷，驱赶到村边的大场院里。场院的中心站满了王家庄的百姓，四周则围着一圈持枪的日军士兵。在场院的一边，几个伪军士兵挥动铁锨和镢头，正在把一个大坑挖出来。还有几个日军士兵在置办皮鞭、绳索、棍棒之类的刑具，准备实施对百姓们的报复。

王小羊也被那两个日军士兵押过去了。他在场院边停下脚，抬起头，朝着场院里打量。他的目光又落在那几个秫秸垛上。一时间，他又想到了几天前在这里救起田中一郎的情景……他闭上眼皮，心里有一种恍如隔世的感觉。都是你犯下了这个错误，他在心里说，以至于出现了这样一个严重的结果，你有罪呀！他这样想着，便又睁开眼，用愧疚的目光去打量那些站在日本人刺刀下的人们。乡亲们，他在心里哀哀地朝他们说，是我给你们带来了苦难。

田中一郎也随着黑木队长来到人们面前。他用木拐支撑住身子，支棱起脖颈，仔仔细细地朝人群中扫视。他似乎没有发现他要找的人，回头看了王小羊一眼，又对黑木队长说了句什么。黑木队长随即便朝几个日军士兵摆摆手。那几个士兵提起大枪，在一个当地汉奸的带领下，又朝村子里跑去。

望着他们远去的身影，王小羊知道他们又去找什么人了。不知为什么，他心里紧张起来，似乎这回日本人要找的人与自己有什么脱不开的关系。直到那几个日军士兵重新出现在他的视野里，他才明白自己的担心一点儿都不多余。还离着老远，王小羊便认出来，那几个日军士兵带来的不是别人，而是他的爷爷。天哪，田中一郎这个狗日的，竟然让他们把爷爷抓来了。王小羊猛一使劲，挣脱日军士兵的拘押，冲到田中一郎面前。你这个狗东西，他盯视着他说，你怎么让他们去抓我的爷爷？

田中一郎没有回避他的目光。你的爷爷通知村里人来抓我，他分外冷静地说，这个我不会忘记的。

可在你养伤的时候，王小羊反问他说，我爷爷也帮助了你，这个难道你忘记了吗？

那不过是看在你的情分上，田中一郎分辩说，单凭他，他朝远处走来的爷爷指了一下，他是不会给我丝毫帮助的。

可他毕竟是我的爷爷，王小羊明确指出说，你们就不能放过他吗？

他很像是这个村子里的抗日分子，田中一郎冷漠地摇一下头说，大日本皇军是不会放过这种人的。

你们这些日本猪！王小羊冲动地扑上去，要去撕扯田中一郎。

那两个押解他的日军士兵把他压在地下，才总算将他控制住。

看他还在不住地挣扎，黑木队长对日军士兵说，把他捆到树上去。

那两个日军士兵把他提起来，拖到附近的一棵树前，用绳子将他的身子绑到树干上。

队长，田中一郎有些紧张地说，请不要伤害他。

黑木队长笑笑说，你不用担心，我们不会为难日本人的朋友。

王小羊的身子不能动弹，只能瞪大眼，痴痴地看着爷爷被那几个日军士兵带到场院里来。爷爷走得很坦然，尽管身子有些佝偻，但还是尽量把头颅抬起来，看上去有一种威风凛然的气度。王小羊看见，在爷爷的后面，还跟随着哥哥王大牛。与爷爷比起来，王大牛却表现得很怯懦，虽然身子还算直溜，但脑袋却低垂着，眼睛看着地面，脚步却有些磕绊。那几个日军士兵也看出他的没出息，所以没有管他，只是把大枪对准走在前面的爷爷。看到爷爷快要来到面前了，王小羊直起嗓子叫喊，爷爷——

爷爷看见了他，脸上却没有呈现出什么表情，只是不易觉察地朝他点一下头。

黑木队长对着爷爷打量了一眼，把头转向田中一郎，你确定他是抗日分子吗？

田中一郎毫不迟疑地说，是的，他就是这个村里的抗日分子。

黑木队长点点头，抬高眼睛，朝着前面的秫秸垛看了一下，回头向那几个日军士兵招招手说，把他弄到秫秸垛上去。

那几个日军士兵架起爷爷，直朝其中的一个秫秸垛走去。

王小羊似乎知道他们要对爷爷干什么了。你们这些丧尽天良的畜生，他朝黑木队长他们叫骂，你们不会有好下场的。随后他又朝爷爷喊叫，爷爷——

爷爷回过头，直直地看着他，小羊……

爷爷，王小羊跺着脚说，是我害了您。

爷爷摇摇头说，孩子，别这么说，害我的不是你，而是这些没有人性的日本强盗。

王小羊还是沿着自己的思路说，我错了，爷爷，我没有听您的话，是我错了。

记着吧孩子，爷爷叹息一声说，再不要用自己的善去面对他们这些豺狼的恶。

爷爷，王大牛也意识到了事情的严重，伏到地上，抱住爷爷的腿不放。

一个日本兵挺起大枪，用刺刀在他头上划拉了一下。

王大牛大叫一声，两手抱住头，随即又把手松开，像抛炸弹一样，将一个血淋淋的东西扔出去。我的耳朵，他望着那东西叫喊，我的耳朵掉下来了。他倒下身子，在地下痛苦地翻滚起来。

看到他这样，爷爷不再怠慢，掉转身子，迈着大步朝那个秫秸垛走去。

爷爷，王小羊嘶哑着嗓子叫喊，哥——

日军士兵把爷爷架到了秫秸垛上，随即用火把在下面点燃了。秫秸垛迅速燃烧起来，腾起的火焰很快便吞噬了爷爷的身影。

爷爷，王小羊不忍再看，紧紧闭上眼睛，只任泪水汹涌地流淌，爷爷——他觉得自己的两条胳膊发出噼噼啪啪的响声，似乎所有的筋络都被他奋力挣扎扯断了。小鬼子你们等着，他咬牙切齿地说，早晚我会找你们报仇……

他的话音还没落，远处就响起了几声激烈的枪声。站在场院边的两个日军士兵应声倒在地下，其他日伪军大惊失色，也纷纷趴到地上。

王小羊也有些吃惊，瞪大眼睛朝远处张望。他惊讶地看见，在最靠边的一个秫秸垛边，一个人探出身来，手里举着一把匣枪，正不顾一切地朝敌人射击。不用细看，他便认出来，那人是潘秀兰。潘秀兰竟然还没有逃走，在爷爷遭受火刑的时刻，她勇敢地站出来，朝着罪恶的日军士兵射出了仇恨的子弹。

黑木队长抬起身子，朝子弹射来的地方看了看，很快镇定下来，抽出指挥刀，使劲朝前一挥。趴在地下的日伪军士兵站起来，弯着身子，慢慢朝那个秫秸垛包抄过去。

秀兰，王小羊禁不住大叫，快跑——。他已经看出来，在那个地方袭击敌人的只有潘秀兰一个人，面对如此多的日伪军的反击，她又怎么能应付得了？除了逃走之外，还能有什么更好的办法呢？

但对于日伪军的围攻，潘秀兰一点儿也不惊慌，而且没有掉头逃跑的打算，仍然依靠着手中的匣子枪，一边对敌人射击一边往后撤退。但没过多久，她枪里的子弹便打光了，敌人也已经把那个秫秸垛围住。很快，敌人便抓住了她，两个日军士兵将她反剪着双臂，押到黑木队长面前。

秀兰——王小羊痛惜地朝她喊，你为什么要暴露自己呢？

潘秀兰在他脸上看了一眼，又掉开头，去看那个就要把爷爷烧成灰烬的秫秸垛，痛楚万分地说，看到爷爷……我怎么还能藏下去?!

可你……王小羊摇摇头，再也说不下去了。

潘秀兰用炽热的目光看着他，小羊，不要为我担心，和你，和你们在一起受难，我感到高兴……她眼里流出了滚烫的泪水。

秀兰，王小羊眼睛也湿润了，你真是……

这时，田中一郎突然叫喊起来，是她，我认出来了，她就是我们要抓的抗日骨干。

噢？黑木队长的精神也一振，就是她吗？

是，田中一郎用确定无疑的口气说，她是这个村里的妇救会干部，前几天我们在这里遭受的袭击，她肯定参加了，而且很可能就是她给游击队送的情报。

是这样？黑木队长走上前一步，围着潘秀兰转了一圈，用半生不熟的中国话说，你的，袭击我们的凶手，对吗？

潘秀兰掉开头，没有理会他。

你的说，黑木队长继续说，为什么袭击我们？

不要明知故问了，潘秀兰冷淡而爽快地说，只要你们不离开这里，我们就还要袭击你们。

黑木队长似乎没想到她会这么强硬，不禁倒吸了一口冷气。

队长，田中一郎凑上来说，她是个抗日死硬分子，给她说这些恐怕没什么用处。

黑木队长反问他说，你的意思是，枪毙她？

田中一郎犹豫了一下说，也许她对我们不会有什么用……

不不，黑木队长摆摆手说，没有那么简单。他又上下打量了潘秀兰一眼，忽然嘴角浮起一丝带有恶作剧的笑，像是对田中一郎又像是自语着说，大家这些天来都很辛苦，有了这样一个好的机会，为什么不犒赏他们一下呢？

田中一郎没有明白过来，队长的意思是……

黑木队长仰起头，哈哈大笑起来，抬手拍拍他的肩膀说，田中君，你还没有长大，没有经历过这种事。中国是个好地方，你还要抓紧机会多多历练呢。说罢，他就转向那些日军士兵，大声说道，这个女八路，就交给你们了。

那些日军士兵听了他的话，一个个得意地大笑开了，多谢队长，我们又等到这样的机会了。他们放下手里的大枪，纷纷朝潘秀兰围过去。

你们要干什么？潘秀兰朝后退了一步。

王小羊也明白了他们的意思。天哪，他在心里说，他们这是要糟蹋潘秀兰！田中，他大声朝田中一郎叫喊，你们这些日本强盗，竟然干下这种伤天害理的罪恶勾当，你们日本人猪狗不如！

田中一郎也反应过来，呆怔了一下，转身退到一边去，蹲下身，用两手抱住头。

看到他害羞的样子，黑木队长又哈哈大笑起来。

那些豺狼一般的日军士兵围住潘秀兰，一边撕扯她的衣服，一边把她往秫秸垛边拖拽。

秀兰，王小羊仰起头，把后脑一下一下地朝树干上撞，是我害了你，是我害了你呀！他的脑袋嗡嗡响，鲜血从脖子里流到胸脯上。

人群开始骚动起来，日本人毫无人性的兽行终于让大家忍受不住了。一个汉子率先站出来，鼓着勇气喝道，你们不能这样伤害她！

黑木队长、田中一郎包括王小羊都有些吃惊，赶紧盯住那个人看。王小羊认出来，这个站出来制止日军士兵施暴的人是耿大壮。

你的什么的干活？黑木队长打量着他说。

我，耿大壮抖动着嘴唇，似乎是迟疑了一下，还是径直说，我是她还没结婚的男人。

黑木队长眨巴了一下眼，明白了他话里的意思，不禁又微笑起来。很好，他继续用充满恶意的口气说，让你这个男人看着他们和她行乐，岂不是更好的一件事吗？他又朝那些停下手来的日军士兵挥手，你们继续。

耿大壮的嘴唇抖得更厉害了，牙巴骨也咔咔地响起来。你们，他眼里涌出了泪水，带着浓重的哭腔说，你们也欺人太甚了。

你们支那人的这个，黑木队长把手往地上指一下；我们大日本皇军的这个，他又举起那只手，朝天上的高处指了一下。照你的说法，我们有权力欺人太甚。

他的话还没有说完，耿大壮就把鼻梁上的泪水甩掉，顺手从地下抓起一根木棍，抡起来，就朝他头上打去。小日本，他嘴里发出撕心裂肺的叫声，我操你八辈子的祖宗——

但他的棍子没有落下来，一个手疾眼快的日军士兵就朝他开了一枪。

耿大壮的一条胳臂被打中了，手里的棍子软软地落到地上。他的另一只好手旋即又抓起那根棍子，再次举到了高空里，日本强盗，老子和你们拼了！

那个日军士兵又瞄准了他。但黑木队长拨开了他的枪，身子往后闪了闪，很快把刀鞘里的刀拔出来。这样，耿大壮举着棍子，黑木队长端着刀，彼此对峙着。趁耿大壮稍一走神的当儿，黑木队长挥刀劈去，随着一道寒光闪过，耿大壮举着棍子的手脱离身体，远远地掉到一边去。

噢——耿大壮倒下身子，一边痛苦地号叫，一边不住地翻滚，哎哟……

黑木队长走过去，用一只脚踩住他的身子，把刀刃上的血迹在他衣服上擦干净，使劲推回到刀鞘里。

几个日军士兵围上来，举起枪上的刺刀，要朝耿大壮身上捅。

黑木队长拦住了他们。这是个顽固分子，不要这么轻易地放过他去，他朝那些义愤填膺的老百姓看一眼说，让他再吃些苦头，也对他们是一个不错的警告。

按照他的吩咐，一个日军士兵提来了一桶水，另外两个日军士兵架起耿大壮来，用棍子撬开他的嘴，头一个日军士兵把桶举高了，将水一股股地灌进他嘴里去。不一会儿，耿大壮的肚子就鼓起来。随后，他们又把他拖到一块石板上，肚子朝上放平。那两个日军士兵拿来一根碗口粗的杠子，放到他隆起的肚子上，使出全身的力气往下碾压。

耿大壮疼得嗷嗷直叫。很快，他的嘴巴、鼻子、耳朵甚至眼睛里，就流出了水血混合的液体。在那根木杠的反复碾压下，他的肚子终于瘪下去了。

黑木队长走过去，俯下身，伸出戴着手套的手，在他被水血涂满的脸上摸了一下，用颇具玩味的口气说，滋味的如何？

耿大壮大口喘息着说，我后悔……

后悔？黑木队长有些意外，后悔的什么？后悔与我们作对？

我后悔，耿大壮仰起头，望着高远的天空，使出吃奶的力气说，潘秀兰来动员我参加八路军，我为什么没有答应她……说着他又昏死过去。

黑木队长呆怔了一下，站起来，又朝日军士兵招手说，继续。

那几个日军士兵把耿大壮泼醒，再次朝他肚子里灌水，然后继续用木杠一遍遍碾压。

经过几个来回的折腾，耿大壮的身子瘫软下去，终于不再动弹了。

一个日军士兵走到黑木队长跟前说，报告队长，他已经死了。他又回头看了耿大壮一眼，他的肠子恐怕都断成几截了。

黑木队长摇摇头，脸上现出一副余兴未尽的样子。他们把坑挖好了没有？他指指场院边那些挖坑的伪军。

挖得差不多了，那个日军士兵说，足够我们用的了。

好，黑木队长点点头，让他们停下来。他又指一下聚在场院里的人们，你们可以开始了。

是。那个日军士兵转过身，朝众多的日军士兵招招手，开始。

日军士兵们行动起来，在人群中拉出几十个人，朝着那个刚挖出来的大坑驱赶。

乡亲们，王小羊朝他们嘶声叫喊，不要过去，他们要害死你们。

人们明白过来，都一下子停住了脚步。日军士兵赶不动他们，便挺起刺刀，朝着人们身上乱捅。

乡亲们，人群中突然响起了一个声音，反正也是个死，不如和日本鬼子拼了吧！

人群顿时骚乱起来。人们就近抓住日军士兵驱赶他们的枪支，赤手空拳和他们厮打在一起。

黑木队长看到快要控制不住局面了，便把手狠劲往下一压说，射击。

随着枪声的响起，人们纷纷倒下地去。等骚乱平息下来，地下已经躺倒了几十个人。鲜红的血水像下过的雨水一般，在泥土间四处流淌。

日军士兵把这些人拖进那个大坑里，不由分说就填土埋葬。许多受伤的人顶着土屑往上爬。几个日军士兵拉响手榴弹，丢到那些人中间去。随着剧烈的爆炸声，那些人的身子分裂开来，骨肉带着血水飞溅到高空里。

你们这些暴徒，王小羊拼命咬住牙齿，你们这些没有人性的法西斯！他眼前一阵发黑，一下子陷入到昏眩状态里。

……

不知过去了多久，王小羊慢慢醒过来，睁开眼，茫然无措地看着眼前的一切。这时，日本人的队伍已经撤走，场院里一片狼藉和灰烬，暗红的血水中倒卧着一些残破的尸体，间或还有凌乱的肉骨。望着这一切，王小羊有些反应不过来，他疑心这是一个可怕的梦境，是他无意中走进了高更那幅《人类受难图》的图画中。快醒来！他甚至还对自己说了这样一句不靠谱的话。

在那些尸体和肉骨后面，逐渐站起来一些黑魆魆的人影，一步步朝他这边移动。快要来到他面前时，他们站住了，低下头，一起望着他脚下的地方。他们手里都握着棍棒和砖头之类的东西。

王小羊不禁也垂下头，这才看见，在他的脚边，还蹲着一个人，一个端坐在地下的人。看着这个穿着他的衣服，却戴着日本人的战斗帽，身边还放着一根木拐的人，王小羊清醒过来，突然间明白是怎么回事了。

小羊，李寿山朝他喝道，你躲到一边去，让我们把他打死。

王小羊没有躲开，而是蹲下身，在田中一郎身上推了一把说，你怎么还在这里？他们没有把你一起带走。

田中一郎用平静的语气说，我根本就没有打算再回到我们那里去。

为什么？他们不要你了？

是你们救治了我，田中一郎看他一眼说，这是我们大日本帝国军人的耻辱。

王小羊愣怔了一下，似乎才确定他话里的意思。那么你愿意以死来洗刷自己的耻辱了？

是的，田中一郎毫不迟疑地回答。

好，王小羊点点头说，老子来成全你。他站起来，从一个人手里夺过一把铁锨，高高地举起来，就要朝他头上拍去。他想象着田中一郎脑浆迸裂的情景，同时在心里说，为了我爷爷，为了潘秀兰，为了耿大壮，为了死去的王家庄人……

不用烦劳你了，田中一郎淡淡地说。面对着就要落下来的锨头，他眼里一点儿恐惧的表情也没有。我早就做好准备了，说罢，他就从自己的绑腿上抽出一把刺刀，随后撩开衣服下摆，把自己的肚腹裸露出来。

看到他这样，人们不禁往后退了一步。王小羊明白过来，他这是要切腹自尽了。可恶的武士道，他咯咯地咬着牙说，可怜的小日本军国主义分子。

田中一郎转过头，朝他深深地鞠了一躬。你是我的救命恩人，他一字一句地说，但你更是我的敌人。他掉回头，面对着东方乱云涌动的天空，长吸一口气，然后举起那把刺刀，果决地朝自己的肚子上捅去。妈妈，他低声呻吟着说，我回来了……他用力把刺刀转动了一下，身子朝前一弓，就扑倒在地下，扑倒在地下鲜红刺目的血水里。

第六章

21. 打入匪巢

已经两天了，王小羊都坐在爷爷坟前，望着远处阴霾的天空，呆呆地出神。在日本人血洗王家庄之前，他对这些强盗的杀人行径也算是有所了解，但他还是没有料到，他们竟然如此残忍，如此凶暴，致使他对那种不曾放弃的有关人性善恶的信条又一次产生了深刻的怀疑。也许连洞察世事的爷爷也无法想到，战争会把人的魔性兽性演变到如此令人恐怖的程度。那么，面对这个已经变得人鬼不分的罪恶世界，他还能找到什么更好的拯救办法呢？

在爷爷坟前坐到第三天的时候，王小羊终于站了起来。没有什么更好的选择，不说那个越来越紧迫的任务，就算仅仅为了给爷爷和潘秀兰他们报仇，他也要赶快行动起来，提一颗鬼子的人头回来。消灭他们，王小羊攥着拳头对自己说，既然那些人已经变成了魔鬼和野兽，唯一的办法便是打败他们，让这场罪恶的战争早一天结束。爷爷，王小羊把最后两捧土堆到爷爷的坟上，用清晰无比的语气对爷爷也是对自己说，我不会让魔兽在我们这里继续作恶的。王小羊转过身子，迈着大步朝村子里走去。

回到村里后，王小羊不知不觉又来到潘秀兰家门口。按说回家去的路上，他是不必非要经过潘家门口的，但就像每日到爷爷坟上去一样，他也总是要来潘秀兰家门口站上一会儿，尽管并不能见到潘秀兰本人。自从被鬼子们凌辱以后，潘秀兰就再也没有出过家门。虽然这个接受过新式教育的女青年脑子里并没有多少封建意识，但还是不能面对如此残酷的现实，无法再坦然地出现在乡亲们面前。王小羊每次来到这里，心里都如刀割一般疼痛，情绪里不光有对鬼子们的憎恨，还有对自己的深刻责备，好像他自己也参与了对潘秀兰的迫害。有很多次，他都产生了在以后的日子里娶潘秀兰为妻的念头。虽然他并说不上像喜欢林美娜那样喜欢潘秀兰，如果没有这件事的发生，也许他和潘秀兰真的走不到一起去。但现在不同了，他觉得除了自己站出来，把潘秀兰从深深的苦难中救出来，不可能再找到另外更好的办法了。但王小羊同时又知道，他并不能把这个想法说给潘秀兰，不要说他无法见到她，就算潘秀兰来到了他面前，他也未必有勇气把这个愿望说出来，好像自己只是这样想一下，就又一次侮辱了潘秀兰。潘秀兰，王小羊把攥紧的拳头一下下击打在墙壁上，我一定要给你报仇，用鬼子的鲜血洗刷他们带给你的耻辱。

离开潘秀兰家门口，王小羊并没有回家，而是径直朝李青石家走去。这些日子里，王小羊很少待在家里，这当然不是说那个家已经不再需要他。不，虽然爷爷已经离去，但哥哥王大牛还在，而且在那场可怕的劫难里，王大牛不仅失去了一只耳朵，精神也受到了严重刺激，一直处在迷离恍惚的状态中，每天都捂着脑袋呼喊“我要耳朵”。似乎没有什么办法能让他停止喊叫，只有当王小羊把一支树叶烟卷塞到他嘴里时，王大牛的喊声才会放低些。村里的人都说，本来精神就不太健全的王大牛已经变成了废人。王小羊有自己的事情要做，也便腾不出工夫来管他的事。早在两天前，王小羊就打定主意，接下来他要赶快找到李青石，让他帮助自己加入红枪会。袁庆斌的共产党队伍不知转移到什么地方去了，任晓轩的国民党部队也指望不上，要想阻止日本人实施细菌战的罪恶阴谋，完成邱浩天交给自己的任务，同时给死去的爷爷和受辱的潘秀兰报仇，他唯一能够依靠的力量便是李青石的红枪会了。

王小羊听爷爷说过，鲁西一带的红枪会应该与义和拳有点儿关系，后来不断发展壮大，不仅蔓延至整个山东辖区，连同周边的河北、河南、安徽、江苏、山西、陕西等地，也有它的同类机构。尤其是日本侵略者到来后，国民党的政府机关分崩离析，乡村政权形同真空，红枪会便乘势而起，很快成长为遍布华北大地各乡村的一支重要力量。爷爷一向反感这个组织，尤其看不惯他们那些装神弄鬼的做法，所以在他的极力干预下，王家庄一直没有正式的红枪会机构，一些人比如李青石才会跑到外村去参加。王小羊也不喜欢那些只为地主豪绅看家护院却不管普通百姓生死苦难的人，如果往前倒退一些日子，他绝对想不到自己有一天要去参加这样一个脱离不了罪恶嫌疑的组织。唉，没有别的办法，既然暂时找不到可以依靠的力量，那就只能打一下这个红枪会的主意了。

李青石没有想到王小羊会有这样的想法。自从回到村里，王小羊不仅没有到他家来过，似乎还刻意保持与他之间的距离。尤其让李青石耿耿于怀的是，王小羊竟然冒充自己的同道去给王好铭谎送情报，搞得他在红枪会里声名狼藉，差点儿失去了会首武殿魁的信任。李青石不相信他加入红枪会的诚意，担心再次为自己惹上麻烦，便不想帮他做这个引荐人，但架不住王小羊的一再纠缠，最后实在没有办法，只好答应他到红枪会的总部所在地武家寨跑一趟，当面去向会首武殿魁请示。李青石以为这件事就到此为止了，可让他感到意外的是，红枪会的军师高法师却让他带信给王小羊，说加入红枪会可以，但要有所表现。

这等于是为王小羊加入红枪会开了一道口子。

王小羊以为高法师说的“表现”是指缴纳会费，因为他知道，凡是参加红枪会者要献上一吊铜钱，没有钱可用粮食替代。他刚想答应下来，李青石却摇摇头说，这里的“表现”不是指铜钱或粮食，而是“要有胆量”，并且“要证明一下”。见他还不太明白，李青石索性挑明了说，就是让你当着我们的面去杀一个人。

杀人？王小羊大吃了一惊，脱口问道，杀，杀什么人？

李青石转转眼珠，抬手在他胸脯上拍了一下说，当然是日本人了。怎么，有什么问题吗？

王小羊顺着他的话说，杀日本人有什么问题！但他说完了这句话，又不禁咽了口唾沫，好像还有什么不便说出的话留在嗓子眼儿里。真的没有什么问题吗？他在心里问自己。

你害怕了？李青石用眼角的余光看他，嘴角浮动着含义莫名的笑，如果你觉得手软，现在打退堂鼓还来得及，要是到了日本人面前再退缩，不但我会对你失望，兄弟们会笑话你，武会长更会瞧不起你，那时你可就没有加入红枪会的机会了。

谁说我退缩了？王小羊咬了咬牙说，你说吧，到哪里去杀日本鬼子？

你可要想清楚了，李青石又追问他说，你到底敢不敢把刀子插到敌人的胸膛里去？

敢！王小羊义无反顾地说，他知道除了回答这个该死的“敢”字外，不可能再找到另外一个合适的字眼了。为了表示自己的决心，他又攥紧拳头，使劲朝他挥舞了一下。

好吧，李青石说，既然你的决心下定了，那我就只好带你去现场了。说罢，他便背起枪支，领着他朝村外走去。

王小羊跟着李青石来到武家寨。在方圆几十里的地界内，武家寨的红枪会算是一个最大的民团组织，它的头目也就是会长武殿魁也便格外有名。虽然各村的红枪会没有严格的上下级关系，但这一带的红枪会却乐于听从武家寨的号令，一旦有情况发生，只要武殿魁把令旗一举，四外八乡的人就会聚拢到他的麾下，所以这一带的红枪会便成为了继日本侵略者、八路军、国民党之外的另一支重要力量。王小羊正是看到了这一点，才想方设法加入到武家寨的红枪会中去。

李青石没有领他去红枪会总部，而是径直把他带到了一个场院里。此时，一些红枪会会员正站在场院四周，或手握扎枪，或手持砍刀，一个个显出凶神恶煞严阵以待的样子。在离他们不远的一棵树上，则捆绑着一个伤痕累累的男人。王小羊朝四周环望了一圈，突然便醒悟过来，原来他已经被李青石带到他所说的“现场”来了，也就是说，红枪会考验他胆量和诚意的仪式已经正式启动了。这也就意味着，他今天要杀死的那个人便是捆绑在树干上的男人了。

这是一个黑脸膛的汉子，头上没有一根毛发，脸腮和下巴却布满了胡须。他的整张脸已经被打坏了，鲜艳的血迹和肿胀的皮肉使五官改变了形状，眼睛里却有两道强光射出来，不住地朝他身边的人扫视。他似乎有满肚子的话要说，但一根布带勒在嘴上，尽管把头摇来摇去不住地用力，却只有呜噜呜噜的响声发出来，无法形成一句完整的话。看到李青石带着王小羊来到面前，汉子越发焦躁，不仅只是摇摆头颅，连整个身子都晃动起来，无奈绳索把他捆绑得实在结实，不能让身子产生大幅度的动作，他便抬起一只脚，狠狠地朝地下踩踩。由于用力过猛，他裸露的胸膛也被绳索勒出了血来，顺着黑乎乎的胸毛往下滴落。

王小羊呆呆地看着他，不禁在心里问自己，我今天要杀掉的就是这个日本人吗？他为什么落到了红枪会的手里？他向这里的人犯下了什么样的罪恶？这些问题他一概不知道，他甚至搞不清他到底是不是一个日本人。想到中国人和日本人的相像，也就是所谓的“同文同种”，王小羊又一次感到了深深的悲哀。如果他说一句话就好了，王小羊对自己说，那样自己就知道他究竟是不是真的日本人了。但奇怪的是，红枪会却像对待牲畜一样给他戴上了“嚼子”，似乎是有意不让他把话说出来。

怎么样？一个精瘦的老头子凑到他面前，用颇含深意的目光看着他，你有胆量送他到西天享福去吗？

王小羊还没有回答他的话，李青石便悄悄地捅他一下说，小羊，这是高法师……在问你话呢。

王小羊恍然大悟，原来这个蓄着山羊胡子的老头子就是武殿魁的军师。他知道，高法师是对红枪会建立过不朽功勋的人，其名声丝毫不在武殿魁之下。按说，这个高法师并不是聊城本地人，甚至不是正统的山东人，他的老家是在河南开封一带，却不远千里来到鲁西平原，与武殿魁相互配合，建立起一支组织严密、实力雄厚的红枪会队伍。开始的时候，出身武举世家的武殿魁虽然武功高强，手下也有一帮为他甘心效力的小兄弟，却一直形不成像样的规模，始终处于小打小闹的松散状态，根本不能与那些先期成立的红枪会相匹敌，如果不是遇到高法师，也许过不多久就会垮台作鸟兽散了。据说，高法师出身于文举世家，自小饱读诗书，不仅文章写得好，而且善于口谈，似乎天生具有非同凡响的蛊惑力，与他的祖辈比起来更多了一项熟悉法术的技能，对周围的人颇具影响力。但不知道什么原因，能力超群的高法师却在当地吃不开，一身的技能无从施展，都快要在肚子里烂成灰了。高法师觉得不能再这样混吃等死，便在五十岁那一年出外云游，希望给自己找到一个咸鱼翻身的机会。云游到第五年，他抵达居于鲁西平原的武家寨，遇到了武殿魁这个处于被挽救状态的失意武者。两个人一见如故，继而相见恨晚，就像一阳一阴相互吸引一样，立刻便碰撞出了耀眼的火花，一个晚于其他村庄的红枪会组织便正式诞生了，而且蔓延势头迅猛，不出大半年时间，周围的红枪会组织不仅不能再和武殿魁的力量抗衡，简直就要面临被他兼并吞没的危险了。为了保存自己的实力，那些曾经对他不屑一顾的红枪会头目不得不放低身段，主动找上门来，打破历史上各自为政的惯例，提出听从他号令的请求。

武殿魁的红枪会壮大以后，除了和周围一带的土匪打过几仗外，暂时没有和日本人、八路军、国民党的队伍交过手。对于国民党的留守势力，因为长期处于隐秘的状态，一直与红枪会相安无事；对于八路军，红枪会的态度很复杂，八路军抗日救国的举动他们无法反对，但具体到打土豪、分粮食、减地租的一些做法，他们则持激烈的反对态度，但他们又不敢真刀实枪地和八路军较量，所以双方倒也没有发生大的冲突；而对于日本侵略者，由于他们出于“以华制华”的目的，并不主动和红枪会过不去，便也在很大程度上消除了武殿魁的敌意，只要日本人不来找他们的麻烦就行了，他们又怎么有胆量去主动进攻人家？自从成立以来，武家寨的红枪会做的最大的几件事便是对土匪胡子的围剿，前几天王小羊还听说，一支过路的土匪队伍因为不了解这里的情况，竟然冒失地到一些村子里抢劫，正好又给了武殿魁一个消愁解闷的机会，不出一个时辰就把那支十几个人的土匪队伍打垮了，大部分土匪被打死，剩下的几个都逃得没有踪影了。

让王小羊想不明白的是，这段日子以来，武殿魁并没有和日本人交过手，可大树上怎么会绑着一个日本人？高法师让自己把这个半死不活的鬼子打死，其中不会有什么诈吧？

怎么样？高法师又把他那颗枣核般的头伸到他面前，一双罩在眉骨深处的三角眼意味深长地看他，为了表示你加入红枪会的勇气和决心，现在你就拿那个该死的家伙开刀吧。说罢，他就朝两个会员招招手，一个上来塞给王小羊一把尖刀，另一个搬来一把椅子，让高法师坐进去，摆出一副“我在城头观山景”的悠闲架势。

王小羊知道自己已经没有了退路，就像一出大戏的幕布已经拉开，观众都摆好了欣赏的架势，不管演技如何，他也只能硬着头皮把这出戏唱下去了。于是他提起尖刀，慢慢朝那个绑在树上的汉子走去。

呜呜呜……汉子嘴里发出更大的呜噜声，身子也晃摆得越发厉害，肿胀的眼皮眨巴个不停，似乎在极力向他表示什么。

王小羊看看高法师说，是不是把他嘴里的布条解下来？他好像有话要说……

不行，高法师果断地抬手止住他，不管他说什么，你只要把你手里的刀子插到他胸膛里去就行了。

王小羊犹豫了一下，还是把心里的疑问说出来，请你们告诉我，他到底是不是日本鬼子……

怎么不是日本鬼子？站在一边的李青石埋怨他说，小羊你别是反悔了吧？是不是你根本就不敢杀人？

他要是真正的日本鬼子，我不会放过他，王小羊冷静地说，可我必须要搞清楚，我杀死的这个人到底是不是真正的日本人。

高法师有些沉不住气了，从椅子里站起来，走到王小羊面前，板着脸上下打量他，真是看不出，你还是一个如此较真的人。说吧，你到底想知道些什么，我来告诉你。

王小羊搞不清他的话是真是假。告诉我，他指着那个汉子说，我为什么要把他杀死？

高法师朝天空里看了一下，陷在眼窝里的眼珠稍稍一转，好像便有了主意。好吧，他点点头说，我对你说一说他的来历。前几天，这个家伙领着一队日本鬼子到我们武家寨来扫荡，又是抢粮食，又是烧房子，还杀死了我们好几个兄弟。说到这里，他把目光转移到王小羊的脸上，你想知道他们是怎么杀死那几个人的吗？

王小羊呆呆地看着他，不知道是说想还是说不想。

高法师用一只瘦手扳着另一只瘦手说，他们把一个八十多岁的老头架到柴火上，点起一把火，活活地把他烧死了。随后，他们又把一个朝他们开枪的女人给轮奸了。那个女人还是一个姑娘，还没有嫁过人呢。这还不算，他们又把那个女人的未婚男人灌了一肚子辣椒水，用杠子碾断了他的肠子……

听着他这番叙述，王小羊的心脏激烈地跳动起来。天哪，高法师描述的这幅人类受难图怎么如此熟悉，他该不会是说鬼子们在王家庄犯下的那些暴行吧？是的，它们是如此相像，简直就是同一幅画面的不同版本。

你一定觉得这样的场景很熟悉吧？高法师看出了他心里的疑问，索性进一步挑明了说，没错，我听说在此之前，你们王家庄也遭遇过这样一场浩劫，是不是你还记在脑子里？

我当然记在……王小羊咯咯地叩动着牙齿说，日本鬼子在我们村里犯下的罪行，我怎么会忘得了？

这就好，高法师得意地捋着下巴上的胡须说，只要你记着他们的罪恶，他又指指那个绑在树上的汉子，你就不会对他有丝毫的客气。

听到这里，王小羊终于明白过来，高法师之所以嫁接了王家庄遭受劫难的版本，其目的不过是唤起他心里的仇恨，让他义无反顾地朝那个汉子痛下杀手。尽管他觉得高法师这样做未免有些不厚道，甚至有些给他设套的嫌疑，但毕竟在短暂的时间内唤起了他对日本人的刻骨仇恨，面对如此残酷杀害自己亲人的侵略者，他还有什么可犹豫的理由？王小羊把那把尖刀在手里掂了掂，以便握得更合适也更紧实些，然后迈开腿脚，用比刚才急快的步伐朝汉子走去。

高法师微微一笑，重新坐回到椅子里，跷起二郎腿，摆出更加悠闲的表情欣赏王小羊的表演。李青石和红枪会员们也都松了一口气，聚到高法师身边，也像他一样目不转睛地看着王小羊。

汉子知道躲不过这场灾难去了，不禁闭上眼睛，哀哀地叹出一口气。随即，他又不甘心地睁开眼，再一次使出全身的力气晃摆身子，脚板也在地下跺得更加厉害。

如果是在高法师说那些话之前，王小羊还会把他这些动作理解为是要辩明什么，但现在，他充斥在心头的全是对日本人的仇恨，汉子的挣扎和号叫便被他看成是死亡前的哀鸣。不用再向我求饶，王小羊在心里对他说，你就是把自己的心脏掏出来，也打消不了我消灭你们的欲望和冲动。他裹挟着一阵风来到那棵树下，来到汉子的面前，握在手里的尖刀抬起来，就快要抵达他赤裸的胸膛了。

高法师和李青石他们都瞪大了眼睛，看王小羊那副决绝的架势，他们都觉得用不了几秒钟，他手里的那把尖刀就会捅进汉子的胸膛里去。很好，高法师不禁点点头，在心里说了一句。

但让他们想不到的是，就在这关键时刻，事情却发生了令他们也令王小羊意想不到的变故，以至于在很大程度上改变了这件事的结局。

面对王小羊手里那把越逼越近的尖刀，汉子本能地加紧了挣扎，一阵格外激烈的晃摆后，勒在他嘴里的布带竟然松弛了。汉子不顾嘴唇撕裂的疼痛，吐出一口含满了鲜血的口水，随即便朝王小羊急切地叫喊，不要——

王小羊呆住了，他无论如何没有想到，这个被高法师他们称作日本鬼子的家伙竟然喊出了一句纯正的中国话。

就在王小羊愣怔的刹那间，率先反应过来的高法师扭过脸，朝身边的李青石丢了一个眼神，同时嘴里吐出简短的一个字，快！

李青石也随即反应过来，举起手里的枪支，朝汉子简单地瞄了一下，手指便扣动了扳机。平时李青石的枪法并不多么准，但这一次却歪打正着，子弹擦着王小羊的耳边飞过去，正好打在汉子的肚子上。

汉子哀叫了一声，随着肚子上的裂口喷出血水，他的两腿一蹬，头颅便慢慢垂下来。狗日的……汉子在死亡前，还是又吐出了一句标准的中国话。

王小羊呆呆地看着他死在自己面前，好长时间都不能让混乱的脑子清醒下来。他不是日本人？他丢掉手里的刀子，身子一软蹲到了地下，两手紧紧地抱在头上。没错，他在心里对自己说，他是一个中国人……当这个想法在脑子里明确下来后，他又霍地站起来，回过身，直直地朝高法师和李青石他们看去。他是一个中国人！他愤怒地叫喊了一声，同时也像那个汉子一样跺了一下脚。

李青石看了一眼高法师，然后拎着枪走到王小羊面前，不自然地讪笑着说，其实我们也不知道他不是日本人……

去你的吧，王小羊拂开他的手，朝场院外走了几步，又掉转身，用质问的口气对李青石说，你们为什么让我杀死一个中国人？

22. 受到信任

王小羊后来才知道，红枪会让他杀死的那个汉子其实是个土匪，是上次土匪袭扰武家寨时俘获的最大一个头目。高法师告诉他，虽然这个家伙不是日本人，但也是一个恶贯满盈的惯匪，对这一带的百姓犯下了罪行，处死这样一个人一点儿都不为过。王小羊拥堵的心里这才好受了些，对红枪会欺骗自己的卑劣行径才有些释然。

王小羊被正式接纳为了红枪会成员，虽然他没有把亲手杀人的戏剧演完，但责任并不在他，而是他们自己把剧情搞穿帮了。并且高法师已经看出来，王小羊实际上尚不缺乏杀人的勇气。本来他们也只是简单地考验他一下，没有太把这件事当真，所以一从场院里出来，高法师就让李青石把他领到了会堂里，正式为他举行了一个像模像样的入会仪式。

鲁西一带的红枪会入会仪式并不复杂，但王小羊把它看作是成功打入红枪会的一个关键步骤，丝毫不敢粗心大意，所以整个仪式也便进行得格外肃穆。

按照规定，王小羊先进行了沐浴净身，然后跟随在高法师身后，进入到神秘阴森的“香堂”内。这时供桌上已经摆好了香炉和果品，香炉内插有燃着的香火，缭绕的烟雾中掺杂着一股浓烈的异香。王小羊透过烟雾仔细看，见牌位上供奉的是诸如玄天大帝、周公祖、火帝真君、掌旗大将、西天敕令万法教主，乃至关公、齐天大圣的神位。把这么多不同的神仙放在一起，王小羊未免觉得有一种不伦不类的滑稽感，但他只是这样想了一下，便赶紧止住这个不太恭敬的念头。神位两旁林立着系有红绸布或红璎珞的大刀和扎枪，不用说，那就是红枪会惯常使用的武器了，也算是红枪会的典型标志物。

第一道程序是宣誓。他们让王小羊赤露出胳臂，跪在供桌前，手持所谓的“符录”，也就是一张写着红字的黄纸，由站在一旁的高法师引领，他则跟随着念诵：信徒弟子王小羊，今愿学法，诚心奉神，不传外人，不谤神誉，如有虚言，五雷劈身。念诵完毕，高法师取回符纸，就着灯头点燃，将灰放到一只盛着净水的碗里，让王小羊喝下去。羼着纸灰的水实在不好喝，王小羊只有硬起头皮，才勉强把那半碗水喝下肚去。

第二道程序是请神。高法师把三炷燃着的香交到王小羊手里，然后带他来到院子里，面南跪地，手举香火，引领他诵念：弟子王小羊，谨请武二祖师离位出宫，下天闻香。然后作揖，磕一个响头后，转向其他方向，依次请九纹龙、跳涧虎、小霸王、摸着天、青面兽、美髯公、智多星、活阎王等一干神将出宫闻香。王小羊磕下了若干个响头，终于把所有的神都请完了，这才恍然大悟，高法师让他请的这些神不都是梁上的英雄好汉吗？原来武家寨的红枪会真正供奉的神仙是武二郎呀。

第三道程序最为关键，被称为“装身”。请来了诸位神仙以后，高法师领王小羊回到堂内，在神仙的牌位前跪下，双手掐诀，伸向香炉，口中念念有词，然后猛地将烛火摔灭，伸过头去，将袅袅上升的余烟尽数吸入口中，然后爬起来，走到王小羊身边，从头到胸、腰、背依次吹遍全身。王小羊闭上眼睛，感受着那股不太好闻的烟气，忍受了好几下，才没有让自己流露出厌恶的表情。

好了，做完这一切后，高法师上下打量着他说，从此以后，你就是我们武家寨红枪会的正式成员了。

为了表示对王小羊的欢迎和重视，高法师还打破惯例，亲自请他吃了一顿饭，并安排李青石作陪。李青石吃惊不小，因为其他人加入红枪会时，不要说高法师亲自请吃饭，就是多余的话都不会对他说，可见高法师是格外看重王小羊了。小羊，善于察言观色的李青石急忙提示他说，法师如此器重你，还不多给他老人家磕几个响头。

王小羊不知道高法师为什么对自己另眼相看，但也不想不给李青石这个面子，尽管心里不太情愿，还是在高法师面前跪下来，恭恭敬敬地磕了三个响头。

好了，高法师对他摆摆手说，以后我们都是自家人了，就不必要那么多客气了。说着，就把他从地下拉起来。

王小羊望着这个瘦高的老头子，不知为什么，脑子里忽然想到了自己的爷爷。这是个不错的老头，他在心里对自己说，如果他不把自己的本事用在这些神神叨叨的东西上该有多好。

宴席就设在高法师住处的客厅内。其实说是宴席，也不过就是简单的四个菜，参加者也不过三个人，高法师、王小羊和李青石，但桌子边却摆着四把椅子，三个人按主次分别坐下，最主要的那个位置便一直空着。王小羊搞不清那是留给谁的，李青石倒看出了门道，说不定那是留给武殿魁的位子，也就是说，武殿魁有可能也来参加宴会？那可就给王小羊太大的面子了。无形之中，李青石心里便有一些酸溜溜的感觉。

王小羊也感受到了高法师对自己的热情，像李青石一样，他也搞不清楚自己身上有什么地方让这个一向神秘莫测的老家伙另眼相看。酒过三巡后，高法师用感慨的口气说了一句话，他才有些明白过来。高法师那句含有敬佩意味的话是，像你这样去省会学校学习的高才生，在我们这一带可真是难得呀。王小羊心里一动，原来高法师看中的是自己的学问。这倒并不多么出乎他的意料，因为高法师自己就是一个极有学问的人，所谓惺惺相惜，他由于这个原因高看自己也是合乎情理的。可是，王小羊犹豫了一下，还是用含有检讨意味的口气说，那个学校毕竟是日本人开办的，我现在已经后悔到那里去上学。

后悔什么？高法师不以为然地打断他的话说，不管什么人开办的学校，都是可以学到学问的。

可学了日本人的学问有什么用？李青石插上一句说。明白了高法师器重王小羊的理由，他不免也产生了与此相反的看法，便不失时机地提醒高法师一句。

你懂什么？高法师狠狠地瞪了他一眼，随即又转向王小羊，不要听他们胡咧咧。日本人也好，中国人也好，其实学问都是差不多的，都是儒释道文化的一部分。日本人不也说过吗，他们与我们其实是同文同种，源于一家。你看，他们自己都承认是我们汉文化的小学生。

王小羊呆呆地看着他，一时有些转不过弯儿来，脑子里一迷幻，还以为自己是在听学校里那些假惺惺的日本老师在训话，或者是一个和日本鬼子搞“亲善友好”的汉奸在向他胡言乱语。他晃晃头颅，让自己的思绪从迷茫中清醒过来。他无论如何没有想到，这个看起来很有学问、能够统摄红枪会那么多人思想和意志的人竟是一个如此糊涂的老家伙。如果是在以前听他这样说，自己虽然未必同意他的观点，但也并不觉得是多么严重的一件事，但自从经历了日本鬼子对王家庄的那场洗劫，尤其是目睹了爷爷被他们烧死、潘秀兰被他们凌辱的惨状后，他就不再对日本人抱有任何不切实际的幻想，也便不能再容忍高法师这种糊涂认识流行了。我不能……他已经忘记了红枪会的规矩，禁不住站起来，要对高法师那些荒谬的言论来一通反驳甚至批判。

但就在这时，院门口忽然传来一个红枪会员的高声通报，武会长到——

一听到这声喊，李青石便立即站了起来，并将身子从座位前闪开。高法师也随即站起来，但只是眯起两眼，静静地朝院子里望去。王小羊愣了愣，突然意识到将要来到的这个人便是威震方圆数十里的红枪会大当家武殿魁，心里不禁也有些紧张。他不知道该用什么姿态迎接他的到来，看看李青石，李青石也没有给他做什么示意，便只好不让身子动弹，就那么直愣愣地背对屋门站着。

外面先传来一阵扑通扑通十分有力的脚步声，随即便是两声颇为响亮的喷嚏声。在王小羊的意识里，似乎进来的不是一个人，而是一只凶猛而笨拙的狗熊。随着门口一黑，一个真的如狗熊般庞大的身影绕过桌子，站在了那把空出的椅子前。“狗熊”暂时没有落座，只是居高临下地看着面前的人。

王小羊觉得他其实看的只是自己，抬了抬眼，还是没有勇气让目光放出去，朝他身上哪怕只是匆促地看一下。

李青石忽然行动起来，抢到“狗熊”身后，把椅子朝他屁股前推了推，以免他在落座时坐空。

“狗熊”似乎并不喜欢他的巴结，朝他甩一下头说，听说你推荐了一个秀才。

李青石恭敬地回答，是……他叫王小羊，在济南上学。对了，他爷爷真的当过秀才。

还是由我来介绍吧，高法师朝“狗熊”身边靠了一下说，会长，他就是我们说的那个人，他伸出一个细长的手指头，朝王小羊指了一下，名字叫个王小羊。

“狗熊”又上下打量了王小羊一眼，忽然转向高法师，咧开大嘴笑起来，他是和你差不多，怪不得你这么赏识他，看来你要收他当你的高徒了？

他这样一说，屋内的气氛才有些活泛起来。还是会长的眼界高，高法师把那根手指竖起来，朝他晃摆了一下，又转向王小羊，小羊，这是咱们武会长。

王小羊还在愣怔，李青石推他一下说，发什么呆，快来见过武会长。

王小羊这才反应过来，急忙离开桌子，朝“狗熊”也就是武殿魁面前走了两步，但他不知道是该向他弯腰鞠躬，还是该跪倒磕头，动作便有些犹疑，心里也更为慌张。

行了，武殿魁抬起手，朝他幅度很大地晃摆了一下，高法师看准的人，咱老武没什么好说的，收下了。说着，就一屁股坐在了椅子里，他的块头太大了，那把很结实的木头椅子竟然晃动了一下，发出嘎嘎吱吱一阵响声，似乎不堪承受，在痛苦地叫。

气氛彻底松弛下来。王小羊长出一口气，这才抬起眼，怯怯地朝他看了一下。这个武殿魁的确身高马大，与一只成年狗熊的体重大约差不了多少，尤其是和细瘦的高法师坐在一起，越发显得不一般的肥硕。望着武殿魁和高法师截然不同的形象，王小羊突然有了一种极其严重的滑稽感。是呀，他们两个人似乎是处处在唱对台戏，武殿魁有的，比如身上的肌肉，高法师没有；高法师有的，比如头发和胡须，武殿魁却没有，也就是说，威风凛凛的武殿魁不仅是个秃子，而且下巴上没有胡须，他给人的威严感觉其实都来自他身上发达的肌肉。

会长，高法师神秘兮兮地说，我昨天夜里掐了一卦，看见东南天空里亮光闪闪，卦象上说是文曲星下凡。我当时还琢磨，今天会有什么人上门来呢？现在我才知道，这个文曲星怕是真的应在了王小羊身上。

王小羊暗吃了一惊，不禁在心里说，这个高法师真会胡诌，我哪里是什么文曲星？他担心没有多少文化的武殿魁听不懂高法师说些什么，或者说听懂了会反感这种混账话，心里便又有些发紧。

哪里想到，武殿魁竟然频频地点头，一副心悦诚服的样子，这个我信，法师掐的卦没有不准的时候，看来这小子真的是个文曲星了。说着，他又抬起手，颇为亲昵地在王小羊肩上拍了一下。

看到局面变得对自己这样有利，王小羊心里也又有些激动，要利用红枪会完成使命的念头一下子从脑子里浮现出来。他没有想到机会来得这么快，按照原来的设想，他以为自己能在三五天内见到武殿魁就不错了，可现在……抓住，王小羊在心里警告自己说，抓住这个机会，马上就……他不禁张大了嘴巴，就要把日本人在鲁西实施细菌作战的话题说出来了。

但就在这时，一个红枪会员却从院子里跑进来，打断了屋里的欢乐气氛。他看了王小羊和李青石一眼，又把目光转向武殿魁，一副欲言又止的样子。

什么事？武殿魁说，这屋里没有外人，说吧。

聊城那边……来人了。红枪会员含蓄地说。

这么快？高法师有些意外。

他说要尽快见到会长。红枪会员说。

法师说怎么办，武殿魁挠了挠光头，把征询的目光转向高法师。

高法师站起来，捋着下巴上的山羊胡须踱了两步，似乎便有了主意，回到武殿魁身边说，既然他们已经来了，会长还是去见一面吧，说来这也是他们给我们的一个机会呀。

武殿魁不知所措地说，我该怎么回答他们呢？

不管成与不成，会长都不要明确表态，高法师摇头晃脑地说，接下来我们要看他们的诚意到底有多大。

你是说，武殿魁心直口快地说，看他们到底给我们多大的好处。

听他说得这样直接，高法师不由得看了王小羊和李青石一眼，神情里显露出少许的顾忌。

武殿魁没有再说什么，便离开椅子，悠荡着肥硕的身子，扑通扑通地往外面走去。高法师随在他身后，步子迈得十分细碎，与武殿魁的节奏一点儿都不合拍。

望着他们的身影远去，王小羊收回目光，把注意力转移到李青石身上。他们说的是什么事？他试探着问他。

不知道。李青石摇摇头，随即便反应过来，板起脸来警告他说，他们的事你最好别打听，免得给自己惹麻烦。

王小羊也不敢再问什么了。他已经从高法师刚才的神情里看出来，他们接下来进行的这件事还处于十分隐秘的状态，自己包括李青石这些人是不可能知道的，也是不可以随便过问的。

王小羊被编入了李青石的小队，由他带领着在场院里操练本领。红枪会所谓的“本领”无外乎“刀枪不入”。王小羊当然知道这是绝对不可能的，但在高法师装神弄鬼的蛊惑下，除他之外的所有红枪会员几乎都深信不疑，每天都在场院里苦练不止。为了进一步取得武殿魁他们对自己的信任，王小羊只好也装作信服的样子，在李青石的带领和监督下，夹杂在那些会员们中间，也装模作样地练上一阵子。

王小羊不知道是练功真的需要那么急迫，还是李青石有意变着法儿折腾他，夜里在香堂里练过几个时辰的“跪香”，身子已经疲乏得不行，天亮时分回到炕上，还没有睡上一刻钟，李青石就又把他叫起来，让他到场院里去练“拍砖”。这一练就是多半天，日头快当顶的时候，王小羊终于承受不住了，砖头几次从手里掉下来，差点砸到脚面上。他很想躺到地下，好好地休息一会儿，但李青石在场院边监视着他，没有他的同意，王小羊知道自己是不能随便停下来的。没有别的办法，王小羊只好紧咬牙关，强撑着继续练下去。

李青石在场院边晃荡了一会儿，忽然朝远处的树丛里走去，两手在腰间摸索了一下，好像是到里面去撒尿。

王小羊松了一口气，停下手来，随便朝他走去的方向看了一眼，不禁吃了一惊。透过在风中摇晃的树棵子，他看见里面有一个人，具体说是一个女人。因为她身上穿着花花绿绿的衣服，不用说，李青石便是朝那个女人走过去的。王小羊发了一会儿呆，突然反应过来，前几天他好像在李青石家看到过一个穿花衣服的身影，想必就是树棵子里这个女人了。看来光棍一条的李青石耐不住寂寞，和这个来路不明的女人勾搭起来。王小羊不想再练下去了，看看李青石顾不得自己了，便丢下手里的砖头，躺到地下，伸展开手脚歇息起来。在一阵阵热风的吹拂下，疲惫至极的他很快便睡着了。

过了不一会儿，王小羊似乎听见一个声音在叫自己。声音十分熟悉，却不是李青石发出来的。他想尽快从睡眠中醒过来，看看那个声音的发出者到底是谁，但他还没有睁开眼睛，便意识到那是表哥杜宇飞的声音。王小羊以为自己一定是在梦里，因为前些日子还听李青石说过，杜宇飞是在为日本人做事，不可能来到这里喊他的。可奇怪的是，那个声音又叫了他一声，而且就响在耳边。王小羊抹抹眼睛，赶紧掉过脸去，朝着声音传来的地方看。他果真看见一个人伏在他身边，正在轻声地和他打招呼。他一骨碌爬起来，对着出现在自己面前的那个人打量了一下，没错，那个蹲在自己身边人的确就是表哥杜宇飞。表哥，王小羊惊讶万分地说，真的是你吗？

当然是我了，杜宇飞用力在他肩膀上拍了一下，刚才看你练功的时候，我就已经认出你来了。

你怎么在这里？王小羊纳闷地问他。

杜宇飞没有回答他的话，而是反问他说，听说你回来一些日子了？在济南好好上着学，怎么说回来就回来了？

王小羊不知道该怎么说起这件事，便只是支支吾吾地说，过些日子，或许我还会回济南去的。

杜宇飞越发奇怪地看他，你怎么也加入红枪会了？

我……王小羊更不知道该回答他什么了，想了一下才找出理由说，是李青石把我拉来的。

是这样？杜宇飞拉住他的手，从头到脚注视着他说，小羊，我们有好几年没见面了吧？

是。王小羊点点头。

你变化了不少。杜宇飞吧嗒着嘴说。

王小羊不知道他说自己的变化是指什么，便也抬起头，又一次朝他仔细地打量。这时候，他自然又想到了他在日本人那里做事的情况。这是真的吗？他在心里问自己。在他看来，杜宇飞似乎并没有发生多么大的变化，面皮还是那么干净，表情还是那么温和，一看就是个文静的书生，唯一的不同便是架在鼻梁上的眼镜换了，王小羊记得先前的眼镜比较老旧，而现在他戴的这副则要精致得多。难道这就是他当上了汉奸的标志？他又在心里问自己。不用别人回答，他也便觉得这样的念头未免太过荒唐，那么除此之外，什么才是他走上那条道路的证据呢？王小羊突然对李青石还有别人的说法产生了怀疑，也许那都是对杜宇飞的误解或者说污蔑，他的表哥依旧像先前那样仅仅是一个头脑灵便的高才书生，此外他什么也不是。唯有这样，王小羊才觉得心安，才能在接下来的时间内坦然面对他。自然，他也知道这或许仅仅是自己的一厢情愿，杜宇飞当汉奸的传闻不会是空穴来风，没有人会平白无故地把一个好人说成坏人。但现在的问题是，杜宇飞为什么要当汉奸呢？他真的已经堕落成一个为非作歹的坏人，一个变节的日本鬼子的帮凶了吗？王小羊咽了好几口唾沫，才把要将这件事当面问清楚的冲动压制住。这才与他刚刚见面，他怎么能一上来就问他这些问题呢？表哥，他嗫动着嘴唇说，你怎么到这里来了？

啊，我来这里……看看，杜宇飞看来并不想正面回答他，这几年，你在学校里都学了些什么？他又转移了话题。

还能有什么好学的？王小羊答非所问地说，同时还不自觉地耸了一下肩膀。他忽然觉到，这实在不是一个讨论学问的场合，尽管他知道杜宇飞曾经那么注重学问，他一和自己见面就说起这个话题，也的确是他的一贯风格，但自己还是决定不把这个话题进行下去。王小羊掉开头，把目光朝远处的旷野里看。山河破碎，他在心里说，哪里还有什么学问可做？

杜宇飞也看出了他的心思，默默地点一下头，吧嗒着嘴说，要是你不打算在家里待过长的时间，我看你还是尽早回济南去为好。他也像王小羊一样朝远处看，又摇一下头说，这里可能比你想象的还不安定呢。

这时，一个红枪会员凑上来说，杜先生，我该送你上路了。他手里推着一辆自行车。

王小羊好像这才注意到那个会员，并且马上认出来，昨天把武殿魁和高法师从饭局上叫走的人就是他。王小羊心里猛然一动，似乎一下子明白过来，莫非从聊城“那边”来的人就是杜宇飞？意识到这一点，他立即又感到了困惑，杜宇飞从聊城“那边”来找红枪会干什么？武殿魁和高法师为什么要急着去见他？看他们那副神秘兮兮的样子，难道在做什么见不得人的勾当？

好吧。杜宇飞朝那个会员点点头，又转向王小羊，小羊，我得走了……如果你还在家待些日子，有什么事需要我帮助的话，可以直接去聊城找我。说到这里，他又不自然地笑了一下，当然，如果你不愿到那里去，也不必勉强。

王小羊没有点头，也没有摇头。他好像不知道该对他做什么反应。

杜宇飞朝他招招手，从那个会员手里接过自行车，上了路去，腿一骗上车子，便一蹬一蹬地骑走了。

王小羊呆呆地望着他远去的身影，好一会儿才把目光收回来。

李青石不知什么时候从树棵子里走出来，回到了场院里，站在王小羊身边，也像他一样朝杜宇飞的影子看，止不住感慨地说，这年头，有辆自行车骑也很不错呀。

王小羊没有接他的话，掉头朝那边的树棵子里看一眼。那个女人已经消失不见了。

23. 故弄玄虚

在武家寨的红枪会里，高法师有六个公开的徒弟。说起来，整个红枪会除了武殿魁等少数几个头目外，差不多都可以称为他的徒弟，因为他们都是受到他的吸引才加入进来的，而且在他举行的入会仪式上对他下过跪。当然，这样一来事情就不大好办了，因为他的势力一大，势必会影响到会首武殿魁的威信。高法师深知他在这里的“事业”离不开武殿魁的合作和支持，所以他没有表露出丝毫贪功之心，把他招进来的那些会员一律交到了武殿魁手里，任他随意调遣使用，而自己却只是当一个平时悠闲自在只在关键时刻才跳出来发挥作用的军师。但这并不表明他身边没有被他所信任的人，那六个得到他公开承认的“徒弟”便是这样的人。六与“百”“千”甚至“万”比起来，的确不算是大数字，放在那些能够排成长龙的队伍里，简直可以忽略不计。所以高法师身边有六个徒弟也便算不上什么大事，武殿魁自然也不觉得有什么不妥。何况那六个人都是没有武功的“文化人”，不论长相还是做派都和他们的师傅本人差不多，怪不得高法师会看中他们，俗话说“物以类聚，人以群分”，看来也确实是这么回事。

让人有些想不到的是，王小羊一加入红枪会，就立刻成为了高法师的第七个“徒弟”，而且从他受到的重视程度看，其风头已经盖过了那六个人，说是高法师的“得意门生”也不为过。比如，那六个人虽然跟了高法师好几年，却从来没有进过师傅的卧室，而王小羊一来，高法师的卧室就成了他们促膝长谈的场所，其亲密程度可见非同一般了。人们都看得出来，高法师是看中了王小羊的“学问”，尤其是他在济南学习这件事，一直是他们促膝长谈的中心话题，几乎每次谈话都会被提起。在整个红枪会不算太小的队伍里，迄今还没有一个人能够与王小羊的资历匹敌，包括那六个曾经自命不凡的“师兄”，一想到王小羊高高在上的“来历”，尽管也一直心怀不满和妒忌，却轻易不敢公开流露出来。

王小羊渐渐感觉出来，与其说是高法师看重他的“学问”，还不如说是对他谈话当中牵扯到的日本人这个话题更感兴趣，因为几乎每次谈话，高法师都要让他说一些有关日本人的事情。你不是在日本人开办的学校念书吗？高法师这样启发他说，那里一定有很多日本老师和学生了，你整天和他们待在一起，当然对他们十分熟悉了，你就把他们的情况说给我听听吧。他枯瘦的脸上满是期待的表情。王小羊呆怔了好一会儿，才明白他让自己进入他卧室谈话的真正用意。说实话，这让他很有些失望，另外他也不想谈论这样的话题，他甚至对自己去济南上学这件事都不想谈起。法师为什么想知道日本人的事呢？他试探着问道。

不瞒你说，高法师有些不好意思地说，到今天为止，我还没有真正和日本人打过交道。他的脸上显露出一丝愧疚的表情。

王小羊直直地看着他，心里想不明白，为什么他把和日本人打交道看得那么重要呢？

高法师看出了他的疑问，随口朝他解释说，毕竟这是一个由日本人统治的天下，所以和日本人打交道，是一件我们无论如何避免不了的事。

那，王小羊犹豫了一下，还是冒着冒犯他的风险指出说，既然这样，法师不是至今还没有和他们打过交道吗？

所以我才要做好这种准备，高法师不知是真的不解他话里的意思，还是故意顺着他的话茬说，我才要多多了解一下日本人的情况。他直起身来，用极其火热的目光看着他，在我们这里，可是只有你一个人真正和日本人一起生活过，从某种程度上说，由你来做我的老师也是不为过的事。

王小羊惊慌起来，赶紧站起身，朝他恭敬地低下头说，弟子不敢……

高法师伸出软绵绵的手，把他拉回到炕沿上坐下，没关系，这里也没有别人，我是和你一个人说的，不会让其他人听到。他又摇了一下头说，在这件事上，我是一个一无所知的人，所以才恳请你对我好好地说一说。说着，他的手指又在他膝盖上轻轻拍了一下。

面对他如此恳切的态度，王小羊知道自己无论如何躲不过去了。不管你愿意不愿意说，他在心里告诫自己，你都要对他……他决意要对他说一下那些该死的日本人的事了，但说出口来的话却是，弟子还是有些不明白，法师不是见过杜宇飞了吗？由他来说一下日本人的情况不是更合适吗？说出了这两句话，王小羊明白自己已经说出了不该说的话，或者说已经冒犯了高法师的尊严，甚至干脆说已经违背了红枪会的规矩。但他没有流露出多少悔悟的意思，依旧让身子保持着说话前的姿势，只是稍稍低了一下头，在心里做好了接受他对自己惩罚的准备。

杜宇飞？高法师重复着他说到的这个名字，不禁一怔，果然如他所想象的那样站了起来。你，他有些吃惊地看着他，你怎么知道杜宇飞？

他是我的表哥，王小羊轻声说，那天我看见了他。

是这样，高法师点一下头，刚要坐下去，旋即又意识到什么，依旧盯着他的头顶说，他给你说了些什么？

他和我拉了几句家常，我们已有好几年没见面了，其他什么也没有说。

这么说，高法师思量着说，你不知道他到这里来干什么？

不知道……王小羊摇摇头说。

但你知道他在日本人那里做事，对吗？高法师打断了他的话。

是……王小羊只好又点了一下头，也为自己刚才的发问找出理由说，所以我觉得，让他说一说日本人的事，或许比我要合适得多。

哈哈哈，高法师含义不明地笑起来，你以为他一定向我和武会长说到了那些日本人的事。他重新坐下来，顺手端起一支水烟袋，呜噜呜噜地吸了几口，然后喷吐着烟雾对他说，你不用管他，他说的是他的，你说的是你的，你们说的不会完全相同。不瞒你说，我还并不能完全信他的话呢。

王小羊松了一口气，知道他没有要治罪于自己的意思，一直低着的头也慢慢抬起来。但他只是朝高法师脸上看了一下，又觉得事情或许并没有那么简单，他不相信这个神秘莫测的老家伙会领悟不透自己朝他发问的用意，更不相信他会对违背红枪会规矩的行为放任自流。但他为什么要原谅自己的冒失呢？王小羊在心里问自己，难道仅仅是为了让我讲述那些该死的日本人的事吗？他忽然意识到，无论自己心里的意愿如何，他都没有不对他好好说下去的选择了。

没有从高法师嘴里套出杜宇飞到这里来的真相，王小羊不甘心就此罢休，思来想去，还是决定去朝李青石打探一下。毕竟他是红枪会里的老人，加之他对杜宇飞感兴趣，相信他也不会轻易放过这件事的。再说自己刚刚到来，其他人都还不是那么熟悉，除了李青石外，谁还会给自己说实话呢？于是，离开了高法师的住处后，回到王家庄，径直朝李青石家走去。

李青石这时却不在家，屋里的炕上只躺着他半瘫的老爹一个人。那个狗日的丢下我不管，老头子听到他找李青石，忽然气呼呼地骂起来，一有空闲就去找那个浪荡女人。

王小羊有些发怔，脑子里忽然想到了在场院边的树棵子里见到过的那个影子，看来李青石的确是在和女人偷搞。这个狗东西，他在心里骂了一句，红枪会明明规定不能和女人乱来，作为一个在里面很有影响的骨干分子，他竟然明知故犯，要让武殿魁和高法师他们知道了，不狠狠地惩罚他一番才怪呢。但王小羊随即又想，李青石毕竟光棍了许多年，和一个女人来往也许并算不得多么过分。

小狗日的已经被那个狐狸精迷上了，老头子却越说越恼怒，眉毛胡子都像刺猬毛一样奓挲起来，李青石败坏了我李家的门风，我要是能起得来，看我不拿铁锨铲断他的腿。

王小羊有些不明白，自己都能想得通的事，他这个当爹的为什么如此耿耿于怀？难道他希望自己的儿子打一辈子光棍？他不想听他胡言乱语下去了，便再次问他说，大爷，我该到哪里去找青石？

还能到哪里去找，老头子用一只瘦手朝窗外指了指说，你到王好铭家去看看吧，说不定他这会正和那个骚狐狸在炕上鬼混呢。

王好铭？王小羊大吃一惊，原来和李青石来往的那个女人是王好铭家的……怪不得她觉得那个女人有些面熟，却一时想不起来，那个让自己觉得面熟的女人是王好铭家的什么人？来到街道上，快要走进王好铭家所在的那条胡同里去了，王小羊才猛地想起来，那个女人就是王好铭前几年才娶进家来的小老婆……他一下子停住了脚，怪不得老头子对儿子的行为如此愤慨，李青石不顾乡村的道德伦理，竟然在王好铭刚刚死去没多久，就和他那个被人称为“晒红米”的小老婆勾搭在一起了。按照街坊的辈分论下来，他还要叫“晒红米”婶娘呢。

王小羊愤怒地走到王好铭家院门前，想象着自己闯进去“捉奸”的情景，不禁又犹豫了一下。也许李青石和“晒红米”的奸情还处于隐秘时期，自己这样一闹，可就把他们的脏事抖出来了，那样一来，李青石可就在村子里站不住脚了。再说，这件事真的用得着自己出面管吗？王好铭虽说是自己家族里的人，但他仗着自己的万贯家财，从来没有把自己这些穷苦人放在眼里过，从感情上说他们似乎一点儿关系也没有。这样一想，王小羊又把举到门板上的手放下来，好像也做好了掉头往回走的准备。去他的什么李青石和王好铭吧，他在心里说，这些乱七八糟的事与我又有什么关系？

就在这时，门板却从里面打开了，李青石两手抚撸着裸露的肚皮，正心满意足地往外走。他一抬头，猛地看见站在面前的王小羊，不禁一怔。小羊？他结结巴巴地说，你，你怎么在这里？

见他自己出来了，王小羊也便放弃了离去的打算。是呀，他也学着他的话说，你怎么在这里？

我……李青石不知道该怎么回答，止不住回一下头，往院子里看了一眼。

王小羊随着他的目光看去，似乎看见一个女人的影子在里面晃了一下，很快便又不见了。

看什么看，李青石反应过来，往外推了他一把。你到这里来干什么？他逼视着他说。

我是来找你的。王小羊见自己也没有了退路，只好如实对他说。

来找……我？李青石有些慌张起来，你，你怎么知道我在这里？

不仅我知道，王小羊灵机一动说，全村里的人怕是都知道了。

啊？李青石果然害怕起来，怎么这么快他们就知道了？他有些不相信地说，随即又盯住他，不会是你对他们说的吧？

是他们让我来的，王小羊纠正他的话说，你违反了红枪会的规矩，武会长他们要来惩罚你呢。

真的？李青石再次害怕起来，越过他的身子往街上看。小羊，他哭丧着脸哀求他说，你对我说句实话，武会长他们还不知道这件事，你只是和我开玩笑对吗？

望着他惊慌失措的样子，王小羊在心里冷笑了一下，这个家伙看起来像条汉子，其实也是一个软骨头呢。算了，还是不要吓唬他了，不然过不了多久，或许他就会把尿撒到裤子里了。不管他们知道不知道，他正告他说，你都不该到这里来做这种事。

听他这样说，李青石才有些镇定下来，用手指抹抹腮边的汗水，长嘘一口气说，吓死我了。他随即拉住他的手，离开王家的院门，急急地往街上走。说起来这事也不怨我，他信口朝他解释说，都是那个熊娘们变着法儿诱惑我。

王小羊厌恶地看他一眼，既然是你自己做了这种事，就要勇于承担下来，何必把屎盆子扣到人家头上去呢？

李青石看出了他心里的想法，尴尬地笑一下，也只好纠正自己的话说，好好，也怪我熬不住性子，她一翘尾巴，我就止不住……

听他越说越不像话了，王小羊干脆不理会他了，只是迈着大步往前走。

李青石忽然停住脚。小羊，他一把拉住他，再次苦苦地哀求说，你可千万不要到武会长那里去说。我已经知道自己错了，下次再也不敢和那个熊娘们胡来了。

其实王小羊也并没有打算去告他的状，见他的态度再次软下来，便也大度地说，好吧，只要你以后改邪归正了，我就当什么也没有看见。

李青石连连点头。走，他有些巴结地对他说，我带你到三麻子的饭馆里去，我们好好地喝上一杯。他拍拍自己的衣袋说，我这里还有几个铜板，就当我请你一回客吧。

王小羊拒绝了他的提议。对这种吃吃喝喝的事，他一点儿兴趣也没有。

要不你先不要练什么“拍砖”了，李青石做出一副推心置腹的样子说，我到高法师那里去报个数，就说你天天练着呢。

王小羊迟疑地看着他，这怎么能行呢？

我给你说句实话，李青石咬着他的耳朵说，你就是把砖头在身上拍烂了，刀枪还是照样往你肉里去。说到这里，他往四周看了看，用更低的声音说，我这话只能说给自己人听，要是让高法师他们知道了，不卸去我一条胳膊才怪呢。

王小羊也做出心领神会的样子，不住地朝他点头。看看火候差不多了，他也低下声去问他，你能不能告诉我，杜宇飞到这里来找武会长和高法师到底是为了什么事?

杜宇飞?李青石一愣，不禁往后退了一步，你问这个干什么?

我也是随便问问，王小羊模棱两可地说。

这不是我们该过问的事，李青石正告他说，你要是不想练“拍砖”，就到一边转悠着玩玩。对于他们的事，他往武家寨的方向指了一下，我劝你还是少打听为好，免得招惹是非。

杜宇飞不是我表哥吗?王小羊这样找出理由说，我怎么能不过问他的事呢?

那你去问他本人呀，李青石也顺着他的话回答他，既然他是你表哥，你去问他本人不是更好吗?

王小羊不知道再说什么。李青石耸了一下肩，迈着大步往前走去。望着他渐渐远去的身影，王小羊越发觉得困惑不解，李青石那副讳莫如深的样子告诉他，杜宇飞来红枪会和武殿魁和高法师见面，其间一定有什么见不得人的内幕，但那会是一番什么样的情形呢?王小羊知道要想了解这件事的真相不是那么容易，甚至可能面临什么危险也说不定，但他却下定了决心，不管怎么样，他都要设法揭开这件事的盖子。可到底从哪里下手为好，他一时还想不清楚。

接连许多日，都有一些陌生人相继来到武家寨，进了村便径直奔高法师的住处而去。这些人王小羊一个都不认识，说明他们根本不是当地的人，而且从他们的打扮和表情看，他也觉得这些人不是一般的村民，而是肩负某种使命的军旅中人。王小羊继而发现，他们到来或离去的路线，竟然和杜宇飞那天所走的是同一条道路，这不能不让他认定，这些人或许都是杜宇飞的同伙，也就是一些给日本人办事的“汉奸”。他们的到来大概和杜宇飞怀有一样的目的，或者说是继续他未完成的事情更准确。那么，他们所进行的那件事到底是什么呢?

趁着高法师还没有对他失去信任，王小羊便隔三岔五地来到他的住处，主动和他说一些他所感兴趣的话题，借机探访一下他和那些人接洽密谈的情况。这一天，王小羊进入高法师的卧室时，看见他歪倒在炕上，手里捧着一支大烟枪，正在悠悠地喷云吐雾。或许他吸得太专注了，王小羊在他面前站了好一会儿，他还没有睁开眼睛。望着他沉浸在烟土中享受的沉醉样子，王小羊有些愣怔，他知道高法师是个烟鬼，却没有想到他竟然吸食烟土，而且还迷恋到如此的地步，让他无论如何感到难以接受。

高法师终于从迷幻的状态中醒过神来，放下烟枪，心满意足地吧嗒一下嘴，一直眯细着的眼睛慢慢睁开了。他似乎这才看到王小羊站在自己面前，呆怔了一下，随即把躺卧的身子抬起来，厉声喝问他说，你，你怎么进来了?

王小羊顺着他的话说，我早就进来了……

大胆，高法师下了炕来，不自觉地跺一下脚说，没有我的许可，你怎么就能进来？

王小羊还没有做出反应，一只在门边慢慢溜达的鸭子忽然瘫倒在地下，并且翻转过身子，两只脚蹼也挓挲起来，像装了弹簧一样频频伸缩，嘴里发出嘎嘎的叫声。而其他几只鸭子却没有任何异常的反应，依旧像先前那样慢慢溜达。

呔！高法师嘴里发出一声叫，急忙又跺了一下脚。说来奇怪，那只鸭子就像是接到了什么指令，立刻停止颤抖和叫嚷，吃力地从地下爬起来，加入到其他几只鸭子当中去，就像什么事也没有发生过似的。

王小羊看得目瞪口呆，如果不是亲眼所见，刚才出现在那只鸭子身上的奇异一幕，他就是打死了也不会相信会是真的。

看什么？高法师又呵斥他一声，走过去，把那几只鸭子赶到外面去，使劲合上门板，转回身来，越加用愤怒的口气问他，你怎么能随便出入我的卧室？唵？

我……王小羊吞吞吐吐地解释说，我在外面和您打过招呼了，您说让我进来，我才进来的。

高法师想了一下，好像也认可了他的说法，走到炕前，重新端坐下来。你说得没错，他又点点头，脸上转瞬间浮起一层和颜悦色的亲切表情，是我记错了，你是可以随便到我这里来的。

其实我已经……王小羊还想更正他的说法。

好了好了，高法师摆摆他细瘦的手说，反正你已经到我这里来了，再说我吸一点儿大烟这件事，也没有什么了不起的，既然他们给我送来了，我怎么能让它长时间放在墙角里？

王小羊又有些发呆，高法师无意中说出的“既然他们给我送来了”这句话，似乎向他提供了破解一个秘密的通道，透过这个若隐若现的通道，他所一直渴望了解的一件事终于从黑暗中浮出身来。原来这些烟土是他们给他送来的。他在心里对自己说。

好了，高法师朝他招招手说，你还是继续向我说说有关他们的一些情况吧。

王小羊明白，他所说的“他们”当然是指日本人，那么给他送烟土来的“他们”自然也是那些人了。怪不得他如此急于了解日本人的情况，他恍然大悟地对自己说，原来他们正在和日本人取得联系，不，应该说勾结更为确切。意识到这一点，王小羊从内心深处大吃了一惊。

从高法师的卧室里走出来时，王小羊又在院子里看见了那几只鸭子，但却没有认出那只有怪异举动的鸭子，因为它们的模样太相同了，他是无法分辨出它们之间的区别的。他知道这些鸭子都是高法师平时饲养的，除了鸭子外，还有一群鸡和两只猫。回想那只鸭子刚才的举动，他有些想不通，那只看起来与其他鸭子并无二致的鸭子，为什么在那个时间里做出了如此怪异的举动？但他不敢把自己的目光过多地停留在鸭子身上，虽然他没有回头，但他隐隐发热的脊背告诉他，此时此刻高法师正在屋门后悄悄地注视着他。

种种迹象表明，日本人正在设法收买武家寨的红枪会，而这支红枪会是否会倒向日本人，或许马上就会见出分晓。王小羊已经感觉到，红枪会的灵魂人物高法师对日本人的兴趣越来越大，尽管武殿魁的态度他还不知道，可一旦高法师拿定了主意，这支在方圆数十里的地界内起决定作用的民团组织就会成为日本人的帮凶，那时不要说自己阻止日本人实施细菌战的计划会落空，整个鲁西一带的抗战形势大约都会被迫改变。不行，说什么也不能让红枪会走到那一步去。王小羊觉得事情很急迫，必须要抓紧时间，尽快找到阻拦红枪会投降日本侵略者的方法。

虽然王小羊预料到了事情的紧迫性和严重性，但它的发展速度之快还是超出了他的想象。他还没有找到解决这件事的措施，高法师就在接下来的一次占卜仪式上，主动把笼罩在这件事上面的帷幕撩开了。也就是说，高法师他们已经在采取一个具有决定意义的行动了，不然他是不可能在众人面前把事情的真相公布出来的。

按照红枪会的规矩，每逢采取一个较为重大的行动前，都要由高法师占卜问卦，根据卦象决定事情的走向，也就是是否采取行动和采取怎样的行动。这是高法师给红枪会制定的一个规矩，自然这对他是极其重要也是极其有利的。因为在整个红枪会里，只有高法师一个人是懂“法”的人，也就是所谓的“法师”，对于卦象上那些神秘莫测的说辞，完全根据他个人的好恶来给予阐释。换句话说，就是由他一个人说了算。由此可见，高法师其实就是这支队伍的真正当家人，而红枪会名誉上的领导者武殿魁，实质上不过是一个徒有其名的摆设罢了，说是一个把提线拎在别人手里的木偶也不为过。王小羊实在想不通高法师是怎么做到架空武殿魁的，就算姓武的是一个草包，也不会感觉不到自己可有可无的虚假地位吧？何况他也算不上是一个真正的稻草人，内心里还是有一些小九九的，不然他也不会让一帮弟兄们情愿跟他打天下吧。但这种令人不可思议的局面却形成了，可见那个轻易不动声色的高法师实在是一个非同凡响的人物。

这一次，为了顺利达到自己的目的，高法师把所有的红枪会员都召集起来，在他们面前轰轰烈烈地作了一回法。设置香堂的院落装不下那么多人，他干脆把人马拉到场院里去，自然把供奉在香堂内的神灵牌位也暂时摆放在了场院里，可见他对这次作法是多么看重了。为了表示对神灵的恭敬，他还在摆放牌位的桌子四周搭起了简易的帐篷，并挑选一头个头很大的黄牛杀掉，在帐篷上涂满淋漓的鲜血，作为对神灵的隆重祭奠。一团迷离恍惚的烛光和香火中，高法师挥动桃木宝剑，一边咦咦哦哦地念念有词，一边频繁地摇头晃脑，开始请悬浮在冥冥虚空中的神灵下凡指教，也就是对他们即将采取的行动做出决断。王小羊当然不相信会有什么神灵下凡，高法师的所谓作法不过是胡闹而已。但除他之外的所有红枪会员都一副虔诚信服的样子，包括坐在一把太师椅上的会长武殿魁也不例外，王小羊便不敢轻易做出什么不同的表示，只是冷静地观看，看姓高的到底把法作成什么样子，并以怎样的方式收场。

作法的仪式进行到高潮处时，高法师大声对会员们宣布，神灵已经被他请下来了。听到“请下来”几个字，大家都有些紧张，队伍开始处于轻微的骚动状态中，并有小声的议论传布开来。随着“嗷”的一声大叫，队伍中一个小个子突然仰倒在地，浑身不住地颤抖，嘴里一边喷吐白沫，一边发出咿咿呀呀的声音。是神灵附体了，人群剧烈地骚乱起来，一时间叫喊声四起，神灵附到武七身上了。围在叫武七的小个子身边的人都急快地闪向后去，以便给他的倒地腾出足够的空间，而更后边的人却纷纷涌向前来，想对倒在地下的武七看个究竟。

一直坐在太师椅上的武殿魁一下子站起来，做出了往武七跟前冲的架势，但高法师拦住了他。神灵没有在武七身上附体，高法师用宝剑指了一下躺在地下的武七说，他不过是羊角风犯了而已。经他这样一说，人们似乎都想起来，没错，武七的确是一个羊角风患者。大家好像如梦初醒，都长长吐出一口气。武殿魁也收住就要脱离太师椅的身子，又把肥硕的屁股坐回去。人们开始面面相觑，既然武七没有被附体，那么被法师请下天界的神灵到哪里去了呢？大家茫然地议论了一阵，很快又把目光落回到高法师身上，要想把神灵的去向弄清楚，看来还是需要求助通神的法师，毕竟神灵是他从天上请下来的。

高法师自然知道这出戏已经演到了高潮处，只见他收回宝剑，把一只脚在地下轻轻地一跺，在场院边溜达的一群鸭子中的一只突然瘫倒在地下，而其他鸭子却照旧慢慢地溜达，那只瘫倒的鸭子竟然翻转过身来，让自己的肚皮朝上，两只脚蹼挓挲起来，朝着天空频频地晃摆，嘴里也发出了嘎嘎呀呀非比寻常的叫声。

那只鸭子被神灵附体了，高法师把宝剑指向那只鸭子，用洪亮的声音宣布说，神灵就在那只鸭子身上。

随着他的话声，人们都把目光转向了那只鸭子，并乱哄哄地朝前涌来。武殿魁再次让身子离开太师椅，拨开众人的阻挡，径直来到那只鸭子面前。就在这时，高法师猛然在鸭子面前跪倒了，并且把头一下下地磕在地下。武殿魁呆怔了一下，也赶紧跪倒在地，随着高法师对鸭子一下下叩头。那些惊恐万状的红枪会员们更是不敢怠慢，扑通通纷纷跪倒，额头撞击地面发出的声音此起彼伏。

高法师看看是时候了，便抬起头，用恭敬的声音对鸭子说，请神灵对晚辈告知，武家寨红枪会的靠山在哪里？

那只鸭子翻过身来，扬起弯曲细长的脖子，对着东天上的日头嘎嘎叫了三声。

日头，高法师对鸭子的举动解读似的说，神灵说，日头就是我们的靠山。

日头？红枪会员们都没有反应过来，一时议论声又起，日头怎么当我们的靠山？

武殿魁也有些不解。请神灵明示，他又使劲对鸭子磕了一个响头，我们该怎么把日头当成我们的靠山？

鸭子还没有做出反应，高法师就举起他长着长甲的瘦手，朝着场院边的一个方向指了一下。日头在那里，他用信誓旦旦的口气说，那里就是我们的靠山。

人们都随着他的手势看去。王小羊也掉过头去，不禁大吃了一惊。他看见场院边出现了一队全副武装的日军士兵，一杆崭新的太阳旗在他们头上迎风招展，画在旗帜上的日头图案在日光里发出耀眼的红光。王小羊不知道这些日本人是什么时候来到这里的，似乎不用思考，他也能判断出来，他们的到来肯定与高法师的法事有着密不可分的联系。更明白一点儿说，这场神武并重的游戏一定是高法师和日本人早就串通好了的。

原来日头是指日本人？人们都明白过来，随即也便知道接下来要进行投靠日本人的行动了。我们怎么能投靠日本人？一些人还有些想不通。

武殿魁好像也有些没想到。我们真要投靠日本人了？他嘴里嘟囔着说，同时把身子抬起来，朝向高法师，想要走到他面前去问个明白。

高法师虽然没有看他，却似乎知道他要干什么。不要乱，他朝人们断喝了一声，把日本旗当靠山是神灵的旨意，任何人不得质疑，更不得违反。说罢，他就把身子更低地伏到地下，极力做出对神灵虔诚恭敬的样子。

仿佛与他的声音和动作相配合，站在场院边的日军士兵同时端起手中的枪支，并哗啦啦虚张声势地拉动枪栓。

看到这种阵势，人们都有些慌张，一个个屏蔽着气息，不敢再发出一点点儿响动。武殿魁呆怔了一下，也不得不摇几下头，把站了半拉的身子重新趴回到地下。

大家不要怕，高法师安慰人们说，这些日本人是给我们送武器来了。

人们疑惑地抬起头，看见那些日军士兵果然把手里的枪支放在离他们不远的地方，在地下排成一支很整齐的长队，里面有手枪、步枪、机关枪，甚至还有一门迫击炮。

有了这些新式武器，高法师信誓旦旦地说，我们就可以称霸一方，再也不用惧怕任何与我们过不去的力量了。

看着那些闪烁着亮光的轻重武器，人们眼里也都放出了光。尤其是武殿魁，竟然不自觉地吧嗒了一下嘴，脸上流溢出羡慕和满足的神色。

看到人们都安定下来，高法师也稍稍放了一下心。请问神灵，他转向那只依旧瘫倒在地下的鸭子，我们要用这些武器去对付什么人？

鸭子再次爬起来，伸直细长的脖子，对着远处嘎嘎地叫起来，一连叫了八声才停住。

在鸭子叫喊的过程里，高法师一直扳着他绵软的手指点数，鸭子叫到八声时，他也点数到第八根指头上。八路，他转向人们宣布说，神灵说我们要对付的那些人是八路军。

他的话音刚落，两个日军士兵就从队伍里押出一个五花大绑的人，推到红枪会员们面前，强行按倒在地下。那个人已经被打坏了，脸上身上都是模糊的鲜血，看上去比日本人画在旗帜上的日头还要刺眼。这个人八路的，一个腰挎军刀的日本军官操着半生不熟的中国话说，死了死了的。

高法师转过身，朝着人群里招了一下手。随着他的手势，一直像大多数人一样趴伏在地下的李青石突然爬起来，走到那个八路面前，举起手中的枪支，把枪口抵住他的后脑，毫不犹豫地扣动了扳机。一声闷响过后，那人的脑袋爆炸开来，像一团碎裂的瓜果一般飞起来，落到了四周的草丛里。

人们都惊骇地张大了嘴巴，胆小一些的一度闭上了眼睛。大家都没有想到会真的要开杀戒，更没有想到一向为高法师所不喜的李青石竟然充当了他的得意帮手，在这场含有威慑意味的杀戮中扮演了一个重要角色，而那几个一向被他看好的徒弟们却不知到哪里去了。甚至连王小羊都感到了吃惊，不仅是因为李青石的表现出乎他的意料，更让他接受不了的是，那个被打死的所谓八路竟然是王家庄的农会会长王好古。

约西，那个日本军官伸出戴着雪白手套的大拇指，朝着高法师晃摆了一下，并满意地点一下头。

大家看明白了没有？高法师转向众人，用他快要沙哑的嗓子高声说，从今天开始，我们武家寨的红枪会就正式成为大日本皇军在聊城的协同作战队伍。大家要团结一心，苦练杀敌本领，积极配合皇军清乡剿共，为建立大东亚共荣圈贡献我们的热血和生命。为了防止人们产生不同的想法，他又用严厉的口气警告说，选择大日本皇军做我们的靠山，这是神灵降下的旨意，任何人都没有抗拒和违反的权力。

王小羊知道自己再也不能忍受下去了，这个老骗子纯粹是在愚弄人们，而他使用的手段一点儿都不高明，但却对那些头脑简单的人发挥了效用，眼看他的阴谋诡计就要得逞了。不能，他在心里一遍遍地对自己说，不能就这样让他把这支队伍带到日本人那里去。在这个念头的驱使下，王小羊从地下爬起来，忘乎所以地冲到高法师面前，大声对人们说，不对，这根本不是什么神灵的旨意，而是他对你们的故意欺骗。说着，他把自己的手举起来，抖抖地朝高法师指去。

高法师呆住了，伏在他身后的武殿魁也呆住了，所有趴在地下的人们都呆住了，一个个仰起头来看他。王小羊，高法师反应过来，愤怒而不解地看着他，你要干什么？

我要揭穿你的鬼把戏。王小羊义无反顾地说，然后转向武殿魁，转向人们，大家不要听信他的谎话，他要投靠日本人的主意绝对不是神灵的旨意，实话告诉你们吧，神灵根本就没有附体在那只鸭子身上。

高法师的脸面一下子变白了。王小羊，他气急败坏地对他说，你是不是活得不耐烦了？唵？

王小羊没有理会他，转向那只依旧躺在地下的鸭子，抬起一只脚来，使劲往地下一跺，那只鸭子便一骨碌爬了起来，还没有等它站稳身子，王小羊另一只脚又跺到了地下，鸭子就像又一次接到了命令，再次瘫倒下去。看到了没有？王小羊又把手指向高法师，这只看起来被附体的鸭子其实是被他训练出来的。

我的老天……高法师绝望地把手拍在自己头上，我怎么就没有想到……他把手从头上揭下来，像风中的旗帜一般在天空里挥舞着。来人，他声嘶力竭地叫喊，快把他给我拿住！

人们似乎没听见他的命令，依旧一个个呆愣着，好像还没有从这突然的变故中醒悟过来。又是李青石第一个反应过来，冲到王小羊身边，仅仅是一枪托，就把他打倒在地下。不许动，李青石端起枪，把枪口抵在王小羊头上，再出声我就打死你。

队伍开始骚乱起来。人们像处在激烈的洪水中一样晃摆着身子，不知道该去帮助哪一个，一时都有一种迷失了方向的感觉。

24. 希望破灭

王小羊被关押起来，地点就在香堂隔壁的一个小院内。这是专门用于关押“犯规”会员的处所，院墙上有一个小门与香堂贯通，便于把犯规者弄到那边去，在神灵的牌位前实施惩罚。院落的另一边是高法师的住处，院墙上也有一个小门连接，这或许是便于法师对犯规者的监管吧，也就是说高法师是要对犯规者亲自过问的。惩罚犯规者的方式无外乎“杖责”和“罚钱（或罚粮）”两种，前者是对犯规较重者实施的手段，后者则是对较轻者采取的措施。

王小羊犯下的过错不可谓不小，不要说公开顶撞法师是不能允许的，如果进一步追究的话，那可就是抗拒神灵旨意的大罪了；更不可饶恕的是，经他这样一番公开闹腾，高法师精心策划的投日行动差点儿泡汤，要不是他费尽心思翻来覆去向大家说明兼起誓，不要说武殿魁不会配合他行动，人们差不多也要对他的行为产生怀疑了。王小羊自己都觉得，这回怕是难逃劫数了。他并不是惧怕罚钱和责打，而是担心自己的任务将无法完成。本来他把希望寄托在遍布乡村的红枪会身上，哪里想得到，这支在抗战形势下不断坐大的势力已经堕落成为虎作伥的封建反动力量，不能不让他感到深深的痛心。尤其是他的同学兼好友李青石，竟然是甘心为高法师这样的阴谋家效力的骨干分子，也实在出乎了他的意料。

大约是表示对他这个犯规者的重视吧，高法师派出了他的心腹干将李青石负责看管他。开始的时候，王小羊还觉得这样挺好，不管怎么说，李青石都是他的同乡，就算他不会轻易把他放掉，却至少可以优待他一下吧，也减缓一些他被关押所受到的伤害和折磨。但才两天下来，他便明白由李青石看管自己的害处了，不要说李青石根本不会照顾他，就是其他的看管者和他说上几句话，也会受到他的呵斥和责骂。你们知道不知道？李青石瞪着眼睛对他的手下说，这个人是犯了天条大罪的重犯，谁如果和他牵连在一起，谁就会受到神灵的惩罚。王小羊这才明白，原来在李青石那里，由于自己是他介绍来到红枪会的，他便肩负了一定的责任，他之所以如此不友好地对待他，无非是要尽力洗清自己，或许这也是高法师让他看管自己的目的。

几乎每一天，王小羊都等待着高法师发出惩罚他的指令，随时做好接受杖责甚至更为严酷的刑罚的准备。但奇怪的是，一连几天过去了，高法师的指令都没有下来，好像一把他关进这个小院的屋里，他们就把他忘到脑后去了。每一天，都是李青石领着几个人在门窗外走来走去，只有开饭的时候才会有人进来，把一个窝头和一碗稀粥送到他面前。其他的时间里，王小羊便躺在一领草席上，打发着漫长而难熬的时光。只在很少有的情况下，才会看见李青石从窗棂间探进头来，冷漠而警惕地看他一眼，然后急快地把头缩回去。到第五天，王小羊总算听到了高法师的动静，尽管那不是一道命令，而只是高法师轻盈的脚步声，他还是觉得一场惩罚终于不可避免地到来了。

高法师是一个人走进来的，在这场影响颇为不堪的变故中，他那几个被他宣布为弟子的人没有做出丝毫配合他的行动，倒是受到他冷遇的李青石冲在了前面，甚至从某种程度上说救援了他，人们便有些搞不清楚，这种格局的调整到底是偶然出现的结果，还是高法师蓄谋已久的布防？就连王小羊都吃不透，在高法师强有力的掌控下，武家寨红枪会的水到底有多深。

怎么样？在这里待习惯了没有？一进屋，高法师就和颜悦色地问他。听他的口气，好像他是来这里和他聊天的。

王小羊没有回答他的话。我已经做好准备了，他沿着自己的思路说，怎么打？在哪里打？说着，他还撅了撅自己的屁股，一副甘愿接受杖责的样子。

看你说到哪里去了？高法师止不住笑了，并把他软绵绵的小手摆了摆，然后就势捋住自己的胡须，我哪里说过打你的屁股？

为什么？王小羊有些不明白。

你不像他们一样是一个粗人，高法师指指李青石和他身后的几个人，你长着一张细皮嫩肉的身子，哪里经得住那些棍棒的打击？

李青石身后的那几个人都呵呵地笑了，只有李青石依旧板着脸，似乎听了高法师这几句话，他的脸面越发泛青了。

高法师好像也意识到什么，回身对李青石他们说，你们先到外面去吧，我和王小羊在这里说说话。

李青石恶狠狠地看了王小羊一眼，对他的手下挥挥手，转身朝外面走去。

我和你说的话他们也听不懂，高法师关上门板说，没有他们掺和，我们可以敞开心扉说上一番。他率先在席片上坐下，同时在他面前的地方拍一下，示意王小羊也坐下来，我就愿意和你这样接受过高级文化教育的人说话。

看着他不乏真诚的表情，王小羊也禁不住发愣，这哪里是惩罚者和被惩罚者应有的姿态，倒真的像是老朋友推心置腹聊天的架势。恍惚间，他似乎又回到了数天前在高法师卧室内促膝长谈的情景，不，甚至比那时的聊天还要随意，因为高法师的姿态明确无误地告诉他，此时此刻他们之间根本不存在什么师徒关系了。说什么话？王小羊就地在墙根边蹲下，用不无嘲讽的口气说，难道再让我给你介绍什么日本人的情况？

如果你感兴趣的话，高法师木呆呆地看着他，再和我说一说他们的情况又有何妨。说着，他把身子歪倒在席片上，用一只手托着脑袋，脸上流溢出对这一话题充满兴致的渴盼表情。

你为什么那么喜欢日本人？王小羊克制不住地反问他说。这一刻，他突然对高法师那个半躺半坐的姿势充满了厌恶，没错，那个姿势让他一下子想到了他专心致志吸大烟的情景，随即脱口问他说，难道仅仅是因为日本人给你送来了烟土，你就对他们心存感激，决意要带领大家去投靠他们？

高法师没有想到他会这样直接问自己，一时有些反应不过来。你，你说什么？他抖动着身子往起爬，但爬了好几下却没有爬起来，好像这一刹那他受到了什么沉重的打击，整张身子都变得有些迟钝了。你说我接受了日本人的好处？他终于爬起来了，朝他探过身去，用两只突然泛红的眼睛看着他，你是这样认为的吗？

王小羊看出他发怒了，但还是硬着头皮回答他说，难道不是这样吗？

你只看到了我吸日本人的大烟，高法师颤抖着声音说，可你没有看到，日本人抓走了我的老婆，我的儿子，还有我的两个孙子……

什么?！王小羊吃了一惊。

高法师蹲在地下，用两手使劲抱住脑袋。为了逼迫我向他们投靠，他悲痛欲绝地说，日本人赶到我的老家，把我家里的人全都抓走了……他把身子无力地靠在墙壁上，日本人给我捎话说，只要我不把红枪会交到他们手里，我就再也见不到我的家人了。

王小羊怔怔地看着他，这突然的变故让他有些不知所措。是呀，他哪里能够想到，这个一门心思领导红枪会走向深渊的老者原来是在承受一种别人无法看到的胁迫和苦难。

日本人真阴狠呀，高法师频频地摇着头说，他们什么歹毒的办法都使，简直比吃人的豺狼逼得都紧呀。他把头仰起来，用空洞的目光看着房顶，浑浊的泪水从眼里涌出来，我高老贤不是没有本事的人，但却一辈子不得志，原指望在这里做成一两件事，也不枉来世上走这一遭，哪里想到最终还是……他哀伤地叹着气说，你就是再精于算计，最终也算计不过那些狗日的日本人呀。

王小羊不知道该说什么好，一切都太出乎他的意料了。看来这个老家伙也实在不容易，他只是在心里说。

我痛恨日本人，高法师突然睁开眼，咯嘣咯嘣地咬着牙说，我恨不得把他们……他攥起拳头，在膝盖上狠狠地捶打了一下。

那你，王小羊试探着说，就不要让红枪会去投靠他们了吧？

这个，高法师冷静下来，把尖瘦的屁股坐回到地下，不易察觉地吧嗒一下嘴说，这个应该是两回事……

你还是要把红枪会交给他们？

我没有办法呀，高法师颓唐地摇着头说，如果我不这样做，我家里那些人就会……他说不下去了，泪水再次从他眼里流出来。

王小羊知道对他说什么也不管用了，便站起来，从他面前绕过去，走回到席片上，把身子在上面躺下，并将脸面朝向墙壁。

你是不是对我失望了？高法师在他身后说。

王小羊没有理会他，只是在心里问自己说，我对他难道只有失望吗？

我也是念过书的人，不是不知道精忠报国的道理，高法师絮絮叨叨地辩解说，可现在……我只能忠孝难以两全了。说到这里，他长长地打个哈欠，站起身来往外走去。

王小羊紧紧地闭上眼睛。也许他的烟瘾要犯了。他在心里嘲讽地说。

高法师又在门口停了一下。你可以骂我是卖国的奸贼，他郑重地对他说，但我不会容许你坏我的事。

王小羊当然听出了他话里的警告意味，也明白他是不会轻易放过自己了，尽管或许不会真的杖责他，但却很难把他从这里放出去。

高法师离去后，一直没有再回来看过他，也没有下达什么处置他的命令，好像又一次把他忘到一边去了。倒是李青石忽然关心起他来，那天高法师竟然把他和他的手下赶出去，关上门板和王小羊谈话，不能不又一次刺激了他。一个公开和高法师作对的人竟然还受到他如此的礼遇，可见王小羊在他心目中具有怎样重要的位置了。相比之下，他自己虽然在关键时刻挺身而出对他施以援手，可还是无法拉近与他心灵的距离。无奈之下，他只好厚着脸皮来向王小羊求助一二了。给我说一说，李青石觍着笑脸对他说，那天高法师在屋里都对你说了些什么？

李青石反常的态度也使王小羊暗吃一惊。没有说什么特别的话，他冷冷地应付他说。

不会吧？李青石不相信地说，如果你们不是拉得那么投缘，他出去的时候怎么会那么激动？

王小羊不想对他说自己和高法师的那些话题，却灵机一动，装出一副高深莫测的样子，故意卖关子说，如果你想知道我们都说了些什么，那你先答应我一个条件。

条件？李青石满不在乎地说，什么条件，你说吧。

王小羊看着他说，把我从这间屋子里放出去……

什么？他的话还没有说完，李青石就瞪大了眼睛，随即笑话他说，你想什么好事呢？这怎么可能？

为什么没有可能？王小羊硬着头皮质问他说，高法师也没有说整天关着我呀。

但他也没有说把你放出去，李青石毫不客气地摇摇头，我看你就不要再做这种美梦了。只要有我在这里，你就是插上翅膀，也休想飞到外面去。

王小羊困惑地看着他说，我真是不明白，你为什么要执意和我过不去？

你说是为什么，李青石恼怒地跺一下脚说，是我把你领到这里来的，原指望我们能够同心协力，也在法师和会长那里受到一些重用，可我无论如何没有想到，你一来就给我惹上了麻烦，要不是我反应得快，兴许高法师早就把我清除出去了。他恨恨地咽了口吐沫，然后摊开自己的手说，在这个关键时刻，你说我怎么会放掉你？如果你从这里消失了，那我可就是跳进黄河也洗不清了。

听了他的话，王小羊才真正确信，看来在李青石身上打主意是根本不可能了。我要去见武会长，他想了一下又说。由于那天自己的公开揭露，也许武殿魁不会再那么信服高法师了，如果从他身上打开一条缺口……王小羊只能把这种不切实际的侥幸念头落实到武殿魁身上了。

武会长你暂时怕是见不到了，李青石耸了耸肩膀说，两天前，他就带领一帮弟兄们跟随日本人去清乡剿共了。

王小羊又吃了一惊，如果他的话是真的，那么就说明武殿魁在高法师的蛊惑下已经投靠到日本人的旗下了。想到这里，他绝望地闭了一下眼。

怎么样？李青石意味深长地看着他，你还有什么条件没有提出来？

算了，王小羊在心里说，面对这样一个打定主意为虎作伥的家伙，你就不要再说什么多余的废话了。但过了一会儿，他还是又止不住问他一句，青石，你为什么要死心塌地为他们卖命呢？

这个难道你还不明白吗？李青石反问他说，你先来告诉我，你又为什么一心一意给八路军效力呢？

八路军是为我们穷苦人做好事，王小羊坦承说，我没有理由不帮助他们。

其实道理都差不多，李青石顺着他的话说，我所卖命的那些人也给了我一定的好处，所以我才要……

王小羊打断他的话说，对日本人也是这样吗？

李青石想回答他一句什么，张了张嘴，却又没有说出来。我没有听日本人的命令，他想了想又说，我只是服从高法师和武会长的……他有些底气不足，话没有说完就停住了。

王小羊伤心地摇摇头，你也算是上过学的人，应该知道什么是民族大义，怎么能这样不问青红皂白地做事呢？难道真应了那句话，有奶便是娘吗？

你的话说得还真有些道理，李青石不得不承认说，只要进了我们红枪会，就管不了那些大道理了，还是多考虑一下现实的问题来得实惠。这年头，他朝地上啐口唾沫，脑袋都别在裤腰带上了，哪还顾得了那么多！

所以你就滥杀无辜，他们让你打死谁你就向谁开枪，王小羊毫不客气地指出说，所以你就不顾道德人伦，去和别人的老婆私通。

你不要说这个，李青石气急败坏地跺着脚说。

莫非你还有几分廉耻？王小羊嘲笑他说，还知道这件事做得不对？

我让你不要说！李青石终于克制不住了，举起枪托，在他屁股上狠狠地捣了一下子。

王小羊没有站稳，身子一斜歪倒在地下。

不要揭我的短，李青石端起枪，把枪口抵在他腰眼上，不然我就真的对你不客气了。

如果你有种，王小羊拍拍自己的胸脯说，你就对我开一枪吧！我倒要看看你是不是真的变成了野兽。

李青石端枪的手发起抖来，枪口在他腰眼上抵了好一会儿，终于还是被他拿开了。你这个该死的东西，他愤愤地在他身上踢了一脚，然后收起枪，转身往外走去。

你这个胆小鬼，王小羊用夸张的口气笑话他说，你只配去给日本人当孙子。

李青石快步走出去，生怕走慢了会真的朝他开枪。他紧紧地关上门板，在门鼻上插上铁锁，然后顺着门板出溜到地下，把头抵在枪身上，肩膀一抖哭起来。狗日的王小羊，他在嘴里呜呜噜噜地咒骂，早晚我会打死你。

王小羊也疲惫地躺回到席片上，眼睛一红，泪水扑簌簌地淌出来。

自从和李青石公开反目后，王小羊的境遇越加糟糕，李青石不仅不再轻易打开门板，就连别人给他送饭都是从门缝往里塞，更别说让他出去放放风了。王小羊知道从这里出去的可能性越来越小，不要说高法师没有放他出去的打算，就算他下达了这样的命令，李青石是否执行还是一个未知数呢。为了防止可能出现的意外，李青石一改让手下值夜班的惯例，干脆一天到晚守在屋门口，让王小羊没有了任何可乘之机。

大约他许多天没有回去了，王好铭的小老婆“晒红米”有些熬不住，竟然大着胆子到这里来找他，把李青石吓得差点儿从门台石上摔下去。按照红枪会的律条规定，私自勾引良家妇女要被处以严重的鞭刑。王好铭是这一带有名的乡绅，尽管已经死去，但考虑到他和李青石的街坊关系，这桩私情也是不能被允许的。你怎么到这里来了？李青石惊慌失措地说。

我来看看……晒红米先还装模作样地假充正经，看看身边没有旁人，便上赶着来搂抱李青石，好几天看不到你的面，我都快要想疯了。

李青石本能地看一眼身后的门板，像躲瘟疫一般朝旁边躲去。不要过来，他警告她说，随即更低地压下声音，要是让他们看到了，你我可就吃不了兜着走了。

这里不是没有人吗？晒红米四处撒目着说。

怎么没有人？李青石指指门板说。

晒红米看明白了他的手势，一时间变得规矩起来，但才过了一会儿，她又有些克制不住了。反正关在里边的也不是什么好人，才不用管他呢，她又朝他身边靠过来，我们还是抓紧办我们的事吧。

躲开，李青石板起脸说，为了让她相信自己的态度，他索性举起枪来，马上从这里离开，回你自己的家去。

你怎么了？晒红米莫名其妙地看他，你怎么像是变了个人。

听到没有？李青石跺了一下脚说，马上从这里离开，不然我就要……他把手里的枪朝她夸张地挥舞了一下。

晒红米果然被吓住了。好你个狠心的李青石，女人呜呜地哭起来，刚从老娘的炕上下来你就不认这把壶了……女人一边哭一边朝外面跑去。

直到晒红米从院子里消失了，李青石才松了一口气，把手里的枪慢慢放到地下。他娘的！他颓唐地骂了一声，重新在门台石上坐下。

王小羊在屋里听到了他们的对话，止不住感慨地叹息一声，这个狗日的还真是尽职，为了对付我，竟然连自己喜欢的女人也得罪了。他走到门边，没话找话地对他说，我可什么都听到了，等哪一天我出去了，把你勾引地主家女人的事举报给高法师，是不是关到这间屋子里来的人就应该是你了？

算了吧，李青石原不想搭理他，但也实在闲得无聊，便也和他隔着门板斗起嘴来，你也不想一想，你还有出去的那一天吗？实话对你说吧，你已经没有了举报我的机会，这点难道你还没有看清楚吗？

王小羊不能不承认，李青石说出的的确是一个严重的事实。虽然他表面上还做出一副坦然的样子，但心里却是急躁得不行。这么多日子过去了，邱浩天交给他的任务不但没有任何进展，自己反而失去了人身自由，如果这样一味地拖延下去，日本人在鲁西实施细菌作战的计划就会实现，那样一来，这一带的老百姓可就要遭大殃了。不行，无论如何也要从这里出去，再到别的地方去找阻止这一罪恶计划的方法。

王小羊用尽了各种手段，包括挖墙洞、掏房顶之类，最终的结果也未能如愿。高法师选择的这座房屋实在太坚固了，他凭着自己的两只手根本不能打开任何一个缺口。看来姓高的早就想到了被关押者要逃跑这件事，已经提前把所有的防范措施都布置到位了。

不要再做这种徒劳的努力了，听到他打墙洞发出的声音，李青石在门外笑话他说，就算你从这间屋里出来了，可你又怎么出得了这个院子？

我只要走出了这间屋子，王小羊在心里对他说，我就不信出不了这个院子。

李青石似乎知道他心里在想什么，朝门板跟前凑近一些说，你可能还不知道吧，前几天日本人已经帮我们在每堵墙头上拉上了电网。弟兄们还都没有看到过人被电网电死的情景，你是不是想让大家开开眼呢？

听了他的话，王小羊简直要发疯了。他娘的，他绝望地把身子瘫倒在席片上，眼前一阵阵发黑，难道他们真要把我囚死在这里了不成？

就在王小羊快要放弃从这里出去的努力的时候，一件让他无论如何也没有想到的事情发生了。在接下来的这天夜里，王小羊突然从睡梦中被惊醒了，支起耳朵一听，外面传来一阵激烈的撞击声，随即一直关闭了好多日子的门板打开了，几个黑黑的人影闯进屋门，摸摸索索地朝他走来。王小羊最先想到的一件事便是他们要对自己下毒手了，神经一下子紧张起来，爬起身子，便朝着屋角处躲避。他当然知道这样做也没有什么用，如果他们真要朝自己下手，他是没有办法躲过这场灾难去的。不要过来，他在心里朝他们叫喊，嘴唇却紧闭着，不让一丝声息发出来。

王小羊，进来的人朝他低沉而急切地叫喊，你在哪里？

王小羊尽管十分紧张，却还是听出发出声音的不是李青石，甚至不是他手下的任何一个人，而是，而是高法师那六个徒弟中的一个。他想不明白，高法师的徒弟怎么进来了，而且在叫他的名字？

虽然他没有回应那个声音的召唤，那几个影子还是来到了他面前。王小羊，他们摸摸索索地抓住了他，快跟我们出去。

我不出去，王小羊本能地往后缩着，我不跟你们走。

你不是一直想出去吗？其中的一个人说，我们救你来了，你怎么却不走了？

救我？王小羊听清楚了他的话，却又怀疑是听错了，你不是在说胡话吧？

你看我们把李青石打倒了，那个人朝门口指了一下说，要不是为了救你，我们无论如何也不敢打人的。

王小羊小心地走到门口，借着天上微薄的星光朝地下看，门台石上果然直直地躺着一个人，看上去像是李青石。为了证实自己的判断无误，他又走过去，往那个人头上摸去，没费什么劲，他便摸到一摊湿漉漉的液体，应该是李青石头上流出的血水，看来他是真的被他们打坏了。你们，他回过头，在黑暗中看着那几个人说，你们为什么冒险来救我？

看了你那天对高法师的揭发，他们小着声说，我们才知道高法师在装神弄鬼欺骗大家。他想把红枪会带到日本人那里去，我们想来想去觉得不合适，所以……

王小羊禁不住点点头，觉得他们说得也合乎情理。

本来我们也没做过杀人的事，他们继续对他解释说，可我们担心高法师他们会对你下毒手，所以想来想去，还是决定冒一回险。

谢谢你们，王小羊分别拉了一下他们的手，谢谢你们把我从这里救出来。他实在有些感动，这几个人与他并无多少交情，甚至为了在高法师那里争宠，还和他闹过一些互相拆台的事，但今天夜里却……

你快走吧，他们推搡着他说，天快亮了，我们也回自己的老家去了。

王小羊告别了他们，在黎明前黑暗夜色的掩护下，磕磕绊绊地走出武家寨，踏上了返回王家庄的路。当来到村头的时候，他停下脚，回过身去，在熹微的晨光下望着武家寨的方向，在心里发问一句，那几个人真的能顺利回到自己的家吗?

25. 离奇叛变

王小羊给哥哥做了一顿饭，自己没有来得及吃，便倒在灶坑里睡着了。经过这些天来的折腾，他实在疲倦得撑不住劲儿了。

刚回到家时，王小羊没有看到哥哥王大牛，一时紧张得不行。在武家寨被囚的那些日子里，他最放不下心来的便是王大牛。自从爷爷被烧死后，尤其是他自己被鬼子的刺刀割去一只耳朵后，王大牛便受到了强烈刺激，本来就有些不太正常的神经变得格外脆弱，稍有一点点儿风吹草动便恐惧得要命，每天都捂着那只仅存的耳朵在嘴里叨念，我的耳朵，我的耳朵……更麻烦的是他还有烟草依赖症，时不时地就会犯上瘾来，如果不能满足这种突然强烈起来的需求，他就会躺倒在地下不省人事。先前爷爷活着时，都是由他来照顾他，现在爷爷不在了，照顾他的任务自然便落在了王小羊身上。但就在这时，王小羊却要去武家寨受训，不能及时回家来，为了防止王大牛出现意外，他快要搜遍了整个村子，才勉强弄到一小筐树叶。在被囚禁的那几天里，尤其是看到高法师吸大烟的时候，王小羊会不由自主地想到哥哥，心里便急成一团，真担心他会在自己不在的情况下出事，回来说不定哥哥已经出现他不愿意看到的情况。所以，一逃回家来，他就急不可待地去找王大牛。可他找遍了屋子又找院子，却就是看不到王大牛的影子。

难道……王小羊的头立刻大了，别是哥哥真的出事了吧?他赶紧又跑到街上去找，并且逢人就问，看到我哥哥了吗?人们都说没有看见，王小羊越发紧张，几乎又找遍了整个村子，也没有把王大牛找回来。他简直快要绝望了，爷爷已经不在人世了，如果哥哥再……等母亲和二哥回来，他该怎么向他们交代呢?王小羊流着眼泪回到家来，却听到茅厕里传来一阵断续的呻吟声。王小羊跑到厕所里一看，天哪，王大牛竟然趴在地下，正处在虚弱的昏迷状态里，身子一动不动，只有嘴里发出一点点儿声音，我要……王小羊这才长出一口气，赶紧蹲下身子，把不省人事的王大牛抱到怀里。

王大牛是饿坏了，本来如果他的烟瘾不犯，他是能够做饭给自己吃的，但这一次偏偏在饥饿的情况下，他的烟瘾突然袭击了他。可王小羊给他准备的树叶已经用完，他找不到可以解瘾的方法，加之饥饿的折磨，便倒在地下爬不起来了。其实在这期间，潘秀兰已经到他家来过了，但由于他是倒在了厕所里，便没有被她发现。

王小羊把哥哥抱回屋里，先搜罗出一小撮树叶，用废纸卷上，点着后插在他嘴里，然后便动手给他做饭。饭还没有做好，王大牛就苏醒过来了，嘴里的叫声也变得清晰起来，我饿……王小羊绷紧的神经终于放松下来，一阵极度疲惫的感觉袭上身来，当饭香刚从锅盖下随着热气冒出来时，他实在支撑不住了，身子一歪，便倒在灶坑里睡着了。

王小羊醒来时，日头已经快要沉落了。这时他也觉到饿了，便爬起来，想到锅里去盛点儿饭吃。但锅里的饭早就没有了，想必都被王大牛吃光了。王小羊叹口气，又坐回到灶坑里。这时他看见王大牛坐在门台石上，手里捏着一块瓦片，正往那只缺失的耳朵根上安，嘴里念念有词，我的耳朵，我的耳朵……瓦片从耳朵根上掉下来，又被他安上去，再次掉下来。看着这番情景，王小羊不禁流下了眼泪。

天很快黑下来，院子里涌起了昏沉沉的雾气。不一会儿，雾气里渐渐浮出一个人的形状，看上去像是一个飘浮不定的幽灵。鬼，王大牛尖厉地叫了一声，站起来，掉头就往屋里跑，一头扎到王小羊怀里，身子瑟瑟地发抖，鬼……

王小羊当然不会相信外面有什么鬼，他推开哥哥，站起来，走到屋门口。雾气里的那个人影也停住了，似乎也在对着他看。王小羊觉得这个人影有些眼熟，但天光暗淡，又有雾气笼罩，而且她头上还系着块围巾，整张脸差不多都被遮挡住了。他实在看不清她的面目，但他却约略感觉到这是一个女人，一个他并不陌生的女人。他不禁感到好奇，天这么热，这个人为什么戴着头巾，把自己的脸面都遮蔽起来呢?

我来找过你一回了……那个女人对他说。

女人一开口，王小羊就知道她是谁了。秀兰，他脱口叫了一声，便奔下台阶，要朝她走过去。

不要过来！潘秀兰高叫一声。

王小羊停了一下脚，还是想朝她跟前走，自从那场劫难之后，他还没有见到过她呢。

听到没有？潘秀兰跺了一下脚说，不要过来。为了防止他继续朝自己跟前走，她又强调了一句，你要再走一步，我就马上离开这里。

王小羊只好停住了脚，他渴望见到潘秀兰，又哪里能够让她轻易走掉呢。秀兰，你……

我不想让你看见我的样子。潘秀兰掉开了头，并把围巾往前扯了扯，将脸面罩得更严实些。

王小羊知道她为什么在热天里系围巾了。秀兰，他尽力安慰她说，你没有必要这样做。

我已经没有了脸面，潘秀兰打断他的话说，不想再让你看到我的样子。

不，王小羊急急地表白自己的态度，你这么想就错了，那都是日本鬼子对你犯下的罪恶，你完全没有必要这样责备自己。

潘秀兰摇摆着头，嘴里无声地哭泣着，无法再说下去。

看着她悲痛欲绝的样子，王小羊心里也痛如刀割。他稍稍犹豫了一下，还是决定把自己的心里话当着她的面说出来。秀兰，他选择着合适的字句小心地说，如果说在此之前，我还没有考虑清楚我们两个人之间的关系，那么这件事之后，我决定把你当作我这一生中最亲近的人，在未来的日子里和你一起。

不，潘秀兰再次打断了他的话，也明确表白她自己的态度，你不要说这种傻话。

这不是傻话，王小羊拍着自己的心口说，这是我的心里话，是我思考了很久才说出口来的话。

不要再说了，潘秀兰越发悲痛了，我都这样了，怎么能让你……

我不在乎这个，王小羊提高了声音说，我仇恨的只是那些丧失人性的日本鬼子。

不管怎么样，这都是不可能的，潘秀兰用决绝的口气说，我们就不要再说这件事了。

如果你不相信我的话，王小羊还在做着最后的努力，那就让……

求求你，潘秀兰哀求他说，不要再说下去了。

王小羊只好停住了嘴，但他的表情告诉她，自己并不想让这件事就这样完结。

我今天来找你，潘秀兰明确对他说，是要告诉你另外一件事。

王小羊极力让自己冷静下来，什么事？

昨天，日本人到村里来抓你了。

什么？王小羊吃了一惊，日本人到村里来抓我？为什么要抓我？

他们知道了你那个任务。

他们怎么知道？王小羊莫名其妙，我没有告诉过和日本人有关的任何一个人。

是杜宇飞带着日本人来的，潘秀兰转移话题说，他偷偷找到我，让我想办法告诉你，赶快离开这里，最好回到济南去。

他为什么不带他们去武家寨抓我？王小羊纳闷地说，他其实知道我被关在那里。

你们不是表兄弟关系吗，潘秀兰分析说，看来他不想让你被日本人抓住。

王小羊想了一下，觉得也是这么回事，但让他依旧想不明白的是，日本人到底是怎么知道他的任务的呢？到底是什么人向日本人泄的密呢？告诉我，他转向潘秀兰说，是不是有人出卖了我？

潘秀兰掉开了脸，尽管夜雾越来越浓重，他们隔着很近的距离已经看不清彼此的表情，她还是把目光转向了别处。我也搞不太清楚，她迟疑着说，你就不要再问这个了，还是趁天黑离开这里吧，免得……

王小羊觉得她一定知道这件事的真相，便执意问她说，等你把出卖我的人告诉了我，我马上就走，否则……

潘秀兰又一次痛苦地摇了一下头。我实在不想说出他的名字，她低下声说，但愿杜宇飞的话都是假的。

他到底是谁？他宽慰她说，不管是谁，我都能承受得住。他虽然嘴上这样说着，心里却急跳起来，他隐约地感觉到，这个出卖了自己的人一定对他和潘秀兰十分重要。

是肖力贵……潘秀兰鼓起很大勇气，才让自己说出了这三个字。

什么？王小羊觉得五雷轰顶。你是说肖力贵？他紧紧地瞪视着她，怎么会是肖力贵？他多么盼望她是说错了话。

潘秀兰掉开了身子，不再让自己张口说话。

王小羊知道，她说的话并没有错，也就是说，那个出卖了自己的人的确就是肖力贵了。肖力贵？王小羊在心里一遍遍地说，怎么可能是你出卖了我呢？在他的印象里，肖力贵是多么的威武顽强，勇猛善战，他让王小羊亲眼见识了根据地军民艰苦抗战的鲜活事实。有了他的存在，王小羊就相信中国人民是能够打败日本侵略者保卫自己家乡的，中国的前途和命运就不是令人悲观和失望的。但让他决然想不到的是，就是这样一个让他寄托着无限希望的人却成为了可耻的变节者，居然投降了曾经让他疾恶如仇的日本鬼子。他连自己这样一个什么都没有做成的人都没有放过，那他不知道该向敌人提供了多少有关共产党八路军的情报呢。为什么是他？王小羊跺着脚说，为什么出卖我的人是他？

刚听到消息的时候，潘秀兰哀叹着说，我也接受不了这个事实。

谁叛变我都觉得没有什么，王小羊信口说，就是肖力贵……他给我的打击太大了，太大了……

潘秀兰沉默了一会儿，开始对他解释说，杜宇飞说，肖力贵经历了难以承受的折磨。

那也不能背叛自己的组织和同志，王小羊大声反驳她的话说，这不是理由，不是肖力贵叛变的理由。

别忘了，潘秀兰打断了他的话说，肖力贵虽然作战勇敢，却是一个，一个特别害怕疼痛的人。

害怕疼痛？王小羊愣了一下，似乎也想起这回事来。

他受过许多次伤，经历过别人没有过的痛苦，潘秀兰说，我曾经亲口听他说过，他宁愿死去，也不愿再承受伤痛的折磨。

也许这仅是一个小小的理由，王小羊退后一步说，可比起背叛给革命造成的损失来，经受苦难又算得了……

敌人抓到他时，他身上已经多处受伤，潘秀兰继续对他说，敌人为了折磨他，专在他的断腿上做文章，先让他的腿长好了，再强行给他折断，一次不行再来一次……敌人知道他的弱点，就专门在这上面对付他。

王小羊想起了肖力贵受伤的情景。是呀，他不光一条腿被打断了，而且肚子也被炮弹皮豁开了，当时连肠子都流了出来，这对于一个尤其害怕疼痛的人来说已经够受的了，敌人却又把他长好的断腿折断……一想到这里，王小羊就没有勇气再让自己往下想了。肖力贵，王小羊在心里说，你受苦了。

肖力贵在受刑的时候，潘秀兰犹豫了一下又说，一直在喊你的名字。

什么？王小羊有些不解，他为什么要喊我的名字？

他说敌人把他抓住时，他让你把他炸死，可你却迟迟没有下手，导致他受到这样惨无人道的折磨。

王小羊想起来了，那天敌人捉住肖力贵的时候，他的确在朝自己一遍遍地叫喊，快扔手榴弹，把我炸死！可他当时手软，没有把手榴弹扔出去，结果导致了肖力贵……仔细想来，肖力贵的背叛，自己不是也负有一定的责任吗？王小羊又在心里说，肖力贵，是我害了你。

潘秀兰知道他想什么，便也安慰他说，你也不要自责，不管怎么说，肖力贵叛变也是他自己的事。

别说了，王小羊瘫坐在门台石上，用两手紧紧地捂住脸，别说了……

时间不早了，潘秀兰看看已经黑透的天色说，敌人不知道什么时候还会再来，你赶紧趁天黑离开这里吧。

我的任务还没有完成，王小羊不甘地说。

可你已经暴露了，潘秀兰指出说，留在这里也无法再完成任务，如果落到敌人手里……她没有再说下去。

王小羊听明白了她话里的意思，不禁在心里问自己，如果你受到肖力贵那样的酷刑，会不会也会像他一样叛变呢？他希望自己得到一个明确的答案，但他思量了好一会儿，还是不敢义无反顾地对自己说，我不会……

走吧，潘秀兰再次催促他说，不要再浪费时间了，越早离开这里越好。

王小羊知道再拖延下去也没有什么实际的意义，便决定按她说的去做，离开这里回到济南去。但他刚打定主意，就又想到了哥哥，是呀，自己离开这里后，谁来照顾这个半痴半疯的人呢？

潘秀兰看出了他的心思。你放心走就是了，她想了一下说，我让我家里人来照看大牛哥。

王小羊在黑暗里看着她，禁不住动情地问道，那……你呢？这一刻，他忽然替她担起心来。这样一想，他越发不愿意离开她了。

我没有什么，潘秀兰旋即说，你尽管走你的就是了。

王小羊回屋去收拾东西。其实他也没有什么东西可供收拾，本来他对学校里说自己回家来换取夏季的衣服，但临到离开家了，他也没有把像样的夏季衣服穿在身上，似乎怎么来就又怎么回去了，唯一的区别便是身上多了爷爷当年用于授课的那本《三字经》，它虽然已经破烂了，但他却舍不得把它丢掉。就当是对爷爷的怀念吧，他把《三字经》揣在衣兜内，便随着潘秀兰往外面走去。

在黑魆魆的夜幕掩护下，潘秀兰一直把他送到了村外。王小羊以为她会在村头与他告别，便放慢下脚步。但潘秀兰却没有与他话别的意思，依旧迈着大步往前走，很快便走到他前面去了，王小羊只好急快地跟上去。一路上，潘秀兰都不开口说话，只是一味地往前走，好像外出逃难的不是王小羊，而是她自己。王小羊很想和她说句什么，但由于她走得太快，自己总是被落下，所以也便不好开口说话，只是专注地往前迈脚。村路尽管淹没在夜色里，但潘秀兰却走得十分熟练，好像她在这条路上已经走过无数遍了。而王小羊就不行了，虽然这是自己的家乡，过去在这条路上也走过不止一次，可毕竟隔断了好几年，现在走上去就显得有些陌生，有好几次都差点儿被路边的荆棘绊倒。

走出村子老远了，潘秀兰还没有停脚的意思。好了，王小羊喊住她说，就送到这里吧，说着就停住了脚步。

再送你一程，潘秀兰头也不回地说。

王小羊见她又走到前面去了，也又赶紧小跑着跟上去。他当然愿意让她这样送下去，问题是她在送他的时候却没有说话的打算，这未免让他放不下心来，似乎他已经感觉到了她在今天夜里的异常举动。秀兰，他不敢往下走了，等一下。

潘秀兰终于停住了脚步。

王小羊走到她身边，想把自己心里的担忧对她说出来，但张了张嘴，说出的竟然还是不要再送了，等一下你还要一个人往回走。

不要再替我担心了，潘秀兰掉开头，看着夜幕下的远处说，我没有什么好怕的。

王小羊不知道她在看着什么，甚至吃不准她究竟看到了什么没有。我有些不放心，他叹口气，还是把心里的忧虑说了出来。

你尽管走就是了，潘秀兰依旧用淡漠的口气说，不要再牵挂这里的什么。她收回目光，低下了头去，这里也没有什么让你好牵挂的。

王小羊听出了她话里的悲伤意味，心里不禁颤抖了一下。秀兰，他抬起手来，想去握一下她的手，不要这样想……

潘秀兰感觉到了他的动作，本能地让自己的手躲开去。没有什么，她吃力地微笑了一下，你快走吧，我一切都好着呢。

虽然看不见她的面目，王小羊却仿佛知道她脸上的凄惨表情。等着我，他用十二分肯定的语气对她说，我一定会回来的。

潘秀兰没有回答他的话，只是随口说了一句，我回去了，便掉转身子，迈着大步往回走去。

王小羊听不出她话里的感情色彩，还想再对她说句什么，但她的身影已经在他的视野里消失了，便把要说的话咽了回去。他不知道她走出了多远，虽然她的脚步听不到了，但他却依旧站在原地，想等她安全回村去了自己再赶路。

大约过去了一袋烟的工夫，王小羊确信自己听不到有关潘秀兰的动静了，或者说她已经回到村子里去了，他才移动了一下身子，抬起脚来，想朝与村庄相反的方向走去。但他还没有迈出步子，就突然听到潘秀兰离去的地方传来一声轻响，好像什么东西落到水里去了。王小羊神经一怔，本能地意识到或许是出什么事了。但那是什么事呢，具体说是什么东西落到水里去了呢？他在脑子里急快地想了一下，猛然意识到在他们走来的这条路的边缘，曾经有一口深不见底的水井。在这个罕见的大旱之年，周围一带的所有水井几乎都枯干了，只有这口水井却还有水。那么到底是什么掉到这口水井里去了呢？不用再多想，王小羊就一下子明白了，在这个黑夜之中除了是从它身边经过的潘秀兰掉下去了之外，还能是别的什么东西呢？潘秀兰——王小羊大叫一声，便迈开步子，疯狂地朝那口黑暗中的水井跑去……

在回到济南去的许多个日子里，王小羊还想不明白，那天潘秀兰离开了自己那么久，为什么还没有走过那口水井去？他突然产生了一个可怕的念头，潘秀兰之所以在那天夜里送出自己那么远，是不是正是为了把自己投入那口可怕的水井中？

第七章

26. 重新相聚

王小羊一回到学校，还没有喘上一口气，就被日籍学监木村义邦叫进了他的办公室。这也倒在情理之中，因为对于学生的每一点动向，木村义邦都是要亲自过问的，何况他一去这么长时间，早就超出了学校给他的假期，那个日本鬼子怎么会轻易放过他？本来他也做好了要向他汇报一下的准备，但这么快就被他喊去接受调查，还是有些出乎他的意料。

你的，木村义邦用鹰犬一般机警的目光审视着他，为什么去了那么长时间？

我家离济南太远了，路上又不好走。王小羊按照已经编好的理由对他说，再说，又赶上打仗，要不是我回来得心急，兴许现在还在路上呢。

不对，木村义邦毫不客气地反驳他的话说，即使你的那些理由成立，也不会在外面耽搁那么多日子。他把手在桌子上使劲拍了一下，实话说来，你的到底在外面干了些什么？

我……王小羊禁不住有些紧张，脑子里急快地想了一下，马上又明白他是在盲目地威吓自己，便尽力让自己冷静下来，我什么都没有干，不信你们去我老家调查好了。说出了这句话，他又有些后悔，也许还是不该这么说为好。

木村义邦收回了身子，开始围着他慢慢地踱步，同时不住地在他身子各处打量，试图找出一点点儿让他怀疑的地方。你的老家是一个匪区的干活，他一边思量一边说，你在那里滞留了那么多日子，怎么可能什么出格的事都没干？

我不知道你说的匪区是什么意思，王小羊故作糊涂地说，我只看见日本鬼……皇军三天两头地到村里去。有一回，他们还让我给乡亲们翻译过话呢。

噢，木村义邦对这个话题产生了兴趣，你的真给大日本皇军当过翻译？

是，王小羊只好硬着头皮承认说。

他们都让你对中国人说了些什么？木村义邦继续追问说。

他们让我说……王小羊想了一下，让我对乡亲们说，中日亲善友好，大日本皇军很辛苦，让他们交出粮食，犒赏……

木村义邦不想听下去了，朝他摆摆手，用模棱两可的口气说，看来你的日语学得还算不错。他忽然又想到了什么，你刚才提到了打仗，那是怎么回事？

皇军出来扫荡时，王小羊顺口说，遭到了一些人的抵抗，但他们哪里是皇军的对手，很快便被打垮了。

约西，木村义邦满意地点点头，你们支那人的确不是我们大日本皇军的对手。说到这里，他又觉到自己的话有些不妥，便伸手拍拍他的肩膀说，你的要好好学习日语，学习日本文化，尽早从落后的支那人的队伍里脱离出来，成为我们大日本帝国的一分子，你的明白？

明白。王小羊虚假地点点头，同时在心里叫骂了一句，我操你们大日本帝国的祖奶奶！

王小羊以为木村义邦对自己的审查结束了，但在离开他的办公室时，木村义邦还是用命令的口气对他说，你的回去写一份证明材料，把你在回家这些日子的所有行为一律写出来，然后交到我手里，明白？王小羊还没有做出什么表示，木村义邦再次对他提出要求说，在这期间，你的不准随便离开学校，除非得到我的批准。王小羊心里叫苦不迭，但这还不算完，当他往办公室外走去时，木村义邦又对着他的背影说，有什么问题，要随时向我报告。

王小羊头也不回地往外走，刚走下楼梯，就看见李灿辉站在院子里，正在不安地四处张望。一看到他出来，李灿辉便急急地迎上来，抓住他的手说，王小羊，你可回来了。听到他的声音有些大，王小羊赶紧抬起手，在他嘴上捂了一下。在他的经验里，这个由日籍教师霸占的办公楼，一般的中国学生是不可以在此逗留的。李灿辉明白他的意思，却推开他的手，不以为然地笑笑说，没事，我常到这里来。听了他的话，王小羊不禁愣了一下。李灿辉并不想对他解释什么，拉起他的手离开办公楼，朝他们宿舍的方向走去。

一路上，他们亲热地说着见面后要说的话。你怎么去了那么多日子？李灿辉上下打量着他，大家还以为你出什么事了呢。

王小羊不好对他说自己的那些遭遇，便反问他说，你怎么样？有什么新鲜事吗？

我在这里还有什么新鲜事？李灿辉回过头，朝他们刚刚离开的那座楼看了一眼，他们对学生管得越来越严，大家连上街去一趟都要向学校报告，整天待在这个院子里，还能碰到什么新鲜事？

为什么对大家管这么严？王小羊有些不解，先前并不是这样。

他们说是为了防止学生们感染上霍乱菌。李灿辉摇着头说。

什么？王小羊吃了一惊，难道这里已经发生霍乱了吗？

没有，李灿辉安慰他说，都是日本人在无端地吓唬我们。他忽然想起什么来，对了，你还记得吗？上次去我家的时候，不是看见过日本人在村子里检查霍乱病人吗？都是他们在瞎折腾。

王小羊没有说什么，脑子里却又想到了自己还没有完成的任务。日本人已经行动起来，不知什么时候就要在鲁西一带实施那个罪恶计划了。他在心里告诫自己说，要快，要赶快阻止他们……

你在想什么？看他有些走神，李灿辉捅了他一下说。

王小羊反应过来，不自然地朝他笑笑。没什么，他转移话题说，你都在忙些什么？

还能忙什么？李灿辉叹着气说，整天上课呗。李灿辉忽然关切地对他说，你一去那么久，回来后可要抓紧补习功课，赴日留学的考试已经没有多少日子了。

赴日留学？王小羊差点儿忘记了这件事。他没有做过去日本留学的打算，也便从来不把这件事往心上放，如果不是李灿辉提起，他怕是再也想不起来了。与他相反，李灿辉却对这件事充满了莫大兴趣，平时不但积极学习日语等相关考试科目，而且还主动和木村义邦等日籍教师接近，全力以赴地备战应考，想把那个有限的留日名额争取到自己手里。在他看来，也许这是他在这个特殊年代里出人头地的最佳机会了，所以一直憋着一股劲，并把和他成绩不相上下的几个人当作竞争对手。好在王小羊不在他的对手范围内，一来他们的关系实在要好，二来王小羊也没有留日的热情，所以他们才能长时间平安相处。王小羊早就想对李灿辉做些劝说工作，但想到刚刚见面，还没有说够怀旧的话，便张了张嘴，又把话咽回到肚子里。

看他郁郁寡欢的样子，李灿辉误会了他的心情，便做出热情的样子对他说，你不用担心，我帮你补习落下的功课，只要抓得紧，参加考试还是没问题的。

王小羊苦笑了一下，依旧没有说出什么，只是在他肩膀上拍了拍，以表示对他的感谢。但他已经打定主意，等到一个合适的时机，自己一定要好好地和李灿辉谈一谈，哪怕不能让他改变赴日留学的打算，也要尽可能使他放弃对日本人的幻想。

你还没有见到林美娜吧？李灿辉忽然问他说。

没有，王小羊摇了摇头。他不自觉地把脸转向西南，望着自己家乡的方向，心里不可遏制地想到了潘秀兰，想到了潘秀兰在那个黑夜里坠井而亡的情景……秀兰，他在心里哀哀地叫了一声。

你一去不回来，李灿辉告诉他，可把林美娜担心坏了，三天两头地朝我打探你的消息。

她还好吗？王小羊这样问着，突然又多了一句嘴，你经常见到她吗？

李灿辉没有回答他的话，只是沿着自己的思路说，你赶快和她见上一面吧，也免得她成天替你担忧。这一两个月的时间内，她都快要愁病好几回了。

听着李灿辉不乏感情色彩的话，王小羊心里涌上来一阵极其复杂的感受。一方面他真的为林美娜对自己的担心受到感动，当自己在敌占区经受那些难以忘怀的遭际的时候，还有一个人在后方为他担惊受怕，这无论如何让他感觉到莫大的欣慰；而另一方面他也隐约感觉出来，自己离开后其实是为李灿辉腾出了一定的空间，方便了他与林美娜的来往，他似乎已经知道，李灿辉也像自己一样对林美娜充满了好感，在自己离开的这段时间内，说不定他们……王小羊不愿再想下去，便也沿着李灿辉的话题说，是呀，我真该马上去找她。可是木村刚才对我说，在我接受他审查的这些日子里，不许我随便到外面去。

你在接受审查？李灿辉眨了一下眼说，要不要我去和木村说一说，兴许……说到这里，他有意停了下来。

王小羊对他的话果然有些吃惊，李灿辉居然能够在那个凶狠的日本人那里说上话，想必他们之间的关系也真的非同一般了。不要……几乎是凭着本能，王小羊就脱口说道。他怎么能让李灿辉到日本人那里去为自己求情呢？

好吧，李灿辉看出了他的心思，也赶紧改变态度说，还是我们自己想办法吧。

王小羊不知道该怎么去和林美娜取得联系，也实在想不出什么有效的办法来。第二天，正当他为此而愁闷不解的时候，李灿辉却来到他面前，神秘兮兮地对他说，有人请你到小树林里去一下。王小羊不太明白他的意思，到小树林里去干什么？李灿辉模棱两可地说，到了那里你就知道是怎么回事了。说着还朝他挤了一下眼睛。王小羊只好跟在他身后，拐弯抹角地朝那片小树林走去。

小树林是在学校的一个角落里，由一些错落有致的杂树构成，旁边还有一条淌动着活水的泉流，是个环境优美的好地方。平时他们在课余时间喜欢到这里来，或读书，或聊天，或漫步，享受一下战争年代里难得的幽静时光。离树林还有一段距离，李灿辉就停住了脚步，朝树林里指一下说，你去吧，等你的人就在里面。说罢，他就转身往回走去。

其实到这个时候，王小羊似乎已经知道是什么人在树林里等他了，但他还有些不相信。这个由日本人一手把持的学校是不允许不相关的人到这里来的，如果等他的那个人真的是林美娜，那她又是怎么进来的呢？所以尽管他有这种强烈的感觉，却又有些不相信。但当他看见那个从树林里隐约露出身来的影子时，他便不能不相信自己的感觉了。林美娜，他叫喊了一声，便迎着那个窈窕的身影跑过去。

王小羊。林美娜也叫喊着从树林里冲出来，裹挟着一阵香风扑到他面前，停住脚，在打量了他一下后，突然抬起两只细长的手臂，不由分说将他的脖子搂住。小羊，她颤抖着声音说，你可回来了，可回来了……

王小羊把自己的脸埋在她毛茸茸的头发上。回来了，他顺着她的话说，我回来了……他闭上眼睛，用脸颊体验着她头发带给他的舒贴感觉，一度紧张的身心一下子放松下来，身子一时变得十分柔软，要不是林美娜的极力支撑，他简直担心自己会倒下地去。多么美好呀，他在心里感慨地对自己说，这个时候是多么的美好呀！

林美娜感觉着他身子的重量，忽然有些担起心来。你没事吧？她松开他的脖子，仔细地上下打量他，你没有受什么伤吧？

没有，王小羊摇摇头，怕她不相信，又在自己身上拍打了一下，哪里都没有事儿。

林美娜放心了，又用两手攀住他的脖子，更紧地把他的身子搂到自己怀里。你不知道，她抽抽搭搭地说，我是多么替你担心，如果你再不回来，我真的就要发疯了。

没事了，王小羊安慰她说，我这不是完整地回来了吗？他闭上眼睛，想再次体验一下刚才的美好感觉，但不知怎么回事，那种让他沉醉的感觉已经不知到哪里去了。

两个人搂抱了很大一会儿，终于还是慢慢分开来，互相拉扯着彼此的手，相挨着坐在旁边的一条石凳上。告诉我，林美娜嗔怪地看着他，为什么去了那么久才回来？

这个……王小羊真的想把自己在家乡遭遇的那些事情说给她听，但他犹豫了一下，还是决定暂时不说为好。他担心她听了会被吓住，再说他也吃不准她是否对那些事情感兴趣，便咽口唾沫，只是随便说了一些敷衍搪塞的话。这使他觉得有些对不住她，因为自己对木村义邦也是这样说的。

我差点儿以为你不回来见我了呢，林美娜埋怨他说，在你老家的那些日子，你是不是把我忘了？

怎么会呢？王小羊摇摇头说。但他心里其实没有任何把握，当他经历那些掺杂着血与火的事情的时候，他是否真的把她忘到了一边？

你在老家是不是有什么可心的女人？林美娜噘起嘴，用酸溜溜的口气对他说。

王小羊不禁有些吃惊，他真的想不到这才见面一刻钟的时间，她竟然会说到这样一个无聊的话题。也许她是太过敏感了，已经感觉到了他和潘秀兰之间的那些事？想到潘秀兰，想到她悲惨的遭遇，想到她可疑的死亡，他的心里就一阵阵发疼。他忽然对林美娜反感起来，不仅仅是因为她一见面就开始争风吃醋，而确凿是由于她的话题牵涉到了潘秀兰。对那个她根本没有资格触碰的人，他觉得即使有一点点儿不恭的话，都是对潘秀兰最大的侮辱。

看到他不说话，林美娜越发来劲儿了，抬手碰碰他的脸说，发什么愣呢？是不是真的有什么人让你放心不下？

王小羊拂开她的手，站起身子，从她身边离开，走到了一边去。

林美娜愣了一下，也意识到不该再纠缠这个话题了，赶紧跑到他面前，拉住他的手说，你真的不高兴了？好了，不说这些了，我们和好吧。说着把他的手捂到自己的胸口处，你摸一摸，这里是不是跳得很急？

王小羊不由得点点头，他不能不承认，她的心跳的确明显感觉得到。

那都是想你想的，林美娜娇滴滴地说，如果再见不到你，它自己就要跳出来了。

王小羊也又一次感动起来，不管怎么说，这个女人是强烈地爱着自己的，能够被这样一个美丽的人爱着，他还有什么不知足的？还能继续要求这个女人什么呢？想到这里，他又一次紧紧地抱住了她。

两个人继续缠绵了一会儿。忽然一只鸟儿从他们头上张皇地飞过去，把王小羊从对林美娜的迷恋中惊醒过来。他松开她的身子，朝鸟儿飞来的方向看去。他没有想到会看见一个人的影子，那人从一块山石后探出头来，正朝他们这边看，看到他发现了自己，便猛地把身子缩回到山石后面去。原来在他和林美娜互相搂抱的时候，有人正在远处看着他们。王小羊呆怔了一下，便要走过去，想去看看那个人是谁。

但林美娜拉住了他。不要管他，她悄声对他说，他愿看让他看就是了。

听她满不在乎的口气，王小羊觉得她似乎知道那个人是谁。但他还没有来得及问她，就看见那个人从那块山石后闪出来，一阵风似的朝操场那边跑去。望着那人有些熟悉的身影，王小羊不禁暗吃一惊，如果他没有看错的话，那个人兴许就是他们共同的好朋友李灿辉。真是想不到，李灿辉竟然会干出这种事来。王小羊把手捂在眼上，好一会儿才慢慢放下来。他但愿是自己的眼睛有问题，把那个人看错了。尽管他没有再往远处看，但在接下来的时间里，他开始莫名地觉到除了那个疑似李灿辉的人之外，不知什么地方还有一双更为犀利的目光盯着他们。他急忙又抬起头，按着自己的感觉朝树林外看去。他的感觉没有错，没费多大工夫，他便找到了那两道像鹰隼一样警觉的目光，原来它们是从一幢楼房洞开的窗子里射出来的。王小羊朝那座楼房打量了一下，便认出来那是木村义邦所在的办公楼。他心里止不住急跳了一下，突然意识到一个问题，赶紧转向林美娜，你，你是怎么进来的？

你慌什么？林美娜看出了他神情的变化，有些不解地问他。

你快告诉我，王小羊抖动着嘴唇说，你怎么会进到这座学校里来？他真的担心接下来会出什么事儿。

看把你吓的，林美娜不以为然地撇撇嘴说，用不到那么慌张，反正我不是翻墙头进来的。说到这里，她咧开嘴咯咯笑起来。

还笑？王小羊跺了一下脚，如果被他们发现了，他朝那扇射出目光的窗子指了一下，又赶紧放下手来，可就不得了。

看他急得不行，林美娜也不好再绕弯子了，便坦然告诉他说，我父亲和你们学校里的日本人认识，所以通过这层关系，我就轻而易举地进来了。说到这里，她还得意地晃了两下脑袋。

是这样？王小羊松了一口气，但随即又有些纳闷，你父亲怎么会和日本人认识？

和日本人认识的人多了，林美娜抢白他说，你管得过来吗？

王小羊也知道自己多嘴了，便不再问她什么了，既然她是被日本人许可进来的，就不会发生什么危险的事儿。

对了，林美娜想起什么来，我父亲说，让你这个星期天到我家去。

王小羊又吓了一跳，什么，到你家去？为什么要到你家去？

我看你真是没有脑子，林美娜捉住他的一只耳朵，轻轻地拧了一下，是不是你的心思还没有从老家收回来？

王小羊似乎明白到她家去干什么了，还是有些不情愿地嘟囔着说，我不想去……

不去不行，林美娜打断他的话说，如果你想发展我们的关系，没有我爸爸对你的考察是不行的。

王小羊不说什么了，但他却在心里问自己，我要和她发展关系吗？他忽然对自己的这个念头感到吃惊，好像到这个时候他才明白，自己还没有真正做好与她发展关系的准备呢。

27. 出谋划策

王小羊从李灿辉的嘴里得知，林美娜的父亲原来是一家商行的老板，本来生意做得并不好，日本人占领济南后，许多和他同行的店铺都关门歇业了，但林老板却坚守下来，没有了那些强大的竞争对手，他的生意渐渐好起来。这还不算，头脑灵光的林老板进而拓展生意领域，竟然和日本人在济南开办的株式会社建立了联系，很快便也有了生意上的来往，不出一两年，他就真正发达起来，成了整个济南市很有实力的商业龙头。听了李灿辉的介绍，王小羊不由得发出一声感慨，原来林家是在发国难财。

看他说得不好听，李灿辉赶紧纠正他的话说，你怎么能这样说林美娜的父亲？一个生意人哪里又知道什么国难不国难？

王小羊对他的话感到奇怪，难道生意人就能置国破家亡的局面而不顾吗？他简直难以相信，李灿辉不会也糊涂到这种黑白不分的地步吧？

好了好了，李灿辉有些不耐烦地说，这是你们家的事，与我又有什么关系？说到这里，他又用羡慕的目光看他一眼，不过你要是真的成了林老板家的女婿，也算是你在祖坟上烧了高香。

王小羊越发对他的话有些反感，真想也当面问他一句，是不是你很想上林家去当女婿了？他忍受了好几下，到底还是没有把这句话说出来，就算是为了林美娜，自己也不该随便说这种赌气的话。

自从知道了林美娜的家庭背景以后，王小羊更加不愿到林家去接受什么“考察”了，但星期日到来这一天，林美娜还是通过他的父亲和木村义邦打过了招呼，他可以自由到学校外面去了。王小羊不想失去这个机会，一大早就离开了学校，但他没有立即去林美娜家，而是打上一辆人力车，径直朝邱浩天的墓地赶去。他要去祭拜一下自己的恩师兼领路人，同时向他诉说自己不能完成他交付的任务的痛苦和迷茫。

来到邱浩天的坟墓前，王小羊一下子便跪倒了。尽管他知道这样做并不是多么合适，因为他们虽然有一层上下级的关系，但毕竟是革命的同志。按照邱浩天的说法，革命同志是一种平等的关系，不存在任何尊卑，既然这样，他就不应该在邱浩天的坟墓前跪倒。但在这种革命同志的关系之外，他们确凿还有一层师生关系，作为邱浩天的学生，王小羊觉得自己在他的坟墓前跪倒是理所当然的一件事，况且他从内心里真的感到对不住邱浩天。虽然他也算是付出了最大的力量，却至今不能把他交给自己的那项重要任务完成，心里一直处在极度的不安中。他多么希望邱浩天地下有知，能够给他这个已经身处绝望之境的人显一下灵，也让他找到哪怕一点儿阻止日本人实施那个罪恶计划的方法。老师，王小羊对着邱浩天的坟墓一遍遍地祷告，告诉我吧，我到底该怎么办？

王小羊在邱浩天的坟墓前足足跪了一个小时，也没有得到任何有实际意义的启示和帮助。他当然也知道，依靠这些不靠谱的幻想是根本不可能解决问题的，要想把邱浩天交给自己的任务完成，他除了继续努力之外，没有任何另外一条道好走。他只好站起来，活动一下已经跪得发麻的膝盖，要离开这里。但就在他从坟墓后边绕过去的时候，无意间看见草丛里有一束花朵开放得格外鲜艳，不像是那片草丛自己开放的花朵。他蹲下身，拨开那片草丛一看，果然那束鲜花是从外边放上去的，与草丛没有任何关系。他把那束鲜花捧起来，不解地在心里发问，是谁把花放到这里来的？继而他又发现，放置花朵的地方还有一小片灰烬，显然是有人在这里烧过了纸。不用说，这些纸都是为邱浩天而烧的，也就是说，有人在为邱浩天烧纸、献花。按说这没有什么可奇怪的，为一个可敬的亡灵烧烧纸、献献花，都是一种正常的祭奠方式。现在的问题是，这个烧纸献花的人竟然是在坟墓的背面做这一切，这是不是说，他不想让其他人注意到他的这次祭奠行为？那么是什么人在偷偷做这件事呢？不用多想王小羊就能够判断出来，除了邱浩天的同志之外，还能是谁呢？想到这里，王小羊心脏一下子急跳起来，邱浩天的同志难道不也是自己的同志吗？这么说，这个城市里还有自己的同志？这当然是不言自明的了，邱浩天怎么可能是一个人在战斗呢？共产党的队伍在根据地的斗争开展得轰轰烈烈，怎么可能在敌占区没有自己的组织网络呢？这样一想，王小羊便止不住振奋起来，只要找到了那个尚处在地下的组织，自己的一切问题就迎刃而解了，邱浩天交给自己的任务就算完成了一半。那么，那个组织的人或者更明确一点儿说，那个来这里祭奠邱浩天的人在哪里呢？

王小羊站起来，转动着身子朝四下里看。自然，除了这个墓地之中的坟墓和树木外，他什么也没有看到。王小羊知道在这里等待组织的人出现是不可能的，就算那个人在他身边不远的地方，由于自己的身份不为他人所知，人家也不会主动与他联系的，何况这里一个人影也没有呢。王小羊稍稍犹豫了一下，便掉身走出墓地，来到马路上，重新坐上一辆人力车，直奔邱浩天家而去。邱浩天虽然已经死去，但他的家还在，他的夫人张淑娴还在。对，就去找张淑娴，即便她不是组织的人，单凭她和邱浩天朝夕相处的夫妻关系，恐怕也能知道一些这方面的情况。王小羊自信会从张淑娴那里得到有用的信息，这使他处在一种分外激动的情绪里。

王小羊来到邱浩天家的时候，张淑娴正坐在椅子里发呆。听到敲门声，她只是随口应了一声“进来”，并没有把目光从窗外收回来，也没有发现进来的这个人是王小羊。其实她的视线也没有落在什么东西上，与其说她在看着外面的什么，不如说她在打量自己的内心更合适。自从邱浩天死去后，她就几乎每天都坐在这把椅子里，把注意力从外部世界拉回来，开始专注于自己的内心生活。当然，在她看来，她的内心生活比那个纷乱的外部世界更加生动鲜活，因为那里有她丈夫邱浩天活动的身影，也只有在那里，她的丈夫邱浩天才能像一个活人一样与她谈天说地，把和她没有过完的生活继续下去。与此同时，她也在无形中等待一个人的到来，那就是她丈夫的学生王小羊。因为自从她的丈夫去世以后，王小羊就没有了踪影，只有听自己的外甥女林美娜说他回自己的老家去了。张淑娴虽然没有明确表示什么，内心里却不相信王小羊回家的理由。在她看来，那个叫王小羊的人一定去了一个不为人知的地方。因为她已经从他和丈夫的交往中，隐约感觉到一些自己所无法知道的内容，正是那个非同一般的内容让她的丈夫失去了生命，也使她丈夫的学生王小羊消失了踪迹。她唯有等待王小羊的归来，才能解开一切让她感到迷惑的疑团。

王小羊都走到她面前了，张淑娴还没有发现他正是自己一直在等待着的那个人。师母，王小羊向她鞠了一躬说，您还好吗？

张淑娴本能地摇了一下头，想对他说句“不好”的话，就在这一刹那间，她突然意识到了什么异常处，目光迅速地从窗外收回来，急不可待地朝王小羊身上看去。是王小羊吗？她轻轻地问了一声，口气中还夹杂着许多的不相信。

我是……王小羊也注意到了她情绪的异常。在他的印象里，她不应该是现在这种惶恐不安的样子，师母，您怎么了？

王小羊……张淑娴霍地站起来，抖抖地张开两手，想要把他抓住，由于她起来得过于急猛，身子摇晃了一下，又坐回到椅子里，但她的手却依旧伸张着，朝王小羊不住地挥舞，小羊，你、你可回来了……

王小羊赶紧走过去，俯下身接住她的手。师母，他安慰她说，我回来了，回来了。

过了一会儿，张淑娴的情绪才安静下来，两手依旧紧抓着他的手不放，好像生怕他再从面前消失了似的。小羊，她急切地看着他说，你告诉我，你老师是怎么死的？

是被日本宪兵打死的，王小羊回答说，这您不是早就知道了吗？

张淑娴意识到这样的问题不够准确，便纠正自己的话说，我是问你，他为什么被日本宪兵打死了？

王小羊没有想到，一上来他们的对话就触碰到了事情的关节点。本来这也是他来这里找师母谈话的意向所在，但由师母把话题引领到那个领域里，还是出乎了他的意料，也使他对他们的谈话可能产生的后果有了一些顾忌。毕竟他和邱浩天所从事的工作是处于地下状态的，也是受到一种严格的纪律约束的，而且他也明确知道，他的师母尽管是邱浩天最亲密的生活伴侣，却毕竟不在他们工作的那个范围内。也就是说，邱浩天死去的真相以及交给自己的那个任务，张淑娴肯定是不知道的，这与她不在他们的那个组织有关。既然邱浩天有意把这件事瞒着她，那么自己是否有权利对她吐露真情呢？这样一想，王小羊甚至觉得这样贸然来向她探访组织的事是滑稽且危险的，也是不会被纪律允许的。

日本宪兵打死人还不是一件正常的事？王小羊模棱两可地说，他们又不是第一次打死人了。

不对，张淑娴摇着头反驳他说，日本宪兵就是再杀人如麻，也不会对一个手无寸铁的人胡乱开枪。我了解你的老师，他可是一个最守规矩的人，平时上街都是沿着墙根走路，他怎么会平白无故遭到日本人枪杀呢？

王小羊不知道该说什么好。看来她真的与那个组织无关，他只是在心里说，她对自己的丈夫一点儿都不了解。

小羊，张淑娴使劲摇晃着他的手说，你要对我说实话，你老师到底是因为什么死的？我不能让他就这样不明不白地死去。

这个，王小羊咽了一口唾沫说，这个我也不太清楚。

你怎么会不清楚？张淑娴一下子甩开他的手，你们不是整天在一起嘀嘀咕咕吗？别看你们什么话都不对我说，但我感觉得出来，你们一定在一起捣鼓什么事儿。她又重新拉住他的手，小羊，凭我对你们人品的了解，我知道你们要干的事肯定不是坏事。我也不是没有觉悟的人，可你们却处处瞒着我。

我们没有瞒着你……王小羊心虚地对她解释说。

还说没有瞒着我？张淑娴再次甩开了他的手，你老师临死时还把我支开，专门对你一个人交代什么事儿，然后你就马上从济南消失了。她用咄咄逼人的目光看着他，告诉我，这段时间你到哪里去了？干什么去了？

我回我的老家去了，王小羊摊开两手说，我回家去取换季的衣服。

糊弄鬼去吧！张淑娴摆摆手说，那都是你欺瞒其他人找出的理由，只有林美娜那号头脑简单的人才会相信，反正我知道你在说谎。

王小羊惊讶地看着她，真是没有想到，这个看起来不问世事的女人还有如此犀利的眼睛。他觉得自己不管再说什么，只要不把真相说出来，张淑娴都是不会信服的。而且看她为情绪所控制的架势，自己如果再刻意骗她，她是不会轻易放过自己的。但问题是，自己能够对她说实话吗？他觉得如果自己不让这件事出现什么意外的结果，那最好的方式就是赶快从这里走掉。当然如果他真这样做的话，那么他到这里来的目的也只能暂时放弃了。

张淑娴看出了他的心思，急忙赶上来，再一次抓住了他的手。她已经等待了他那么多日子，怎么又可能轻易让他从自己面前走掉。小羊，你要把这件事对我说清楚。她用可怜巴巴的口气说，你不知道，自从你老师离开这个世界后，我就没有再过过一天安静日子，我连自己的诊所都关闭了，一天到晚坐在这把椅子里，就是为了等你回来，把所有的真相告诉我。

也许根本就没有什么真相，王小羊还在做着最后的努力，您大概是多想了，这原本就是一件再平常不过的……

王小羊，张淑娴跺了一下脚说，如果你觉得你这个师母不值得你相信，那你立刻就从这里离开，再也不要踏进这个门半步。她松开他的手，随即把自己的手往门口一指。

王小羊知道自己没有任何退路了。或许她真的是个值得信赖的人。他抱着侥幸心理对自己说。他仰起头，望着房顶简单地思考了一下，便打定主意不再对她说谎话。不是我不相信您，他颇为艰难地说，而是这件事本身就充满了巨大危险，邱老师已经……我不想再让您卷到这场可怕的事件中来。

可我的半只脚已经踏进去了，张淑娴无可奈何地说，要怨就怨你老师吧，谁让他娶了我这个不成器的女人呢？

好吧，王小羊也在她面前的另一把椅子里坐下，那我就把什么都对您说了吧。于是，他便把邱浩天的身份，自己和他的组织关系，他被日本宪兵追杀的原因，他交给自己的那项任务，自己为完成任务所做的努力以及遇到的困境，都一五一十对她说了一遍。

听了王小羊的诉说，张淑娴没有觉得多么吃惊。原来是这样，她点了点头说，尽管我料到了他的死因，却没有想到他掌握的那个情报。说到这里，她用困惑的眼睛望着王小羊，他怎么把这么重要的情报交给你一个没有任何经验的人去完成呢？

因为事情紧急，王小羊分析说，他来不及通知他的其他同志了，而我当时就在他身边，他只好……

难为老邱了，张淑娴感慨地说，也难为你小羊了。

没什么，王小羊摇摇头说，我只是为不能完成这个任务而……这么长时间过去了，也许日本人马上就要实施这项罪恶计划，可我却还没有找到任何阻止它的办法。说到这里，他沮丧地跺了一下脚。

张淑娴也焦急起来。是呀，她站起来，在屋内转着圈子说，这可怎么办呢？

王小羊直直地盯住她，师母，老师去世以后，有没有什么人来找过他？

你想找到你们的同志？张淑娴明白了他的意思，也赶紧回想起来，那些日子倒是来过不少人，大多是来吊唁的，也有一些人问起过他的死因，我当时没有想到他的地下身份，也就没有把那些人记住。说到这里，她遗憾地摇了摇头。

王小羊失望地叹口气，看来他在师母这里得到组织消息的幻想也要破灭了。

但就在王小羊感到绝望的时候，张淑娴却有了一个新的想法。小羊，她忽然对他说，你老师得到的情报是日本人在鲁西一带实施细菌屠杀，他有没有说那些霍乱细菌是从哪里来的吗？

王小羊想了一下说，没有，他没有提到这个。

张淑娴边思考边说，日本人要实施霍乱屠杀，首先要有霍乱菌苗。鲁西一带属于山东辖区，提供霍乱菌苗的部队大概也就在这个辖区内，济南作为山东的省会和日军驻山东辖区的大本营，会不会那支部队就在济南呢？

听了张淑娴的分析，王小羊觉得眼前一亮，师母的意思是说，我们可以从源头上切断这场战争的发生？说到这里，他又感到了一些困惑，即使找到了那支部队，我们又怎么能够阻止得了呢？他摊开两手，向她做出一个势单力薄的表示。

别忘了，我是一个医生。张淑娴沿着自己的思路往下说，虽然我不懂得军事，却知道制造那样的细菌离开一个完备的医疗环境是解决不了的。

您是说，王小羊也又激动起来，细菌在济南的哪家医院里？

是的。张淑娴简单地想了一下，便断定说。

哪家医院？王小羊盯住她说，一时间有些不敢大口呼吸。

那不是一家一般的医院，张淑娴说，而是为日本军队提供……

她的话还没有说完，王小羊就脱口而出，陆军医院？不用张淑娴回答，他也觉得自己的话不会有错，在济南，除了那家属于日本陆军本部的战地医院外，还有哪个单位能为日本军队在中国大地上实施屠杀提供罪恶的霍乱菌苗呢？

日本人实施细菌战的源头或许找到了，但接下来的问题是，像陆军医院那样的军事单位，他王小羊这样的中国学生又怎么可能进得去呢？就算他能够进去，又怎么可能找到那些被严密放置的霍乱菌苗呢？

不要着急，张淑娴忽然冷静下来，边想办法边对他说，不管它是不是军事单位，反正它还挂着医院的牌子。只要是医院，非军事人员就能进得去，只要进去了，就能找得到放置细菌的地方。她进一步分析说，虽然那些霍乱菌苗可以在战场上杀人，但它们首先是一种细菌，那么存放细菌的地方除了实验室外，还能有别的什么地方吗？

听了她的话，王小羊觉得所有的问题差不多都在她这里解决掉了。真是想不到，这个看起来并不起眼的女人有这样大的能量，竟然在这么短的时间内轻而易举地破解了困惑他好几个月的难题。他甚至有些不相信，自己在这个女人这里得到如此意外的收获，会不会是一个并不真实的幻觉？为了确认一下自己这个可笑的感觉，他用不无怀疑的口吻问她说，师母，您为什么要把这些隐藏在暗处的东西挖掘出来？您不觉得这样做会让自己处在一个更加危险的境地吗？别忘了，邱老师正是因为……

张淑娴打断了他的话说，我憎恨日本人，我绝不能眼看着他们肆无忌惮地屠杀中国人。她坐回到椅子里，又把目光转向了窗外，自从我丈夫被他们打死以后，我就不想再保持沉默了。何况前几天老家来人告诉我，我已经好几年没有见过面的老父亲，又在不久前的一次轰炸中，被日本人的炸弹炸死了。说到这里，她伤心地闭上了眼睛，随即眼角处便流出晶莹的泪水。

明白了，王小羊在心里告诉自己说，在这个由日本人引起祸乱的年代里，每一个不甘心被践踏蹂躏的中国人都有拿起武器向他们进行反击的动力和能量。

就在这时候，王小羊突然听到了一串隐约的脚步声，好像是一个人正在朝他们置身其中的屋门口走来。不好，他心里急跳了一下，别是日本人的奸细在监视我们吧？他站起来，在屋里急快地看了一圈，没有找到什么像是武器的东西，便从桌面上抓起一只茶杯，一边轻手轻脚地向门口走，一边示意张淑娴赶快躲到一边去。

看着他紧张万分的样子，张淑娴止不住发出了笑声。看把你吓的，她伸手拉了他一把，是美娜到这里找你来了。

是美娜找我？王小羊还有些不相信，她怎么知道我在这里？

我就知道你在这里，林美娜迈着轻盈的步子走进门来。我都等你快要一个中午了，原来你到这里来了，说着，就狠狠地瞪了他一眼，眼神里透着极度的不满。

王小羊似乎这才想起来，今天上午还要去林美娜家去接受他父亲的“考察”，他往放置在条几上的钟表一看，天哪，已经快要十二点了。

28. 安逸诱惑

王小羊实在不想到林美娜家去，但他才一稍稍流露出这种想法，林美娜就明显不高兴起来。我可是代表我父亲来请你到我家去的，她用从未有过的严肃口气说，如果你爽约了，那你就永远不要来见我了。说罢，她就掉转过身子，扭摆着腰肢朝马路走去。王小羊这才意识到事情的严重性，他当然不想就这样和林美娜分手，脑子里没有经过多想，便一溜小跑地朝她追过去。林美娜见他跟上来了，不禁也眉开眼笑，一把挽住他的胳膊，半是亲昵半是要挟地走向电车站，和他一起乘车往自己家赶去。

林美娜家在一处僻静的巷子里。刚走进巷子时，王小羊看到两边的房屋都有些破旧，以为林家的住宅也不怎么样呢，当走到巷子尽头了，突然一处颇为宽敞的院落出现在他面前。林美娜说“到了”，便带头走进那处院落里去。王小羊举起头，尽管还没有看到院落里的情景，但几处高出院墙许多的房屋檐角还是让他看了个清楚，仅凭这一点，他便判断出林家的住宅超出了自己的想象。他又掉回头，看了一眼那些破旧的老房屋，想不明白这条巷子里怎么会有这样一座非同凡响的住宅。

王小羊怀着复杂的心情走进那个黑漆大门里去。里面的院落果然很大，迎面有一座假山，下面是个水池子，旁边栽植着许多好看的花草，几条青砖铺就的甬路交叉出现在花草间，其中的一条甬路通向一个月亮门，原来后面还有一个院落，或许里面才是林家的生活区，因为林美娜一进来就穿过月亮门，直朝里面的院子走去。院子两边的房屋都是两层的格局，门窗上雕刻着不同的图案，二楼的阳台上还悬挂着许多红色的灯笼，给整个院落增添了一些喜庆气氛。王小羊不知道这些灯笼原先就有，还是为了迎接他临时挂上去的。也许他的脚步有些迟缓的缘故，林美娜已经消失在月亮门里了，他还在花草间的甬路上行走。他倒不用担心走错了地方，因为从他一进来的那个时刻，就有一个用人模样的男人凑上来，引着他往前行走。除了这个热情的中年用人外，院落里还活动着好几个用人，其中有男有女，有老有少，都脚步匆匆地忙着自己的事。其实也可以说他们忙的是同一件事，那便是为他的到来准备一顿丰盛的午宴。

你这边请，那个中年用人一手撩起长衫下摆，以便行走得方便些，一手在他面前伸展着，引他穿过月亮门，进到里面那个院子里去。内院没有外面那个大，却显得十分空荡，因为里面没有安置任何多余的东西，只在院中央栽植了一棵银杏树，从它足有盘口粗的树干推测，怕是也有很久远的年头了。用人引他从树下经过，径直朝正屋的一个门里走去。请先到客厅里坐一下，用人为他撩开挂在门楣上的流苏，把他让到里面去。王小羊以为安置在楼房里的客厅会有多么不同，进去一看，原来里面放置的也是一张八仙桌，周围摆放着几把木头圈椅。想必这个院落的主人也就是林美娜的父亲，还没有脱掉守旧的习气。

王小羊一进来，那个用人就把他让到椅子里，倒上茶水，然后自己站在一边，一声不吭地悄悄打量着他。王小羊感觉到了他的目光，也并没有觉得多么不自在。毕竟这个用人对他的打量，并不代表林美娜的父亲对他的考察。想到林美娜的父亲对自己的考察这件事，他不禁感到有些奇怪，自己都进到客厅里来了，他的父亲怎么还不出来对自己实施考察？不要说林美娜的父亲，就连林美娜自己都没有了踪影。这个人可真是，竟然把他这个客人丢下不管，她自己不知道干什么去了。王小羊刚在椅子里坐下，又不自觉地站了起来。

你要干什么？用人又一次凑上来，小声地问他说，你需要什么吗？

美娜呢？王小羊朝四处看着说，她到哪里去了？

我去给你看一看，用人一边说一边退出门去，你先在这里坐着。

不一会儿，林美娜蹦蹦跳跳地走进来。怎么样？她一进门就对他说，我家怎么样？不等他回答，她就顾自说，不错吧？

是不错，王小羊在心里说，可我不喜欢。他真的不喜欢林家的这种样子，它的院落，它院落里的一切，包括它的房屋、摆设甚至那些用人，他都有一种极不适应的感觉。如果让他在这样的氛围中生活，那还不如让他回到乡下去自在。但他不能对林美娜说出自己的真实感受，那样不仅是会伤她的心，更可能会引发她对自己的笑话。真是一个乡巴佬！他甚至想象得出她对自己失望的评价。为了避免这一切的发生，王小羊没有明确表示什么，反正她自己已经回答了“不错”，还用自己说什么呢？

为了让你吃上一顿好饭，林美娜把嘴凑到他耳边，用得意扬扬的口气说，我爸爸从好几天前就开始精心做准备了。

说到她的父亲，王小羊便又想起他对自己的考察。你爸爸呢？他不是说要对我进行考察吗？他怎么还不出来？

怎么，你没感觉出来？林美娜不解地问他，考察不是早就在进行了吗？

早就在进行了？王小羊越发迷糊了，什么时候开始的？我怎么不知道？

咦？林美娜也同样有些迷惑，你不是一进门来，我爸爸就和你在一起了吗？

没有呀，王小羊摊开两手，我怎么没有看到他？

不会吧？林美娜摸摸他的额头说，你不会一到我家来，就激动得发烧了吧？

你才激动得发烧呢。王小羊反感地拨开她的手。我有什么好激动的？他在心里说。

我可是看得清清楚楚的呢，林美娜郑重其事地说，你怎么会……说到这里，她突然想起什么来，对了，会不会是我爸爸在耍花招？

耍花招？王小羊不明白她为什么这样说。

对，林美娜想了想，便用肯定的语气说，一定是这样。她继而自言自语地说起来，真是没想到，他竟然把这招用到头一次上门来的女婿身上了，也不怕日后落下话把儿。

望着她神秘兮兮的样子，王小羊还是没有回过味儿来，她在对自己嘟囔什么呢？

我来问你，林美娜转向他说，那个领你进来的人有没有盯着你看？

你是说那个用人？

什么用人？林美娜在他身上使劲拍一下，你个大呆子，那个人就是我爸爸。

什么?! 王小羊大吃一惊，随即又以为她是在说笑话，这怎么可能呢？她的父亲是这个城市里数得着的大老板，怎么可能会在这个院落里当起用人来了？他可是这个院落货真价实的主人呢。

哈哈哈，林美娜快意地大笑起来，你个大傻瓜，居然被人家暗中考察了都不知道，还在日本人的学校里念书呢，羞不羞？

王小羊思量了好一会儿，才有些回过味儿来，但他还是有些不相信，难道说你父亲竟然扮演成用人的样子，在暗中对我进行……这怎么可能呢？

怎么不可能呢？林美娜推了他一把，这正是我爸爸惯用的伎俩，平时他只是在别的场合用这招，没想到今天他竟然对自己的女婿也用上了。

王小羊呆怔了一下，忽然觉到自己的确是被那个狡猾的老家伙给耍了。他还有些不明白，他为什么要这样干呢？那到底是个什么样的人？

我爸爸精明着呢，林美娜用自豪的口气说，同时他又是一个很有意思的人，常常有一些出其不意的怪念头，连我都惊讶得不得了。真不知他是怎么产生那些想法的。

真是个老狐狸，王小羊在心里说，落到这种人手里可算是倒霉了。他忽然对那个装神弄鬼的老家伙产生了厌恶心理。本来就对这个家庭没有什么好感，再加之受到那个老狐狸的捉弄，他越发不愿待在这个阴沉沉的地方了。

林美娜看出了他情绪的变化，赶紧止住笑，抚摸着他的脸安慰他说，你别不高兴，我爸爸这样做表明他喜欢你呢，不然他也不会玩这套的。

何以见得他喜欢我？王小羊反问她说，说不定我并没有通过他的考察呢。他又在心里加上一句，那样反倒好了。

等他来了你就相信了，说着，林美娜就匆匆走出去了。

很快就到吃饭时间了。这一次，那些真正的用人都陆续走进来，把手里的杯盘碗碟放在桌子上，不一会儿，整张八仙桌子上就摆满了丰盛的饭菜。望着那些摆放饭菜的用人，王小羊在里面寻找林美娜父亲的影子，并在心里对自己说，这些用人里别再冒出个林美娜的父亲来。当然，这些真正的用人中不会有林美娜的父亲。等他们摆放好了饭菜，他们一一走出去了，林美娜的父亲也就是那个曾经扮演成用人的老家伙才从门外走进来，这一次他是被林美娜搀扶着进来的。还离得老远，林美娜就朝王小羊微笑着点头，似乎是在告诉他，现在她挽着的这个人已经不是什么用人了，而是她真正的父亲。

王小羊以为，林父进来面对着他时会有些不好意思，但他很快就知道自己想错了，因为林父在他面前没有流露出任何惭愧的表情，而是保持着一种一本正经的样子。他透露出来的严肃神情不禁让王小羊心生疑窦，那个扮演了用人的老家伙到底是不是面前的这个人？如果他们真的是同一个人，那他就确凿是个不一般的家伙了，怪不得他能在日本人横行的环境里如鱼得水，看来没有两下子是混不到现在这种样子的。一霎时，王小羊便对这个两面派产生了非同一般的恶感。

吃饭吧！林父端起一杯清酒，朝王小羊举了举，便一饮而尽，然后拿起镀金的刀叉，率先吃起他精心准备的西餐来。

王小羊不愿吃西餐，更喝不惯日本人的清酒，便没有响应他的号令，只是呆坐着不动。

吃呀，林美娜用脚在桌子下踢了他一下。

林父觉察到了她的动作，便对王小羊说了一句，吃不惯没关系，凡事只要开了头，再不习惯的事情也会慢慢变习惯的。

为了掩饰王小羊的不合作，林美娜有意转移林父的注意力说，爸爸，您对他的考察通过了吗？

通过了，林父点点头说，小王是个好青年。他把一块奶油咽下去，又用舌头舔了一下手指说，还要历练。

那你就多带带他吧，机灵的林美娜讨好他说。

这个没有问题，林父又看了王小羊一眼，不过还要看他是否感兴趣了。

他当然感兴趣了，林美娜替王小羊回答说，跟着爸爸学生意场上的事，他早就巴不得呢。她又转向他，对不对小羊？

王小羊不知道该怎么回答，他真怕自己稍一不慎做出什么举动，破坏了餐桌上一对父女制造出来的美好气氛。

好不容易吃完了这顿饭，林父回他自己的屋里去了，林美娜又领着王小羊去见她的母亲。王小羊似乎这才想起来，自从进到这个院里以后，林美娜的母亲就始终没有露过面，如果她不提起来去见她，他还以为这个院里根本就没有这样一个人呢。他不能不感到奇怪，作为这个宅院里的女主人，她为什么不来和家人一起吃饭呢？是为了避免见自己，还是平时就这样？

林梦娜看出了他心里的疑惑，便再次对他解释说，我这个母亲并不是我的亲娘，而是我父亲娶来没几年的姨太太。

那你的母亲呢？

林美娜摇摇头说，我很小的时候，母亲就得病死去了，隔的年头太多了，我现在都快要想不起她是什么模样了。

王小羊心里不免一动，原来她还有这样不幸的身世。我不该问你这个，他握了一下她的手，有些歉意地说。

我这个母亲对我也不错，林美娜勉强笑了一下说，因为她自己不生育，便把我当成她自己的女儿了。

王小羊欣慰地吐了口气，那她怎么不来和家人一起吃饭？是不是不愿意见我？

哪里是这样，林美娜再次摇摇头说，她是在忙着和别人打牌，顾不得和我们一起吃饭。

为了打牌，竟然可以不吃饭？

她的牌瘾太大了，林美娜无奈地说，别说吃饭，就是天塌了，她也照样打她的牌。

王小羊仰起头，在院子四周望了一圈。林家有那么多怪人，他在心里说，生活在这样怪异的环境中，林美娜也实在是不容易。

见到林美娜的后母时，她果然在忙着和牌友们打牌。牌局设在院角一幢屋的二楼里，从屋内的摆设看，这间屋怕是林家专门辟出来用于打牌的地方。陪同林母打牌的牌友共有三人，其中两个女人之外竟然还有一个男人，都打扮得清清爽爽，头发梳理得十分整洁，手指甲也剪得非常干净。王小羊以为他们都是像林家一样富有的家庭中的闲人，没想到林美娜悄悄告诉他，这三个人都是她自己家里的用人。

什么？王小羊吃了一惊，他们竟然是你家的用人？他把眼睛又落回到那三个人身上，禁不住叨念着说，他们的身份也别是假扮的吧？

去你的，林美娜推了他一把，随即向他解释说，为了让母亲打好牌，我爸爸便专门收养了这几个门客，让他们一心一意陪母亲打牌，除此之外他们什么也不用干。

王小羊在心里感叹一句，你们可真会玩呀。

他们进来好一会儿了，林母还没有从牌桌上抽出工夫搭理他们，倒是那三个人听到他们的嘀咕声，不时地抬头看他们一下，但没有林母的许可，他们也不敢和他们打招呼。直到林母赢了一把，才把头从牌桌上抬起来，但也只是看了他们一看，便又收回目光，把注意力转移到手里的钱上去。

妈妈，林美娜赶紧走过去说，您女婿来了一会儿了，您过过目，看他还合您的意不。

合不合我的意又有什么关系，林母大咧咧地说，只要你看着合适就行了。

那你总得给个话呀。林美娜还等在她面前。

这钱我老也数不清楚。林母的两眼还是盯在手里的钱上。

林美娜只好走过去，把钱从她手里接过来，帮她仔细点数了一遍。

林母腾出了工夫，这才再次抬起头，让目光停留在他身上。尽管她颇为专注地看着他，但王小羊还是感觉出来，她的眼神里流露出的依旧是例行公事的架势，并没有包含多少感情色彩。不错，她在他身上打量了一遍，便回应林美娜说，我这里准了。说罢，她像是完成了一项不该由她完成的任务，又匆忙把目光转回到牌桌上去。

林美娜知道没有什么好期待的了，便做出高兴的样子对她说，谢谢妈妈的许可。

听了他们的话，那三个牌友也才对林美娜说，恭贺大小姐找到了如意郎君。随即又转向林母，用谄媚的口气说，太太有了这么好的一个女婿，下辈子就等着享清福吧。

林母不耐烦地拍拍桌子说，打牌打牌，你们说那么多废话干什么？

三位牌友赶紧低下头，重新把注意力转移到牌桌上去。

看看没有他们的事了，林美娜便拉了王小羊一下，两个人也知趣地往屋外走去。林美娜担心王小羊情绪会有些失落，便做出满不在乎的样子说，只是不能不走这个程序罢了，原本并不需要征求她的意见，可谁让她在那个位置上占着呢？

王小羊才不把这件事当回事儿，便也用轻松的口气对她说，在此之前，我还没有看过打牌的呢。

是呀，林美娜心领神会地响应说，就当是我们看了一场牌局吧。

两个人都开心地笑起来。林美娜也很快恢复了高兴劲儿，抱住王小羊的一条胳膊，把头依偎在他身边，大摇大摆地傍着他在院落里走动。王小羊担心他们的亲昵举动被别人看到，想抽回自己的胳膊，但林美娜却抱着他不放。怕什么？她有些耍赖皮地说，我们既然都被他们许可了，还怕他们看吗？他们乐意看就让他们看好了。说着，反而更紧地抱住他的身子，胁迫着他在整个院子里走了一遍，好像是故意向人们显摆似的。

不能不说林美娜的样子甚为可爱，和她这样待在一起也的确非常美好。但与此同时，王小羊又感觉到一些不安，当他们把两个院子都走下来时，他心中的那些不安已经聚集在一起，转化成了一种让他身体上极度不适的东西，就像他被逼迫着吃下了让他感到恶心的食物一般。如果再说得严重一些，他便真的体会了一点点儿受难的感觉，不仅不盼望他和林美娜在一起的这场游戏继续进行下去，反在内心里期盼着它快些结束。直到他们把两个院子的所有地方都转下来，林美娜拖着他的胳膊朝自己的闺房走去时，他才感觉好受了一些。终于结束了，他甚至在心里对自己说了这样一句话。

林美娜的闺房也是在二层楼上，但却是距离林母牌室最远的另一个院角处。王小羊不知道林美娜是否因为自己的到来精心拾掇了一番，还是平时就那么讲究，反正他走进她闺房里的时候，屋内的整洁程度还是出乎了他的意料，就像是一个从山林里钻出来的土娃子不慎闯入了传说中公主的卧室。望着这个他甚至在幻想中都没有见过的神秘处所，他有一种走错了地方的感觉，一时停住脚，不知道凭着自己现在这个样子能不能往里面走。怎么回事？林美娜在后面推了他一下，进去呀。王小羊才不得不迈开脚步，蒙头蒙脑地走进去。尽管中午他没有喝一滴酒，却有一种醉醺醺的感觉，呼吸着一种让他感到极度陌生的脂粉气息。他疑心以下发生的事情都来自不可靠的梦境，而根本不是这个世界上真实存在的事情。

林美娜的意兴还没有消退，所以他们一进到屋里，她就马上把门板合上了，转过身来，以更加猛烈的动作搂住他的脖子，同时把自己的身子投入到他怀抱里。王小羊突然感觉到她的身子变得那样沉，等意识到她把整个身子的重量都放在吊着他脖子的两手上时，他已经有些站不住了，在勉强踉跄几下后，他只好抱着她的身子走到床边，想把她放到床上去。但林美娜坐在床上却还不松开自己的手，王小羊无可奈何，便也只能随着她的动作把自己的身子也放到床上去。这当然是林美娜希望达到的效果，所以他们一在床上躺下，她就让自己翻到他身上，像一只饥饿的动物一般按住了他。你跑不掉了！虽然她并没有说出什么，王小羊却似乎听到她胸腔里发出了这样的声音，当然那也许是来自自己的胸腔，是自己替这个突然间变得凶猛起来的动物说出了她的心里话。

此时正是午休的最佳时刻，不仅这个院落里的所有人包括一只猫都在自己睡觉的地方打瞌睡，而且他们都尽可能把自己身上的每个部位舒展开，以度过这个夏天里最为炎热的时刻。所以王小羊被林美娜拖拽着躺在床上，也并没有让他感觉多么异常，只是当林美娜开始实施实质性的性爱步骤的时候，王小羊才真正回过味儿来，林美娜是要在接下来的时刻里把他们自己变成真正的男人和女人了。也难怪林美娜会这么勇敢地迈出这一步，他们在这个时刻里都已经让自己的身体膨胀起来，再加之身上的衣服有限，他们膨胀的身体尤其是那几个敏感部位都暴露在他们的视野里，就算是闭上眼睛也不会感觉不到了。林美娜是在自己的家中，自然胆子便变得格外大。王小羊则是第一次到这个地方来，尽管这里的所有信息都有利于他们接下来要做的事，但毕竟有些不适应的感觉，所以在最初的时刻里他还试图抗拒一下。但林美娜一把自己的衣服脱掉，望着她同样陌生却极具诱惑力的身体，他便再也克制不住自己了，只能乖乖地按照林美娜的牵引，把下面的事情笨拙却也酣畅地做完。他在心里对自己恶狠狠地说了一句，我什么都不管了……

做完了他们该做的事儿，两个人像两条被扔到岸上的鱼，疲惫不堪地喘息着粗气。王小羊闭上了眼睛，在心里进一步回味刚刚过去的那种万分美好的感觉，第一次知道专注于身体的享受对人生来说是多么重要的一件事。林美娜伸出一只手，像一只柔软的虫子在他赤裸的身体上轻柔地滑过，给他的感觉像是沐浴在春天的微风里，她接下来对他的窃窃私语也像暖雨一般在为他洗涤。

给我说一下，你有什么样的感觉？

当然是……很美好……

你愿意这样过下去吗？

这样过下去？

是呀，从此以后，我们就过类似于今天这样的日子。

这样的日子真的会属于我们吗？

只要你愿意，你不仅能过上这样的日子，甚至还有更加美好的日子在等着我们。

我想不出还有比这更美好的日子。

真是没有头脑，让我来给你数一数？

好吧，我听听那是怎么回事。

你可以接替爸爸的生意，由他给你铺路，也许用不了几年，你就会成为全济南市最大的商行老板。

我也许不是做生意的材料。

如果你不愿意干这个，你可以到日本去留学，让爸爸在木村义邦面前说一声，那个赴日留学的名额就是你的了。

我没有想过到日本去。

当然这只是爸爸的规划和我的意愿，如果你不愿做这些事，我们也不会勉强你。

我不知道我应该去干什么。

就算你什么也不做，凭我们家的实力，我们两个也能过上富足的日子。

这样的生活的确不错。

仔细想一想吧，当我们吃过了香甜的饭后，就挽着手在院子里散步，然后回到这里来，一起在床上做我们愿意做的事。

我们就过这样的日子吗？

就过这样的日子。也许过不了多久，我们就会有一个甚至几个我们自己的孩子，从此以后，我们就会牵着孩子们的手，一起到院子里去和他们玩游戏。

我还是有些不相信，这一切都是真的吗？

我不是对你说过了吗？只要你愿意，这样的日子就是属于你的，属于我们两个人的，不，属于我们共同的孩子们的。

天哪，真是神仙一般的日子。

这样的日子你愿意过吗？

我觉得我是在做一个梦。

这不是梦，只要你说一声愿意，这样的梦想就会马上变成现实。

你让我想一想，我到底该不该醒来。

傻瓜，你还以为是在做梦？我不是告诉你了……

美娜，不要再对我说了，我要想一想，这到底是怎么回事？

好吧，那你就好好地想想吧，我等着你的答案。

我会给你一个答案的。

小羊，你可不要让我失望呀。

我要想一想，想一想……

29. 分道扬镳

张淑娴告诉王小羊，她通过在医学界的熟人或朋友，正在设法进入日本人在济南的陆军医院，把那些该死的霍乱菌苗的存放地点摸清楚。王小羊知道，她一旦把这个情报提供给自己，那么接下来的事情就要由自己来完成了。这使他感到非常为难，自己作为一个普通的中国学生，该用什么样的方式进入那家医院呢？他几乎绞尽了脑汁，也没有制订出一个可行的方案。但这一天，王小羊在向木村义邦递交汇报材料的时候，忽然产生了一个大胆的想法，通过这个日籍学监或许能够找到进入那家医院的方法。他非常兴奋，尽管一时还不知道这个计划实施起来的具体细节，但却本能地觉得是一条或许能够走通的道路，当即便打定主意就按这个主意来办。

在接下来的日子里，王小羊便以汇报自己的行动和思想为名，不断地来到木村义邦身边，又是向他递材料，又是和他谈感想，千方百计地去接近他。王小羊的主动和热情，让木村义邦既觉得意外，又感到高兴，很快便改变了对王小羊的不良看法，也做出了接纳他这个中国朋友的架势。其实，木村义邦在学校里是很孤独的，本来学校里就没有几个日籍教师，加之他的学监身份，不仅学生们不喜欢他，就连老师们也对他没有好印象。所以一天到晚，木村义邦都找不到几个说话的对象，时间一长，他便觉得这样的日子很难熬，甚至一度产生了离开学校到战场上去打仗的想法。现在好了，一个中国学生几乎每天都来到他的办公室，用日语和他滔滔不绝地说他在乡下一些有趣的见闻。他不仅不再觉得时光难以打发，而且通过他了解了很多关于中国乡村的情况和知识。木村义邦很高兴，每次见到王小羊，都会拍一下他的肩膀，王小羊离去时，他也会真心实意地说一句“约西”。

王小羊不断地到木村义邦的办公室里去，很快便引起了他的朋友李灿辉的注意。在李灿辉想来，王小羊如此不加掩饰地去接近木村义邦，除了打那个赴日本留学名额的主意之外，还能是别的什么呢？开始时他还有些不相信，因为在过去的日子里，也就是在他和少数几个学生表现出对那个名额感兴趣的时候，王小羊却一再做出不以为然的表示，不但自己真的不准备参加竞争考试，还不止一次地劝说他放弃。我们是中国人，王小羊这样对他说，为什么要到日本去上学呢？有一回，这句话被木村义邦听到了，竟然被他打了两个响亮的耳光。可自从他从老家回来后，不，应该说自从他从林美娜家回来后，他就一下子改变了过去的做法，竟然上赶着巴结起那个他不喜欢的家伙来，这不明摆着是奔着那个名额去的吗？应该说，那个名额眼看就要被自己争取到了。自从知道了有赴日留学这件事以来，他就有意和木村义邦疏通感情，一度竟成了那个日本学监的座上客。为此他也没少挨同学们的骂，王小羊就不止一次地警告过他。但现在事情却完全反了过来，他再到木村义邦那里去时却受到了冷遇，王小羊倒成了那座楼房的常客，这不是故意在和他唱对台戏吗？

李灿辉觉得，王小羊之所以发生这样大的变化，一定是林美娜给他出了点子，或者说是林美娜的家庭帮他改变了主意。林美娜……一想到林美娜，李灿辉就觉得心里发疼。几乎在王小羊和林美娜好上的同时，他也暗暗爱上了那个风姿绰约的女人，不仅仅是因为林美娜的漂亮，还有她非同一般的家庭。如果把这样的女人搞到手，那自己就算过上了真正幸福的美好生活。可不幸的是，王小羊却先他一步接近了林美娜，而且从林美娜的态度看，她对王小羊也是一往情深的。李灿辉曾经以为自己在林美娜那里没有什么戏可唱了，为了保持住自己和王小羊的友谊，他都产生了退出这场竞争的想法，以免落个鸡飞蛋打的失败下场。但让他想不到的是，随着王小羊的这次休假回乡，他在和林美娜增加了接触的情况下，竟然发现林美娜对她和王小羊的关系并没有十足的把握。与此同时，他也感觉到林美娜对自己非同一般的好感，这使他开始相信，如果刨除掉王小羊这个因素，他和林美娜走到一起去也不是不可能的。就是在这样的感觉驱使下，他大着胆子向林美娜表白了自己的心迹，林美娜在表示不接受的同时，也并没有把通向他们爱情殿堂的大门关死。我要等小羊回来，她最后一次对他说，只要他不说一个不字，我就是属于王小羊的。

也就是从那个时候起，李灿辉就盼着王小羊不要回来，或者说他回来了而不再继续和林美娜的关系。有几次做梦，他竟然看见王小羊走在路上，突然被一颗飞来的子弹击中了，王小羊在倒下去的关键时刻，他从睡梦中惊醒了。不管怎么说，他不安地责备自己说，王小羊都是你最要好的朋友，你怎么能……王小羊完好地回来了，而且在林美娜急切的召唤下，很快就以女婿的身份走进了林家。李灿辉感到了极度的绝望，看来自己确凿到了退出他们三人游戏的时候了。李灿辉强迫自己打起精神，决定把余下的精力用在即将举行的赴日留学考试上。东方不亮西方亮，情场失意事业有成，那就把人生的赌注全部押在这一头吧。但让他想不到的是，王小羊竟然也打起了木村义邦的主意，看来要在赴日留学这件事上继续和他竞争了。这可有些欺人太甚了，肉都被你吃了个饱，难道还不许别人喝一口汤吗？莫非天下的好事都被你占全了不成？李灿辉实在咽不下这口气，决定不再顾及多年的情谊，干脆和王小羊撕破脸皮，把所有的事情都摆在桌面上；如果不成，那就索性打一架算了，反正他憋在心里的气就要把肚皮撑破了。

对于李灿辉的想法，王小羊当然一点儿都不知道，不但想不到他对自己已经足够深的成见，反而还天真地要打他的主意呢。在整个学校里，李灿辉是他最要好的朋友，除了在参加地下组织活动这件事上瞒过了他之外，平时他们几乎是无话不谈，在许多的情况下都彼此关照，互相配合，就像一对亲兄弟一样友好相处。现在，他要开展一个从来没有经历过的艰难行动，多么需要一个得力的助手，来和他一起完成这个无比光荣的任务。阻止日军利用霍乱细菌屠杀中国人，是所有正义之士义不容辞的责任和义务，李灿辉作为中国人中的一分子，有什么理由可以置身事外呢？但王小羊之所以没有立即发动李灿辉，一是因为这件事是处在极其严密的状态下，稍有一点儿信息泄露就会导致不堪设想的后果，所有参与行动的人都会受到生命威胁；二是李灿辉还没有到让他足够信任的地步，对于一个过于看重自身利益的人，王小羊又怎么能轻易让他承担如此重大的任务？他觉得在动员他参与这件事之前，必须要先和他谈谈话，交交心，说起来，他们已经很久没有坐下来像样地说一下话了。

但就在这时，李灿辉却心急火燎地来到他面前，率先摆开了要和他深谈一次的架势。这多少有些出乎他王小羊的意料之外，让他本能地觉到事情或许并不像自己想象的那样简单。李灿辉对他的这次约谈，发生在他从木村义邦办公室回来的路上，在经过一座假山石时，李灿辉从山石后跳出来，拦住了他的去路。别走，李灿辉恶声恶气地对他说，我要和你谈一谈。王小羊被吓了一跳，不仅是他出现的方式过于突然，更重要的是他的表情超出了他的想象。好呀，王小羊镇定下来，顺着他的话说，我也正想要和你说说话呢。说着，他就朝四下里看，想找一个便于他们进行这场谈话的地方。

不用找了，李灿辉简洁明快地说，我们就在这里谈好了。

就在这里？王小羊还有些不甘心，照他想来，这场谈话是带有一些隐秘性质的，不远处就有一些人，他们能够把话都公开说出来吗？

我只是问你一下，李灿辉不耐烦地说，不想和你说多余的话。他抬起一只手，指着王小羊的额头气冲冲地说，告诉我，你到底想要怎么样？

王小羊吃惊地看着他，不明白他的问话是指什么，也想不清楚他的火气是从哪里来，你说的是什么呀？

李灿辉没有回答他的话，而是沿着自己的思路说，你不能把什么好事都占全了吧？你这样不管不顾地做事，还让别人活不活了？

你怎么了？王小羊伸出手，想在他肩上拍一下，我哪个地方让你看不下去了？

李灿辉拨开他的手，少来和我套近乎，你把话说明白就行了。

王小羊有些尴尬，随即把那只手放在自己头上，来回搔动了两下。到底是哪里出了错？他在心里问自己。他首先想到了自己参加组织行动的事，莫非被李灿辉掌握到了什么情况，以至于让他对自己产生了误会？但这件事除了张淑娴外，根本不会有第二个人知道。王小羊随即便想到了自己和林美娜的关系，也许李灿辉的火气是冲着这件事来的？这是符合情理的，他已经隐约感觉到，李灿辉也同样喜欢着林美娜，而自己刚和林美娜发生过关系，李灿辉即使再迟钝也会感觉出来，失落之余朝自己发一下火也是应当的。如果事情真是这样的话，王小羊也不打算向他道歉，因为他知道自己并没有做错什么。

看他不说话，李灿辉更加以为他心里有鬼，火气越发大起来。你到底要干什么？难道说真的不给别人留一条活路了吗？他用鄙夷的目光看着他，瞧你平时说得多好听，什么朋友情谊呀，兄弟一场呀，到了关键时刻，却什么也不管不顾了，连给别人喝一口汤的机会都拿走了。

听他说得越来越不靠谱，王小羊也更加摸不着头脑了。依照他对李灿辉的了解，如果仅仅是和林美娜有关的这一件事，他相信李灿辉是不会说出这些乱七八糟的话来的。不管怎么说，李灿辉都是一个心思缜密的人，一个轻易不丧失理智的人，尽管他也深深爱着林美娜，却也不会让头脑膨胀到来和自己胡说八道的地步，一定还有什么让他感到过不去的事。但王小羊想不明白，还有什么事能让他如此耿耿于怀呢？

给我说句痛快话，李灿辉冲动地推了他一把，你真的决定要和我争下去了？

真是对不起，王小羊摊开两手，无奈地笑了一下，到现在为止，我都不太知道你说的到底是什么事。

看你装得多像，李灿辉撇起嘴角，也朝他嘲讽地笑了一下，所有的一切都要被你做妥当了，你还做出一副懵懂无知的样子。王小羊，我可真是小瞧了你。

你该不会是说，王小羊实在想不通了，只好试量着说，我和林美娜的关系……刚说到这个话题，他就一下子后悔起来，本能地觉得事情或许会由此变得更加糟糕。

李灿辉哈哈大笑开了。王小羊呀王小羊，他再一次指着他的鼻子说，你真是无聊透顶，竟然说起这些不要脸的话来，你以为我没有女人就活不下去了？你简直是太小瞧我李灿辉了。他忽然有些哀伤，我一直把你当兄弟，以为你是多么了解我，看来都是我想错了。

对不起，王小羊用愧疚的目光看着他，我不该说到这个……他真想伸出手，在他阴沉的脸上摸一下。

好吧，李灿辉咬了咬牙说，既然我们的关系发展到了这一步，那我们就索性把话都挑明了吧。他抹抹自己的眼睛说，请你坦白地告诉我，那个名额你是不是已经争取到手了？

名额？王小羊愣怔了好一会儿，才突然明白他说的“名额”是怎么回事。原来他是在说这个？看来他是真的误会自己了。王小羊真想大声对他说，我不要什么名额，我没有打过那个名额的主意，就算木村义邦把那个名额交到我手里，我也不会接受，因为我从来就没有到日本去的打算。但在这些话就要脱口而出的时候，王小羊又一下子改变了主意，倘若他把这些话说出来，那他频繁到木村义邦那里去的理由就不充分了。为了不使自己的计划出现任何意外，他决计将错就错，就按着李灿辉还有和他这样想的人的理解行事好了。我也不知道是不是已经争取到手了，他这样回答他说，但我知道我还要继续努力下去。与此同时，他又在心里对他说，对不起李灿辉，我开始欺骗你了。

李灿辉果然更加恼怒起来。好吧，他举起拳头，朝他使劲挥舞了一下，既然这样，那我们就来好好争一争吧，看我们两个到底谁败在谁的手下。

王小羊用无奈的目光看着他。为什么？他在心里问他，你为什么要把这件事看得如此重要？

考场上见。李灿辉恶狠狠地瞪了他一眼，便掉转身，迈着大步往教室里走去。

王小羊真想喊住他，告诉他事情的真相。那个名额我不要，他在心里急急地朝他叫喊，你要拿去就把它拿去吧。但他只是张了张嘴，把就要脱口而出的话用力咽回去。望着李灿辉离去的身影，他又想到了自己试图邀请他参加那个行动的事，不禁在心里感到好笑，对于一个极端自私的人，他又怎么能把如此重大的任务交到他手里呢？他想不明白，在这样一个国破家亡的时代里，为什么还有李灿辉这些不过问世事只关心一己私利的人呢？他的目光在校园里看了一圈，便知道日本人为什么要创办这所学校了，能够培养出一批像李灿辉这样对侵略行为麻木不仁的人，他们在中国创办学校的目的就算真正达到了。想到这里，王小羊便更加感觉到了自己的软弱无力，在如此一个庸常而又险恶的环境里，没有来自抗战组织和队伍的帮助，单凭他和张淑娴两个人开展行动，又哪里能够阻挡住日本人对鲁西一带实行的大规模屠杀？这一刻，王小羊再一次陷入极度的困惑和强大的压力下，甚至有一些绝望的情绪在越来越强烈地袭扰他。

回到宿舍里后，王小羊看见了那幅他一直没有临摹完成的《塔希提女人》，这一刻，他又止不住想到了那个曾经诱惑着他的画家高更，想到了高更对现代文明的失望以及远离。他告别故乡，一个人远渡重洋，来到居于天涯海角的塔希提，在那些美丽的棕榈树下找到了他的归宿，在置身于棕榈树林里的毛利女人的怀抱里看到了生活下去的希望。在很多的日子里，王小羊都恨不得自己也像高更那样，离开这个硝烟弥漫的世界，远走高飞，到遥远的塔希提那些身披野草和兽皮的人们中去度过余生。已经离开你这么些日子了，王小羊把那幅画放在自己面前，对着上面那些刚刚初具轮廓的棕榈树和树下的女人们说，我不能把你们放在这里而不再顾及。他突然产生了要把这幅画画下去甚至最终完成的想法。在一阵强烈的冲动支配下，他找出那些已经开始发干的颜料和画笔，费了好大劲才把它们化开，然后便一手托着颜料盘，一手举着画笔，在那幅未完成的画上一笔笔地描绘下去。

不知什么时候，王小羊觉得累了，颜料盘和画笔从他手里掉下来，他身子一歪，便躺倒在地下，进入了昏沉沉的睡眠中。他做了一个梦，看见自己像一条自由的鱼一般越过浩瀚大洋，来到了让他心驰神往的塔希提岛上。一个身着野草和兽皮的毛利女人从棕榈树下走出来，带着一股源自大自然的清香来到了他面前。你终于来了，毛利女人说，我已经等你多时了。王小羊有些意外地问她，你知道我要到这里来？毛利女人回答他说，知道，是高更告诉我的。王小羊越发惊讶了，高更还在这里吗？毛利女人说，在这里，他已经等你等了几十年了。王小羊有些愧疚地说，我没想到他等我那么久，我应该早些来才是。毛利女人说，你现在来得也不晚，高更正在和他的第十三个妻子举行婚礼，正好被你赶上了。王小羊惊讶地说，怎么，这里还能结十三次婚？毛利女人爽快地说，这里没有婚姻次数的限制，即使你没有和女人举行结婚仪式，你也可以和女人们住在一起。王小羊不禁在心里感叹，这里真是一个美好而自由的世界。他随即问那个女人说，我能够和你住在一起吗？毛利女人点点头说，当然可以。得到了女人的许可，王小羊便大起胆子，伸出两手，把这个流溢着大自然野性的女人搂到怀抱里来。他仰起头，望着在头顶上随风飘扬的棕榈树叶，从内心深处发出一声感叹，我终于脱离了那个枪林弹雨的地狱，来到了这个温柔美好的天堂。

就在王小羊要充分享受与那个毛利女人欢爱的时刻，一只手无情地把他拍醒了。这孩子做什么美梦呢？一个声音在他耳边说，竟然把口水都流出来了。王小羊不得不退回到天堂通往地狱的半路上。这是谁？他极其恼怒地吧嗒着嘴说，为什么偏偏这个时候来打扰我？他愤怒地睁开眼睛，事实上已经看到了张淑娴的模样，脑子里却有些转不过弯儿来。走开，他又急快地闭上了眼睛，想回到被迫中断的梦境中去，回到让他魂牵梦绕的塔希提毛利女人的怀抱里去。

在张淑娴的一再拍打下，王小羊终于清醒过来。师母……他抹了抹眼睛，看清楚站在面前的人是张淑娴，想到自己刚才在梦中的情景，脸颊一下涨红起来，您、您怎么到学校里来了？他爬起来，又使劲晃了一下头，让自己混乱的脑子赶快清晰起来。或许事情有了什么变化，他在心里问自己，不然张淑娴是不会冒着风险来这里的。他合上门板，用不安的眼神看着她。

不要担心，张淑娴安慰他说，我有教师家属的身份，到这里来是很正常的。她朝四处看了一圈说，这里说话安全吗？

现在……应该没什么问题。王小羊的眼神依旧盯在她身上。

我已经打听清楚了实验室的位置，张淑娴尽量压低声音说，我托的关系告诉我，这些日子日本人加紧了对实验室的监护。这一方面说明那些霍乱菌苗真的可能就放在里面；另一方面，是否预示着敌人就要实施那个计划了？她进一步解释说，事情有些紧急，我就只好到这里找你来了。

这就是说我们不能再等下去了？王小羊心里明白，自己接下来的行动要提前了。他忽然又一次感觉到了羞愧，敌人在加紧实施对家乡人民的屠杀计划，师母千方百计地刺探这方面的情报，而自己却在做着逃避现实远赴温柔之乡的虚幻美梦，这哪里是一个热血中国青年、一个预备共产党员应有的举动?！他本能地抬起手，在自己面前挥舞了一下，像是拂去了笼罩在脸上的一层厚重的雾霭，然后用格外坚定的语气对张淑娴说，我会马上开始行动。

张淑娴点点头，从手提袋里掏出一张硬纸，这是我画出的医院结构草图，上面标出了实验室所在的位置，你赶快熟悉一下。

王小羊接过图纸，匆匆在上面扫了两眼，随即又向她提出说，我需要一些能够让人中毒的药，药的剂量要足以让人倒下，但又不能使他致命，甚至不能让他失去意识。

张淑娴没有问他要这种药的目的，便又点一下头说，这个没有问题，我回去马上就给你配制，你最晚可以吃过晚饭后到我家去取。

好吧，王小羊答应说，我一定在那个时间里赶到你家。

图纸上标出了你撤离的路线，张淑娴再次叮嘱他说，同时眼神里的担忧也像水一般浮动，这个任务就交给你了。小羊，你可要当心呀……

师母您尽管放心，王小羊尽力鼓着勇气说，只要有一线希望，我就会把日本人的实验室炸掉。

张淑娴离开他的宿舍之后，王小羊突然想起来，张淑娴没有提到他用于炸掉实验室的燃烧弹，自己也忘了问她准备好了没有。其实早在几天前，他们就说到了行动要用到的炸弹问题，王小羊提出在木村义邦那里偷窃一两件武器，然后把火药改装成炸弹。张淑娴否定了他的冒险举动，答应自己为他用药物配制几只燃烧弹。这对她这个懂得药物成分和反应的医生来说，也并算不得多么难的事情。大约是觉得燃烧弹的问题已经解决，王小羊才没有想起来再问她一下。他想跑出去追她，但这时院子里已经没有张淑娴的影子。

由于想着张淑娴的约定，整个下午便显得有些漫长，王小羊不时地朝窗子外面看，希望天色尽快黑暗下来。那幅依旧没有画完的《塔希提女人》又被他放在了墙角落里，是呀，在这个行动之前的紧张时刻，他又哪里有心思再描描画画呢？他忽然产生了一个强烈的预感，这一次没有画完的这幅《塔希提女人》也许已经成了一幅永远无法完成的作品，这是不是意味着他在这次即将开始的行动中要遭遇什么不可预测的危险？他当然还无法明确地告诉自己一个结论，但却真的为这幅作品的不能完成感到了些许的遗憾。也许你注定成不了一个艺术家，他在心里对自己说，因为这确凿不是一个产生艺术家的年代。为了安抚一下隐隐作痛的心绪，他把那幅画翻转过去，以免再让自己看到上面那个美好如梦的世界和那个世界里美好如梦的女人。

日头触到西边树梢的时候，王小羊再次把目光转向窗外，忽然看见一个人穿过校园，正在朝他所在的这幢宿舍楼走来。林美娜！王小羊在心里叫了一声。望着林美娜风姿绰约的美丽样子，他又一次想到了那幅未完成的画，自然也想到了那个他刚做过不久的梦，那个有关塔希提和毛利女人的梦。你来晚了，他在心里对她说，你为什么不早些来？他抹抹开始有些湿润的眼睛，继续在心里说，你不应该再到这里来了。他当然知道林美娜是干什么来了。是的，早在几天前，林美娜就给他提出了那个问题，那个是否与她一起过幸福日子的问题。这些天里，她一直期待着他的回答，今天她一定是朝他索要那个答案来了。你把那个答案准备好了吗？他问自己，没用仔细想一下，他便知道那个答案自己还没有做出，也就是说，当林美娜索要那个答案的时候，他不能把一个明确的结论告诉她……但他马上又推翻了这个想法，不，事情也许并不是这样，那个答案也可能他已经做出来了，只是与她期待的结果不相一致，甚至说根本就是两回事，所以面对她的索要，他依旧不能把这个答案说出来，因为这个答案不仅会让她失望至极，也使自己难以承受。这个时刻，王小羊盼望林美娜不要到来，或者说她到来了而不是来找自己，哪怕是来和李灿辉会面也没有关系。

林美娜当然是来找王小羊的，交给他那个问题已经好几天了，却还没有等到他的任何消息，这多少有些出乎她的意料，在她想来，这有什么难以回答的？如果换一个人，简直不用思考就能把答案说出来，即使凭着本能就会明确地回答她，我要和你一起去过美好幸福的生活！因为这个问题实在太过简单了，就算是一个傻子都能把答案说出来，谁不愿过幸福美好的生活呢？但让她想不到的是，这个如此简单的问题却在王小羊那里成了一个无法回答的难题，以至于让他思考了好几天也没有把答案说给她。王小羊他怎么了？林美娜不解地问自己，难道他真的变成了一个傻子不成？她预感到事情并不是朝着自己期望的那个结果发展，而是不可思议地走上了一条岔道。她终于沉不住气了，索性不再等待，不再顾及少女的矜持，径直找到王小羊的学校，要他当面向自己回答那个问题，就算他的答案不是自己期待的那个结果，她也认了。因为如果她再这样无限期地等下去，也许用不了几天，她也就要变成一个傻子了。

王小羊，请你把那个问题的答案告诉我。

我、我还没有想好……

你不要再欺骗我了，请你回答我。

如果有可能，也请你再给我一些日子……

我求求你了王小羊，请你不要再折磨我了。我不希望你给我一个标准的答案，你只要对我说出你的态度就行了。

林美娜，或许事情没有那么简单，我……

王小羊你的心真狠，难道你就这样看着我发疯不成？

可我、可我真的不知道该怎么回答你……

我不相信，你真的竟然就是一个傻瓜，一个天下难找的大傻瓜？

说实在的，我不知道自己到底是不是真的很傻，我只是不想在这个国破家亡的年代里，一味地让自己置身事外。

不要和我说这些大道理，我只是要你对我说出你的答案。

这就是我的答案，难道你没有听出来吗？林美娜我真的是在认真地回答你，也许我说得不是那么确切，但我的确是在说我自己的内心话。

难道你的内心话就那么难懂？难道我们的内心就隔得那么遥远？

我希望我们的心灵是相通的，因为我们毕竟是处在同一个世界里，我们一起见证着国家的败亡，百姓的苦难。一些人正在离我们而死去，还有一些人正在战场上流血。

我已经对你说过，我不要听这些离我们很远的大道理，我只要你对我说一句明白话，你到底愿不愿意和我生活在一起？

难道我们的生活真的能脱离开国家、脱离开人民吗？

王小羊，你这样和我绕来绕去，是不是没有勇气把那个答案说出来？莫非你是在让我自己告诉自己那个答案？

连我自己都不知道那个答案是什么，我又怎么能让你……

不，你知道，你知道那个答案是什么。

我真的不知道……

好吧，那就让我替你说出来吧！

林美娜，不要……

你是在说不愿意，是吗？

不是这样……

没错，你是在说不愿意。其实你早就这样想好了，只是不愿意说出来而已。

林美娜……

王小羊，我承认我看错了你，还以为你会爱我，会愿意和我在一起，没想到是我自己一厢情愿……

林美娜……

好吧，既然事情已经到了这一步，那我们就好好地分手吧。

林美娜……

你好自为之吧王小羊，我、我走了……

林美娜，林美娜，林美娜——

30. 孤注一掷

所有的工作都准备得差不多了，就连那瓶专门让木村义邦发病的药物也被王小羊放在了书包内，当然与它放在一起的还有两只用来对付生物实验室的燃烧弹。其实说是燃烧弹，不过是两只曾经装过药用液体的瓶子，如今装在里面的虽然也是药物，但却按照一定的比例重新进行了配制。张淑娴告诉王小羊，只要把这两只瓶子扔出去，它所造成的爆炸威力足以摧毁一幢大型建筑物，用它们来对付那两间小小的实验室是绰绰有余的。为了便于携带，王小羊把它们连同那一小瓶药水都放在了书包内，中间和两边又用书本隔离开，以免它们发生摩擦和碰撞。王小羊相信，自己这样背着书包到木村义邦的办公室去，是不大可能引起怀疑的。其实他也做好了意外出现的准备，如果敌人发现了他的企图，而他又不能把这两只燃烧弹扔到实验室里去，那他就提前把它们引爆，让它们把他自己的身体炸成碎片。当然不到万不得已的时候，他是不会这样做的，因为他明白得很，自己的任务首先是炸掉那两间放置霍乱菌苗的生物实验室，其次才是不让自己落到敌人的手里。

一切都准备好了，到他采取真正行动的时候了。王小羊站起身来，看着他这间住宿了两年多的宿舍，心里忽然有一些淡淡的留恋。不管这是不是日本人给他提供的处身之地，他确凿已经在这里居住了两个年头，这次离开后，或许就再也不能回到这里来了。还有那幅他尚未完成的画作，一旦他开始了这次行动，也就意味着自己再也没有去完成它的机会了。他用了很大劲，才忍受住要再去看它一眼的欲望。因为他担心自己一旦面对了那幅画，面对了画上的美好景致和置身在那个美好景致里的人儿，他就有可能改变自己的主意，就有可能出现他无法控制的意外，而这是他绝对不能允许的也是绝对不能接受的。这一刻，王小羊从未如此深刻地感到，在这个一切都失去了正常秩序的年代里，理想和现实是无法达成妥协的，要么像林美娜还有李灿辉那样为了自己的理想而漠视残酷的现实，要么像自己这样为现实所胁迫而放弃个人的理想。他不知道自己在以后的日子里是否会后悔现在的选择，他甚至连自己还有没有以后的日子这回事都不敢确定，但让他感到欣慰的是，起码到现在为止，他还没有产生过一点点儿放弃行动的念头。好了，他闭上眼睛，长长地喘出一口气，然后告诉自己说，你可以出发了。

王小羊刚刚走出他的宿舍，就在楼梯上碰到了李灿辉。还离着老远，他们就互相看到了对方，都不禁停了一下步。经过那次激烈的争吵后，他们都没有再说过一次话，有时走个照面也不看对方一眼。这时，王小羊忽然产生了要与李灿辉和好的冲动，便直迎着他走过去。应该和他告别一下了，因为这次别过之后，他不知道以后是否还能见到他，和他真的还有一些话要说呢，尽管他并不清楚那些要对他说的话是什么。他担心李灿辉不搭理自己，在他的印象里，李灿辉是个小肚鸡肠的人，而且还记恨别人，但不管他是否理会自己，他都要拉住他，把心里要说的话都对他说出来。让他感到意外的是，李灿辉在呆怔了一下后，也急快地朝他走来，而且看他的样子并不是再次来与他争吵，而仅仅是也有什么话要和他说。

李灿辉……

王小羊……

他们几乎同时叫出了对方的名字。

李灿辉，我先走了……

王小羊，你要到哪里去?

我……去找木村义邦……

噢，你去吧……

说罢，他们就交错而过，各自要走各自的路了，好像他们要说的话已经说出来，往下便没有什么要说的了。但很快，他们就都停住了脚步，在短暂地犹豫一下后，又都转过了身来，再次摆出一个面对面的姿势，只是与刚才不同的是，这次是王小羊在下面，而李灿辉站在了上面的台阶上。他们实在不相信要说的话已经说出来，从对方不住嚅动的嘴唇就能看出来，他们其实还有很多的话要说，只是还没有找到说出来的方式，或者还没有鼓起说这些话的勇气。

李灿辉，你以后要……

以后要什么?

要照顾一下……王小羊艰难地张着嘴巴，似乎使出全身的力气，才把那个名字从嘴里说出来，林美娜……

对他这句看起来没头没脑的话，李灿辉没有表现出丝毫意外，甚至没有问他一句为什么，便点点头说，这个……你就放心吧。

话说到这里，王小羊觉得要说的话好像真的已经说完了，便做出了转过身去继续往前走的准备。林美娜已经和他在一起了，他在心里对自己说，他们的行动可真快呀。

王小羊，李灿辉却又叫住了他。自从说到林美娜的名字以后，他的神情便有些不自在了，但这只是短暂的一刹那，很快他便恢复了正常的神态，尽管眼神里还有些愧疚的余波，却掩饰不住接下来的坦然，对不起，是我误会了你……

没有什么，王小羊勉强笑了一下，我已经说过，你只要把她照顾好就行了。

我会的，我会珍惜这来之不易的……李灿辉实在说不出下面的话了，表情上才又浮出一点点儿尴尬。

王小羊不想再看他这种样子，也不想再听他说这些话，便果断地掉转过身，迈着大步往楼梯下走去。不要慌张，他悄自警告自己，至少你不要在他面前让自己跌倒。虽然他没有再次回头，但他却知道李灿辉还在直直地看着自己，为自己这样义无反顾地往前走而倍感困惑。

王小羊尽力让自己平静下来，用和平常没有多少差别的样子朝木村义邦所在的办公楼走去。他知道，只要自己的脚步一迈进那间阴暗的办公室，就没有了任何退路，所以在敲击门板的时候，他真的稍稍犹豫了一下。其实没有等到门板打开，他的退路就被堵死了。因为就在这个时候，走廊的一侧出现了脚步声，一个人影正在朝他这边走来。王小羊不能再停留在门口了，便猛地举起手，使劲敲响了门板。与他的想象不同，当木村义邦打开门板，让他进到屋里去的时候，他并没有感觉到多么紧张不安，额头上也没有出现他所担心的冷汗。王小羊似乎这才明白，其实早在到这里来之前，他就没有给自己留出什么退路，由此看来，他事实上的表现比预料之中的那个形象可算是强得多了。

为了打消木村义邦对自己的怀疑，一进门，王小羊就主动把书包打开，大模大样地拿出一份写了好几页的检查，径直递到木村义邦手里。为了准备这份格外详尽的检查，他已经连续好几个夜晚没有睡好觉了。一见这份难得的检查，木村义邦果然十分高兴，嘴里连声说“约西”。但他在匆匆浏览了一遍之后，也并没有表现出多么激动的样子，因为不管王小羊怎么用心准备，那份检查上也没有多少新鲜的东西。当然，木村义邦激动不起来也没有什么关系，王小羊到这里来的目的并不在这上面，而是要找到一个他不加防备的机会，悄悄地把自己带来的那个小瓶子里的药水倒进他的水杯里去，然后看着他把那杯水喝掉。木村义邦的水杯倒是就放在桌子上，里面也的确有半杯茶水，王小羊只要伸出手去，就能把那个杯子拿到。但此时的木村义邦并没有他期待之中的那种大意，他总不能在人家的眼皮底下就往杯子里倒药水吧，看来还要继续等待下去，直到那个能够被他利用的机会真正到来。但问题是，他能长时间地待在木村义邦的办公室里吗？尽管木村义邦并没有怀疑他到这里来的动机，可他如果一味地待在这里，没有一个说得过去的理由是不行的。

王小羊急快地在心里想办法。当然，他所能想出来的办法便是说话，或者说叫聊天。但这些日子以来，为了接近木村义邦，他已经快把能够对他说的话都说得差不多了，包括他在鲁西一带的遭遇，他在家乡的成长过程，他所结识的那些伙伴和同学，还有他所经历的那几场不同的战争。当然他不能把什么都说给他，不管那些事对自己的影响多么深刻，他也不能向这个和那些在战场上杀人的鬼子并无二致的日本人去说，比如爷爷和潘秀兰等人的死亡……余下的话题实在是不多了，为了进一步拖延时间，王小羊不得不挖空心思想出一些话题来。不知怎么回事，他渐渐说到了肖力贵的名字，随即便说起他那些神奇而复杂的经历来。王小羊不知道自己为什么说到了肖力贵，也许肖力贵是他难以释怀的一个心结，是哽在他喉头的一根木刺，他无数次想咀嚼它，把它咽到肚子里，一点点儿消化掉，但他不知用过了多少心力，也无法让自己做到这一点。他甚至觉得即使再讲述一百遍，也不可能把这个人说清楚。

什么什么？木村义邦果然对肖力贵产生了浓厚的兴趣，这样一个勇猛善战的人，居然背叛了他的事业，归顺到大日本皇军队伍中来了？

是的，王小羊只得无奈地点了点头。

约西，木村义邦的手在桌面上拍了一下，由此看来，我们大日本帝国的同化力是大大的，居然连那样坚强的一个人都经不住大和文化的诱惑，可想而知，还有什么能够阻挡住大日本皇军向世界进军的步伐？他站起来，一边揉搓着双手一边在屋内来回踱步。刚刚来到支那的时候，政府里就有一些人担心时间久了，我们会被古老的中国文化所腐蚀，甚至所吞并……我不知道这个词是不是合适，但我的意思不过是说，我们对深厚的中国文化的威胁是有所准备的，所以我才会受到大本营的派遣，来到济南管理这所学校，在你们这些中国学生中灌输我们日本文化的精髓，由此做到让你们对我们日本帝国的认同和靠近。有一度我还对我所进行的这项工作的成效表示过怀疑，但听了你的故事，你那个名叫肖力贵的朋友的经历让我确信，我的工作是具有无比重大的意义的，孜孜不倦地做下去，也一定能够取得显著的成效。从那个肖力贵的身上，不，从你王小羊君，还有李灿辉君等人的身上，我已经看到了我工作的效果，它让我倍感喜悦和骄傲。

王小羊呆呆地看着他，真是没有想到，肖力贵的遭遇居然引出了木村义邦如此多的联想，如果他不把这番话说出来，王小羊还真的不知道这个日本人所做的工作竟然对中国学生有那么大的伤害，对中国文化有那么多的破坏。

木村义邦只顾得意地大笑，一时有些喘不上气来，开始伸直脖子咳嗽开了。

王小羊不愿再等下去了，便贸然端起那只杯子，以为水杯续水为由，低下身去倒水，然后利用桌子的掩护，偷偷把捏在手里的药瓶打开，将里面的药水往水杯里倒。其实在他从书包里往外掏那份检查的时候，他就把这瓶药水捏在了手心里，如果再不把它里面的药水倒出去，他担心自己的手会把玻璃瓶壁攥碎。他当然知道这样做非常冒险，那张桌子并算不得多么好的遮挡物，如果木村义邦的警惕性足够高，完全可以透过桌面的斜角和桌腿的空隙看到他的举动，那样一来一切就都暴露无遗了。成败在此一举。王小羊咬紧牙关，硬着头皮把这一切做下去。也许木村义邦只顾高兴了，也许王小羊的举动做得还算周密，反正他把瓶子里的药水都倒进了水杯里，木村义邦还没有做出什么反应。王小羊憋住最后一口气，从桌子下直起身来，举起水杯，抖抖地朝他递过去。

木村义邦其实看到了他的手指发抖，却以为是刚刚倒进去的水太烫的缘故，才导致了他手的颤动，所以也便没有再往另外的方面想，接过水杯，平息了一下不太畅顺的气息，把杯子举到嘴边，慢慢一小口一小口地喝下去。

王小羊紧张得不敢喘息，瞪大两眼，直直地看着木村义邦喝水的动作，看着他的喉结在一上一下地叩动，直到他喝下去的水达到了足够让他发病的量时，王小羊才张开嘴巴，长长地呼出一口气。行了，他在心里告诉自己说。呼出了那口气后，他又抬起手，用并不掩饰的动作擦了一下额头，因为上面已经冒出了一层细密的汗珠。他不再担心木村义邦看出自己的紧张，因为当他发现这个可疑的现象时，他已经来不及做出什么像样的反应了。张淑娴告诉过王小羊，只要那瓶药水进入了一个人的肠胃，用不了半分钟，他就会遏制不住地倒下地去。

果然，就在王小羊的眼皮底下，曾经骄横的木村义邦突然发起病来，一度直挺的身子很快弯曲下去，虽然他还尽力不让自己往地下倒，但毕竟支撑不住了，在往后踉跄了几下后，终于还是坐到了地下，一只胳膊搭在旁边的椅子上，连带的那把椅子也翻倒了。快叫医生……在倒下地去的同时，他朝王小羊叫喊了一声。

王小羊等待的就是这句话。他转身冲出办公室，沿着走廊朝前跑去。学校里设有一间医务室，就在这座楼的最底层，一个朝鲜人在那里当医生。尽管王小羊知道那个朝鲜医生也不喜欢木村义邦，但自己也不会真的前去找他。王小羊只是在走廊里小跑了几步，便又掉头折回来。那个朝鲜人对你不忠，他用关心的口气对他说，为了您的安全，我们还是去日本医院吧。

木村义邦忍住肚子的疼痛和昏迷的渴望，再次朝王小羊说，约西，快去叫车来，到、到陆军医院……

王小羊又跑出去，径直去找开车的司机。学校里配有一辆军用吉普，开车的是个济南本地小伙子。听说日本人要用车，小伙子不敢怠慢，马上奔跑着去发动车子。但等王小羊把木村义邦搀扶出来时，小伙子一看是这个他同样不喜欢的日本人，态度便有些怠慢，看着王小羊无法把身子瘫软的木村义邦弄进车去，却一副无动于衷的样子。王小羊担心时间久了木村义邦支撑不住，如果他死在了路上，下面的戏就不好唱了，便对司机大声说，看什么，快来搀扶太君一把。司机尽管十分不情愿，却还是绕过车来，帮助王小羊把木村义邦塞进车里。

学校其实离陆军医院不太远，车子行驶了大约一刻钟时间，便来到了陆军医院门口。一个在门前执勤的日军士兵拦住了他们，王小羊把木村义邦的身份说给他。日军士兵赶紧来到木村义邦身边核实。好在木村义邦的意识还算清楚，没说几句话就让那个士兵相信了他的身份。王小羊架住木村义邦的身子，就要往大门里走。但那个士兵又一次拦住了他，你的中国人的不能进去。王小羊用日语告诉他，我是太君的朋友，要亲自把他送进去才行。那个士兵还是不放行，说这里中国人的一律不能进去。王小羊再次据理力争，太君已经病得十分严重，我必须要把他送进去才能放心。那个士兵一直不为所动，我在执行命令，请你尽快离开这里。王小羊只好把目光转向木村义邦，用歉疚的口气对他说，太君，我不能送您进去了，如果您能坚持得住，就请您自己走进去吧。说着，他便把手松开来。没有了他的搀扶，木村义邦立即倒在了地下。他本来已经快要失去知觉了，这一摔倒使他又醒过来。八格，他拧着眉毛怒视了那个士兵一眼，你是在成心害我……王小羊又接上说，太君如果出了事，你要负责任。日军士兵一时不知如何是好。趁他愣怔的当儿，王小羊用力扶起木村义邦，越过士兵的身子，气冲冲地往大门里走去。那个士兵眼睁睁地看着他们往里走，嘴唇颤抖了几下，最终还是没有说出什么。但当王小羊搀扶着木村义邦消失在院落里的时候，他忽然想起什么来，走进身后的岗楼，往医院里面打了一个电话。

他们进到院子里没多久，就遇到了两个过路的护士。王小羊向她们简短地说了几句话，便把木村义邦交到她们的手里。那两个护士搀扶着木村义邦急急地进到一幢楼房的门厅里去。王小羊空出手来，抹抹头上的汗水，看看周围没有人注意他，便赶紧隐藏到几棵树后。他要平息一下紧张的心情，让纷乱的思绪变得清晰起来，仔细回想一下张淑娴绘制的那幅草图。刚一进来，他简直快要失去了方向，脑子里哪还有那幅图纸的影子。不要慌，他在心里安慰自己说，反正你已经进来了，那个任务或许已经完成了一半……过了一会儿，他的脑子渐渐变得清楚些了，那幅结构图的影像也开始从黑暗中浮出来。他朝四周打量了几眼，便知道自己该怎么往下走了。如果他运气好的话，也许用不了五分钟，他就能抵达那个生物实验室。

王小羊往前走得还算顺利，直到进入了一道通往实验室的走廊里，还没有引起别人的注意。他并不是没有碰到一个人，但由于他做出的样子较为坦然，加之身上没有携带什么东西，所以便没有一个人怀疑他的身份。但就在他快要走到走廊的顶端，拐过弯去便能看见实验室的时候，他却突然意识到自己是空着两手进来的。当然这样说并不准确，真正的失误是他由于搀扶木村义邦而没有把那个装着燃烧弹的书包带上。其实在他把木村义邦搀扶到车上时，他是带着那个书包的，为了防止因为碰撞引起爆炸，他一上车就把书包放下来，小心地放在车座下的一个角落里，想等下车时再把它带上。但真正的事实是，他在医院门口下了车来，由于搀扶木村义邦而忘记了带上那只书包……天哪，这真是一个天大的失误，就算他准确地找到了实验室，没有燃烧弹又怎么对付得了那些霍乱菌苗？虽然他知道那辆吉普车还停在医院门口，他也无法再回去把书包取回来了。他好不容易进来了，怎么能轻易再出去？只要他回到了外面，就再也没有进来的可能了。怎么办？王小羊不能不停下来，在心里急切地询问自己，往下到底该怎么办？没有经过怎么考虑，王小羊就决定继续往里走，既然好不容易进来了，他就要珍惜这次来之不易的机会。他相信只要找到了那个生物实验室，即使凭着自己的两只拳头，他也要把那些装着霍乱菌苗的瓶瓶罐罐捣烂。对，也许根本用不到什么燃烧弹，就用自己的拳头把它们打烂。他还相信自己的拳头，凭着它们越来越大的力量，他一定能把那些瓶罐砸成碎片。

其实王小羊并没有看到那个他一心寻找的实验室，就在他即将转过弯去的关键时刻，几个接到门口士兵电话通知的日军士兵找到了他。也许他们已经预料到了王小羊来这里的目的，所以他们是从那个实验室的方向一路找过来的，刚刚转过弯来就碰到了王小羊。就是他！日军士兵互相叫喊着，一起朝他扑来。

王小羊呆怔了一下，马上意识到了就要来到身边的危险，立刻掉转过身子，朝着来路奔跑起来。他真是没有想到事情会是这样不顺，先是忘记了携带燃烧弹，随即被日军士兵发现，看来事情真的不像自己想象的那么简单。王小羊一边急快地奔跑一边悲哀地想，这次任务他是无论如何也完不成了。这还不算，他怕是很难从这个他并不太熟悉的医院里跑出去了。因为在奔跑的过程里，他又一次失去了方向，张淑娴给他描绘的那条撤离路线已在他脑子里乱成一团，他一时无法再理出清晰的头绪了。随着更多的日军士兵加入到追赶他的队伍里，王小羊以为自己肯定要落在敌人的手里。本来他已经想到了这个可怕的现实，所以在他的计划中，有一个用燃烧弹炸死自己的计划，现在可好，燃烧弹根本不在身边，他就是想自杀也没有什么好办法了。

就在王小羊感到身陷绝境，考虑是束手就擒还是垂死挣扎的紧要关头，从医院门口突然传来两声剧烈的爆炸声，巨大的冲击波裹挟着炙热的气浪扑撞过来，差点儿把他掀翻在地。王小羊踉跄了几下，好不容易站稳了脚步，没有再作丝毫停留，依旧朝着前面飞跑而去。他没有跑出多少步，就看见了医院的院墙，呈现在他面前的是一个不算太小的豁口，好像就是专门为他逃出医院而准备的一样。王小羊用不着多想，便一头从那个刚被炸开的豁口里跳了出去。没有一个人阻拦他，那些追赶他的人也不知到哪里去了。直到跑出了足够远的路程，来到一个隐蔽的安全地带，王小羊停下来，在大喘了几口粗气之后，才突然意识到，那两声响亮的爆炸原来是他的燃烧弹发出来的。正是这两声被那个大意的司机弄出来的响动引起了整个医院的骚乱，也把他从敌人的疯狂追杀中拯救出来。

第八章

31. 罪恶阴谋

为了逃避日本人的追杀，王小羊只好又一次离开济南，沿着上次行走的路线回鲁西去。他知道回到老家也同样不安全，但除此之外他不知道该到哪里去。况且他的行动不能偏离鲁西太远，他没有在济南把那些该死的霍乱菌苗炸掉，只能把阻止它们实施屠杀的最后希望放在鲁西了。没有再做犹豫，王小羊便毅然踏上了去往老家的路。

来到离聊城不远的地方，王小羊又多了一个心眼，没有径直到王家庄去，而是来到姥娘家所在的村子里。姥娘家的人告诉他，李青石因为脑震荡差不多变成了一个废人，连自己的老爹都认不出来了；而肖力贵在几次自杀未遂的情况下，也被袁庆斌的八路军除掉了。这两个对他构成生命威胁的因素都不存在了，王小羊这才大起胆子回家去。一路上，他都在脑子里想到肖力贵。对李青石的遭遇，他一点儿都不觉得同情，唯有肖力贵的下场让他感到无比惋惜。八路军自然不会容许叛徒的存在，所以对他的处决也在情理之中。但在王小羊的心目中，肖力贵却不是那种丑恶可耻的叛徒，而依旧是一个无比坚强无比勇敢的抗日战士，虽然他出卖了自己，但自己却一点儿也不怨恨他，甚至在某种程度上为他的死去感到一些不公。肖力贵，王小羊在心里愧疚地说，是我害了你。

回到家以后，王小羊没有看见哥哥王大牛，却在厨房里找到了母亲。原来母亲讨饭回来了。他以为母亲是在厨房里做饭，走近一看，却发现母亲是把那口空着的铁锅从灶台上端起来，使劲往地下抛去。铁锅在地上旋转了几圈，慢慢停住了。母亲又抬起自己的小脚，一下一下地往锅里踩。王小羊不知道母亲这是干什么，便纳闷地叫了一声，娘，您干什么呢？母亲抬起头，用直愣愣的目光看着他，似乎一时没有认出他来。望着母亲脸上呆滞的表情，王小羊不禁吃了一惊。在他的记忆里，母亲不应该是现在这个样子，怎么这才两年没见，他竟然快认不出她来了。娘，他拉住她的胳膊，用力晃摆了一下，我是小羊呀。

小羊？母亲重复着这两个字，似乎努力想了一会儿，才猛然知道这两个字的含义。小羊，母亲叫着他的名字，忽然弯下身子，软绵绵地扑到他怀里，鼻涕一把泪一把地哭起来，我的儿呀……

王小羊没有想到母亲会哭，而且哭得那么悲伤痛切，一时有些不知所措。母亲这是怎么了？他在心里分析着她哭泣的原因，是为了爷爷的死去？或者说大哥出事了？他低下眼，望着母亲的头顶，心里又有些发沉，母亲的头发什么时候已经变白了？看来除了自己找出的那些原因外，母亲肯定还遇到了另外让她感到忧伤的事情。娘，您为什么把锅拆下来？他想转移一下母亲的注意力。

不过了，母亲瑟瑟地抖动着肩膀说，这日子没法往下过了。

怎么回事？王小羊尽力让她的头离开自己的胸膛，是不是家里没有粮食了？说出了这句话，他又感到这样的说法未免太过轻松，如果事情仅仅是这样，母亲又何必拆了锅灶不想往下过了。

你爷爷死了，母亲流着泪说，你大哥也不知跑到哪里去了，还有……

大哥跑了我可以去找，王小羊接过她的话，随即又安慰她说，我这不是也回来了。有我和二哥在，还能让您过不了日子？

你二哥他……母亲再次扑到他怀里，比刚才哭得更加痛切了，你二哥他已经……

王小羊心里霍地一紧，难道说二哥也出了什么事？他实在不敢往下想了。娘，二哥他、他怎么了？

他被日本鬼子……母亲用小脚跺着地面说，打、打死了……

啊?！王小羊大吃一惊，不禁攥紧了母亲的胳膊，为什么？他知道自己的手指抓疼了母亲的皮肉，但却忘了让手松开来。

母亲在哭泣了好一会儿后，总算恢复了一些平静，断断续续地向他讲述了他们在讨饭路上的一些遭遇和二哥死去的情况。

在王小羊家里，虽然他们有弟兄三个人，但自从父亲去世以后，能够挑起家庭重担的人只有他的二哥王二虎。大哥王大牛神经不太健全，而王小羊又不在家，两个人都指望不上，王二虎就成了家里的顶梁柱，这次带领母亲外出讨饭的任务，自然也便落在了王二虎的肩上。在长达数个月的时间内，他们走遍了聊城以北四五个县区的地界，脚板不知磨起了多少层茧子。其实他们原本并没有打算在外面待那么长时间，但在很多个地方，他们都受到了日本人的驱赶。日本人似乎是有意不让他们停脚，以追剿八路军游击队为名，把他们从这里赶到那里，又从那里赶到其他地方。在这几个月时间内，他们不但没有讨到什么可供度日的东西，而且没有过上几天安生日子。

有一天，他们和几家讨饭的人在一个荒凉的场院里过夜，黎明时分被几声突起的枪响惊醒。他们爬起来，睁大睡眼，借着黎明的天光一看，一队日军士兵端着枪支围在了他们的四周。其实这样的情景也没有什么好奇怪的，他们已经遭遇过不止一次两次了，也便没有太拿这当回事儿。但很快他们就发现了这次的不同，因为在场院边的地下，躺着一个身上中弹的男人，正在吞咽着死前的最后几口气。原来这个男人率先发现了日本人的到来，企图逃出他们的包围圈，但他刚一爬起来，日本人的枪弹就打在了他身上，那几声把人们惊醒的枪响就是这样发出来的。日本人竟然打死了他们的人？人们这才感到事情严重起来，也纷纷爬起来，要朝四下里逃跑。但他们随即发现，这样的举动是徒劳的，也是不明智的。日本人已经打死了那个人，也就是说，那个被打死的人就是逃跑的下场，他们还能步那个人的后尘而去吗？王小羊的母亲急忙拉住还在做着逃跑准备的王二虎，悄声告诫他说，不要找死，千万不要找死。过了一会儿，人们都安静下来，不知道接下来日本人会拿他们怎么样。我们讨饭又不犯法，他们心存侥幸地想，日本人还能怎样和我们过不去呢？

天亮以后，日军士兵收缩包围圈，将他们一概控制起来，押解到一个破烂的村庄里。在这之前，母亲他们来过这个村庄，却很少在里面看到活的人，甚至从某种程度上说，这是一个没有人烟的村落。在这样一个大灾之年里，这样的村落他们也遇到不止一个两个了，自然也引不起他们的注意。日本人把他们驱赶到这里来，而且不再允许他们离开，他们便不能不感到纳闷，让我们到这里来干什么？为了防止人们逃跑，日军士兵三步一岗五步一哨，不允许他们往村外移动一步。过了不久，几个穿着白色长衣、头戴防毒面具的日本人来到了村里。一见这些人的穿戴，人们便知道他们的身份了，这些人都是日本部队的医务人员。其实这个说法并不太准确，他们的真正身份是防疫人员。人们便更加不解，我们又没有得病，他们难道要为我们检查身体不成？莫非日本人变得这样关心我们了？他们当然不会相信天下会有这样的好事，却也搞不懂日本人的葫芦里到底卖的什么药。戴着防毒面具的日本人一来到人们中间，便向他们宣布说，你们的人里有人感染了霍乱病菌，皇军要为你们检查治疗。人们都惊住了，一个个面面相觑，怎么也不相信自己这些人会得上霍乱病，如果真是这样的话，那他们怎么不发病呢？除了饿死的人外，怎么没有一个被霍乱病害死的呢？王二虎朝周围那些比他身体弱的人看了一眼，还心存侥幸地想，就算别人得上了霍乱病，反正我没有什么事儿。

日本人才不管人们如何想呢，别说他们听不懂中国话，就算听懂了也不会理会人们的辩白，直通通地走上去，将人们按倒在地，就开始实行蛮横无理的检查。其中有一项检查特别霸道，就是强行把吸管插入人们的肛门，采集大便清样，说是带回去化验。不管男女老幼，一律要经过这项检查。经过这样一番折腾，有人开始沉不住气了，不但怀疑别人得上了霍乱病，连自己也觉得有些不对劲儿了。只有王二虎等少数几个身体强壮的人无动于衷，神情里透着少有的坦然。在王二虎想来，就算所有的人都被霍乱病缠上了，自己也会幸免于难，所以当别人都在恐慌不安地互相打量时，他和那几个人则闭上眼睛打瞌睡。但是母亲心里越来越有些发慌，凭着多吃了几年盐碱土的生活经验，她觉得事情不会那么简单。在这之前，谁也没听说过这一带有人得上过霍乱病，怎么现在日本人忽然盯上了他们？尽管她还意识不到这是日本人的阴谋，却本能地觉得灾难在像乌鸦一样从远处朝他们飞来。

没过多久，所谓的检查结果便出来了。事实证明，母亲的预感是多么准确有效，而王二虎他们又是多么大意无知。日本人拿着一份像是化验单的纸张，一个个念着上面的名字，凡是被念到名字的人，都被关进一间屋子里，日本人把这样的行为叫作“隔离”，照他们的说法，是为了防止那些人把霍乱病菌传染给没有念到名字的人。那间屋子不仅墙壁结实，而且门窗上都围着一层铁丝网，很显然，只要被关进了那间屋子，就别想再到外面来了。就像母亲担心的那样，王二虎和那几个身体强壮的人都被念到了名字，而她和另外一些年老体衰的人却被排除在名单之外。这样的结果不能不让母亲他们怀疑，日本人检查霍乱患者为假，迫害这些具有暴力能量的人是真。日本人一边念名字，一边冲上来，把王二虎那些上了名单的人架起来，不由分说往那间屋子里塞。可怜王二虎还没有从迷茫中反应过来，便被那些凶神恶煞的日本人关进了屋内。

因为关进屋内的人是外面那些人的亲属，把他们的儿子或者丈夫丢在那间可怕的屋子里，尽管日本人不住地驱赶，母亲和那些亲属们都不肯离开那个村子，而是一连好多天都待在屋子周围，隔着铁丝网和里面的亲人说上几句话。为了尽可能近一些地看到儿子的面容，母亲太过靠近铁丝网了，好几次自己的手都被铁刺扎出了血来。娘，平时对什么都满不在乎的王二虎也开始慌怕起来，每次看到母亲，都哭丧着脸叫喊，我还能出得去吗？面对儿子这样的问题，母亲尽管知道答案是什么，却不敢明确回答一句话，生怕自己说错了什么，会让自己更加强烈的预感变成可怕的现实。

为了消灭这些所谓的霍乱病患者，日本人不给他们提供像样的食物，每天都只送进去一点点儿清水，不至于让他们立刻死去。没过多少日子，王二虎他们就变得皮包骨头了，即使把他们从屋子里放出来，他们或许也不能到别的地方去了。外面的人因为不肯离开这间屋子，也找不到什么食物，身子也很快支撑不住了。这些没病的人也变成了名副其实的病者，像里面的人一样要迎接那个无比恐怖的结局了。不到半个月的时间，屋子里和屋子外的人便开始陆续死去，几乎每一天都有人倒下，咽下了生命的最后一口气。如果里面和外面的一家人同时死去就好了，但事情不会就这么凑巧，往往是里面的亲人死了，外面的亲人还活着；或者里面的亲人还活着，外面的亲人却死了，这样活着的人便会因为亲人的死去而悲伤万分，便盼着自己也能快些死去，好去九泉下追赶那个走在前头的亲人。一天里的大多时候，都有恐怖如鬼的叫声在屋子内外响起，像是地狱因为承受不了他们的苦难而裂开了口子一样。除了这些可怕的声音以外，还有一阵阵难闻的气味弥漫在屋子内外，像厚重的阴云一般笼罩在人们头上。因为所谓霍乱病菌的缘故，死在里面的人不许弄到外面来，便只能在屋子里腐烂掉。也就是说，屋子里那些还没有死去的人是和已经死去的人待在一起的。外面的人死了也没人管，大多数人都没有了站起来的力气，哪里还顾得上死人，也便只能眼睁睁地看着死者一点点儿腐烂掉。而那些日本人由于戴着防毒面具，闻不见死人的气味，自然更不会管这些与他们的职责不相干的人的事了。那些日子正赶上夏日里最炎热的天气，在明亮日头的暴晒下，那间屋子的周围简直变成了一个连嗜脏的苍蝇也不敢靠近的人间地狱。

王二虎是最后一个死去的。临死前，王二虎还把手伸出门板缝隙，做着到屋子外面来的梦想。娘呀，他用残存在体内的微弱力量叫喊着，我没有得上霍乱病，我不是霍乱病人……母亲想告诉儿子一声，儿啊，娘知道你没有得上霍乱病，你不是霍乱病人。但她的力气也快要耗尽了，尽管叩动着喉咙叫喊，却没有什么声音发出来。儿啊，母亲只能在心里对他说，娘对不起你……其实她又哪里知道自己到底什么地方对不起儿子，她只是满心觉得，自己这样在儿子的叫声里看着他死去，是自己这一生中最大的罪过。儿子的叫声终于停止了，母亲知道，屋子里的人都死光了。于是，她也便闭上眼睛，期待着自己也快快死去，好去地狱里追赶儿子还没有走远的身影。

日本人以防止霍乱病菌蔓延为由，开动火焰喷射器，让炙热的火焰包围了那间屋子。母亲没有睁眼，却听见在熊熊燃烧的火焰中，她的儿子和那些已经变成鬼的人发出撕心裂肺的叫声。这些王八操的日本鬼子，她在心里无声无息地咒骂，他们都变成鬼了你们还不放过……一切都化成了灰烬，一切都走到了尽头。母亲躺在那些腐烂的尸体中，以为自己肯定是死去了。她甚至在一次次朝她袭扰的死亡幻觉中，看见了儿子的亡灵，看见儿子的亡灵因为日本人的火烧而飘荡着轻烟……

但母亲并没有真的死去，当她被从远处赶来的八路军战士从死亡的边缘救起来的时候，她已经剩下最后一口气了。这支与袁庆斌率领的八路军没有直接隶属关系的队伍围歼了那支日本防疫部队，打死了所有戴着防毒面具的日本人，最后在打扫战场时，从死人堆里救起了这个还剩最后一口气的老女人。大娘，一个年轻的小战士摇晃着她的身子，用愧疚的口气对她说，我们来晚了……

听完母亲的诉说，王小羊在为二哥的死去悲伤不已的同时，也马上意识到，日本人又在耍一个他们已在李庄见识过的鬼花招，意在向世人掩盖他们即将实施霍乱细菌屠杀计划的罪恶阴谋。不幸的是，二哥王二虎成为了这个阴谋的牺牲品，母亲也差点儿葬身其中。狗日的小日本，王小羊攥起拳头，朝着远处使劲地挥舞，我与你们不共戴天！

你说，母亲摇晃着他的身子，你二哥到底是不是霍乱病人？

不是，王小羊毫不犹豫地说，当然不是。他继而告诉她说，不光我二哥不是，那些死去的人都不是。

可他们为什么要杀害他？母亲还在困惑地往下追问，他们为什么要杀害那些老实巴交的人？

也许正是因为他们太老实巴交了，王小羊在心里说，日本人才能这样肆无忌惮地杀害他们。他无法把日本人的阴谋真相告诉母亲，不要说母亲这样大字不识的人，就是像任晓轩、袁庆斌那样在国共两党里担任一定职位的人，也未必就能相信这个说法，就能意识到这是日本人精心设置的一个陷阱。日本人这一招真是太毒辣了，王小羊不能不叹服这个计谋的设计者，他们要实施不能为世人所知晓的霍乱细菌武器作战，却打着检查霍乱病菌流行的幌子故意把相关消息散布出来，一方面让根据地人民丧失对这件事的警惕性，一方面把他们对根据地人民犯下的罪恶掩盖起来。连王小羊自己也没有想到的是，他竟然在毫无准备的情况下知道了这件事的真相。但不幸的是，他却不能让其他人相信自己的说法，不能让根据地人民让家乡的父老躲过这场可怕的灾难。

王小羊仰起头，望着已经开始发黄的树叶，明白炎热的夏天即将过去，阴凉的秋季正在到来。情报上说，日本人要在秋天实施这场屠杀计划，从母亲和二哥他们的遭遇来看，日本人或许已经开始付诸行动了。王小羊觉得不能再等待下去，哪怕还有最后一丝希望，他都不能放弃自己的努力。那么，这丝最后的希望是否还真的存在呢？所有能想到的方法差不多都想到了，所有能利用的力量差不多都利用了，在实在无可奈何的情况下，王小羊不禁想到了杜宇飞。虽然杜宇飞是一个帮助日本人做事的汉奸，但他毕竟是一个中国人，王小羊不相信他连一个中国人起码的良心都失去了。再说他们一向关系良好，从前些日子他对自己的帮助来看，王小羊觉得这个关系还有一些可以利用的价值。就算杜宇飞不能帮助自己，到他那里走一趟也不是完全没有必要，谁让自己已经走到山穷水尽的地步了呢？

王小羊陷入了冥想中，一时间忘记了母亲的悲伤和焦虑。你二哥被他们祸害了，母亲抖动着止不住的眼泪说，我就把活着的念想放在你和你大哥身上了，可回到家来，不但你爷爷已被日本人杀害了，你大哥也找不到了，村里的人都说，他已经变成了疯子。为了找他的大烟吸，他不知游荡到什么地方去了……

说到这里，母亲用力摇晃他的身子，你快去找你大哥吧，我不想让他像你二哥一样死在外面，小羊你快去把他找回来吧。

王小羊不能再让母亲沉浸在这种看不到尽头的悲伤中，赶紧答应她说，好，我这就去把他找回来。说罢，他就掉转身子，迈着极其疲惫的脚步，又一次走出了家门。在整个村子里找了一圈，他便知道自己对母亲所说的“把他找回来”的说法很难如实兑现了。村子的每个角落都没有王大牛的影子，村里的人告诉他，已经很多日子没有看到过他了，凭着他半疯半癫的痴傻样子，就是真的把他找回来，怕是也可能不是一个活的人了。听到这种说法，王小羊再次陷入深深的自责中，那天如果不是自己把他丢下，大哥又怎么会消失不见了呢？母亲已经失去了一个儿子，难道还要再失去一个吗？想到母亲难以承受的悲伤，王小羊不敢再找下去了，他真的害怕自己找到的不是一个活人，而是一具快要腐烂的尸体。不要找了，王小羊望着远处灰蒙蒙的原野，在心里告诫自己说，没有他的消息，也就还有一线他活在世上的希望，就让母亲守候着这线虚幻的希望生活下去吧。

但王小羊不知道该怎么回去向母亲交代，再加之要见到杜宇飞的想法更加强烈地左右着他，便没有再回家去见母亲，而是转身往村外的远处走去，往杜宇飞所在的聊城市区的方向走去。王小羊想不到，或者说他忘记了想到，自己这一去，不但使可怜的母亲失去他的两个儿子，还可能同样失去他的第三个儿子。当然，王小羊此后也没有再见到他的母亲，也就是说，母亲或许已经先他离开了这个不堪的人世。

32. 与虎谋皮

去往聊城市区的路上，正好经过杜宇飞的家乡杜家屯，为了能够得到杜宇飞更多的消息，王小羊顺便来到杜家，见到了杜宇飞的家人。

王小羊和杜宇飞两家的关系是这样，王小羊的爷爷和杜宇飞的奶奶是亲生兄妹，到王小羊和杜宇飞这一辈，两个人虽然还称得上是表兄弟，按照一般的亲戚关系来说，已经算不上多么亲近，有些人甚至不再走动这门亲戚了。但具体到王小羊和杜宇飞却又有些不同，或许是因为杜宇飞小时候来到王家庄读书的缘故，严格说来应该是爷爷的学生，杜宇飞便对王家怀有不同一般的感情，加上又和王小羊是同窗，两个人曾经在一条炕上通腿睡觉三四个年头，自然就更加深了彼此的感情。此外还有一个不可忽视的因素，那就是他们都是爷爷的得意门生。既然说到了“得意”二字，那就肯定表明二人的学习成绩都是非同凡响了。尤其是杜宇飞，是他们那些人里的佼佼者，每次考试都拔头筹，照爷爷老旧的说法，如果还继续实行科考，杜宇飞肯定会是一个未来的状元。正因为杜宇飞如此出色，王小羊便自小喜欢和他在一起，有什么好吃的东西都偷着送给他吃，也正因为这一点，两个人的关系便显得格外要好。后来王小羊阴差阳错去济南上学，才与杜宇飞分开了。但让他没有想到的是，这个当年如此出色的表兄弟，竟然当上了为人所不齿的汉奸，这到底是怎么回事呢？王小羊来到杜家屯，也就是想通过他的家人来更多地了解一些他的情况。

杜宇飞的奶奶还在，按照亲戚关系，王小羊要称呼她为姑奶奶。姑奶奶一见王小羊，高兴之余，也便自然想到了他的孙子杜宇飞，没说上几句话，就主动说到了他的事。这也是王小羊来这里的目的，所以两个人的话题就落在了杜宇飞当汉奸这件事上。

丢人呢，姑奶奶一说到这件事，就止不住唉声叹气。他这么一闹腾，不光老杜家的脸被他丢尽了，连咱们老王家也跟着他被人戳脊梁骨。说到这里，她的眼里流出了混浊的老泪，自从他给日本人做事以来，我就没有再回过一次王家庄，生怕被老街坊们问一句，你这个汉奸家属怎么还有脸回娘家来？你说我该怎么回答呢？

他们，王小羊咽了一口唾沫，虚伪地安慰她说，他们哪里会这么问你。

怎么不好意思问我？姑奶奶打断他的话说，这个屯子里的人就不止一次问过我。有时他们把我堵在街上，非要我给他们一个说法不可，可我哪里又能给他们什么说法？唉，搞得我连街上都不敢去了。这不，夏天都已经过完了，我还没有出过一次院门呢。

那表哥为什么去给日本人做事呢？王小羊按着自己的思路说，莫非他被日本人收买了？或者说他是被日本人逼迫的？

才不是呢，姑奶奶摇摇头说，日本人没有给过他什么好处，也没见那些人来吓唬过他。

那还有什么原因呢？王小羊越发困惑起来。

说起来这事倒也简单，姑奶奶重重地叹口气说，实话对你说吧，都是他自己上赶着去当那个汉奸的。

什么?! 王小羊心里一惊，随即便更加不解了，他怎么可能主动去当汉奸呢？

我就知道说出来你也不信，姑奶奶眨巴着红肿的眼睛说，开始家里人也都不相信，可事情偏偏就是这个样子的。她望着屋外的远处，一边极力回想一边说，那几天，他像着了魔似的往外面跑，看见他行踪的人来给我们说，小飞是到城里的日本人那里去了。我们哪里相信他们的说法，可几天过后，他突然当着全家人的面宣布说，从今以后，我就开始为大日本帝国办事了；不管你们同意不同意，我都是大日本帝国在聊城办事机关里的一员了。没错，他就是这么说的，一口一个大日本帝国，说得别提多么甜，好像那个大日本帝国就是他亲爹似的。听了他的话，我们全家人都呆住了，过了好长时间都反应不过来。后来还是他爹先醒悟过来，摸起一根棍子就朝他腿上打去。小兔崽子，他爹咬牙切齿地骂他，我先把你的腿打断，看你还怎么去给大日本帝国办事！他爹从来没有骂过他，那天可真急了，头一次朝他发火，还要打断他的腿……

听着姑奶奶的诉说，王小羊简直以为她是在讲述别人的事，根本与杜宇飞无关，因为根据自己对他的了解，这些令人不可思议的场面是不可能由他制造出来的，那个由于刻苦努力而饱读诗书的出色人才怎么可以做出这样丑恶的事来？难道是姑奶奶老糊涂了，在有意无意地糟蹋她自己的孙子不成？这当然也是不可能的，就算姑奶奶的话里有水分，她总不会把一个优秀青年刻意说成一个汉奸败类吧？何况杜宇飞当汉奸的事实早就摆在世界上了，还用得着他奶奶来丑化他吗？

每次他从聊城回来，姑奶奶继续伤心地说，家里的人都不搭理他，街上的人更是变着花样说他的坏话，别说什么光宗耀祖了，简直像个过街的老鼠差不多。他还有些不甘心，每次都在嘴里嘟囔着说，等着吧，早晚有一天，你们会理解我的，到时候你们就会仰起头来看我了。可那一天什么时候到来呢？怕是他心里也没什么底呢。

王小羊也不禁摇起了头，真是没有想到，那个曾经人见人爱的年轻人竟然变成了一个让人讨厌憎恨的人，到底是什么原因促使着他发生这样巨大变化的呢？王小羊掉转头，又一次望向杜宇飞所在的聊城市区的方向，真想大声朝他发问一句，你为什么要积极主动地去当汉奸？是什么原因让你做出这种具有颠覆意义的选择的呢？看来解铃还须系铃人，要想弄清楚这件事，还需要尽快见到杜宇飞，让他当面给自己说个清楚。

两个人正说着话，忽然院门一响，一个年轻的女人背着一捆干柴走进来。王小羊不知道她是谁，好像姑奶奶家里没有这样一个女人，但看她走进来的架势，也不像是进错了门的样子。

姑奶奶似乎知道他在想什么，朝那个女人努努嘴说，你表嫂回来了。

表嫂？王小羊不免一愣，脑子里急快地想了一下，才猛地回过味来，姑奶奶说的“表嫂”想必是表哥的媳妇，原来杜宇飞已经结婚了？他不禁张大了眼，在那个女人也就是表嫂身上多看了几下。

表嫂是个淳朴的女人，个子有些高，脸色黑黑的，浑身上下透着一股健康的气息。她在院角里放下背上的干柴，抹了把脸上的汗，在从堂屋门口经过时，目光从王小羊脸上扫了一下，便低下头，匆匆朝偏房里走去。

唉，姑奶奶又重重地叹了口气，说起来，小飞那个王八蛋也对不住你表嫂呢。这才把媳妇娶进门来不到半年时间，他就撂下人家，一个人跑到日本人那里去了。先前好歹还回来住上一宿半夜的，后来就当天往回返，再后来干脆不回家来了。这不，都两三个月看不到他的影子了，害得你表嫂一个人在屋里守活寡。你说，这不是坑人家吗？

听了姑奶奶的话，王小羊禁不住探出头，往偏房的门口看了一下。表嫂已经进到屋里去，并且关上了门板。本来王小羊还没有结婚，应该想不清楚表哥和表嫂的婚姻到底是怎么回事，但他毕竟也是在女人也就是林美娜身上有过性爱经验的人，尽管它稀少得那么可怜，却还是不难想象表嫂在黑夜里独守空房的情景。这一刻，王小羊不但想到了林美娜，还想到了潘秀兰……也许表哥不大满意表嫂吧？他不知为什么突然说出了这样一句话。

小点儿声，姑奶奶示意他不要再说下去，先前我们倒是没看出这个来，自从小飞到了日本人那里，他就……她向王小羊身边凑凑，压低着声音说，街上的人都说，小飞是让日本女人给迷住了，这才对你表嫂没大兴趣了。

什么？王小羊又有些吃惊，表哥在外面有了日本女人？

那些乱嚼舌头的人都这么说，姑奶奶叹口气说，我们也搞不清是真是假。

表嫂相信是这么回事吗？王小羊又朝屋外看了一眼。

她信不信都由不得她了，姑奶奶无奈地吧嗒着嘴说，前一阵子她爹还来闹过一回，要把你表嫂领回去，还当着全屯子的人说，就让那个汉奸和那些下贱的日本女人鬼混去吧！他们再也没有我们老杜家这门亲戚了，要不是你表嫂执意不回去，兴许我们两家的关系就真的断了呢。

看起来表嫂并不怨恨表哥？王小羊试探着说。

你表嫂倒是还没有……姑奶奶摇摇头说，可你表哥那里，明摆着这是越来越冷淡她了。如果他真在外面和一个日本女人拉扯着，时间长了可怎么是好呀？说到这里，姑奶奶极度伤感起来，原本这是多么和顺的一个家，可自从你表哥……这日子该怎么往下过呀？

听了姑奶奶的话，想着表哥选择的那条邪路，还有他和表嫂之间那些说不清楚的事，不知为什么，王小羊又止不住想到了肖力贵和小翠，想到了潘秀兰和耿大壮，甚至想到了任晓轩和小凤，想到了李青石和晒红米，当然更想到了林美娜和他自己……王小羊摇晃头颅，尽力把这些乱七八糟的念头驱除掉，要去找到杜宇飞的欲望更强烈了，只有见到了他本人，这些让自己倍感困惑的问题或许才能得到解决。当然，他见到杜宇飞的主要目的还不在这里，而是求得他对自己那个任务的帮助。但听了姑奶奶这些话，王小羊又没有了任何把握。杜宇飞是这样一个死心塌地为日本人效力的人，会为自己提供像样的帮助吗？

王小羊想赶快到聊城去，但姑奶奶告诉他，前些日子，杜宇飞已经离开聊城，被日本人派遣到临清去了。杜家屯距离临清还有一百多里路，无论如何他都赶不到那里去了，只好听从姑奶奶的安排，在杜家住了一夜，第二天一早上路去。

这一夜，王小羊是在自己和杜宇飞小时候住过的屋里睡下的。他一时没有困意，便从炕上爬起来，在屋里四处走动，无意间在窗台上看到一个发黄的本子，拿到手一看，竟然是一本用毛笔抄写的《三字经》。一看到上面熟悉的笔迹，他便认出是出自杜宇飞的手。一时间，他眼前又浮出了他和杜宇飞一起跟随爷爷学习的情景。他把本子捧到油灯下，一句一句慢慢诵读起来：人之初，性本善。性相近，习相远。苟不教，性乃迁。

直到过半夜了，王小羊才有了些睡意，没有上炕去，坐在椅子里就睡着了。他做了一个梦，看见自己和杜宇飞坐在一起学习，给他们上课的当然是爷爷了，学习的课程也是最为他们所熟悉的《三字经》。学着学着，他和杜宇飞就打起架来。他们抱在一起，想尽办法把对方摔倒，但他们都使出了浑身的力气，还是不能战胜对方。爷爷跑过来，想把他们拉开，可想尽了所有的办法，也没有成功分开他们。接下来出现的场景让王小羊觉得不可思议，他和杜宇飞突然甩开了对方，居然把注意力转移到爷爷身上去了。两个人一起抓住爷爷，只稍稍使了一点儿力，就把年迈的爷爷摔倒在地。你们这两个王八羔子……爷爷在地下挣扎着说。王小羊醒过来的时候，还觉得心里愧疚得不行，他和杜宇飞怎么能和爷爷打架呢？

在接下来的时间内，王小羊虽然躺在了炕上，但却再也睡不着了，便瞪着两眼盼望天亮。就在这时候，他听到了一阵隐约的哭声。开始他以为是自己听错了，那些时断时续的呜咽声并不是真的哭泣，而是屋外树梢上刮过的风啸。但渐渐地，他就知道自己并没有听错，那些饱含着哀怨和绝望的声音的确就是哭声，尽管他还不知道它们的来源，却凭着本能就判断出，那一定是从表嫂嘴里发出来的。他甚至能想象得出，表嫂一个人躺在空荡荡的大炕上，面对着看不见边沿的黑暗，把自己的一个拳头抵在嘴边，让就要撑破胸脯的委屈和苦恼从口腔里放出一点点儿。表嫂，王小羊在心里对她说，我明天一定要见到表哥，帮你问个清楚明白。

第二天，当王小羊走出屋门时，表嫂已经在厨屋内生火做饭了，而且从她脸上看不出任何失眠哭泣的痕迹。王小羊吃过她做的早饭后，就告别姑奶奶和她的家人，走上了去往临清的路途。经过一片小树林的时候，突然从一棵树后闪出一个人，定定地站在他面前。王小羊吓了一跳，仔细一看，这个拦住他去路的人竟然是表嫂。他不禁有些意外，表嫂怎么会出现在这里？看她欲言又止的样子，想必是有什么事。

其实表嫂并没有和他说过一句话，只是从姑奶奶嘴里知道他要去找杜宇飞，所以便抖着胆子来这里等他。兄弟，表嫂动了一下嘴唇，鼓着很大勇气对他说，你帮我一个忙好吗？

帮忙？王小羊有些不明白她的意思，我能帮你什么忙？

你帮我给你表哥捎去一样东西，表嫂从衣襟下掏出一个烟荷包，抖抖地递到王小羊手里，前些日子我就给他绣好了，可我一直没有机会……她不好再说下去，慢慢低下了头。

王小羊以为这是一个普通的烟荷包，但听了她“绣好了”的话，便仔细朝它打量。原来烟荷包上用丝线绣着两只戏水的鸳鸯，虽然针脚尚显粗糙，但表嫂向杜宇飞表达的情意却是显而易见。好吧，他把烟荷包装在衣兜内，郑重其事地对她说，我一定把它交到表哥手里。

表嫂抬起头，有些感动地看他。兄弟转告你表哥一声，她又叮嘱他说，如果能抽出工夫，就回家来一趟，奶奶和父亲……都想他……话没说完，她的脸面就涨红了。

王小羊当然知道她没有好意思说出的话，不禁也有些感动。嫂子尽管放心吧，他再次向她保证说，我会把你的意思说给他的。

那就谢谢兄弟了，表嫂说着还给他鞠了一躬。

王小羊不知道该怎么向她回礼，便只是摆摆手，就转过身去，再次往大路上走去，因为有了这个女人的嘱托，他的脚步不由得迈得更大了。表哥，他在心里对杜宇飞说，不管你到底为什么走上汉奸的道路，也不管你究竟能不能帮上我的忙，我都一定要找到你，让你给我一个能够让我信服的说法。

经过多半天的行走，日头快要落山的时候，王小羊看见了临清城的影子。民国时期，临清是山东第四行政督察专区，日本进占华北后也便沿袭了这一行政区划，派重兵在临清驻防，加之临清是连接河北和山东的交通要道，地理位置尤为重要，日本侵略军、国民党留守部队和共产党八路军都对这个地方格外重视。王小羊来到城门口时，尽管天还没黑，但城门却快要关闭了。守门的日军士兵看他灰头土脸的样子，知道他是远道而来，便让一个穿黑衣服的伪军士兵对他严加盘问，并亲自上来搜他的身。王小羊早有准备，把所有他们问到的问题都提前想好了，身上除了那个烟荷包，更是没有携带任何多余的东西。日军士兵见他没有什么可疑的地方，便摆摆手，让那个伪军放行了。

进了城以后，王小羊却不知道往哪里走。杜家的人告诉他，杜宇飞是在一个叫“宣抚班”的机关里供事。王小羊搞不清宣抚班在什么地方，一连问了好几个路人，也没有得到答案，不知那些人是不知道，还是知道却不告诉他，都摇摇头便匆忙地离去。天就要黑下来，王小羊有些心急，一转身看见一个卖豆腐脑的男人在盯着他看，似乎有什么话要对他说。他心里一动，便走到那人的摊子前，没有问他宣抚班的事，却买了他一碗豆腐脑，站在摊子前狼吞虎咽地吃。这时他真的感到肚子饿了，再说这里的豆腐脑也别有一番滋味，便吃得特别痛快。他准备吃完了再向摊主打听宣抚班的事，东西都买了他的，如果他知道的话，便没有理由不告诉自己。

王小羊还没有把那碗豆腐脑吃完，摊主却主动问他说，小兄弟是不是在找宣抚班？不瞒你说，刚才你问那些人的话我都听到了。王小羊心里一喜，明白这个人一定知道宣抚班在什么地方了。他的预感没错，还没有聊上几句话，摊主就把宣抚班所在的地方指给他了，你沿着这条街往前走，拐过弯就看见一个大院子了，那就是日军警备队所在的地方。我们这里的人把那个院子叫作“红部”，你要找的宣抚班大概也在那里。王小羊的头皮有些发紧，如果宣抚班真的和日军警备队住在一起，那自己要找到杜宇飞也就绕不开日军警备队了。

王小羊稍稍犹豫了一下，还是迈开沉重的脚步，沿着摊主指给他的方向走去。既然已经来到了临清城里，就不要再惧怕那些日本人，再说，如果他在街上待的时间长了，引起日本人的注意，恐怕更要惹麻烦呢。守卫警备队的日军士兵听说他找宣抚班的杜宇飞，不仅没有盘问他，在他往院落里走的时候，还朝他打了一个敬礼。这让王小羊感到不小的意外，紧张的心才有些放松下来。看来杜宇飞在这里还是个不一般的角色呢，他在心里对自己说。

王小羊在一幢偏房里找到杜宇飞时，天色差不多黑下来了。此时，杜宇飞正在他的办公室里，和他的一名手下聚在电灯下，对着一幅宣传画指指点点。由于他们背对着屋门，王小羊走到他们身后了，杜宇飞还没有发现他的到来。表哥，王小羊轻轻叫了他一声。

杜宇飞听到他的动静，回头看了他一眼，好像一时没有认出他来，还以为进来的是另外一个人，想掉回头去继续看那幅宣传画，这时才突然意识到来人是谁，一时呆住了，脸色禁不住有些发白。那个和他站在一起的人也朝王小羊看。杜宇飞很快反应过来，努力朝那个人笑了一下，我这里来客人了，你先把画放在这里，我晚上再看一看，你去吃饭吧。那人要往外走，又问了他一句，要不要我把饭给你们打来？杜宇飞摆摆手说，不了，待会儿我们就回家去，其他事你就不用管了。那人客气地朝王小羊点了一下头，便急忙走出去了。

那人一走出去，杜宇飞便飞快地关上门板，低下声音对他说，你怎么到这里来了？他的样子有些急，好像王小羊来的不是地方或者不是时候。王小羊还没有回答他的话，杜宇飞又追加上一句，你知道你来到了什么地方吗？

知道，王小羊不假思索地说，日本人的警备队。

知道你还到这里来？杜宇飞用指关节敲了一下桌子，你忘了日本人在到处找你？到人家的警备队里来，你这不是自投罗网吗？

没有那么严重吧？王小羊自己坐在了一把椅子里，找我的那些日本人都在聊城。再说，出卖我的肖力贵已经被八路军处决了，临清这边的人谁会认出我来？只要你不去告发我就没事。说到这里，他还故作轻松地笑了一下。

杜宇飞呆呆地看着他。真是想不到，他吧嗒了一下嘴说，你竟然比我还沉得住气。他也想坐下来喘口气，但只是让屁股在他对面的椅子上碰了一下，又马上站起来。不行，他使劲摇着头说，还是别大意，要是万一被他们……他简单地收拾一下东西，便带头朝门口走，走，我们回家去。

回家？王小羊有些不明白他的意思。

回我住的地方。杜宇飞解释说，并把那幅宣传画夹在腋下。

王小羊这才站起身，跟在他后面出了屋去。杜宇飞领他来到街道上，在转了两个弯后，停在一家住户的门前。杜宇飞掏出钥匙，径直去开门上的锁。王小羊好像才明白过来，原来这就是他所说的家。看来他在日本人这里的确混得不错，竟然都有了单独的住处。这个普通的院落虽然不大，但正房之外两边都有偏房，杜宇飞一个人住在这里可算是绰绰有余了。因为天黑，王小羊也看不清四周的景象，便跟在杜宇飞身后直接进到了屋里。灯光亮起来后，王小羊不禁瞪起眼睛，有些好奇地四处看起来。

你找什么呢？杜宇飞纳闷地看着他说。

王小羊回过身来，装作漫不经心的样子说，就你一个人住在这里？

可不就我一个人，杜宇飞摊开两手说，我想让家里的人来这里，他们也不来呀。

王小羊知道他说的“家里人”是指姑奶奶和表嫂她们，便更加迷惑，莫非那些有关他和日本女人来往的话都是空穴来风？其实杜宇飞并不像人们想象的那样腐化堕落？他不禁松出口气。在他的心愿中，其实是不想看到那些传言被坐实的，毕竟他还是对杜宇飞怀抱着诸多的希望。他没有说什么，只是把衣兜内的那个烟荷包掏出来，递到他手里。

是她让你捎来的？杜宇飞接到手里，有些意外地翻看了一下，就把烟荷包扔到桌子上，这么说你是从我家里来的？

看到他如此轻慢那只烟荷包，王小羊心里有些难以接受。这可是嫂子专门为你绣的，你就不好好看一下？

有什么好看的，杜宇飞摇摇头说，我已经不吸烟了，她却还……他苦笑了一下，脸上有些落寞的神色说，没有文化的女人无论如何也走不到你心里去。

王小羊呆呆地看着他，一时不知道该说什么好。如果那些传言有一天变成了现实，他在心里对自己说，看来也并不是什么奇怪的事。想到这里，他忽然对表嫂如此深情地对杜宇飞充满了期待感到有些冤屈。到底是哪里出了错？他继续问自己。他闭紧了嘴巴，没有把表嫂让他捎来的那些话说出来。

杜宇飞把穿在外面的军服脱下来，挂在门后的墙壁上。王小羊注意到，他军服的袖子上套着一只白色的袖章，上面用红颜色写有“大日本军宣抚官”字样。杜宇飞进到厨房里做饭去了。王小羊在屋内看了一圈，目光又落在他带回来的那幅宣传画上，便走过去，仔细地打量起来。他不看不知道，一看才知道，这是一幅内容极其反动的宣传画，上面画满了中日两国的人，前面几排是中国人，一个个手挽着手，做出意气风发往前行走的架势；后面几排是日本人，从他们排布的强大阵势看，给人一种坚强后盾的感觉。上面所有的人都红光满面，脸含笑容，一派欢乐祥和的幸福神态，好像这些人根本没有受到战争的伤害，而是在尽情地享受和平的美好时光。更加让王小羊感到愤怒的是，这些人的头顶上还飘扬着一幅幅彩色的标语，上面的中文口号是：中日满提携，东亚共荣，铲除赤化，华北和平……

王小羊实在看不下去了，刚掉开头，正好见杜宇飞走进来，便用略带讥讽的口气问他说，这是你的作品吗？他想起来，杜宇飞曾经也像自己一样喜欢画画。

是在我办公室里的那个人画的，杜宇飞大约也听出了他话里的讽刺意味，便也问他说，怎么，这幅画画得不好吗？

你见过这么幸福的中国人吗？王小羊遏制不住地问他，如果真要把中国人的遭遇画出来的话，他在那幅画上比画着说，那些悬在人们头顶上的就不是什么标语，而是飞机、炸弹……

杜宇飞摆摆手说，看来你对这幅画理解错了，人家画的根本就不是什么现实，而是一种理想，是对日本人统治下的中国做一种美好的畅想。

你觉得它们能实现吗？王小羊也打断他的话说。

尽力吧，杜宇飞郑重其事地说，不管实现不能实现，我都要尽自己的力量。再说了，如果我们不尽力，再好的理想也无法变成现实。

所以你就为虎作伥？王小羊在心里朝他发问，所以你就当可耻的汉奸？他当然没有把这些充满火药味的话说出来，就算不来求他帮助自己，仅凭杜宇飞的表哥身份，他暂时也不能说这些斥责他的话。看来你日常干的就是这些事了？他突然明白了，所谓“宣抚班”，大概就是通过有利于日本人的宣传，来安抚他们铁蹄占领下的中国人心吧。

没错，杜宇飞点点头说，我日常的工作就是围绕这些事开展的。说到自己的工作，他的话忽然多起来，不管王小羊愿意不愿意听，他都津津有味地向他讲起有关宣抚班的一些事来。原来，日本人除了正规的部队以外，还在各占领区设有宣传安抚机构，这便是所谓的宣抚班，以便于对人们开展奴化教育。宣抚班的班长非日本人莫属，其余的宣抚官则招募中国人充任。华北的宣抚官大多来自东北也就是日本人所说的满洲国，像杜宇飞这样的当地人是很少见到的。宣抚官中的日本人属于部员级别，其他中国人基本都是雇员。杜宇飞由于在聊城干得出色，便在调来临清开辟工作的同时，也被特意提拔成了部员。说到这里，杜宇飞的脸上浮满了熠熠的亮色，神情中也透出了少见的得意。他说，像我这样受到如此重用的当地宣抚班部员，你就是走遍整个华北怕是也找不出第二个来了。

通过杜宇飞的讲述，王小羊还真知晓了一些有关宣抚班的知识，也对他来到临清的经历有了一些了解。但对于那些让他感到自豪的事情，王小羊却没有丝毫的认同。这只能说明你为日本人卖了更多的力气，他在心里对他说，也意味着你这个汉奸当得更加合格了。

杜宇飞正说到高兴处，忽然又想到了做饭的事，赶紧又跑出去。过了一会儿，他端着两盘冒着热气的菜肴进来，放在桌子上，然后打开一个柜子去拿酒。王小羊凑到桌子前去看，两盘菜肴分别是猪头肉和炒辣椒，都是他很久没有吃过的了。杜宇飞从柜子里拿出一瓶酒，很神秘地朝他晃了两下。这是我刚刚弄到的一瓶日本清酒，他微笑着说，你来尝尝吧。

什么？王小羊一愣，日本清酒？

是呀，杜宇飞显摆地看他一眼，你没有喝过吧？那今天我们就好好地……

王小羊毫不客气地打断他的话，我不喝日本人的酒。

为什么不喝？杜宇飞反问他说，你不知道，这日本人的酒可是比我们……

王小羊再次截住他的话说，就算日本人的酒再好喝，我今天也不会喝它一滴。

杜宇飞定定地看着他，终于感觉到了他脸上不一般的郑重神色，明白自己不该再坚持下去了，便只好妥协说，好吧，不喝就不喝。他把那瓶酒小心地放回到柜子里，嘴里仍然不甘心地嘟囔，还在日本人的学校里上学呢，竟然……他摇摇头，又从床底下拿出一瓶中国酒，这是我们当地人常喝的东昌老烧，喝这个总没有什么问题吧？

王小羊没有再说什么，坐到他对面的椅子里，拿起筷子来开始吃菜。他真担心在他所做的菜里也吃出日本食物的味道来。

杜宇飞给他和自己分别斟上酒，并把杯子推到他面前，来来，我们兄弟在这兵荒马乱的年头见上一面，也实在是不容易，喝上一杯。

见他说得也不乏真情，王小羊无法再推辞，便只好端起酒杯，和他边吃边喝起来。在王小羊的印象里，杜宇飞过去并不是一个豪爽善饮的人，但现在却完全不同了，不仅话说得十分稠密，酒也喝得分外畅快，一看就是一个见过了世面的人。相比之下，王小羊倒显得有些局促起来，好像他不是从省城济南而来，而是一个从来没有离开过老家的乡下人。

杜宇飞还记着刚才的那点不愉快，接下来所说的话便有些不大对劲儿。你是不是觉得我已经向日本人缴械投降了？他乜斜着王小羊说。

难道不是这样吗？王小羊不想和他抬杠，便在心里回答他说。

杜宇飞看出了他的意思，伸手在他肩上拍了一下。其实我们是半斤对八两，他忽然大笑起来，谁也不要再说谁了，好吗？

什么意思？王小羊不明白他的话。

我们做出的选择实际上并没有什么差别，杜宇飞眨巴着被酒精烧红的眼睛说，你在日本人的学校里念书，我在日本人的机关里供事，干的都是同一种性质的差事。说到这里，他的眼睛里流露出一丝羡慕的神色，要说不同，那无非就是你的前程更为远大。

我有什么远大的前程？王小羊觉得他的话难以理解。

不用对我打什么掩护，杜宇飞摆摆手说，我从日本朋友的口里也打听过你们那个学校的情况，知道你们学到了一定程度，就会被派到日本去留学，将来最次也能当上日本人的翻译官。你说，这还不是一步登天了吗？

王小羊呆呆地看着他，一时间想到了他在济南的同学李灿辉，继而也又想到了已离自己远去的林美娜……他们这时候怎么样了呢？

见他有些走神，杜宇飞用筷子在他手上敲一下，怎么样，我是不是说到你心里去了？

王小羊反应过来，想郑重其事地对他说句什么，但望着他急快涨红的脸孔，他张了张嘴，又没有把要说的话说出来。算了，他在心里说，你也许根本用不着对他申明自己的立场。

杜宇飞的酒量并不大，由于喝得高兴，很快便有些醉意了。让他们去骂吧，他搂住王小羊的脖子，用满不在乎的口气说，我才不管他们骂什么呢！我相信还是那句老话说得好，燕雀焉知鸿鹄之志……

王小羊用力推开他，你还有什么鸿鹄之志？

怎么没有？杜宇飞拍打着自己的胸脯说，别人不相信我的志向还情有可原，你小羊表弟还能不懂得我吗？想当年，我们不是都曾经立下……说到这里，他好像想到了什么事，忽然使劲摇起头来，可是时局变了，时代不同了，我们又怎么能实现那些宏愿和抱负呢？

听着他饱含深情的话，王小羊也想起和他在一起的一些事来。他不能不承认，那个时候的杜宇飞的确是一个不肯向凡俗低头的人。

完了，杜宇飞脸上浮起了浓郁的悲伤，中国的文化走到尽头了，不可能再有过去的那些辉煌了……

王小羊误会了他的意思，便按着自己的理解说，只要把日本人赶走，中国的文化就还能重放光彩，说不定……

你说的是什么呀？杜宇飞一边摇头一边打断他的话说，依靠我们自己，中国便只能一步步衰落下去，就像黎明前的星星，不可能再有比太阳还要强烈的光芒，因为属于它的那个黑夜已经过去了。

原来你是这样来看待……王小羊终于明白他要说什么了。

这些年来，我一直在看五四运动以来的那些书籍，杜宇飞眼里泛动着闪闪的泪花说，我企图从它们那里找到救国救民的道路，可不知怎么回事，我越看越觉得迷茫，越看越觉得眼前发黑，就像夜晚到来了一样，不要说再看到什么宽阔的道路，就连我自己伸出去的手指都看不见了。我这才知道，我们的中华文化已经度过了它的白天，只能进入一个漆黑而漫长的夜晚了。

你被那些把中国文化说得一团糟的东西给害了，王小羊对他指出说，你一定是误入歧途了。

我以为我找不到出路了，杜宇飞拍打着桌子说，可让我没有想到的是，他们突然来了。一开始，我也像那些不懂文化的人一样，把他们看成是来祸害我们的魔鬼，可时间一长，尤其是我看过他们的一些言论和设想以后，开始觉悟到事情根本不是那么回事。中国文化完了，我们自己又救不了自己，那就只好请他们来救我们了，这又有什么不好呢？

王小羊大惊失色地看他，真是想不到，他竟然把日本人对我们的屠杀和侵略看成是对我们的拯救！他简直疑心杜宇飞是在说神志不清的醉话、鬼话。

他们有这个能力，杜宇飞喃喃自语地说，他们原本就是我们中国文化的一部分。我们自己堕落了，而他们却还完好着，由完好者来挽救堕落者，这难道不是天经地义的事吗？

所以你就投靠到他们这里来了？王小羊再也克制不住了，不禁站起来，指着他的额头说，所以你就甘心当为人所不齿的汉奸来了？

呵呵，汉奸？杜宇飞毫不在乎地耸耸肩膀说，如果这也叫汉奸，那我又为什么不当这个汉奸呢？

王小羊的手指开始发抖，面对这样一个恬不知耻的人，他简直不知道该对他说什么好了。

他们暂时叫我汉奸，杜宇飞仰起头说，等到将来的时候，他们就会把我当成英雄，当成拯救中国文化于水火的大英雄。说到这里，他眼里又闪出熠熠的光来。他又说，想当年，那些投奔到清朝皇帝手下的汉人也被骂为汉奸，可后来呢，他们却成为振兴华夏帝国的功臣而受到后人的顶礼膜拜。现在，能让我们成为那种英雄的机会，不是又来到我们面前了吗？

王小羊不能不叹服，杜宇飞为自己的卖国行为找出了这么多的根据，也实在是难为了他的一番苦心。他看出来，对于这样一个已经深陷泥淖的人，仅凭着自己在这里的短暂努力，是根本不可能让他回到岸上来的。表哥，他在心里悲哀地对他说，你被日本人那些宣抚言论俘虏了，自己却又反过来宣抚自己的同胞，看来他是真的走到黑夜里去了。

就在这时候，门外的远处忽然闪起一团红光，把门窗玻璃映射得像水一样不住地波动。王小羊以为是爆炸引起的火光，却奇怪为什么没有听到任何声响。他走到门前，瞪大眼睛往外看。由于院落那边没有房屋遮挡，他便隐约看到了远处的景象。透过几圈交错的铁丝网，那边应该是一个较为开阔的场地，那团火光就是从那里发出来的。王小羊看出来，火光来自一片弥漫着黑烟的大火，但他看不清是什么东西在燃烧，便掉回头来，用询问的目光看了杜宇飞一眼。让他感到奇怪的是，杜宇飞竟然依旧坐在桌子前，又端起一杯酒，自顾往嘴里灌去。他真是感到不解，外面都着起火来了，他还不紧不慢地喝酒，也未免太沉得住气了吧？

杜宇飞明白他心里在想什么，便摆了一下手说，有什么可慌张的？没有人敢到城里来袭击我们。来来，还是继续喝酒吧。

王小羊又扭头看了那团火光一眼，那边怎么着起火来了？

说出来你也别害怕，杜宇飞吧嗒着嘴说，那是防疫班在烧一些病死的人。

王小羊心里一惊，防疫班？病死的人？这几个词不能不引起他的高度警觉，他们在烧什么病死的人？

霍乱……杜宇飞犹豫了一下，还是说出了这两个字。

霍乱？王小羊心里更加惊急，莫非日本人又在以发现了霍乱病流行的理由祸害这边的人了？

这里出现了该死的霍乱病，杜宇飞朝门外的远处指了一下说，防疫班每天都要出去巡查，把那些已经病死的人弄到那个空场里去，用火烧掉，以防止那些病菌传染给其他人。

王小羊直直地看着他。其实这应该是自己要告诉给他的话题，也是自己来这里求他帮助的目的，现在却由他嘴里说出来了，实在出乎了他的意料之外。看来有关霍乱病菌的消息，在这里早就变成真正的现实了。或许这已经不单纯是日本人的一个花招，是不是他们已开始实施那个庞大而罪恶的计划了？想到这里，王小羊头上冒出了一层细密的汗珠，不能再绕弯子了，必须把所有的真相都对杜宇飞说出来，不管他到底是不是死心塌地的汉奸，也不管他到底能不能相信自己，他都要抓住最后的机会，在这个并不可靠的人身上争取一次渺茫的帮助。想到这里，王小羊离开门口，奔回到桌子前，俯下身，直对着杜宇飞说，你想过没有，这些霍乱病菌都是从哪里来的？

我怎么知道？杜宇飞毫不在意地说，人们要发病，还要问他们病是从哪里来的吗？我又不是医生，管那么多事干什么？

难道你就没有想过，这些病菌都是日本人有意散播给人们的，目的就是消灭战斗在人们中间的那些抗日力量。

你在说胡话吧？杜宇飞看了他一眼，随即又摇摇头说，日本人怎么可能一边散播病菌，一边消灭病菌呢？他感到了滑稽可笑，这样的情景，怕是只有你才能想得出来吧？说到这里，他不禁笑了一下。

王小羊用力把手拍在桌子上，不要认为这是玩笑话，我有可靠的情报来源，足以证明这就是日本人在采取的一个屠杀行动。他知道也许不该这样对他说，但话既然已经说出来了，他也并不多么后悔。

杜宇飞果然呆住了，目光有些发直地看着他。但他只是愣怔了短暂的一霎，便把绷紧的神经放松下来。你喝醉了吧？他抬起手，要朝他头上摸。

王小羊拨开他的手说，实话对你说了吧，我得到的这个情报里说，日本人从春天就在部署这个行动，计划在秋天开始实施，现在已经来到秋天了，他们肯定已经行动起来。那些因为霍乱而死去并被他们烧成了灰的人，一定就是他们这个行动的牺牲者。

你说的这些并不是什么秘密，杜宇飞依旧不相信地说，因为从春天的时候，日本人就在我们这一带发现了霍乱病菌。

那就是日本人为掩人耳目而要的一个花招，王小羊打断了他的话，现在他们发动行动的时间到了，接下来便开始大规模播撒细菌了。他们的这次行动涉及整个鲁西地区。你拍着脑袋想一想，整个鲁西共有多少人，如果他们播撒的霍乱菌一旦暴发流行，我们这里要死掉多少人？

你说的这些当然十分可怕，杜宇飞摊开两手说，可问题是，这些只是你自己幻想出来的，并不代表是真实发生的事。看到王小羊又要打断自己的话，他抬手止住他说，我知道你对我们老家怀有深厚的感情，不想让这里的人遭受灾难。这我不但理解，而且也是我的一个心愿，谁不爱自己的家乡呢？如果我不爱，怎么又会顶着骂名来日本人这里当什么汉奸呢？但不管怎么爱我们的家乡，爱我们的人民，也不能把一个并不存在的罪恶阴谋安插到皇军身上吧？

皇军？王小羊禁不住苦笑了一下，杜宇飞又一次说到了这个词，他似乎知道，就凭着他对日本人使用的这个词，企图让他帮助自己阻止日本人采取那个罪恶行动的计划怕是也要落空了。但他还是有些不甘心，上前抓住杜宇飞的肩膀，使劲晃动了几下，你怎么就……

也许他们闹出的动静有些大了，两个人正激烈地争辩着，忽然院门板传来了敲击声。王小羊有些紧张，他们只顾一味地争论了，不知道敲击声已经响了多久，赶紧把一根手指竖在嘴上，示意杜宇飞不要再说话，这里可是日本人的老巢，要是被他们听到了自己和他的谈话，那岂不是真的要出事吗？他往门后的墙壁上看了一眼，以为杜宇飞会取衣服皮带上的手枪。但杜宇飞只是摇晃一下头，让头脑变得清醒些，便站起身，大摇大摆地走到院子里去。

王小羊呆怔了一下，还是放弃了自己去取那把手枪的打算，悄悄地跟在杜宇飞身后，尽力把身子隐在黑暗里，并紧屏着气息，两手攥成结实的拳头，做着随时采取某个行动的准备。

33. 醉生梦死

让王小羊没有想到的是，杜宇飞打开门板后，出现在门口的竟然是一个干瘦的老头，手里打着一只灯笼，一副探头探脑的猥琐样子。杜宇飞似乎也没有想到是这个人来敲他的门，不禁纳闷地说，老于，怎么是你？

那个被称为老于的老头哈着腰对他说，杜班副，良子小姐让我来告诉您，她今天不能过来陪您了。

为什么？杜宇飞越发不解，她碰到什么事了吗？

她病了，老于看了王小羊一眼，目光又落回到杜宇飞脸上，身子有些不适……

病了？杜宇飞愣了一下，有些紧张起来，怎么回事？

倒是没有什么大碍，老于安慰他说，只是有点儿发烧。

杜宇飞不假思索地说，你先回去吧，告诉良子小姐，我一会儿就过去看她。

老于打着灯笼回去了。杜宇飞回到屋里，没有再陪王小羊吃喝的打算，便把军服从墙上摘下来，急急地往身上穿。

王小羊似乎有些明白了，杜宇飞果然在和一个日本女人来往，看来外面的那些传言一点儿都不假，而且从他此时的态度上判断，他对那个叫良子的日本女人充满了深厚的情意。这不能不使王小羊又一次想到了表嫂，想到了表嫂让他捎给杜宇飞的那句话。你到哪里去？他故意问他。还是不要戳破他这一点，如果他愿意的话，就让他自己说出来吧。

我……杜宇飞停下手里的动作，回过头，有些艰难地看了他一眼，又把目光掉开去。你不要误会，他尴尬地咧咧嘴说，我是去看一个日本朋友……

一个日本女朋友？王小羊嘲讽地打断他的话。

你不要把我想得那么不堪，杜宇飞急忙辩解说，我没有像人们说的那样做什么下三滥的事，我在外面的一切行为都对得住你嫂子和家里的人。

你为什么提到了她们？王小羊撇撇嘴说，你是不是有些心虚了？

你怎么也……杜宇飞狠狠地瞪了他一眼，随即又摆摆手说，好了，我不和你说这些没有意义的话了，我要赶快去看……

看来你对那个人还真是上心，王小羊无可奈何地说。

你现在还不懂得我们之间的事，杜宇飞穿好军衣，便急匆匆地往外走去。如果我暂时回不来，你就一个人收拾一下睡吧。

哎，王小羊喊住了他，我和你一起去吧。他脱口说道，似乎连自己也没想到会这么说。

杜宇飞更有些意外，你跟我去干什么？

我要去看看你那个日本朋友。王小羊既像是对他说，又像是对自己说。

杜宇飞想了一下，便点点头说，好吧，如果你实在不放心我，那就跟我去看一看吧，也让你亲眼见证一下我们到底是一种什么样的关系。

两个人一起走到街上去。杜宇飞在前面打着手电，王小羊紧紧地跟在后面。期间遇到两个日军士兵在街上巡逻，但一看到是杜宇飞，便都朝他打敬礼，其中一个竟然还对王小羊招了招手。王小羊不禁感叹，杜宇飞在日本人那里真的很有面子。这使他心里五味杂陈，说不清是一种什么样的感觉。

走过了两条街道，他们来到了一个不算狭窄的巷子里，杜宇飞在一个亮着灯火的店门前停住了脚。王小羊朝两边看看，周围的门面差不多都关门了，即使勉强开着门的也不见一个人，唯有这个门前不仅灯火通明，而且出入着不少的人影，其中有日本人，也有中国人。当然，引起王小羊注意的并不是那些出入的人，而是站在门口的几个日本女人，都穿着艳丽的和服，规规矩矩地站在门边，对着出入的人不住地鞠躬。门里还传出一阵悠扬的音乐和唱声，不用仔细辨听，王小羊也知道那是日本特有的音唱。他好像看出来，这应该是一个日本人开办的娱乐场所。别是妓馆吧？他在心里问了一句。这个念头使他大吃了一惊，不由得扭过头，朝身边的杜宇飞看了一眼，难道他那位日本女朋友就是这里面的人？

杜宇飞却似乎没有他那些复杂的想法，朝迎候在门口的日本女人点点头，便迈着大步走进门去。看他神情坦然的样子，居然一点儿害羞的表示都没有。

这里是什么场所？王小羊赶上去，拉住他的衣襟，小声地问道。

一家艺伎场馆而已，杜宇飞毫不在意地说。

艺妓？王小羊再次感到了吃惊。

你想什么呢？杜宇飞看出了他的心思，便停下来问他，告诉我，“艺伎”这两个字应该怎么写。

自然是，王小羊简单地想了一下，便肯定地对他说，艺术的“艺”，妓女的“妓”呗。

我就知道你脑子里不干净，杜宇飞用手指敲敲他的头说，告诉你，记住了，艺术的“艺”倒是不错，但那个艺伎的“伎”，绝对不是妓女的“妓”，而是……他拽过他的手，在他手心里划拉着说，左边一个单人旁，右边一个支那的“支”，明白了吗？

等他抽回了手，王小羊又自己在手心里写一遍，真的还有这个字？那么这个字与那个妓女的“妓”字又有什么差别呢？

差别大了去了，杜宇飞做出教训人的样子说，这个“伎”字表示的那个人只是卖艺，却绝不卖身，听懂了吗？

王小羊有些不相信，真是这样吗？

杜宇飞不再理会他，掉回身去继续往里走，一副没有必要和他讨论下去的样子。

穿过一个门厅，老于从里面迎了出来。杜班副，他谄媚地对他笑着说，您这么快就赶来了？良子小姐正在里面等您呢。说着，他的目光又落在王小羊身上，吃不准是否该带他一起进去。

没关系，杜宇飞朝他摆摆手说，这是我兄弟，他也想来认识一下良子小姐。

见他这样说，老于便不再表示什么，转过身去给他们带路。杜宇飞和王小羊跟在他身后，出了里面的一个屋门，进到了一个院子里，沿着甬路继续往里走，很快便又走进另一个屋门里。王小羊看出来，这间屋被设置成了典型的日本风格，包括横向的推拉门，屏风上的装饰画；最扎眼的还是放置在木地板上的榻榻米，因为他在木村义邦屋里已经见到过了，所以一上来就注意到了它。当然，真正吸引他注意的还是躺在榻榻米上的一个柔软的身子，想必那就是他们要见到的良子小姐了。

听到他们进来的动静，躺在榻榻米上的良子赶紧爬起来，尽管身子不太灵便，但还是尽力做出一个标准的跪拜姿势，把头朝杜宇飞低下去，柔顺且温婉地说，宇飞君，这么晚了您还亲自过来看我，实在是感激不尽。

杜宇飞也急忙在她面前跪坐下去，良子，快让我看看，你没有什么大事吧？

良子直起身子，想朝他面前爬过来，突然抬起头，目光落在王小羊身上，不禁有些发怔。宇飞君，这是……

杜宇飞似乎这才想到跟在后面的王小羊，便朝她介绍说，噢，这是我的表弟，今天也是专门看你来的。

良子把身子转向王小羊，再次低下头去。初次见面，请您多关照，她轻柔地对他说。

这个……王小羊有些不知所措，搞不清该向她说什么。

杜宇飞探过身去，把良子拉到自己身边，快让我看看，你到底是怎么了？

良子不好意思地朝王小羊点一下头，才把头转向杜宇飞。我没有什么，她微笑着对他说，今天到街上去了一次，感染了风寒，身子有些发烧。

在他们说话的时候，王小羊依旧呆呆地看着她。在此之前，他倒是见到过日本女人，但这样近距离的接触却是第一次，眼神里便充满了好奇。像所有的日本女人一样，良子也穿着看起来华丽的和服，后领开得很大，且特意向后倾斜，白皙的脖子便长长地裸露出来，不由得让王小羊想到天鹅弯曲的颈项；头上梳着高高的发髻，由于过于蓬松，使她的脸庞显得有些狭小。王小羊看出来，她的脸庞和脖颈都敷过了雪白的香粉，嘴巴也用红彩描过了，甚至眉毛也修饰过。尽管这使她的真实面貌受到了一定的遮蔽，却给人一种独特奇异的魅力。王小羊虽然不喜欢她这种样子，却不能不承认她身上散发出的东西的确能够诱惑一些人，当然那是一些具有不一般趣味的男人。而且看杜宇飞钟情于她的架势，想必他在这个地方真的找到了自己的知音。

本来应该过去陪伴您的，良子还一个劲儿地向杜宇飞表达歉意，可又担心把感冒传染给您，所以就没有过去。不想您却亲自过来看我，这真是……

我怎么能不亲自过来看你一眼？杜宇飞把手掌放在她额头上，仔细抚摸了一下，不然这一夜我是不会安心睡觉的。

宇飞君，良子把身子伏在他肩膀上，感动得连连点头说，真是让您费心了。

看着他们温情脉脉的样子，王小羊又想到了杜宇飞对他和良子关系的辩白，不禁在心里冷笑道，还说你们是什么狗屁朋友，这不狐狸尾巴都露出来了，想来也不是什么正常的男女关系。他掉开头，不想看他们卿卿我我的样子。他忽然有些后悔跟杜宇飞到这里来了。

良子不知是否意识到了王小羊的想法，忽然把身子收回去，对杜宇飞提议说，对了，我给你们烧茶喝吧。说着，她就要往起站。

杜宇飞拉了她一下，阻拦她说，你身上还发着烧呢，就不要管我们的事了。

没关系，良子还是挣扎着站起来，穿上摆放在榻榻米前的木屐拖鞋，我能够做完这些的。她一边迈着小碎步往外走一边说，能够把你们伺候好，我今天夜里也才能睡得踏实。

良子走出去后，杜宇飞才把头转向王小羊。怎么样？他低下声说，没见过这么温柔的女人吧？不等他回答，他又顾自说，也就是日本女人才这样对男人全心全意。

王小羊接上他的话说，所以你才会来这里与她们打情骂俏，连家都忘了回去。

杜宇飞定定地看着他。我什么时候与她们打情骂俏了？他有些恼怒地说，你把我们这样美好的朋友关系看得如此不堪，说明你心里该不知多么肮脏呢。

王小羊刚要回敬他一句，见良子提着一小桶水进来了，便只好闭上嘴。就算你们不肮脏，他只能在心里说，但也干净不到哪里去。

良子把水倒进一个瓷罐里，放在一架风炉上，在下面点上炭火，开始烧水煮茶。在等待水开的过程里，他们便头上一句脚下一句地聊起天来。

尽管对王小羊不满，杜宇飞却也不想在良子面前冷落他，便再次给她介绍说，我表弟在皇军的学校里读书，说起来也算是半个日本通呢。

是吗？良子惊奇地转向王小羊，眼神里第一次露出崇敬的神色，真是想不到，我会在中国又碰到一个……知音，她犹豫了一下，还是选择了“知音”这个词，请您给我说一说有关您的一些事吧。

王小羊有些尴尬。我怎么会是你的知音？他在心里反问她说。但不论怎么说，听到一个温情的女人把自己引为“知音”，虽然他还说不上喜欢这个女人，但也不能说是一件多么坏的事情。突然之间，他似乎明白杜宇飞为什么如此钟情这个女人了。王小羊不知道该向她说些什么，尽管他还没有和她交往的愿望，但面对她期待和自己攀谈的眼神，就算仅仅作为一个普通的男人，他也不能只是一味地闭紧嘴巴。那个，他咳嗽了一下，索性把话题抛给她说，还是请良子小姐说说您的经历吧。

那好吧，良子看了杜宇飞一眼，十分爽快地答应说，我就给你们说一下我到中国来的一些情况吧。她抬起头，目光望着窗户外的夜空，慢条斯理地说起来。其实我没有想到有一天会真的到中国来，战争爆发的时候，我还在中学里读书。有一天我母亲到学校里来喊我，说我父亲要到中国去了，让我回家去见他一面。这时我才知道，父亲被应征入伍了。因为他以前当过兵，现在重返部队去打仗，也是很自然的一件事。那天，我们一家人一直把父亲送到开往中国的轮船上，尽管我们都知道他这一去生死难测，但我们都没有流露出哀伤，而是嘴边都挂着笑意，好像父亲不是去打仗，而是到中国去旅行。也许那个时候我就开始了对中国的想象。一年之后，我们忽然接到了父亲阵亡的通知，说起来也不算是多么突然，在此之前我们都做好了这种准备，所以得到这个消息的时候，我们也没有怎么流泪，只是到海边对着中国的方向烧了一些纸。因为父亲的尸体还没有运回来，我们只能以这种方式表达对他亡灵的祭奠。不久后的一天，我从学校里回到家，母亲告诉我说，哥哥主动要求参军，今天也随部队开往中国去了，临走前，他专门到学校看过了我。那时我还在上课，并不知道他的到来，因此我没有来得及和哥哥告别。虽然我知道看不到他了，但我还是又一次来到海边，朝哥哥离去的方向也就是中国的方向眺望，这时候我已经知道我们一家的命运都与中国有联系了。说到这里，良子停下来，脸上浮出一丝既像忧伤又像喜悦的表情。

那，王小羊似乎已经被她的讲述吸引住了，便催促她说，你怎么离开日本，真的到中国来了呢？

良子深吸了一口气，再次向他们讲道，后来，在一次中国飞机的轰炸中，我母亲被炮弹炸死了。因为我们那个村子的房屋都变成了废墟，我没有能够找到她的尸体……说到这里，她又摇了摇头，不，应该是说我没有来得及找到她的尸体，就也乘上了开往中国的船只。在日本，我没有任何一个亲人了，反正我母亲已经变成了一具尸体，找到找不到都没有什么区别。这时我强烈地意识到，我生活或者说生命的方向只能是中国了。当我随着一些人来到海边的时候，我甚至松了一口气，好像一块一直悬浮在我心里的石头终于落了地。我知道我接下去该怎么办了，那就是到中国去，找到我在这个世界上唯一的亲人哥哥。其实这只是我在船上的想法，真正踏上中国的土地，我突然觉得，我找到找不到哥哥其实也没有什么差别，就像我找到找不到我母亲的尸体没有差别一样，谁又能保证我哥哥现在没有变成一具尸体呢？所以我一踏上中国的土地，就放弃了对哥哥的寻找，而只是考虑该怎么在这片陌生的土地上生存下去。好在我在日本时学过一些艺伎的技艺，所以没过多久，便和几个同来的姐妹在临清开设了这家“艺伎馆”，作为在中国谋生的手段。

听了她的讲述，王小羊不由得想到了田中一郎的经历。这么说，他按着自己的想象对她说，良子小姐也是这场战争的受害者了。他以为这句话应该说到这个不幸女人的心坎上了。

至于是不是受害者我也说不清楚，良子一边思索一边摇摇头说，其实我感到十分幸运，让我踏上了中国的土地，让我在这里认识了宇飞君，还有……

王小羊没想到她会这么说。如果没有这场战争，他继续沿着自己的思路说，你的生活不是会更为幸福吗？至少你不会失去自己的亲人……

他们为了国家而捐躯，良子也明确向他表示自己的观点，是非常光荣的一件事，我为他们而感到自豪。

王小羊惊愕地张大了嘴巴，好一会儿都没有想到闭上。他好像这才明白过来，这个看起来如此柔弱的女人像那些穷凶极恶的日本侵略者一样，其实都是这场战争的参与者。这一刻，他再一次想到了田中一郎，那个被自己救过而又给村人们带来了灾难的日本人。

看到他们还要争执下去，杜宇飞赶紧打哈哈说，好了，水马上就要开了，良子还是给我们沏茶喝吧，表弟肯定会被你的茶道表演深深迷住的。

他这样一说，良子也急忙爬起来，取下风炉上的水罐，开始为他们泡茶。

小羊，你注意看，杜宇飞装模作样地示意他说，日本的茶道可是最最有名的。尽管你在皇军的学校里上了好几年学，但我保证你还没有真正欣赏过正宗的茶道表演。今天你到良子小姐这里来，可算是大饱眼福和口福了。

良子听出他这番话也是说给她听的，便有些不好意思。宇飞君过奖了，她谦逊地摇着头说，其实我较为擅长的还是舞蹈和歌唱，对于茶道也仅仅知道些皮毛而已。说到这里，她抬头看了王小羊一眼，还有许多不对的地方，让你们见笑了。

这个时候，王小羊差不多已经没有了喝茶的兴致，思绪还在他们刚才的话题里，对于良子的茶道表演几乎视而不见，只是听她说得如此恳切，又见杜宇飞欣赏得尤为专注，生怕搅扰了他们刻意营造出来的热情氛围，才没有站起来从这里走出去。

好不容易把茶道的主要步骤做下来，良子经过连续而紧张的忙碌，额头上渗出了细密的汗珠，待王小羊和杜宇飞吃完这道茶，她疲惫的身子开始摇晃起来。王小羊率先站起身，要拉着杜宇飞离开这里。杜宇飞尽管还有些恋恋不舍，但也不能不考虑离去了。良子看出了他的心意，便又向他们提议说，要不这样，让我的姐妹为你们跳跳舞，唱唱歌吧。杜宇飞也顺势说，是呀，既然来到了这里，不看跳舞，不听唱歌，我表弟岂不是白来了吗？于是，良子便让老于把他们领到一个用于演出的大屋子里，坐下来，专门欣赏艺伎们的歌舞表演。

王小羊早就没有了待下去的欲望，面对着那些涂脂抹粉的日本艺伎怪异的舞唱，开始他还只是无动于衷地看着，虽然什么也没有看到眼睛里去，很快他就无法忍受下去了。那些舞着扇子扭来扭去的身影似乎都变成了梦中的怪影，咿咿呀呀具有异国情调的唱声也刺激得耳朵涨疼。而坐在他身边的杜宇飞却看得津津有味，眼睛盯在艺伎们的身上一动不动，好像那些舞唱真的有什么让他至为赞叹的魔力似的。你走不走？王小羊把嘴附在他耳边，直到说够了快要二十遍，并且也把身子站起来，杜宇飞才不得不有了些反应，愤慨而又无奈地随着他起身来，和艺伎们逐一致谢告别，才余兴未尽地随在王小羊身后，慢慢朝艺伎馆外走去。

来到街道上，王小羊张开嘴巴，在使劲呼吸了几口新鲜空气后，混乱的脑子才有些清静下来。而杜宇飞却还沉浸在刚才的气氛中，口中不住地发着由衷的感叹，好呀，他们真是了不起呀。王小羊实在听不下去了，不禁嘟囔着说，他们到底在什么地方征服了你呢？本来他并不是要有意问他，不想却说出了声来。

杜宇飞听到了他的发问，也听出了他话里的嘲讽意味，但还是一本正经地回答他说，就说他们的茶道吧，明明茶叶是我们中国人发现的，可在我们这里仅仅是喝一下了事，而到了日本人那里，便就形成了一门高超的艺术。你说，这还不让你感到敬佩吗？

呵呵，王小羊冷冷地笑了一声，是不是日本的武士道也让你感到敬佩呢？

这个……杜宇飞咽了口唾沫说，这个是另一码事……他想了一下，又不甘心地掉转话题说，就说日本的女人吧，她们那种非同一般的好，你总不会没有感觉到吧？

王小羊没有说什么，心里却突然明白他为什么不愿意回家去和表嫂见面，甚至明白他为什么甘愿背着骂名为日本人效力了。是呀，长时间浸淫在那样声色犬马的场所里，受到如良子那样看起来温情实则毒辣的女人的蛊惑，他又怎么能不对日本人表现出亲近感来，他又怎么能还肯回到自己的家去？表嫂，王小羊对着那个还在家中对丈夫抱有不切实际幻想的女人说，你就在表哥这里死了心吧，不把日本侵略者赶出中国去，他是不会把头转过来的。

快到家门口的时候，杜宇飞忽然站住了，并悄悄碰了他一下。王小羊顺着他的示意往前看，原来家门口站着一个人影，由于附近没有灯光，他们看不清那个人是谁。杜宇飞不敢大意，把皮带上的手枪掏出来，并急快地打开保险。那人听到了他们的动静，不但没有往一边躲避，反冲着他们走过来了。谁？杜宇飞大喝一声，同时把枪指向了他。

是杜君吗？那人回答说。

杜宇飞松出口气，急忙把枪放下来，随即向前跑了几步。是前田班长？您怎么在这里？

王小羊随他走到了那个人近前，虽然还看不清他的面目，但却感觉到他的鼻子下有一撮黑黑的小胡子，心里不禁一紧，或许这是个日本人？

那个叫前田的日本人回答说，我一直在这里等你……他忽然把目光落在王小羊身上。杜君，他开始用日语发问，这个人是谁？

杜宇飞没法不为他介绍王小羊了，也只好硬着头皮用日语回答说，他是我的朋友，今天来这里看望我。前田又转向王小羊，在昏暗中上下打量他。为了不让他继续问下去，杜宇飞便又上赶着问他，太君在这里等我，有什么急事要办吗？

没有什么急事，前田果然把注意力从王小羊身上移开了，我们在这里只待最后一个夜晚了，我想和你再下几盘围棋，等到了战场上，我们可就没有那么悠闲的机会了。

好的，杜宇飞满口应承说，我这就陪您下棋。他掏出钥匙来开门。

你有朋友过来，前田又看了王小羊一眼，有些不好意思地说，不打扰你们吧？

不打扰。杜宇飞热情地把他往门里让。其实我早就想找您去下了。他颇为巴结地说。

王小羊在心里感叹，杜宇飞竟然能熟练地说日语了，也真是不简单呢。他忽然想到那句“在这里只待最后一个夜晚”的话，不太明白他们说的是什么意思。

进到了屋里后，杜宇飞把前田安置在正屋里，然后领着王小羊往偏房里走。但前田忽然跟上来，在王小羊肩膀上拍了一下，你的站住。

王小羊急忙停住脚，心里再次紧张起来，莫不是他看出自己的什么破绽了？

杜宇飞的脸色也有些难看。

你们是要好的朋友吗？前田在他们之间指了一下，用生涩的汉语问道。

王小羊不知道该怎么说。杜宇飞信誓旦旦地对他说，是的，我们是最要好的朋友。

很好，前田点点头说，既然你们是要好的朋友，那你，他又指指王小羊说，也是我们日本人的朋友。

王小羊没有想到他会这么说，一时有些愣怔。杜宇飞反应过来，赶紧朝前田点一下头说，太君说得太对了，我们都是皇军的朋友。

前田十分高兴，转身走回到桌子前，开始专注地摆放棋盘。

两个人都松了一口气。来到偏房里后，杜宇飞一边给他收拾床铺，一边安慰王小羊说，他是我们宣抚班的班长，一个不大会说中国话的人，别看他脸上长着横肉，其实是个非常好的人。

王小羊在鼻子里哼一声，没有表示什么，他只是心里不明白，一个说不好中国话的人，怎么会担任宣抚班的班长？但他却好像知道了杜宇飞受到重用的原因，看来这个宣抚班的重任都落在他肩上了。他又想到了前田那句莫名的话，便纳闷地问他说，你们在这里待最后一个晚上是什么意思？

噢，杜宇飞解释说，明天我们要随守备队下乡扫荡，一去要许多日子才能回来。说到这里，他忽然看了他一眼，我们说的话你都听懂了？没等王小羊说话，他就又拍了一下自己的头，我怎么忘了，你在济南就是上的日本人的学校，当然要学习日语了。

王小羊还是想着他有关扫荡的话，又在心里仔细想了一下，不禁再次警觉起来，莫不是他们借着下乡扫荡的机会，在老百姓中间散播霍乱细菌吧？他压下声音，把自己的疑问对杜宇飞说了一遍。

没有那样的事，杜宇飞摇摇头说，扫荡是经常要进行的事，几乎每个月我们都要下乡，怎么以前没有关于霍乱细菌的说法？

王小羊盯住他问，平时扫荡你们也很多日子不回来吗？

那倒不是，平时扫荡也就是几天的工夫，杜宇飞不禁眨了一下眼睛，这次扫荡是有些不同，不仅要好多日子待在外面，而且和我们一起行动的还有聊城和冀南一些地方的军队。

什么？王小羊心里一怔，这么多队伍一起行动？

杜宇飞也挠了挠头说，是有些不同寻常，我还从来没经历过这么大规模的扫荡。

王小羊急急地问他，各地的防疫班也出动吗？

那当然，杜宇飞脱口说道，这次行动的主要目的，就是为了寻找那些感染了霍乱病菌的人，好及时扑灭日益蔓延的霍乱传染。

这就对了，王小羊闭上眼睛，在心里说，他们是真的在行动了。他旋即睁开眼睛，不由分说拉住杜宇飞的手，表哥，日本人正在采取那个对鲁西可能还有冀南一带的人民实施细菌屠杀的行动计划，我们要赶紧行动起来，阻止他们这样去做。

你是在开玩笑吧，杜宇飞抽回自己的手去，别说这是你一个人的胡思乱想，就算你说的是事实，就凭我们两个人，怎么去阻止那么多人的一个行动?

王小羊急快地在脑子里想了一下，他在济南日本陆军医院企图炸毁生物实验室的情景又浮现在眼前。对，还是要从霍乱菌苗上做文章，只要阻断了那些可恶的霍乱菌苗，日本人的队伍就算再强大，也无法让根据地人民感染上霍乱病菌。也就是说，他们就能让日本人的这个罪恶阴谋彻底破产。他怀着激动的心情，把这个看起来切实可行的行动方案说给他。

但杜宇飞没有听完他的话，便迫不及待地做出往外走的架势，不行，我要陪前田下围棋去了。你在我床上睡觉吧，有什么话等我回来再说。

王小羊拖住他的胳膊，表哥你不能走，已经到了最为关键的时刻，我们怎么能眼看着……

前田或许已经等得不耐烦了，杜宇飞跺着脚说，我要再不过去的话，他就会怀疑我们在这里搞鬼。说罢，他极力挣脱他的手，拉开门板往外走去。

表哥……王小羊追到门口，望着他急快离去的背影，他张了张嘴，无法再把下面的话说出来。他关上门板，在屋里焦躁地转了几个圈子，知道除了等待杜宇飞回来之外，自己也没有什么更好的办法了，便倒在他的床上。尽管他疲乏得要命，却没有一丝一毫的睡意。他一边翻来覆去地辗转身子，一边在心里祈祷他快快回来。

鸡叫头一遍时，杜宇飞才下完围棋回来。一听到外面细碎的脚步声，王小羊就霍地爬起来，赤着脚板过去开门。在他的计划里，只要杜宇飞一回来，他就再次拖住他，和他一起完善那个阻止日军散播细菌的方案。在他想象当中的计划里，杜宇飞凭着他的汉奸身份，设法查清那些霍乱菌苗存放的地方，然后他们一起用炸药把它们摧毁，如果这个计划得逞的话，那日本人精心准备和部署大半年的罪恶阴谋就真的要破产了。

但让他想不到的是，杜宇飞一回到屋里，就关上门板，迫不及待地对他说，小羊你快走吧，日本人已经发现了你的身份，正在秘密布置抓捕你呢。

这、这怎么可能？王小羊还有些不相信，我才刚刚来到这里，怎么就……

是前田无意间告诉我的，杜宇飞转着圈子说，其实日本人好几天前就接到了抓捕你的命令。你在济南犯的那个案子，惊动了日军华北司令部，他们把抓捕你的命令下达到了各个战区，尤其是你的老家鲁西地区。这个命令是秘密下达的，我根本不知道，刚才我才听到前田说起……他停在后窗前，伸手推开窗扇子，小羊你快走，再晚了不但你要被他们抓住，连我也会给他们一锅端了。说到这里，他又懊丧地跺了一下脚。

王小羊知道不能在这里待下去了。对不起。他在心里对他说。好吧，他还有些不甘心，如果我们还有机会的话……

杜宇飞毫不客气地打断他的话，快走。他朝他使劲挥了一下手，从牙缝里挤出一个极其不雅的词——滚。

王小羊没法再表示什么了，便跳上窗台，缩着身子朝洞开的窗口里爬去。他已经从杜宇飞愤怒的眼神里看出来，自己的这次造访，可能要连累或者说葬送他在日本人这里的大好前程了。这一刻，王小羊真的觉到有些对不起他，但很快，他便感到了更大的欣慰，让一个甘心当汉奸的人无法在日本人这里混下去，还有什么比这个更好的呢？

王小羊跳到一个胡同里，还没有走到街上去，便听到后面杜宇飞的院落里传来了枪声。他加快了奔跑的脚步，一边走一边还在不解地发问，难道是前田发现了自己的身份？杜宇飞和他打起来了？表哥该不会真的出事了吧？想到这里，王小羊的心脏禁不住急跳了一阵。

34. 突出重围

王小羊逃出临清不到二十里路，就遇到了日本人的第一批扫荡队伍。当然，他首先看到的是一些四处逃散的老百姓，像一群被轰赶起来的动物，在村庄间的原野里慌慌张张地奔跑，有的拼命往树林子里钻，有的就地隐藏到壕沟内。但很快，这些自以为消失了踪迹的人就再次出现在地面上，以比上次更加惊惧的动作往远处奔跑。望着这些与他错身而过的人，王小羊不用发问，仅仅从他们惶恐不安的眼神里，就能判断出那些把他们轰赶起来的人该是多么厉害，自然，那些人只能是下乡清剿扫荡的日本人了。

老百姓们还没有完全跑过去，日本人的队伍就出现了，王小羊最先看到的是一些身穿防疫服、头戴防毒面具的人，想必他们是日本警备队的防疫班了；随后是大批的伪军队伍，从他们不同的穿戴上，王小羊认出他们大多由“保安队”“警备队”等队伍组成；走在最后面的才是日本人的大批人马，一面面大小各异的太阳旗在风里飘动。由于这次扫荡规模巨大，日本人的队伍里除了马匹、摩托之外，还配备了不少战车，其间有王小羊见过的坦克和没有见过的装甲车。

王小羊看出来，日本人有意把村庄里的老百姓驱赶出来，让他们像受惊的兔子一样在原野里奔跑。或许是为了便于播撒和传播霍乱细菌的需要，那些打着防疫旗号的日本人其实不过是在散播细菌，以让那些四处乱逃的老百姓把霍乱菌带到每个地方去。日本人这一招可真毒呀，由于老百姓的骚乱，根本用不到日本人怎么样播撒细菌，老百姓自己就把细菌带到四外八乡去了。不要奔跑——王小羊在心里朝他们叫喊。是呀，他还没有把这些话说出来，仅仅是朝那些受惊的人表露了一下这种神情，那些人就狠狠地瞪了他一眼，以更快的速度从他身边跑过去。王小羊还想保持一下镇定，但看着越来越近的扫荡队伍，也只能掉过身来，随在老百姓身后，朝着与他的家乡根本不一致的方向跑去。

很快，王小羊的判断就被身边出现的事件证实了，第一个倒下的人就离他不到十步远的距离。那个稍稍有些年老的人跑着跑着，突然趴倒在地下，一边痛苦地抽搐着身子，一边伸着脖子呕吐开了。开始时，人们还以为他被子弹打中了，但围过去一看，他的身子一直完好着，根本没有中枪的部位。他传染上霍乱了，突然有一个人高声叫喊了一声，大家快跑呀！人们呆怔了一下，像猛然炸了窝的蜂群一样飞快地朝四下里散去。有些人不知是被传染上了，还是心理的作用，跑着跑着便也倒在地下，也像那个人一样呕吐起来。一时间，整个大平原上都被一种极其恐怖的气氛笼罩了。

望着人们惊慌失措的可怕情景，王小羊心里抖缩成一团，都怪自己无能，没有完成邱浩天交给自己的任务，眼睁睁地看着日本人把罪恶的霍乱细菌播撒到人们头上，而自己却无能为力。王小羊举起两手，在自己脸上狠狠地打了两个耳光。邱老师，他撕肝裂肺地在心里叫喊，我对不起您……

随着倒下的人越来越多，那些还能奔跑的人尽管已经累得快要半死了，却依旧不想让自己的脚步停下来。大约一个钟点过后，人们就甩掉了日本人的队伍。其实日本人并没有怎么朝他们追赶，一直迈着不紧不慢的脚步，以一种较为稳健的节奏向前推进。王小羊似乎读出了日本人的心声，你们跑吧，你们跑得越快，那种要命的霍乱细菌就能在你们中间传播得越广。这样一来，倒是距离他们越来越远的日本人变得较为安全了。

又过了一顿饭工夫，王小羊所在的这些人突然遇到了另外一支队伍，一时都又惊慌起来，但他们很快便搞清楚了，这是八路军的一个独立营。后来王小羊才知道，由于连日来与敌人在平原上周旋战斗，队伍消耗严重，等人们来到他们面前的时候，这支部队已经只剩下一百多人了。战士们隐藏在一片树棵子里，对着朝他们涌来的老百姓喊道，大家不要再往前跑了，那边也有扫荡的日本人。大家听出是自己人的队伍，不仅没有停住脚步，反而以更快的速度跑到树棵子里，一个个倒在地下，大着嗓子号哭开了。战士们纷纷把他们搀扶起来，一边安抚他们的情绪一边询问沿路的情况。

王小羊离着战士们老远就停住了脚，自己和老百姓身上一定携带着大量的霍乱细菌，这样一和八路军接触，无形中就会把病菌传染到他们身上，战士们一旦得上霍乱病，自然就丧失了战斗力，不用日本人围剿，自己就会很快垮掉。他越发认定，这应该就是日本人这次扫荡的主要目的，看来他们的罪恶阴谋真的要得逞了。王小羊呆怔了一下，还是决定走上去，向这支队伍的指挥官说明一下这个情况。

独立营的营长正在和几个人聚在一起商议着什么，见王小羊说要见八路军的指挥官，便走到他面前说，你有什么事？听完了他的话，不禁上下打量起他来。你是干什么的？他好像对他的身份充满了好奇。

我是当地的老百姓，王小羊迟疑了一下，还是又纠正自己的话说，我也是一个学生……

营长是个红脸汉子，性子有些急，没有听完他的话，便迫不及待地问道，你怎么知道病菌是日本人播撒的？

王小羊想说有这方面的情报，但他想了一下，觉得这样说或许更不能取得他们的信任，便只是装作推理的样子说，要不，日本人怎么把老百姓往你们的队伍里赶？

你是这么认为的？营长摇了一下头，便掉开眼，朝那些或坐或躺在地下喘息的人们看去。不管他们是不是霍乱病人，他喃喃自语着说，我们都不能让他们离开我们的队伍。

可这样一来……王小羊还试图指出问题的严重性。

营长朝他摆了一下手说，谢谢你这样关心我们。说罢，他便大步走回到队伍里，和他手下的那几个人继续商议事情，不再打算理会他了。

王小羊想赶过去，再对他们说一下自己的看法，但他从营长的态度里已经看出来，即使他们相信自己的说法，一切也都来不及避免了。日本人的阴谋已经实施，就算这支八路军使尽浑身的解数，怕是也没有能力阻止了。这一刻，王小羊心里又充满了深深的愧疚和自责。他看出来，营长他们是在部署反扫荡的方案。是呀，事情这么紧急，两边都有敌人的围剿，又加之这么多老百姓的拖累，要想打退敌人的进攻，成功把队伍还有老百姓带到安全地带去，无论如何都是对他们的一个严峻考验。

过了不大会儿，担任侦察的一个战士跑进树棵子间，喘着粗气对营长说，敌人的先头部队已经过来，离我们只有不到五里地了。营长站起来，果断地对身边的手下说，按刚才的部署行事，通知大家不要喧哗，做好战斗准备。他指指身边的一个人说，一连长，跟我到前面观察一下敌人的动静。他们从王小羊的身边走过去，在树棵子外面的一座土堆前停下来，趴下身子，用望远镜朝前面看。王小羊也走出树棵子，把身子猫在地下，在后面默默地看着他们。

那里，一连长向前面指了一下，南边坟堆里有人影晃动，应该是日本人。听他这样说，王小羊也抬起头，朝他所说的坟堆里看。他倒是看见了那片坟堆，却没有看到什么人影，也许一连长看错了？但营长却点了一下头，把身子翻躺到土堆上，思虑着说，他们竟然也不敢贸然往这里走？这么说，他们一定是发现了我们？王小羊听到了他的话，又抬起眼来朝坟堆里看，他依旧没有看到敌人的影子。尽管这样，他却不再怀疑营长他们的判断，看来敌人是真的过来了，但从他们小心谨慎的行动方式看，他们大概不是自己和老百姓最先遭遇的那些敌人，而是来自另一个方向的扫荡队。这样一想，王小羊越发紧张起来，这么多股敌人都先后出现了，是不是说明自己置身其中的这支独立营有被敌人包围的可能？

营长也意识到了事情的危险性，蹙紧眉头，紧张地想了一下，便对一连长说，既然敌人已经发现了我们，再打什么伏击是不现实了。趁着敌人还没有收缩包围圈，我们要赶快跳出去。决不能让这么多老百姓跟着我们遭受损失，快去通知队伍，改变行动方案，从北面冲出树棵子，沿着壕沟向西迂回突围。一连长领命而去。营长转回身来，举起望远镜，又朝坟堆的方向看了一眼，才抬起身来往回走，与王小羊交错而过时，目光急速地在他脸上扫了一下，并没有表示什么。

战士们接到行动的命令，开始小声招呼老百姓，老乡们，快起来，我们要开拔了。有些老百姓爬起来了，却有另外一些依旧躺在地下，战士们过去拉他们时，却发现这些人已经没有任何气息了。看到这种情形，那些爬起来的人也又打起晃来。当大家离开树棵子时，才知道因感染霍乱病菌而倒下的人竟然占到了老百姓总数的三分之一。由于得病的老百姓动作过于迟缓，从坟堆那边的方向传来了清脆的枪声，独立营还没有撤出树棵子，把人马安置到外面的壕沟里去。枪声告诉王小羊，南面的敌人或许开始发起进攻了。为了确保老百姓的安全，营长命令一连长带领一排战士前去阻击，大队人马不管老百姓是否是霍乱病患者，背的背，搀的搀，硬是在一连长和敌人打响的同时，把所有老百姓都撤到了壕沟里。

临近中午的时候，独立营带领人们抵达了一个村庄的外沿，慢慢停了下来。按照营长他们的打算，如果村庄里安全，就把老百姓暂时安置到那里。这一路上，他们又遇到了更多的老百姓，这些受到敌人惊吓的人一见到八路军，就像见到了自己久别的亲人，纷纷加入到他们的队伍里。而在他们走来的地方，倒着越来越多因感染上霍乱而死去的人。营长知道不能再带着他们行军了，这样毫不停顿地四处乱走，不仅病弱的老百姓自身承受不了，而且部队的战斗力也受到很大影响，已经有十几个战士开始发烧和呕吐了。营长趴在一个土岗上，对着那个村庄用望远镜观察。

此时，天上的阴云被日头挡住了，村庄的上空飘动着淡淡的炊烟，旷野里一点儿动静也没有，像是什么事情也没有发生过。营长有些大意了，尽管派出去侦察的人员还没有回来，但他却不想等下去了，刚要下达进村的命令，就在这时，空中的阴云散去了，日头开始显露出来。营长似乎觉得哪里不对劲儿，又回头朝村庄的方向看了一眼。就在这次回望里，他看见村庄外围的树丛里好像有什么东西闪了一下。没有经过怎么思考，他便判断出这是敌人头上的钢盔发出的亮光。有敌人埋伏在那里？他倒吸了一口凉气，幸好让人们进村的命令还没有下达，不然正好中了敌人的包围圈。

部队再次改变行动计划，掉回头去，继续沿着壕沟向西南行进。王小羊不断地往后看，希望那两个进村侦察的战士能赶上来，但他又似乎知道他们永远也回不来了，还有一连长率领的那整整一排战士，也不可能再回到他们中间了。村庄里的敌人见他们没有走入伏击圈，便不再隐蔽，开始从村子里冲出来，在后面向他们发起了冲锋。一时间，旷野里响起了时断时续的枪声。独立营借助抗日道沟，一边派出一个连的兵力阻击敌人，一边加快护送老百姓的步伐。在敌人越来越密集的枪声里，老百姓又一次惊慌起来，一些人跳出道沟，像无头的苍蝇一样四处乱跑，正好被敌人的机枪打中，乱纷纷地倒在了地下。营长只好命令一些战士拦截他们，他自己也跑上去，奋力把几个人拉回到道沟里。一颗子弹击中了他的膀子，鲜红的血水流出来，很快便浸湿了胸前的衣裳。一个战士想去给他包扎，被他一下子甩开了。快去抢救老百姓，他瞪着血红的眼睛吼叫。那个战士只是愣怔了一下，便也跑出道沟去拖拽老百姓。

在战士们的努力拦截下，受惊的老百姓终于安静下来，趴伏到道沟里不再动弹。敌人的步兵对他们没有多少办法了，便派出炮兵向道沟里打炮。一枚枚炮弹呼啸着飞过来，大多都落在道沟两侧的开阔地里，只有少数几颗炮弹落到道沟里，炸死了几个老百姓。营长知道不能一味地待在这里，便命令战士们带领老百姓抓紧行走。在战士们的催促下，老百姓们便又猫起腰来，磕磕绊绊地汇入到往远处奔跑的洪流里。由于人们是在道沟里排成了单溜，炮弹已对人们的伤亡构不成多大威胁。经过一个多钟点的奋力行走，人们终于把敌人甩在了后面，走出道沟，来到一个开阔的河道边。

由于长时间干旱，河道里没有一点儿水流，地下全是松软的沙尘。王小羊不知道这是什么河道，后来在别人的口中听到了“卫河”的名字，才明白他们已经来到卫河边了，也就是说，他离自己的老家王家庄越来越远了。

战士们把老百姓安置在河边的树丛里歇息。此时日头已经西斜了，经过多半天的奔走，人们早就累得不行了，一个个躺倒在地下不再动，从他们中间时而传来呕吐声，这是感染上霍乱细菌的人在发作。看到身边不断有人死去，一些悲观到极点的人开始哭泣起来，没过多大会儿，哭声便像霍乱细菌一般传遍了整个人群。战士们坐在人们四周，一个个拄着枪支，脸上也一副悲惨沮丧的样子。营长和身边的几个部下站起来，在人们中间不安地走动。

尽管已经来到秋天，但午后的日头还是十分厉害，稀疏的树叶也遮不住它的光照，人们都被晒得头昏脑涨，加之肚子里饥饿，越发觉得虚弱不堪了。营长的枪伤开始发作，虽然卫生员做了一些处理，但他还是站立不住，又倒回到了地下。他本来想让战士们给老百姓做顿饭吃，又怕生火做饭暴露了目标，只好让大家拿出随身携带的一点点儿干粮，发给老百姓暂时充饥。但老百姓却没有心思吃东西，战士们发了一圈，也没有把干粮真正发下去。营长焦躁得不行，忍着伤痛又站了起来，再次在人们中间来回走动。

王小羊呆呆地看着他，知道他也没有什么更好的办法。路上遇到的老百姓越来越多，因感染上霍乱死去的人也越来越多，如果再这样消耗下去，用不了多长时间，就算躲过了敌人的围剿，这支队伍也会被生生拖垮掉的。但面对如此严峻的局面，作为营长的他却不能把这些可怜的老百姓丢下，让队伍轻装上阵去杀敌，因为他不知道该怎么处置这些人。在他所经过的这一路上，几乎每个村庄都是一片火海，也就是说，敌人每到一个村庄就烧杀抢掠一个村庄，实行野蛮残暴的法西斯手段。这大约也是老百姓纷纷离开家乡踏上逃难路的真正原因，更是敌人这次扫荡围剿要达到的一个罪恶目的。

营长正在苦思冥想，还没有做出像样的决断，突然从天空中传来了一阵轰隆隆的马达声。王小羊抬起头，看见两架飞机一前一后飞过来，由于它们飞得很低，机身上的日头图案都被他看清楚了。不好，王小羊在心里说，人们虽然隐蔽在树林里，但如果日本人在飞机上开枪，这片散乱的树木是一点儿遮挡作用也起不到的。他刚起了这样的念头，一阵密集的弹雨便像急落的雨水一般倾泻下来，看来人们已经被日本飞机发现了。受到袭击的人们又在树林里乱作一团。担任警戒的战士也纷纷跑回来，匆促地向营长报告，北面、东面和南面都发现了敌人，只有西面的河道里没有什么动静。营长跑出树林，面对着空旷的河道陷入了沉思。

王小羊在一边看着他，觉得在三面受敌的严峻形势下，他唯一的选择便是带领队伍向西面的河道突击，只要跑过了这片开阔洼地，人们或许就能再次获得安全的机会。但他想错了，营长只是短暂地向河道对面看了一下，便对他手下的人断定说，敌人肯定在河对岸有所布防，现在之所以按兵不动，目的是把我们吸引到河道里，然后发起合围，一举将我们消灭在里面。不等手下的人有所反应，他便果断地转过身来，穿过人群，来到树林另一边的外围，仔细观察其他方向的敌人。此时，其他三个方向的敌人已经离他们不到二里地的距离了。

在那两架飞机的配合下，敌人的地面部队组成几个方阵，打着大小不同颜色不同的旗帜，呈合围之势慢慢向他们开进，坦克和装甲车越过一条条壕沟，一步一跌地往前爬行；一支骑兵部队在一片开阔地里穿来穿去，马蹄腾起的尘土一路飞扬起老高。又是他娘的铁桶战术，营长咬着牙嘟囔一句。

怎么办？二连长急急地问道，要不我们向西边河道里试一下？

不行，营长猛地抬起手来，狠狠地瞪了他一眼说，如果敌人真的埋伏在河那边，那我们可就要吃大亏了。他掉过头，看一下在树林里争相号叫的老百姓，有他们跟在后面，我们可试不起呀。

时间不多了，二连长气急败坏地催促他说，你快拿主意吧。

听他这样说，营长反倒冷静下来，又回过头面向敌人扑来的方向，阴沉着脸一句话不说。王小羊以为他拿不出什么像样的主意了，心里开始涌起一丝绝望的情绪。但很快，他便看见营长伸出手，指着东面方向对二连长他们说，我仔细观察了敌人合围的阵势，从他们的第一线一直到战术纵深，均有红黄蓝白黑不同颜色的小旗向合围地带移动，只有东面的日本太阳旗和几面红色三角旗停在那里不动。这说明敌人错误地判断我们要向河道里突围，所以北面和南面的敌人在不断地运动，以配合西面埋伏在河那边的敌人，而放松了东面的布防。也就是说，东面就是敌人这次合围的弱点。

几个人都点了点头，只有二连长拧着眉毛说，东面可是日本人的队伍，如果把那里选为突破口，势必也有一场硬仗要打。

都到这时候了，营长从嘴边挤出一丝笑说，日本人也没有什么了不起。

听他这样说，二连长咽口唾沫，随即鼓了鼓胸脯说，那好吧，我去打头阵。

营长拍拍他的肩膀说，独立营以后还在不在，还有这些老百姓是不是还能回他们家去，就靠你和同志们了。

没说的。二连长抽出驳壳枪，往后挥了挥说，二连集合，随我做好向东面突围的准备。围在他身边的一些战士立即朝他围拢过去。王小羊只简单地朝他们看了一眼，便知道这些人其实也就是一个排的兵力，看来接下来的这场突围之战真的不好打了。

我带三连去西边，做出向河道里突围的假象，营长又对二连长说，等我们的枪声一响起来，你马上率领同志们向东冲击，无论如何也要撕开一道口子，就是剩下一个人，也要把老百姓从这里带出去。说完，他便领着其他人穿越树林，向西面的河道方向奔跑而去。

不一会儿，就从树林那边传来激烈的枪声，王小羊知道，营长他们的突围佯攻开始了。那边的枪声一起，南北两面的敌人都加快了运动的节奏，坦克和骑兵部队更是冲在前面，绕过树林，一起向河道边扑去，企图把独立营一举歼灭在那里。从枪声响起的距离判断，或许河道对岸真的埋伏了大批敌人。王小羊把眼睛转向东方，果然正如营长所说，东面的日本人并没有多大动静，既没有枪声传来，日本人的队伍也处于半停滞状态。

跟我向东冲！二连长挥起驳壳枪，带领数十个战士进入道沟，一阵隐秘的疾跑，当就要接近日本人的队伍时，突然跃出道沟，一边猛烈地开枪、投弹，一边不顾一切地往日本人的队伍里冲击。日本人被这突如其来的袭击搞蒙了，排布规整的队伍很快便被撕开了。留在树林边的一些战士看到时机到了，便引领着众多的老百姓，一窝蜂地向东面跑去。快呀，战士们急切地朝人们叫喊，大家快往东边跑。人们也顾不得在道沟里隐身了，索性爬到地面上来，你推我撞地跑进了那个撕开的口子里。日本人很快回过神儿来，一阵匆忙的集结之后，便从两边向二连长他们发起了反攻，密集的枪弹把人们压制在地面上，一些来不及趴到地下的人被子弹击中，乱纷纷地朝地下倒去。王小羊虽然早就趴下了，但一颗子弹还是从他头顶上飞过去，头皮一阵发麻之后，随即便是剧烈的疼痛。他知道自己被打中了，但不知道有多厉害，手在头上摸了一下，手指上自然沾满了淋淋的血水。他摇晃了一下头，觉得脑子依旧十分清醒，才感到一些庆幸，看来那颗子弹并没有伤到自己的脑子。

二连长在地下只趴了一小会儿，便像一头愤怒的豹子一样一跃而起，再次挥起驳壳枪，大声朝身边的战士们喝道，拼命的时候到了，大家都给我上呀。说罢，便把冲到面前的几个日军士兵打倒在地。战士们也纷纷爬起来，端着枪支向朝他们扑来的日军士兵迎去。也许距离太过靠近了，或者枪里没有太多子弹了，他们便挥起枪来，朝对方的身上狠狠地打去。虽然枪声稀落了，但“嗨嗨”的叫骂声和“啪啪”的击打声却此起彼伏地响起来。趁着战士们和日军士兵们肉搏的时机，趴在地下的老百姓也再次爬起来，向着战士们因为搏斗而留出的空当冲去。一些老百姓也被身边的搏斗激红了眼，随手拿起地下可用的东西，蒙头蒙脑地朝那些日军士兵身上打去。

王小羊摸到了一块石头，没有来得及瞄准，便向正和一个战士扭成一团的日军士兵头上砸去。日军士兵发现了他的动作，本能地一偏头，石头从他肩膀上飞过去。但在他因做这个动作而分神的当儿，那个战士张大嘴巴，用牙齿咬住了他裸露出来的脖子。日军士兵大叫一声，松开了抱住战士的手，企图护住自己的脖子。那个战士挥起手中的枪刺，狠狠地捅进了他的胸脯。王小羊躲避不及，从日军士兵胸口喷涌而出的鲜血呼啸着溅落到他脸上。那个战士把嘴里的一块肉吐出来，朝他似哭似笑地龇了一下牙，便掉开身子，又和其他的敌人打在了一起。王小羊抹抹脸上的血水，也像那个战士一样朝地下吐了口唾沫，龇了龇牙，便转身帮助另外受到攻击的战士去了。

日本人终于明白独立营的突破目标在他们这边，也很快加大了反击力度，从远处聚集而来的人员越来越多，二连长的人马死伤过半，眼看就要支撑不住了。就在这危急时刻，参加西河道佯攻的队伍返回来了，也迅速投入到了与这边日本人的厮杀中。局面马上被改变了，不到一刻钟的工夫，那些和战士们混战在一起的日军士兵大多都倒在了地下，剩余的一些人纷纷退到了远处去。战士们都停住了手，倒是一些老百姓还觉得不解气，又围到那些还没有闭气的日军士兵身边，又是用脚踹，又是用手抓，痛快地宣泄着心中的仇恨。离王小羊不远的一个汉子摸起一支断裂的枪托，朝着一个脸上有疤的日本军官头上砸去。在枪托接触到他额头的刹那间，王小羊闭上了眼睛，只听着“咔嚓”一声响过后，什么湿漉漉的东西打在了他脸上。王小羊在脸上抹了一下，然后睁开眼来看自己的手指，老天，他的手指上竟然挂着一颗圆溜溜的眼珠子。他拼命地挥舞自己的手，好不容易把那颗眼珠子甩到一边去，然后心惊胆战地朝那个日本军官头上看。和他的想象差不多，那个日本军官的上半截头颅已经像熟透的瓜果一样开裂，剩余的下半部分支离破碎，从白森森的骨头茬子间流淌出黑红交杂的血浆。那个汉子还不住手，依旧挥舞着枪托朝那颗残破的脑袋上砸，似乎不把枪托打烂不罢休。两个战士跑上来，使了很大劲才把他拖开。二连长既像是对战士又像是对老百姓说，不要在这里停留，继续向东跑。

独立营终于带领老百姓突出了包围圈，傍晚时分来到一个被敌人烧光的村庄里休整。王小羊这才从战士们口中得知，在西河道里的假突围之战中，营长和三连长都先后阵亡了，回到东边来和二连长会合的战士也只剩下不到一半的人员，也就是说，整个独立营已经不到五十人了。老百姓也损失接近一半的人，剩下的这些人正在残垣断壁间经受霍乱病菌的折磨。二连长站在一堵墙壁上，瞪大泛着血丝的眼睛朝西边遥望。王小羊知道他在看什么，便也顶着头颅的伤疼和他一起朝西边看。此时日头正在沉落，西边地平线上涌动着红彤彤的晚霞，在刚刚经历过生死搏斗的王小羊看来，那简直就是鲜红的血水在天边汩汩地流淌。

直到日头坠落到地平线下了，他们也没有看到内心里希望看到的景象。他们回不来了，王小羊在心里对二连长说，他们真的回不来了。二连长也最终确认了这一点，把目光从昏暗的西天边收回来，用低沉却坚定的口气对战士们说，从现在起，我就是独立营的营长了，大家跟着我，把他们，他朝四周的老百姓划拉了一圈，把他们送回他们的家去。听到这里，王小羊忽然蹲到地下，把手紧紧地捂在脸上，热辣辣的泪水从手指缝间涌出来。

经过四五天的辗转行走，王小羊终于回到了自己的老家王家庄。他沿路经过的那些地方，不管是路途、田野还是村庄，都有数不清的霍乱病患者躺倒在地下，多数经受过痛苦的折磨后已经死去，少数正在经受痛苦的折磨即将死去。

一场由日本人实施的可怕瘟疫像洪水猛兽在鲁西大平原上疯狂肆虐，所到之处便是人去屋空、尸横遍野的地狱景象。不知道什么原因，王小羊穿越了差不多整个瘟疫流行区，却没有感染上霍乱病菌。对此他一点儿也不感到庆幸，在他的内心深处，他是多么盼望自己也变成一个霍乱病人，像他身边那些人一样倒在路途上，彻底离开这个由日本人统治的罪恶世界。为什么老天不惩罚我？他在心里频频地追问，让我还活在这个世界上干什么？他觉得自己有罪，不光对不起交给他任务的邱浩天老师，更对不住鲁西这些深受其害的父老乡亲们。

带着这种深深的罪恶感，王小羊一回到王家庄，没有进村去，更没有回自己家去，而是径直来到了坟地里。他知道，王家庄躲不过这场瘟疫，像大平原上所有的村庄一样，也许此时的坟地已经成为王家庄最为重要的一个场所。尽管他做好了接受严重局面的心理准备，但出现在他面前的情景还是超出了他的意料之外，也使他觉得真正难以承受得住了。还离着老远，他便看到了一些倒在地下的死尸，随着坟地的接近，地下的死尸越来越多。他看出来，这些死尸几乎都呈现出同一个姿势，那就是头颅冲向坟地，而脚板指向村子。不用分析就能判断出来，这些人都是从村子里走出来，企图走到坟地里去，却倒在半路上再也爬不起来了。

秋季的白天依旧炎热，那些倒在路上的死尸长时间待在野外，已经开始腐烂发臭，王小羊捂住鼻子才能从他们身边走过去。开始他还有些纳闷，这些死尸的亲属怎么不把他们埋到坟地里，却让他们留在半道上烂掉？很快他便明白过来，也许他们都没有自己的亲人活在世上了，这些死尸大概就是一家人中最后一个离开这个世界的。这是不是说，王家庄的人死亡得特别厉害呢？王小羊尽管对死人的事见怪不怪了，可想到自己的村子死掉了那么多人，还是止不住有些紧张，无形中加快了向坟地里行走的脚步。但他却渐渐走不动了，遍布在地下的死尸没有留出多少空间，他要顺利地进到坟地里，就要不断从这些死尸上踩过去。叔叔伯伯们，王小羊一边在这些死尸上行走，一边在心里对他们说，请原谅我对你们的不恭……

王小羊终于来到了坟地里，像一个孤鸟一般置身在一地死尸中间。他已经没有了任何恐惧，也没有了一滴眼泪，只是呆呆地看着他身边那些死尸，尽力分辨着他们的身份。一时间，他们活在世上的音容笑貌又清晰地出现在他眼前。很快，王小羊便放弃了辨认他们的努力，他忍受不了他们的音容笑貌对自己神经的摧残，也加之死尸太多了，他即使分辨一个整天，也无法把他们一一记在心里，何况他早就不想让自己的心灵敞开任何一道口子了。

王小羊以为整个坟地里就自己一个活人了，没有想到不知什么时候又一个活人已经坐在他身边了。这个活人是从那些死尸中坐起来的，所以王小羊被吓了一跳，本能地以为大白天见到了鬼魂。他极力让自己镇定下来，仔细朝那个鬼魂一般的人打量了一下，才认出他是王家庄开药铺的李寿山。寿山爷？王小羊喃喃地对他说，是您吗？

是我，李寿山也认出了他，你真是王小羊吗？

两个人越过身边的尸体，互相凑近了些。寿山爷，您还……活着？

我还以为，李寿山摇着满头的白发说，我这个老不死的是咱村最后一个活人了呢，没想到还能在这个世界上见到你。

怎么？王小羊有些吃惊，咱村里的人都死光了吗？

都死光了，李寿山哀哀地垂下头去，一个不剩地都死光了……

王小羊本想问一下自己的母亲，但只是张了一下嘴，又立刻闭上了，问和不问还有什么根本的区别吗？

可我为什么还活着？李寿山吃力地抬起头，用不解的目光看着他，你说我为什么还活着？

王小羊想对他说句什么，但依旧没有张开口。这也是我问自己的问题，他在心里对自己说。

我想死，李寿山把身子扑在地下，像垂死的虫子一般拱动着，我想到那个世界里去找他们。

我也想去，王小羊又在心里说。

帮我一把吧，李寿山忽然抬起身子，直直地朝他扑过来，你帮我到那个世界里去吧。他抱住他的身子，使着老劲摇晃他。

王小羊不知道该对他做些什么表示。我帮助了您，他依旧在心里说，谁又来帮助我呢？

小羊，咱爷们两个的关系不错，李寿山流着口涎哀求他说，我还帮助你给那个日本人治过伤呢，就看在这一点上，你就在我脖子里掐上一下子，把我弄到那个世界里去吧。他朝他指指自己青筋裸露的脖颈，小羊，我求求你了……

王小羊如果不听他说到田中一郎的事，说不定真的在他脖子里来上一下，帮助他到那个世界里去和他的亲人们团聚，但他竟然提到这件让自己如此心痛的事，他不能不把自己的心思转移到那些罪恶的日本人身上去了。小日本，他突然张开嘴巴，恶恶地朝着天空里发出一声怒叫，我操你们的八辈子祖宗——说完，他就爬起来，踏过身边的尸体，迈着大步朝坟地外走去。

小羊，李寿山还在他身后叫喊，你到哪里去？你不能把我一个人丢在这个世界上不管。

我要去找日本人，王小羊像是对他又像是对自己说，我要去找那些天杀的日本人。

第九章

35. 活体实验

当王小羊在遥远的鲁西与日本人的扫荡围剿和霍乱瘟疫搏斗的时候，李灿辉正在济南城里加快他和林美娜恋爱关系的确立。

自从王小羊再次离开学校以后，林美娜已经把感情的重心转移到他身上来。昨天分别的时候，他们第一次尝试着拥抱在一起，也就是说，从此以后，他们就是正式的情侣关系了。这使李灿辉处在一种无比激动的情绪中，一整夜都没有睡好，只要一闭上眼，面前就晃动着林美娜姣好靓丽的影子。回想昨天的拥抱，亢奋之余他又感到一点点儿不足，因为担心自己嘴里的蒜味会引起林美娜的反感，他拼命地克制自己，才没有和她接一下吻。这对他们刚刚确立的情侣关系来说，不能不说是一个小小的遗憾。所以一从床上爬起来，他便立刻走进盥洗室，仔细用牙刷清洗牙齿，并暗下决心，从此以后不但不再吃什么葱蒜了，就连辣椒之类的食物也戒除了。

从上头一节课起，李灿辉就有些心神不定，盼望着上午的课程早早结束。因为昨天他和林美娜分手时约定，今天中午他们再见一次面。在他的想象里，这次和林美娜见面以后，他一定要抓住机会把昨天没有完成的那个吻补上去。一想到这一点，他就激动得喘不上气来。好不容易把第二节课上完，再熬过最后一节课，他就要实现自己的美好愿望了。但就在这时，一件让他意想不到的事情发生了，打乱了他在这一天甚至此后一生里的计划。第三节课刚刚开始，一个小个子日籍老师便走进教室，径直来到他面前，不动声色地对他说，李君，木村学监让你到他的办公室去一趟。

木村学监叫我？李灿辉似乎有些不相信，虽然自己和木村义邦关系不错，但平时都是自己前去巴结他，从来没有被他主动招去过。他找我有什么事？虽然这样问着，他的心里却不由自主地想到了赴日留学的事，所以便又随嘴问了出来，是不是有关留学的事？

我不知道，日籍老师依旧毫无表情地说，他只是通知我叫你到他那里去。

好的，李灿辉满口答应着，一边收拾课桌上的东西，一边朝那些对他羡慕张望的同学们笑了一下，便跟在日籍老师身后，走出教室，穿过校院，朝木村义邦所在的那座小楼走去。他看见一辆军车停在楼房下，几个持枪的日本宪兵站在楼梯口，其中一个还牵着一只狼狗。这原本应该引起李灿辉的警惕，起码也会让他留意一下，当然即使他预感到了什么不测也是没有用的。可是，那只看起来凶猛的狼狗并没有看他一眼，好像他的到来与它没有什么关系似的，李灿辉也便不觉得这些突然出现的日本宪兵对自己有什么妨害，迈着和平时没有什么区别的步伐走上楼去，走进了木村义邦的办公室。

但让李灿辉无论如何想不到的是，他刚一走进门来，就被一个早就站在门后的日本军曹揪住衣领，扯拽着按到一张空着的凳子上。那个胖墩墩的军曹力气很大，加之李灿辉没有防备，一下子被他扯拽得有些发蒙，脚步一阵踉跄，要不是有那张凳子接住屁股，他怕是就歪倒在地下了。李灿辉张皇地抬起头，目光在屋内转悠了一圈，才落在这间屋子的主人木村义邦身上。他这才看出来，这间屋子和平时相比发生了很大变化，不仅是增加了那个凶神恶煞般的日本军曹，更重要的是木村义邦的胳膊上扎着一根针，那根针连接着一根弯曲的塑料吸管，直通到一只吊在木杆顶端的瓶子上。他明白了，木村义邦是在输液，也就是说他得病了，而且从他苍白的面容上看，他病得一定不轻。怪不得好几天没有见到他了，原来他是病了。那么，他得了什么病？

你来询问他。那个军曹显然不会说中国话，在瞪视了李灿辉两眼以后，便转向木村义邦，催促他和李灿辉说话。

木村义邦强打起精神，也尽力用与平时不一样的冷硬口气对他说，李灿辉，你和王小羊是好朋友吗？

李灿辉想不到他们把自己叫来是问王小羊的事，有些失望的同时也松了一口气。是，他点点头说。

你知道他干了些什么事吗？木村义邦继续问他。

不知道，李灿辉不禁往前探了探身，他干了什么事？凭着直觉，他感到王小羊一定是出了什么事，怪不得他这几天没有到学校里来，那么他会出什么事呢？

那么他到哪里去了？木村义邦追问他说。

这个我也不知道，李灿辉如实回答说，他好几天没来上课了，也没有再回到宿舍里睡觉。

你们不是好朋友吗？木村义邦打断了他的话，脸色变得更加阴沉难看，他到什么地方去，怎么会不告诉你？

其实我们现在已经不是好朋友了……说到这里，李灿辉有意停住了话，不知为什么，他内心深处竟然盼望木村义邦问他一声为什么，那样他或许就会把他们与林美娜的事说出来。

但木村义邦并没有问这个话题，依旧沿着自己的思路说，根据我对你们的观察，我不仅认为你知道王小羊的去向，而且参与了他的爆炸行动也是很可能的。

什么?！李灿辉大吃一惊，爆炸行动？什么爆炸行动？

木村义邦还要往下问，但站在一边的军曹等得不耐烦了，把戴着白手套的粗短手掌猛地拍在李灿辉面前的桌子上，瞪着眼睛喝问他说，你们是中国人的同伙，对不对？问完了，他又转向木村义邦，期待他翻译他的话。

木村义邦用日语告诉他，这个人听得懂你的询问。

军曹恍然大悟，也便不再理会木村义邦了，索性走到李灿辉面前，用日语叽里呱啦地审问起他来。

李灿辉终于听明白了，王小羊在日本陆军医院制造了一起爆炸事件，从此以后，他便从济南消失不见了，日本宪兵正在到处搜查他的行踪，企图将他捉拿归案。从他们如此急切寻找他的态度里，李灿辉判断王小羊制造的那个爆炸事件十分严重。真是没有想到，平时闷声不响的王小羊竟然是一个危险的抗日分子。一时间，李灿辉不知道该对王小羊持什么态度，是敬佩，还是恐惧？但他却一下子明白了王小羊为什么离开林美娜而一意孤行，也明白了他行动前对自己说过的那些话。王小羊，李灿辉在心里对他说，你为什么……但他还没有把心里的话问完，就立刻意识到自己面对的严重局面，由于王小羊的抗日行动，日本人开始把注意力转移到了自己身上；又由于自己与他的朋友关系，他们竟然怀疑自己是他的同伙。这样一来，自己在日本人眼里也就成为了像他一样的抗日分子……一想到这一点，李灿辉就惊惧地跳了起来，老天，在日本人统治的这个城市里，一个人一旦沾染上“抗日”的嫌疑，那他的处境也就可想而知了。不，他一边急急地摇头一边奋力争辩，我不是他的同伙，我不是……

但军曹并不听他的话，依旧恶声恶气地追问他说，你是王小羊的同谋，你们一起制造了那场爆炸案对不对？

我没有，李灿辉又是摆手又是摇头，我一直待在学校里，我没有到陆军医院里去过。情急之下，他突然想到了求助木村义邦。不管怎么说，这个日本学监对自己都没有什么恶感，何况他还得到过自己不止一次的巴结，在这个关键时刻，如果他能为自己说上句话那可真是再好不过了。我在学校里的行动，木村太君可以给我证明，他指了木村义邦一下说。

木村义邦没有做出什么反应，好像对这件需要由他来说话的事，他还没有拿定明确的主意。

王小羊到医院实施爆炸的时候，军曹转向他说，木村君不是正在医院里接受抢救治疗吗？怎么又能证明得了这个人的行动？

木村义邦反应过来，果断地摇了摇头，接过他的话说，是的，这些支那人十分狡猾，看起来与我们友好，其实都是潜在的抗日分子。大概他想到了王小羊对他的蒙蔽，不禁也对李灿辉变得厌恶起来，对这个人我现在也非常不放心。

听他这样说，军曹似乎知道该怎么办了，再次拍了一下桌子说，你快如实把你和王小羊的阴谋交代出来，不然……

李灿辉再次跳起来。不不，他可怜巴巴地申明说，我没有和王小羊搞什么阴谋。这些日子以来，我们其实已经闹崩了……他准备不等军曹询问，就主动把自己和王小羊的分歧连同与林美娜的恋情都坦白出来。

但军曹并不听他以下的话，或者把他这些与爆炸案无关的话当作了继续蒙蔽他们的表现，不禁勃然大怒，挥起戴着手套的手掌，在他脸上狠狠打了两个耳光。

李灿辉被打蒙了，两个脸颊上一阵麻木过后，眼前四处乱冒的金星久久没有散去。呜呜呜……他实在感到委屈，止不住抱出头痛哭起来。

军曹显然对他的哭泣不抱任何同情的态度，转向屋门口，对外面大声喊道，来人！随着他的喊声，两个日本宪兵一溜小跑着进来。军曹朝正在哭泣的李灿辉指了一下说，把他带走。

李灿辉知道一切侥幸的愿望都靠不住了。我不走，他忽然抱住面前的桌子，用近乎耍赖的口气说，我哪里也不去……

这当然一点儿作用也不起，两个宪兵冲上来，只用了不算太大的力量，就让他的手脱离了那张桌子，然后扯拽着出了屋门，穿过一段走廊，磕磕绊绊地朝楼梯下走去。来到院子里时，李灿辉又看到了那条狼狗，与上次不同的是，狼狗一看到他被胁迫的样子，就腾跳着朝他扑过来。好在它脖子里的绳索牵在另一个宪兵手里，它只是腾跳了一下，便被牵拉得回过了头去。但它似乎非常不甘心，再次掉回身来，继续朝着他扑撞。李灿辉被吓坏了，不但不再哭泣，连不太像样的挣扎也停止了。

李灿辉被塞到了警车内。警车鸣叫着开过了校院，直朝大门口驶去。警车开出大门口时，李灿辉透过窗玻璃看见一个窈窕的身影从对面走来，不用仔细辨认，他便知道这是林美娜的影子。经过在木村义邦办公室的一番询问，中午时分就要到了，也就是说，到他和林美娜约会的时间了，如果这件事没有发生，说不定接下来就该到他和林美娜亲吻的场景出现了，可现在……

林美娜——李灿辉拍打着窗玻璃，希望把自己的被捕告诉她。但此时的林美娜不知道他在警车里，她的心思都在前面不远的校园里了，当警车从她身边疾驶而过的时候，她只是朝它匆促地扫了一眼，便马上掉开眼睛，再次把目光转向校园门口，转向在她想象里就要跑出来迎接她的那个人身上。她又怎么想得到，其实那个人就在她身边的警车里，已经与她擦身而过，去往一个她永远无法抵达的地方。李灿辉在玻璃后面看到了林美娜对警车的那一瞥，以为她看到了自己，心里一时有些激动。但这一刹那过后，随着林美娜的目光从车上移开，他马上又坠入了绝望的深渊。林美娜……李灿辉号哭得更痛切了，在警车拐过三条大街驶进宪兵队大院的时候，他的眼泪都把胸前的衣服浸湿了。

从这一天过后，李灿辉便被关在了宪兵队里，再也没有回到学校里去。日本人找不到王小羊的行踪，便企图从他身上寻找一些线索，每天都对他进行审讯，无奈李灿辉也像他们一样对王小羊的去向一无所知，根本没有什么可交代的。日本人便认为他不说实话，于是也像对待那些坚强的抗日分子一样对他实施刑罚。可怜李灿辉被打得体无完肤，死去活来，一般好汉都难以承受，何况他根本不是什么好汉，哪里受得了如此酷刑的折磨。他每次还没有行刑就被吓得哭成一团，刚一接受刑罚就乱说一气，但换来的却是更加严厉的拷打。日本人以为他有意蒙蔽他们，越发对他不客气了，整个刑讯室里都是李灿辉的号叫声。王小羊，李灿辉咬牙切齿地喊着王小羊的名字，我被你害苦了……

在关进监牢两个多月的时间里，李灿辉每天都是以泪洗面，哀哀哭泣，在内心里咒骂那个给他带来灾难的王小羊，但在很少有的情况下，他竟然也会突发奇想地对自己说，如果知道日本人这么残酷无情，当初真不如跟着王小羊去参加抗日……这当然只是一个极其短暂的念头，很快便又让情绪恢复了常态，也就是再次把怨恨发泄到王小羊身上。在怨恨王小羊的同时，李灿辉始终没有对日本人失去信心，有时候他甚至觉得，自己遭受的这些苦难并不是日本人施加给他的，如果没有王小羊对自己的株连，日本人怎么可能会找他的麻烦呢？日本人其实对他们这些不怀敌意的学生是非常友好的，不仅教他们学习有关日本的文化知识，还给他们增加了赴日留学的名额，假若这次不出事，说不定现在他已经踏上日本领土了。是的，凭着他的刻苦和努力，他不相信自己取得不了东渡日本的资格。

好几次梦里，李灿辉都看见一艘要开往日本的轮船停在码头上，自己提着皮箱要朝搭在船上的甲板走去，身后跟着来给他送行的林美娜。不要走，林美娜牵着他的衣角哭哭啼啼地说，我不想让你离开我。李灿辉转过身来，望着这个对自己如此一往情深的美人儿，忽然有些吃不准到底是不是该往船上走。每次到这个时候，他就会醒过来，继续余兴未尽地想这个问题，鱼和熊掌到底能不能兼得？只有听到刑讯室里传来魔鬼一般的叫喊声，他才会如梦初醒，意识到自己不仅吃不到什么鱼，连他并不多么喜欢的熊掌也远离而去了。但不管多么沮丧，他却由于想到了可爱的林美娜而觉到一些欣慰。是的，如果没有这场意外，说不定他现在已经和林美娜结合在一起了呢。就算他们关系的进展没有那么神速，但起码已经吻过对方许多回则是确定无疑的……一想到这一点，李灿辉就产生了继续活下去的冲动，因为经受不住刑罚而恨不能赴死的念头也便淡远了。林美娜，他在心里深情地朝她呼唤，你可要等着我……

直到李灿辉真的抵达了死亡的关口，他都没有对出狱与林美娜团圆失去希望。日本人见他最终也提供不出有价值的情报，觉得他没有什么用处了，便不再在他身上打主意。由于他在狱中的表现有些不堪，管理犯人的几个日本人格外瞧不起他，上面下达了释放他出狱的命令，这几个日本人却故意出错，把他掺杂在了那些要处决的抗日分子中间去。李灿辉自然想不到这一点，还以为自己真的要被释放了呢，一时激动得涕泗交加，连连对着日本人叩头作揖。看他如此媚骨下贱，走在他前面的一个大胡子犯人转过身来，用镣铐在他头上狠狠地砸了一下。李灿辉被砸破了头，转过脸去向站在一边的日本人求助。那几个日本人却不管他的事，眼神里倒是流动着幸灾乐祸的意思。李灿辉不再表示什么，抹抹头上的血迹，从地下爬起来，跌跌撞撞地跟在那些人身后。等出去了我再……他心里想了这么一下。

但李灿辉哪里料得到，他们这批走出监牢的人并没有获得自由，而是要等待一个让他们无比恐怖的结果，就连那些抱定了死亡决心的抗日分子们也没有想到。走出监牢后，他们便被押上了一辆警车，驶过几条大街，径直进入了一个大门里去。透过车窗玻璃，李灿辉看见他们进入的这个大门的牌子上写有“陆军医院”几个字，心里不禁有些迷惑，日本人把他们拉到陆军医院来干什么？难道出狱前给他们做一次身体检查？日本人会有这样的好心吗？李灿辉尽管对日本人没有失去信心，但还是不太相信这一点。

犯人们被从车上押下来以后，一队持枪的卫生兵接管了他们。这些穿着防疫服的卫生兵押着他们进入一个房门，沿着一条幽长的走廊往里走去。李灿辉不住地朝走廊的两边看，见经过的每个屋门口都挂着牌子，上面用日文写有诸如“庶务、计划、生菌、材料、实验”等字样。他当然明白这些词的意思，但同时他又觉得事情没有那么简单，它们的表层意思下面好像还预示了什么更重要的东西，那才是它们在这里所代表的真实含义。正在这时，他看见一个卫生兵从前面一个门里走出来，胸前抱着一个大玻璃瓶子，朝他们迎面走过来。在和他交错而过的时候，李灿辉朝那个大瓶子瞥了一眼，看见里面装满了波动的液体，液体里泡着一团红艳艳的东西。他瞪大眼睛仔细看，老天，那团红艳艳的东西竟然是动物的内脏，具体说是心肝之类的东西。李灿辉不知道那是什么动物的内脏，当然更没有往人的身上想，但却吓了一跳，心脏扑腾扑腾地跳起来，赶紧掉开了头。快走。一个卫生兵在身后推了他一下。他没有防备，一下子扑在前面那个大胡子身上。他再次吃了一惊，因为他感觉到大胡子的身体火热，毫无疑问他在发着高烧。大胡子也有些站不稳了，被他一撞，竟然也朝地下趴去。走廊里一时有些骚乱起来。

等走廊里重新归入了平静，李灿辉和大胡子从地下爬起来，发现那些和他们一起押来的犯人们已经不知去向，走廊里就剩下他们两个了。四个卫生兵分别架着他们来到一个门口前，李灿辉抬起头来看，只见牌子上写有“解剖”两个字，刚才那个抱瓶子的卫生兵就是从这里出来的。他呆怔了一下，似乎突然间明白过来，知道那个玻璃瓶子里泡的是人的内脏，也明白日本人把他们押到这里来到底是干什么了。活体解剖？他的脑子里急快地想到了这两个词。我不——。李灿辉本能地发出一声叫喊，两手扳住两边的门框，无论如何不往里走。一个卫生兵抡起枪托，毫不客气地捣在他的两手上。李灿辉觉得手上的骨头被打断了，尽管他依旧用着力，却无论如何也抬不起来，卫生兵在身后轻轻一推，他便不由自主地扑进了那间屋子里。

屋子里站着十几个人，都一律穿着防疫服，戴着口罩，在他们的身后是一张台子，上面放置着刀子、钩子、钳子、锯子之类的金属用具。台子和金属用具上都沾着斑斑的血迹，具有浓重福尔马林气味的空气中也掺杂着一股血腥味。李灿辉和大胡子一被推进来，就被卫生兵不由分说脱去了衣服。那十几个人中的一个小个子说，现在让你们见识一下正常人，他指了一下李灿辉和发病人，他又指了一下大胡子，他们的内脏器官有什么区别？他把手指停在李灿辉身上，先看正常人的吧。

听他这样说，两个卫生兵拖起李灿辉，把他往那张泛着血光的台子上放。我不……李灿辉极力挣扎着，身子一阵激烈的颤抖，大小便不由自主地流泻出来。

老师，小个子身边的一个瘦子说，要不还是先看病人的吧？

好吧，小个子朝一个卫生兵摆摆手，你去给他处理一下。小个子又转向其他卫生兵说，把病人拖上来。

另外的卫生兵把大胡子按在了那张台子上，用绳带固定住手脚。此时的大胡子正处在昏眩状态中，没有做出什么像样的挣扎。

瘦子身边的一个少女伸出戴着手套的手，在大胡子身上摸了一下，便急快地缩回去。他烧得那么厉害？她惊讶地说。

他被注射了伤寒菌苗，小个子说，此时正是发作的时候，当然要高烧了。说着，他从台子上拿起一把手术刀，在大胡子的胸前比画了一下，对他身边的人说，现在开始进行解剖实验，大家要好好回顾课堂上讲过的人体构造，认真观察，下面我们先从切除阑尾开始。

那个少女问他说，老师，我们不对他实施麻醉吗？

小个子回答说，今天带来的俘虏都是顽固的抗日分子，我们要把他们杀掉，所以不注射麻药。怎么样，你们准备好了吗？

那些人做出郑重其事观摩学习的样子，一起回答说，准备好了，老师开始吧。

大胡子这时正好清醒过来，望着悬在自己胸口上的手术刀，他明白是怎么回事了。你们给我来点儿痛快的吧，他咬了咬牙说。

这个我们或许办不到，小个子软绵绵地对他说，请多担待我们给你带来的痛苦。说着，他就把锋利的手术刀挥起来，“扑哧”一声从大胡子的右下腹部切下去。

大胡子没有发出什么声音，在一边目睹了这个场景的李灿辉却号叫起来，好像被解剖的不是别人，而是他自己。

他的叫声转移了那些人的注意力，小个子放下手术刀，不满地对李灿辉身边的卫生兵说，把他的嘴封上，在这样嘈杂的环境下，我很难把课上下去。

那个卫生兵找来一块胶布，把李灿辉胡乱开合的嘴巴紧紧地封住。

小个子对瘦子说，你来把他的阑尾切下来吧。

瘦子拿起手术刀，在大胡子打开的腹腔里扒拉着寻找，过了足有十几分钟的时间，才成功把他的阑尾切下来。

小个子对他的动作有些不满，转向少女说，惠子，下面的解剖由你来进行吧。

是，少女有些感动地说，感谢老师的信任。

大胡子处在极度的痛苦中，喉咙深处发出一阵阵低沉的呻吟声，身子不住地扭动挣扎，捆绑着手脚的绳带快要被挣断了，黏糊糊的汗水顺着头脸、脖颈和胸脯流淌。

尽管有几个卫生兵按着他的身子，但少女的手术刀还是不能准确地在他胸膛上划出一条直线，手指一抖，刀口豁到一边去了。太遗憾了，少女哀叹着说。

小个子也又摇了摇头。好吧，他拿起另一把手术刀说，还是把他杀死吧。说罢，他就把刀尖刺进了大胡子颈部的动脉血管。随着一股鲜血“噗”一下喷射出来，大胡子简单地挣扎了几下，便一动不动了。好了，小个子转向少女说，现在可以了。

谢谢老师。少女向他鞠了一躬，再次挥起手术刀，成功切开了大胡子的胸部。瘦子拿起一只大钝钩，把划开的皮肉撑开，少女则取过骨钳，开始剪切他的肋骨。但她的力气太小了，费了好大的劲，才剪断了两根肋骨，便再也剪不下去了。

真是难为你了，小个子对她满意地笑笑，转向其他人说，你们来帮助她一下吧。

那些急不可待的人争相拥上来，大多数用骨钳，没有拿到骨钳的干脆用手，随着一阵“咔吧咔吧”的响声，大胡子的肋骨差不多都被折断，胸腔被整个打开了。随后，小个子亲自动手，逐一取出他的心、肝、脾、肺、肾等脏器，托在手里，一一向他的学生们讲解这些器官因为感染伤寒病而发生的一些变化，并传到每个人手里，让他们放到眼下仔细观看。等讲解完了，他们便把那些脏器放进波动着药液的玻璃瓶子里，作为以后可供保存的标本。

太生动了，瘦子一边擦手指上的血迹，一边感慨地说，老师带我们到战场上来上课，真是太好了。

在这里学到的知识，少女也深有感触地说，是我们在课堂上永远也学不到的。

在小个子的指点下，他们在大胡子的胸膛和腹腔里塞上一些棉絮，简单地缝合了一下，便让卫生兵装到一只麻袋里，丢弃在墙角处。解剖台空出来了，小个子和他的学生们便把眼睛转向了李灿辉，目光里闪动着焦渴的神色。

李灿辉目睹了大胡子被解剖的整个过程，因为极度恐惧，他已经大小便失禁了许多回，但由于好多日子没有吃饱过饭了，肚子里已经没有多少东西可以排泄了。我不，他只是神经质地在心里叫喊，我不——

把他弄到手术台上来，小个子终于对卫生兵发出了指令，下面我们要好好看一看一个正常的人体器官到底是什么样子，以便于和那个感染上伤寒病的人体做一下比较。

两个卫生兵架住李灿辉的肩膀和两腿，没费多大力气，就把处于迷乱状态的李灿辉放置在解剖台上。当他们捆绑住他的手脚，把闪闪发亮的手术刀悬在他面前的时候，李灿辉忽然变得清醒起来，在盯了那把要置他于死地的手术刀足有一分钟之后，也就是当小个子把刀子就要切进他的胸脯的最后时刻，他猛然恶狠地骂了一句非常有力的话——我操你们日本人的娘。由于他用力过大，粘在他嘴上的那块胶布竟然脱落下来，也就是说，他这句咒骂其实是发出了声音来的。

由于李灿辉骂出的是一句中国话，那些用手术刀解剖他的日本人都没有听懂。李灿辉意识到了这一点，他想再用日语咒骂他们一句，但随着那把手术刀在他身体上的滑落，深入骨髓的疼痛已让他发不出声音来了。

36. 最后审判

那天中午，林美娜从那辆在她身边疾驰而过的军车上收回目光，迈着轻快的步子走进校园，径直朝李灿辉的宿舍走去。这时已到下课的时间，按照昨天的约定，李灿辉应该在宿舍内等着她。李灿辉这间宿舍也曾经是王小羊的宿舍，当林美娜朝宿舍内走的时候，她会不由自主地想到王小羊，如果王小羊依旧住在这间宿舍内，她是不会到这里来和李灿辉约会的。但这些日子以来，王小羊不知到什么地方去了。虽然他人不在这里，但他的东西还在，他在这里生活的气息还在，所以一进到这间宿舍里来，林美娜仍然有些不自在的感觉。好在随着她对与李灿辉约会情景的向往，那些不自在的感觉也像风一样远去了。

但林美娜没有想到，李灿辉却不在宿舍内，难道说他还没有下课回来？不太可能吧，明明其他宿舍内都传出了人声，为什么独有这间屋内空着？林美娜以为李灿辉是有事出去了，还在桌子上、床铺上巡视了一圈，看他是否给自己留下了纸条之类的东西。但没有，宿舍内一如过去留给她的样子，没有任何不同的地方。时间似乎过得很快，林美娜透过窗户朝外看，日头已经偏到西边去了，如果李灿辉不出意外的话，他无论如何应该回来了。毕竟这是他们的约会时间，在她的印象中，李灿辉不是一个大意的人，不可能把他们的约会时间记错。他更不是一个阴险的人，绝不可能故意把她丢在这里不管。那么除此之外，他会到什么地方去呢？又会有什么让她料想不到的意外出现在他身上呢？在等待李灿辉的时间内，林美娜想到了他不出现的各种可能性，却独独没有料到，李灿辉其实已经被那辆从她身边驶过的军车拉到可怕的宪兵队去了。

下午上课的时间到了，隔壁宿舍的学生见她还待在屋内，便伸进头来对她说，你不要再等李灿辉了，他被日本人接去做客了。

日本人？做客？林美娜有些不明白他的话，如果说前一个词还与李灿辉有些关系的话，那么后一个词可就让她觉得莫名其妙了。

其实那个学生并没有故意骗她，当李灿辉被日本军车拉走的时候，那些一度羡慕兼嫉妒他的同学真的以为他是被日本人接去当客人了。

林美娜尽管还没有彻底搞清李灿辉消失的原因，却知道不能继续在这里等下去了，于是她怀着渐渐浓厚的失落情绪在屋内打量了一圈，打算离开这里回家去。你别也像王小羊一样消失不见了吧？她在心里嘟囔着说。想到了王小羊，她不禁又回了一下头，目光落在那幅竖立在墙角落里的画作上，那是王小羊临摹的高更印象画《塔希提女人》。虽然画上的那个女人是在遥远的塔希提岛上，但林美娜却清晰地看出来，那个女人的形象其实是来自她自己的身上，也就是说，王小羊是在用自己的画笔描摹他身边的这个女人。更明确地说，王小羊真正喜欢的女人不是那个塔希提少女，而是她林美娜。每次想到这里，林美娜都会觉得感动，都会有些鼻子发酸。尤其是此时此刻，看着画上的那个虽然不太明晰却美丽动人的女人，林美娜忽然觉得肚子里一阵急剧的翻腾，一股热辣辣的东西朝喉头上涌来，如果她不是拼命地抑制，怕是就真的要呕吐上来了。尽管她还不知道这是怀孕后的一种反应，却本能地觉得这种感觉一定与王小羊有什么关系，便伸出手去，把那幅还没有完成的画作抱在怀里，转身朝门外走去。

从那天以后，林美娜再也没有见到过李灿辉，她到包括师范学校在内的许多地方找过，也终于没有得到他的任何消息。林美娜无论如何想不明白，为什么李灿辉也像王小羊一样消失不见了，难道说他们的离去都与自己和他们建立过关系这一点有关吗？这当然是她无论如何想不清楚的一件事。随着妊娠反应的增加，林美娜终于明白自己是怀孕了，当然更明白自己是怀上了王小羊的孩子。也就是从这个时刻起，林美娜把所有的注意力都从李灿辉身上收回来，开始一门心思地想象与王小羊有关的一些事。看来我还没有与你脱离开干系，她在心里对王小羊说，至少在我生下你的孩子之前，我是不能再与其他任何男人建立关系了。

为了不让同学们看出自己怀孕的事实，林美娜已经不敢再去学校上学了，干脆请了一个长假，回到家来，在她的闺房里打发产前的漫长时光。无聊的时候，她会把王小羊那幅《塔希提女人》摆放在墙边，然后坐在椅子里，一遍遍地对着它打量。在由于疲惫而导致的短暂瞌睡里，她会做一个荒诞不经的梦，看见自己和王小羊一起飞翔在浩渺的海天里，然后降落在一个分外美丽的小岛上。在一棵巨大的棕榈树下，一个身穿奇装异服的美丽少女迎着他们走过来。她睁大眼睛一看，那个迎接他们的少女竟然就是她自己……每到这时候，林美娜便醒来了，醒来了便不由自主地想到王小羊，就会在心里神经质地叨念，王小羊，你到哪里去了呢？

不知道为什么，发生在林美娜身上的不幸事件还在继续上演。继王小羊、李灿辉这两个与她相关的男人消失不见了之后，没过多少日子，林美娜的父亲，这个对她说来最为重要的人，也永远离开了她。说起来事情也有些蹊跷，先前商铺在外面进货时，父亲从来都是派他身边的伙计前去办理，但这一次，那个一直被他信得过的伙计却不辞而别，不知道到什么地方去了。事情有些紧急，父亲便只好亲自上阵，带领另外几个人踏上了购货的路途。但他第一次做这件事就栽了跟头。据逃回来的伙计说，他们本来已经买通了日本人的哨卡，可在穿越封锁线时，还是遇到了一阵突起的炮火，车辆被一颗炮弹炸翻了，父亲被压在了车下，等把他弄出来时，已经没有了任何气息。

林家的顶梁柱倒了，不说林美娜没有去看的那些店铺，就是她置身其中的这两个院落，也一下子乱成了一锅粥，具体到关键的两个人身上，便呈现出一人欢喜一人悲伤的复杂景象。对于父亲的死去，后母虽然也像他人一样哀哀地号哭，但眉眼间却不时地透出一缕喜悦的神色。没有了丈夫的管束，她不但获得了统领这两个院落的权力，外面那些店铺也要归到自己名下了。与后母的态度相反，林美娜虽然没有让内心的哀伤夸张到无以复加的地步，但眼里的泪水却是源源不断地流淌。父亲曾经是她在这个世界上最亲近的人，在很大程度上起着保护伞的作用，现在他也离自己而去了，那她还有什么可以依傍归靠的呢？这一刻，林美娜觉得自己的命运突然现出了狰狞可怕的面目，她把两手放在日渐隆起的肚子上，开始感觉到接下来要面临怎样不测的风云了。

随着父亲的离去，后母很快便对她改变了往日的暧昧态度，变得明显地严厉刻薄起来，似乎一天不在她身上找出一点儿毛病，这一天她便不知道该怎么度过似的。本来这是一个把主要精力都放在麻将桌上的女人，许多人甚至包括林美娜都以为她对家务事没有什么兴趣呢，但他们哪里知道，她对于麻将游戏的热爱不过是一个虚假的烟幕弹，无非是在为以后可能到来的某个时机积蓄力量。当这样绝佳的时机真的来到面前的时候，她自然不再刻意掩饰什么。因为憋得太久而变得有些急不可待，在为丈夫举行完葬礼的第三天，就果断地告别麻将桌，将精力完全用到对付那个在未来的日子里有可能成为她对手的女儿身上了。本来后母就是一个善于挑毛病的女人，何况那个女儿的毛病是那么显眼，她开始鼓胀出来的大肚子一下子便被她看在了眼里。这真是一件让她倍感欣喜的事，小妖精竟然没有结婚就大了肚子，这不是把一个上好的把柄送到她手里来了吗？好，既然你做出了辱没林家门风的丑事，那就休怪老娘要好好整治你一番了。后母在激动起来的同时，也不失时机地愤怒起来。好你个骚狐狸，她毫不客气地点着她的额头说，竟然明目张胆地勾搭起野男人来，说，你肚子里的野种是从哪里来的？

但让她料想不到的是，一旦把这件事挑明了，看起来一向乖巧听话的林美娜突然也变成了泼妇。这是我自己的事，用不到你来管我，她毫不客气地对后母回击说。后母根本没有想到，林美娜自怀孕以来所表现出来的平静并不是她的性格使然，而是为了不生事而克制压抑着的伪装。她交往的男人们先后都离她而去了，现在连她唯一的亲人也不在这个世界上了，她已经没有什么值得期待和盼望的东西，一切都到了摊牌的最后关头，那就不要再顾忌什么了。反正她与这个蓄谋已久的阴险女人势不两立，再说事情已经挑到了明处，也就没有再藏着掖着的必要了，干脆与她撕破脸皮吧，最终的结局无非就是鱼死或者网破。她早就做好了离家出走的准备，那些让她牵肠挂肚的人们都在外面游荡，她还有什么必要待在这个不再属于她的家庭里呢？

在和后母酣畅淋漓地大吵一架之后，林美娜果断地走出自己的闺房，走出家门，迈着大步往街道上走去。有本事你再也不要回来，后母恶狠狠地警告她说，并把院门紧紧地关闭了。

哼哼，林美娜在心里说，你就是用八抬大轿来抬，姑奶奶也不再回到这里来了。由于走得过于仓促，她甚至连一些用得着的生活用品也没有带上。其实带那些东西又有什么用？她连自己的去处在哪里都不知道，带上那些东西反而更是累赘，不如就这样空荡着两手走得痛快。什么都不重要，林美娜捧着自己的肚子，对那个她并不能看见的孩子说，妈妈只要带上你就足够了。这当然是一个极其天真的想法，是一个没有经历过流浪生活的人不切实际的空想。当林美娜在大街上游荡的时候，尤其是当天色快要黑下来的时候，面对着逐渐空旷下来的街道，她抱住自己因为寒冷而不住抖颤的肩膀，才知道空手离家出走的鲁莽。这一刻，她甚至有些后悔起来。孩子，她对着自己的肚子嘟嘟囔囔地说，我们该到哪里去呢？

尽管感到了孤独和害怕，林美娜也决心不走回头路。就算后母把院门对她敞开了，她也没有脸面再回到那个院落里去，回到那个对她横挑鼻子竖挑眼的女人身边去。她虽然缺少度夜容身的地方，却不缺少洁身自好的志气。林美娜当然不知道，她只是一味地在心里与她的后母斗气，却完全忘记了伴随黑夜降临而可能到来的危险。这天夜里，当她在街道上无目的地逛荡到半夜时，终于与两个上街巡逻的日军士兵遭遇了。

日军士兵先以为遇到了可供盘查的可疑目标，但走上前去后，却发现这是一个很有姿色的年轻女人。两个日本鬼子原本就很好色，加之很久没有近距离接触过女人了，一见美丽的林美娜孤身在外，就像嗜血的苍蝇见了肥肉一般，马上便把她围在了中间，争相去撕扯她的衣服。花姑娘的，他们色眯眯地吧嗒着嘴说，快活快活的。

林美娜知道自己很难躲过这场劫难了，本来已经快要放弃了挣扎反抗的努力，但突然想到肚子里的孩子，就算是为了保住这个她还没有来得及见上一面的婴儿，她也不能听凭他们宰割，让两个无耻的异族强盗伤害到自己。来人哪，林美娜一边拼命挣扎一边大声叫喊，救命呀！但与此同时，她又本能地觉到这样做的徒劳，就算有人听到了她的喊声，但在这些随时都有死亡事件发生的夜晚里，谁又会敢于出来对她施以援手呢？完了，她甚至绝望地闭上了眼睛，如果再有一分钟的时间，她怕是就真的要束手待毙了。

就在这个关键时刻，一个似乎从天而降的人来到了她面前。你们这两个魔鬼，他一边奋勇地推搡那两个日军士兵，一边把林美娜抱到了自己怀里，孩子，我救你来了。

由于气氛太过紧张，林美娜没有看清楚这是一个什么人，甚至没有搞明白他是从哪里出来的，却本能地知道他是来救自己的，不禁长长地吐出一口气。莫非真的是天使来了？她甚至这样想了一下。她自己似乎也不明白为什么心里就有了这样奇怪的念头。尽管她没有看清这个人到底是什么样子，却让自己紧紧地靠在他身上，好像把自己的一切都交付给他了。

那两个日军士兵只是关注林美娜了，没有提防那个人的到来，虽然对方的力量并不大，却被一下子推倒在地下。他们挣扎了一会儿，才从地下爬起来，转向那个突然出现在面前的人，恼羞成怒地问他说，你的什么的干活？

我是这个教堂的神父，那个人朝身后指了一下说，你们不能在这个神圣的地方干侮辱女人的坏事。

神父？两个日军士兵朝他手指的方向看去，果然看见了那座矗立在黑夜里的教堂，一时有些愣怔起来。

孩子，神父随即转向了林美娜，快跟我离开这里。说罢，他便把她的一条胳膊放在自己肩膀上，架着她往那个教堂的院门里走去。

两个日军士兵反应过来，从地下摸起枪支，一边“哗啦”推上子弹，一边朝他们叫喊，站住，神父的也不能干扰我们的好事，快把花姑娘的留下。

神父把嘴附在林美娜耳边说，快跑。林美娜也清醒过来，在神父的搀扶下，两个人一阵疯狂的疾跑，很快便进到了院门里去。

日军士兵开枪了，子弹打在院门两边，在黑夜里发出耀眼的火光。等他们追到院门口，院门已经紧紧地关上了。两个士兵又用枪托捣了几下门板，见没有办法打开，只好叽里呱啦说了一些威胁的话，便赶紧离开了。他们还有任务要执行，再说对教堂也的确有些顾忌，虽然心里不太痛快，也只能就此罢休。

林美娜被神父拉进一间小屋内，来到了明亮的烛光下，才看清救自己的神父并不是什么天使，而是一个丑陋的老头子。因为他是红脸蓝眼的外国人，她一时竟对他有些恐惧，不自觉地松开牵住他衣角的手指，还往后倒退了一步。

不要害怕，神父朝她摆摆手说，你已经脱离了危险……很快，他便明白她现在的恐惧是来自他的身上，不禁尴尬地笑了一下，我虽然和你不是一个种族，但我是上帝的子民，是不可能做出伤害你的事来的。请放心吧，你在这里有上帝对你的庇护，就是最安全的了。

林美娜进一步看清了，这个外国老头子虽然长相丑陋，但脸上流溢出的都是慈祥的笑意，让他想到了自己的父亲。没错，这样一个人的确不大可能给自己带来伤害。她渐渐安静下来，这才感觉到身体的疲惫。是呀，她已经快要一天没有吃过像样的东西了，精神一旦放松，身体便有些支撑不住，要不是就近有一张凳子，她就要歪倒在地下了。

神父见她虚弱成这种样子，马上亲自动手，给她做了一些可吃的东西，端到她面前的桌子上。

望着那些缭绕着热气的食物，林美娜还没有吃到嘴里，仅仅是吸了一口飘溢着香味的空气，眼睛里便流出了滚滚的热泪。你得救了，她在心里一遍遍地告诉自己，你真的是得救了。

在此后一连几个月的时间内，林美娜再也没有离开过这座教堂，再也没有离开过这个叫李保罗的美国神父。她已经没有了自己的家，没有了自己的亲人，她只能把这座还算安全的教堂当作自己的家，把这个泛滥着爱心的外国神父当作自己的亲人。对于教堂和神父这些原本属于西方的东西，林美娜虽然也不能说一无所知，却从来没有进行过像样的关注。她一直认为他们与自己没有什么关系，所以当她从这座教堂面前走过去的时候，没有往里仔细看过一眼，甚至对那些进到里面去做祈祷的人还有些看不起，认为他们与其把精力用到这里来，还不如回家去喝杯茶更好呢。这是她一贯的想法，却不曾想到自己有一天也会像那些让她不解的人一样进到这里来，并从根本上改变了一度左右着自己情绪的思想，进而对这个与自己没有多少关系的地方产生了深深的依恋。因为这个时候她已经离不开这个地方，或者说她已经成为这个地方最为忠实的一名信徒了。

这座教堂其实已在济南城里存在了数十年，曾经很是兴盛过一阵子，由修士和修女组成的神职人员多达十几人。但自从日本人侵入济南后，教堂便日渐萧条了，眼下就剩下李保罗一个神职人员，还有一个看门兼跑腿的汉人老唐头。即使在规定的几个节日里，前来做祈祷的信徒也十分稀少，一般的日子里更是了无生气，在这个乱世里就像是一个被人遗忘的场所。这样的环境对于林美娜来说却是很好，日常里帮助李保罗神父做做饭，洗洗衣，如果没有什么事可做，她便把一本已经破损了封面的《圣经》放在膝头，用心或不用心地读上几页。这是李保罗交代给她的任务，一来帮助她打熬漫长的时光，二来也使她增加对该教的了解。更多的时间里，林美娜都会来到忏悔室里，让置身在隔壁的李保罗神父帮助她破解那些让她感到困惑的问题。是呀，自从有了这些复杂的遭遇后，林美娜也便感到了越来越多的困惑，好像这个她已经生活了二十个年头的世界突然变得陌生起来，以至于让她如果失去他人的引领，她就无法存在下去了似的。

亲爱的父亲，林美娜这样称呼这个给她带来第二次生命的李保罗说，我是不是一个有罪的人？

我的孩子，李保罗在隔壁回答她说，每个人生下来都是有罪的，但问题是，只要你听从上帝的指引，从善如流，并且善待他人，就能得到拯救。

可我的罪孽是不是太深重了？我也许得不到拯救。

为什么这样说呢？是什么让你对未来失去了信心呢？

我肚子里孩子的父亲最先离开了我，随后我的第二个男朋友也消失不见了，前些日子我深爱的父亲又被炮弹夺去了性命。我觉得他们的离去都与我有关，是不是由于我的原因，他们才离开了这个世界呢？

当然不是。其实你已经明白，他们的离开都是日本占领者造成的结果，与你一点儿关系也没有。或者从更广大的意义上说，是这场由军国主义和法西斯发动的侵略战争造成了你们的分离。试想一下，如果没有他们的祸害，你和你的朋友还有父亲，不是都在过着美好的生活吗？如果说罪孽深重的话，那侵略你的国家的那些日本人才是真正的名副其实，而你不过是一个天真烂漫的女孩儿。

那什么时候能结束这场战争？我们还能过上您所说的那种美好的生活吗？

当然能……

什么时候？您能给我预言一下吗？

预言？这个……李保罗犹豫了一下，像是想起了什么，旋即对她说，我当然能告诉你，因为使徒约翰早就对我们说过，最后的审判已经开始，上帝派出了他的使者羔羊，正在对那些为非作歹的异兽发起攻击。

羔羊？林美娜心里一动，迫不及待地问他说，您是说我肚子里的孩子的父亲吗？

你肚子里的孩子的父亲？你说什么呢我的孩子？

我肚子里的孩子的父亲就叫王小羊？您该不是说到了他吧？

噢，原来……不，我的孩子，我是说上帝派出的使者羔羊，他正在率领着他的信众，与以兽为代表的恶势力进行最后的生死较量。

林美娜明白了，原来李保罗在说《圣经·启示录》的内容，她读到过这一部分，记得书中有如下的记载，“宝座与四活物并长老之中，有羔羊站立，像是被杀过的，有七角七眼，就是神的七灵，奉差遣往普天下去的……”她向李保罗问道，您确信上帝会审判那些罪恶的人吗？

这还有什么怀疑吗？上帝的使者羔羊或许已经来到我们中间。

林美娜忽然打断了他的话，我能不能知道，您怀疑过上帝吗？

什么？李保罗发出了一声惊叫。

请原谅您的孩子提出这样的问题……

李保罗迟疑了一下，还是用和善的口气对她说，这样的问题已经超出了我们谈话的范围，恕我不能回答你。

林美娜没有表示什么。

不要被暂时的苦难所吓倒，李保罗极力打起精神说，相信上帝不会丢下我们不管，相信最后的审判一定会到来。

既然要审判那些罪恶的人，可现在受苦的为什么偏偏是我们呢？

因为，李保罗选择着清晰的字句说，因为那些罪恶的人不甘心受到审判，总要做一番垂死的挣扎。说到这里，他开始引述《圣经·启示录》的记载，“他们与羔羊争战，羔羊必胜过他们，因为羔羊是万主之主，万王之王。”相信吧我的孩子，我们一定会得到万能的羔羊的拯救的。

林美娜闭上眼睛，让自己的心境沉淀了好一会儿，才也随着他的话说，“这些人是从大患难中出来的，曾用羔羊的血，把衣裳洗白净了”。

是的，李保罗继续诵念着《圣经》上的字句，“羔羊无论往哪里去，他们都跟随着他”。

“羔羊必牧养他们，领他们到生命水的泉源。”

“愿救恩归与坐在宝座上我们的神，也归与羔羊。”

我们得救了？林美娜喃喃地说，感谢羔羊……她忽然呜呜地哭泣起来。

李保罗听到了她的哭声，却没有说安抚她的话，而是依旧沿着自己的思路说，“最后的审判”过后，所有的罪人都受到了彻底的惩罚，然后人类就将进入一个新天新地、空前美好的太平盛世。

每次从忏悔室里出来后，林美娜都觉得心情舒畅，先前一度笼罩着她的郁闷情绪一扫而光。尽管未来遥不可知，她却因为听信了李保罗对《圣经》的讲解而变得信心十足，是呀，有了羔羊和他信众的拯救，这个世界还是充满希望的。自然，每当从那个十字架前走过的时候，她会抬起头来，不由自主地朝钉在上面的那个人看。她觉得，那个人或许就是信徒们所说的“羔羊”吧，为了拯救受苦受难的人类，他自己要先爬到十字架上去，经受一番生死大难。很多个夜里，林美娜都会在睡梦中看见那个吊在十字架上的人，让她感到奇怪的是，那个被钉在十字架上的人竟然就是王小羊的模样。醒来后，她会不住地在心里叨念，王小羊，你到底在哪里呢？

几个月过后，林美娜还不到临产的时候，却在一天夜里不慎跌倒了，本来她摔得并不多么严重，可不知怎么回事，竟然导致了她的早产。因为没有提前做什么准备，又加之是在夜里，林美娜的早产让教堂里的两个男人感到措手不及。当然，他们最先想到的是送医院，尽管半夜时分不敢保证医院营业，但也没有其他可行的办法了。可是，正当他们把流血不止的林美娜放到一辆手推车上时，外面街道上却传来了一阵激烈的枪声。老唐头拖着车子不敢往门外走了。见他这种时刻还在迟疑，李保罗火上心头，第一次打了老唐头一个耳光，夺过车子，拖起来就往外走。但他的身子刚一出门，就被一颗流弹打中了小腿。李保罗扑倒在地，幸亏老唐头冲上去，把他和车子拖回来，才算没有出什么大事。

医院是去不成了，看来只好由他们自己来给林美娜接生了，但这实在是为难了他们。老唐头把林美娜弄进屋去，一见她两腿间在往外流血，便立刻涨红了脸面，急急忙忙躲到了屋外去。李保罗虽然没有什么男女之间的顾忌，并且也跃跃欲试地挽高了袖子，但毕竟没有给女人接生的经验。作为不能结婚的神职人员，他甚至从来都没有真正接触过女人，哪里又知道该往什么地方下手。孩子，李保罗用愧疚的目光看着林美娜，我真的对不住你。

我的父亲，林美娜从昏眩中苏醒过来，眨动着迷蒙的眼睛看他，我可能得不到真正的拯救了。

挺住我的孩子，李保罗第一次没有信心地对她说，我相信上帝不会抛下你不管的……

请您答应我一件事，林美娜紧紧地拉住他的手，不管怎么样，都要保住我和羔羊的这个孩子。

你和羔羊的……李保罗惊骇地看着她，随即他便明白过来，是林美娜处在了迷糊状态，以至于把孩子父亲的名字与那个神圣的名字混在了一起。好吧，他怀着对上帝对耶稣基督的不恭将错就错地说，我会为你保住孩子，而且我会全力以赴保住你的。

谢谢您，林美娜摇着头说，我亲爱的父亲……

李保罗从她的目光里看到了她对自己话的不信任，也再次意识到了自己在这件事上的无能。上帝呀，他伸出两手，高高地朝看不见尽头的天空里伸出去，救救这两个可怜的孩子吧。

……

半个小时过后，林美娜肚子里的孩子来到了这个正在鸣响着激烈枪声的世界上，而她自己却闭上了眼睛，到另外一个世界或者说到天堂里去了。

李保罗把那个沾着一身鲜血的婴儿抱在怀里，含着热泪久久地注视着他。

神父，老唐头从后面探过头，给这孩子起个名吧。

按照你们国家的习俗，他应该姓王，神父思量着说，就叫他王东方吧。

老唐头愣怔了一下，忽然明白过来，或许神父要离开这个纷乱的世界，回到他自己的国家去了？

37. 同归于尽

进入古历八月后，天气突然发生了根本的变化，大雨说来就来了，而且来势凶猛，一下就是七天七夜，还没有停歇的迹象，好像一连两年的干旱让老天憋屈得太厉害了，要下就下它个痛快淋漓，甚至下它个天翻地覆，也算是对那场疯狂的旱魔来一场结实的报复。但这样一来，大地却有些受不住了，本来它是渴望雨水到来的，而且已经等待了漫长的十几个月，可雨水来得太过猛烈了，太过旺盛了，以至于让它难以承受，曾经龟裂的地面早就变成了一片汪洋，不要说坑塘河道，就连处在高岗之上的村庄也差不多被泡在了水里。

王小羊顶着时断时续的雨水，已经在泥泞中跋涉了好多个日子，还不知道他的目的地在什么地方。其实他没有什么目的地，他的家早就没有了，就连他家的所在地，那个名叫王家庄的村子也变成了一片废墟，一座躺卧在人间的地狱。当然，这也没有什么可奇怪的，在这场由日本侵略者制造的霍乱瘟疫灾难中，整个广大的鲁西平原几乎没有了像样的村庄。王小羊走过无数的地方，竟然没有看到一个完整的村落，到处都是残垣断壁，弹痕炮坑，随处可见的是倒卧在地的尸体，有的早就腐烂成白骨，有的正在水中发胀开裂。尽管有这场雨水的洗涤，但空气中还是弥漫着浓厚的腐败气味。日本人再次打着防止瘟疫进一步扩散的旗号，将那些还没有烂透的尸体收集起来，在上面倒上石灰，让它们将尸体一点点儿侵蚀掉。因为不便于焚烧，日本人又懒得挖坑埋掉，便发明了这种奇特的处理尸体方法。这一招还真的十分有效，不用多少日子，那些堆积如山的尸体便都化成了黏稠的浆水，随着四处流淌的雨水不知到什么地方去了。

那些日子里，阔大的鲁西平原上除了少数几个像王小羊一样近乎疯癫的怪人，已经难以见到健康或者说正常的人了。对这些已近半死的怪人，那些处理尸体的日军士兵似乎还感到有些碍眼，便举起枪来，对着他们时不时地来上一枪，以作休息之余的狩猎练习。但奇怪的是，那些因为饥饿而游荡的人都被当作猎物而倒下了，独有王小羊安然无恙，枪弹打在他身边的泥泞中，发出“噗噗”的响声，溅起的泥花扑打在他身上，而他竟然依旧飘飘地往前行走。你怎么不死？王小羊纳闷地问自己，你为什么还活着？他早就觉得自己该去地狱里找那些死去的亲人或乡亲了，可不知怎么回事，肆虐的霍乱瘟疫没有让他倒下，可怕的枪弹也奈何不了他，好像老天让他再活一些日子，就是为了让他继续承受一下死前的痛苦。

王小羊在空寂的大平原上行走了不知多少日子，直到有一天夜里看到了天空里圆大的月亮，才知道已经到中秋节了。如果是在往年，现在应该是一家人，不，是整个中国的人团圆相聚的时候。按照古老的风俗习惯，这一天吃月饼，赏月亮，欢欢乐乐地度过这个美好的节日。但现在……王小羊只好寄托于自己的梦了。他渴望在梦中与他的亲人团聚，与他的乡亲相见。可是这天夜里，王小羊躺在湿漉漉的泥地上，却无论如何闭不上眼睛，睡不着也就无法做梦，不能做梦也就无法见到他们，这一个中秋之夜也就白白浪费掉了。黎明时分，王小羊不再做睡眠的努力，干脆爬起来，拖着疲惫的脚步继续往前行走。他觉得自己一定有一件事还没有做完，不然他不会闭不上自己的眼睛，尽管他不知道那是一件什么样的事，但他却决定要把那件事做完，他才有资格也有情绪下到地狱里，与在那里等待着他的亲人和乡亲见面。去做吧，他悄声叮嘱自己说，赶快去做吧。

这一天，王小羊来到了一条大河边，河里的水十分浩大，几乎快要溢出了两边的河堤，他无法再往前走了，便站在河堤上四处张望。他突然知道这条河的名字了，对，它叫卫河。前些日子里，独立营带领人们从敌人的包抄中突围出来的那场战斗就发生在这里，也就是在那次激烈的战斗中，威武善战的营长还有接近一百名英勇不屈的战士牺牲在这里。那时候，卫河河道还是一片滚滚的沙尘，现在却是一片浩瀚的水流了。虽然时间仅仅过去了一个多月，但在王小羊的印象中，却似乎是漫长的一个世纪了。沧海桑田，他甚至在脑子里想到了这个并不十分熟悉的词。

王小羊在河边逛荡了一会儿，忽然看见不远的水中有一只木筏，便朝着它走过去。木筏十分简陋，只是用几根木料搭成，中间捆绑的绳索有些松散，所以呈现出一副歪歪扭扭的样子。木筏上没有人，周围的岸边也不见一个人影，不知道是什么人丢在这个地方的。王小羊扑下水去，游了几米远的距离，便爬到了木筏上。上面横躺着一根长长的木杆，看样子就是用来撑筏用的。王小羊把木杆举到手里，朝水下一划，木筏便慢慢朝河中驶去。他要到河里去看看，看看那些死难的八路军将士的尸体在哪里，如果他足够幸运的话，能够与他们的魂魄相遇也说不定呢。

王小羊撑着木筏在河中游荡，不知不觉来到了河道的一个拐弯处。拐过了那个弯子，他突然看见对面的河堤上出现了几个人影，心里不禁一动，还以为遇到了他要寻找的目标呢，便加快了划水的速度。但随着距离的接近，他逐渐看出来，那是几个穿着白色防疫服的日本人，而且那几个日本人是在用手中的东西往河堤上刨挖。没错，他们手里拿着锨镢之类的挖掘工具，拿着这类工具往河堤上刨挖，除了是破除那道挡水的大堤之外，还能是别的什么呢？王小羊心里一惊，似乎有些不相信自己的眼睛，更不相信自己的判断。因为卫河里水势浩大，眼看就要溢出河道了，当务之急不是破除大堤，而是应该加固堤防，以免河水真的冲毁堤坝，给本来已经遭灾的田野和村庄造成更加严重的危害。但眼下的事实却是，日本人的确是在破除大堤，并且已经挖开了一个不小的缺口，用不了半个钟点，那道河堤就要在他们的锨镢下沦陷，到那时，河水将像脱缰的野马一样冲出河道，将那面的大地悉数淹没。

王小羊倒吸了一口凉气，抬头四处张望了一下，很快便明白日本人之所以这样做的理由了。由于这一带的地势东高西低，河水差不多都是来自东边地面的支流，也就是说，此时的河水中已经携带了大量霍乱细菌，一旦掘开西边的河堤，这些携带着大量霍乱细菌的河水将流向西边的地面。那样一来，本来并没有受到霍乱瘟疫感染的河西也就是冀南地带，将成为继鲁西平原之后的又一个霍乱瘟疫重灾区。想到这里，王小羊禁不住“啊”地叫出了一声，日本人竟然如此歹毒，一个广大的鲁西平原还不够，还要继续祸害更加广大的冀南冀中地区。

王小羊刚刚把这件事想明白，随着那几个日本防疫兵的欢呼声，河那边的堤坝就在他们的锹镢下掘开了。王小羊举目望去，因为他处在河这边的缘故，开始还没有看到河水如他想象中的野马那样往决口处奔去。过了一会儿，他看见河道中的水都开始往那边汇拢，也就是说，那边的河水已经从那个缺口中冲出去了，而且很快。他木筏下的水也开始动荡起来，不用他撑动手中的木杆，流动的河水就裹挟着木筏连同木筏上的他一起往那个缺口处冲去，他不得不用木杆往后划水，才让身下的木筏行驶得慢一些。

日本防疫兵在缺口两边的河堤上欢呼了一会儿，就又紧张地叫喊起来。尽管他们说的是日本话，王小羊却一字不落地听清楚了。坏了，一个防疫兵说，河水已经淹掉了我们来的道路，我们要被困在大堤上了。另一个防疫兵头目说，快朝大堤两边跑，从远处迂回冲出去。于是，那些防疫兵赶紧掉回头，分别往大堤两边跑去。但他们只跑出了很短的距离，便都停下了脚步。水流太大了，一边的防疫兵急切地说，把这边的地面都淹没了。另一边的防疫兵也绝望地说，我们也看不到可以行走的路，看来我们跑不出去了。两边的防疫兵都像热锅上的蚂蚁一样，在狭窄的大堤上不安地转起了圈子。

太好了，王小羊听了他们的议论，高兴得差点儿叫出了声，你们这些为非作歹的日本强盗，终于也要被你们自己搞出来的阴谋诡计害死了。他的嘴角浮出一丝微笑，多少日子以来第一次感到了些许的快意。

但王小羊只高兴了一小会儿，便听见那个防疫兵头目说，大家不要慌，安心在这里等着吧，用不了多久，队长就会派人来接我们的。听他这样说，那些慌乱的防疫兵慢慢镇定下来，虽然还有些不安，却没有人再胡乱喊叫了。

这还真是一个问题，王小羊对自己说，如果日本人真像他们说的那样来这里接应，这几个罪恶的日本鬼子可就要获得安全了。他突然产生了一个令他激动万分的想法，不要让他们回去，就在这里把他们干掉。随着这个念头的诞生，他开始意识到自己为什么要做这场无目的的游荡了。不，他的游荡并不是没有什么目的，干掉几个日本人，让他们随着自己去下地狱，便是他之所以不肯死去的最大理由。你们等着吧，他在心里对那几个防疫兵说，老子这就来接你们了。

王小羊打定主意，便撑起木筏，直朝那些困在大堤上的防疫兵驶去。为了引起他们的注意，他甚至哼唱了几句鲁西一带特有的民歌，尽管不是那么好听，却足以让那些焦灼不安的防疫兵把目光转过来了。

看，一个防疫兵朝他指了一下，回头对他的同伴说，河里有船。

所有的防疫兵都朝他看来。我们可以乘他的船离开这里。另一个防疫兵说。

显然，他的提议得到了大多数防疫兵的赞同。让他把船划过来，防疫兵头目说。

哎，其中的一个防疫兵挥起手，用中国话大声朝王小羊喊叫，你的，船的过来，大大的有赏。

不用你赏，王小羊在心里说，老子都会送你们走的。他加快了撑筏的速度，不一会儿，木筏就来到了河堤下，停在了几个防疫兵的脚下。

你的大大的好，防疫兵头目伸出大拇指，朝他夸张地晃摆了一下，皇军的朋友的干活。说罢，他便第一个跳到木筏上，然后转身接应另外的防疫兵。

这边的防疫兵都上了木筏，王小羊便把筏子撑到另一边，再去接应那边的防疫兵。所有的防疫兵都上到了木筏上，王小羊便挥动木杆，让木筏离开堤边，朝河道里驶去。好了，他在心里对他们说，我带你们去下地狱吧。

也许木筏离开大堤太远了，防疫兵们又开始不安起来。你的，防疫兵头目转向他说，船往哪里的去？

王小羊没有回答他的话，也没有专注地看他，而是用冷静的目光扫视着他们所有的人，不动声色地用日语问道，看到你们的天照大神了吗？

天照大神？防疫兵们一惊，急忙抬起头来四处张望，有几个防疫兵还仰起脸对着天空看，天照大神在哪里？

不用朝天上看，王小羊用戏谑的口气说，你们的天照大神在这里。说着，他便朝河水里指了一下。

防疫兵们果然都随着他的手势往水里看，当然他们除了看见涌动着旋涡的浊水之外，根本不会看到别的什么东西。他们似乎这才觉到了王小羊的口气有些不对味，一个个抬起头，惊恐不安地问他，你的什么的干活？

王小羊继续用日语回答他们说，我是来接你们去见天照大神的。说着，他更加有力地撑动木杆，让木筏更快地驶向河道中央。

啊？防疫兵们终于知道这个人要干什么了，一时在木筏上慌乱成一团。快阻止他，防疫兵头目一边向他的属下发出指令，一边去掏皮套里的枪。几个防疫兵站起来，晃摆着身子扑向王小羊。

好了，王小羊既像是对自己说，又像是对他们说，我们一起下地狱吧。然后抬起一只脚，狠狠地踩在木筏的一个边角上。由于防疫兵们纷乱的动作，木筏本来就开始左右晃摆了，被他这一脚踩下去，便一下子往一边倾斜过去。不等木筏倾覆，王小羊就跳到了水里，似乎生怕它不像自己预期的那样完全翻转，他又抓住木筏的一根木头，狠劲往水下拖去。

不管防疫兵们怎么努力，木筏还是在极短的时间内翻扣过去，所有防疫兵都落到了水里。大多数防疫兵都不会游水，不一会儿便沉下去了，有两个还在费劲地扑腾。王小羊不想让他们继续挣扎，便又拖住他们的手脚，一一拉向河底的最深处。

所有防疫兵都去见他们的天照大神去了，王小羊大大地松出一口气。你把这件事做完了，他欣慰地对自己说，该到你去见你的家人和乡亲的时候了。想到这里，他便停止了划水，让自己的手脚不再动弹一下，任凭流淌的河水把他带到任何一个地方去。

但王小羊并没有在河水中死去，当他从昏迷中醒来的时候，发现自己躺在一片湿漉漉的沼泽中。他以为自己已经来到了地狱，但举目四望，却没有看见那些等待着他的家人和乡亲，映入他眼帘的依旧是空旷阔大的原野。他明白了，自己还没有死去，而是又来到了鲁西平原上。莫非老天还不想放过我？他举起两手，朝着依旧不见晴朗的天空伸去，我已经尽力了，就请你们放开我吧。身上一阵酸涩的胀疼袭来，他不得不放下沉重的手臂，并疲惫地闭上眼睛。胀疼过去后，他便又感到了急剧的寒冷，好像自己不是置身在阴雨绵绵的秋天里，而是来到了风霜凛冽的寒冬中。王小羊尽管有些昏眩，但他残留的意识还是让他明白了，自己是染上了霍乱细菌，也就是说，那些由日本人制造的霍乱细菌终于还是侵入了他的身体，此刻正在他的肌肉内他的血液里他的神经上他的骨髓中发作肆虐。你终于还是难以逃脱它，他对自己说，这也很好，谁让你成为了它的死敌呢？是的，这的确是一个不错的死法，与自己的家人和乡亲们一样地死去，你还有什么可遗憾的呢？感觉到自己在无数霍乱细菌的作用下已经走到了生命的尽头，王小羊最后一次睁开眼，用掺杂着咸涩泪花的目光打量着从自己身下铺展开去的阔大原野，用尽剩余的所有力气说，鲁西，我的家，我爱你……

王小羊的魂魄离开了他被霍乱细菌摧毁得不像样子的肉体，飘向阴云密布的天空，飘过山野和河流纵横的东亚大地，飘过涌动着看不见尽头波浪的大海，抵达了一个名叫塔希提的美丽小岛。在一棵高大的棕榈树下，王小羊的魂魄看见，迎着他站起来的并不是一个风情万种的毛利女人，而是已经老得不像样子的高更老头。

王小羊，高更老头颇为欣喜地对他说，我已经等你很多年了……

后 记

长篇小说《霍乱年代》属于我的“本土”文化资源创作系列，算是我在《天宝物华》（即《阿胶大传》）《曹植大传》《天河》之后为家乡写的又一本书吧。

当然，更为准确地说，这是一本有关鲁西的书，因为书中所写的那个事件（“昭和十八秋鲁西作战”）的发生地几乎涵盖了整个鲁西平原，而不仅仅局限在我的家乡东阿一带。实际上，从我打算写这本书的那一天起，我就把整个鲁西都当作了自己的家乡。从这种意义上说，这依然是一本我献给自己家乡的书。

虽然我是土生土长的鲁西人，但在写这本书之前，对于广大的鲁西平原，我几乎没有什么特别的感受。尽管它所包含的每一个市县区我都走过一遍，却没有发现它有什么特别让我感动的地方，所以要说给它的话，也就不是那么多。直到有一天，我偶然接触到有关鲁西细菌屠杀的资料，这种状况才一下子得到了改观。

关于霍乱病，我曾经听到过它的一些消息，知道在70多年前的时候，鲁西一带曾经流行过严重的霍乱疫情，甚至到20世纪80年代，依旧有零星的霍乱病人出现。但我哪里会想到，那场急风暴雨般的霍乱疫情会是日本侵略者精心实施的一场屠杀，不仅我这样没有经历过战争又对历史较为麻木的人不知道，而且从那场瘟疫中侥幸逃脱出来的人也说不清楚，就连我们的军事专家、历史学者也没有明确的定论。这样的状况既让我感到大为吃惊，又使我感到不可思议。

据有关鲁西细菌战的资料显示，1943年（日昭和十八年），鲁西遭受严重的旱灾，8月迎来罕见的大雨。此间，日本侵略者偷偷以人工布菌和空中布菌等方法向鲁西北各县释放大量霍乱细菌，然后以清乡扫荡的方式驱逐老百姓四处流窜，借此大面积散播疫情。随后，连续半月的暴雨让鲁西北边境的卫河、漳河、滏阳河、滹沱河等水位暴涨。为了促进疫情的进一步传播，日军先后掘开河流堤坝多处，洪水所到之地，村庄一片汪洋，瘟疫四处横行，染病的人上吐下泻，很快不治而亡，很多村庄一夜间死亡数百人，尸横遍野，哀鸿满地，甚至出现了“早死有人埋，晚死无人抬”的惨状。许多无人村庄由此而诞生，广大的鲁西平原几乎变成了惨不忍睹的人间地狱。据不完全统计，“昭和十八秋鲁西作战”行动波及鲁西及冀南24个县，中国平民死亡42.7万余人，再加上其他地区的间接受害者，伤亡同胞不计其数。

日本侵略者为什么要在鲁西实施这场第二次世界大战中最大规模的细菌屠杀？鲁西有什么地方让他们冒天下之大不韪而犯下如此残忍的暴行？要解开这些疑问，我只能求助于历史资料。先来看一下鲁西的情况。与我这样经常忽略常识的人的理解不同，鲁西并不是一个简单而普通的地方，它在地理上属于广阔的华北平原的一部分，而历史上则与中原这个包罗万象的大概念有密不可分的联系。进入现代社会后，鲁西在政治、经济、文化上的地位不但没有削弱，而且得到了不同程度的加强。看一下相关资料的解释，鲁西是连接晋、豫、冀等省份经济文化交流的重要通道，既可利用东部沿海的便利港口，还可利用中西部省份的丰富资源，是中国重要的交通枢纽、能源基地、内陆口岸和辐射冀鲁豫交界地区的中心地带，战略地位极为重要。原来是这样，我所置身其中的这个地方竟然如此不同凡响。

再看时代背景。抗战全面爆发后，山东很快沦陷，华北、黄河一带重要战略区域被日军占领，全国处于抗战以来最为悲观的时期。就在这个时候，聊城行政督察专员范筑先和中共鲁西地方组织团结合作，创建了国内知名度很高的鲁西平原抗日根据地，部队发展到6万多人，政令通达30余县，极大地鼓舞了全国的抗战士气。与此同时，八路军一二九师挺进鲁西卫河以东和冀南地区，开辟了大片根据地。不久，范筑先被国民党山东顽固派勾结日寇陷杀于聊城，共产党八路军便独立支撑起这一地区的抗战重任。抗日军民克服重重困难，不屈不挠，殊死奋战，以每年几百次战斗、牺牲数万人的沉重代价，使鲁西根据地不仅得到了巩固，而且还不断扩大，成为插入敌人华北和中原占领区心脏的一把尖刀。如此的抗战形势，自然引起了日本侵略者的疯狂报复，于是，一个针对鲁西抗日军民的“昭和十八秋鲁西作战计划”就悄悄制订出来。疯狂的日本法西斯终于对这片红色区域下毒手了。

鲁西细菌战是日本侵略者的核心机密，知情者甚少，日军投降时，又极力销赃灭迹，因此这一惊天黑幕一直掩盖了半个多世纪。直到20世纪90年代，一位名叫崔维志的史志工作者在妻子唐秀娥的协助下，通过查找大量抗战史料，多方奔走取证，反复调查核实，终于以无可辩驳的事实揭开了日本侵略者这一罪恶暴行。此刻，他们由人民日报出版社出版的《鲁西细菌战大屠杀揭秘》一书就摆在我的案头，为我创作《霍乱年代》这部小说提供了有力的依据。在此，我要对崔维志夫妻真诚地说一声，感谢你们！

作为鲁西本地人，我觉得我有义不容辞的责任和使命，把家乡土地和人民遭受过的蹂躏与残害反映出来。我想到了作家刘震云，正是他的《温故一九四二》(电影改名为《一九四二》),让更多的人知道了发生在他家乡的那场可怕灾难,其目的都是为了让后来人了解那段难忘的历史,珍爱今天来之不易的美好生活。

当然,作为一部独立的文学作品,我不可能在《霍乱年代》中简单复述上面那段历史,而只是借助那个黑暗的时代背景,透过一个政治、经济、社会、文化、伦理等秩序已然解体的危机环境,讲述一个属于我自己的故事:初次参加地下组织的大学生王小羊为送达日军即将实施细菌战的绝密情报,在鲁西大地上经历了一系列惊心动魄的奇特遭遇……我有意尝试了"金线串珠"的创作方法,将敌后沦陷区错综复杂的政治势力、社会民情、文化风俗、人际关系和精神状态一一呈现出来。看上去,故事框架较为贴合传统谍战小说的特点,但在具体的叙述和描写中,我却撇开了对战争外部场景的描写,让笔触尽量走进人物的内心世界,透过人物的生活遭遇和情感变化,把作品重点放在了对一些具有历史穿透力的命题的探讨,比如个人与国家、民族的关系问题,比如普通中国人的道路选择问题等等。这是我想让这部作品超越一般战争小说的地方。

关于个人与国家和民族的关系问题,我让作品主要体现在主人公王小羊的个人遭遇上。为了送达那份绝密情报,他先后找到共产党抗日军民、国民党留守武装、红枪会地方势力甚至伪军力量,在由于种种原因都不能得到有效帮助的情况下,倍感孤独的王小羊只能赤膊上阵,以命相搏,与破除堤坝的日军同归于尽。王小羊其实是被动卷入这场没有结果的行动中的,他原本想在战争中置身事外,做着去塔希提过世外桃源生活的美梦,但残酷的现实还是没有放过他,让他身不由己地加入到了全身心抗战的行动中,而且献出了自己年轻而宝贵的生命。通过王小羊的故事,我想告诉人们一个十分简单的道理:当山河破碎、国破家亡的时候,任何个人的愿望和安宁都是不切实际的幻想,只有与国家、民族的命运结合在一起,他的人生才会有真切而实际的意义。正是因为王小羊把个人的生命融入了国家的解放事业中,虽然他的救亡行动最终失败,但在我的心目中他却成为了一个英雄。虽然他身上存在诸多弱点,比如初上战场不敢开枪,对改造日本伤兵抱有不切实际的幻想等等,但还是不能遮掩住他身上闪烁出的光彩。

关于普通中国人的道路选择问题,我让作品体现在王小羊身边的那些同窗和伙伴身上。如战功显赫而又离奇叛变的八路军排长肖力贵、坚强不屈却遭到日军强暴的妇联干部潘秀兰、躲在后方做光复美梦的国民党要员任晓轩、趁乱世为虎作伥的红枪会骨干李青石、对中国文化感到绝望从而甘当汉奸的杜宇飞、一心想赴日留学却沦为日军活体实验牺牲品的李灿辉、沉沦在温柔乡中难以自拔的林美娜、宁肯自杀也无力反抗的穆雨露等等,这些人物性格不同、立场不同、信仰不同，都因为选择了不同的人生道路而迎来了各自不同的生命结局。透过他们，我想让读者窥探到那个时代普通中国人的精神面貌和心路历程。这些不同的人物以及他们身上所呈现出来的人生意义，会在很大程度上丰富作品的内涵，增加作品的厚重感。需要指出的是，我在作品中探讨的“选择”问题与萨特等人的“存在主义”不太是一回事。存在主义所说的“选择”是被动的，是不以人的主观意志为转移的，甚至可以说是由至高无上的“上帝”所决定的。而我想通过《霍乱年代》中的人物告诉大家，人们对人生道路的选择是能够主动为之的，其中虽然也离不开历史巨手的推动，但会更多涉及每个人的政治立场、社会影响、文化熏陶和心里愿望等因素。作品中每个人不同的生命结局，在很大程度上说都是自己主观努力的结果。我想这种对人物行为的阐释或许更为接近那个时代的现实走向，也更易于为读者所接受。

作品中有一些着墨并不太多的人物或情节，我却在其身上赋予了较多的文化寓意和象征色彩，便有了不太一般的意义和价值，比如爷爷和王大牛这两个次要人物。爷爷是一个聚集了旧时代知识分子气息的人物，力图以一部《三字经》治理天下，却在日本侵略者的残酷统治面前归于失败。王大牛身上所传达的信息量更大些，他秉承了自鸦片战争以来一些国人身上所沾染的弱点，每日都要吸食烟草，却无力戒除，最终成了一个废人。透过王大牛，我们可以血淋淋地见识异族侵略者对中华文化的戕害，给读者一种触目惊心的效果。关于情节，比如日军特务误导人们播种熟种子的情况，联系我们今天所面临的现实生活，是否也能让读者受到一些震撼？此外，我还想为读者提供一些较为陌生的特殊场景，如沦陷区学校的日常生活，国民党军队隐居乡村的苟且状态，红枪会神秘的法事活动，杜宇飞和日本艺伎的交往过程，王小羊目睹乡亲们在瘟疫中死亡的恐怖景象，等等。我不知道这样能否给读者留下难忘的印象。

《霍乱年代》的题材是地方的和历史的，这是小说先天的一个局限，怎样突破地域文化的限制、历史题材的限制？我只能在作品的叙述方式上做文章，比如使用较为先锋和前沿的艺术手法，以使这部小说变得“世界”一些、现代一些。我不知道呈现在读者面前的这部小说是否做到了这一点，但我可以明确告诉大家的是，《霍乱年代》与传统战争小说最大的不同，是它对人物内心世界的呈现。谱写一曲普通小人物丰富多彩的抗战心灵史的交响乐章，是我写作这部小说的最大目标，可我知道即使我倾注了全部心力，也不能圆满完成这个艰巨的任务。一切不足和缺憾，只能留待下一部作品来弥补了。

今年是中国人民抗日战争暨世界反法西斯战争胜利70周年，全国各地都举行了不同形式的纪念活动；中共山东省委宣传部、山东省作家协会也举办了大型征文评奖活动，在一百余部长篇作品中，我的《霍乱年代》（以《一九四三》

为书名）获得了长篇小说二等奖。获奖后，我把这部书稿发给杜康老师看。通读完书稿后，杜康老师立即通知我，决定出版这部长篇小说。几乎与此同时，我的另一部长篇小说《饕餮综合征》也在文学期刊《百花洲》第6期刊发出来。之前，我的一个长篇小说选题《诊断报告》已经获得了山东省作家协会重点作品扶持。由于此，这一年也便成为了我创作生涯中的又一个丰收年。

2015年即将过去，那场给中国人民和世界人民带来深重灾难的战争已经渐行渐远。但前事不忘，后事之师，在纪念抗日战争胜利70周年这样一个具有特殊历史意义的年份里，《霍乱年代》的出版不仅对我个人来说是一件倍感欣慰的事，而且可以让更多的人了解那段尘封60多年的血腥历史，真切感知今天和平幸福生活的来之不易，为实现中国梦而努力工作。

因为出版时间紧张，我的写作水平有限，书中难免有诸多错误或不当之处，还望广大读者批评指正。

作　者

2015年12月16日